问鼎

从基层公务员到省委书记的升迁之路

历时19年，18次调动，176次政治较量，418位各级官员，7大顶级权贵世家势力支点，铺垫1条升迁之路。

何常在 ◎ 著

汕头大学出版社

图书在版编目(CIP)数据

问鼎 / 何常在著. —汕头:汕头大学出版社,2012.3
ISBN 978-7-5658-0670-4

Ⅰ.①问… Ⅱ.①何… Ⅲ.①长篇小说 – 中国 – 当代Ⅳ.①I247.5

中国版本图书馆 CIP 数据核字(2012)第 055634 号

问　鼎

作　　　者	:何常在
责任编辑	:胡开祥
封面设计	:柏拉图创意机构
责任技编	:姚健燕
出版发行	:汕头大学出版社
	广东省汕头市汕头大学内　邮编:515063
电　　话	:0754-82903126
印　　刷	:北京市密东印刷有限公司
开　　本	:710 mm×1020 mm　1/16
印　　张	:27
字　　数	:420 千字
版　　次	:2012 年 5 月第 1 版
印　　次	:2012 年 6 月第 3 次印刷
定　　价	:39.80 元

ISBN 978-7-5658-0670-4

发行 / 广州发行中心　通讯邮购地址 / 广州市越秀区水荫路 56 号 3 栋 9A 室　邮编 /510075
电话 / 020-37613848　传真 / 020-37637050

版权所有,翻版必究
如发现印装质量问题,请与承印厂联系退换

序

其实为别人写序是一件很为难的事情,说得太好了,有恭维的嫌疑;说得不好了,有傲慢的嫌疑。本来我想拒绝写这篇序言,因为就我而言,现在事务繁忙,很难再静心看一部长篇小说了。不仔细阅读作品,信手拈来就写,是对自己也是对读者不负责任的表现。

但拿到书稿之后,我改变了主意,因为这部小说还真的吸引我读了进去。不但读进去了,还引发了我不少感慨。一有感慨,就自然而然有话要说了。

《问鼎》是一部官场小说,一部游走于理想和现实之间的官场小说。和时下过于现实或过于理想化的官场小说不同,它的切入点很独特,截取的不是主人公一段时间或一次升迁的经历,而是从主人公在最底层的时期写起,细而精,精而密,就像一幅徐徐展开的画卷,一点一滴让你沉迷其中。

我就上当了,开始没当一回事儿,慢慢就沉了下去。

近年来我不仅写官场小说,看过的官场小说也不少了,《问鼎》能吸引我沉下去,证明有其高明之处。先不说故事结构,也不说修辞手法,就说最先让我感兴趣的一点是,主人公虽然是官场中人,但他有许多美好的品质,追求自由和纯洁,追求公正和理想,骨子里有一股文人情怀。

这一点,我很是喜欢。

许多官场小说设定的人物,很高不可攀,这样不一定不好,却远离了小说的基本需要,就是一切要以关怀为前提,要以提供优秀的文学供养为己任。

官场小说对人性的挖掘其实比任何小说都更有优势,官场本来就是名利场,是利益纠葛最多最复杂的,也是精英最集中的地方。能在官场之上如鱼得水,并且一步步走向高位,其中肯定要经历人性挣扎的过程。小说是一种借助故事讲道理的文学题材,而作家,需要在纷杂的社会环境之下,保持一颗纯净的良心,要有拷问人生和质疑人性的勇气,也需要敢于撕破伪装还原真相的信心。

这本书给我的印象是,作者的理想和信念一直在文字之中闪亮,在主人公的身上有所寄托,每一个生动的故事,都在向我们传达一个强烈的信息,现实和理想之间的差距,就差一本书的距离。

作者似乎一直在刻意淡化官场小说和所谓主流文学之间的界限,倒不是故事不以官场为主线,而是除了刀光剑影的政治斗争之外,生活化的细节,温馨的对话,耐人寻味的场景,和一些所谓的主流小说没有区别,甚至还要做得更好。要我说,其实官场小说也好,主流文学也好,都是为读者服务的一种题材形式。只要百姓喜闻乐见,只要有市场,就是好作品,不必非要贴上标签分门别类,非要分一个谁高谁低出来。

文学的使命就是传达精神,弘扬正气,感动读者。躲在自己的天地里面,以文字游戏的形式写一些主流作品,再贴上各种各样的标签来显示与众不同的身份,其实是底气不足的表现。

好的作品,永远将读者放到第一位。曲高和寡的作品,要从自身找原因,不要将问题归咎到别人身上。这本书,我听说读者的反响很好,在网上连载,获得了极大的成功,这就是作者和读者之间互动的真实写照。文学的生命力,永远建立在读者的土壤之上,这本书让我再次坚信我一直信奉的一点——文学没有边缘化,文学生态也没有恶化,边缘化和恶化的,只是少数没能适应气候的作家们。

建议都读一读《问鼎》,想看一个好看的故事,想知道理想和现实的距离,想知道为官之人的成功之点在哪里,就拿起本书,认真地沉下去。

许开祯
二〇一二年四月,甘肃凉州

目录

 **改变命运的支点 / 001**

省委打来电话,必定是找李丁山的。而在省委和李丁山关系熟悉到这种程度的,只有宋朝度一人。

宋朝度?

夏想突然眼前一亮,脑中闪过一个隐隐约约的念头。这念头很强烈,很执拗,强烈得让他无法拒绝,无法呼吸,直想抓住这个大胆而疯狂的想法,大声呼喊。宋朝度可是堂堂的省委常委、省委秘书长!

 **以辅佐为契机 / 034**

唯一让宋朝度感到心宽的是,李丁山是国家级报社的人,他背后的支持者在国家级报社中,至少也是副社长。有这层关系,料想堂堂的省委书记也要忌惮三分,不敢过于为难李丁山。

李丁山不在官场,但他所在的国家级报社也和官场大同小异,宋朝度的这些心思,他自然心知肚明。

 **扫清入仕的障碍 / 070**

看着李丁山气定神闲地抽了一口烟,脸上流露出一丝别有味道的笑意,夏想不由自主地心中一跳,暗暗告诫自己,千万不要只看到李丁山软弱的一面。他毕竟身为国家级报社一省的负责人,常年周旋于省里和市里的领导之间,不是官场中人胜似官场中人,表面上是媒体人,其实也是半官方的身份,能稳坐记者站站长一职五六年,也绝非寻常人物。

 **踏上征程 / 111**

夏想站起身,洗耳恭听,态度恭谨而谦逊。他知道,曹永国肯郑重其事地说出这几句话,是从内心深处认同他了,将他纳入了利益集团的圈子之内,算是对他能力的正式认可。

一个人年轻不要紧,没有级别也不要紧,要紧的是他具有什么样的影响力,能够影响到什么级别的人所下的决定,有没有领悟力,懂不懂得做人。很显然,夏想在曹永国心目中,已经由求他办事留在省城的大学生,成功地转变为大有前途的有为青年了。

 **坝县派系浮出水面 / 147**

突然之间被坝县这些常委的目光注视,夏想还真的感觉到有一股莫名的压力。不过他也知道,李丁山倒也不是故意拿他当挡箭牌,此举一来可以向所有在场的人表明,夏想是他的亲信,是他可以绝对信任的嫡系;二来也是无奈之举,毕竟他年龄小,没级别,说出什么不妥的话也没有人会挑理。

 **处处暗流 / 176**

"其实要想得到确切的消息也不太难,李书记在京城关系广,如果在京城的旅游局、交通局中有熟人,就可以打听出来有没有相关项目的立项。"

夏想抛出这句话,就是为了体现李丁山背景关系的复杂,这也是人脉广的好处。换了普通的县委书记,怎么可能能将手伸京城中去?

李丁山听了之后,脸上就露出了会心的笑容。

 **第一次过招 / 205**

李丁山终于流露出要提拔夏想的想法了,杜双林心中的念头一闪而过,却还是纳闷,要想提拔夏想,也应该向组织部长黄鹏飞暗示才是,怎么会点他的名?难道李书记因为上次和张淑英吵架的事件,再有和张信颖的冲突,而把他当成了自己人?

杜双林心中一瞬间转了九曲十八弯。

 **牢牢抓住主动权 / 236**

虽然夏想也多方猜测张淑英对坝县的影响到底有多大,刘世轩等人和她的关系到底有多近,她在市委组织部说话到底管不管用,但种种迹象表明,一开始他将张淑英当成沈复明派来试探李丁山的人,也许还真是高估了她的水平。现在想想,沈复明说不定派张淑英这样一个护短又任人唯亲的人前来坝县,就是为了给李丁山添乱,让她来恶心人。

 **09 刀光剑影的常委会 / 266**

低调要么是还没有触及他的底线，要么就是在积蓄力量。钱锦松身为省委常委，必然会慢慢培植自己的势力，才能在燕省站稳脚跟，眼下的低调，也许只是在试探各方的矛盾罢了。不过夏想总觉得宋朝度应该知道一些什么内幕，但他却没有透露给李丁山。

 **10 请君入瓮 / 314**

夏想看出来她骨子里的高傲和表面上的冷漠不是装出来的，是一种与生俱来的高高在上的优越感。要养成这样的气质，不是一夜暴富的暴发户和一步登天的投机者所能拥有的。暴发者和投机者也许不缺钱和权，但缺乏气质和底蕴，恰恰就是气质和底蕴无法用金钱和权力换来，需要的是长时间的耳濡目染，需要的是一个家族的文化熏陶和培养。

 **11 漂亮的反击 / 355**

借力打力、借势成事的事情，夏想可以具体去运作，不过真要落到实处，需要动用各方面的力量时，必须还要李丁山出面。李丁山身后庞大的关系网，是他十几年人脉的积累，不是靠耍聪明和动动脑子就能做到的。人脉的积累需要时间，也需要运气，更需要自身有足够的资本。

01 改变命运的支点

大梦初醒

省委打来电话,必定是找李丁山的。而在省委和李丁山关系熟悉到这种程度的,只有宋朝度一人。

宋朝度?

夏想突然眼前一亮,脑中闪过一个隐隐约约的念头。这念头很强烈,很执拗,强烈得让他无法拒绝,无法呼吸,直想抓住这个大胆而疯狂的想法,大声呼喊。宋朝度可是堂堂的省委常委、省委秘书长!

六月天,孩儿脸,说变就变。明明早上还晴空万里,一过中午,天边就传来隐隐的雷声。不多时,乌云就密布了整个天空,四处黑压压的一片,眼见就要下雨了。

下午两三点,正是闷热不安的时候,天边阴云翻滚,雷声阵阵,突然,一道巨大的闪电划破天空,仿佛一下击中窗户,紧接着,沉闷而压抑的雷声由远及近响个不停,似乎震得房子都有些颤抖。

"啊——"

一声惊叫,夏想从噩梦中惊醒,满头大汗,一脸惊恐。他做了一个无比真实而清晰的噩梦,梦见他十二年后因为投资股票失败,开办的公司倒闭,他成了一个彻头彻尾的失败者,天天酗酒如命,最后死于非命。

一桩桩,一件件,所有的事情都无比清晰,让人不得不疑心所有一切究竟是一场梦,还是真实地发生过?

夏想大汗淋漓，气喘吁吁，强压心中的恐惧不安，哆嗦着摸出一支烟点上，使劲吸了一口，瞥了一眼办公桌上的台历，上面的日期是：一九九八年六月十五日，星期一。

夏想头疼欲裂，站起身望向窗外。窗外的葡萄架上结满了米粒大小的葡萄。再远处的墙壁上，几株丝瓜爬满了围墙。透过围墙的一侧，可以看到院外停了一辆千里马汽车。

这是李丁山从宝市开到省城燕市来的走私车，牌照手续都是假的。这车市场价值三十多万，不过李丁山弄到手时，好像只花了八万多。

李丁山本是国家级某报驻燕省的记者站站长，一九九六年借国家各大报刊开办第三产业的东风，由报社出资一百万元，在燕市注册了以国家级报社为名义的科技信息文化发展中心。一百万元，在九十年代可算一笔巨款，也证明了李丁山在报社中确实有人鼎力支持。

不过李丁山的踌躇满志没有持续多久，一年之后，第一笔生意亏损五十万元，第二年，另一笔五十万的投入血本无归。第一笔生意是如何赔钱的，夏想不太清楚，因为他还没有来到公司。第二笔生意他却是全程参与，知道每一个细节每一个失误，至于第二次的失败他除了替李丁山惋惜命运不济之外，连一句多余的话都说不出来，因为这件事情，确实是郁闷得让人无话可说，除了埋怨运气不好之外，只能憋屈得够呛。

现在公司里已经是人心惶惶，本来公司就不大，一共十几个人，第二笔生意现在看不到一点希望，正濒临泡汤的边缘，所以辞职的辞职，调走的调走，转眼间公司只剩下了五个人。

文扬，副总，三十六岁，本是团省委的科级干事，在李丁山创办公司初期就第一时间加入，是李丁山最忠实的追随者，也是他最信任的人之一。

贾合，二十七岁，秘书兼司机，跟随李丁山五年之久，也是他最得力的手下之一。贾合除了有时充当司机之处，平常时候就是李丁山的私人秘书，负责照顾他的起居和生活。因为李丁山已经离婚，六岁的儿子和前妻住在一起，他本人就住在公司。

肖佳，二十三岁，是去年毕业的女大学生，长相甜美，经文扬介绍来到了公司，和文扬关系密切，二人眉来眼去，似乎有些暧昧。不过夏想只是猜测，并没有真凭实据。

滕强，二十六岁，本来是燕市医药的技术人员，因为李丁山公司的第一笔生意是和燕市医药合作，他好像和李丁山有些七拐八拐的亲戚关系，就自告奋勇从燕市医药调入了公司，结果生意黄了之后，他就一直在公司晃荡，基本上被弃置一边，不再受到重用。

最后一个人，就是夏想了。他大学毕业后，先是分配到了一家建筑公司当技术员，后来经人介绍认识了李丁山。李丁山因为正在筹划的第二笔生意涉及基建部分，就一见如故地和夏想畅谈起来，架不住李丁山描绘的美好前景的诱惑，夏想辞职出来，来到了李丁山的公司。

现在公司前景无望，他一直没有离开，不是不想离开，而是一时还没有找到合适的工作，一旦找到，他肯定也不会再在公司待上一天，现在大家每天无所事事地聚在一起，等着最后的裁决。

说白了最后顶多就是李丁山公开承认失败，宣布公司破产，大家各谋生路了事。不过李丁山为人要强，死要面子，硬撑着就是不开这个口，他从心理上还没有接受失败的事实，就像他多年以来一直将他离婚的事情瞒得死死的，除了贾合之外，根本没人知道。

夏想之所以知道，也是因为有一次和贾合喝酒，二人都喝醉了，贾合酒后吐真言，一不小心说漏了嘴。

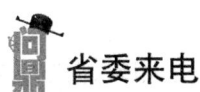 **省委来电**

公司租用的是一栋两层小楼，位于燕市的一座城中村里，类似一套别墅。楼上楼下共有三百多平方米，李丁山一人在楼上办公，兼作他的卧室，其他人都在楼下办公。

夏想来到电话机旁，正要接起，一看来电显示的号码，忽然愣住，开头的三个数字格外刺眼，让他不由自主地屏住了呼吸。

三个平常无奇的数字，要是在别的城市或许只是普通的区段，但在燕市，稍微有些政治常识的人都知道，这个区段是省委专用区段，也就是说，这个电话是从省委大院打来的。

省委打来电话，必定是找李丁山的。而在省委和李丁山关系熟悉到这种程度的，只有宋朝度一人。

宋朝度？

夏想突然眼前一亮，脑中闪过一个隐隐约约的念头。这念头很强烈，很执拗，强烈得让他无法拒绝，无法呼吸，直想抓住这个大胆而疯狂的想法，大声呼喊。宋朝度可是堂堂的省委常委、省委秘书长!

夏想抓起电话,努力让心情平静下来,让他的声音听起来不那么激动,假装不知道对方是谁……他脑中一个不可遏制的念头就如野草一样疯长不停,几乎要将他淹没,因为他知道,他突然要面临着一个巨大的机遇。

"你好,请问你找谁?"

电话中传来一个淡淡而又不失威严的声音:"我是省委的,李丁山在吗?他楼上的电话没有人接。"

李丁山这几天正心烦意乱,中午睡觉时,经常会拔了电话线,打不通是正常现象。

微一迟疑,夏想让他的声音听上去既显得恭谨,又不至于过分亲热:"是宋秘书长?您好,李总正在睡觉,估计是拔了电话线,要不我上楼叫他一声?"

显然对方没有想到夏想会听出他的声音,因为他不记得夏想是谁,一个微不可察的停顿过后,宋朝度说道:"算了,也没有什么事,就让他睡吧……"

夏想不失时机地接话说道:"那好,宋秘书长要是有什么事,可以让我转告给李总,也可等一下再找他,我一会儿上去插上电话线。这些天李总太忙了,有点心力交瘁,连我这个做手下的,也想劝他一劝,不如换个思路,动一动,或许会好一些……"

夏想知道他的话有点多,说不好会给宋朝度留下不好的印象,但眼前这个电话是个绝佳的机会,一旦错过就太可惜了。

看不到宋朝度的表情,但他的声音听起来似乎是饶有兴趣地"哦"了一声,随后又随意地说道:"我去过丁山那里,怎么不记得你是哪个?"

夏想强压住跳得飞快的心脏,紧紧抓住话筒,斟酌着语句:"我叫夏想,一直在楼下办公,宋秘书长没有注意到我,可能是我坐的位置偏僻。"

宋朝度没再说什么,只是让夏想转告李丁山他来过电话即可,随后就挂断了电话。

放下电话,夏想才发现他双手汗津津的,如水洗一样,再一转身,觉得T恤紧紧粘在身上,原来后背也湿了一片,不过他心中却犹如一团火焰在燃烧,成功地和宋朝度说上话,而且还让他主动问了自己的名字,这已经算是迈出了走向成功最关键的第一步。

夏想坐回到座位之上,感觉一阵凉风从门外吹来,透过窗户一看,不知何时外面已经下起了倾盆大雨。静心想了一想事情的来龙去脉,接下来该如何劝说李丁山放弃公司,调离报社,并找机会借宋朝度之力,走上仕途。正好可以打开新的局面,扭转现在被动的局势,走向新的天地……

此时楼上传来吸烟之人醒来之后固有的咳嗽声,李丁山醒了。

外面的雨小了一些,不过仍然是连绵不绝,是北地城市难得一见的大雨。雨水的哗哗之声让他的心渐渐平静下来。

坐了不到五分钟,忽然看见外面的风雨之中,一个人跌跌撞撞地冲了进来,猛然推开门,带来一股湿气和凉风。她浑身淋得透湿,一脸悲凄,精致的脸上分不清是雨水还是泪水,眼睛水汪汪地全是水汽,直勾勾看着夏想,一副悲伤欲绝的神情。

肖佳这是怎么了?

肖佳五官生得十分精致,给人一种说不出来的精美之感,她的漂亮让人一眼看去有些眩目,不过若是看得久了,却又发现在端正的五官之外,最惹人注目的是她一双似雾似烟的眼睛,仿佛时时有一个诱惑的旋涡,让人不由自主就陷了进去。

意外撞见了肖佳这一副失魂落魄的样子,夏想一下愣在当场,不知道该说些什么。

微一定神,才注意到肖佳只穿了一件单薄的碎花连衣裙,腰系一条蓝色布带,显得细腰盈盈一握。现在她全身湿透,薄如轻纱的裙子全部紧紧贴在身上,前凸后凹的曼妙身材暴露无遗。

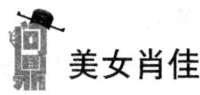
美女肖佳

夏想意识到了气氛的尴尬,急忙扭过脸去。他不是故作清高,而是心思如电,见肖佳这般模样,定是受到了重大变故,万一她恼怒之下,大骂他是色狼,他也只能担了恶名。

肖佳的脾气他以前可是领教过,就和一个小辣椒一样,冷不丁就能呛人一口,让人恼也不是,怒也不是,只能自认倒霉。

好在肖佳只是出神地望了他半响,双眼空洞,表情呆傻,站在原地一动不动,只是脸上泪水长流,一副楚楚可怜的样子惹人怜惜。要是以前夏想恐怕还会和闷葫芦一样,假装没看见,不过现在的他却站起身来,来到肖佳面前,递过一张纸巾,说道:"擦擦脸,雨水对眼睛不好,容易刺得眼疼。"

肖佳木然地接过纸巾,却没有擦脸,而是攥在手中,紧紧握住不放,由于用力过猛,洁白的手上迸发一条条青筋。

她紧咬嘴唇,突然一把扑入夏想怀中,终于嘤嘤地哭出声来,就如一个受了委屈的孩子,哭得格外痛心格外痛快。

一直哭了有五分钟之久,肖佳才渐渐平静下来,苍白的脸上呈现病态的绯红,夏想一惊,伸手一探她的额头,热得烫手。夏想一侧身,右手扶住肖佳的右肩,左手搀住她的胳膊,将她半抱半拖扶到里间。自从公司的人员大减之后,办公室就空闲了许多,在里间的两间办公室其中一间就被收拾出来,暂时当做了休息室。

夏想将肖佳安置到床上,见她双眼迷离,心知她病得不轻,小声说道:"李总那里有退烧药,我去帮你要来。你有干净衣服的话,最好换一下,湿衣服穿在身上,寒气入体,容易落下病根。"

肖佳只是呆呆地"嗯"了一声,没再多说一句话,就将头埋进枕头之中。

夏想带上门,上了二楼,见李丁山已经稳稳地坐在了宽大的办公桌后面,背靠舒适的老板椅,正闭目养神。

李丁山今年四十岁,中等身材,偏瘦,前额的头发明显稀少,还刻意用后面的长发遮盖住,让他看上去比实际年龄苍老一些。

夏想本想好好找他谈上一谈,可是遇到肖佳发烧,知道病情耽误不得,就向李丁山提出要退烧药。李丁山问也没问,从抽屉中拿出一盒药,扬手扔给夏想。

夏想谢过李丁山,急忙下楼来到里间,却见肖佳已经和衣睡着,湿漉漉的衣服裹在身上,没有盖被子,曲线玲珑……落在夏想眼中,他却没有一点非分之想,心中却是麻烦,不知道是不是该唤醒肖佳让她吃药换衣之后再睡……

最后夏想一咬牙,还是不忍心看着肖佳这么受罪,就伸手推醒了她:"肖佳,起来吃药,你这样子睡下去,只会加重病情。"

肖佳起身,睁开迷茫的眼睛,看了夏想几眼,突然眼中闪过一丝凶光,一扬手打了他一个耳光:"流氓,偷看我睡觉。你们男人都不是好东西,天天都想着占女人便宜!"

这一巴掌打怒了夏想,他取出药片,一把抱紧肖佳,强行将药灌到她的嘴里,又捏着她的鼻子喂了她几口水,恶狠狠地说:"我管你倒管出是非来了,我活该成不?要不是看同事一场,你爱死爱活跟我有什么干系?反正药也喂你了,我也仁至义尽了,你爱不爱换衣服睡觉随你,病了也别怪我。"

夏想摔门而去,留下一脸惊愕的肖佳目瞪口呆。

再次来到楼上,李丁山还在愣神。

夏想将剩下的退烧药还给李丁山,然后自顾自坐在一旁的椅子上,琢磨着如何开口。

"小夏,有事不？"李丁山收回心思,突然开口问道。

夏想坐直了身子："李总,关于火车站广场室外大型液晶屏项目,我有一些不太成熟的想法,想跟你汇报一下。"

在一九九八年,室外大型液晶屏绝对是新兴事物,而作为新兴城市,燕市在全国范围来看,并不算是发达地区,在此时只在最繁华的山中街中部,有一块一米宽两米长的发光二极管室外液晶大屏幕,而且还只是简单的两色二极管,显示效果极差,但就是这样,也曾在燕市引起轰动。

李丁山运作的项目,也就是他花费五十万元启动资金,全力以赴想要打一个漂亮翻身仗的大型室外液晶屏项目。按照他的设想,他要在最繁华的火车站的站前广场竖立一块巨大的液晶屏,要用最先进的三色LED技术,真彩显示,面积高达六十平方米。这块屏幕在夏天最晴朗的中午,在阳光最强烈照射的情况下,依然可以清晰地显示出播放内容。

能够在一九九八年就想到建造这么一个庞大的视频平台,真要是建成并且投入使用,凭借李丁山的关系网,拉来一些本地乃至全省大型企业的广告不在话下,一年下来赚上几百万也有可能。

不过整个工程投入巨大,基建部分造价不足一百万,但整块液晶屏的关键部件全部需要进口,报价高达一千多万。李丁山当然拿不出一千万元,他连一百万都没有,但他有头脑,有关系网,他和银行一个支行的行长李开林关系密切,最终与李开林达成协议,以地皮和整个液晶大屏幕为抵押,由银行预先提供全额贷款,占百分之五十一的股份。他负责整体策划和前期审批,占百分之四十九的股份,虽然失去了控股权,但相比前期不到五十万的投入,还是一笔非常划算的生意。

目前的情况是,和银行方面已经谈妥,但火车站广场前面的地皮还没有批下来,李丁山正为此事发愁。本来燕市政府副秘书长高海已经亲口答应下来,但市长陈风却没有点头答应,所以一直拖到现在,已经比预期晚了两个月。

高海是李丁山的同班同学,和李丁山关系匪浅。

但现在已经有了隐隐的风声,传出国家已经出台了政策,要严格控制银行放贷,但还没有下发文件。李丁山仗着已经和银行方面签订了协议,并不将此事放在心上。他自然不会知道,事情会突然有变,李开林居然会出人意料地被调离。

"李总……"夏想思忖再三,决定还是要快刀斩乱麻,给李丁山提醒一下,"火车站的液晶大屏幕项目,我认为前景不太明朗！"

四两拨千斤

"你怎么想的？说来听听！"李丁山这人有一个最大的优点，就是喜欢多方论证一件事情，能听进去不同意见，还不算特别独断专行。

"液晶屏项目很超前，初看也有很诱人的前景，而且是建在寸土寸金的火车站广场，每天来来往往的人流至少也有二十万人，覆盖人群很广，而且可以全天二十四小时流动播出，可以说，每时每刻都是金钱……"

见李丁山脸上神情不变，夏想也是暗暗称赞他确实有先见之明，只是他没有预料到的是，当时网络开始迅猛发展，几乎成为继电视、电台和报纸之后的第四媒体，吸引了几亿人的眼球和大批的广告客户。也就是说，户外广告也就是传统的招牌广告还勉强维持，像户外液晶屏广告，看着新鲜，其实吸引不了多少来去匆匆的人群的注目。

而且，谁会傻呆呆地站立不动，在大街上目不转睛地盯着液晶屏看？再说在火车站里过往的人，都是行色匆匆的旅客，也没有多少人会关心站前广场的一块大屏幕电视上播放一些什么内容！没有吸引力的媒体，最终就会被广告商无情地抛弃。

夏想先是将他的分析委婉地说出，看到李丁山的脸色越来越凝重，知道说中了他的心事。一直以来，李丁山也并非完全盲目地看好液晶屏的前景，不过他因为和李开林一拍即合，既然有人出钱，李丁山也就抱了试一试的心理。

夏想继续说道："网络这种新鲜事物，最大的优势在于互动，在于交流，我相信将来一定大有可为，既然吸引了眼珠，就会有广告投放……"

言外之意是，户外液晶屏，已经没有任何优势可言。

李丁山听完之后，半响没有说话，只是摘下眼镜，细心地擦了又擦，然后突然笑了："小夏，你的专业好像是工民建，今天怎么突然冒出这一番高论？而且以前你一直很少发表意见，今天为什么突然就说了这么多？"

要想借助李丁山的关系网，要想得到李丁山的重视，夏想就不能再像以前一样，沉闷得像个三好学生，只知道埋头苦干，一点自主的看法都没有。他要让李丁山意识到他的能力。

"既然我来了公司，就要为公司的发展尽一份力量，而且公司现在孤注一掷，将全部希望都压在液晶屏项目之上，我这几天查了许多资料，也了解到了一些政策,感觉有些担心。再者以李总的能力,不应该只局限于眼前的项目……"

夏想之所以敢在李丁山面前直截了当地说出心中所想,也是知道李丁山看似好面子,其实也是一个内心孤独并且难以排遣的人。先是红红火火地搞起了公司,结果两年时间不到,就弄得灰头土脸,连一向在他面前格外恭敬的文扬,现在也对他阳奉阴违。毕竟文扬以前是团省委的干事,来到公司受了李丁山的鼓动,想要发上一笔,结果鸡飞蛋打,怎能不记恨他?

剩下的几人,贾合没什么文化,在公司的经营上,更帮不了李丁山任何忙。肖佳和文扬走得过近,而且她对公司的事情也不感兴趣,之所以来公司,恐怕还和文扬有说不清道不明的关系。滕强就不用说了,第一笔生意的失败几乎全是因为他,据说李丁山还怀疑他中饱私囊,但没有证据,对他也就不冷不热,就当他不存在一般。

所以说起来也只有夏想最容易接近李丁山,可惜的是,以前的夏想既没有眼力,又不会说话,尽管对李丁山的关系网知道不少,但从来没有想过如何巧妙利用。

倾注了他无数心血和全部希望的项目,被夏想说成无法成功,李丁山心中难免会有隐隐怒意,却又不好表露在脸上,只是淡淡地说道:"夏想,你怎么会想到这些?我以为你一直只关心技术上的事情,不在意项目的运作和前景。说说看,对于这个项目,你有什么好的想法?"

李丁山转念一想,或许夏想这么说是为了在他面前争取主动,想引起他的注意,以便在以后的公司发展中占一个重要的位置。说实话,他并不想放弃液晶大屏幕项目,从报社弄来的一百万资金,当时就有许多人眼红,如今他落到这个地步,不定有多少人在看他笑话。他就要东山再起,做出一番成绩给别人看。

"李总,听说国家已经要出台政策,禁止银行直接介入企业经营,所以我认为如果不能在半个月内拿到地皮的批文,公司就不如想想别的办法,或者将公司还给报社也是一个思路……"

李丁山皱紧了眉头。

 事不宜迟

看着一直紧皱眉头不发一言的李丁山,夏想心中忐忑不安,不知道这一次是不是赌对了。依他对李丁山的了解,虽然李丁山为人自负,要面子,但有时又

有识人之明，还能听进不同的意见，要不他也不会在国家级报社中混到中层的位置，外放到燕省任记者站站长一职。

一省的记者站站长，工资和待遇比报社内的主任还要高上许多，而且权力也大，在驻站的当地可以说是非常吃香，不但市里的机关部门都敬上三分，连省里的头头脑脑也不得不高看一眼。毕竟李丁山所在的报社是名正言顺的国家级大报，虽然不比新华社这样的强力机构，有监督地方政府的权力，但哪一家国家级报社没有通天的手段？再者舆论的力量也是非常强大的，李丁山人脉又广，在京城和省城都有不少媒体内的同行，可以说在圈子内也是一个颇有影响的人物。

可惜的是，身为文人的李丁山，在经营企业方面并没有过人的才能，所以尽管有本事要来一百万的启动资金，却没有本领将公司做大做好，市场不同于官场，是两种思路和模式，李丁山败走麦城也情有可原。

宋朝度之所以不遗余力地想让李丁山从政，并且许诺他一个县委书记的位置，一是因为他和李丁山是同班同学，二来也是看中了李丁山在媒体圈子中的影响力。宋朝度应该已经知道了他将要丢掉常委的职务，想要在失势之前给李丁山安排一个好位置，也是另有想法，是想万一他下台之后，再也没有了重新复出的机会，只要李丁山在台上，总是会对他照顾一二。

夏想尽管沉默少言，不过却和贾合很对脾气，两个人经常在一起喝酒，久而久之，就从贾合口中知道了不少关于李丁山的事情。

正是因为李丁山死要面子，不愿意在同学面前低头认输，更不愿意让别人认为他巴结位高权重的宋朝度，所以他一直和宋朝度来往不多，反而和在燕市市委市政府的几个同学经常见面。除了不想让宋朝度觉得他有求于他之外，恐怕内心深处，李丁山始终不愿意承认自己不如宋朝度，所以不久前宋朝度刚一开口说提出让他到郊县任县委书记，他就毫不犹豫地回绝，仿佛受了多大的羞辱一样。

李丁山作为国家级报社驻省的记者站站长，人事关系也在燕省，他本人也是正处级干部，与宋朝度的副省级差了不少，更何况宋朝度是省委常委，一挂上常委头衔，就是省委领导。李丁山不服归不服，也知道宋朝度是所有同学中最得志的一个。但宋朝度一直对他客客气气，不仅是因为上学时两个人关系不错，也是因为李丁山背后的媒体力量。

李丁山一直以为宋朝度想要说动他，让他入仕是一个秘密，他从未在公司说过，不想听到从夏想嘴中含蓄说出换一个思路，顿时让他大吃一惊，心想难道夏想也知道了宋朝度暗中操作的事情？不可能呀，夏想老实沉闷不说，还十分胆小，今日怎么变了一个人一样，先是分析了液晶大屏幕的市场前景，说得头头是道，最后居然还要劝他及时收手，放弃公司……

李丁山猛然抬起头来，两眼热烈，直视夏想，问道："夏想，你认识宋朝度？"话一出口李丁山就有些后悔，夏想只不过是刚刚毕业的大学生，在燕市无亲无故，怎么会认识堂堂的省委秘书长？

果然夏想摇摇头，说道："我怎么可能认识宋秘书长，呵，和人家相比，差了十万八千里，不过是听李总说过宋秘书长，又听贾合说宋秘书长和李总关系要好，所以就留意了一点，正好刚才宋秘书长打来电话，让我转告你一声，让你抽时间给他回个电话。"

李丁山见夏想坐得直直的，眼神也不躲闪，毫不畏惧地迎着他的目光，心里莫名一怔，随即摇头一笑："这样呀……小夏你刚才说的也有道理，我会考虑的。听说你一个人在燕市，下班后去哪里玩？"

夏想从李丁山的表情看不出来他是不是动了心，知道想要说服李丁山并不容易，不是几句话的事情，见他转移了话题，也就顺着他的话说下去："是呀，一个人自由自在，下班后随便找个地方吃点饭，然后看看书什么的，也没有活动。"

"年轻人，要多参加一些交际活动，多认识一些朋友。我晚上和李行长一起吃饭，你要是没事的话，一起去吧！"

说实话，夏想并不想和李开林一起吃饭，因为有两次李丁山请李开林吃饭，他去作陪，结果李开林耍酒疯，非逼着夏想喝酒。当时夏想还是腼腆的大学生，酒量小，几杯酒下肚就翻江倒海，难受得不行。李开林却不依不饶，非逼着夏想再喝，还说不喝就是看不起他没文化，拿大学生架子，夏想当时也是年轻气盛，就是不喝，最后和李开林闹得不欢而散。

"好，我在楼下等着，李总走的时候，叫我一声就行。"夏想一口答应，他倒要看看，李开林到底安的是什么心。

李丁山本来不过随口一问，也是因为他实在无人作陪，原本不指望夏想会同意见李开林，因为他虽然身为公司老总，不过心中也是清楚，现在的公司已经人心惶惶，手下人早就不将他这个老总当一回事，也不放在眼中。

不想夏想一口应下，而且神情自若，没有一丝逃避躲闪的意思，让李丁山暗暗不解，怎么突然之间，夏想好像成熟沉稳了许多？又想起刚才夏想的一番分析和对答，他心中蓦然闪过一个念头，难道说夏想以前一直隐藏不露？现在是他最落魄的时候,夏想不但没有和别人一样另谋高就,还留下来为他排忧解难,看来是个可用之人。

回到楼下,夏想看看表,才下午四点,离下班还有两个小时。他抬头看向窗外,不知何时雨停了,西天之上,漫天红霞,映得红彤彤一片,很是好看。夏想呆呆地看了半响,心潮起伏,想到以后可能遇到的艰难,不由得叹气。

他忽然听到身后有人说话:"夏想,你唉声叹气做什么?难道是被女朋友甩了?"

主动的肖佳

肖佳上身穿一件短袖T恤,下身穿了一件紧身牛仔裤,头上随意扎了一个马尾辫,清纯如一朵出水莲,笑吟吟站在夏想的身后。

"感冒好了?"夏想的第一反应是,李丁山的退烧药挺管用,第二反应才是,肖佳还真是漂亮,这一身简洁明快的打扮还真像一名大学生,只是为什么她非要和文扬来往过密,似乎还有一些暧昧关系。

有了这种想法,夏想就对肖佳冷淡了几分,怎么看怎么觉得她太会伪装,又想起刚才她一副失魂落魄的模样,心中就有了主意,还是要和以前一样,对她敬而远之为好。

肖佳对她的相貌颇有自信,见以前一直老实腼腆的夏想神情自若,也不由怔了一怔,随即嘴巴一翘,又细又长的双眼眯成一道缝,笑了起来:"退烧药很管用,谢谢你了,夏想,没想到你还挺会体贴人。要不,晚上我请你吃饭,正好对你刚才的照顾表示一下感谢。"

夏想可不想惹肖佳,现在他全副心神放在李丁山身上,而且晚上正要和李丁山一起出去,他才不愿意因为肖佳而惹文扬不快。他不愿意和文扬多打交道。夏想总觉得文扬成天眯着的小眼睛,总是不时地闪过一丝阴晦。

"不用客气,都是同事,应该的。不过晚上我还有事,就不能陪你了,不好意思。"夏想不动声色地答道。

肖佳明显一愣,显然没有想到夏想能够拒绝她的魅力,想了一想,她呵呵一笑:"不去就算了,下次我再请你,一定要赏脸。对了夏想,公司现在这种状况,估计坚持不了几天了,你有没有什么想法?你好歹也是正牌大学生,出去找一份不错的工作,还不算一件难事。"

夏想见肖佳看似无意问起,眼中却闪过一丝异样的光彩,心中一动,难道说肖佳也有什么隐情?也是,以她的相貌和能力,真要离开公司,到外面找个好工作很容易,她一直留下不走,肯定是有什么想法。再想到文扬是李丁山的校友,比李丁山低几届,来公司之前,恐怕也是得了李丁山的什么许诺,否则以他在团省委正科级干事的职务,跳到一家公司来,也是需要极大的勇气和决心。

夏想叹了一口气,说道:"能有什么想法?现在关系都在公司里,想要辞职出去,不调动手续吧,会有后患。调动手续吧,又非常麻烦。再说眼前公司还有一线转机,再等等看……"说话间看了肖佳一眼,见她若无其事在一旁笑,大大的眼睛眯成一弯细月,说不出来的甜美,他不免心神为之一荡,急忙咳嗽一声掩饰自己的失态,"你呢肖佳,有没有什么发财的路子?"

夏想不过是随口一说,不料肖佳突然神秘地说道:"你答应和我一起吃饭,我就告诉你一条生财之道,而且我还愿意和你一起干,只要你挑头就行。"

夏想挪动一下脚步,说:"好呀,真要有发财的路子,我请你吃饭也行。不过丑话说到前头,我现在一穷二白,真要做什么大生意,可是没有启动资金。"

夏想才不会相信肖佳真有发财的办法,就算有,凭他对肖佳的认识,他也不认为她会大方到和他共享,所以只是那么一说,先绝了肖佳让他出钱出力的想法。

肖佳一脸不以为然的表情:"哼,真需要投入几万几十万的,就算你有,我也不敢去干。真要赔了,卖了我也还不起。夏想,我说的是真的,你别不相信,你知不知道文扬现在随时可以调回团省委,为什么他不回去,还非赖在这个半死不活的公司里?就是因为他有大钱可赚!"

这个消息顿时让夏想吃了一惊,看肖佳一脸笃定,不像骗人,不由动了心思:文扬天天都是神神秘秘的样子,对公司的事情漠不关心,却又几乎每天都来报到,然后关在屋中不出来,也不知道在忙些什么。公司里只有肖佳经常出入他的办公室,别人想要进去,总被他以各种理由推出来。

以肖佳和文扬的亲密关系,看来她肯定知道一些什么。夏想倒不是真想和肖佳一起赚钱,但可以从肖佳口中知道文扬究竟在做些什么,也是值得一试的。再有真要到了李丁山要在他和文扬二人之中二选一之时,他也需要提前做好准备,好了解文扬到底是怎样的一个人。

"公司都赚不了钱,李总现在也无法可想,文总真有办法,为什么不告诉李总,也好让公司起死回生?"夏想嘴角一撇,轻轻一笑。

夏想比同龄人多了沉稳和随和的气质,不经意间的一笑,淡然随意,却有一股与他现今年龄不相称的气度,让肖佳心中没来由地一跳,禁不住多看了夏想几眼,心中纳闷,以前一直觉得夏想呆呆的,虽然说样子长得也不差,但没有帅气,今天怎么一下子变得这么有男人味道了?

"文扬他要有大公无私的精神,他就不是文扬了!哼,地道的小人一个,守财奴,贪心鬼,大浑蛋!明明说好要分我一半的,结果连三成都不给,还非要我……"忽然意识到说漏了嘴,肖佳用手捂住嘴,一脸紧张地看着夏想,支吾说道:"这事你可别告诉李总,万一李总因为这事和文扬翻脸可就坏了,我就要不回我的那一份钱了。"

果然有内幕,夏想悄声问道:"到底是怎么一回事?"

肖佳看了看楼上,摇了摇头,小声说:"什么时候你请我吃饭,我就告诉你。现在……不方便说!"

夏想知道她担心楼上的李丁山,也没有勉强,笑了一笑,坐回到座位上,挥挥手说:"今天晚上确实有事,明天抽时间一定请你吃饭。对了,你病刚好,要多喝开水,这样才能尽快恢复,否则容易出现反复。"

肖佳眼中闪过一丝光彩,使劲点了点头:"嗯,谢谢你,夏想。和你聊了一会儿天,心情好多了。以前没注意到,原来你不但是一个老实人,还是一个好人。"

夏想点点头,正想说话,忽然听到楼上传来蹬蹬的脚步声,只见李丁山急匆匆从楼上下来,冲夏想一扬手中的钥匙说道:"夏想,晚上我临时有事,要和高海见面,和李行长吃饭一事,以后再说。你们下班吧,记得锁好门。"

高海是市政府副秘书长,虽然级别不过副处级,不过位置重要,据说还深得市长陈风重用,可能很快会转正。

李丁山着急去见高海,难道是火车站广场的地皮要马上批下来?真要是如此的话,李丁山一条路走到黑,说不定会在液晶大屏幕项目上栽一个大跟头,到最后别说回到报社当一名普通编辑,就是善终恐怕也得不到。

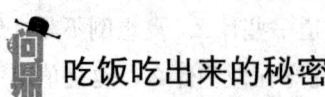

吃饭吃出来的秘密

夏想愣在当场,一时心绪难平。

突然感觉胳膊一凉,却是被肖佳的小手推了一把,肖佳又用小手在夏想眼前半尺之处晃了三晃,她的手指长长,迎着阳光就和透明的白玉一样,肖佳说道:"说你呢,怎么傻了?别愣神,正好晚上请我吃饭,我有重大事情要和你商量。"

夏想惊醒过来,转念一想,以李丁山的关系网,再加上他的媒体背景,进入官场之后,必定会有一番作为。而他只要取得了李丁山的信任,一直跟在他的身边,顺水顺风,以后想没有成就也难。

不过既然眼下能够得知文扬的背后动作,和肖佳吃一顿饭也不算什么,夏想想通了此节,打趣说道:"明明开始说的是你请我吃饭,怎么一转眼又变成了我请你吃饭?这也太气人了吧?"

"得了吧,给你一个和美女共进晚餐的机会,你不知道珍惜还挑三拣四,要知道,机会一旦错过就永远没有了,可不要后悔!"肖佳恢复了神采,眉飞色舞,脸上看不到一点病态。

西天的火烧云如绸如缎,一丝一缕飘荡在天边,又有一群飞鸟飞过,远远传来一阵阵鸟鸣声,正是燕市难得的夕阳美景。雨后初晴的黄昏,路灯次第点亮,夏夜的轻风吹拂,带着一股清凉的气息,令人感到格外清爽。夏想和肖佳并肩走在百姓河的河沿之上,有一句没一句地说着话,醉心于空气的清新之中,犹如一对陶醉的恋人。

两个人商量来商量去,最后决定去百姓河畔的烧烤城吃烧烤。

烧烤城是百姓河建成之后,在二环路口和新城小区的相交之处,形成的一片以烧烤为主的美食区。这里小店林立,各色人等都喜欢在夏天的晚上来这里吃烧烤,不管是开奔驰宝马的大款,还是骑自行车的普通市民,都呼朋唤友来这里要上几个烤翅,几十串羊肉串,一碟毛豆,一盘花生,再来一桶扎啤,在百姓河的哗哗流水声中,大吃大喝一通,一醉方休。

这一片的烧烤号称是燕市最正宗的烧烤,尤其是以烤鸡翅出名的翅香阁,光是鸡翅的吃法就有十几种,一到夜晚就人满为患,一晚上卖出上千只鸡翅也不在话下。

夏想和肖佳来得晚了一些,翅香阁已经没有了位置,二人只好又向里走了几步,来到一家名叫"醉春风"的烧烤店,要了一个房间内的座位,为了图清静,他们坐在了最里面靠墙的位置。

夏想请肖佳点菜,肖佳却将手一摆,将菜单还给夏想,说道:"你请客,你做主。"

夏想逗她:"那我就不客气了,只点我爱吃的。"

肖佳不上当:"随你便,只要你心里过意得去就行。再说了,一男一女前来吃饭,女士将点菜权拱手相让,是对男士的绝对信任,是对他有信心的表现。"

说话时,肖佳眼睛带笑,双眼之中升腾起似烟似雾的蒙眬神色,如一个旋涡,直勾勾地看向夏想。夏想倒不是怕肖佳,不过对她曾经和文扬眉来眼去一直心存芥蒂,就故意避开她的眼睛,说道:"那好,就来一份毛豆,一盘花生米,六个鸡翅,二十串羊肉串,两杯扎啤,怎么样?"

见夏想躲闪,肖佳眼中闪过一丝不快,随即又消失不见,却说:"不要扎啤,度数太低了,跟水一样,要四瓶啤酒。"

夏想急忙说道:"我可就两瓶啤酒的酒量,多了就醉了,你能喝两瓶?"

肖佳不满地说道:"怎么,看不起人?告诉你夏想,我要是发威,喝六瓶啤酒也没事,能把你喝倒。"

夏想嘿嘿一笑没说话,他和肖佳来这里不过是借吃饭之机谈事,可不是拼酒。

很快酒菜就一起上来,两个人虽然坐在角落里,但小店不大,人又不多,难免还是觉得吵吵嚷嚷。不过谁也不在意吵闹,仿佛周围越吵,就越有气氛一样。吃烧烤就是吃一个热闹。

肖佳让人一下子打开四瓶啤酒,每人两瓶分好,先倒了满满一杯,举起杯来说道:"夏想,你我同事一场,今天是第一次聚在一起喝酒,来,我敬你一杯,感谢你对我的照顾。"

说完,也不等夏想有所表示,一饮而尽。

夏想不是没有见过能喝的女子,不过像肖佳这样,一口菜不吃,先喝了满满一大杯喝酒,还真是少见。

看得出来,肖佳脸上挂着笑,始终神采飞扬,其实心中一直藏着不痛快的事情。

夏想也不矫情,也是一口喝干杯中酒。两个人都各自倒满,先是默默吃了一会儿菜,夏想见肖佳脸上的笑容不见,一副心事重重的样子,也就不主动开口,只低头对付手中的鸡翅。

过了半晌,肖佳突然"扑哧"一乐:"你是男人,就不能主动一点?"

这话多少有点歧义,夏想假装不解,喝了一口酒压了压嘴中的麻辣味,问道:"主动什么?我一直在主动吃饭,主动喝酒,从来没有落后你半分。"

"讨厌!油嘴滑舌!"肖佳飞了夏想一眼,不过是一刹那的风情闪过,也让夏想眼睛一亮,心猛然收缩,几乎停止了呼吸。

可惜,这样的女人竟然跟了心思阴沉的文扬,一想到这里,夏想就觉得今天的烧烤味同嚼蜡。

"那我就正经一些……"夏想板起脸,一本正经地说道,"你感冒刚好,又发过烧,不适合吃烧烤,更不适合喝酒,来,把你的那一份烧烤和啤酒都给我,我就受点累,勉为其难地帮你消化了。"

肖佳咯咯笑了起来,笑得趴在桌子上,抬不起头来,一只手拿着鸡翅,一只手指着夏想:"你,你,你想沾光多吃一点,还想出这么光明正大的理由,真难为你了。来,姐姐把这个鸡翅让给你吃,好不好?只要你叫声姐姐就成!"

夏想一把从肖佳手中抢过半个鸡翅,毫不犹豫塞到嘴中,连肉带骨头都含在嘴中,含糊不清地说道:"叫姐姐可以,得先吃了再说。"

肖佳不知何故脸上一红,声音低了下来:"你这吃相也太难看了,连肉带骨头都一起吃,也不嫌硌牙。真想吃的话,姐姐帮你剔了骨头。"

"还真想当我姐姐?你不过比我大了半年!"夏想说话间才想起手中的鸡翅是直接从肖佳嘴中抢来的,再想到刚才两个人所说的含义和联想都十分丰富的话,不由地心想,难道他是有意挑逗肖佳?不行,现在他可没有心情和肖佳发生什么,许多事情迫在眉睫。定了定神,他又问肖佳:"说说看,到底有什么发财的路子?"

肖佳咬着嘴唇:"叫姐姐,不叫姐姐不给你说。"

夏想拗不过她,只好叫道:"大姐……"

肖佳捂住了耳朵:"哎呀,难听死了,大姐?好像我是三四十岁的农村花大姐一样!不许叫大姐,就叫姐姐!"

夏想无奈,只好低低叫道:"姐姐……这下总可以了吧?"

"算你识相!"肖佳得意地笑了笑,"别不情不愿的,认我这个姐姐,你只有赚的没有赔的,不信?不信听我告诉你一个秘密。"

夏想竖起了耳朵。

"文扬其实一直在利用公司的名义,在为他自己赚钱,而且赚得还不少,至少有一百万!"

夏想大惊失色。

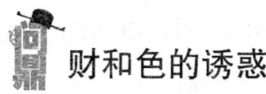

财和色的诱惑

怎么可能?

李丁山赔了一百万,文扬却暗地利用公司的名义不声不吭地赚了一百万,这差别也太大了一些。真要是如此的话,李丁山输得太惨,而文扬也赚得太容易了一些。

"就知道你不信！"肖佳瞪大了眼睛，"一开始我也不信，不过后来我看到他账户上的数字，才相信他真的赚了一百万！告诉你夏想，文扬这一百万是怎么来的，我一清二楚，因为我全程参与了他赚钱的过程。"

夏想眨了眨眼睛，一脸的难以置信。文扬看上去其貌不扬，整天不知道忙些什么，原来背地里一个人偷偷赚了一百万。

肖佳很满意夏想一脸的惊讶，眉毛一扬，问道："想不想知道他是怎么赚钱的？想不想也赚个一百万，当上百万富翁？"

夏想假装生气："废话，谁不想赚钱。要说快说，别装腔作势。"

肖佳也不恼，一扬脖又喝完一杯啤酒，才慢条斯理地说道："不过你要答应我一件事，就是我说出这件事情之后，你一定要和我合作，我们也一起赚上一百万。"

赚钱谁不想，不过夏想却一点也不激动，总感觉这件事情过于蹊跷。肖佳明明和文扬一路，为什么会好心来告诉他文扬背后做的事？再说真有赚钱的好事，凭他和肖佳的交情，她也犯不着眼巴巴地送上门来，非要将一条财路双手奉送。

不过猜测归猜测，夏想还是不动声色地说道："没问题，只要在我力所能及的范围之内，只要不犯法，谁也不会跟钱过不去，对不对？"

肖佳上下打量夏想几眼，眼神中流露出一丝哀怨，幽幽地说道："夏想，你说实话，是不是觉得我是一个坏女孩？是不是认为我整天和文扬眉来眼去，就一定陪他上了床？"

"咳咳……"夏想被羊肉串上的辣椒呛了一下，嗓子发痒，禁不住咳嗽起来，急忙喝了一口啤酒压了压，忙道："说正事，别扯闲篇。"

见夏想不想谈及这个话题，肖佳很不满意地"哼"了一声，扭过头去冲老板喊道："老板，再来四瓶啤酒。"一瞬间，夏想分明看到她的眼中有晶莹的东西在闪动。

想要制止肖佳，不想老板倒是手脚勤快，话音刚落，四瓶啤酒就已经送了上来，好像还唯恐两个人喝不完一样，二话不说全部开了盖。

在肖佳一边喝啤酒，一边断断续续地叙说中，夏想终于明白了文扬的生财之道是怎么一回事。

其实文扬赚钱的手段并不高明，不过是利用编书的名义骗钱的老套手法。他最大的优势就是利用李丁山所在的国家级报社的名义，虽然公司的全称是×××科技信息技术文化中心,但毕竟开头挂着国家级报社的大名,还是非常具有震撼力和说服力。

文扬拉上肖佳一起到京城一家银行的总行,找到藏书室的负责人,翻出三年来所有的行内刊物,从上面寻找发表了论文的全国各地分行的人员姓名。

行业内刊物刊发的文章,上面不但有姓名,还有具体地址,这就给了文扬可乘之机。

他利用三天时间,和肖佳一起摘录了近三千人的姓名和地址,然后回到燕市,编写了一份征文启事,印刷了五千份,然后利用他掌管公司公章的便利,加盖公章之后,打着国家级报社的名义,通过邮局将启事邮出。

启事发出不久,便陆续收到反馈,至少收到两千人的回信。然后文扬又编写了一份出版启事,声明获奖征文将由国家级出版社结集出版,可以作为个人评定职称的重要参考,但因为出版社要求至少印刷一万册才会出版,所以要求每人至少购书五本以上,每本书的定价是两百元,大三十二开的烫红精装本,具有收藏保存的价值。

银行的人都比较有钱,而且在刊物上发表文章的多数是不大不小的领导,五本书总价不过一千元,随便找个由头就能报销。所以发出的两千封信,几乎人人汇款,最后统计出来结果,一共一千九百五十六人汇了钱,最少也要了五本,还有为了炫耀多要几本的也大有人在,总共收到汇款共计近两百万。

书的成本是每套二十元,一共印了两万套,计四十万元。书号虽然花了五万元,但上下打点的费用也有五万,计十万元。另外还有获奖证书和奖品也花了四十万左右,最后邮寄费用和交通费用也有十万,也就是说,除去所有的花销,剩余还有一百万之多。

整件事情前后不过半年,文扬最开始的投入不过是从燕市到京城的车费,和在京城请人吃饭的费用,印刷几千张启事也只有几百元,也就是说,前期投入不过区区三五千元便可以完全搞定,至于后期的印刷费用和购买书号的花费,已经完全可以用别人的钱来完成。

说起来最关键的一点还是国家级报社的名义起了作用,一九九八年时,虽然收费编书的事情已经不如九十年代初期非常容易就让人上当,但还是有不少人愿意出钱发表论文。文扬正是抓住了这一点,又看准银行的人有钱,再有国家级报社的巨大招牌和号召力,就好事做成。

肖佳说完,四瓶啤酒已经见了底,算起来两个人足足喝了八瓶啤酒。夏想倒没有什么,四瓶啤酒还打不倒他,没想到肖佳醉眼迷离,有了三分醉意,却还是神志清醒,没有醉态,却为她增添了几份娇憨之态。

肖佳直直看着夏想,问道:"怎么样,有何感想?想不想和我一起大干一场,也赚上百八十万?人生就应该有酒就喝,有钱当赚!"

夏想笑笑:"想不到你还这么豪爽,听得我热血沸腾,直想跳起来大干一场,大赚一笔。"

肖佳斜着眼睛看着夏想,知道他言不由衷,讽刺说道:"说得好听,不过看你的样子,没有一点动心。肯定还是在想,我为什么跟着文扬,最后为什么文扬没有分我钱?告诉你夏想,你别看不起我,我不是那种为了钱就和别人上床的女人,我有自己的底线!"

肖佳说这话时,两眼之中闪现不甘和不满。夏想装作没看见,看看时间已经晚上九点多了,就挥挥手说道:"老板,结账。"

肖佳不甘心,伸手拦住夏想的手:"等一下,夏想,你为什么不开口问问到底我和文扬发生了什么?为什么不动心?难道是怕我骗你?"

情急之下,肖佳的小手按在夏想的手上,夏想感觉手上传来一丝丝微热和滑腻,低头一看,肖佳的小手洁白如葱白,纤细如玉,手型整体匀称,不大不小,手指粗细得当,当真是夏想平生所见最美的玉手。

夏想心里有点慌,忙说:"先离开这里再说,这里人多眼杂,不是说话的地方。"

肖佳点点头,这才发现两个人的手还拉扯在一起,还是她主动拉住夏想的手,不由脸上一红,急忙缩回手去,尴尬地说道:"你的猪手全是油,离我的手远一点。"

夏想随口就说:"我说怎么这么滑,刚才还以为是你的手细腻,现在才知道原来是油……"他似笑非笑地看着肖佳,脸上既有初出校园的大学生的稚气,眼中又有成熟和狡黠。

肖佳没来由一阵心慌,不由地想,他到底是真心还是无意?看他正经起来就像一个青涩的大学生,开起玩笑来又如同进入社会多年的男人,说话又滴水不漏,既有分寸又让人挑不出理,这个夏想,以前看着老实得像一头牛,现在一接触,也是挺有风趣挺有男人味道的一个人。

肖佳的心怦怦直跳,眼睛自下而上,若无其事地扫了夏想一眼:"没正形,想不到你也变坏了,以前还一直以为你是正人君子,男人都没几个好人。"

打击面有点大,夏想一边伸手掏钱,一边嘿嘿直笑,却不接话。要说他对肖佳没有动心那是假话,都是男人,对漂亮女人难免会有一些正常的想法,何况肖佳绝对是那种不论走到哪里都会引人注目的美女，但要说真要和她发生一些什么，以他现在的处境和心情，还真没有那个心思。他不是不相信肖佳所说的一切，也不是不想赚钱，而是不愿意去做犯法的事情。

夜色下的罪恶

走出"醉春风"烧烤店，夜色如水，二人沿着百姓河向回走。夏想租住在和公司同一片别墅区，不过只是一栋别墅中的一间房间，每月租金八十元。他不知道肖佳住在哪里，就问她一下，随口说出要送她回去。

肖佳的眼睛在沉醉的夜色之中，闪耀着令人心醉的光泽，如同天边的星星一样。

肖佳小巧的鼻子皱起，微微有些不快："几点了？这么早回家做什么？陪我走走！"一副不容置疑的口气。

夏想没答理她的情绪，兀自问起编书的事来："我不明白，编书其实你一个人也可以做，为什么还要找上我？"

肖佳倒显得很爽快，说道："因为我觉得你老实可靠，能够信任，我和李总关系不好，万一事情败露，也好由你出面和李总说个清楚。"

"还有呢？"夏想不认为这是肖佳全部的想法。

"还有就是……"肖佳突然脸上飞上一片红霞，尽管夜色昏暗，却依然可以看清她脸上的娇羞和美艳。

一咬牙，肖佳一字一句地说道："还有就是，如果非要我依靠一个男人才能够发财的话，我宁愿这个男人年轻一点，帅气一点，对我好一点，最好还能听我的话，而不是一个猥琐小气的中年男人！夏想，我实话告诉你，我和文扬之间什么都没有发生，我和他不过是相互利用，他想得到我的身体，我想利用我的美貌赚钱。结果我还是没有算计过他，他最后拿我的身体要挟我，如果我不答应陪他上床，他就不会给我应得的五十万。我虽然爱财如命，但我也清楚，不能和白眼狼谈条件，真要答应了他，我估计不但拿不到钱，还白白便宜了那个浑蛋！"

说到最后，肖佳几乎是咬牙切齿，漂亮的面孔流露出狠厉之色，虽然因为她过于漂亮而没有一点震慑力，但夏想却不得不想，这个肖佳倒是不可小瞧。她爱财倒不是错事，错就错在喜欢玩火，却不知道和男人相比，女人终究还是弱者,当心终有一日玩火自焚。

就像一只绵羊和一只大灰狼做游戏玩捉迷藏,绵羊再机灵,总是难逃被大灰狼吃掉的下场。

夏想想了一想,说道:"让我好好想一想,这事急不得,我们不比文扬,他是副总,直接掌管公章。我想个办法,看有没有可能让李总收回公章,这样我们就有机可乘了。"

夏想的话听起来绝对是应付的意思,不过却又偏偏合情合理。肖佳心中不满,却又无话可说,只好低头在地上用脚画了几个圆圈,才抬起头来,睁着一双大眼睛,鼓起勇气说道:"夏想,我住在北度村,离公司有点远,要不晚上就在你那里将就一下。"

有美女主动投怀送抱,是个正常男人都会心动,夏想当然也不例外,不过他还没有被肖佳的美色迷昏了头,真的以为和肖佳发生关系之后,可以轻松地挥手再见。肖佳漂亮是不假,不过也是心机深沉的女子,为了赚钱什么手段都敢用,做人不能没有底线,原则问题一定要把持住,否则一旦事发,就是灭顶之灾。

"我送你回去,现在还早,再说也不太远。"夏想委婉地拒绝了肖佳。

肖佳眼中的失望一闪而过,随即笑了,笑容中居然还有一丝小小的得意。她正要说什么,忽然脸色一变,上前一把挽住夏想的胳膊,紧紧地挨在夏想身边,微微颤抖地说道:"有两个人鬼鬼祟祟地,一直跟在我们身后。"

夏想回头一看,果然夜色之中,有两个年约二十岁的小伙子摇晃着走过来,刚一近前,一股酒气扑鼻而来。其中一个人穿着花衬衫,手中拎着半块砖,流里流气地说道:"朋友,我们跟了你们半天了,了解了一个情况,你不是她的男朋友,犯不着替她出头。怎么样,今天哥们儿高兴,给你个面子,你现在转身就走,就当什么也没看见,把这个小妞儿给我们哥儿俩留下,我们乐和乐和!"

另一个人光着背,胸前露出一个狼头刺青,一脸凶狠之色,把手指按得啪啪直响:"识趣的话,赶紧的,跑得越快越好,要不哥们儿今天就帮你松松骨!"

肖佳顿时吓得脸色惨白,没有一点血色。

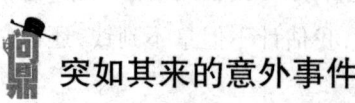

突如其来的意外事件

夏想不是五大三粗的类型,虽然看上去不是文弱书生的样子,但也绝对不是孔武有力的外形。肖佳紧紧抱住夏想,唯恐他真会丢下她转身就跑。

不但肖佳认为夏想肯定会明哲保身,就连两个小流氓也认定经他们一吓,夏想指定抱头鼠窜,不会犹豫半分。因为这两个人跟在夏想和肖佳身后,发现夏想对肖佳不但不亲热,还有些冷淡。这两个人喝了点酒,酒壮怂人胆,见肖佳漂亮得不像话,就动了色心。正好跟到了这一段人迹罕至之处,就在地上找了半块砖,准备连吓带蒙,吓跑了男的再说。

夏想轻轻笑了笑,伸手推开肖佳的双手,说道:"多谢两位大哥放我一马,我这就走,绝对不耽误两位大哥的好事!"说完,也不看肖佳一眼,迎着两个小流氓正面走过来,"我家在那边,请两位大哥让让路……"

肖佳面如死灰,双手绞在一起,浑身颤抖,想喊住夏想,张了半天嘴,却发不出一丝声音。

两个小流氓见夏想嬉皮笑脸地走过来,十分配合,又低头弯腰表现良好,就心情大好,两个人都向旁边一站,从中间给夏想让开一条道,花衬衫还得意地说:"兄弟,算你有眼力,反正又不是你的妞,用不着替她挡事,是不是?等下哥几个好好玩玩……"

走到两人中间的夏想突然脸色一沉,双眼冒火,恶狠狠地大喊一声:"玩个头!"

话未说完,右手一拳狠狠地砸在花衬衫的小腹之上。花衬衫猝不及防,叫都没有叫出来,就疼得弯下腰来,如同一个大虾米一样。

一击得手,夏想毫不犹豫一伸手从花衬衫手中抢过半块砖,抡圆了胳膊,一下拍在左边还在愣神的光背身上。只听"砰"的一声,打得光背站立不稳,差点摔倒在地上。夏想哪里肯放过这个好机会,一转身,双手抓住光背的头发,猛地向下一按,右腿上提,"嗵"的一声,他的膝盖和光背的脸来个了零距离接触,顿时让光背满脸开花,痛得哇哇直叫,原地转了两圈,终于支持不住,扑通倒在地上,满地打滚。

一旁的花衬衫突逢变故,又被夏想打得剧痛难忍,正要直起腰来反击,不料夏想猛然蹲下,以左腿为圆心,右腿为半径呼地就地一扫,正踢在花衬衫的小腿前面的胫骨上。花衬衫吃疼不住,一下子摔倒在地,摔了一个狗啃屎。

电光火石之间,夏想兔起鹘落,三下两下就将两个小流氓打倒在地,出手之快,下手之狠,让肖佳吃惊地张大了嘴巴。

夏想将两个人打倒,仍不解恨,又上前对每人踢了一脚,骂道:"小小年纪不学好,非要学流氓。我平生最看不起的就是对女人用强的人,没本领连个女人都不能哄到心甘情愿地跟你上床,活着也是窝囊废……"

夏想骂完之后,见肖佳还在原地站立不动,上前一把拉过她的手,撒腿就跑:"还不快跑,愣着干什么?万一这两个人有同伙,我要是打不过的话,就只能牺牲你了。"

两个人手拉手,一路飞奔,一口气跑到夏想租住的地方,才气喘吁吁地停了下来,先是对视一眼,接下来肖佳心有余悸地拍拍胸口,说道:"吓死我了,混账东西,狗流氓……"骂了几句,好像肖佳骂人的水平实在有限,翻天覆地就几个词。

"谢谢你,夏想!"肖佳一脸真诚,右手抚在胸口,正好落在两乳之间,仿佛是在故意勾引夏想,不过眼神之中却流露出感激之色,没有丝毫的挑逗意味。

夏想挥挥手,不以为然地说道:"我最恨强迫女人的男人,见一个打一个!"

肖佳惊魂未定,期期艾艾地说道:"那个,夏想,太晚了,我怕……能不能在你这里凑合一晚上,我打地铺!"

夏想本想拒绝肖佳,不过看到她惊恐的双眼,又心软了,只好请她上来。幸好他平时还偶尔收拾一下房间,不至于杂乱不堪,不过袜子和内裤还是到处丢,一进房间他就急忙将这些衣物收起来,省得让肖佳看见尴尬。

肖佳一进门就蜷缩到床上,想起刚才的事情,不禁一阵阵后怕,心中对夏想的感激又多了几分。夏想抱歉地告诉肖佳,没有热水,只能用冷水洗洗脸,然后睡觉。尽管在昏黄的灯光之下,肖佳修长的大腿格外诱人,楚楚可怜的样子惹人爱惜,夏想心中却生不起欲望,他不是柳下惠,但也不是乘人之危的小人,再有心中对肖佳始终有提防之心,所以只是简单交代了几句,就靠在沙发上,准备小睡片刻。

"夏想,你怎么这么厉害?你会武功?"肖佳和衣而卧,夏季的夜晚十分炎热,她却感觉身上一阵阵发冷。

"小时候跟叔叔学的,他爱好武术,会一些功夫。"

过了半晌,肖佳又冒出一句:"你没有女朋友?"

"算是没有……"

"真的谢谢你夏想,要不是你的勇敢,我今天真过不去这一关了!"

"别乱想了,我正好遇上了,就算打得头破血流,也不能让坏人害了你,是不是?"

天还没亮二人就早早醒了。肖佳简单洗了洗脸,收拾一下头发,就和夏想一起出门。夏想住的地方离公司不远,步行也就是十分钟的路程。两个人走到公司,夏想想了一想,说道:"肖佳,昨天你说的事情,对谁也别说。这事要慢慢来,不能急。"

肖佳听话地点点头,一口答应:"这是我们之间的秘密,我谁也不告诉。"

公司的人际关系

夏想一直在猜测昨天晚上高海找李丁山究竟何事,不料今天一天李丁山却没有出现,没有人知道他去了哪里。

李丁山没来,说来也怪,其他人好像商量好了一样,都到齐了。文扬来得比夏想和肖佳还早,见夏想和肖佳一起进来,脸色一变,随后意味深长地看了夏想一眼,一转身进了办公室,关紧门,不再露面。要是以前,肖佳就会推开文扬的门,进去后也将门关得死死的,不到下班不会现身。

今天肖佳犹豫了一下,一个人跑到里间办公去了。

久未露面的滕强,一进门就东张西望一番,然后来到夏想面前,指了指里间的门,小声问道:"怎么了?肖美女和油条文生气了?别怪我没有提醒你,夏想,肖佳的皮肤那叫一个水灵,就算她不是原装了,你也可以乘机泡泡她,得手再甩了也行,反正可以沾点光。"

夏想非常厌恶滕强,倒不是因为他整天晃荡,不务正业,而是因为他手脚不干净。正是因为他从中捣鬼,李丁山的第一笔生意才输得如此之惨,让人始料不及。但李丁山这人念旧,又因为滕强和他有着七拐八拐的亲戚关系,一直没有痛下决心将他赶走。

滕强也知道他在公司不受人欢迎,文扬从来都不理他,贾合一见他就对他冷嘲热讽,时不时还敲打他几句,肖佳更是冷若冰霜,连个正眼都不给。比来比去,就夏想老实可欺,滕强只要一来公司,就会拿夏想取笑几句。

夏想正低头看书,等滕强说完,猛然抬起头来,冷冷地说道:"说完了?"

滕强吓了一跳,下意识向后一退。

"说完了就请你离开,我还要工作,没空说一些捕风捉影的事情。要是你觉得无所事事的话,可以到仓库中数数玻璃瓶!"

仓库中存着几万个玻璃瓶,是第一笔生意五十万元巨款买来的教训。本来公司是要为一家制药厂提供医用玻璃瓶,滕强也信誓旦旦地保证打通了药厂的上下环节,还签订了收购意向书。因为他本身就是药厂的人,李丁山也就相信了他,联合一家乡镇企业生产了大量玻璃瓶,结果最后药厂没有收购一个玻璃瓶,这笔生意让李丁山元气大伤,也让他对滕强恨之入骨。

一提玻璃瓶,滕强就像被踩了尾巴的猫,一跳老高,他难以置信地看着夏想,色厉内荏地叫道:"反了你了夏想,敢跟我叫板,看我不收拾你!"

夏想端坐不动:"你怎么收拾我?打架还是骂人?"

不知何故,夏想动也没动,却从他身上流露出一股逼人的气势,镇定、从容不迫,是一种丝毫不将他放在眼中的居高临下的感觉,滕强心中一惊,顿时气焰减了大半,嘟囔说道:"不和你小毛孩子一般见识,丢份。"心中却想,装什么装,一个大学生天天坐在这里无所事事,还不是混得跟狗屁一样。

滕强摔门而出。

夏想笑了一笑,继续低头看书,其实他一点也看不进去,心中始终惦记李丁山的事。不管李丁山有着这样或那样的缺点,他也一定要扶李丁山上位,毕竟李丁山的资历和人脉不可小觑,还有他错综复杂的关系网,比起自己这个一穷二白的光杆大学生来说,可以说是强上百倍。

门一响,贾合回来了。

贾合是退伍军人,经人介绍为李丁山开车,在李丁山身边已经五六年,深得他的信任。夏想和贾合关系还算不错,也知道贾合是李丁山必用之人,正好他和贾合之间也没有什么冲突,加强一下关系还是有必要的。

"回来了贾合,路上还顺利吧?"夏想笑呵呵地问道。

"还好,还好。对了,李总在不?"贾合生得十分粗壮,属于孔武有力的类型。

"李总不在,不知道去了哪里。"

"我去打他手机。"贾合点点头,转身上了楼。

李丁山随身带着一部手机,一般人不知道号码,夏想也只是知道他的呼机号码。根据他的猜测,李丁山的手机号只告诉最亲近的人,以便于最亲近之人可以随时联系他。

看来夏想在李丁山的心目之中,还没有到可以知道他手机号码的地步。夏想不无自嘲地想,或许现在所有人都不如他关心李丁山的前途,而他在李丁山的眼中,估计还没有和文扬的关系亲近。说起来世事也是可笑,李丁山深信的滕强害他第一笔生意失败,他最得力的助手文扬,却暗中背着他赚了一大笔钱。

李丁山婚姻失败,事业受挫,说起来也是一个不折不扣的失败者,真要进入官场,他能够从容应对官场的波澜,一步步走向高位吗?

一瞬间,夏想忽然对他的决定产生一丝动摇。

"夏想,李总去了宝市,晚上回来,说是和李行长一起吃饭。对了,李总特意交代要你留下。"贾合从楼上下来,边说边一脸狐疑地打量夏想,心想李总一向很少主动让夏想陪他应酬,因为以前有过两次不愉快的经历,夏想性子拘谨,和人一起吃饭或是交往总是放不开。

尤其是夏想和李开林还有过冲突,李开林可是公司的财神,得罪不得,怎么李总还专门交代要夏想一起去,真是怪事。

夏想将贾合的疑问看在眼底,也不说破,只是笑着点点头:"好,没问题。"

贾合眼中闪过一些惊讶,最后却又摇头一笑,说道:"晚上我们一起去。"

贾合转身回到他的房间之中,再也没有出来,估计是补觉去了。夏想心中琢磨如何应对晚上的见面,却见文扬从办公室出来,来到里间,敲了敲肖佳办公室的门。

肖佳开门,见是文扬,脸上挂着浅浅的笑,问道:"什么事,文总?"眼神上下飘忽,在文扬和夏想之间飞来飞去。夏想假装不见,心道肖佳还真会装,看她双眼放光的样子,看来是天性如此,又或者她就是喜欢飞眼看人,落在男人眼中,就认为她喜欢和人眉来眼去。

是不是他以前也被习惯性思维左右,因为不喜欢文扬的阴鸷,所以对和文扬来往过密的肖佳也轻看了三分?

文扬看不出肖佳的表情和以前有什么不同,就一本正经地说道:"我找你有事,到我办公室来一下!"

"好!"肖佳满口答应,和文扬一前一后进了他的办公室,临关门时,还有意看了夏想一眼,在他脸上停留了几秒钟。大大的眼睛忽闪几下,不知道在暗示什么。

收获总在意料之外

过了两个小时,肖佳才从文扬的房间出来。中间文扬出来一次,一个人外出半个小时,好像去买什么东西。肖佳自始至终都待在文扬的房间里,和以前一样,不知道二人在里面做些什么。夏想也没有多想,一直在想李丁山特意要他一起吃饭的目的,应该是李丁山昨天所说的话触动了他的心事。

中午下班后,文扬最先离开公司。文扬刚走,肖佳就从他的办公室出来,轻轻地带上门,蹑手蹑脚来到夏想面前,用食指指了指贾合的房间,小声问道:"还没醒?"

夏想摇头,贾合只听李丁山一人的话,公司上下谁也管不住他,只要李丁山不在,他睡一整天也没有人管。

肖佳手中拿着一个信封,信封鼓鼓的,装着什么东西。她将手中的信封在夏想眼前一晃,鼻子一翘,得意地说:"公司公章!快走,趁文扬不在,我们找个地方照样子再刻一个,然后我们就可神不知鬼不觉地编书了!"

夏想吃惊不小,将肖佳高举的手压了下来,低声说道:"你胆子太大了,这是犯罪,被发现了要进监狱的!真怕了你了,快将公章还回来,就当这事从来没有发生过。"

肖佳嗔怪说道:"胆子真小!"也不知道是说公章的事,还是另有所指。

气氛一时旖旎,让夏想板起脸想要说肖佳几句,也提不起心思。他心中感叹,肖佳果然厉害,总在有意无意之间,懂得充分利用自身的优势,让人对她严厉不起来。不过不管怎么说,私刻公章是大事,夏想想了想,还是决定劝肖佳放手。

刚要开口,忽然听到贾合的声音传来:"夏想,中午一起吃饭去,我请客……我说肖佳,你和夏想嘀咕什么呢?你们两个人怎么都脸红了,不对,绝对有情况。"

肖佳急忙将公章藏在身前,也不回身,丢下一句"我先走了"就飞快地跑了出去。贾合看着肖佳的背影,哈哈大笑:"夏想,不会是你和肖佳之间发生了什么状况?你看你把人家臊得脸红得跟红布一样。"

夏想心中懊恼,贾合的意外出现,让肖佳拿着公章出了公司,他又不能当面点破,心中不免暗暗担心,只希望她能及时想通,别做出傻事才好。

被贾合打趣,夏想故意用调侃的语气说道:"别乱说了贾合,肖佳才不会看上我这个穷小子。你难道没看见,她天天和文扬在一起。"

贾合撇撇嘴:"别跟我打马虎眼,小夏,哥跟你说句实话,肖佳看上去好像和文扬走得近,眉来眼去的,其实不是那么一回事。肖佳这人,心眼多着呢,她才不会看上文扬那个小心眼的男人,而且照我看,肖佳倒不是有意和文扬眉来眼去,而是她天生如此。有句话怎么说来着,有些女人就是天生媚骨!对,就是喜欢和男人你来我往,看着挺热闹,挺放浪,其实那不过是人家的做事方式,也许心里面根本没有勾引你的意思。"

一番话顿时让夏想对贾合刮目相看。没想到,看上去粗枝大叶的贾合看人倒是犀利。夏想昨天和肖佳的一番接触下来,才意识到肖佳或许就是天性风情万种的女人,并不是刻意要挑逗勾引谁。原来贾合早就看在眼里,明白在心中。

中午,夏想和贾合在外面随便吃了点东西。下午一上班,肖佳就提着一个手提袋进门,还特意冲夏想点头一笑,也不知道她的笑容背后隐藏着什么。夏想本想问上一问,想了一想又按下了好奇之心。其实他和肖佳关系还没有好到可以影响她改变主意的程度,再说肖佳又是一个有主意的人,她决定了的事情,轻易不会改变。这其中或许还有她痛恨文扬言而无信的报复心理作祟。

文扬一般不来,就算来公司也只上半天班。今天却是反常,下午又来了公司。更反常的是,他一进门就对夏想说道:"夏想,来我办公室一下,有事给你说。"

公司现在濒临倒闭的边缘,李丁山的威信扫地,文扬身为副总,更没有人把他当一回事儿。不过表面上还是要客客气气的,夏想点点头,跟随文扬来到他的办公室内。

文扬用手一指沙发,眼睛在夏想脸上转了一转,发现他一脸平静,心中奇道,夏想还是和以前一样说话不多,不过好像变了不少。以前不说话是因为内向才沉默寡言,现在话不多,却是心中有事,不动声色。

夏想坐下,开门见山地问道:"文总找我有事?"

文扬从办公桌上拿起一张表格,递给夏想:"我有一个朋友准备在二环路和善良街的交叉处开一家超市,名字叫佳家超市。因为新开张,需要大量工作人员,我觉得你为人不错,可以去应聘一个中层管理人员。现在公司的前景不太明朗,你还年轻,总在这里耗着也不是一回事儿,是不是?你觉得怎么样?"

夏想心中一紧,文扬肯定是不安好心,不过他这个时候突然提出让自己到佳家超市工作,到底是出于什么原因?是因为他发现了他和肖佳之间的秘密,还是因为他另有想法?难道是文扬也知道了李丁山对就任县委书记一事动了心?

文扬对李丁山有机会上任县委书记一事早就知道,但他也清楚李丁山的为人,肯定不会听从宋朝度的安排。他对李丁山是不是能当上县委书记也很关心,因为他在团省委也是正科级干事,真要跟着李丁山下到县里,安排一个县局的一把手,或是县委办公室主任也是正常。实权在握,比起一个团省委的干事可是强太多了。

但李丁山一直不为所动,文扬也就死了这条心。正好想到了编书赚钱的法子,大赚了一笔之后,他对从政的心思也淡了许多。不料昨天忽然听一个同学说起,李丁山昨天晚上和高海一起吃饭,他的同学作陪,李丁山话里话外竟然流露出对官场的向往。听了同学的话,文扬再联想到李丁山背后的关系网,顿时心思又活泛起来。

夏想猜想得不错,文扬此举正是想将夏想踢到一边,让他远离公司,真要是李丁山下定决心要当县委书记,他就可以顺理成章跟着李丁山下去,没有夏想在身边碍事,李丁山也没有选择的余地。

虽然说在文扬看来,夏想根本对他造不成威胁,但凡事都要考虑周全,不怕一万就怕万一,所以经过一番深思熟虑,才有了他向夏想介绍工作之事。

李丁山的担心

见文扬眼神中闪过的精明和得意,夏想长出一口气,咽下心中的厌恶,将表格接在手中,简单看了几眼,笑道:"谢谢文总,文总真是一个好人。我这就去填好表格,争取尽快去佳家超市报到。"

文扬亲切地拍了拍夏想肩膀,说道:"这就对了,年轻人,目光放长远一些,外面的天地还是非常广阔的。别谢我,大家好歹同事一场,举手之劳而已。还有,要尽快,听说他们用人很急,最好明天一早就过去,提我的名字,安排一个好位置没有问题。"

简直是迫不及待要将他赶出公司,夏想强压心中怒火,一扬手中表格,突然问道:"这事要不要提前和李总说一下?"

文扬一愣,脸色僵在当场,心中骂道,你是真傻还是假傻,他身为公司副总,哪里有自己挖自己墙脚的道理,告诉李丁山?不是打他耳光吗?脸色变了一变,又一脸神秘地说道:"事不宜迟,夏想,听我说的没错,先去报了名,将事情定下来再告诉李总也不迟,到时候李总还能拦住你不成?你看公司现在这种状况,我都没有信心,你还天天坐在这里做什么?年轻人谁不为自己的前途着想,我也是看你诚实可靠,才愿意帮你一帮。要是你觉得我多此一举的话,就当我没说过这话。"

夏想一脸愧疚,低下头,用脚尖在地上画了两个圈,才说:"对不起文总,我不懂事,你别怪我。我一定保密,马上去填表,明天就去报到。"

文扬满意地点点头:"这才对,注意保密,这个工作很抢手的,据说月薪一千五百元。"

一九九八年时,燕市的平均月薪不过三五百元,一千五百元绝对是高薪。

夏想一脸诚恳地说道:"多谢文总,我会记住你的帮助的,有空一定请你吃饭。"

等夏想一离开办公室,文扬脸上的微笑立刻消失不见,脸上闪过扬扬得意的神色。一个笨孩子,给他挖一个坑,还当成多大的好处拼了命地向下跳,真要是摔死了,可别怪别人,要怪就怪自己太傻太笨。

不过一想到肖佳的事情,文扬的好心情顿时跑得一干二净。肖佳就像热腾腾新鲜出炉的包子,白白净净,又好看又好吃,可惜的是,现在能看不能吃,稍微凑得近一些,就会烫到嘴。文扬左思右想一番,觉得不能这么便宜了肖佳,她在燕市无亲无故,就算他用强,事后扔上几万元,还堵不上她的嘴?

文扬阴沉的脸上露出一丝狞笑。

夏想回到座位上,将表格叠好,贴身放好,见文扬又敲开肖佳的房门,随后肖佳跟随文扬进了他的办公室,刚关上门不久,就听到里面传来两个人激烈的争吵声。

不会是肖佳私刻公章的事情被文扬发现了吧?

凭借手中的表格,还有知道文扬背地里编书一事,让文扬瞒下肖佳私刻公章的事情问题不大,不过真要是这样的话,他手中就没有筹码了。夏想正要起身去看个究竟,贾合从楼上蹬蹬下来,大喊一声:"吵什么吵?要吵去外面吵,不要在这里影响别人。"

贾合一嗓子就让里面偃旗息鼓,片刻之后,文扬一脸铁青从里面出来,气呼呼地摔门而去。肖佳却面不改色从里面走出来,见贾合也在,就没有过来,而是悄悄向夏想笑了一笑,还偷偷做了一个"OK"的手势。

贾合发现了什么,看了看夏想又看看肖佳,打了个哈哈:"是不是嫌我当电灯泡了?夏想,小心点,肖佳厉害得很,是个不吃亏的主儿。"

肖佳俏脸一冷:"不兴当面说人坏话。"

很快到了下班时候,贾合又给李丁山打了个电话,然后下楼告诉夏想,李丁山在楚风楼等他们。

楚风楼位于朋友大街北段,位于燕市政府二○○○年以后规划的美食街的中心地带,不过现在这个地段还比较冷清,还没有形成气候,也只有两三家酒店。夏想和贾合赶到的时候正是晚上七点,按说正是用餐的黄金时段,不过楚风楼的门口门可罗雀,只停有两三辆车,穿着高高的开衩旗袍的迎宾小姐有气无力地站在门口,抬头看天数星星。

李丁山在二楼雅间,夏想和贾合赶到时,里面只有李丁山一人正在抽烟。

他一脸憔悴,头发乱成一团,神情之间全是疲惫。夏想看了却是心中一动,想必昨天他去见高海,不是什么好事。既然是不好的事情,估计是地皮的事出了问题。

果然一见夏想的面,李丁山开口就说:"地皮的审批没有通过,高海说要重新提交申请,就算他从中周旋,尽快提交市长审查,也要一个月之后才有结果。而听说李开林在这之前要调走,虽不确定,但我想还是要尽早再寻找投资为好。夏想,你还有什么想法,说出来听听。"

夏想看了贾合一眼,贾合正拿着茶壶给李丁山倒水,眼神中掩饰不住惊讶之色,显然没有想到李丁山会郑重其事征求夏想的意见。在贾合看来,李丁山找夏想来吃饭,不过是想多一个人作陪,却没有想到李丁山是有要事和夏想商量。

"李总,恕我直言,液晶大屏幕项目现在是难关重重,就算能够上马,找到资金,我觉得前景也不太看好,以后说不定还会陷入更大的困境,不如现在收手还来得及。"夏想也不客气,直接说出心中所想,不想给李丁山留一丝希望,因为他明白,李丁山的希望越大,最后就会失望越大。

快刀斩乱麻是一种勇气,也是一种智慧。

李丁山仿佛一下子衰老了许多,缩在椅子中,摆摆手说道:"收手?怎么收,怎么放?我现在是无路可退。"

"这里没有外人,我就大胆说一句……"夏想目不转睛地看着贾合,微微一笑,"上次我听贾合说过,李总人脉很广,有个同学还是省里的高官……也许从政是不错的选择,以李总的关系和人脉,一旦进入官场,不出几年,就会是一市之长。"

李丁山的许多事情都是贾合透露的。贾合其实也希望李丁山能够从政,毕竟在政府机关,就算收入低一些,至少他也会跟着水涨船高。县委书记身边的红人,就算只是一个司机,也有许多人巴结。贾合家在农村,对权力也更加热衷更加向往。不过他境界不到,看不透许多事情,也没有先见之明,对李丁山只是一味地盲从,不会想方设法去影响李丁山的想法。

被夏想的眼神暗示,暗示的意思贾合明白,今天机会难得,他也就硬着头皮顺着夏想的话说道:"就是,我也觉得李总有这么好的关系不好好利用,还真是可惜了。我一个战友在老家给一个乡长开车,每个月工资才一百五十元,就牛气得不得了,好像他是多大的官儿一样,每次我回去都要在我面前吹牛……"

李丁山摆摆手,打断贾合的话:"贾合你不要说,听夏想说。朝度跟我说过这件事,由他出面运作,让我去郊县当县委书记。因为我的人事关系一直在团省委,级别和资历都够,他运作起来也不费事,去从政也不是不可以,不过现在的情况有些复杂,不是一两句话能说得清楚。再说就算当一届县委书记,也有可能几年后就被闲置到一边,弄到一个无关紧要的部门去养老。"

夏想知道李丁山担心的是什么。

02　以辅佐为契机

孤注一掷的张狂

唯一让宋朝度感到心宽的是，李丁山是国家级报社的人，他背后的支持者在国家级报社中，至少也是副社长。有这层关系，料想堂堂的省委书记也要忌惮三分，不敢过于为难李丁山。

李丁山不在官场，但他所在的国家级报社也和官场大同小异，宋朝度的这些心思，他自然心知肚明。

李丁山肯定知道了宋朝度将要失势的事情，而宋朝度现在急着安排李丁山上任县委书记，恐怕也是政治妥协的产物。宋朝度当了三年省委常委，想要让他下去，对手多少也要付出些代价，所以宋朝度趁机提出安排几个自己人，对手也不敢把他得罪死了，再说又只不过是处级干部，肯定会乐得送个人情。

宋朝度的想法自然是想万一他没有机会东山再起，凭借李丁山的人脉和关系，几年后也有可能步入省级高干的行列，也好日后有个照应。不过想来他心中也没有底气，毕竟他的对手是省委书记，李丁山只要在燕省一天，在省委书记的压制之下，就翻不了天。

唯一让宋朝度感到心宽的是，李丁山是国家级报社的人，他背后的支持者在国家级报社中，至少也是副社长。有这层关系，料想堂堂的省委书记也要忌惮三分，不敢过于为难李丁山。

李丁山不在官场，但他所在的国家级报社也和官场大同小异，宋朝度的这些心思，他自然心知肚明。

夏想斟酌了一下词句，决定趁此机会一举打消李丁山心中的顾忌："李总，我们公司是国有公司，是报社的下属企业，发展到现在，眼下正处于一个关键时期。但不管如何，能够运作到现在这种程度，能够和银行签订合作意向，能够让市政府同意将寸土寸金的火车站广场的地皮批给我们，李总已经做出了让许多人不敢相信的成绩，这份成绩如果现在交还报社，报社的领导肯定十分高兴，对于第一笔生意失败的影响也会降到最低，报社也会因此对李总另眼看待。"

李丁山脸色一变，听出了夏想的话外之音。

夏想微微点头，继续说道："但如果李总现在不放手，继续经营公司。万一资金和地皮任何一个环节出了问题，领导责任就要由李总来承担。假如真的过了资金和地皮的难关，液晶大屏幕项目运作成功，正式投入运营。接下来也有两种可能，一是前景堪忧，拉不来广告客户，利润不足以维持正常的运转，这时报社就会有人说三道四，质疑李总的能力，到时恐怕连第一笔生意的失败也要归结为李总识人不明，要负主要的领导责任。真要有这么一天，李总进不得退不得，才是真正的骑虎难下。"

李丁山喝了一口水，脸色变幻数次，显示出他内心强烈的不安。

"当然还有一种情况就是前景大好，液晶大屏幕项目非常赚钱，给报社带来良好的经济效益。这种情况下，李总也会在报社之中地位大增，再被领导赏识的话，到京城当一个副总编甚至副社长也不在话下……"

夏想见好就收，他相信李丁山明白他的暗示，真要是前景一片大好，报社就会有人眼红，就会有人出面前来揽功摘桃子，到时将李丁山调回京城，换一个人来经营公司，山头变幻大王旗，李丁山还是前功尽弃，为他人作嫁衣。所以夏想话里话外的意思就是，不管是哪一种结果，李丁山都不会得到他想要的东西。

雅间之内空调开得很足，夏想感觉浑身清凉，甚至还有一点冷。李丁山却是头上浸出无数汗珠，目光直直地盯着夏想，似乎想从他的脸上发现一些什么。

贾合脸上毫不掩饰地写满惊讶和难以置信，仿佛不认识夏想一样，古怪的眼神还有几分试探和紧张。

夏想慢慢地喝水，不加冰糖的菊花茶入口之后，有一丝微微的苦涩。此时李丁山的心中恐怕也是苦涩难言，但没有苦涩怎会有甘甜？当断不断，必受其乱！夏想把心一横，时不我待，就将坏人做到底。

不说李丁山心中波涛起伏，难以置信眼前侃侃而谈的夏想就是以前那个说三句话就会窘迫的人,就是贾合也是暗暗心惊,没想到夏想平常不显山不露水,关键时候能将事情看得这么透彻。

贾合除了吃惊和佩服之外,只有自叹不如了。虽然他不太明白夏想绕来绕去想要表达什么,却听清楚了一件事情,夏想是想劝李丁山放手,劝他听从宋朝度的劝告去从政。不管如何,只要李丁山去当官,他身为司机,就可以跟着沾光,也是他乐见其成之事。

一时之间,三个人都不说话,夏想喝茶,李丁山低头不语,贾合四下张望,看看李丁山又看看夏想,不知道说些什么。

突然之间一个沙哑的声音打破了沉默:"李总怎么找了这个地方,这么荒凉?楚风楼,没听过呀,真让我一顿好找。"

一名中等身材、肥头大耳的中年男子走了进来,他身高一米六五左右,上身穿一件深色T恤,因为过于肥胖的缘故,T恤下端无法系进裤子里面,只好随便放在外面,即使这样,也显得肚子硕大无比,好比怀孕八个月的孕妇。

夏想想起李开林以前对他的羞辱,心中隐隐有些不舒服,不过还是一脸平静地站了起来,礼貌地叫了一声:"李行长!"

李开林一见夏想,愣了一愣,随即咧着大嘴笑了:"我以为谁呢?原来是我们腼腆的大学生也在,怎么着,今天要喝几杯酒?"

夏想只是笑:"李行长喝多少,我就喝多少。"

李开林不相信似的站在夏想面前,使劲拍了拍他的肩膀:"话说出口可不许反悔,要是你喝不过我怎么办?"

夏想冲李丁山一笑,又看了看贾合,才说:"李总也在,贾合也在,我就和李行长拼拼酒,看我有没有说大话。"

李开林哈哈大笑,给李丁山和贾合每人发了一支烟,自顾自在坐在夏想身边,拉住他的胳膊:"说好了,今天谁说话不算数谁就是王八!"

李开林虽然大小是个行长,不过没有什么文化,当兵出身,在银行混了几年,滑不溜手,不好应付。李丁山看出了今天夏想有意要和李开林过不去,本来有心出面阻拦,不过想到夏想可能另有所图,也就和了稀泥:"你们两个真要比酒的话,输赢自负,谁喝趴下了,谁自己爬着回去。"

贾合想要开口劝下夏想,被李丁山一个眼神制止,就顺嘴说道:"没关系,谁醉了我负责背回去。"

李开林不理贾合,将几个喝水的杯子清空,摆在二人面前,问道:"怎么个搞法?"

夏想不甘示弱："李行长说了算，我随意。"

夏想脸上的镇静和自信让李开林隐隐生起一丝不快，在他看来，夏想不过是一个毛头小伙子，大学生又能怎么样，不得照样被他捏在手中，要真是在他手下干活，他不把他玩死才怪。当兵出身的李开林性格之中既有强烈的自信，又有深深的自卑，总觉得大学生虽然有高学历，但都是娇生惯养出来的，受不得累吃不了苦，没什么用。

所以只和夏想接触了几次，他就越看夏想越不顺眼，几次三番变相羞辱夏想。反正李丁山要拿他的钱，没有他点头，李丁山也玩不转液晶大屏幕项目，李开林想收拾李丁山手下的一个小兵，他还能有意见不成？

今天一见夏想一副少年老成的样子，敢当面和他叫板，李开林心中大为不满，脸上却大大咧咧地笑着，但眼神之中已经有了凶狠之意："我说了算，你可别后悔！"他拿来两瓶白酒，又每人分了两瓶啤酒，"一拖二，怎么样？"

一拖二，就是一瓶白酒外带两瓶啤酒。

夏想拿过一个大杯子，先是倒了半杯啤酒，然后又取过一个小杯子，向小杯子中倒满白酒，伸手将小杯子扔进大杯子中，说道："别先白后啤了，直接来混合物，先来一个深水炸弹！"

李开林脸色微变："行呀夏想，没看出来，原来你以前一直深藏不露。"

最后的艰难决定

李丁山猜到了夏想的用意，在一旁故意劝道："夏想别胡闹了，白酒掺啤酒，一喝就醉。李行长年纪比你大，喝伤了身体多不好。"

李开林哪里肯依，夏想敢公开挑战他的权威，让他愤恨难消，打定主意非要将夏想喝趴下不行，李丁山一说如同火上浇油，他一拍桌子，大声说道："李总，你要给我面子就不要劝我，我倒要看看，一个小毛孩子还敢跟我拼酒，反了他了。"

李丁山笑着不说话，贾合见李开林情急之下说话不好听，心里也不舒服，也就抱着膀子看热闹。

夏想不怕李开林闹僵，既然话都说到了这个份上，他也不用客气，端起酒杯一饮而尽，放下杯子说道："放狠话不管用，喝酒才见真功夫。"

这一杯深水炸弹足有半瓶啤酒加一两白酒。

李开林不甘落后,也依样来了一杯深水炸弹,一口喝干,然后斜着眼睛看着夏想:"怎么着,还有什么花样,继续使出来,我奉陪到底。"

夏想也不多说,向服务员要了一个大号酒杯,将一整瓶啤酒倒了进去,然后又拿过可以容纳三两白酒的玻璃杯,倒满白酒,将白酒杯子"扑通"一声放到啤酒杯中,说道:"这一杯叫核潜艇!"

说完,端起杯子,一仰脖,转眼间喝个一干二净。

李开林脸色一沉:"还核潜艇?原子弹我也不怕!"也如法炮制了一杯,毫不含糊地喝了个底朝天。

两杯混合酒下肚,夏想只觉肚子里翻江倒海,胃中一阵翻腾,差点吐了出来,暗叫一声好险,看来这个身体比他想象中要脆弱一点,也可能是还没有完全适合酒精的麻醉。

夏想不太好受,李开林就更加难受了。他强压了几次,才将几乎涌到嗓子里的东西又压了回去。现在不能吐,一吐就等于输了这个毛头小伙子。真要输给了夏想,比杀了他还痛苦。李开林清楚夏想对他有意见,今天是故意找碴,是想打败他,一雪前耻。

李开林站起身,摇晃了一下,嚣张地说道:"小伙子,还有本事没有,尽管使出来,我说半个怕字,我就是狗娘养的。"

夏想用手一指桌子上的菜:"李行长要不要先吃些菜,压压酒?"

李开林一伸手打掉夏想的筷子:"吃个屁,喝,今天你不喝死在这里,别想走出这个门。"

夏想冷冷一笑:"李行长好大的口气!还是先省省力气,留着喝酒用。"

李开林大怒,伸手就要去抓夏想,夏想轻巧地躲过,拿过一瓶白酒,倒了足足半斤,又将一小杯啤酒放在白酒杯中,举到李开林面前:"这一杯叫酒中仙,我们一起干了,谁不喝谁是王八蛋。"

"喝,老子还怕你,敢跟老子叫板,你算老几?"李开林酒劲上来,骂骂咧咧地也倒了半斤白酒,也顾不上再放小杯啤酒,直接倒了一下,也端起杯子,和夏想的杯子碰在一起,"碰杯知道不,碰杯必干,不干不是人,不是男人,是王八羔子……"

夏想才不和他对骂,只是阴沉着脸说道:"先干为敬!"

半斤白酒一口气喝完,任谁也受不了,夏想感到胃里好像开了锅一样,浑身烫着难受。不过当他看到李开林也咬牙切齿地喝完半斤白酒,眼睛都红了,也就不觉得有那么难受了。

"李行长好酒量,果然厉害,我甘拜下风。不过我就不明白了,李行长为人豪爽,又能喝,又能干,怎么还没有升到分行去当领导?"夏想见李开林摇摇欲坠,知道他已经坚持不住了,一般人受不了白酒和啤酒掺在一起的混合杀伤力。

李开林本来被夏想逼得火冒三丈,现在又酒往上涌,头脑失去了八分清醒,一听夏想阴阳怪气的话,顿时失去了理智,大吼出来:"你算个什么东西,也敢对我这个堂堂的行长说三道四?告诉你夏想,我想收拾你,跟收拾一只蚂蚁差不多。就是李丁山想保你,也挡不住我的手。我不升官?哼,我半个月后就到分行当副行长了,你鼠目寸光,又能知道什么……"

压倒李丁山的最后一根稻草终于亲口从李开林口中说了出来,夏想看见李丁山脸色铁青,极力压抑住心中的愤怒,以至于脖子上的青筋都根根凸起。

再后来的情形夏想也记不清了,因为他心情一放松,酒劲就猛然涌上来,感觉一阵天旋地转,就醉得不省人事了。

再醒来时,他正躺在贾合的床上,贾合正在一旁倒水,见夏想醒来,笑道:"醒了?昨天挺厉害呀,把李开林给灌桌子下面去了。那老小子,骂骂咧咧的,嘴上没把门的,别理他……可把李总气得够戗,大骂李开林不是个东西,明明早就知道要调走,就是不说,这不是把李总往坑里推吗?"

夏想头痛欲裂,摇晃着坐起来,贾合急忙扶了他一把。宿醉刚醒最是难受,头痛得好像要裂成两半一样,胃里还翻腾个不停,最主要的是,一走动就震得脑袋疼痛难忍。

"李总怎么说?"遭了大罪,向死里得罪了李开林,不就是为了要李丁山一个态度吗?

"李总一晚上没睡,抽了一夜烟,说是等你一醒就让你上楼找他。"贾合倒是一脸兴奋,又问,"夏想,李总真要当了县委书记,你说我得是什么职务?"

夏想并没有着急立刻上楼去找李丁山,而是先喝了一杯浓茶,然后用凉水洗了洗脸,感觉恢复了一些精力,这才迈出房间。

刚一出门,就迎来肖佳关切的目光。肖佳张嘴想说什么,却发现文扬也打开了办公室的门,站在门口,目光如箭一样朝她射来。

夏想知道肖佳的心思,不想让她为难,就冲她点点头,也朝文扬点点头,然后上楼。

楼上烟雾缭绕,李丁山胡子没刮,蓬头垢面地坐在宽大的办公桌后,桌上半尺宽的烟灰缸盛满了烟头。一见夏想上来,劈头就来了一句:"夏想,知不知道省委里面流传着一句什么话?"

夏想摇头,等李丁山开口。

"要问苦不苦,想想省委宋朝度……宋朝度本来是省委常委、省委秘书长,马上就要丢了常委的头衔,改任为省委农工部长。农工部?嘿嘿……他当了农工部长,他提拔上来的人以后还能有升迁的机会?更何况对他不满的是省委书记。你不知道,省委书记高成松的后台非常硬,有通天的关系!"

高成松是南方人,如果说个子不高是南方人普遍的特征的话,那他长着一张北方人的大脸,又满脸横肉就不知道是怎样的一种基因突变。高成松早年是出身贫寒,据说因为常给县里一位领导送猪下水,受到领导赏识,被提到县广播局。从此高成松官运亨通,步步高升,经过几十年的奋斗,终于爬上了省委书记的高位。高成松为人强硬,性格张扬,凡是他看不顺眼的人,一律要踩在脚下,或者直接打倒。

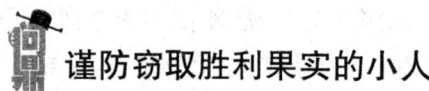

谨防窃取胜利果实的小人

夏想看出来了,李丁山的心理很矛盾,实际上他已经有了放弃公司的想法,但又对从政没有足够的信心,担心宋朝度失势之后,他被殃及池鱼,就算他在中央媒体有人,但省委书记真要下定决心收拾一个小小的县委书记,还是举手之劳的事情。

说不定李丁山正是因为这一点,才一直迟迟没有答应宋朝度的安排,而现在眼见液晶大屏幕项目要泡汤,他又被夏想说动,从政的念头就更加强烈。只是想到连宋朝度堂堂的省委常委、省委秘书长也是被打压的对象,他就算上任县委书记,也会被人认定是宋朝度的人,以后还有什么前途可言?

"我倒有一个想法,不太成熟,李总要是愿意听一听的话,我就献丑了。"夏想放低了姿态。

李丁山将手中的烟掐灭,站起身来,坐到夏想旁边:"有话直说,现在我们是同舟共济!"

夏想心中一阵狂喜,李丁山这句话一说,就等于认可了夏想可以作为他最亲近最信任的人。不过夏想没有表现出任何的得意,而是依然恭谨地说道:"在宋秘书长失势之前,尽快安排好一切事宜,李总从政的策略不变,还要下到县里上任县委书记,不过不去燕市的郊县,太靠近省委了,很容易被人注意到,可以选一个偏僻的穷县,到一个无人注意的地方去。总有一天,高成松会调走,李总只需要埋头苦干三四年,就能等来一片青天……"

李丁山坐直了身子,眼中闪过一丝赞赏:没看出来,夏想这个小伙子以前一直不声不吭,原来还是一个心思缜密的人,这份眼光,这份定力,这份乱中取利的思路,别说整个公司无人可比,就是放到他所在的国家级报社,和他年龄相近的年轻人,也没有一个人能和他相比。

而且看他不骄不躁镇静自若的样子,还真是一个可用之人。李丁山心思转了几转,出神想了片刻,觉得夏想所说的方法应该是目前最好的选择,他一拍夏想的肩膀,忽地站起:"我明天去京城,先向报社领导交担子,回来后,就去见宋朝度好好谈一谈。"

说完,意味深长地看了夏想一眼,随口说道:"到时要是你也在公司的话,就一起去吧。"

回到座位上坐了半天,夏想还觉得脑子晕晕乎乎,一是因为宿醉醒来后的头疼还没有完全消除,二是因为李丁山最后的暗示。既然说要带他一起去见宋朝度,含义不言而明,李丁山上任县委书记,他将是李丁山身边最信任的人。而且李丁山还特意交代,只要他在公司一天,就不会亏待他。

夏想暗笑,他真要离开公司的话,早就走了,也不会煞费苦心地想方设法对李丁山从政暗中推波助澜。不过李丁山所说难道是另有所指,或者说,他对自己是否一心留在公司心有疑虑?难道文扬暗中使坏?

贾合自夏想下楼之后,就匆匆上楼,一直待了大约半个小时才下楼,他一脸喜色,来到夏想身边,亲热地抱住夏想的肩膀,高兴地说道:"行呀兄弟,有两手,我佩服你。中午我请客,好好喝一顿,怎么样?"

贾合跟了李丁山多年,见多了大小官员的司机的作态,心里也是十分向往成为县委书记的司机。只是他无法做到可以影响李丁山的决定,这两天见识了夏想的本事,本来他和夏想关系就好,这一下更是视为最近的朋友,再说能够影响李丁山的人,也能影响到李丁山对一个人的看法,贾合和夏想走近,也是有意维护他核心圈子一分子的身份。

夏想对贾合一向大有好感,觉得他也是一个可交的朋友,当下点头:"吃饭就吃饭,别喝了,昨天的酒还没醒,醉酒太难受了。"

贾合哈哈大笑,转身出门洗车去了。夏想刚起身倒了一杯水,就见文扬一脸不快从办公室出来,说道:"夏想,你要是不去佳家超市,就把表格还我。"

要说起来,夏想还真应该感谢文扬给他这个好机会,当然他不会将表格送还,起身笑道:"这么好的机会当然要珍惜,我下午就去佳家超市,谢谢文总。"

在大家撕破脸面之前,笑脸和恭敬的态度,还是要适当地表现出来。

文扬没说话,沉着脸点点头,转身上楼去了。

不清楚文扬上去后和李丁山谈了些什么,反正他下楼时,脸上洋溢着掩饰不住的笑意,让夏想心中很不舒服,隐隐担心真要等到大事将成之时,文扬会迫不及待跳出来摘取胜利果实。

真要等到那个时候,夏想也不怕和文扬撕破脸皮,单是暗中以公司名义编书一事,就可以将他打入死地。现在还没有到非要分个你死我活的时候,他有理由相信,李丁山上任县委书记时,他将是跟随李丁山走马上任的首选之人。

中午和贾合一起吃饭时,夏想假装无意地说起:"要是李总上任县委书记,文扬至少能当一个县委办公室主任。今天我见他从楼上下来,很高兴的样子,好像听到了什么好消息一样。"

贾合不屑地一笑,不以为然地说道:"我觉得李总不会带他,估计他也不愿意下到县里。公司要是交给报社的话,说不定文扬可以当上总经理。"

公司真要到了文扬手中,肯定会成为他中饱私囊的工具,不过夏想现在没有精力去操心这些事情,只要文扬不和他争,只要文扬不碍事,他就不会将他编书一事公之于众。

隐隐中,夏想总觉得一旦文扬编书一事东窗事发,肖佳肯定会受到牵连。他始终不想拿此事来威胁文扬,难道还有担心肖佳的因素在内?想了想,虽然肖佳是很漂亮,不过应该和他没有结果,或许只是一时的好感再加同情罢了。

吃过午饭,夏想向李丁山请了假,说是要去处理一些私人事情,李丁山问也没问就点头同意,等他出门时,李丁山又突然交代了一句:"我去京城一趟,大概需要两三天的时间。"

可以插上一手的好处

夏想骑着自行车,从百姓河两侧的小路向北进发。百姓河是一条人工河,始建于一九九五年,耗时四年,耗资二十多亿。当时市里的说法是建造一条燕市的人工肺,改善燕市干燥、空气质量不好的状况,可惜的是,百姓河建成之后,有没有改善空气质量无人再提。

六月的燕市,骄阳似火。行走在百姓河边,凉风习习,多少缓解了一点炎热。城市的发展总要付出这样那样的代价,这条耗资巨大的人工河在夏想看来,确实象征意义大于实际意义,根本就是政绩工程,对燕市的发展没有发挥任何作用,反而因为拆迁和修桥带来的花费,白白浪费了大量的资金。

现任市长陈风,是一个真正的实干家,大力推动燕市的城中村改造,亲自带人到城中村说服钉子户,打通了许多断头路、丁字路,让燕市的环境和交通整体上了一个台阶。虽然给城中村的一些人留下了强横和霸道的印象,但对于大部分燕市的人来说,陈市长是燕市数十年来最能干最有魅力的市长。

高成松担任省委书记以来,不但大肆排除异己,还将手伸到商业领域。当然这也不算什么,官商勾结比比皆是,只要大家都遵守一个约定俗成的规矩就行,谁也不要太过分。但高成松性子张扬,他的老婆和儿子也是如出一辙,将整个燕省都当成他们家的天下,赚钱不但要独一份,还不许任何人插手。

高成松的老婆插手全省的建筑市场,利用手中的权力将南方的一家建筑公司领进燕市,几年时间就挤垮了几家本省的建筑公司。

高成松的儿子高建远更过分,只要看哪个行业赚钱就过去插上一手。

夏想是学建筑出身,对于工地的情况自然熟悉,轻车熟路地找到简易房中的经理室,敲开了房门。

文扬介绍的朋友名叫冯旭光,高高的个子,比较胖。冯旭光一听是文扬介绍来的,顿时十分热情地伸出手来:"欢迎,欢迎,夏想是吧?文扬给我说了这事,我代表佳家超市欢迎你。不过我可要先把丑话说到前头,现在资金紧张,工程已经处于半停工状态,建筑公司说了,不给钱不开工,现在正是紧要关头。过了这关,以后就会大有所为。过不了这关,我自身难保,你这工作也无法给你兑现。"

一句话赢得了夏想的好感,觉得冯旭光这人精明之中透露着真诚,能够在最短的时间内三言两语点明立场,既不偏袒夸大事实,又不让你感觉敷衍了事。

"要是我有一百万入股,冯总算我多少股份?"明人面前不说假话,因为对佳家超市印象良好,对冯旭光第一印象也不错,所以他直接抛出一个足够大的难题。

冯旭光眼中闪过一丝不信的神色,肯定是不相信夏想能拿出这么多钱,不过转眼又一脸镇静,二话不说转身拿起计算器,低头算了起来。

五分钟后,冯旭光笑呵呵地说道:"地皮投入三百万,主体工程投入五百万,其他杂项两百万,共计一千万左右,你现在入一百万,平均下来的话不到百分之十,不过现在是关键时刻,一百万的资金可以盘活眼前的困境,我可以做主,算你百分之十好了。不过夏想,你有钱吗?"

和夏想暗中估算的差不多,冯旭光没有夸大其词,更让他下定了决心。

夏想实话实说:"我没有钱。"

冯旭光也不恼:"这么说,你能替我找到一百万的投资?"

夏想还是摇头:"恐怕不能。"

冯旭光脸色还算平静:"那么你不是来应聘超市的工作,是有意帮我一把?说吧,不管用什么办法,只要能解决我眼前的困境,我都会按照刚才谈的给你算百分之十的股份。"

夏想笑了,冯旭光果然是个聪明人,一点就透。不过毕竟是初次交往,交浅言深,不能说得太多。他点点头,又问:"冯总,问个私人问题,你和文总是怎么认识的?"

冯旭光眼中闪过一丝笑意:"我以前也是团省委的人,和文扬是同事。"

"和文总私人关系怎么样?"夏想轻轻敲击桌面,脸上似笑非笑地看着冯旭光。

冯旭光饶有兴趣地盯着夏想,心想他年纪不大,说话办事分寸感拿捏得非常好,步步为营,而且还是一副胸有成竹的样子,真是一个少见的年轻人。

冯旭光说道:"关系还可以,偶尔一起吃吃饭,平常就是打打电话,君子之交淡如水,对吧?私人关系是私人关系,生意是生意,各有各的路数,不能混为一谈,是不是?"

夏想放心了,一伸手:"冯总给我个名片,我随时联系你,行不行?"

走出佳家超市的工地,看着眼前的一片狼藉。

看看时间不早了,夏想就断了再回公司的念头,准备回去好好睡上一觉。走到半路,传呼响了,一看是公司的电话,急忙找了一家公用电话回了过去,却是肖佳找他。

重新编织的关系网

"什么事?"听到电话里传来肖佳好听的声音,夏想感到有些意外。

"没事就不能找你……"肖佳的话听起来像是撒娇,好像意识到了自己的语气问题,她又咳嗽一下,"你什么时候回来?"

"没什么事,我今天就不回公司了。"

肖佳的声音有些失落:"也是,你昨天喝多了,好好休息一下吧,挂了!"

莫名其妙的电话,夏想摇摇头,索性不再去想。

回去之后,夏想好好睡了一大觉。第二天一到公司,就被肖佳叫到里间,她咬着嘴唇,眼睛好像要滴出水来,说不出来的妩媚和风情。

夏想吓了一跳:"怎么了肖佳,你又感冒了?"

肖佳气极:"你才有病!什么眼神,没看出来我风情万种,用我纯情的目光,来融化你冰冷的心灵。"

夏想伸手一摸肖佳额头:"没发烧,是不是吃什么不消化的东西了?怎么这么吓人!"

肖佳怒极反笑:"好了,怕了你了,我就明说了,你是不是不打算和我一起编书?"

夏想嘻嘻一笑,也不再和肖佳胡闹:"我最近有点事情,没时间。"

肖佳神色一黯:"算了,不勉强你。有钱不赚是你的错,反正以后别怪我就行。那我求你一件事,成不?"

肖佳今天特意精心打扮了一下,米黄色的连衣裙,正好盖住膝盖,细腰之上一条紫色的丝带一系,既好看又不失动感。脚上一双绿色凉鞋,十个脚指甲抹得又红又艳,衬托得美足更加洁白动人。更妙的是,脚踝之上系一条红绳,红绳上还有一个小小的银铃,格外令人赏心悦目。

青春洋溢的脸上薄薄施了一层粉,挺翘的小鼻子骄傲而自信,紧抿的小嘴微微上扬,五官精致得如同画中人。尤其是她长长的睫毛,闪动之间就如洋娃娃一样可爱,动人心弦又令人浮想联翩。差不多认识肖佳有多半年了,夏想还是为她的漂亮暗暗叫了一声好,有些女人真是天生丽质,肖佳只需要当前一站,不用做出任何动作,只要眼睛眨上几眨,就会令无数人为之痴迷。

夏想感慨,唯一可惜的是,肖佳一举一动之间,过于媚人了一些,不管和谁说话,总让人感觉她在故意引诱对方一样。这样一个绝世红颜,还好一毕业就来了公司,还好公司比较小,人际关系简单一些,要是放到外面,不定会惹出什么乱子。

"有事尽管说,我尽力而为。"夏想按捺住心中胡思乱想的念头,说道。

"其实也不是什么大事,就是想找你借一点钱。"肖佳眼睛亮亮的,不知道兴奋什么。

"要多少?"

"有一千借一千,有一万借一万,你有多少?"肖佳咻咻地笑,一点也不客气。

夏想想了一想,他不是一个爱花钱的人,不过收入不高,也攒不下多少钱。幸好毕业时手中有父亲给他的一万元还没有动,本来是想给曹局长送礼用的,结果曹局长说什么也没有收下,他就存了下来。

一九九八年大学生毕业要将人事关系留在燕市,还必须走分配的手续,夏想没有找到接收单位,正好远在单市的父亲有一个同事叫曹永旺,是燕省城建局局长曹永国的弟弟,父亲就托了曹永旺的关系,找到了曹永国。曹永国身为省局局长,厅级干部,或许是因为亲弟弟的原因,没有丝毫架子,非常爽快地答应了下来。

不久曹永国就亲自到省三建跑了一趟,将夏想的人事关系安排在了三建。虽然不久之后,夏想就从三建调到了公司,但夏想对曹永国一直心存感激,毕竟没有曹永国的出手相助,他不可能将人事关系和户口都留在燕市。在他毕业之前,听人说要留在省城,光一个户口就要花三万元。曹永国可是只一出手,就帮他解决了户口和工作。

夏想想得出神,肖佳伸出纤纤素手,轻轻揪住他的耳朵,揉了几下,笑道:"乖,揪揪耳朵,不掉魂。"

夏想啼笑皆非,伸手推开肖佳:"我不是小孩,用不着你哄。我只有一万元,都借你。"

肖佳高兴地跳了起来,伸手从桌子上拿过一张纸,刷刷写了几笔,交给了夏想:"给你欠条,可要收好了,丢失不补,一旦丢了,后果自负,别怪我欠账不还。"

夏想一看欠条,原来她早就事先写好并且签好了名字,就等他说出数目,填写了金额就成。敢情肖佳早就算好了他一定会借她钱,不管多少肯定会有。

收好欠条,夏想说道:"你等着,我给你取钱去。"

取出钱,又回到公司交给肖佳,拒绝了肖佳要请他吃饭的建议。夏想见文扬不在,贾合又陪李丁山一起去了京城,公司里原来就他和肖佳两个人。肖佳一个人在里间待了一会儿,出来后向夏想说道:"代我向李总请两天假,我回老家一趟。你也别在公司待着了,反正也没什么事。"

肖佳一走,夏想就给曹永国打了一个电话,问了好,就说要前去看望他。曹永国也不打官腔,说他这几天要下去视察,让夏想周六再给他打电话,到时可以直接到家中找他。

三天后,李丁山还没有从京城回来,只打来一个电话,说是可能要到下周一回来。这几天一直是夏想一个人在公司,滕强自从上一次被他呛了之后,再也没有出现。文扬也不知道去了哪里,没有露面。

周六上午,夏想给曹永国打了电话,没想到曹永国还记得他打电话的事情,说他在家中休息,让夏想直接到家中找他。夏想放下电话,立刻到外面买了一些时令水果,他记得曹永国最爱喝剑南春,就又买了一瓶剑南春,骑上自行车前往建委宿舍。

曹永国级别不低,不过一直在建设部门任职,房子也是建委分的,没有住在位于青水街的著名省委小区,而是住在海鲜街上。

建委宿舍房子盖得不错,毕竟是给自己盖楼,用的都是真材实料。从外面看就像普通的住宅楼,但只要进到里面才会发现,原来里面别有洞天,都是跃层。建委宿舍占地不大,一共也就三十亩的样子,小区只有五六栋楼,都是标准的一梯两户的户型,不过每户面积都有两百多平方米。

房子是不错,不过居住环境却有点差。海鲜街以卖海鲜出名,两侧摆满了各种卖海鲜水产的摊子,叫卖声还价声乱成一团。夏想不无恶趣味地想,估计住在建委宿舍的领导们都喜欢吃海鲜,吵是吵了点,但买海鲜太方便了,几分钟就能买到想吃的水产品。

曹永国住在三楼,是最好的楼层。有句顺口溜不是说"一楼二楼,老弱病残。三楼四楼,有职有权。五楼六楼,傻帽儿青年……"

开门的是曹永国的女儿曹殊黧。

曹殊黧比夏想小几岁,现在大一,正好和夏想一所大学,算是校友。

曹殊黧个子挺高,夏想一米七五的个头,不比她高出多少。因为夏天在家的缘故,曹殊黧只穿了件贴身背心,下身只穿了一条居家短裤,露出健康青春的大腿,白里透红,闪耀着青春特有的光泽。

她的头发短得像男生,细长脸,是一种精练清丽的漂亮。

曹殊黧还记得夏想,因为她一进建筑学院,就听说过夏想的事迹。因为学建筑的夏想写的一手好文章,担任过学校的文学社社长,也算当年名动校园的人物。所以夏想只来过一次,她就记住了他的名字。

"夏想来了……"曹殊黧像个小白兔,一下子跳到屋里,打开房门,"快进来,外面热。"

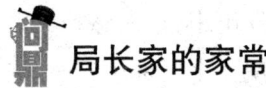

局长家的家常

夏想对曹永国一家人的印象非常好,不仅是因为曹永国的帮忙改变了他的命运,还因为他们一家人没有对他有任何的轻视和怠慢,真当他是朋友的晚辈对待。不管是因为曹永国看重他兄弟的面子,还是因为他为人一向如此,夏想都没有任何理由不尊重他。

曹永国只说了一句话之后,就不再抬头,全神贯注地看起了报纸,理也不理夏想。夏想坐在沙发的一角,静静地坐了一会儿,一脸沉静。他注意到曹永国有一两次用眼睛的余光看他几眼,他假装不知,挺直了腰,目不斜视。

曹殊黧脚上穿着拖鞋,一路小跑从厨房中出来,手中端着一个果盘,上面放着洗好的苹果和梨,放到夏想面前,露出一口漂亮整齐的牙齿,说道:"夏想,别客气,吃水果。"

夏想说了声"谢谢",却不动手。曹殊黧却十分热情地伸手拿过一个苹果,拿起水果刀就要削皮。夏想才不会让她动手,伸手接过苹果和水果刀说:"让我来,小心划了手。"

曹殊黧调皮地一笑:"小看人,我有那么笨吗?"

"你不但笨,还毛手毛脚!"曹永国放下报纸,再看夏想时,目光中全是赞许,用手一指曹殊黧,"你瞧你慌慌张张的,都是大丫头了,一点也不知道稳重。你知不知道,在古代,像你这个年纪的女子,应该笑不露齿,高抬脚轻迈步走路。"

"又来了,又来了,爸,你好歹也是国家干部,要把握好社会的脉搏,知道不?怎么脑子跟老古董一样顽固不化,不是你女儿自夸,就我这端庄形象,在我们学校,已经是一等一的淑女了,你都什么眼光,一点也看不到我的好!"

被女儿一顿抢白,曹永国笑开了花,对夏想说道:"夏想,你评评理,黧儿还说她淑女,现在的大学生有她说得那么不济?"

夏想笑着说:"依我看,殊黧的性子活泼一些也没有什么不好,女孩子,活泼可爱才讨人喜欢。"

"就是,我们学校喜欢我的男生可多了,天天有人给我写情书……"曹殊黧小脸昂着,说不出来的得意和兴奋。

曹永国脸色沉了下来:"我说过多少遍了,上大学期间不许谈恋爱,这件事情不容商量。"

曹永国为官多年,一旦发作,上位者的气势散发出来,让人感到莫名的压抑,夏想坐得离他有三米远,也觉得胸口发闷,几乎喘不上气来。

曹殊黧脸色一变,靠到夏想身边,好像要找一个可以依靠的人,眼神流露出不安的神色。看得出来,曹永国家教甚严,曹殊黧很怕曹永国发威。

夏想轻轻一拉曹殊黧,让她坐在沙发上,然后伸手一抖,一条长长的苹果皮就从苹果上完整地剥落下来,没有断头的地方。接下来他又用左手两根手指捏住苹果的两端,右手用水果刀在苹果一侧一划,不等半块水果划落,手腕一翻,半块苹果已经被挑在刀尖之上,整个动作一气呵成,既干净利落又赏心悦目,最关键的是,双手没有触摸到果肉,干净又卫生。

夏想将苹果推到曹殊黧面前,做了一个"请"的姿势,曹殊黧眼睛都直了,眼睛瞪得圆圆的,脸上的表情夸张到了极致。

"你太厉害了,夏想,你是怎么做到的,太神奇了。"要不是曹永国在一旁,她估计早就大喊大叫了。

夏想小时候住在外公家里,长大后每年暑假都会去住上一段时间。外公家有几亩果园,他最喜欢的事情就是躺在果树下面,手拿一把小刀,看上哪个水果就挥刀斩落,然后削皮就吃。久而久之,就练成了一手削皮的绝活。

"我有一个妹妹,她最爱吃苹果,所以我就天天削给她吃,慢慢地就练成了削水果不断皮的手法。妹妹长得很漂亮,我就想,要是哪个男生敢欺负她,对她有不良企图,我一定要他好看。因为我非常爱我的妹妹,不希望她受到任何伤害。爱一个人,有时就想将她保护得严严实实,不让她上当受骗……曹局长对你爱如掌上明珠,自然要对你严格要求,他不是非要用条条框框将你束缚,而是想用他丰富的人生经历告诉你一个道理,人生每个阶段都是规定的任务,比如上大学就是要以学习为主,就算在大学期间遇到自己喜欢的男生,也要学会克制,毕竟大学只是人生的中转站,一旦毕业,也许就会各奔东西……"

曹殊黧手中拿着苹果,听得入了神,目不转睛地看着夏想,见他眼中流露出伤感和思念,晶莹的眼睛中闪动着令人心动的忧伤,不由心中一酸,扭头看向曹永国:"爸爸,你别怪我,我只是说有人追求我,没有说我在谈恋爱。你也真是的,明明对我好,非要那么凶,不会说话委婉一点,也好让我接受,是不是?"

曹永国向夏想投去感激的一瞥,呵呵笑了:"黧儿,爸爸不是担心你,怕你上当受骗吗?你年纪还小,怎么会清楚那些向你献殷勤的男生,是好是坏?"

曹殊黧不解地说道:"别人喜欢我难道也有错?难道喜欢还分好坏?对了夏想,正好你是男生,你说说男生喜欢一个女生,是什么心理?"

"这个,人和人不同,不好说清楚……"夏想不免窘迫,在大学里,男生讨论女生,可是赤裸裸的肉体和性欲,男人可以爱和性分离,女人则不同,先爱后性。当着曹永国的面,他可不敢信口开河。

曹永国是过来人,知道曹殊黧的问题不好回答,又见夏想作难,猜到他不好回答,就插话说道:"夏想是客人,快给客人倒茶去。"

曹殊黧不情不愿地泡茶去了,夏想将手中的苹果又削下一块,放到一个盘子里,推到曹永国面前,恭敬地说道:"曹局长吃苹果。苹果号称智力果,可以增长智慧,延缓衰老。"

曹永国若有所思地拿起苹果吃了起来,说道:"现在的孩子真是难管,像我们小时候,对家长是言听计从,从不惹事。时代在变迁,不管怎么样,有些老传统老的优良品德,还是不能丢。"

"是的,老一辈的节操和精神是我们这一代人不能相比的,不过人成长需要时间,从年轻到成熟,需要一个慢慢成长的过程……"夏想顺着曹永国的话向下说。

曹永国饶有兴趣地看了夏想几眼:"小夏,我觉得你比以前成熟多了,看来走向了社会就是不一样。看你不过比黧儿大了三岁,好像比她成熟十岁。要是黧儿有你一半稳重,我也就没有那么多心可操了。"

"小夏,中午在家吃饭,别走了。"曹永国的妻子王于芬从厨房中出来,双手沾满面粉,腰间系着围裙。她衣着朴素,看上去如同普通的家庭妇女,一点也没有局长夫人的架子。

别人客气,但他不能将自己不当外人,夏想急忙起身告辞:"就不打扰伯母了,我也该走了……"夏想没问过王于芬在哪里上班是什么职务,只好以伯母相称。

"不许走!"曹殊黧飞快地从厨房中跑出来,手中拿着一个茶杯,气呼呼地说道,"不礼貌,我刚刚给你泡好茶,你不喝一口就走,完全无视我的劳动成果,可恶。"

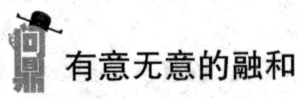
有意无意的融和

"小夏,留下吃饭!"曹永国将最后一口苹果吃下,不容置疑地说道。

"就是,留下吃饭。"曹殊黧又学了一遍,然后嘻嘻地笑道,"夏学长,我还有许多问题没有请教你呢,想走,没那么容易。"

夏想再非要走就是矫情了,只好坐下,嘴中说道:"这怎么好意思!"

王于芬忽然指着曹永国大笑起来:"老曹,你是主人,怎么让夏想削苹果给你吃,你还真好意思!"

"应该的,曹局长是长辈,我是晚辈,给局长削个苹果,说起来还是我的荣幸。估计局里有多少人想给曹局长削苹果吃,都排不上队。"夏想不失时机地说道。

曹永国哈哈大笑:"好你个小夏,也学会拍马屁了。在我这里,你既然自称晚辈,怎么还叫我曹局长?好像不对吧?"

夏想闻弦歌而知雅意,急忙恭谨地喊了一声:"曹伯伯!"

曹永国开心地笑了起来,曹殊黧伸出手指做了一个胜利的姿势,然后兴冲冲跑厨房端菜去了。

和曹永国随意聊了一些工作上的事情,从他的口气中夏想听不出什么,毕竟身为局长多年,不会将工作上的事情带到家中来,再者局里的事情,又犯不着和夏想说什么。夏想也知道不可多问,他不过是借一个由头,试探一些问题。

"我们公司的老总叫李丁山,不知道曹伯伯认识不?"

曹永国才知道夏想已经调出了三建公司,他一直在建筑圈子里为官,局限性比较大,交际面也不是很广,眼神复杂地看了夏想几眼,说道:"听说过这个人,有过几面之缘,没什么交往。"

夏想笑了笑,感慨地说道:"我很佩服李总,他做事很努力,一直靠自己的能力,不依附关系。其实他有一个非常要好的同学在省委里面,好像叫宋朝度,他也不去求他帮忙……"

"宋朝度?"曹永国吃了一惊,"是省委秘书长宋朝度?"

省级厅局的一把手虽然也是厅级干部,但是与整日和省委书记、省长接触的省委常委、省委秘书长还是有很大的差距,所以曹永国猛然听到宋朝度的名字,不由不让他心中震惊,一直平静的表情也微微有些动容。

身为官场中人,曹永国知道他最大的不足是根基不稳,在上面没有一个强有力的人帮他说话。自从省委书记高成松上任以来,他明显感受到了压力,心中也十分清楚,他所在的位置十分关键,也十分重要,而他又受到高成松的排挤,日子很不好过。

其实省城建局归建委口,此时还没有成立建设厅,正常级别应该算是副厅,但曹永国两年前就升了正厅,所以处在城建局局长的位置上,也算是高配低就。若是以他的资历,省委中有人的话,调任建委主任或是到其他更好的厅局,也完全可以胜任。

真要是能结识宋朝度就好了,至少在常委中多了一个替他说话的人。官场上的事情,就是你帮我我帮你的事情。当然,曹永国也知道宋朝度将要失势一事,不过在他看来,宋朝度还很年轻,既然他年纪轻轻就做到常委的位置,假以时日,再重新上来也是再正常不过。高成松嚣张过头,他能将整个燕省的官员都捏在手心任意摆布不成?

就算他想,上面也不答应不是? 中层走中庸,上层靠平衡,一省之地,没有平衡力量的牵制,让书记一家独大,也不是上面所愿意见到的局面。

夏想也是猜测,也是赌曹永国会动心,会感兴趣。他也明白能当上省局的一把手,在省委常委中,不可能没有替他说话的人。省局局长的任命,是必须拿到常委会上讨论的。不过每个常委都有自己的关系网和圈子,不容易打进去。但眼下不同,眼下宋朝度失势,以前不想接纳的人,如果这个时候找他,和他接近,比他在台上之时,可是事半功倍多了。

雪中送炭永远比锦上添花更让人记得久远。

"应该是,具体我也没有问过,只是接过他打来的电话,他自称是省委的人。"夏想倒不是有意欺骗曹永国,而是要给他一个无意插柳的感觉。还有一点是,他也不敢肯定曹永国是不是愿意抓住这个机会,曹永国身后的那个人,是不是愿意放下身段和宋朝度接触。

"宋朝度呀……我知道他。"曹永国说了一句话之后,就没有了下文。

曹殊黧泡茶上来,夏想起身摆好茶杯,给曹永国倒好茶。曹永国端起茶杯喝了一口,然后示意夏想也尝尝:"不算太好的茶,不过还说得过去,是铁观音。"

茶水金黄、清澈明亮、香气浓郁,夏想抿了一口,入口醇而厚、鲜爽回甘。再细啜一口,让茶汤在口腔来回翻滚,可感觉铁观音独有之香味在口中回荡。

夏想不由开口称赞:"不论色泽、香气还是口感,都是铁观音中的极品。好茶难遇难求,今日算是沾了曹伯伯的光,一杯香茗,可胜十杯烈酒。"

曹永国连连点头:"想不到小夏不但成熟稳重,见多识广,还对喝茶也有研究。你这么年轻,有这份心性,可是不简单,比起我家黧儿和小君,不知道强了多少。"

曹永国现在是越看夏想越是喜欢,眼前的这个小伙子不徐不疾,知分寸识大体,又不失幽默,关键是和他很谈得来,又有他弟弟同事的儿子这一层关系,让他不由自主心生亲近之感。

曹永国很在意家里人对他的看法,所以当初一听是他弟弟的同事的儿子,没有多想就答应帮忙。后来事成之后,夏想来过两次家里,当时他话不多,有些腼腆还有些青涩,曹永国对他也就没有多大印象,反正帮夏想找个工作对他来说不过是举手之劳,只要让弟弟落了人情就好。

却没有想到夏想第三次登门,稍微多接触下来,就露出了机智、风趣的一面,谈吐得体,既不过分拘束,又不失礼节,让他大生好感的同时,就谈兴大起,多说了一些闲话。不料一番闲话下来,竟然从夏想口中得知了一个重要的消息,而且夏想还有可能成为中间人,让他和宋朝度结交。

曹永国不由心中暗暗高兴,难道这个小伙子会给他带来好运气不成?

"爸,你夸别人可以,但不能贬低我不是!"一个懒洋洋的声音传来,从房间中走出一个十七八岁的男孩,穿着短裤,光着背,打着哈欠,眼睛眯着,看向夏想时,眼神全是不屑和傲慢。

曹永国一脸愠怒:"小君,怎么说话呢?来了客人也不知道问好,看你成什么样子?这是夏想,是老家的人。"

曹殊君斜着眼睛看着夏想,轻蔑地说道:"什么老家的人?老家总是没完没了地来人,怎么不让人消停一点?烦死人了。你们也是,真当我爸是万能的,求这个求那个的,恨不得让我爸帮你们安排一辈子的前程。"

曹永国大怒:"滚一边去!再胡说八道,我就好好收拾你一顿。"

曹殊君闭上了嘴巴,却神情傲慢地从夏想身边走过,眼神中全是蔑视,毫不掩饰他的盛气凌人。夏想笑笑,他不会和曹殊君做无谓的口舌之争,这样不但落了下风,反而更让曹殊君得意忘形。在他看来,曹殊君不过是一个小屁孩,仗着父母的地位,天生就自命不凡。

高官对下一代的管教确实成问题,怪不得社会上有那么多纨绔子弟,夏想不由暗暗摇了摇头。转念一想也就释然了,相比曹殊君,曹殊黛就一点没有局长千金的傲气,人与人不同,不能一概而论。

正在厨房帮忙的曹殊黛听到动静,从里面出来,毫不客气地上前拧住曹殊君的耳朵,恶狠狠地说道:"我数到三,立刻向夏想道歉,否则我要你好看!"

曹殊君像被猫捉住的老鼠,气焰全消,低声下气地求饶:"好姐姐,饶了我,放我一马,我一定给你效犬马之劳。"

曹殊黛不答应:"道歉,没商量。"

夏想不想闹僵,见好就收,忙道:"没关系,道什么歉?男人之间,有些争执也很正常。再说我也年轻过,想当年说话比小君还难听。算了殊黛,放了小君,年轻都有冲动的时候。"

曹殊黛这才松了手,一转身就笑了起来:"夏想你好厉害,怎么这么会说话?"

曹殊君却不领情,哼哼几声说道:"我不承你的情,别想几句话就收买我。"

曹殊黧的别样心思

和一个人接近,融入他的家庭是最好的方法。

吃饭的时候,夏想坐在曹殊黧和王于芬的中间,正和曹殊君正对面。曹殊君只顾低头吃饭,偶尔看夏想一眼,也是眼神之中写满疑问。一直到吃完饭,除了曹永国让夏想不要客气之外,其他人都没有说话,可见曹永国治家甚严,恪守"食不言"的古训。

饭后,夏想想要帮忙收拾碗筷,被曹永国制止,他挥手说道:"让你伯母和黧儿忙活就行了,男人不用动手做这些事情。"

夏想记得曹永国好像也是建筑学院毕业,不想还是一个非常传统的人,遵循"君子远庖厨"的信条。

饭后,夏想陪曹永国聊了一会儿天,就提出告辞,却被曹殊黧拦住,她笑眯眯地向前挽住曹永国的胳膊,说道:"爸,我的假期作业是设计一份超市的图纸,正好夏想来了,我想让他下午陪我去一趟工地,实地学习一下。"

曹永国架不住曹殊黧的纠缠,就看着夏想说道:"这个问题你应该问夏想,要看他有没有时间。"

曹殊君一听这话,顿时一脸好奇地看了夏想几眼,惊讶地说道:"你挺行,有戏。以前那些追我姐的男生,要么过不了我姐这关,要么过不了我爸这关。你是头一个连过两关的人,看不出来你还有点本事。不过也别太得意了,要想当上我的姐夫,最后还得过我一关!"

曹殊黧满脸通红,抬脚就踢曹殊君:"你滚远一点,小心我收拾你。"

夏想很坦诚地笑:"正好我认识一个朋友正在建一家超市,可以一起去看看。对你的作业我没有保证,但对你的人身安全,我会负责到底。"

这话,也是说给曹永国听的。

曹永国拿过电话,边拨号边说:"黧儿你记得别欺负夏想,夏想,你也别太让着她了,别让她乱跑,这丫头,野着呢……我让司机送你们去。"

曹永国安排司机跟着,一是方便他们出行,二是也多少有监视的意思,毕竟是自己的宝贝女儿,不放心也是人之常情。不过夏想还是心中暗暗激动,今天不但和曹永国相谈甚欢,还破例被他留在家中吃饭,虽然也有曹殊君不和谐的插曲,但一家四口人,至少有三个人对他印象良好,尤其是曹殊黧借故和他一起出来,不管这个活泼的小女孩是什么心思,单是这份信任,就让他欣喜不已。

可以说,他已经成功地打开了曹永国家中的大门。

夏想和曹殊黧走后,曹殊君不屑地说道:"爸,你怎么让我姐跟他出去了?那个穷小子要钱没钱,要地位没地位,我姐和他在一起,多丢份。"

曹永国没好气地训道:"胡说什么?你姐和夏想正常来往,你不要胡乱编排。一边去……"

曹殊君不怕曹永国,无谓地笑笑:"反正我还指望我姐嫁给高官,或是豪门,这样等老爸退了下来,我也好有个厉害的姐夫照应。"

王于芬笑骂:"瞧你那点出息?怎么不想想靠自己的本事?"

曹殊君转身回了房间:"靠自己多累人呀?有个好爸爸少奋斗二十年,再有好姐夫又少奋斗二十年,这一辈子就幸福了。"

曹永国和王于芬相视一笑,无奈地摇了摇头。

王于芬一边将沙发收拾整洁,一边抬头看了曹永国一眼:"没看出来,夏想这孩子还真不错,我看黧儿也挺愿意和他在一起。"

"年轻人在一起有什么,就是好奇和好感罢了。夏想人是不错,不过就是没有出身,他对黧儿没有想法也就算了,真要有想法,就得让他知道,有些事情是不可能的。"

"我说老曹,你怎么这么势利?"王于芬心思简单一些,认为只要女儿喜欢就可以,她觉得两个人在一起,情投意合最重要,其他的都可以以后再说,"当年你也不是一个穷小子,我当时看上你,还不看你顺眼懂事?黧儿的事儿,你别勉强,让她自己选择。"

"不行!"曹永国斩钉截铁地说道,"我们以前受了许多苦,就不能再让孩子们受累。黧儿的婚姻她不能自己做主,必须由我来替她选一个各方面都配得上她的人!"

话虽这么说,不过曹永国内心深处的想法却没有说出来,他之所以答应曹殊黧和夏想一起出去,自然有他更深一层的考虑,不过时机还不成熟,不足为外人道。

曹永国的车是一辆奥迪,司机李洁夫年约三十五岁,话不多,接了夏想和曹殊黧,问了地点,就只顾安静地开车。曹殊黧和夏想并排坐在后座,她穿了一条米黄色的半长裙,上身是收腰小衣,显得又青春又性感。因为说上工地,脚上是一双白色旅游鞋,长长的袜子紧紧裹在圆润的小腿上,让夏想有些收不回眼睛。

如果说肖佳的美是如花的话,曹殊黧的漂亮就是似玉,如玉的纯洁,如玉的清澈。她的眼睛如清泉,青春的容颜清丽脱俗,再加上短短的头发精练秀丽,恰如一朵迎风怒放的山茶花。

曹殊黧拿着一支笔,在一个笔记本上又写又画,忽然抬起头问夏想:"夏想,你的女朋友漂不漂亮?"

夏想没想到曹殊黧沉默半天,一开口就问了一个难题,就说:"前女友还算漂亮,下一任女友还不知道。"

"怎么分手了?"曹殊黧咬住笔头,她的两颗门牙比其他牙齿稍大一些,显得既突出重点,又整齐划一,别有韵味。

"毕业时没分到一起,天各一方,距离产生了感情危机,自然而然就分手了。"夏想不想多谈杨贝的事情,他曾经以为杨贝会等他三年,不想只过了半年她就提出了分手。

"分了也好……"曹殊黧直视夏想的两眼,眼神中有一些跳动的神采,"是她没有远见,是她没有福气,别丧气夏想,你一定能找一个比她强上百倍的女朋友,比她漂亮比她温柔比她可爱……"

见夏想脸上露出无奈的神色,曹殊黧小心翼翼地问道:"是不是还挺伤心的?"

夏想见她一副好奇的表情,笑了:"小孩子家,不该问的别乱问。再说事情都过去了,男子汉,拿得起放得下,谁还总想着过去的事不放?"

"谁小了?我都二十岁了,早就是成年人了,你不过比我大了三岁,还在我面前装大人?不告诉我就算了,我也能自己谈恋爱,自己去感受,我不稀罕。"曹殊黧语气半是气愤,半是撒娇。

李洁夫从后视镜中看了一眼,眼中闪过一丝疑惑。

夏想从曹殊黧手中抢过笔记本,看了一眼,问道:"殊黧,你学的是什么专业?"

"呀……"曹殊黧受惊一样惊叫起来,一把从夏想手中飞快抢回笔记本,"你怎么乱翻女孩子的东西?真没有礼貌。"

曹殊黧的惊叫惹得李洁夫一点刹车,汽车猛地一顿,又随即平顺地行进,显然他也意识到了只是男生女生之间夸张地惊呼,并非是有什么紧急情况,不由自嘲地摇了摇头。

夏想伸手拍了拍李洁夫的肩膀:"不好意思,李大哥,让你分心了。"

李洁夫从后视镜中对夏想笑了一笑:"没关系,是我太紧张了,没反应过来。"心里却想这个年轻人是谁呀,说话彬彬有礼,难怪会讨曹殊黧喜欢。

夏想刚才是无意识的动作,没有想到曹殊黧会有这么大的反应,也根本没有看清本子上写些什么。不过看曹殊黧一脸绯红,心里猜测可能是她的日记本,写着一些私密的事情,也就歉意地笑了笑:"说实话,一个字都没有看清,你大可以放心了。"

"放心什么?哼,反正上面也没有什么隐私,更没有写你……"曹殊黧不打自招,脸庞更红了,索性扭过脸去看向窗外,又怕夏想多想,就又用蚊子一样的声音说道,"也没写你什么了,就是从你身上找到一些优点,我先记录下来,以后找男朋友也好以你当个准绳,争取找一个比你强一百倍的男朋友。"

"我的优点是零,乘以一百还是零,你找一个没有优点的男朋友还是很容易的……"夏想故意笑话曹殊黧。

曹殊黧咬牙切齿地说道:"你不用非要用贬低自己的方式,来咒我找不到幸福吧?太坏了你。"

不多时来到佳家超市的工地上,夏想让李洁夫把车停在工地外面,因为为了安全起见,工地一般不让外单位车辆入内。李洁夫摆摆手说不用,然后用手一指副驾驶座前面的几张通行证,其中一张是燕省城建局的通行证,又指了指工地上竖立的施工进度公告栏,笑道:"是二建施工的,局里的下属单位。"

夏想哑然失笑,怎么忘了这一茬,这可是省城建局局长的车,全省建筑公司谁不买账?

无心插柳的借势

果然门卫一看车牌照就直接放了行,奥迪车一直开到简易房的经理室门前,夏想和曹殊黧下了车,他扔给李洁夫一盒烟:"李大哥辛苦了,可以到处转转,我先陪殊黧去看看现场。"

李洁夫能当曹永国的司机,当然也有眼力,虽然不太清楚夏想和曹家究竟是什么的关系,但曹局长既然肯放心让掌上明珠的女儿陪夏想出来,肯定关系非同一般。再有夏想很有礼貌,让他颇有好感。

夏想笑着冲他摆摆手,转身就走开了。

夏想紧走几步,小声说道:"殊黧,和你商量一个事情,等一下在外人面前假扮一下我的女朋友,好不好?"

曹殊黧双手将笔记本抱在胸前，红红的嘴唇微微地撅着，不解地问："我怎么感觉好像面前站着一个大灰狼？我要知道你到底打的什么主意！"

夏想只好编了个假话："以前的大学同学在这里当技术员，一见面就嘲笑我被女朋友甩了。男人也是有虚荣心的，要是我再领一个女朋友来，想必会堵住他的那一张破嘴。"

曹殊黧喜形于色："那你的意思是，我比你以前的女朋友还要漂亮？"

"似乎要漂亮一些……"为了哄曹殊黧答应，夏想只好夸大事实，"我说了不算，等下要是见了我的同学，从他嘴中说出才更值得相信。"

"这个就比较好玩了，我答应你。"曹殊黧入戏倒是挺快，话音刚落就伸手挽住了夏想的胳膊。夏想紧张地回头一看，还好李洁夫不知道去了哪里。他知道，要让李洁夫看见，肯定会落入曹永国的耳中。

负责佳家超市施工项目的项目经理，是省二建一分公司的经理赵红江。赵红江今天一早来到工地现场，得知甲方的工程款还没有到账，就不由得心中来气，将所有的工头招在一起开了一个短暂的现场会，会议的精神就两点，一是全面停工，二是没有他的吩咐，谁也不许开工，谁敢不听从安排就开除谁。

赵红江身为二建的分公司经理，大小也是一个领导，向冯旭光催促三次还没有拿到工程款，觉得面上无光，为了显示一下领导的权威，让冯旭光了解到底谁说了算，他就假模假样地冲手下发了一顿威风，他也知道，他的态度，很快就会有人转达给冯旭光。

教训完手下，赵红江从他的办公室出来，远远一看，见冯旭光的办公室还是紧闭房门，没有丝毫动静，不由地暗暗冷笑，这个时候还能沉得住气，工程一停，耽误超市的开业日期，看谁着急，看谁受的损失更大！

整个佳家超市占地约有六十亩，其中主体建筑有十五亩左右，剩下的就是附属设施，比如中央空调、停车场和仓库。整个施工现场都由一道砖墙围着，甲方是佳家超市在工地有简易办公室，乙方就是建筑单位二建的简易办公室，分别位于施工现场的两侧，遥遥相望。

被冯旭光几次推诿的态度弄得火大的赵红江，也懒得再找他争吵，直接给他来个干脆，停工整顿，看他还敢不敢再推三阻四。赵红江可不管冯旭光是不是真没有钱，没有钱就不要开工建设，没有钱就别玩房地产！

忽然，赵红江的眼光落在停在冯旭光办公室门口的奥迪车上，因为离得远，他看不清楚奥迪车的牌照是多少，只是隐隐看见燕A后面有两个0，然后后面才是三位数字。三位数字的第一位是几，他睁大了眼睛也不敢肯定到底是不是1,心里就毛躁得不行,就像长满了杂草一样,说不出来的难受。

有奥迪车的不算什么,有钱人多得是。但车牌照是燕A00XXX的就很少了,因为能有排到前几百位的车牌号的,都是有头有脸的人物,许多人都是省厅省局的头头。

难道冯旭光请动了什么大人物?

赵红江有心不理,但又按捺不住患得患失的心理,担心万一真要来了惹不起的人物,他不过是小小的分公司经理,小得不能再小的官职,一句话就能断了他的前程。这么想着,他脚下慢慢向奥迪车越挪越近,等他终于完全看清车牌号码之后,惊讶得差点跳起来:原来是曹局长的车!

曹局长的车怎么会停在冯旭光的办公室门前?难道冯旭光认识曹局长?不能,他真要有曹局长的关系,还能被他一个小小的分公司经理拿捏?

要是市长来了,或是省里其他厅局的领导来此,冯旭光也不会这么紧张,好歹他也是见过场面的人,真要有领导替冯旭光开口求情,他也有许多借口搪塞,比如资金紧缺,没有工程款没法给工人交代,没有钱就买不到原材料,等等,反正罗列一大堆困难,让领导也知道他不是故意刁难就行。摆困难讲道理,赵红江也算一个好手,要不也混不到一分公司的经理位子。

但真要是曹局长,他可是一句假话也不敢说,不仅是因为曹局长也是建筑行业出身,而且二建的总经理杜同春就是曹局长一手提拔起来的,可以说是曹局长的嫡系,而他也算是杜同春的嫡系,这样算起来,他也算是曹局长的人。真要是曹局长发话,别说没钱,就是有钱也要创造成没钱的样子,然后再发扬没有困难也要制造困难最后再克服困难的局面,向局长保证保质保量地完成工程!

真要是让曹局长记住他,二建总公司副总的位子,说不定就有希望了,赵红江越想越兴奋,搓着手,一路小跑来到奥迪车前面,准备向司机李洁夫打探一下内幕消息。

与赵红江的踌躇满志的心态不同的是,冯旭光现在可是焦头烂额,打遍了所有的电话,换来的都是一个结果:没钱。他也知道许多朋友不是没钱,不愿意借给他,是因为看不好他的超市前景。燕市是一个新兴的城市,虽然是省城,但居民收入不高,消费能力有限,他建造一个大型超市,在许多人看来只有死路一条,谁也不愿意借钱给注定失败的项目。

冯旭光无计可施之时,也不是没有想到夏想,不过他觉得夏想当时的做法可能只是耍点小聪明,唬他一唬,想要给他留下一个好印象,真要让他解决一百万的资金缺口,无异于痴人说梦。就算他真是病急乱投医,暂时还拉不下脸面去求一个刚刚毕业的大学生。

放下电话,心情烦躁的冯旭光准备到工地上转一转,看能不能说服赵红江,再多给他一个月时间筹集资金。其实也有一个朋友愿意出一百万帮他渡过难关,但条件是要他百分之二十的股份,被他大骂狼子野心,枉他当这人多年的好朋友,竟然趁火打劫之时一点也不手软。

推开门,见不知何时门口停着一辆奥迪,让他一愣,再一看小号的牌照,他不由心中嘀咕,哪位领导突然视察佳家超市项目,怎么没人通知他?

正疑惑时,就听到赵红江格外热切的声音传来:"冯总,我说冯总,你什么时候认识了曹局长?你看看你真不够朋友,既然和曹局长认识,怎么不给我说一声,怕我不保证工程质量,还故意打埋伏不是?"

冯旭光挠挠头,今天到底是怎么了?

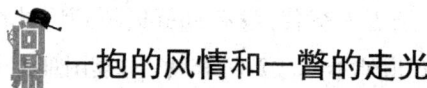

一抱的风情和一瞥的走光

超市不像其他楼房,一般也就是两三层,基本上是框架结构,施工起来也不复杂,主要是造价高,全靠水泥和钢筋浇筑。佳家超市一共三层,现在二层已经封顶,正在架设三层的骨架,因为赵红江下令停工,所以工人们三三两两地聚在一起,坐在阴凉地聊天。

曹殊黧想要到二层实地观察,还想爬脚手架上去,被夏想坚决制止:"真不知道该怎么说你,你穿的是裙子,能站在脚手架上吗?"

曹殊黧没想明白:"为什么不能?"

"脚手架不比楼梯,下面可以看透上面,穿裙子站在上面……"夏想不好意思说得太直白,要不听起来就像调戏曹殊黧一样。

也不知道曹殊黧明白没有,反正她俏脸微微一红,左右看了几眼,小声说道:"工人都不在这边,我先上楼,你在楼下帮我把风……"

防小人不防君子,说来还把他当成君子了?夏想不知道是该庆幸曹殊黧对他的信任,还是该尴尬曹殊黧对他身为男人的忽视?总之不被一位美女防范,也不算一件坏事是不是?夏想就转头左看看,右看看,发现工人们都离得远远的,没有人近前来阻止他们,或许在他们看来,只要能进得了工地大门,就不定是哪里来的领导,都可以管得住他们,所以也没人前来主动找骂。

"好了,我都上来了,你别装模作样地东张西望了,快上来吧!"曹殊黧在楼顶上冲夏想得意地挥着小手,一只手还紧紧按住裙子,好像唯恐走了光一样。

要看刚才早看了,现在才假装紧紧抓住裙子不放,小丫头也有些意思。夏想暗笑,三下两下就从简易楼梯上到了二楼楼顶,对曹殊黧说道:"非要跑到楼上来,你也不怕晒黑?"

虽然是下午两三点的光景,但六月的阳光热力非凡,直刺人眼。楼顶之上又无处遮挡,两个人都站在阳光之下,片刻就感觉酷热难耐。

夏想离曹殊黧不过咫尺,迎着阳光,正好可以清晰地看到她脸上、脖颈之上细细的绒毛,更显得她的皮肤吹弹可破,白嫩过人。一股淡淡的香气伴随着热气从她身上传来,犹如深谷幽兰的清香,更让人觉得眼前的女子清丽如山茶,美丽如月光。

夏想一时看得有些愣神,没注意到脚下突出的钢筋,绊了一下,身子一歪,直直朝前冲去,双手一伸,想要扶住什么,却一把将曹殊黧抱在怀中,收势不住,又带动她向前走了两步。眼见两个人就要一起摔倒,幸好旁边正好有一个钢筋柱,他伸手抓住,才止住了前冲的力量。

不过另一手却绕到曹殊黧背后,紧紧抱住她,将她死死地揽在他的怀中。

曹殊黧先是轻轻地"呀"了一声,随后一脸慌张,不过不像夏想一样去抓住旁边的东西,而是双手用力地搂住夏想,将整个身子都紧密无间地贴在夏想怀中,仿佛只要抱紧了他就不会有事一样。

夏想暗叫一声好险,定了定神,又见曹殊黧如同受到惊吓的婴儿,双手从他腰间环绕,仿佛用尽了全身的力气,勒得他有些喘不过气来。

抱得这么紧,离得这么近,一有反应就会被曹殊黧发现。夏想暗骂自己控制不住下半身,这是什么地方,不说下面还有百十名工人,就是不远处的办公室之内,也有曹局长的司机李洁夫随时睁大了眼睛,要将他的一举一动报告给曹局长。

他轻轻一推怀中的曹殊黧,却见小丫头动也不动,脖子之间泛起了一片羞红。夏想无奈,害羞也得分开,总这样抱着怎么成?他轻轻拍了拍曹殊黧的后背,小声说道:"现在是夏天,天气太热了,等冬天的时候两个人抱在一起取暖才叫浪漫,现在嘛,就叫烧包……"

曹殊黧"扑哧"一声乐了,一把推开夏想,笑骂:"我没抱你,当时情况紧急,就是一根柱子我也要抱上,摔倒得多疼呀。你记清楚了,我刚才抱了一根柱子,听见没有?别乱说别乱想,否则的话,哼哼,我要你好看。"

曹殊黧的威胁毫无威力，相反给人的感觉好像故意撒娇一样，夏想见她嘴硬，就打趣道："好像刚才我才是被动的一方，要说乱说乱想，应该是你才对。你不承认借助我的力量没有摔倒就算了，还诬赖好人就不好了。"

曹殊黧美目圆睁："明明是你刚才不小心绊了一下，要摔倒的时候，幸亏我挡了你一下，要不你现在肯定摔得满地打滚……救命之恩你不思回报，还敢颠倒黑白，早知道就不管你了，让你摔得鼻青脸肿才好玩！"

"那我站稳之后，半天了你还紧抱着我不放，是什么意思？"曹殊黧眉眼之间有说不出来的可爱，夏想情不自禁想要逗她一逗。

"你还好意思说？你先抱的我，把我吓得魂都飞了，我借你的怀抱休息一下，有什么不可以？再说了，一个男人还这么小气，斤斤计较，真过分。"曹殊黧气鼓鼓的样子就像丢了玩具的小朋友。

夏想笑了："好了好了，怕了你了，要是你觉得我的怀抱温暖厚实，可以依靠的话，随时欢迎你投怀送抱。"

"这还差不多……"曹殊黧自以为打败了夏想，脸上得意的笑容还没有消失，就已经意识到了不对，惊叫一声，"好呀夏想，你敢说我坏话，敢污蔑我的清白？是你主动抱我的好不好，我什么时候对你投怀送抱了？你……"

两个人打闹几句，彼此之间的生疏感荡然无存，年轻真好，更不用说心思单纯的曹殊黧，不多时就被夏想逗得眉开眼笑，手中拿着笔记本，在楼顶上穿梭，微风吹拂，裙裾飘扬，就如一只飞来飞去的花蝴蝶。

大概画了一幅简单的施工图，曹殊黧合上本子，一本正经地说道："我的工作做完了，现在下楼，阳光太大了，再多待一会儿非晒黑了不可，就不好看了。"

夏想抢先一步下楼，然后站在楼梯一旁，防止工人意外出现，也是为了提防意外事故。曹殊黧一手提着裙子，一手扶着楼梯，冲夏想喊："喂喂，说你呢，别偷看，听到没有？"

夏想严肃地点点头："你放心，我对幼女没兴趣！"

曹殊黧气极："夏想，你别欺人太甚。你看清楚了，我身上哪一处部位没有发育成熟，哪个地方长得不完美？幼女，亏你说得出口，我哪里长得像幼女了？"

夏想一时语塞，曹殊黧的话说得太有杀伤力了，他可不敢接招。

曹殊黧下了几步，没有听到夏想回答，就扭头去看，一不小心手上一滑，吓得她大叫一声，双手紧紧抓紧楼梯，不敢再动上一步。夏想一步向前，抬头问道："有事没有，要不要我接你一下？"

夏想目光落到的地方，正是曹殊黧春光乍泄之处。他假装什么也没有看见,移开目光,见曹殊黧已经一步步稳稳地下了楼梯,就伸出一只手去接她。

曹殊黧拍拍手,直接无视夏想的殷勤,眼睛转了几转,笑着说道:"我的工作做完了,走,该去见你的同学了。我倒要看看,是你的眼光好,还是他的眼光高。"

心思迥异的四方会面

夏想并没有什么同学在施工现场,他让曹殊黧假装他的女朋友其实是别有用心。不过又不便明说,就含糊其辞地答道:"不管他,先有点别的事情,去见一个重要的人。"

"那还要不要装女朋友?"曹殊黧略带不满地问道。

"随你心意!"夏想要了个心眼,免得以后曹殊黧想起这事,转过弯后,会埋怨他有故意利用她的嫌疑,所以他将选择权送给她。

曹殊黧没有片刻迟疑,轻轻挽住夏想的胳膊说道:"这么好玩的事情,正好让我遇上了,要不参加的话,就不是我的风格了。走,谁怕谁!"

夏想见曹殊黧贴得紧紧的,心中苦笑,假扮一下而已,不用非得这么亲密。他还真有点怕李洁夫看到了会告诉曹永国,曹永国要是万一对他有什么想法,他今天辛辛苦苦在曹家树立好形象的努力就会付之东流了。

又不能从曹殊黧手中抽出胳膊,他只好暗暗希望李洁夫没在冯旭光的办公室。

可惜的是,夏想的美好愿望落空了,李洁夫不但正在冯旭光的办公室,还被冯旭光和赵红江围在正中,两个人一个端茶,一个递烟,正享受着领导的待遇。不过李洁夫茶照喝烟照抽,对冯旭光和赵红江的问题,却是一问三不知,笑哈哈地只是摇头。

"冯总、赵总,你们二位就别逼我了,我只是送曹局长的千金来工地现场,至于陪她的那个年轻人和她是什么关系,我一点也不知道。我是司机,只管开车,不该问的问题不能问……"

其实冯、赵二人心中也清楚,不管李洁夫是不是知道局长千金为什么非要来佳家超市现场,肯定不会告诉他们。冯旭光和李洁夫不熟,倒没有说什么,赵红江仗着和李洁夫喝过几次酒,算是比较熟悉,就千方百计要套他的话。李洁夫才不会上当,好烟好茶享受着,嘻嘻哈哈和赵红江打起了太极。

李洁夫将夏想二人送到,明知道曹局长让他来是有意让他多留意二人举动,但他想了一想,感觉夏想沉稳可靠,又见曹殊黧对夏想态度不一般,心里就有了主意,就打算到附近的菜市场转一转,回去之后就给局长汇报一切正常就行。他甚至还想,夏想小伙子长得不错,人也懂事,说不定局长也心里乐意,他又何必多此一举。

局长的家务事,是好是坏他都落不了好,眼不见为净,所以李洁夫一转身就去了菜市场,转了有半个多小时,买了一堆菜,刚一回来,就被赵红江抓个正着。

赵红江追问冯旭光半天,非要问冯旭光和曹局长是什么关系,冯旭光也是一头雾水。等李洁夫一回来,赵红江才知道原来曹局长没来,只是车来了,而且不是冲冯旭光来的,心里就又放心了一大半,对冯旭光的态度立刻又冷淡起来,就只顾着讨好李洁夫。

冯旭光才知道门外的奥迪车是省城建局曹局长的专车,虽然他不认识曹局长,但也知道曹局长位高权重,既然李洁夫是他的司机,也不敢怠慢半分,就请到办公室中,赔着笑脸说话。

三个人各怀心思,尤其是赵红江心里七上八下,实在不明白到底是曹局长的千金无意之中来到佳家超市工地现场,还是故意打着什么假期作业来暗示什么。领导的心思要好好琢磨,否则什么时候得罪了领导,一句话就让他丢了前程,可就亏大了。他左思右想,又见冯旭光也是一脸疑惑,心中更加忐忑不安,对李洁夫的恭敬又多了几分。虽说李洁夫只是一名司机,可是他是曹局长的亲信,天天在局长身边,就算他不会多嘴乱说,但要是在局长高兴的时候,他就当聊天一样无意中说出他的名字,要让曹局长记住了"赵红江"三个字,就是天大的成功。

赵红江越想越是激动,以前也和李洁夫喝过酒,不过都是在人多的场合,像今天这样面对面的情形还没有过,心里就开始活泛起来,寻思着下一步怎么样说动李洁夫,请他赏脸晚上一起吃个便饭。

突然响起的敲门声打断了赵红江的思路,他有点恼火,刚刚想好的说辞一下子被敲门声惊飞,话到嘴边又生生咽了回去的感觉不太好受,就急匆匆地一把拉开门,见门口站着大学生模样的一男一女,也没多想,以为又是建筑学院前来寻找实习单位的大学生,就没好气地说道:"你们是谁?有什么事?"

夏想不认识赵红江,不过见他戴着代表领导身份的红色安全帽,心中猜测到了几分,就笑着说道:"我找冯总,她找李师傅……"

李洁夫从赵红江后面闪出来,冲夏想一点头,一脸温和而谦卑的笑容对曹殊黧说道:"殊黧,作业做完了?是不是要回去?"

曹殊黧不满地瞪了赵红江一眼,和夏想一前一后进了房间,合上手中的笔记本,说道:"李叔叔到车上等我一下。"

李洁夫应了一声,又冲赵红江和冯旭光点了点头,随后又轻轻拍了拍夏想了肩膀,微微一笑,就出了门。

曹殊黧被阳光晒得脸蛋红红的,艳若桃花,她美目一瞪,不但没有丝毫威慑力,反而更流露出娇憨之美。但落在赵红江眼中,只感觉犹如一盆冰水从天而降,将他浇得浑身精湿,从里凉到外,脑中翻天覆地闪过一个念头,完了,没想到眼前的人竟然是局长千金!自己怎么这么笨,怎么这么蠢?想了半天只顾想着如何巴结李洁夫,没想到司机还没有讨好成功,却一句话将局长千金给得罪了。谁不知道小女孩心眼小,爱记仇,她要是在局长面前说他的坏话,他的前途可就堪忧了。

转眼之间,赵红江心中已经是九曲十八弯,不知道绕了多少道道,在原地愣了一会儿才回过神来,急忙又凑向前去,露出一脸讨好的笑容,对夏想说道:"这位同学,刚才不好意思,我说话有点冲,不是针对你们,是一时着急,我郑重向你们道歉。"

赵红江不敢再去惹曹殊黧,见夏想和她一起进来,就动了曲线救国的心思,主动接近夏想。

夏想岂能不明白赵红江的心思,他主动伸出手来:"认识一下,我叫夏想。"

冯旭光见夏想意外现身,又惊又喜,又见他和局长千金关系密切,心思一动,上前说道:"小夏,你过来怎么也不通知我一声,还想给我一个惊喜不成?"

赵红江又是一头汗水,怎么转眼之间关系这么复杂?这个冯旭光刚刚还说不认识曹局长,和曹局长一点关系也没有,现在又认识这个夏想,而这个夏想又和局长千金在一起,究竟是怎么一回事?他一把握住夏想的手,笑得格外亲切:"我叫赵红江,是二建一分公司的经理,很高兴认识你。"

冯旭光笑得很开心:"小夏,介绍一下,这位是……"他意味深长地看了夏想一眼。

曹殊黧站在一旁吹着电扇,向前一步挽住夏想的胳膊,一脸甜蜜地说道:"我叫曹殊黧,暂时……是夏想的女朋友。"

冯旭光的眼睛充满了惊喜,赵红江脸上的笑容更盛了,急忙亲自倒了两杯水给夏想和曹殊黧,也不顾他本来不是这个办公室的主人。

曹殊黧只说了一句就不再说话,乖巧地坐回到沙发上,低头翻看手中的笔记本。夏想看了她一眼,心中闪过一丝惊讶,原本以为她是一个活泼好动性格单纯的小女孩,现在看来,她也有懂事的一面。

冯旭光知道夏想找他肯定有事商量,几次用眼光示意赵红江,希望他主动离开。赵红江视而不见,他已经打定了主意,只要夏想和曹殊黧不开口赶他走,就说什么他也要赖在这里,有这么好的示好机会怎么会错过,更何况他刚才态度不好,尽管看上去曹殊黧并没有放在心上,也没有再看他一眼,他可是不敢掉以轻心。

夏想和冯旭光闲聊几句,也不顾忌赵红江在场,其实他也是有意说给赵红江听,说道:"冯总,我刚才在现场发现已经停工了,是不是资金问题还没有解决?"

冯旭光没有托大坐在老板椅上,而是和夏想并排坐在沙上,他先是看了赵红江一眼,习惯性地一摸头顶,嘿嘿一笑:"是呀,眼前还是有些缺口,我的一笔生意回款出了点问题,要不也不会如此作难!对了小夏,上次我们所说的合作项目,我一直很感兴趣,可惜的是你一直没有了下文。怎么着,今天来,是不是要给我交个底?"

夏想原来是曹局长千金的男朋友,怎么没有在曹局长的照顾下安排到一家效益好的企业,偏偏要在李丁山半死不活的公司里待着?冯旭光表面上和夏想装作很随意地说笑,其实是做给赵红江看,内心的震惊和疑问也是一直萦绕,让他一时无法弄清夏想的真实目的。要是夏想只是想凭借曹局长的关系,向赵红江打个招呼的话,赵红江不会不卖个面子开工,但只凭这一点就敢开口要百分之十的股份,也确实有点狮子大开口了。

冯旭光不是不想给出百分之十的股份,而是觉得有些不值,对夏想也看轻了许多。不过是一个倚仗老丈人的软蛋,亏他先前还在他面前装模作样卖弄一番,好像他真有本事一样。

好像就印证冯旭光心中所想一样,曹殊黧突然插话说道:"对了赵经理,工地上怎么停工了?我刚才去现场还想画一个施工图,却发现没有工人施工。"

赵红江眼睛一亮,心中算是明白了怎么一回事。

满意的结果和意外威胁

曹殊黧话一出口,让夏想暗暗称奇,这小丫头好生厉害,年纪不大,心思转得挺快。不过转念一想也就释然,毕竟她是在高官之家长大,见多了人情来往,不管有意还是无意,总能看到事情的关键之处。

赵红江工作能力是有的,除了过于热衷升官之外,也没有太多的毛病。痴迷于升官的人都心思重,凡事喜欢多想,所以他一听曹殊黧随口一问,又惊又喜,腾的一下从沙发上站了起来,摆出一副向领导汇报工作的姿态,随即一想又醒悟过来,讪讪地又坐了回去,搓搓手说道:"出了一点小小的质量问题,我勒令他们停工整顿。百年大计,质量第一,不能有丝毫的马虎。不过估计现在他们已经发现了原因,我马上就让他们开工,加快施工进度。"

曹殊黧笑了一笑,又问夏想:"工地开工后,我们要不要再上去看一看?"

夏想摇头:"就不麻烦赵经理了,我们一会儿就回去。对了赵经理,殊黧只是随口一问,你别放在心上,不用急着开工,工期重要,质量才是重中之重。"

"对,对。"赵红江满脸开花,一副心领神会的样子,"小夏果然是高才生,一句话就说到了点子上。"

曹殊黧抬手看看表,又看了看外面:"夏想,时间不早了,我们该回去了,要不爸爸会不高兴的。他这个人,事无巨细都爱操心,什么事都记得清清楚楚,又死板,说让我五点回家,要是晚了一分钟,他就会批评我不守时。"

言者无心,听者有意,赵红江好像得了什么暗示一样,一下子从沙发上跳起来:"我马上亲自去监督他们开工,不能耽误了工期。"

冯旭光和夏想送到门口,见赵红江着火一样一路小跑跑向工地,二人相视一笑。

夏想示意冯旭光走开几步,离办公室一段距离之后,他看到工地之上的人员已经开始忙碌起来,就来到一处阴凉地,蹲了下来,从口袋中拿出一张纸,交给冯旭光:"冯总一定认为我以前说的帮你解决眼前困难的方法,就是拿曹局长的面子压赵红江开工?"

冯旭光没想到夏想直接说了出来,不由一愣:"不管用什么方法,只要你帮了我,百分之十的股份我一定会转让给你。我说话算话。"

"好,爽快。"夏想看得出来冯旭光神色之间有一丝不快,他能理解冯旭光对他的轻视,也没打算绕弯子,冯旭光是个可交的朋友,以后也许借助他的地方有很多。交友贵在知心,尤其是现在他还没有发展壮大之时,他轻轻点了点冯旭光手中的纸,"刚才的事情,算是额外的赠送,我说的价值百分之十股份的办法,就在这张纸上。"

冯旭光将信将疑地仔细看了起来,只看了几眼,脸上就堆满了凝重,慢慢地又舒展开来,看到最后忽然一拍大腿,喜笑颜开地说道:"我说第一次见到老弟,就觉得你自信满满,不像吃软饭的人。说实话,刚才的事我确实有点看不起老弟你,现在才知道原来这才是你的手笔……这事,我看有八成的把握。"

他一把抱住夏想的肩膀,亲热地说道:"怎么样老弟,来我这里当一个副总?听说你是学建筑的,怎么还这么有经济头脑,不简单,年纪轻轻,比我眼光还毒还准。"

夏想被冯旭光夸得有些不好意思,也为他的直爽感到高兴,心知这个朋友他算是交上了,说道:"冯总……"

"还叫什么冯总,不嫌弃我的话,叫我一声老哥,我就托大叫你老弟!"冯旭光将手中的纸又看了一遍,如获至宝,"高,实在是高,我怎么就没有想到这个好办法?值,百分之十的股份真值。再有刚才的事情,老哥我也不能亏待你,说实话兄弟,公司我占百分之七十二的股份,我给你百分之二十,怎么样?"

夏想摇头,一脸淡然:"我说了,刚才的事情不算我的功劳,你非要感谢的话,就记到曹局长的头上,记得他的好。我只要百分之十就可以了!"

见夏想一脸坚决,冯旭光知道他心意已定,就使劲点点头说:"这个情我记下了!"

夏想就是让冯旭光将超市之中最好的几个大区的位置,比如说生鲜区、水果区、蔬菜区等等,标价出售一年的使用权,先到者先得。在一家超市中,位置的好坏直接决定销量的多少,决定厂家的出货量和利润。提前预售价格低一些,但只有一年的使用权,而且可以提前回笼资金,所以也不失为一个双赢的办法。

夏想相信冯旭光有这个超前的眼光,他不过是因为见识局限的原因,没有想到而已。果然一经点透,冯旭光就明白了其中的诀窍,具体如何操作如何和商家谈判,以冯旭光的能力自然不在话下,就不是夏想所用操心的事情了。

告别冯旭光,夏想谢绝了赵红江的热情挽留,在赵红江一脸失望中和曹殊黧一起坐上了奥迪车。曹殊黧一上车就偷偷地对夏想说:"怎么样,我今天的表现还算出彩吧?"

夏想由衷地夸道:"非常出人意料,比我想象中好了太多。对了,你刚才为什么问赵红江工地上的事情?"

夏想自然不会认为,曹殊黧只是随口一问,肯定是看出了什么。

曹殊黧一只手支在车门上,托住头,歪到一边看着夏想:"我就是觉得天气这么好,为什么非要停工?因为好奇所以就问了一问,没想到那个赵经理还挺负责,真能听得进去意见,从善如流,真不错。"

夏想仔细地打量曹殊黧,想从她脸上发现她是不是在故意假装,看了几眼,也不知道她想起了什么,脸一下子红了,扭过脸不敢直视他。夏想只好摇头,真是一个聪明的小丫头,明明在故意帮他,还装成不知道的样子。

不知道为什么,夏想心中深处被轻轻地触动了一下。

车到山中路和朋友街的交叉口,夏想让李洁夫停车,他要从这里回公司。不忘冲李洁夫说了几句客套话,刚一下车,发现曹殊黧也跟了出来。

她伸出小手,递过圆珠笔:"呼机号写给我,我过几天有事要请你帮忙。"

夏想瞥了一眼她另一只手上的笔记本:"不是有笔记本吗,为什么要写手上?"

曹殊黧抬脚踢了他一下:"让你写你就写!"

曹殊黧的小手潮潮的,抓在手中柔软滑腻,夏想在她手心画来画去,写了半天才写好,将笔还给她问道:"有什么好事找我,能不能提前透露一点,好让我有个心理准备。"

"不说,就让你猜。"曹殊黧声音忽然低了下来,两只脚在地上局促不安地原地画圈,"要不,要不晚上也到我家吃饭,我还有问题想请教你。"

夏想可不敢再上门,曹永国让他陪着曹殊黧已经是很大的信任,他不能得寸进尺,晚上再去曹家的话,就是不识趣就会惹人嫌了,毕竟和曹家的关系还没有好到平等交往的程度。

婉拒了曹殊黧的要求,正要挥手说再见,曹殊黧突然俯身过来,在他耳边轻轻说道:"只要我打你传呼,限你三分钟之内回话,否则的话,我就告诉我爸爸,你偷看我裙子里面!"

直到奥迪车走远,夏想还呆呆地站在原地,一脸苦笑。曹殊黧还真是精灵古怪的小丫头,原来她什么都清楚什么都明白,以后再和她来往可要小心,千万不能小瞧了她,不定什么时候被她算计了都不知道。

03 扫清入仕的障碍

越来越接近的目标

看着李丁山气定神闲地抽了一口烟,脸上流露出一丝别有味道的笑意,夏想不由自主地心中一跳,暗暗告诫自己,千万不要只看到李丁山软弱的一面。他毕竟身为国家级报社一省的负责人,常年周旋于省里和市里的领导之间,不是官场中人胜似官场中人,表面上是媒体人,其实也是半官方的身份,能稳坐记者站站长一职五六年,也绝非寻常人物。

说好周一回来的李丁山,周二中午才和贾合一起风尘仆仆地从京城赶回。见他一脸疲惫却掩饰不住的轻松,夏想知道多半是事情成了。

李丁山直接叫夏想跟他上楼,坐下之后开口就说:"报社同意放人……"

夏想大喜,刚要道贺,却见李丁山又脸色一沉,用手指了指楼下,夏想知道他的意思,忙道:"公司没人。"

昨天是周一,只有他一个人来上班,其他人去了哪里夏想并不关心,奇怪的是,肖佳不知道为什么也没有来。肖佳最近有点神秘,好像在暗中筹划什么。

李丁山放了心:"不过报社有一个条件,就是让我先指定一个熟悉公司业务的人暂时代替总经理一职,现在公司这种情况没有选择,我就推荐了文扬。"

文扬不和李丁山一起上任就是万幸,让他留在公司也总比让他跟在李丁山身边强。不过夏想却不清楚文扬在李丁山心目中到底有多重要,所以也不好说些什么:"让文扬接手公司,也算是顺理成章,难道是文总不愿意?"

李丁山点头说道:"是的,我和文扬商量时,他没有同意,说他没有经营公司的能力,希望能跟随我在我身边……"

真是个可恶的家伙,夏想心中暗骂文扬老奸巨猾,一见到跟随李丁山下到县里有利可图,竟然连公司的总经理也不要。或许他也知道公司前景一片黯淡,接到手中的不过是一个烫手的山芋罢了。

"要是李总非要让文总当总经理呢?"夏想试探着问。

"恐怕不行,文扬也许会调回团省委。其实我担心的是文扬不接手公司的话,报社就会犹豫到底派谁来接手,真要最后决定从总部派一个人来的话,就会多出许多周折出来,比如要交接,要审核,再有派出的人说不定还有手头的工作要处理,等等,一拖就有可能一两个月过去了。"

"李总,有什么应对之法没有?"夏想知道李丁山也不会坐以待毙。

"办法是有,只能是试试看了。"李丁山整个身子都倒在宽大的转椅里,用两根手指轻轻敲击额头,"你负责劝劝文扬,尽量想办法让他接手公司,我直接去找宋朝度,让他开始着手安排相关事宜,总之要尽一切可能在他下去之前,将事情敲死,只要任命办下来,到时哪怕和报社闹些不快,也是没有办法的事情。"

夏想心中一惊,看来这一切李丁山是下定了决心,他的催促是一方面,估计在报社也是受到了什么触动,竟然不惜拼着和报社闹僵也要离开。

"我尽量做通文总的工作,希望事情能圆满解决……宣传口对于政绩还是帮助很大的,李总是媒体圈的人,这也是一道令人忌惮三分的护身符。"夏想含蓄地提醒李丁山,他出身国家级报社的身份,才是最让人看重的地方。

李丁山满意地笑了:"小夏,你这么一说,倒让我对你更有信心了。到时要跟我一直到贫困的县城,会不会不舍得省城的繁华?"

说起来这是李丁山第一次直面暗示他要将夏想带在身边,虽然一直期待这一刻,真等李丁山亲口说出,他反而心里是异常的平静:"一个人重要的不是在哪里,重要的是能做什么!我相信只要跟着李总,总有看到李总辉煌的那一天。"

李丁山骨子里还是文人,总有一些文人做派,所以夏想的话深得他心,哈哈大笑。

夏想心中也十分高兴,虽然对李丁山没有带他和宋朝度一起见面而微微有些遗憾,不过他也知道有些事情急不来,毕竟宋朝度就算失势,也是省委中的一号人物,不是谁想见就可以见到的。

他暗暗下定决心,总有见到宋朝度的一天,也总有得到他赏识的时候。

只要跟在李丁山身边一天,就总有人得了宋朝度法眼的可能。

下午的时候,接到了冯旭光的电话,说是要派人来取他的身份证,帮他办理股份转让事宜。夏想想了一想,觉得他还是做一个隐身者为好,省得以后被人抓住把柄,就很认真地说道:"老哥,我的意思是就一直挂在你的名下就可以了,等到分红的时候,你直接给我现金就成。"

冯旭光的声音在电话中听起来有点失真,但仍然可以听出他的惊讶:"不是吧老弟,你不转移到你的名下,以后要是我不认账,你可没有地方说理。"

夏想语气淡淡的,却有令人不容置疑的穿透人心的力量:"我相信你。"

短短四个字,让电话一端沉默半天,最后冯旭光只说了一个字:"好。"

夏想有理由相信,这样的一个有着非常手段又有远见的人物,不会暗中吞掉属于他的股份。冯旭光不是这种人,就算他想要收回,也自有各式各样的手段可用。最重要的是,夏想其实并没有打算真要百分之十的佳家超市股份,他想留到以后在最有用的时候出手,也许会改变一些人的命运,同时也会为他带来莫大的好处。而且他也相信,并不明白他的底细的冯旭光,见他和曹殊黧在一起,又有曹局长的专车相送,心里也自有分寸。

下午一上班,正在等文扬出现的夏想,却意外地等来了肖佳。

几日不见,肖佳的俏脸瘦削了一些,白皙的脸庞晒成了麦芽色,反而让她增添了几分性感。夏想下意识地将肖佳与曹殊黧对比,肖佳更多妩媚和性感,一举一动都有诱人的味道在内,就如一坛陈酒,酒香四溢,只要施施然当前一站,就有酒不醉人人自醉的效果。

相比之下,曹殊黧更多了俏皮和可爱,犹如邻家小妹,芳香宜人,除了精灵古怪之外,举手投足间让人心生怜爱,不忍对她有半点伤害。当然真要说起来,还是肖佳的杀伤力大一些,毕竟肖佳的成熟和韵味还不是现在的曹殊黧所能及的。

肖佳只是站在夏想面前笑,笑而不语,即便是浅浅的笑,也是眼波如水,双颊红润,让夏想蓦然想起上一次从大雨之中跑进屋的肖佳,脑中突然跳出一句话:雨润红枝娇。

眼前的肖佳可不就像一枝得了阳光雨露的桃花吗?

"有什么好事,这么高兴?"夏想有点吃不消肖佳笑而不语的诱惑,她的诱惑力太过惊人。

"你猜……"肖佳双手插在牛仔裤兜里,身子轻轻摇晃。

"难道是和文扬有关?"夏想心中多少有些吃味,男人都一样,见不得漂亮女人和别的男人来往过密。

肖佳脸色变了:"你能不能想点正事,就文扬那个德性,我会给他……啊,你是什么意思?"她突然醒悟过来,夏想问的不是她和文扬之间的关系,而是文扬是不是给了她应得的五十万元。

怎么会突然之间想到这个?肖佳感到脸上有些发烧,低下头,偷偷地飞了夏想一眼,却见他正双眼发亮地看过来,一脸似笑非笑的神情,不由一时气恼,上当了,没想到他看上去老实,原来也挺有心眼。

"猜错了,笨蛋,继续猜。"肖佳的声音里都透出甜丝丝的味道。

夏想打了个激灵,忽然想到了什么:"你编书成功了?"

 对付恶人要用恶办法

肖佳神采飞扬,干脆坐在夏想对面:"答对了!我发了五千封信,现在正陆续收到回信,保守估计也要有三千人上当,不对,是三千人汇款。我好好算了一算,至少可以赚一百五十万,发达了。"

还真让她做成了?夏想看着肖佳喜形于色的样子,心想一个人想赚钱不是错,但钻了法律的空子和公司的漏洞,至少也是经济犯罪。本来他还心存幻想,认为他不肯帮她,她一个人也做不来这件事情,没想到肖佳倒有主见,认定的事情决不回头,一声不吭地就将事情完成了。

夏想拿起一支笔,在纸上随意地写写画画,说道:"也不知道是该恭喜你,还是该劝你收手,不过估计你一定会有始有终,我也就不多说什么了,只是想告诉你一句话:适可而止。"

肖佳一脸愕然:"你怎么好像一点也不高兴?这么大的成功,怎么着也该庆祝一下。一百五十万也有你的一半,我会分你七十五万的。"

世人皆爱财,夏想也不能免俗,但突然之间天降七十五万元,他胆子再大也不敢接受,"没有出力,也没有参与,没有理由分钱,谢谢你的好意。"

肖佳生气了:"胆小鬼,怕事发之后牵连到你是不是?"你放心,你只管拿钱,真要出了事,我一个人承担,绝对不会有你半点责任。我说分你一半就一半,你不要也得要。因为我没有启动资金,所有前期费用,全是因为借了你一万元,还有你明明知道我私刻公章的事情而没有告发,就凭这两点,我觉得就值七十五万。

说完,肖佳气呼呼地转身走了,临走之前还扔下一句:"我已经向公司提出了辞职,以后也不会再来公司了,你有我的呼机号……"

等肖佳走了,夏想才想起他还想对她说起李丁山要离开公司一事,既然她已经辞职了,对于公司的变动也无所谓了。只是他心中隐隐担心,文扬和肖佳之间的矛盾还在,真要是让文扬当了公司老总,他要是知道了肖佳私刻公章一事,要拿此事要挟她的话,她只怕只有就范。

四点多的时候,文扬来到了公司。他见到夏想,先是一愣,随即不悦地说道:"夏想,你来我办公室一下,我有事对你说。"

夏想神情自若地答道:"好,正好我也有事情要和文总商量。"

夏想从容不迫的态度让文扬一愣,心中顿生不快。他打开门,一屁股坐到椅子上,以居高临下的口吻说道:"你去了佳家超市没有?和冯旭光谈了没有?要是你不珍惜眼前的机会的话,就把表格还给我,等着去佳家超市工作的人多着呢,给你是看得起你,别不识抬举。"

文扬眼睛一眯,形成一个三角形状,冷冷地看着夏想。

夏想没有丝毫退让的意思,他没有回答文扬的问题,反而问道:"李总想要从政,有意让你接手公司,为什么你不识抬举?"

文扬大怒,拍案而起:"夏想,请注意你的身份,你这是什么态度敢跟我这样说话?"

夏想自顾自在坐到沙发上,顺手拿起一本书,随意翻了一下:"文总,你和李总不同,李总是一个有理想有追求同时又有原则的人,而你是一个爱财的人,为了赚钱不择手段。你不适合官场,官场只会害了你,让你再无出头之日。你今年三十六岁了,才是科级,真要下到县里,就算当一个局长又能有多大前途?你真要是有从政的才能,也不会在团省委混到现在也没有出头!其实现在你最好的选择就是接手公司,当一把手,真要将公司经营得红火,还能少得了你的好处?"

夏想脸上的笑容淡淡的,若有若无,还有一些意味深长的味道,漫不经心地说出句句诛心的话语,就如一把利刃,直直刺入文扬的心脏!

文扬脸上露出狰狞的表情,仿佛石化一样动也不动,只是一双眼睛冒火一般死盯着夏想,似乎要将他生吞活剥。嘴巴张了几张,半天却说不出一句话。

夏想知道李丁山性子偏软,尤其是对熟人总是下不了狠心,说不出狠话,所以才将说服文扬的事情交给他做。夏想心里明白得很,文扬是一个有便宜就占的货,只要有好处,他就会随势而上,才不管什么廉耻道义,想要说服他放弃好处,就好比让一只狗丢掉嘴里的骨头一样难。所以他才没有和文扬摆事实讲道理,直接对他当头一棒。

对付恶人要用恶办法。

还有一个顾虑也让夏想明白,绝对不能让文扬再跟在李丁山身边。别的不说,单是他背地里偷偷编书一事就可以得出结论,文扬在李丁山身边绝对是一颗定时炸弹,以他的贪婪本性,总有一天会惹出大事,肯定会将李丁山拖下水。如果宋朝度失势,李丁山自保还要小心翼翼,再自身出一点问题,不是故意给高成松制造打击报复的机会吗?文扬必须排除在李丁山的圈子之外,这一点不容商议。

文扬气得浑身发抖,没想到在他眼中渺小如蚂蚁的夏想居然敢当面指责他为人不堪,揭他的短,是可忍孰不可忍。他猛地将手中的茶杯一摔,"哗"的一声茶水溅了一桌子,也淋湿了他的衣袖,他浑然不觉,呼地站起,用手指着夏想鼻子,恶狠狠地说道:"你凭什么对我说三道四?在我眼里你狗屁不是,我一句话就可以让公司开除你,就可以让冯旭光不用你,你还敢跟我横,跟我嚣张,看我不整死你!"

夏想稳坐不动,甚至还跷起了二郎腿,脸上波澜不惊,对文扬的威胁和张狂视而不见。对一个浅薄而没有水平的人来说,无视他比任何还击都有力,果然文扬再一次被激怒了:"夏想,你,你滚出我的办公室,马上收拾好你的东西滚蛋……"

夏想慢慢站起身子,还慢条斯理地整了整衣服,然后不动声色地说道:"我走不走要由李总说了算,佳家超市那里也是由冯总说了算,所以我劝你别白费心机了,消消气,我的文总,气大伤身!"

文扬被夏想懒洋洋一副无所谓的样子气得暴跳如雷,一把抓住他,几乎是怒吼说道:"小子,你有种别走,我现在就给冯旭光打电话……你等着!"

文扬几乎气炸了肺,一拨通冯旭光的电话就大声说道:"旭光,我是文扬,我上次给你介绍的夏想你有没有决定用他?听我说,那个小子惹火了我,他不是个东西,在我面前没大没小,还敢威胁我,你立即开除了他,还有告诉你的所有生意上的朋友,谁也不要聘用夏想,他就是一个浑蛋……"

文扬唾沫星子乱飞,对着电话大叫大嚷,看得夏想在一旁暗暗摇头,就以他这种素质这种水准,真要跟李丁山下到县里,不是一个地道的土匪恶霸又能是什么?有他在身边,李丁山的仕途之路只会更加坎坷,文扬除了会添乱会增加不稳定因素之外,百无一用。

当初李丁山创办公司初期,怎么就看上了这么一个人?被他几句话就气成这样,没有一点城府没有一点涵养,怪不得在团省委一直混得不得志。话说回来,就他这样的脾气和性格,不管是商场还是官场,能混得好才叫见鬼。

将公司这样的一个烂摊子交给他,给他设一个圈套让他跳进去,本来夏想一开始还多少有些不忍,不过见识了文扬这副德性,心中原有的一丝同情也全部消失不见,他索性将胳膊抱在胸前,看他还能玩出什么花样。

文扬一口气说了半天,余怒未消,一脸狞笑看着夏想,得意地说道:"得罪了我,我让你痛不欲生。"

夏想点了点头:"我等着呢,听听冯总说些什么。"

文扬将电话从左耳换右耳,可以看出他左耳上留下一个红红的痕迹,显然是话筒过于用力压迫的原因。他不再说话,脸上的表情由开始的愤怒和嚣张慢慢变成了愕然和难以置信,突然,他一把将话筒狠狠地放回到电话上,哗啦一声,电话连同桌子上一些文件被他甩在了地上,他又一脚踹在椅子上,骂道:"什么玩意儿,跟我打哈哈,说什么朋友是朋友,生意归生意,两码事!"

夏想再能隐忍,也受不了文扬没什么本事却又不可一世的德性,脸色阴沉地说道:"文扬,别怪我没有提醒你,你接手公司对你来说是其实是天大的好事,正好可以掩盖你以前做过的非法的事情,否则的话,你要是离开公司或是让别人接手,真要翻旧账的话,小心你擦不干净!"

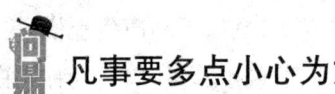
凡事要多点小心为好

既然撕破了脸皮,索性就一拍两散,对于文扬这种小人,只有打到他痛,打到他怕,拿住他的把柄,才能将他制服。夏想不顾文扬满脸的挫败和惊恐,声音冷冷地直刺他的内心:"还有以后少打肖佳的主意,只要我们都按照规矩做事,肯定相安无事,否则的话……"

从文扬的办公室出来,夏想深呼吸几下,还是觉得刚才多少冲动了一些,差点要和文扬吵上一通。和他这种人还真不值得大动肝火,看来以后要多注意一些,收敛一下性格,最厉害的杀招不在于大喊大叫,在于背后的较量。要不是他暗中掌握文扬编书一事,早和冯旭光成了莫逆之交,又得到了李丁山的充分信任,文扬真想收拾一个初入社会的大学生,还是能给他造成不小的伤害。

夏想到楼上才发现,李丁山和贾合都在。两个人一见夏想,都忍不住笑了。李丁山没好意思取笑夏想,贾合却夸张地揽住夏想肩膀:"行呀哥们儿,把文扬气得上蹿下跳，没想到他还被你收拾了。李总就说了，他和文扬认识太久了，一直不好意思说他，就你能让他服帖，别说李总还真有眼光，还真说对了。"

看着李丁山气定神闲地抽了一口烟，脸上流露出一丝别有味道的笑意，夏想不由自主地心中一跳，暗暗告诫自己，千万不要只看到李丁山软弱的一面。他毕竟身为国家级报社一省的负责人，常年周旋于省里和市里的领导之间，不是官场中人胜似官场中人，表面上是媒体人，其实也是半官方的身份，能稳坐记者站站长一职五六年，也绝非寻常人物。

既然以后要将自身前途与李丁山绑在一起，在他面前，保持必要的恭谨和谦逊还是非常有必要的，就算他再有能力，再有远见卓识，也要一切以李丁山为主，一切为李丁山的利益考虑，否则在羽翼未丰之前，被李丁山嫌弃的话，那才是天大的笑话，辛苦所做的一切，全都成了笑谈。

不能说李丁山让他说服文扬是有意利用他，但至少也是一种试探，对他应变能力的试探和对他办事能力的考验。至于李丁山有没有别有用意他不得而知，不过他却是多了几分小心，大家是有共同利益不假，但身为下属，要时刻牢记谁才是真正大权在握之人。

夏想推了贾合一把，笑呵呵地说道："别笑话我了，要不是李总眼光犀利，所有事情都在他的掌握之内，我怎么可能敢和文扬顶撞？再说了，有些小事就得由我们出面来做，要是事事都要由李总出面，要我们这些手下有什么用？"

贾合哈哈大笑："就冲你这一句话，晚上我请你吃饭。"

李丁山的头十分满意地向后一扬，显然夏想的话十分顺耳，让他大为放心，看向夏想的目光就越来越多赞赏。他示意贾合关上办公室的门，站起身来坐到沙发上，又让夏想和贾合坐在他的对面，以一种平等的姿态郑重其事地说道："夏想，贾合，事情差不多定了下来，不出意外的话，两个月之内，我将会前往章程市坝县就任县委书记。书记上任可以带几个人过去，我信得过的就你们两个人，贾合还是做司机，夏想就跟在我身边先以秘书的身份做日常工作。夏想你是大学毕业，贾合虽然没有学历，但你们跟着我都不会吃亏，半年之内争取给贾合解决干部编制，至于夏想，最少也要一步跨入副科级的门槛。"

这是李丁山第一次许诺，他一脸坚定，身上散发出一股不容置疑的气势，夏想点点头，首先表态："感谢李总的信任，我一定会竭尽全力，替李总解决一些细枝末节的琐碎小事。"言外之意是，大事当然要李丁山做主。

贾合随便惯了，还不习惯李丁山突然威严的做派，不过他还是一脸严肃地说道："我跟了李总好几年了，以后的路还长，看我的行动就行了。"

李丁山站起来,拿起水壶去浇他的秋海棠,笑道:"可惜了我养了两年的秋海棠,我一走,恐怕就没有人精心照顾它了。"他转身对夏想说道,"夏想,你认为文扬会不会接手公司?"

"应该会。"夏想知道他最后抛出的炸弹肯定让文扬心惊肉跳,为了不被人发觉他的违法之事,接手公司是最佳的选择,他无路可退。

"不是应该,是肯定会。"李丁山放下水壶,拿起毛巾擦了擦手,又点上一支烟,"他编了一套书,赚了不少钱,我不怪他。跟着我没有得到任何利益,他心中不满也很正常,我就放他一马。不过既然敢私自盗用公司的名义,还打着报社的名号编书,敢做就要敢承担责任,所以将公司交给他,让他也尝尝焦头烂额的滋味,对他来说也不算什么惩罚,比起坐牢可算宽大太多了……"

什么?夏想心中涌起惊涛骇浪,原来李丁山早就知道文扬暗中编书的事情,一直隐而不发,看似宽容,实际上一直在等待最佳时机。相比之下,文扬的张扬和自以为是才让人觉得可怜加可笑。

李丁山坐回到办公桌后面,身子陷在宽大的老板椅中,下午的阳光不太明亮,烟雾缭绕中,显得他的面容有些模糊不清。他继续说道:"夏想你最近和肖佳走得比较近,知道文扬编书的事情也很正常……"

夏想的心猛地提了起来,难道李丁山已经知道了肖佳也私自编书的事情?

"按说这种事情我不该劝你,毕竟这算是个人私事,不过你以后要跟着我,又远离燕市,肖佳这个女孩子性子太活络了一些,和你的沉稳正好相反,估计在一起也不会有满意的结果。我是过来人,就以一个长辈的身份劝你一劝,肖佳不太适合你。"

夏想暗暗舒了一口气,原来李丁山是担心他会和肖佳谈恋爱,怕他受不了肖佳的诱惑。

"李总不用担心,我和肖佳是正常来往,没有谈恋爱。"夏想见贾合在一旁笑得有些古怪,就知道是贾合暗中传话,就笑骂说道,"贾合你是不是看上肖佳了?"

贾合急忙摆手:"别扯我,肖佳太漂亮了,我可不敢看上她。就算她真的看上我,我也不敢娶。这样漂亮的老婆放在哪里都不放心,折寿呀。"

李丁山也笑了起来:"贾合还没有合适的对象吧?跟着我这么多年,倒是耽误了你的婚姻大事。过段时间一定帮你张罗张罗。"

贾合叫道:"怎么又扯我身上了,还是说夏想好,我看他和肖佳眉来眼去,估计两个人都有点意思。"

今年二十七岁的贾合一直单身,一提出给他介绍女朋友就紧张得不行,有时还有些不好意思,让夏想怀疑他没准还是处男。

夏想是一个正常的男人,正常的男人对一个美女有点正常的想法,也是再正常不过的事情。不过有想法不证明就有行动,夏想心知肚明,他现在正在走钢丝,本来就走得心惊肉跳,步步险棋,再和肖佳发生一点什么,就相当于又增加了一道旋风,指不定就能将他卷进去之后再也无法跳出来。

贾合开他的玩笑,再看李丁山也是一脸轻松的笑意,夏想一颗心落到了实处,他们应该还不知道肖佳的所作所为。

突然传来的脚步声让三个人不约而同地都静了下来,片刻之间,传来了轻轻的敲门声,文扬推门进来。

本来嬉笑轻松的场面,因为文扬的到来突然变得微妙起来,文扬神情有些尴尬,阴狠的目光从夏想身上一闪而过,随即挤出一丝笑容,对李丁山说道:"李总,我考虑好了,决定接手公司,谢谢报社领导和李总的信任,我一定不辜负领导的期望,尽自己最大的能力,将公司的效益再创新高。"

文扬坐也没坐,说完话就转身下楼。

李丁山从抽屉中拿出一份资料,递给夏想:"地皮批下来了,既然文扬勇挑重担,总要送他一份大礼不是……小夏,批文就由你交给文扬。"

对于当一次好人的机会夏想没什么兴趣,也不认为有必要和文扬改善关系,不过既然李丁山有意如此安排,他也不好说什么。

下楼的时候,李丁山突然说了一句:"晚上一起去和高海吃饭,他下一步要扶正了。"

 ## 与市政府副秘书长的初次会面

李丁山看着夏想下楼的背影,心中感慨万千。

夏想稳重老成,虽然年轻,但做事沉稳,一心为他运作,又不失恭谨和谨慎,让他实在挑不出毛病。要说非要挑剔一点放大他缺点的话,让李丁山唯一感到不足的是,夏想的处事和应变能力,过于老成持重,简直就如一个在官场沉浮多年的老人,哪里像一名朝气蓬勃的年轻人!

不过这个缺点也可以当成优点来看,真正投身到官场之中,反而更有优势。李丁山甚至有些庆幸有夏想跟在他的身边,能说出远离省城到偏僻穷县任职的想法,以躲避高成松的锋芒,这么成熟而具有政治智慧的策略怎么可能出自一个仅仅二十三岁的年轻人之口?

就连宋朝度听了这个想法,也是大加赞赏,认为此法可行,现在是非常时刻,合理的退让是政治上成熟的表现。宋朝度甚至也动了要见一见夏想的念头,李丁山急忙推诿过去,他唯恐宋朝度一见之下,就会向他开口提出让夏想过去帮他,以眼下的局势,李丁山可不想让夏想离开他的身边。贾合当当司机还可以,却没有半点政治头脑,不堪大用,文扬又不可信,他只身一人下去,身边没有得利的助手,就太凄凉了。真要找一个可当大用又值得信任之人,并不是一件容易的事情。

李丁山决定短时间内不让宋朝度和夏想见面,要将夏想牢牢掌握在他的手中,为他所用。不过让他见见高海还是可以的,他以后不能常来省城,到时省城有什么事情,可以让夏想直接和高海会面。

夏想并没有立刻将批文交给文扬,反正晾他一晾也没什么。他回到座位上,出神地望向窗外,几天工夫,窗外的葡萄已经由米粒大小成长为枸杞大小,一粒粒挂满枝头,甚是喜人。

葡萄是杨贝最爱吃的水果,同时她也长着一双像葡萄一样的眼睛,眨动之间,滴溜溜转个不停,一笑起来双眼就弯成月牙,再加上圆圆的脸蛋无比可爱喜人,一上大学就吸引了夏想的目光。经过一番追逐,他费了九牛二虎之力才从众多的追求者中脱颖而出,成功抱得美人归。

现在再想起杨贝,夏想心中还是隐隐作痛,因为分别之时,杨贝信誓旦旦地告诉他她要等他三年,夏想也发誓奋斗三年,打下一片江山之后,再将她从坝县接回,然后在燕市成家立业。可惜昨日誓言犹在耳边,佳人已经投入他人怀抱,只留下一句轻飘飘的再见。

第一场恋爱夏想几乎投入了全部的感情,曾经以为可以天长地久,谁料想只不过分开半年,曾经的爱情就敌不过一百八十天的光阴和五百多公里的距离。

更没有料到的是,他将要随同李丁山一起前往坝县,前往杨贝的家乡。

突然响起的呼机的"嘀嘀"声惊醒了夏想,他摇摇头驱赶走脑中的胡思乱想,发现是冯旭光呼他。

回过电话一问,不出所料,是关于文扬打电话的事情。冯旭光也没有多说,只是让他不要在意文扬的态度:"过了,他和我以前就是同事,今天的话他说得过了,别说咱们哥儿俩现在关系密切,就是普通的朋友关系,也不会因为他一句话就解雇我的员工,朋友相交也要有个界限……对了夏想,我给你买了个手机,你要没空的话,我派人给你送去。没手机太不方便了,别说什么客气话,生分了就显得疏远了……"

要是冯旭光大骂文扬一通,反而会让夏想看轻,结果冯旭光只是轻描淡写将这事揭了过去,既表示了立场,又送他一部手机来说明两个人之间关系的亲近,这种说话办事的水平和文扬相比,高下立判。

一部手机少说也要三四千元,算是一份不轻的礼。不过夏想也没有多想,不说他给冯旭光的策划,就是凭曹殊黧狐假虎威让赵红江立马开工一事,冯旭光要是没有有所表示,才显得他不会做人。

手机他得了就行了,反正以后还有回报曹永国的时候,夏想对曹永国怀有深深的感激,正是因为曹永国的帮忙,他才得以留在省城燕市,而曹永国甚至没有收礼。

基本上每个城市都会有一家国际大酒店,晚上和高海的会餐就定在国际大酒店十楼的静心阁雅间。夏想本来以为只有高海一人,不想高海还另外带了一名客人。

高海长得又矮又胖,和李丁山站在一起,足足矮了一头。或许是因为和李丁山太熟的缘故,他脸上的笑容倒也有几分真切,握住夏想的手说道:"夏想,不错的名字,听丁山说人也不错,好,年轻有为。"

因为是私人场合,贾合也入座作陪。高海的朋友一看就是南方人,个子倒是不低,就是脸型偏瘦,显得鼻子和眼睛都小,透露着一股子冷峻的精明。经介绍得知,他叫楚子高,是楚风楼的老板。

众人坐定之后,楚子高忙前忙后,又是发烟,又是小意殷勤地问每个人的喜好。夏想看了出来,原来楚子高是埋单的人,想想也对,李丁山好歹也是国家级报社驻燕省的记者站站长,高海是堂堂的市政府副秘书长,他两个人吃饭,总会有人主动前来埋单。

酒过三巡,气氛开始热烈起来,高海也不避讳楚子高在场,端起酒杯敬了李丁山一杯,说道:"关键时刻还是老同学的关系牢靠,这一次扶正,多亏了老同学指点,好听的话我就不多说了,尽在酒中。"说完,一饮而尽。

李丁山在市里面还有关系?印象中,好像市里和他关系最密切就是高海一人,否则也不会批个地皮也会拖上这么久。夏想有些疑惑地看了李丁山一眼。

李丁山也爽快地喝了一杯,摆摆手说道:"高海你跟我还客气什么,见外了不是?你是身在局中,反而不如我旁观者清。陈风上任以来,大刀阔斧地整理燕市的交通,现在打通了许多断头路,修路既然告一个段落了,接下来要做什么自然不难猜测,是房产,这也顺应了国家要大力发展房地产的大方向,所以……"

李丁山借上京城之机,在报社高层的办公室中,看到一份关于今后宣传方向的高级别的内参,心中对国家政策有了底,再结合燕市的具体情况,还有宋朝度稍微透露的一点省里的工作重点,他开口指点高海几句,高海顺势而上,写成一份材料交给了陈风,结果陈风大加赞赏,力挺高海。

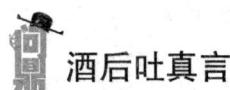 酒后吐真言

夏想看了高海一眼,他和李丁山不知道正在谈论什么,两个人一脸严肃,脸上都有深思之色,谈的应该是一些比较内幕的话题。

他猜测楚子高是想从高海口中打探关于市政府今明两年的工作重点中,有没有改造朋友北大街的计划。不过看样子,高海还没有向他透露丝毫有用的信息。

夏想和楚子高轻轻碰了一下杯,尽管他不太喜欢茅台浓郁的香气,总让他上头,不过出于礼貌,他还是一饮而尽。

"楚风楼后面的垃圾站应该会很快整体搬迁,否则不符合整个城市的发展规划。垃圾站搬迁一旦立项成功,楚总有什么想法?"夏想抛出一个诱饵。

楚子高犹豫了一下,还是说道:"最主要的还是市里的政策支持,能将北面的丁字路口打通,必然可以引来车流和人流,北大街这一段的商业价值就会升高,就可以盘活这一段的所有饭店和商店……"能说出这番话,应该也是得自于高海透露的风声,这也是市里对北大街路段改造的基本思路。

"拓展丁字路,将北大街与北面的北二环打通虽然可行,不过需要花费的代价太大,也耗时太久。市里估计一时难以下定决心,真要等到市里决心动手的时候,至少也要到二〇〇〇年。因为现在市里的主要精力放在城中村的改造方面上,一时还顾不上北大街这段短短五百米的路段。真要等上两年的话,楚总还有没有这个耐心?"

楚子高苦着脸,眼神飘忽飞向高海,无奈地说道:"我们是做小本生意的,哪里有这么多的资金和这么长的耐心,就怕是想坚持到底,也赔不起。"

夏想暗笑,楚子高牵上高海这条线,指望高海给他提前透露一些市里的政策还行,但要他去影响市长做出提前改造的决定,是痴人说梦。这无关高海的影响力,即便是陈风也不会轻易改变多方论证的决定,说起来政府是一个大管

家,要从方方面面综合考虑,哪里急迫哪里利益攸关,才是重点关照的对象。

"我学的是建筑专业,平常就爱琢磨事,有一个很不成熟的想法,可以说给楚总听听,反正是酒桌上的话,若说得不对,就当是酒话醉话……"夏想先定了一个调子,他不想让李丁山和高海认为他为人狂妄,不过既要低调又要显露出胸中丘壑还真不好拿捏,"其实整个北大街路段的关键就是一处垃圾站,只要垃圾站搬走,就可以盘活整条北大街。打通丁字路口虽然对缓解燕市的南北交通有莫大的好处,但从长远来看,其又并无必要,因为以燕市现在的城市格局,将来必然要发展高架桥……"

一句话未说完,高海就脸色一变,中止了和李丁山的谈话,饶有兴趣地看向夏想并说:"想法很新奇,小夏,接着说。"

夏想也没想到高海耳朵这么灵,有些不好意思地说道:"我不过是随便说说,怎么敢入高秘书长之耳!高秘书长就不要欺负我了,我就是想和楚总随便聊聊,万一他听了高兴,给我一个打折卡,我就心满意足了,可不敢在你面前乱说。"

高海摸了摸肚子:"难道丁山长得儒雅,你就觉得他有才?我长得肥头大耳,就是碌碌无为之人,小夏,不要以貌取人,我可是虚心聆听你的高见。"

夏想对高海的观感好了许多,略带谦虚地一笑,又向李丁山点点头,见他一脸赞许,就开口说道:"只要市里下定决心让垃圾站搬走,再将北大街变成步行街,然后楚总可以联合几家酒楼的老板,共同出资几十万,在空出来的地方建造一个小型的休闲广场,再将百姓河沿岸的空地种上花草树木,摆放一些长椅。资金宽裕的话,再建起两三个小亭,有了舒适的环境,自然会吸引周围居住的市民前来散步、休闲,人流一多,用不了多久就会转化为客流。"

夏想可以肯定的是,垃圾站的搬迁现在应该已经提上了日程,最迟到明年初就会搬到二环以外。其实这一段的症结就是垃圾站,但因为受时代和环境的局限,就算是高屋建瓴的市长也不可能有修建步行街的超前意识,燕市整体上还是落后沿海发达城市十余年。

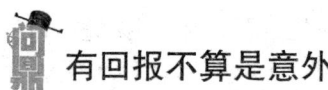 有回报不算是意外

高海的目光一直没有离开夏想,他目光闪动,心中泛过一丝苦涩。经众多专家论证,规划局多方研究,得出的结论还没有眼前这个年轻人酒桌上的一番

话更加切中要点,更加符合多方利益。可不是么,垃圾站搬迁势在必行,市里只需要一纸公文将这一段设为步行街,这里本来就是丁字路,过往车辆不多,不让汽车通行也不会引起多大反应。然后让几家迫切需要改善环境的企业出资修建休闲广场,市里不用花一分钱,就能给北大街的数十家商家和周围的市民带来切实的好处,将这个办法说成是点石成金的点子也一点不为过。

夏想还不知道高海心中的吃惊和感慨,继续说道:"等以楚风楼为首的酒楼生意大好之后,市里可以再出台相关优惠政策,将这段五百米长的路段建设成美食街,说不定以后它还可以成为燕市家喻户晓的著名地点……"

最后一句话夏想是以调侃的语气说出的,听起来就如随口说出的一句笑话,让人听起来就像不知天高地厚的年轻人的高谈阔论。楚子高和贾合没有多想,但落在李丁山和高海耳中,却让二人无比震惊,他俩对视一眼,都从对方的眼中看出了不解和惊讶。

一个二十多岁的年轻人,又无法接触到市里政策的核心部分,就能有这样的见解,又能看得如此长远,难道真是有天纵之才的存在?

贾合在这样的场合从来都不说话,楚子高毕竟只是一个商人,眼界不够宽广,显然还意识不到夏想刚才所说的想法就算被市长陈风听到,也会当场震惊。他只是一脸期盼地看向高海,小心地问道:"高秘书长,夏想这个办法真不错,不知道能不能实现?"

夏想不等高海回答,忙端起酒杯并说:"酒后戏言,不可当真。来,我敬李总和高秘书长一杯。"

李丁山和高海会心一笑,两个人都端起酒杯,一饮而尽,算是给足了夏想面子,也是对他及时解围的赞赏。

高海是不可能对夏想刚才说的思路有任何表态的,毕竟他身为市政府秘书长,事关一些重大项目的决策,怎么能轻易开口?虽说高海对楚子高的问话可以轻描淡写地推到一边,但由夏想出面自圆其说,以一句酒后戏言搪塞过去,反而更好。

楚子高也是聪明之人,马上醒悟过来刚才的问话不妥,急忙站起来,一脸尴尬地说道:"我也敬高秘书长和李总一杯,我先自罚三杯。"说完一口气连喝三杯。

李丁山不说话,也不端杯,只是笑眯眯地看着高海。高海脸上看不出什么,不过还是慢慢地端起酒杯,喝了小半杯,笑骂了一句:"老楚,你怎么着也该给小夏一个打折卡吧?我看至少也得是金卡。"

李丁山也抿了一小口酒,说道:"老楚给我的才是银卡,给小夏一张金卡,会不会太厚此薄彼了?"

楚子高一听急忙从随身的皮包中取出两张金卡,分别签上名,一张送给李丁山,一张交给夏想,说道:"一年之内只要消费不超过两千元,凭此卡免单。超过以后,全部打七折。"

李丁山和高海一起去卫生间的时候,高海使劲摇晃李丁山的肩膀:"行呀丁山,什么时候捡到了宝!这个夏想还真不简单,我可把丑话说到前头,要是他想跟着我的话,你得放人,我保证一年之内让他到副科。"

李丁山推了高海一把:"说正经的,别跟我抢人,我下到县里身边没有一个可用的人,怎么开展工作?一年到副科算什么,我一年就把他扶到正科,放到县局一把手的位置。"

高海见左右无人,不过还是用低低的声音说道:"我不好意思开口,但在你面前也就没什么顾忌了,我会根据夏想的思路整理一份材料上报给陈市长,我估计在陈市长那里通过的可能性极大……你别这副表情看着我,我不是为了那个楚子高,而是实实在在为了给燕市人民做些实事。"

李丁山笑了:"少跟我说大话空话,你和楚子高是什么关系我不管,你想跟紧陈风也是要求进步的表现,想要借用夏想的主意我也没意见,他既然当面说出来,就是卖你人情的。不过有一点,老同学你还有进步的空间,注意手别伸得太长了,小心被人抓了把柄。"

高海点了点头,忽然叹了一口气:"同样是老同学,为什么朝度对我始终不冷不热呢?"

对宋朝度的厚此薄彼李丁山心里清楚,但他不好发表意见,只是摇摇头没有说话。

雅间之内,楚子高借机去结账,只剩下夏想和贾合时,他拿起金卡对贾合说道:"小贾,这卡给你吧,我也没有多大用。"

贾合摆摆手说道:"自己人不弄这些客套的,我跟着李总到处应酬,更用不着,还是你自己留着吧!"嘴上这么说,心中还是微微一暖,觉得夏想最近虽然上升的势头很猛,但对他依然如故,没有丝毫的轻视之意。

拖了两天后,夏想才将地皮批文交给了文扬。文扬虽然努力保持一脸的平静,不在他的面前失态。但夏想还是细心地发现,文扬接过批文时,他的手微微地颤抖了一下。夏想忽然想到,李开林要调走的事情,不知道李丁山有没有告诉文扬?或许批文到手,文扬还认为液晶大屏幕项目成功在望,能够让他大展身手。

不过估计文扬已经知道了银行贷款要黄,但有了批文在手,想必他又会增加不少信心。

李丁山也定下了到坝县上任的具体日期,是七月十五号,还有一周时间。与此同时,他通过关系将夏想的人事关系调到了团省委,暂时还转不到坝县,只能等一等。同时,他也辞去了燕省记者站站长一职,由记者站的另一名记者徐胜治担任。

文扬正式接手公司之后,并没有被报社委任为总经理一职,还是以副总的身份主持全面工作,但很明显报社暂时没有派人下来的打算,所以他也就开始开展工作,招聘人员。每天看到夏想还来公司,心中有气又不好发作,只好装作看不见。主要是李丁山和贾合也还住在公司,只等时候一到,三人一起离开。

肖佳的辞职在公司没有掀起半点声息,反而是滕强来了一次。听说李丁山要下到县里去当县委书记,他兴冲冲上楼之后待了一会儿,几分钟后脸色铁青着下楼,简单收拾了一下自己的东西,然后摔门而去。文扬对滕强的出现视而不见,只是偶尔看到夏想时,总是会流露出阴森的目光。

肖佳应该一直在忙她的编书大事,夏想起肖佳时,总觉得在她倔犟的外表下,其实隐藏着一颗柔软的心。夏想想起不久就要远赴坝县,心中竟然有了一丝淡淡的伤感,编书赚上一笔钱,但愿她及时收手,将心用到正途之上。

虽然此时的网络还不算发达,夏想还是一有空就跑到网吧上网,搜索有关坝县的一些资料,也好做到心中有数。杨贝是坝县人,从她嘴中他也多少了解一些坝县的情况,不过也只是一些皮毛,只知道坝县的面积很大,但很穷,位于高寒地区,冬天极冷,夏季短暂……

下午,夏想收拾完东西正准备回去的时候,意外接到了楚子高的电话。

也不知道高海是如何影响了陈风,陈风的决策来得非常迅速。市里限令垃圾站十五日内全部搬离,同时宣布北大街为步行街。楚子高联合五家酒楼共同出资五十万元,兴建一处公益的休闲广场,他打来电话的主要目的是想重金聘请夏想为休闲广场设计师。

"夏先生,你这一次一定要帮我这个忙,我要让休闲广场成为燕市一处漂亮的风景,要让人们都津津乐道,也只有你这么有才的人有这样的大手笔。你要是不帮我,我就死定了,万一建成的广场没人喜欢,我丢的可是高秘书长的面子……"

看不到楚子高的模样,不过夏想也能想象到他一脸夸张的表情,再加上他略带沙哑的声音,犹如一场生动的话剧。楚子高是个精明的商人,不管聘他为设计师的事情是不是因为高海的暗示,他既然开了口,就证明他有意要和夏想接近,也是认可了夏想的才能。

楚子高为人精明了一些,但也是一个可交的朋友,夏想微一沉吟,答应了下来,说道:"也好,我就尽力而为一次。不过我学的是工民建专业,对于规划这一块不太专业,我介绍一个人给你认识,他绝对能设计出一流的休闲广场。"

关系进一步融洽

电话响了三声,里面传来了曹永国淡淡的声音:"哪位?"

听到是夏想之后,曹永国的声音没有什么变化,简单地说出几句客套话,夏想问:"殊鳘在不?"

曹永国微一迟疑,却微微有一丝不快:"找她有什么事?"

夏想察觉到了曹永国的提防,心中闪过一丝不满。对于曹殊鳘,他还真没有非分之想,不过想了一想,也觉得出于一个父亲对女儿的爱护,曹永国的表现也在情理之中。

他就将楚子高委托他设计休闲广场的事情简单一说,也提出要让曹殊鳘和他一起设计。

曹永国听了之后就让他直接来家里再谈。

曹殊鳘在一旁满地打转,大为不满地对曹永国说道:"爸,你太霸道了,明明是打给我的电话,你为什么不让我说话?"

曹永国一脸严肃地说道:"我替你把关!"

"把什么关?夏想你又不是不认识,大家都这么熟了,你还问东问西的,我是你女儿,不是你养的小猫小狗,什么都得听你的。"曹殊鳘干脆坐到沙发上,伸手拿一个苹果,发泄似的啃了起来。

"什么很熟了,我现在反而越来越看不透夏想了,觉得他比我想象中成熟多了。"曹永国若有所思地说道,"不管他是夏想,还是谁,只要是男孩子找你,就得先过我这一关,你是我的女儿,我就得把你看得严严的……"

曹永国像一个护犊的老黄牛一样,不肯退让半步。

曹殊鳘小声地嘟囔:"我真要怎么样,你看得住吗?懒得理你。"

曹永国没听清她说些什么,忽然想到了什么,问道:"鳘儿,你刚才说的是什么意思,你和夏想关系很熟了,怎么说?"

曹殊黧双颊飞红，将啃了一半的苹果一扔，边转身进屋边说："我见过那么多同学的爸爸，你是最事多的一个……这苹果不削皮，真难吃。"

曹永国看着半个苹果，半晌没反应过来，说道："黧儿以前不是最爱吃不削皮的苹果吗，刚才说的是什么气话？"

给夏想开门的是曹殊君，他一见夏想就冷嘲热讽说道："最近电话不断，上门也挺勤，说说看，和我姐进展到什么地步了？我可实话告诉你，想要娶到我姐，我爸妈是什么态度我不管，你得有本事让我少奋斗二十年。要不，我得千方百计把你的好事给破坏了，信不？"

夏想直视眼前的年少轻狂的脸，想起自己十七八岁时，也是一副天老大自己老二的模样，不觉得曹殊君可气，反而忍不住笑了出来说道："好，说定了，真要是我能让你少奋斗二十年，你可要不顾一切排除万难，推开我前面所有挡路的人，把你姐送到我的身边。"

曹殊君哈哈大笑："好大的口气，吹牛不用上税，小心别闪了你的舌头。你现在是什么级别？副科还是副处？要是你现在就是副处级的实权干部，我立马把我姐乖乖地送到你怀中……"

曹殊黧在后面狠狠地踢了曹殊君一下："让你胡闹，一边去，想卖我？你还没有资格！就算我嫁个有权有势的老公，也不会管你一丁点儿，成天就想着怎么才能少奋斗二十年，都像你一样，人类就不发展了。"

曹殊君虽然不情愿，还是被曹殊黧拖进了房间，然后将他关在里面了，警告他不许出来，否则后果自负。

夏想先和曹殊黧说了设计休闲广场的事情，她惊喜地跳了起来："真的？夏想你别骗我，要是真能让我设计一个休闲广场，我一定要设计一个燕市最漂亮、最浪漫、最有情调的广场，白天鲜花烂漫，晚间美轮美奂……"

"先别想当然，肯定会有预算限制，不能任由你自由发挥。"夏想打断曹殊黧不切实际的想法，提醒她一些注意事项，"要在尽可能省钱的同时，发挥出你想象的空间，设计出小而精的休闲广场，这才是出资方最想要的效果。"

曹殊黧穿了一件一体式的睡衣，两个细肩带在肩膀之上，露出大片雪白的肌肤。睡衣下摆刚刚到盖住大腿，露出了她白嫩圆滑的膝盖。夏想还是第一次见到有人的膝盖能长得这么好看，圆圆的，肉肉的，让人忍不住想捏一把。

但曹永国在一旁虎视眈眈地看着，他可不敢有什么出格的举动让局长对他心生提防。

好在曹永国很赞同夏想所说的话，没有注意到他的宝贝女儿的随意和夏想的偷窥,而是皱着眉头说道:"这是件好事,让黧儿好好实践一下,体验一下学以致用,实践出真知!不过我可有言在先,夏想,不管那个楚子高和你是什么关系,你和黧儿帮他忙可以,最好不要收钱,更不要在他面前提我的名字。"

曹殊黧撅着嘴:"你女儿要凭真本事,哪里会事事都依靠你局长大人?我要向夏想学习,你看他全凭自己,在燕市无亲无故,一个人闯荡,多有气概。"

夏想感觉坐在一起说话的氛围又比上次随意自在了许多,知道融入曹家又进了一步,他主动拿过一个苹果,运刀如飞地削皮,说道:"殊黧你别夸我,要不是曹伯伯帮我留在燕市,我估计现在正在老家的建筑工地上当一名技术员。其实,我心里一直非常感激曹伯伯,他身为堂堂的局长,没有一点架子全心帮我,身居高位,平视天下,这才是让我最敬佩的虚怀若谷的胸怀。"

夏想麻利地将一个苹果削好,切成三片,分给曹永国和曹殊黧一人一片,他自己留下中间带核的部分。

曹永国脸上的笑意掩饰不住,显然十分受用夏想的奉承,顺手接过苹果就说:"说这些就见外了。"

曹殊黧白了夏想一眼,嗔怪说道:"马屁精!"

夏想就笑,趁着其乐融融的气氛,他将要跟随李丁山前往坝县一事说出,曹永国听了后,脸色凝重起来,拿过一张纸巾擦了擦手,说道:"这是一着险棋呀……"

曹殊黧张大了嘴巴,半块苹果还在嘴中:"夏想,你跑那么远去做什么?坝县可是穷山恶水的地方,能有什么前途?爸,你把夏想调到城建局,别让他到县里去了。"

曹永国眼睛一瞪:"少插嘴,我和夏想说正事,你别捣乱。"

曹殊黧不服气:"官僚。"然后又冲夏想嚷了一句,"夏想,我讨厌你。"

夏想冲曹殊黧摆摆手,示意她安静,然后才将他的分析说给曹永国听。

他用一种比较含蓄的方式说道:"确实比较险,但也是没有办法的事情,宋秘书长失去常委的位子之后,也不知道什么时候才能再上位,李丁山此时公司陷入困境,也想换个环境,正好时机成熟,拼一拼也是值得的。就算宋秘书长沉寂三四年之久,毕竟他还年轻,好像今年才四十三岁。而且李丁山在京城媒体圈内,也有不错的人脉,一些复杂的事情,也能应付得来。"

说到这里夏想也是心中一动,四十三岁的省委常委,宋朝度也不简单,上面肯定有人。

"话虽如此,不过官场之上,还是要讲究利益集团。宋朝度和李丁山加在一起,还是势单力薄。虽然上面有人,只要不是在关键位置,只能让人忌讳几分,但起不到决定性的作用。毕竟一省大员,除非动了他的根本,否则无人能够撼动他的地位。"

曹永国的神情有些黯然,他提出势单力薄,多少也有感同身受的感叹在内。

夏想一副初生牛犊不怕虎的样子说道:"就算是省委书记,也不能一手遮天不是?何况流水的官场,也没有一个人总在高位的道理。"

"说得轻松!"曹永国拿出资深官场人的口气,"你还小,不懂得其中的利害关系。高成松的后台很硬,他年纪也不算太大,今年应该是五十二岁,干上一届省委书记,很有可能还要高走。而且他在燕省又不是没有人为他摇旗呐喊,就连叶省长对他也无可奈何,不得不事事忍让,其他常委连质疑他的声音都不敢发出,他不是一手遮天又是什么?"

夏想自然不是自不量力到认为他现在可以暗中和高成松对抗,不过是想通过曹永国,慢慢接触到更高的层次。曹永国背后的人处境应该比宋朝度好一些,否则也不会保住曹永国一个局长的位子不动,虽然是调到了测绘局,至少比到建委当一个管后勤的副主任强许多。

夏想就挠头笑了一笑:"要是曹伯伯什么时候也当上常委就好了,就算不当常委,到外地当个市长也挺好,要不就是到交通厅当厅长也不错。"

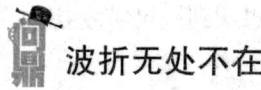
波折无处不在

男人都不嫌官大,曹永国被夏想逗乐了:"你当伯伯不想再进一步?难呀,我和你一样,也是学建筑出身,但一开始就一直在建筑公司工作,后来从项目经理到分公司经理,再到总公司经理,一步步当到城建局局长,始终没有离开建筑行业。一直在行业里打转,视野太狭窄,想要外放到地方上当市长,几乎没有可能,最起码资历不行,组织上一句缺乏地方上主政的经验就能将路堵死,所以夏想你的选择是对的,直接到地方到基层去锻炼,眼界要宽阔许多。"

夏想连连点头,一副虚心受教的样子。曹永国今天能对他说出这么多和官场有关的信息,已经让他非常满意了,证明曹永国在心中开始慢慢接纳他了,当然真要完全接近曹永国的利益圈还需要时间,除非他自身有了足够的资本,否则只能是空谈。

不过他也知道,曹永国话虽这么多,其实还是上面支持的力度不够,真要是常委里有关键人物下力气支持他,让他到地市当一个副市长过度一两年,然后再提市长,再接任书记,也可以一步步上来。所谓视野狭窄、资历不够、一直在建筑圈子里打转可以当成组织部的理由,也可以将话反着说,曹永国担任城建局局长多年,在建筑行业算是半个专家,担任一个主管城建的副市长,岂不是正好对口?

只要上头有人,事情都有两面性。

夏想也想借机试探曹永国,虽说他心中对曹永国充满感激,但也要仔细观察一下他的为人,是不是值得他在关键时刻出手帮他一把。

王于芬一身居家打扮从卧室里出来,刚刚睡醒的样子,冲夏想笑了笑:"小夏来了,最近怎么不来家里了,以后常来玩……"

她动手收拾桌子上的杂物,将一个苹果核拿起来,炫耀似的问曹永国:"不用猜我就知道,肯定是小夏削了一个苹果,你一片,鳐儿一片,他自己吃中间带核的部分,是不是?你瞧瞧,小夏这孩子又懂事又体贴又细心,真是少见的好孩子。老曹,你别小看这些小事,你认识的那些这个局那个处的孩子,有几个做事这么细致的?个个跟大爷一样。"

夏想脸皮再厚,也经不住王于芬丈母娘看女婿越看越欢喜的目光,不好意思地冲曹殊鳐开玩笑:"被伯母夸得不好意思了,你快说说我的坏话,让我收敛一下骄傲自满的心情。"

曹殊鳐露出两颗格外可爱的门牙:"就得意吧你,我妈不爱夸人,一年到头也难得见她夸我几句。你算是讨了她的欢心,要是你是她的儿子,我和小君可就要失宠了。"

曹永国呵呵直笑,不说话,不过目光落到苹果核上,分明多了一些慈爱和满意。

这一次留下吃晚饭,是曹永国主动开口提出的。

饭后夏想也没多待,提出告辞,曹殊鳐非要送他下楼。到了楼下,曹殊鳐左瞧瞧右看看,才一把向前挽住了夏想的胳膊,小声说:"老实交代,你是不是打着设计休闲广场的名义,趁机接近我?"

夏想被一双凉丝丝柔软无比的小手抓住胳膊,虽然担心被楼上的曹永国看到,却又十分享受。他见曹殊鳐一双杏眼在夜色中睁得又圆又大,还闪烁出如星光一样的光亮,不由起了玩心:"你真的自以为这么有魅力?小丫头,别想歪了,我找你就是因为你学的是规划专业,可以和我分工合作完成设计。记着,要是你设计得不好,再有好事我就不会找你了。"

曹殊黧眼中的光彩亮了一下又迅速黯淡下去,不过双手却没有松开夏想的胳膊,一直走出了建委宿舍小区的大门,她才有些不舍地放开夏想的胳膊,甩着手说:"明天一早你来接我。"

夏想一伸手:"我只有自行车,载不动你这个千金小姐。"

"让你来你就来,就你话多。"曹殊黧突然不高兴起来,一脸委屈。

"小黧,出来乘凉呀?怎么了这是,跟男朋友吵架了?"一个中年女人从外面走进大门,一脸狐疑地打量着夏想。

曹殊黧受惊一样跳起来,似乎是想离夏想远一些,她"啊"了一声,待看清来人,才一脸羞涩地说道:"刘阿姨好,我就是出来走走……"一边说话,小手一边藏在身后,使劲朝夏想挥动,意思是让他赶紧离开。

夏想不觉好笑,转身就消失在夜色之中。

等夏想走远,曹殊黧回到楼下却没有立刻上楼,而是一个人在楼下转了几圈,随手捡起一根树枝,在地上写下夏想的名字,然后使劲踩了几脚:"死夏想,臭夏想,让你去坝县,有本事你再跑远一点,你就是故意的,是不是?"

夏想不知道的是,他走后不久,曹永国就打了一个电话,然后坐车来到燕市西郊一处隐蔽的住宅小区中,在门卫换了牌,汽车开进小区,又转了几了弯,停在三号楼前。

一般人不知道这个没有名字的小区,在省委里面被称为省委三号院,里面居住的都是省委常委。相对于大名鼎鼎的省委一号院和二号院,三号院从来不被外界所知,但内部人都知道,一号院和二号院住的都是省委的普通干部,真正核心的高层人物却住三号院,一处从外面看上去并不显眼的普通小区。

曹永国上到三楼,来到三○二室,径直走进书房,用微带恭谨的语气说道:"卢部长……"

卢部长中等身材,不胖不瘦,标准的国字脸,最显眼的是他的一双耳朵,耳大有轮,大异常人,他起身相迎,主动伸出手:"永国,你我多年的朋友,说过多次了,到我这里要随意一些……"

曹永国正要说话,卢部长摆摆手,用手挤压了几下太阳穴:"你要做好心理准备,永国,恐怕城建局长的位子不保,最理想的后果是测绘局,我尽力了,但上面的压力太大,高书记的脾气还真是……嘿嘿,让人头疼。"

曹永国坐在椅子上,双手下意识地抓紧扶手,脸上浮现一丝无奈……

第二天一早,夏想骑着自行车赶到建委宿舍,见曹殊黧早早就在小区门口等他了。

比起李丁山四处应酬,贾合作为司机全程陪同的忙碌相比,眼见离前往坝县没有几天时间,夏想反而轻松起来,决定要临走之前,帮楚子高完成休闲广场的项目。当然,楚子高答应的两万元的设计费也算一笔不小的收入,他和曹殊黧一人一半,也有一万元。当时的燕市,人均工资才五百多元。

曹殊黧穿了一条蓝色的牛仔裤,遮住修长的美腿,却比裙子更能衬托出曼妙的身材。上身随意穿了一件黑色T恤,让裸露在外的肌肤显得更白。腰间还系着一件外套,好像是故意炫耀她的细腰一样,远远地就冲夏想扬起右手,五根手指被阳光照得几乎白得透明。

从建委宿舍到楚风楼不算近,幸好曹殊黧不算重,夏想顶着烈日卖力地骑着自行车,并不觉得累。曹殊黧小心翼翼地用手抓住他的衣角,没有环住他的腰,可能是还在使小性子生他的气。

几天前,夏想打电话给父母,说了他要跟随李丁山前往坝县的事情,父母倒没反对,只是反复叮嘱让他小心行事。当了一辈子普通工人的父亲虽然从来没当过官,不过也不知道从哪里听来的说法,说是官场险恶,一步生一步死,让他千万低调行事,别出头,别逞能,做好分内的事情就行。

走到一个路口等红灯的时候,旁边的机动车道上正好停了一辆丰田汽车,几个年轻人打开车窗,冲曹殊黧大吹口哨:"美女,太阳这么毒,坐自行车太委屈你了,晒黑了哥哥要心疼的,要不坐车里来?"

"骑自行车的小子真贱,这么一个大美女非要放到太阳下面晒,真是不知道怜香惜玉。这么水灵的一颗白菜,怎么就叫猪给拱了,真窝心。"

"喂,臭小子,把你女朋友让给我,我给你一百块,怎么样?"

"我出五百元,怎么样小子,有见过这么多钱没有?"

夏想还没有有所反应,曹殊黧一下子跳下了车,几步走到车窗前,打开手中的水瓶,一股脑儿地将瓶中的水全部洒在这些人的身上,怒气冲冲地说道:"好好给你们冷静冷静,让你们这些坏人知道什么叫讲礼貌!"

一车人被淋得哇哇乱叫,一个精瘦如麻秆儿一样的小子打开车门跳了出来,伸手就要把曹殊黧向车里拉。

事件背后都有内幕

麻秆小子的手刚刚伸出,突然凭空出现一只拳头,正砸在他的手腕上。尽管拳头力气不大,但一拳正打在手腕正中,他只觉得一阵锥心的疼痛传来,手腕似乎都断了,痛得跺脚大叫:"敢打我,我要灭了你。"

车上还有两个人,见势头不对,都要下车助阵。夏想伸手将曹殊黧拉到身后,小声说道:"等一下要是他们敢再围上来,你就大叫耍流氓。"

曹殊黧一点儿也不知道害怕,反而小脸洋溢着说不出来的兴奋:"打得好,夏想,就该打这些小流氓。你就放宽心,我的声音非常响亮,保证周围一百米之内都能听得清清楚楚。"

还真是一个天不怕地不怕的小丫头,夏想暗暗苦笑,手上却没有闲着,趁机将身上带着的一把小刀打开,趁人不注意,悄悄踢到对方的车轮之下。

两个人刚下车,伸胳膊挽袖子刚要围过来,绿灯亮了,后面汽车喇叭声响成一片,交警注意到了这边的异常,一边用对讲机说话,一边向这边走来。

麻秆小子犹豫一下,见身后的汽车无数,不耐烦的人纷纷探出头来,只好作罢,恶狠狠地朝地上吐了一口:"我记住你小子了,等再让我遇到你,非废你了不可……你等着!"

夏想就这么随意地站着,脸上的表情既从容又自信,淡淡的声音中还有一丝轻视的味道:"就凭你这小身板也敢说狠话?长得跟麻秆儿似的,赶紧给后面的人让路,别站在这里丢人现眼了。"

麻秆小子最恨别人说他瘦,被夏想讽刺成麻秆儿,脸都涨得血红:"敢惹老子,我饶不了你,不收拾你老子就不姓郑!"

有不少人站在一边围观,夏想拉着曹殊黧分开人群,骑上自行车猛地蹬了几脚,与后面的人群拉开距离,听到后面的曹殊黧压抑不住的笑声传来,一双手也轻轻地从腰间环过。

"麻秆儿?亏你想得出来,不过你别说,还真的挺形象!这些都是什么人呀,垃圾一样的东西,大街上就敢胡作非为,下次我拿热水泼他们。"

夏想只好劝曹殊黧以后万一再遇到这种事情,她一个人的时候,最好走为上策,毕竟真要惹翻了这些人渣,真要出了什么事情,就算枪毙了他们,也于事无补。曹殊黧当然知道夏想的意思,她调皮地说道:"我又不傻,当然知道了,以前也遇到过,总是躲着走。今天不是有你在吗?就想试试你作为一个护花使者有没有挺身而出的勇气!"

夏想有些郁闷,原来还是被曹殊黧算计了。这小丫头精灵古怪,有点不好对付。

夏想不过是有点小小的郁闷,楚子高就是一脸兴奋,浑身上下都充满了躁动和喜悦,他一会儿从楼上的经理室下到一楼大厅,问服务员:"怎么还没来?",一会儿又跑到二楼,拿着计算器算了一遍又一遍,嘴中念念有词:"多花一点钱没什么,重要是漂亮,是美观。"

在楚子高第三遍问服务员的时候,一个脸上有几个雀斑的小女孩怯生生地答道:"楚总,谁没来?您没告诉我们要迎接谁?"

楚子高仿佛才醒悟过来,哈哈一笑:"帅哥,一个年轻的帅哥,你们见了可不要眼馋,对了,一定记住了,他以后是楚风楼的贵宾,二楼每天都要留最好的包厢,只要他要,随便进。还有,只要他来吃饭,不管吃多少,一律免单!"

几个服务员一起躬身答道:"是,楚总。"

等楚子高又转身上楼而去,雀斑小女孩才反应过来说:"楚总说了半天,到底是谁呀?我们又不认识,又没名没姓的……楚总今天是怎么了?"

几个人面面相觑,谁也说不出个所以然来,在她们眼中一向镇定自若甚至是雷打不动的楚总,今天的反常表现可是见所未见。正好现在不是用餐的时间,又没有什么事,几个人就聚在一起,叽叽喳喳说个不停。

雀斑女孩眼尖,忽然发现从门外走进来一个高大、帅气又步履沉稳的年轻人,不由得眼前一亮,急忙小声对身边的几个人说道:"快看,快看,来了一个帅哥,是不是楚总说的那个人?"

"长得还算阳光,看他年纪不大,怎么挺有一股子成熟的男人味道?"

"乱说什么,你见过几个男人,知道什么是成熟男人什么是不成熟男人?"

"别胡闹,人家后面还有一个小美女,你们没戏了。哇!传说的金童玉女,真是羡慕死人了。"

"一群花痴加白痴,快通知楚总!"

楚子高刚刚回到经理室,屁股还没有坐稳,就接到了一楼总台的电话,急忙地冲下楼来,动作之快,让他的司机孟庆文大吃一惊,不知道出了什么大事,唯恐有个什么闪失,紧跟着楚子高也下了楼。

本来一开始楚子高并不看重夏想,只当他是李丁山的一名普通员工。当时在国际大酒店发生的事情,虽然听夏想说得也有道理,不过高海没表态,等李丁山等人走后，高海也一刻没有停留，急匆匆离去，他也就将这事抛到了脑后，不认为夏想在酒桌上的随口一说会有什么效果。

夏想他自己不也是说酒后戏言，当不得真，楚子高也就没有放在心上，回去后就开始琢磨如何扩大酒楼影响，如何渡过难关，想来想去还是无计可施。如果按照正常的规划，市里到二〇〇〇年才打通北大街，他至少还要再坚持一年多，以现在酒楼每月亏损上万元的情况来看，至少还要再扔二十万元才能有赢利的可能。

楚子高不知道自己还能不能坚持到最后胜利的那一天。

后来他实在按捺不住心中焦虑，又给高海打了个电话探探口风，看市里有没有提前打通北大街的可能。连打三次电话，高海都没有接，气得楚子高差点大骂高海拿钱不办事，不是个东西。他前前后后送给高海五六万，不能说从高海身上一点好处也没有得，但收获远小于付出，让他觉得肉疼，钱花得有些冤枉。

几天后，正当楚子高决定要将楚风楼转手，然后再换一个好地段重开一家酒楼之时，高海打来了电话，告诉他市里已经决定拿北大街当试点，创建步行休闲美食一条街，让楚子高主动联合几家酒楼，向市里打报告，声称要主动承担休闲广场的改造工程，投资公益事业，树立企业形象。

"越快越好，只要能给市里留下良好形象，关键时刻替政府分忧，到时陈风在会议上随口表扬几句，所产生的效果比在报纸上做十次广告都强。"高海最后强调说。

楚子高欣喜若狂，他立刻找了五家企业，每家出资十万元，没有一家企业愿意落在后面，甚至还有两家因为排名问题，都表示愿意多加两万也要排前一名。楚子高在极短的时间内完成了高海交给他的任务，报告上交了市里，几天后就批了下来，批准由楚风楼提议的休闲广场项目。

楚子高决心将休闲广场建成燕市一流的广场，他首先想到的是要聘请省建筑设计院的专家来设计，不料一问价格吓了他一跳，要价十万，而且设计周期三个月。三个月，黄花菜早凉了，更不要提高达十万的费用让人望而却步。

随后他细心一琢磨事情的突然转机，虽然高海什么都没有透露，但市里所做的决定和夏想在酒桌上所讲的一样，简直就是如出一辙的思路。楚子高是商人不假，但他也是有政治头脑的人，稍微一想就明白了一个道理，原来人家夏想当时在酒桌上所说的一番话，根本不是什么酒后戏言，而是有的放矢，故意说给高海听的。

至于高海如何说动了市长他并不关心,他脑子转了几转,总算想通了一件事情,夏想说出了点子,高海拿走换来了市里的认可,间接地帮了他的大忙。至于夏想究竟出于什么目的,是故意帮他还是暗中帮助高海,楚子高弄不清里面的弯弯道道。他只是认准了一点,夏想这个小伙子不简单,不但比同龄人有远见,有想法,就连堂堂市政府秘书长也采用他的思路,他楚子高不过是一个小小的酒楼老板,和夏想交个朋友不算屈,甚至还要算高攀。

夏想不正是学的建筑吗？楚子高像是在黑暗中行走的人突然发现一线灯光一样,顿时恍然大悟,怪不得夏想年纪轻轻就见识非凡,对北大街的情况了如指掌,原来他本身就学的是建筑。既然他能提出建设休闲广场的思路,想必心中也一定有休闲广场的设计思路,为何不找他为自己设计休闲广场,可以节省一笔费用不说,还可以交了朋友,说不定,夏想还有出人意料的设计。

楚子高为他突如其来的想法兴奋不已。

楚子高的心领神会

如果没有今天一早高海打来的电话,楚子高也不会兴奋得好像吃了兴奋剂一样。高海打来电话,就是问他休闲广场项目进展如何了,一定要在设计上把关,争取拿出让人眼前一亮的效果。说到最后,似乎是无意地提到夏想,随口说了一句:"我好像记得夏想学的就是建筑,巧了,怪不得他对城市规划方面挺有见解。"

楚子高再听不出高海的言外之意,就可以十分欣慰地回家养老去了。

高海的电话让楚子高高兴得差点跳起来,关上房门,为他的先见之明大叫三声,要不是他五音不全,早就引吭高歌一曲了,才能充分表达内心的喜悦。夏想才二十多岁,就让高秘书长如此赏识,而且听说李丁山也十分器重他,李丁山马上就是一县的县委书记,县委书记和市政府秘书长都看重的人,以后还会没有前途?

楚子高越想越坐立不安,恨不得马上就和夏想建立起超乎寻常的合作关系。

夏想当然没想到楚子高心中的曲曲弯弯这么多,他和曹殊黧刚到大厅,还没有坐稳,就看见楚子高从楼上下来,老远就同夏想招手,热情得好像多年的朋友一样。

曹殊黧一脸不解地问:"楚子高是你的好朋友?认识几年了?"

楚子高的过分热情让夏想猜到,估计是高海向他暗示了什么,他也是十分热情地和楚子高握手客套。介绍曹殊黧时,夏想也没有多说,只说是同学,要两个人一起合作设计。楚子高露出心知肚明的笑容:"同学?了解,明白,同学好,女同学更好,漂亮的女同学就最好了。"

曹殊黧眨眨眼睛一脸疑惑,好像没听明白似的。夏想也懒得过多解释,就带曹殊黧一起看了现场。

垃圾站搬走之后,留下一块约三十亩的空地,虽然不大,但正好位于路口的交叉处。若是设计得当,不但可以吸引周围不少居民在此休闲娱乐,对来来往往开车的人来说,也是一处赏心悦目的风景。

但他不会画效果图,所以只有请曹殊黧代劳。上一次去佳家超市工地,让他觉得曹殊黧虽然身为局长千金,但身上没有太多的娇纵和放任,反而还有一股踏实能干的精神。而且上次曹殊黧在现场记录的要点,也让他感到这个小丫头有见解有想法。

在楚子高的陪同下,夏想和曹殊黧在现场转了一圈,曹殊黧不时在本上写写画画,看样子是有了心得,她咬着铅笔歪着头想事的样子十分可爱,有时会让夏想产生一种错觉,曹殊黧暑假过后就是大二学生了,怎么有时看起却好像才上高二一样?

其实夏想并不想让楚子高在身边转来转去,奈何楚子高热情过度,他只好忍了。差不多忙了一个小时,又拿皮尺量了量具体尺寸,夏想心中有了底,就指着马路对面的一片空地,对楚子高说道:"楚总,对面百姓河边也有一片空地,估算面积有上千平方米,上面杂草丛生,垃圾成堆,很影响步行街的形象。这么丁点大的地方想让市里来解决,不定等到猴年马月。依我看,楚总不妨再出点钱,把那块空地也美化一下,这样正好和这边的休闲广场形成呼应……"

"怎么做,小夏,你说我听。"楚子高心里一跳,开始盘算不知道又要多花多少钱。

"不用额外花钱……"夏想先打消了楚子高的顾虑,"兴建休闲广场的时候,肯定会有多余的花草,也会有多余的土方,到时直接让工人将土方拉到这里,就着地势填土做成一个坡地,再用剩下的花草种在上面,就可以建成一处绿地。再在绿地上点缀一些长椅,在休闲广场走得累了,可以来到绿地休息片刻,这样人流的互动就可以更好地将楚风楼收入眼底。更重要的是,这样既节省了处理工程垃圾的费用,又赢得了市民的好感,可谓一举两得。"

"夏想你太厉害了,我简直要崇拜你了。"楚子高还没有开口,曹殊黧上前就摆弄夏想的脑袋,又揪了揪他的耳朵,"你脑袋瓜儿是怎么长的,怎么会这么聪明?怎么可能这么聪明?快告诉我,你是怎么想到这个绝妙的办法的,我觉得陈教授也未必能想出这么高明的设计思路。"

陈香国是建筑学院的教授,是全省规划方面的一流专家,夏想自认为和陈教授没法比,被曹殊黧夸得不好意思地说道:"我怎么能和陈教授相提并论?别乱说了,对面那片空地的效果图也交给你了,有问题没有?"

曹殊黧昂首挺胸,好像受训的女兵一样"啪"的一声站直了身子说道:"保证完成任务。"

楚子高心道:夏想果然厉害,不但让高秘书长看重,连这么漂亮的女朋友也训得服服帖帖,看来以后私下里还要向他多学习才对,向他请教一下管教老婆大法,省得让家中的母老虎总是有事没事就把他训得跟孙子一样。不过让他最高兴的还是夏想说的绿化空地的法子,他很清楚处理工程垃圾费用有多高,毕竟以前也建过酒楼,没想到一笔不小的花费经夏想一说,不但不用花上一分,还变废为宝,又多出一片绿地来。

夏想这个小伙子真不寻常,脑子太好使了,太灵活了,要是做生意的话,肯定能赚大钱。要是夏想能帮他打理酒楼,不定会有多少金点子可以让酒楼生意大好……再看向夏想时,楚子高双眼放光,就像恶狼盯着猎物一样。

"就听你的,小夏,我老楚活了四十多岁,平生第一次佩服一个比我小了二十岁的小伙子,好样的。我是南方人,别看我说话办事不如北方人爽快,不过心里也实诚得很。以后没说的,小夏,你要是不见外的话,叫我一声楚叔叔,大事我办不了,借钱这样的小事,一句话的事情。"楚子高脸色涨得通红,眉飞色舞地说道。

尽管知道楚子高说话时表情和动作都爱夸张,不过夏想也能从他激动的神色中看出几分真诚,多个朋友多条路,他紧紧握住楚子高的手,说道:"楚叔叔言重了,我年纪轻,见识少,以后还有许多地方需要楚叔叔指点和帮忙。"

楚子高也能看出夏想也是诚意十足,高兴地大手一挥:"小夏,叔叔今天高兴,你不但帮我省了钱,又为楚风楼的发展着想,叔叔不能让你白忙。设计费用原先说的是两万,刚才你一句话为叔叔节省了两三万,我再拿出一万,算是绿地的设计费……"

见夏想要推辞,楚子高假装生气,按住他的手说:"不给叔叔面子不是?你刚毕业,用钱的地方多,再说你帮我这么大的忙,两块地三万元的设计费用不高,不要的话就是嫌少是不是？要不给你五万？"

在一旁的曹殊黧吃惊地张大了嘴巴,一句话也说不出来。

夏想只好接受三万元的费用,楚子高才心满意足地点点头,转头问曹殊黧："殊黧晚上想吃什么,我去吩咐厨师专门给你做。"俨然是一副长辈的关切口吻。

曹殊黧乖巧地看了看夏想,害羞地说道："楚叔叔太客气了,不用这么麻烦的,随便吃点就可以了……我都听夏想的。"

楚子高更坚定了先前的看法,曹殊黧是夏想的女朋友,而且超级听话。他心里又想起自己在家中的地位,不由暗暗叹息一声,一个成功的男人,不仅要在外面风光,回到家也不能受气才对……他偷偷朝夏想竖了竖大拇指,笑道："也好,我先去安排一下,等一下直接到二楼的六六六号雅间入座。"

"好你个夏想,真是一个大骗子,你到底用了什么诡计让人家一个大老板乖乖地给你三万元的设计费？三万元,好多钱呀,你太黑心了。"楚子高刚走,曹殊黧就轻轻打了夏想一下,问道。

"不是我黑心,而是我设计的效果图绝对值这么多钱。"夏想对他的设计思路绝对有信心,同时他也清楚,三万元看似不少,不过比起找正规的设计院,又不值一提,何况他可以肯定的是,学院的设计远不如他的设计既实惠又实用,"这钱,我们一人一半,我出思路,你来画图,按劳分配。"

曹殊黧一只手拿着本子挡在额前,遮住刺眼的阳光,摇摇头说："才不要你的钱,再说我要钱做什么？我又不是为了赚钱才跟你来做设计,我是为了理论联系实践,你以为我是贪财之人吗？"又想起了什么,忽然一扬手拿手中的本子又打了夏想一下,"你太聪明了,以后我得提防你一点,省得不定什么时候被你卖了都不知道,说不定还在一旁傻笑着帮你讨价还价呢！"

"你可不好卖……"曹永国再清廉,灰色收入还是有不少的,否则也不会做到现在的高位,况且城建局也是一个肥缺。曹殊黧好歹也是局长千金,从小到大不缺钱花,没有赚钱艰难的概念,不知道缺钱的难处也情有可原,夏想不想再在这个问题上纠缠下去,就转移了话题,说道："没人要。"

"我打你,敢咒我没有要,我长得又不丑,人又不笨,凭什么没人要？"曹殊黧作势又打。

夏想赶紧求饶："听我说完好不好？我是说你身价太高了,要卖的话至少要卖一千万。你想想,千万富翁太少了,又帅又年轻的千万富翁更是绝无仅有,我上哪里找这样一个千万富翁来卖你？"

"懒得理你,看你挺老实的一个孩子,贫起嘴来也挺有水平的。"曹殊黧心中美滋滋的,被夏想说成价值千万,显然是她在他心目中价值连城,无可替代。

看完现场,夏想心中有了底,见天色不早,就和曹殊黧一直去楚风楼吃饭。没想到还没有上楼,就遇到了几个意想不到的人。

小规模冲突

楚风楼的一楼大厅里,几个人吵吵嚷嚷非要见经理不可,领班赔着笑脸解释了半天,对方一概不理,只是重复一句话:"你没有资格跟我说话,快叫你们经理下来,否则后果自负。"

夏想和曹殊黧一前一后进门,一眼就看见三个人站在大厅的正中,正趾高气扬地对周围的几个服务员说话,个个都是一脸的不耐烦,一副天老大他们老二的模样。

三个人,一个瘦得跟麻秆儿似的;一个长得五大三粗,黑得可以;一个长得白白胖胖,还戴着眼镜。三个人当中,就麻秆最闹腾,说话也最冲:"怎么回事?都多长时间了,你们经理死哪里去了?快让他下来给我们赔礼道歉,然后摆上一桌酒席压惊,否则,你们这楚风楼就等着停业整顿吧!"

口气这么大,估计是什么头头的后代。夏想认出了他就是在路口出言不逊调戏曹殊黧的麻秆,看他样子不过十八九岁,也不知道是正在上大学还是没考上大学到处放荡。

大厅里吃饭的人虽然不多,不过也有十几桌,客人们都面面相觑,露出惊恐的神色,没有人出面相劝,甚至还有几人悄悄地从旁边溜走。

这几个人是什么来路,是故意捣乱还是和楚子高有过节?夏想转身问身旁的一名服务员,才知道原来这三个人前来吃饭,拿着一张过期的金卡非要上最好的雅间。酒楼的规定是金卡过期就不是贵宾待遇了,这也是正常淘汰一些一次性关系的商业手段,否则办一件事情就送几张金卡,久而久之再大的酒店也承受不起。这几人却不依不饶,非要还按照贵宾待遇给他们最好的雅间和最优惠的折扣,服务员自然做不了主,就僵持不下了。早有人暗中打电话给楚子高了,谁知过了半天也不见楚子高现身。

夏想知道楚子高也没有办法,就想拖延时间,等他们闹够了觉得没意思了,自然就会离开。楚子高在燕市也认识一些方方面面的人物,但总不能大事小事都开口求人，人情欠得越多就越难还，所以他宁愿当缩头乌龟。

夏想一拉曹殊黧，意思是让她和他一起悄悄上楼，曹殊黧不知是会错了意还是故意为之，竟然分开众人，一下子站在三个人面前，双手叉腰说道："三个大男人和几个服务员吵什么吵，真没出息。"

麻秆正要破口大骂，一扭头发现是曹殊黧，一双眼睛顿时眯了起来，贼兮兮地笑道："妹妹，怎么是你？想哥哥了不是，一路上哥哥可没少念叨你，以为以后再也见不到你了，没想到你竟然主动送上门了，我说黑子、徐镜，今天可不能再放走了她。"

夏想摇摇头，心想曹殊黧是不是人傻胆大，怎么敢主动去招惹这些东西？他越众而出，挺身站在曹殊黧身前，说道："谁敢动她一根毫毛？"

曹殊黧冲夏想做了个鬼脸，好像做错事的孩子一样缩着身子躲到夏想身后，还将小手放到他的手中，悄悄在他耳边说道："我就知道你不会不管我。"

又上当了，夏想苦笑，不过明知道是当也得上，他要是不挺身而出保护曹殊黧，还算什么男人？

一见夏想，麻秆大怒："黑子、徐镜，给我打，往死里打，出了事算我的。"

本来夏想很看不起麻秆仗势欺人的德性，认为他不过是一个喜欢拈花惹草、无所事事的二世祖，不想一开口就敢说往死里打，不由心头火起。本来只想震慑他们三人一下，让他们知难而退就行了，谁知道竟然猖狂成这个样子，再想到他们两次对曹殊黧出言调戏，心中就火冒三丈。

他轻轻一推曹殊黧，回头瞪了她一眼："离远点，别伤着你。"

夏想语气很严厉，带有不满和责备的意思，但关切之意却溢于言表，曹殊黧听了却非常受用，低着头，一双大大的眼睛无辜地望向夏想，使劲点了一下头："嗯！"

真要在大厅里打起来，打坏了东西是小事，误伤了客人影响太坏，夏想一伸手说道："走，到外面动手，里面太狭窄了，我怕打你们打得不过瘾。"

几个小子果然一激就火，叫嚷说道："牛呀你，一个打三个，还敢吹牛。"

"到外面最好不过，看哥们儿怎么收拾你，今天我要打得你跪地求饶，再泡你的妞。今天赚到了。"

曹殊黧唯恐天下不乱，不知道什么时候从柜台上拿出一杯白酒，递上前去："要不要喝一口酒再动手，借酒壮胆。"

麻秆从曹殊黧手中一把抢过酒瓶，打开瓶盖，一仰脖喝了一大口，哈哈大笑："这妞不错，上道，哥哥我越看越喜欢你，等着啊，等我收拾了你的小白脸，再好好收拾你。"

曹殊翾如同见了大灰狼的小白兔，又躲到夏想背后，一副胆怯惊恐的样子，更惹得三个人狂笑不止，好像得了多大的便宜似的，三个人你一口我一口，几下将一瓶酒喝得精光。

麻秆最后一个喝完酒，酒壮怂人胆这话一点没错，他狠狠地将酒瓶摔到路边，一抬右腿就一脚朝夏想的小腹踹去，又快又狠，要是一脚踹实，夏想非得被一下踢到马路上不可。

曹殊翾吓得花容失色，脸都变白了："怎么说打就打，不能等一会儿再动手？对不起夏想，我没想到他们这么不讲理。是我害了你……"

夏想哪里还顾得上曹殊翾说些什么，轻轻跳到一边，躲过了麻秆的一脚，顺势左腿一勾就绊在麻秆的左腿之上，然后用力一牵。右腿踢出还来不及收回的麻秆顿时重心不稳，"扑通"一声坐在地上，摔了个屁股墩。

黑子见夏想一动手就将麻秆放倒，他仗着身强体壮，挥舞着拳头朝夏想扑来，想要凭借体力上的优势，就算硬撞也要将夏想撞倒。夏想才不会和他硬碰硬，身子一矮，一低头躲过黑子的一拳，错身之时，右肘向后一捣，正击中黑子的后背。黑子正向前冲，后背吃力，猛地向前冲了几步，差点摔倒。

戴着眼镜看着文质彬彬的徐镜不知何时悄悄来到了夏想的背后，手中拿着一块砖头，趁他不注意，突然跳起抡圆了胳膊就朝他的头上砸去，骂道："王八蛋，看我不打死你。"

夏想没想到看上去最文明的眼镜男反而最阴险，他向前一扑，猛然躲过了背后的偷袭，心中大怒。虽然他自认身手一般，但对付这三个草包也应该绰绰有余，只是一时大意没留心眼镜男动向，竟然差点让他偷袭成功！

一回身右手一削，一掌砍在眼镜男的手腕之上。眼镜男大叫一声，疼得直哆嗦，手中的砖头扔在地上，捂着手腕蹲在地上，直不起身。这时曹殊翾也冲到夏想面前，急得眼泪汪汪："夏想你没事吧？我真的不是故意的，我没有害你的意思，我是想整治他们一下，想了一个计策，没想到孙安到现在还没有来，真是气人。我一定要好好骂他一通。"

夏想虽然不知道曹殊翾打的是什么如意算盘，不过打了就打了，当一回护花使者也没有什么，何况这几个浑蛋小子也确实不是个东西。刚才他出手也留了分寸，也是不想将事情闹大。算算时间，楚子高再不出现就有点说不过去了，会让夏想对他的印象大打折扣。

楚子高急巴巴地分开人群，领着两个膀阔腰圆的年轻人来到夏想面前，他满头是汗,急得不得了:"不好意思,小夏,这几个人闹事怎么好让你替我出头,有没有伤着?真是万幸,万一你要伤着一点,我可成了大罪人,光是李总也非得埋怨死我。对不起,对不起,我来晚了,主要是刚才没找到人。"

替曹殊黧出头被楚子高误认为替他解围,夏想也没过多解释,只是悄声问楚子高:"这几个人什么来历?"

楚子高苦着脸,小声说道:"最瘦的那个叫郑杰,是北仓区工商局副局长的儿子;胖子叫卫国,是北仓区城管局局长的儿子;戴眼镜的那个叫徐镜,他妈妈是区教育局局长。以前楚风楼开张的时候,求郑杰和卫国两个人的爸爸郑自成和卫兴办过事,就送了他们一人一张金卡,你也知道,事过境迁,最近没怎么和他们打交道,卡过期限了也没有再给他们送,谁知道这三个小子也敢上门欺负到我的头上来了……"

想起刚才三个人打架的风格,倒也正符合他们老子各自的身份:工商横,城管硬,教育阴人不要命!

夏想想了一想,说道:"报警吧。"

"警察来了!"不知道谁喊了一句,只见一辆警车风驰电掣般冲到眼前,一个急刹车响起刺耳的轮胎声,车还没停稳,就见一名警察从车上跳了下来,大喊:"殊黧,殊黧,你有没有事?我没来晚吧?"

曹殊黧也有关系网

曹殊黧紧紧抱着夏想的胳膊不放,冲来人喊道:"孙安,你再来晚一步,我就被人抓走了。哼!现在才来,你已经没用了,自己回去吧。"

让人大跌眼镜的是,一身警服英姿勃发的孙安一脸谄笑,低声下气地说道:"殊黧,给我一个机会,我保证不让你失望。我真的是一收到你的短信就立马赶来了,这个时候正是下班高峰期,路上堵车,晚上一两分钟也是正常情况,是不是?"

说话间,孙安的眼睛移到了夏想身上,又转身扫了一眼一个站着两个倒着的三个人,一脸狐疑的表情:"这三个人是你打倒的?"

夏想点点头,没有说话。曹殊黧在一旁得意地说:"正当防卫,一个打三个,厉害吧?"

孙安中等身材,不过走路之时双腿绷直腰板挺直,显然练过。他回头冲警车上下来的两个人说道:"这三个人酗酒闹事,当场行凶,先铐起来……"

眼镜男徐镜见势头不妙,知道来的警察和对方是熟人,急忙向前一步,悄悄对孙安说道:"误会,都是误会。哥们儿,给个面子,我们三个人在北仓区还算有点来路,大家就别闹得太僵了,交个朋友。"

"误会?"孙安眼神闪过紧挨在一起的夏想和曹殊黧,心中正堵得难受,气就不打一处来,说道:"你们刚才三个打一个的时候,怎么不说是误会?你们刚才调戏人的时候,怎么不说是误会?要是警察不到,你们还会继续误会下去,把男的打了,把女的抢走,是不是?"

眼镜男一听就知道警察故意找碴,心中暗暗叫苦,没想到对方一个骑自行车的家伙,不但能打,而且叫来警察还认识,真要被抓进派出所,也太丢人了。他就伸手从身上拿出一盒烟,赔着笑脸说道:"警察同志,抽支烟,听我说,我妈在区教育局工作,她是局长。另外两个哥们儿的爸爸一个是区工商局副局长,对了,马上要提正,另一个是城管局局长,大家都是圈内人,与人方便与己方便,是不是?"

眼镜男徐镜见孙安只是一个普通民警,说不定就是北仓区哪个派出所的人,说来说去总能找到认识的人说上话,再搬出他们三个家中的三尊大神,肯定会吓这个小民警一跳。他将烟递到一半,眼神中就已经露出了得意的神色,意思是怎么着哥们儿,指不定你们领导还有事得求着我们家的大神呢!

孙安愣了愣神,摸了摸耳朵,没接烟,闷声说了一句:"你等会儿……"转身喊曹殊黧,"殊黧,有事请教你,过来一下。"

曹殊黧拖着夏想走了过来,一脸的不高兴说:"干什么孙安?这点小事都办不成,直接抓走了关起来不就行了。"

孙安眨眨眼睛,看似挺憨厚的笑容透露着一丝古怪:"不是,有件事情我始终弄不明白,还得你来帮我。你说,区长算什么级别?"

"处级。"曹殊黧明白了什么,眼睛扫过眼镜男。

"那区教育局局长又是多大官?"孙安又问。

"科级。"

"科级是不是很小?"孙安一脸迷茫,看看曹殊黧,又看看一脸涨得通红的眼镜男,"比我爸的官大不大?"

夏想差点忍不住笑出声来,这小子太会装了,一看就知道他在故意演戏,戏弄那三个小子。

此时麻秆和黑子也被两个警察提了过来,两个人还不服气,嚷嚷着要打电话。

曹殊黧捂着嘴笑,一副计谋得逞的样子说:"你爸是副厅级干部,科级上面是副处,副处上面是处级,然后再向上才是副厅。"

牛气哄哄要打电话的麻秆和黑子一听这话,顿时闭上了嘴巴,你看看我,我看看你,眼睛瞪得大大的,一脸的难以置信,却说不出话来。

"不像话!"孙安一拍大腿,大喊一声,"连绿豆都比不上的芝麻官,还敢在我面前装高官子弟,还差点把我吓唬住,这人算是丢大了!哎,我说历飞、何明,把这三个小子弄警车上去,省得在这里碍眼。一会儿弄到队里去,再给他们定一条冒充高官子弟罪,看他们老实不老实?"

眼镜男本来垂头丧气,被打击得灰头土脸,还以为抬出家里的大神可以充充门面,没想眼前这位家里有个副厅的老爸,怎么比?认栽吧!不过不对,他听出味道,又仔细看了看孙安的警服,喊道:"不对,我们打架是民事纠纷,应该是派出所的民警管辖,你是刑警,管不着我们。"

孙安拍了拍眼镜男的肩膀,嘿嘿一笑:"有点眼力,不愧戴着眼镜。历飞,我的任务完成了,交给你处理了。"

历飞瘦瘦弱弱的样子,也戴了一副眼镜,他来到眼镜男面前,严肃地说道:"我是民生路派出所民警历飞,你们三个请跟我走一趟。"

夏想暗暗称奇,孙安看着好像忽左忽右不着调,实际上粗中有细,行事严谨。他看了一眼停在楚风楼门口的汽车,认出了正是麻秆几人开的那一辆,就向前一步说道:"警察同志,作为一名遵纪守法的五好市民,我向警察同志反映一个情况。"

孙安眼睛一亮,急忙一把握住夏想的双手,说道:"我们警察就欢迎你这样配合我们工作的好市民,这位同志,有什么情况尽管反映,情况属实的话,我们一定会严肃处理。"

曹殊黧将头扭到一边,实在忍不住笑。

夏想用手一指楚风楼门口的汽车,说道:"警察同志,这三个人不但聚众行凶、调戏妇女,还违反交通规定,在步行街驾车,按照规定应该扣三分,罚款三百元。还有他们涉嫌酒后驾车,对了,还有驾驶不符合规定的汽车上路,一下子触犯了这么多交通法规,真是令人发指,希望警察同志为人民的人身安全着想,严查违章行为。"

"你胡说八道,你血口喷人,我没酒后驾车,我的车也好好的,全部符合规定。"麻秆气得浑身发抖,跺着脚大骂。

眼镜男还不服气:"这是交警的事情,你们刑警和民警也要多管闲事?"

被称为何明的年轻警察来到前面,他身高有一米八以上,微胖,笑眯眯地敬了一个礼,说道:"同志,我是交警,请出示你的驾驶证,另外你的车右前轮没气,按照规定不能上路行驶,还有你酒气冲天,有酒后驾车的嫌疑……"

右前轮没气是夏想的杰作,在路口发生冲突时,他暗中将一把水果刀放到对方的前轮下面,车一开动就划破了轮胎,到现在才没气看来是扎得不深。

眼镜男气得说不出话来:"你们三个完全不同的警种,怎么就凑到一块儿去了,不是故意整我们的吧?"

麻秆跳着脚喊道:"那个小妞是什么来头,哥们儿给我说一声,我给她赔礼道歉。"他心中的震惊自不必说,那个小妞穿的衣服好像也不是什么名牌,那个小子就更别提了,衣服一般,还骑着破破烂烂的自行车,他们怎么可能认识副厅级干部的儿子?那个小警察的老爸是副厅级,到底是哪尊大神?燕市说大不大,说小不小,副厅级干部也数不胜数,但同样是副厅级,权力上可是有天壤之别。

小警察的老爸不会是副厅实权领导吧?

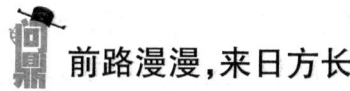

前路漫漫,来日方长

眼镜男徐镜泄了气,冲麻秆和黑子说道:"算了哥们儿,人家不管是级别还是手段都比我们高多了,认输吧……"

孙安皱了皱鼻子,没理几个人,一脸严肃地挥挥手,对周围的人群说道:"散了,都散了,别看热闹了。"一转身却又换了一副嘴脸,笑嘻嘻地对曹殊黧说道,"殊黧,对处理结果还满意不?"

曹殊黧不满地"哼"了一声:"幸好夏想没受伤,否则我饶不了你。好了,快走吧,别在我面前碍眼了。对了,我的同学夏想,以后他有什么事情,你就按照对待我的标准照顾他,别让他吃亏就行。"

孙安酸溜溜地说:"同学?别装了,躲躲藏藏地不说实话,就直接说男朋友不就得了,我已经被你拒绝无数次了,早就习惯了被打击。不过话又说回来,殊黧,我们青梅竹马,你真的一点也不考虑我一下?"

曹殊黧一扬手,抬脚就要踢:"你还想找打是不?忘了以前怎么收拾你了?长大了就敢还手就敢不听话了?"

孙安举起双手投降:"得了,你是老大,从小到大你就一直当我的老大,欺负我没完，我怎么就这么没出息偏偏就听你的话？唉，孽缘，我上辈子欠你的还不行吗？我走了老大，以后随叫随到，呼之即来，挥之即去，绝对好使。"

孙安又冲夏想点点头："行呀兄弟，有两下子，让殊黛这么听话，我认识她快十几年了，都没见过她这么温柔。对了，你身手不错，有时间咱们过过手。"

孙安嬉笑怒骂的脾气很对夏想胃口，他和孙安客气几句，又交换了电话。本来楚子高还要留孙安等人吃饭，不过孙安显然对楚子高没有兴趣，看都没看他一眼，摆摆手就走了。楚子高不甘心也没有办法，刚才他也听得清清楚楚，知道年轻警察有一个副厅级爸爸。

副厅级，不管是什么官，最起码级别不低，相当于副市长了，要能结识上该有多好，楚子高不无遗憾地想。不过他随即想到，夏想的女朋友能将副厅级干部的儿子呼来喝去，恐怕也有背景，按照正常的级别分析，她爸爸至少也应该是厅级干部才对。

厅级不一定就比副厅级职权大，关键还是所处的位置和手中的权力，不过楚子高乱猜一气，还真让他猜对了。

吃饭的时候，楚子高亲自作陪，又说了一大堆表示歉意的话，见对副厅级干部的儿子孙安毫不客气的曹殊黛，小意温存地坐在夏想旁边，乖巧听话得像一个小媳妇。楚子高对夏想除了佩服之外，心中突然产生了一种敬畏之感，似乎觉得一点儿也看不透他。他只是一个二十多岁的年轻人，没有根基，没有背景，就算他马上就成为了县委书记身边的红人，但是一个县委书记在燕市这个省会城市根本不值一提，太多的厅级和省级高官都数不过来，谁会将一个县委书记放在眼中，更不用提他身边的人。

但正是这个不起眼的年轻人，就让市政府秘书长高海打来电话向他暗示，其中有对他的提携之意。他身边的女朋友，让一个副厅级干部的儿子跑来跑去，一点也没放在心上，却对夏想又表现出相当的耐心和温柔。而夏想坦然受之，没有一点受宠若惊的样子，到底是他也有深厚的背景还是人傻胆大？

楚子高再看夏想时的眼光，除了热情之外，还有一丝讨好的意味。

饭一吃完，楚子高就十分爽快地先付了两万元的定金，只等效果图出来后，再付剩下的一万元。

给曹殊黛的一万元，她推辞不要，夏想却不同意，劝她说道："这是你的劳动成果，应该得到的，凭什么不要？你可以用这些钱买自己想要的东西，可以理直气壮地对曹伯伯说你自己也能赚钱了，完全是凭真本事。"

曹殊黛推脱不过，只好收下。两个人商定明天继续讨论效果图的细节问题,争取三天之内出图。曹殊黧边走边和夏想说她的一些设计思路,虽然在夏想看来有些幼稚有些保守,但不乏也有闪亮点迸现。夏想就一一点出她的不足之处,总能让她微一沉思就露出一脸惊喜,看向夏想的目光就又多了几分内容。

将曹殊黧送到建委宿舍的门口,夏想挥手告别时,曹殊黧忽然一脸局促地站到路灯的阴影下,问道:"你怎么不问问孙安是谁?"

夏想不是不想问,而是不想贸然问起,听曹殊黧一说,嘿嘿一笑:"对了,孙安是谁?"

"你……"曹殊黧躲在暗处,看不清楚她的面容,不过听起来她的声音有些异常,"今天真的要谢谢你,夏想,我不过是想让孙安过来收拾这几个坏蛋一顿,好让他们收敛收敛,没想到他们太坏了,二话不说就动手了。要不是你有点本领,肯定会被他们打伤。其实你用不着替我出面,我有办法撑到孙安他们过来……"

夏想笑了笑:"傻丫头,你和我在一起,有人欺负你,我不站出来,那还是男人吗?别说他们就三个人,就算是十个人,我也得硬着头皮冲上去,牺牲我一个,幸福你一人,对不对?"

"讨厌!"曹殊黧"扑哧"笑了,她从黑影中站出来,眼中亮晶晶的,看了夏想一会儿,扬起右手和他再见,"明天十点过来也不迟,我今天累了,明天要睡睡懒觉。忘了告诉你,孙安从小和我一个大院长大,我一直欺负他,他特别怕我,也很听我的话。我和他之间像纯净水一样,他嘴上说对我有意思,其实我知道他也就是说说而已,根本就当我是妹妹,我也从来当他是小跟班。"

夏想挠挠头,指着自己鼻子说:"你跟我说这些做什么?好像和我没有关系!"

曹殊黧一时气极:"你成心想气我是不是?不理你了。"转身像一只蝴蝶一样轻快地跑了。

夏想傻呵呵笑了一会儿,摸了摸口袋中的一万元钱,心情就更加愉快了,飞快地骑着自行车赶回出租屋。今天的收获不可谓不大,他现在清楚地知道,曹永国在局长位置上经营十几年了,在燕市也是人脉深广,有许多盘根错节的影响。单是今天曹殊黧上演的一出好戏就让他看清了一点,平民有圈子,高官也是有大小不等的圈子。他今天的所见,不过是庞大的关系网的一角而已。

只是想到他和曹殊黧之间似乎越来越有走近的可能,不免又让人有些头疼,也不知道他内心深处在拒绝着什么。想了半天也想不通,夏想索性放下不想,走一步算一步。

前路漫漫,来日方长。

一直等夏想走远,曹殊黧才从阴影中闪出身来,凝视夏想远去的背影,心中莫名生出一种伤感,一种难舍的情怀。夏想,偏偏他刚出现就要离开,就要远去坝县,为什么会这样?真的没有选择吗?曹殊黧轻轻地踮着脚尖回到家里,推开门的一瞬间她突然做出一个重大的决定。

04　踏上征程

暴露的意外事件

夏想站起身,洗耳恭听,态度恭谨而谦逊。他知道,曹永国肯郑重其事地说出这几句话,是从内心深处认同他了,将他纳入了利益集团的圈子之内,算是对他能力的正式认可。

一个人年轻不要紧,没有级别也不要紧,要紧的是他具有什么样的影响力,能够影响到什么级别的人所下的决定,有没有领悟力,懂不懂得做人。很显然,夏想在曹永国心目中,已经由求他办事留在省城的大学生,成功地转变为大有前途的有为青年了。

第二天,夏想给李丁山打了一个电话,问他有没有事情要交代。李丁山的声音听起来很高兴,说放他几天假,七月十四日一早到公司找他即可。挂断电话,夏想笑了笑,感觉李丁山好像从公司失败的阴影中走了出来,现在的他应该正和他庞大的关系网进行沟通。他毕竟将要成为一县的一把手,除了意气风发之外,恐怕更多的是想如何在任内做出升迁的政绩。

夏想则想在离开燕市之前,尽快将他手中有限的资源最大化,至少也要和曹永国的关系稳固下来。况且现在曹永国也正处在关键时期,一步走顺则可能前进一步,一步失误则会到测绘局养老,想必他也焦虑不安。

想了一想,他还是给肖佳打了个传呼。不出几分钟,肖佳就回过来电话了,是个手机号。

肖佳在外面租了一家办公室,找了几个暑假打工的大学生帮她抄写信封,校对书稿,现在已经处在二校阶段,再有两个月就会正式出版。肖佳的声音懒洋洋的,有一股说不出来的慵懒味道,她听了夏想说要跟随李丁山一同前往坝县,沉默了片刻,突然很大声地笑了起来:"我现在才知道原来你的志向是做官,是想做贪官还是清官?"

夏想没回答她的问题,却劝她说道:"只此一次,别有下次了。你手中有了钱,凭你的头脑肯定可以做正当生意,赚合法利润,毕竟来日方长……"

"这还没当上官就一副官僚的口气跟我说话了?"肖佳咯咯地笑,"你是关心我还是担心我?或者说,你有什么想法不成?"

不得不说肖佳的声音极具魅惑之力,夏想看不到肖佳的表情,但可以想象到她红唇娇艳,意态慵懒,媚态毕露的诱人风姿。有些女人就是天生媚骨,此话不假。

不等夏想说话,肖佳又急急说了一句:"我还有事,先挂了,你临走之前我们见上一面,有事对你说。"

赶到曹家时,正好上午十点,曹永国不在家,开门的是王于芬。王于芬对夏想的到来十分热情,招呼他坐下就冲楼上喊:"鬻儿,夏想来了,别睡了懒丫头。"

出人意料的是曹殊君听到声音急忙从房间里出来,穿着大裤衩,一只脚还没穿鞋,就兴冲冲对夏想说道:"行呀夏想,没看出来你还真有两下子,一天就赚了两万块,这样下来一年不是要赚七百多万?好家伙,明年你就是千万富翁了。"

夏想对曹殊君谈不上好感,但也知道他们这类人的通病是浅薄加无知,见他一脸兴奋,不忍当头泼他一头凉水,就笑道:"账不能这样算,这样的机会不是常有的,只能是偶尔遇到。世界上哪里有这么多的好事降临到一个人的身上?只有不断努力,才有成功的可能。"

一句话打消了曹殊君的热情:"总要努力,多累呀,没意思。"说完转身坐在沙发上,再也提不起说话的兴趣。夏想暗笑,他就是想让曹殊君闭嘴。

曹殊鬻睡眼蒙眬从楼上下来,穿着一件粉色睡衣,一边走还一边揉着右侧的乳房,自言自语地说道:"怎么总是趴着睡压着右边这个?时间长了,会不会一个大一个小?要是两边不一样大,怎么见人呀,太丑了。"

夏想忍住笑,这丫头真没形象,不过又可爱得让人怜惜,他站起来,笑眯眯地说道:"早呀,殊鬻。"

曹殊鬻好像才醒过来一样,愣了一愣,随即大喊一声:"臭夏想,坏蛋,色狼!"然后一转身飞快地跑上楼去,因为动作过快,带动裙子飞起,露出了白生生的大腿。

听到曹殊黧的惊叫,王于芬从厨房里跑出来,一脸惊讶:"出什么事了?"

夏想一脸无辜,想解释又觉得无从说起,只好尴尬地说道:"刚才殊黧下楼,没洗脸……"

王于芬不相信,一脸怀疑地又看曹殊君,曹殊君倒是出乎意料地站在了夏想一边:"没什么,姐姐她说梦话,不关夏想的事情。"

王于芬还不相信,又上楼问曹殊黧去了。曹殊君向夏想邀功:"怎么样哥们儿,够朋友吧?记得欠我一顿酒,什么时候等我有空就找你。"

"没问题。"夏想一口答应,曹殊君本质上不坏,就是人懒一点再加上目中无人,还有调教的可能。

估计王于芬也没问出什么,下楼后冲夏想笑了笑,又忙活什么去了。

曹家的房子足够大,有一间房间没人住,就支起画架,临时充当了曹殊黧的工作室。夏想和曹殊黧忙碌了两个小时,差不多完成了一半的底稿。具体到一条长椅、一棵树甚至一盆花的位置,两个人也要讨论一二,总之工作很认真,气氛很热烈。

"夏想中午别走了,一起吃饭。"让所有人吃惊的是,这一次是一向对夏想没有好脸色的曹殊君主动提出留夏想吃饭。

午饭后,两个人没有休息,又继续工作。夏想的想法奇特而天马行空,许多设计思路闻所未闻,总能让曹殊黧觉得无法接受的同时,又往往眼前一亮,发现了其中的微妙之处,总能给她意外之喜,体会到了"柳暗花明又一村"的奇妙感觉,让她的设计思路获得了空前的冲击,又给她带来诸多超前的收获。

又用了一下午时间,两个人总算完成了底稿。不得不承认,休闲广场的底稿超出了夏想的预计,比他设想得还要好上许多。他用一些超前的想法来引导曹殊黧,而曹殊黧的领悟能力很强,又能结合具体场地将他的想法融会贯通。可以说,两个人合作的设计就算拿到省城的规划设计院,也算是一流的水准。

曹殊黧端详着她的作品,脸上流露出一丝荣光,心中充满了前所未有的满足感,让她意识到原来自己还是一个有才华的女子,以前怎么没有发觉到她心中蕴含着这么多的灵光和火花?想到自从夏想出现在她面前之后,带给她越来越多的惊喜,越来越多的感动,她不禁心跳得有些发慌,偷偷看了夏想一眼。

夏想也正在出神地欣赏着设计的底稿,从侧面望去,他鼻子高耸,脸上线条既硬朗又不失柔和,眉毛又浓又密,而且他的睫毛又黑又长,更衬托得眼睛格外明亮。曹殊黧没来由地一阵慌乱,原来他长得一点也不难看,除了肤色有点黑之外。

男人长得太白就成了小白脸,谁会喜欢?夏想健康的肤色,俊朗的外表,温和的脾气,成熟稳重的性格,怎么是那些轻浮冲动的大学生所能相比?曹殊黧双眼迷离,又想起刚才下楼时被他看到揉胸的样子,不由脸红过耳,羞得抬不起头。

楼下传来有人开门的声音,曹永国回来了。

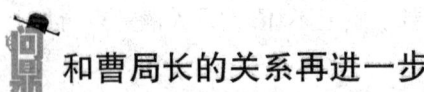
和曹局长的关系再进一步

夏想并没注意到曹殊黧的异常,下楼和曹永国打招呼。曹永国脸色不太好,眉宇间隐隐有一丝忧虑。

曹永国今天一上班,就听到了要调他到测绘局当局长的传言。虽然早先在卢部长那里已经听到了一点风声,但还仅限于少数的高层知道,现在在单位里已经有人公开议论,可见是有人故意放出的消息。无风不起浪,既然有人放出消息,一般来说,调动的事情也就八九不离十了。

尽管早已知道了调往测绘局的事情不可逆转,卢部长也亲口说了他无能为力,曹永国也就绝了心思。毕竟以他的能耐,还左右不了省里常委会的决定,何况常委会的常委肯为他说话的也没有几个。而且更让人气馁的是,据说让他挪动位置,是给高成松的人让路。

高成松在燕省一言九鼎,没有人敢反抗他的旨意,要是顺从的让路还好,要是表现出不耐烦和反对,他一怒之下,就有可能直接将其调到建委去管后勤。

测绘局?曹永国无奈苦笑,说起来和城建局是平级,但城建局下辖全省一百多家大小建筑企业,实权在握,测绘局只有一个省局,下面没有腿,各地市也没有对应的机构,他几乎就是一个光杆局长。

原本在高成松来之前,卢部长也做通了其他几名常委的工作,准备要提他当建委主任,可是现在,曹永国却被发落到了测绘局,失落的心情可想而知。

去测绘局又不比城建局,曹永国决定不带任何人上任,只身前往。不过他用惯李洁夫了,就含蓄地征求了一下他的意见,李洁夫倒是痛快地一口答应了,愿意跟他到测绘局。曹永国对李洁夫的念旧感到安慰,决定一到测绘局就帮他解决住房问题。他听说测绘局别的没有,倒是有不少闲置的住房。不出意外的话,他就要在测绘局养老了,不求无功但求无过,利用手中权力弄几套房子到手,也不算什么大不了的事情。

一回家见到夏想,曹永国心中突然闪过一个念头,想起了夏想背后的李丁山,李丁山背后的宋朝度,不知怎么,他脑中闪过一个有些不切实际的想法。按说以他现在的年龄和阅历,还有为官多年的经验,早就过了冲动和冒险的阶段,为什么还会有不合常规的念头?

曹永国转身进了书房,说了一句:"夏想你进来一下。"

在曹永国的书房中藏书不多,多是建筑、规划类的图书,布置也很简单,一张宽大的书桌,一把沙发椅,一排真皮沙发。他坐在沙发椅上,点燃一支烟,将烟盒向前一扔,对夏想说:"抽烟自己拿。"

夏想摆手,他烟瘾不大,可抽可不抽时就不抽。曹永国叫他进书房是头一次,而且是一脸严肃摆出一副长谈的样子。他虽然一直期待这么一天,不过还是有些紧张,静默地等曹永国开口。

"夏想你走的路子是对的,比我当初的选择强,直接跟李丁山下到基层,从基层一步步做起,基础好,眼界高,慢慢培养大局观念,总有一天也会有主政一方的机遇来临。不像我,一直在行业内,视野太受局限了,平常接触的也多是行业内的领导,想要进步也不容易……"

曹永国说的是实话,早年卢部长也曾经想帮他调到地方上当一任市长,哪怕是偏僻的穷市小市,努力了几次,最终还是没有成功。症结在于他没有在地方上主政的经验,当然也与在省里没有强有力的支持有关系,卢部长力挺曹永国,奈何孤掌难鸣,只好作罢。

上一次夜谈,曹永国假装无意中提到宋朝度,卢部长也没多问,只是简单说了一些宋朝度的情况。宋朝度也是燕省人,三十岁之前一直在燕市审计部门当科长,他的意外转折就在三十岁时,直接由科长升到了燕市郊县的县委书记,不但连升两级,而且还直接外放为县委书记,跨度之大,力度之猛,让所有人都瞠目结舌!

此后宋朝度一路官运亨通,从县委书记当到市长,又由市长到市委书记,最后到了省委常委、省委秘书长。

卢部长也听到了消息,说是宋朝度将要失势,丢了常委的头衔,改任省委农工部长。他也是隐约听说宋朝度在京城有人,至于是谁,却并不清楚,不是宋朝度隐藏得太深,就是他背后的人身份太过神秘。总之只有传闻。再有他和宋朝度关系一般,没有深交,对宋朝度的事情所知不多也实属正常。

事后曹永国也推测宋朝度既然京城有人,为什么还保不住常委头衔?思来想去,他估计要么是宋朝度的背景不如高成松强硬;要么就是宋朝度以退为进,另有打算。

曹永国所说的有关宋朝度的情况,许多是夏想以前所不知道的。夏想不敢肯定宋朝度退下来的真正内幕,只是民间传言是被高成松排挤所致,或许事情真相远比外界流传的更曲折更让人无法猜测。

曹永国抽完一支烟,起身打开窗户,凝视窗外。窗外有几棵大树郁郁葱葱,正好遮挡住远处的风景,不过也换来一片难得的清静和幽雅。此时暮色四合,轻风吹过,树叶沙沙作响,别有一番情调。

"李丁山和宋朝度之间的关系……怎么样?"曹永国的脸色淹没在窗外的夜色之中,看不清他的表情。

夏想微微一怔,说道:"我一直没有见过宋朝度,不过经常接到他打给李丁山的电话。他和李丁山、高海都是同学,但李丁山和高海在一起吃饭时,从来没有提过宋朝度……"

夏想的言外之意曹永国自然明白,不过他仍是不太肯定地问了一句:"高海?市政府秘书长高海?"

得到夏想肯定的回答之后,曹永国更加肯定了他的判断,宋朝度对李丁山比较欣赏,对高海则保持一定的距离。要说宋朝度失势之后,想要培植势力,高海远比李丁山有优势,为什么他偏偏要选择没有从政经验的李丁山,难道仅仅是因为李丁山有在国家级报社工作的经历?会不会是李丁山还有不为人所知的背景?

不知不觉,曹永国就有意无意地认为,他已经有了可以和李丁山认识进而和宋朝度接触的桥梁,而这个关键的桥梁,就是眼前坐着的夏想。但仅仅在不久之前,夏想在他眼中,不过是一个初入社会的大学生,还带着青涩和腼腆,甚至还有点自卑,比起现在的他可谓有天渊之别。现在的夏想成熟稳重,思路清晰,为人处世非常沉稳,不但搭上了李丁山这条线,受到了李丁山的器重,而且听他的口气,还和高海有过来往。

曹永国还是有些不太相信夏想所做的一切,尤其是昨天晚上曹殊黧回家之后,告诉他夏想从楚子高手中赚到的设计费用是三万元时,他更是震惊莫名。夏想虽然是建筑学院的学生,但他毕业后并没有从事建筑行业,一个酒楼老板怎么会出到三万元的高价，请一个既非专家又非专业的人来设计休闲广场的效果图？而且听曹殊黧话里话外的意思，楚子高明显有讨好夏想的意思。

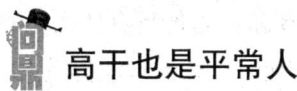
高干也是平常人

曹永国想不通夏想凭什么大受欢迎和器重，要是他知道李丁山弃商从政也是受了夏想的鼓吹，楚子高之所以请夏想设计效果图，也是看重了夏想的潜力和得到了高海的暗示，也不知道他会是怎么样一副惊讶的表情。

曹永国二十三岁时，还在工地上当一名普通的技术员，一直干到三十岁才提为项目经理。当然他心中不解归不解，对夏想除了好奇之外，更多的是想和他建立一种密切的合作关系。

自然身为局长的曹永国，不可能直接提出让夏想介绍他和李丁山认识，他关上窗户，坐在夏想的对面，下意识一伸手，夏想见状急忙将烟递了过去，笑着说："曹伯伯还是少抽点烟好……"

夏想不但沉稳，还十分机灵，曹永国心中对他的喜爱又多了一分，哈哈一笑说道："戒不了了，抽了几十年，一是上瘾，二是成了一种习惯，人的习惯最难改掉……"抓过一支烟点燃，深吸一口，"夏想，我可能要到测绘局去了。要是还在城建局，或许还可以到坝县看一看，看看有没有可以合作的城建项目，到测绘局就难说了，恐怕只有等重新绘制地图的，才有可能到坝县看你喽！"

"我倒是好说，李总以后到了坝县，他职责在身，不能常回燕市，但和燕市的联系不能断，我估计少不了来回跑腿。不过李总在燕市也有根基，他也常会回来看看的。李总是文人出身，有儒雅之气，曹伯伯是学者型领导，和李总应该能有共同语言，一见如故也说不定。"

只要结识了李丁山，就有了结交宋朝度的可能，曹永国虽然有些遗憾时机不对，宋朝度也将要失势，就算他肯帮他，也是力度不大。不过宋朝度毕竟还是省委农工部部长，最主要的是他还年轻，在官场上，年轻就是最大的资本。

"夏想，好好干，踏踏实实做出实事来，不可因为领导的信任而放纵自己，也不可因为领导的冷落而放任自己，时刻要戒骄戒躁，脚踏实地，最终你会有成功的一天。只要曹伯伯还在，就一定会尽最大可能帮助你。不过丑话可要说到前头，有人帮是一方面，最主要还是要靠自己的真本事。"曹永国将烟在烟灰缸里摁灭,背着手,十分严肃地说出了这番话。

夏想站起身,洗耳恭听,态度恭谨而谦逊。他知道,曹永国肯郑重其事地说出这几句话,是从内心深处认同他了,将他纳入了利益集团的圈子之内,算是对他能力的正式认可。

一个人年轻不要紧,没有级别也不要紧,要紧的是他具有什么样的影响力,能够影响到什么级别的人所下的决定,有没有领悟力,懂不懂得做人。很显然,夏想在曹永国心目中,已经由求他办事留在省城的大学生,成功地转变为大有前途的有为青年了。

也许在外人眼中,曹永国是高高在上的一局之长,是厅级高干,至少在夏想刚刚接触他的时候,也被局长的光环刺得晃眼。当初求他帮忙要留在省城时,几次登门拜访,他都不敢正视曹永国。经过一段时间的接触下来,又是直接在家中见面,少了在局里机关时的压抑,多了在家中的随意,在他面前也慢慢褪去了局长的权威,让他真切地感到,人前人后风光威风的高官,在家里也不过是一个普通长辈,一个有着喜怒哀乐的老人,一个活生生的、有忧愁有开心的、有血有肉的人。

夏想晚上又在曹家吃了一顿晚饭,王于芬的热情好客让他感到不好意思,曹殊黧却大呼王于芬偏心,都把好菜给了夏想吃,曹永国则在一旁笑吟吟地不说话。

走的时候,曹永国主动提出让曹殊黧送夏想下楼,让他颇有受宠若惊的感觉。曹殊黧和夏想约好后天见面,明天她利用一天时间给效果图涂色。正好涂色也不是夏想的专长,他就偷懒休息了一天。

说是休息,哪里有休息的时间?夏想整整用一天时间整理和消化坝县的资料,虽说不敢百分之百地记住所有资料,但至少也要做到记住一个大概。李丁山说是给他放假,他却没有时间给自己放假。坝县的贫困是众所周知的事情,但坝县的官场之水到底有多深,怕是李丁山心中也没有底,他是直接由省城空降到坝县当县委书记,看似风光,其实空降过去之后,在当地没有任何根基。如果没有一些手段,别说做出政绩,三年之内能不能打开局面还得两说。

夏想有一个问题一直想问李丁山,却没有找到合适的机会,也不知道宋朝度是如何具体操作的。从省里向坝县空降县委书记,肯定要通过章程市委和章程市委组织部,能够强力直接安排一个县委书记下去,宋朝度对章程市的影响也是不小,依夏想猜测,不是市委书记就是市长,二人之中必有其一是宋朝度的人。

他又抽空给冯旭光打了一个电话,先是感谢他送的手机,少不了客套几句,然后又旁敲侧击地问了一下现在的工程进展情况,有没有新的股东加入,等等。

佳家超市的工程因为赵红江的主动和热情,保质保量地提前一个月主体封顶,现在正室内装修,两个月内就可以开张营业。上次夏想提出的预售超市主要位置使用权的想法,经过冯旭光的运作落到了实处,结果大大出乎冯旭光意外的是,他竟然在短短时间内就拿到了三百万元的资金。可以说,预售的效果远超设想,着实让他大喜,同时又对夏想多了几分佩服和好奇,他怎么就想出这么一个绝妙的点子,问题是众多厂家还十分认可这种预售。

冯旭光兴奋之意通过电话传过来,仍然能让夏想真切地感受到他发自内心的高兴。夏想笑着说道:"冯哥,你太容易满足了吧?你以后是做大事业的人,怎么能获得一点点成功就沾沾自喜,这不是你冯旭光举重若轻的大将之风呀?"

"得,你别埋汰我了,先告个罪,老哥我这些天实在是忙得脚不离地,事太多,一直没顾着跟你说预售使用权的事情,你要是觉得老哥怠慢了你,那是你多想了,不能怪我,哈哈。"冯旭光先扣了一顶大帽子给夏想,然后才问,"老弟,你问新股东是什么个意思?是想拿你手中的百分之十股份套现,还是有别的想法?"

夏想开玩笑说:"我身为股东,有权知道公司的重大决策,对不对?再说我也担心你不认账,乘机吞没了我股份,我可就后悔得撞墙了。"

冯旭光又笑了一通:"现在资金都占用了,还真没大钱给你。老弟,你用钱的话说一声,十几万还是挤得出来的。"

他相信冯旭光说的是实话,这个人,何时真何时假,拿捏得非常有分寸。虽然冯旭光说话嘻嘻哈哈,但他清楚,只要真有股东变动时,冯旭光一定会及时通知他。

刚刚挂断冯旭光的电话,夏想又意外地收到了文扬的传呼,说有急事。

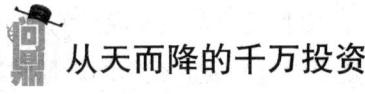
从天而降的千万投资

文扬不知道夏想的手机号码,所以直接打他传呼,好像唯恐他不回电话一样,还特意加重口气,说是有特别紧急的事情。

文扬找我能有什么特别紧急的事情？夏想不以为然地摇摇头，想了一想，还是回了一个电话。

"夏想，我是文扬，你有没有时间来公司一下？"文扬的声音听起来很着急。

"有什么事情就在电话里说吧，文总！"夏想淡淡地说道。

"也好，是这样的夏想，液晶大屏幕项目的地皮批了下来，不过我又接到市里的通知，说是火车站广场事关燕市的形象，我们设计的基建部分被市里否决了，市里提出了几个修改意见，我觉得你是建筑学院的高才生，重新设计基础部分的方案就交给你来做，如何？当然公司也不会亏待你，设计费用五万元。"文扬的口气迫切而且急促，说到最后五万元的时候，似乎又有意无意地提高了声调。

夏想听后却嗤之以鼻。

不是他不想赚钱，也不是他因为讨厌文扬的为人而非要和钱过不去，而是现在公司的财务状况他也是心里有数的，账面上别说五万元，连三万元都拿不出来。真要是账上有个几十万的话，文扬当初也不会不愿意接手公司。现在还拿五万元的设计费用来骗他，文扬还真是狗改不了吃屎……

"对不起文总，我真的没有时间来做这件事情，你可以直接找设计院的专家，他们经验丰富，能充分领会市里的意图……我还有事，先挂了。"懒得跟他多说，夏想就想直接挂了电话。

"等等，等一下！"文扬急了，差点喊起来，"夏想你先别挂，听我说，听我说……我找到资金了，有一家大型财团愿意出资一千万和公司合作，条件也很优厚，公司现在有钱了，区区五万元的设计费用，不在话下。"

夏想惊得目瞪口呆，在他成功说服李丁山放弃公司走向仕途之后，公司转移到文扬手中，竟然意外地出现了惊人的偏差。失去了银行贷款支持的公司，居然在文扬手中起死回生，找到了新的投资！

在燕市，能够一次性拿出一千万资金的大型企业并不多，文扬他真有本领拉来一千万的投资？夏想甚至不无恶意地猜测文扬不过是拿他开玩笑，但文扬的声音还源源不断地从话筒中传来，清晰可闻。

"夏想，你有没有在听？是真的，是南方一家控股公司主动联系的我……"后面的话夏想没有细听，不是不想听，而是觉得没有必要。最初的震惊和惊愕过后，他也就释然了，就算文扬真拉来了资金，他还是不看好液晶大屏幕项目的前景。

转念一想，文扬有了资金，更应该是理直气壮、不可一世的嚣张态度，怎么会如此有耐心向他解释这么多,他应该恨不得将自己一脚踢开才解气。文扬现在却又主动找他,态度还好得出奇,要送钱给他,中间肯定有什么猫腻。

夏想打断文扬喋喋不休的话,直截了当地问道:"文总,说实话你有了钱,更应该是财大气粗的口气,而不是非要求我这个无权无势的小人物。再说我又不是什么设计专家,说说看,你找我的真实目的是什么?"

文扬的话被打断,有些不高兴,但想起事情的轻重缓急,还是强压心中的怒火,问道:"小夏,你认识高秘书长?"

夏想恍然大悟!

肯定是高海插手了液晶屏项目,向文扬暗示了可以由他来做设计。高海虽然出自好心,是想回报夏想当初提供给他的思路,当然也不排除他有更深一层的想法。但他也确实有些操心过度热情过头了,让夏想心中感激的同时,又有点哭笑不得。

"我和高秘书长有一面之缘,我不知道他是不是还记得我。"夏想实话实说,以他目前的身份,高海说认识他是抬举他,他要是说认识高海,别人多半会笑他自吹自擂。

不过听在文扬耳中却变了味道,好像夏想是在故意炫耀他和高海的关系多亲密一样,文扬想起高海对夏想的称赞,心中就非常不是滋味,夏想有什么本事?不过是一个不得志的大学生罢了,也不知道走了什么狗屎运被高海看上,居然对他赞不绝口,让他心中恨得冒火却又无可奈何。

地皮是借高海之手批下来的,身为市政府秘书长的同时,高海还兼任市政府办公室主任,主持市政府办公室的全面工作,分管着好几个要害部门,得罪不起。所以当高海暗示夏想的设计才能一流时,文扬身为多年的团省委干事,没有这点领悟领导精神的本事,以后官场商场就都不要混了,干脆回家算了。他尽管不情不愿,也不得不急忙给夏想打电话,还要装出真诚无比的态度恳请夏想帮他设计新的图纸。

夏想最后还是婉拒了文扬,不过话也没有说死,说有可能的话会介绍一个比他还要出色的设计师给文扬,一定能够设计出让市里满意的方案。夏想也知道文扬不是看重他的才能,而是在意他的设计可以确保让市里满意,也就是说,让高海满意,只有他点头认可了,才能正式开工。

前思后想一番,夏想还是给李丁山打了个电话,含蓄地说了一下高海的举动,希望他能转告高海,他非常感谢秘书长对他的照顾,一定不会辜负秘书长的重托,圆满地完成任务,同时还要努力做出新的成绩给秘书长看。

李丁山连说几个"好",听上去也是心情不错:"高海看重你,对你照顾,你就要做得漂亮一些,不要让他难堪才行。记得有什么好的想法要及时和他沟通,临走之前,我安排你们再见一个面。"

作为李丁山的心腹,现在的夏想已经有了李丁山所有的联系方式,也经过了李丁山的允许,可以随时联系他。

李丁山对高海和夏想的互动也是乐见其成,作为他最信任的两个人,夏想和高海关系融洽正是他所要见到的结果。让他欣慰和惊讶的是,本来他以为夏想要过一段才会被高海接受,没想到,只见了一面,高海就对他印象那么好,倒是让他省了不少心。

当然,如果夏想不主动打电话告诉高海背后的动作,高海也没有早早就跟李丁山说过他要适当对夏想表示一下,而是通过第三方知道夏想和高海暗中来往过密,李丁山也会很不高兴。还好,夏想也好,高海也好,都向他明说了此事,让他心情格外愉悦。

又想起夏想既能干又忠心,在公司落魄时候不离开他,在成功劝说他从政后又谦虚谨慎,这样好的手下简直就是他迈向成功第一步的基石。李丁山一方面感觉自己眼光不错,运气很好,成功地从三建调来了夏想;另一方面也暗下决心,只要夏想尽心辅助他,只要他在位一天,就一定给他安排一个远大的前程。

解决曹家最后一个麻烦

今天已经七月十日了,离离开燕市只有几天时间了,还有许多事情要处理,千头万绪也要从头做起,夏想也觉得有些头疼。想了一下,他还是决定今天再去一趟曹家。

夏想的到来让曹殊黧既意外又惊喜,她差不多已经画完了效果图,正要做最后的收尾,正好夏想来了,就让他给她挑挑毛病。

夏想简单地将液晶屏项目的基建事情一说,他打算让曹殊黧接手设计,因为有他以前全程参与的基础,只需要在他设计的基础之上稍微做一些改正即可,并不需要太大的修改。因为建筑结构是经过严格计算的,真要更改的话,会非常麻烦,现在改动的只是外观和装修部分。他也理解高海的意思,并不是简单的挑刺,而是要让基建部分既符合承重的实用要求,又要注重形象。毕竟位于火车站广场,建筑物太难看的话,确实影响城市形象。

以前的设计因为考虑到资金问题,在基建上要求以实用为主,并没有太多考虑美观和形象,高海的挑剔也在情理之中。

"啊……五万元的设计费,我开了学才是大二学生,一个人可挑不起这么重的担子,没有你的帮助和指点,我真的做不来。"曹殊黧虽然是局长的千金,但也知道五万元是一笔不小的数目,而且她学的是规划,对土建工程的设计并不拿手,要说让她做效果图,设计一下装修还是她的专长。

夏想只好又耐心地向她解释了一番,说是基建的设计他已经基本上完成了,不需要有什么改动,只要她将外观改进得更漂亮更美观,就像给一个女人化妆一样,这应该也是女孩子最擅长的事情。见曹殊黧眼睛转动,他知道她动了心,作为一个设计师,谁都想让自己设计的作品矗立在城市最显眼的地方,这是一种荣耀也是一种认可。

"找一家正规的设计院,图纸就挂在他们名下,交一万元的管理费就可以了。然后你设计完成之后,除了盖上设计院的公章之外,记得要署上我们两个人的名字,我在首位,你就委屈一下,屈居第二,好歹也是第二名,是不是?"

"什么第二名,说得好听,还不是末位?瞧你说得这么直白,好像我要和你争第一的署名一样,谁像你这么争名好利?就算不署我的名字,只要是你的事情,我也会帮你。"曹殊黧不知道想通了什么,圆圆的杏眼睁得大大的,水灵灵的闪着光泽,目不转睛地看着夏想。

夏想被她肆无忌惮的目光看得心神一荡,差点受不了她眼神中的火热,就打趣说道:"听你说得更是冠冕堂皇,明明是我给你介绍了个赚大钱的机会,你却要扮成一副帮助我的样子,还想让我记住你的好?"

曹殊黧眼中的柔情越来越浓:"钱归你,只要你记得我是在帮你就可以了,你还有什么话说?"

夏想确实无话可说,曹殊黧没有千金小姐的傲气和颐指气使,心思剔透,又漂亮聪明,可以说一个绝好的女孩子,对他更是乖巧听话,从不乱发脾气,让他实在挑不出毛病。不过他现在还真没有心思考虑谈一场恋爱,不说他现在的身份有些尴尬,而且将要远赴坝县,也不知道要一去几年,前途未卜,又两地分离,想到与杨贝分开不到半年就提出分手,他不想再重演一场闹剧。

"我无话可说,既然你对我这么说,我一定会投桃报李,等我到了坝县,就给你寄一些土特产回来,让你吃个够,好不好?"夏想笑嘻嘻地说道,巧妙地转移了话题。

"讨厌,没正形,不理你了……"曹殊黧一脸嗔怒,转身就要出门,却差点和推门进来的曹殊君撞在一起。

曹殊君还是一副松松垮垮的样子,斜着眼睛看了夏想几眼:"对我姐动手动脚了?她要是愿意我没话说,她要是不愿意,你敢强动,看我不打扁你。"

"就知道胡说,滚一边去。"曹殊黧正有气没地方发,曹殊君撞到枪口上,腿上就结结实实挨了一脚。

"得,算我傻帽儿,自讨苦吃,你们继续鬼混……"曹殊君摇晃着正要出门,夏想却叫住了他。

"小君,想不想在假期里赚一万块?"夏想一直犹豫让谁陪着曹殊黧去做设计,免得文扬打她主意,正好曹殊君也在家里闲着没事,姐弟二人上阵,曹殊君又是一个天不怕地不怕的主儿,正好可以盯死文扬。

"一万块?"曹殊君双眼放光,一下跳了回来,"夏想,你别骗我,要是敢骗我的话,小心有今天没明天。"

夏想脸色一冷:"真想要赚钱的话,你就得老实一点,这个样子,怎么出去见人,怎么给别人介绍?怎么让大老板放心?"他有意打击一下曹殊君的嚣张气焰。

曹殊君脸色变得倒快,立刻嬉皮笑脸地凑了过来:"夏想,不,姐夫,你说怎么干我就怎么干,怎么样?我要是穿上西服,打上领带,那也是一个十足的帅哥,威风得很,肯定不给你丢面子……那个,那个一万块怎么赚?"

曹殊君被曹永国在钱财上面管得很严,手中没有几个零花钱,所以一听是一万元的巨款,立即就将局长公子的身份抛到脑后,也不再觉得夏想比他低上几分,甚至还开口叫出了"姐夫"。

曹殊黧顿时羞得满脸通红,上前就又用粉拳捶了曹殊君一记:"臭小子,真没见识,一万元就将姐姐给卖了?真是个白眼狼。"

"姐,夏想又帅又有才,说不定以后还是一个大款,你看他现在多能赚钱?这么好的姐夫不先认下,万一以后跟别的大胆泼辣的美女跑了,当了别人的姐夫,我多吃亏,是不?姐夫,怎么个赚钱法,快告诉我。"曹殊君急得满地打转。

夏想呵呵一笑,就将液晶屏项目的基建设计一说,他让曹殊君全程陪同曹殊黧设计,主要任务就是保证曹殊黧的安全。文扬看在他的面子上,因为高海的原因,再加上如果知道了曹殊黧的身份,借他几个胆量也不敢对曹殊黧有所想法,但火车站是鱼龙混杂之地,指不定会有什么人想找不自在,曹殊黧肯定少不了去火车站现场,所以有曹殊君在身边,会好上许多。

设计费一共五万元,交给挂靠单位一万元,剩下的四万元他本来是打算全部给曹殊黧,现在分一万给曹殊君,不过是一家人之间转手的事情,他又落个好人,何乐而不为?

曹殊君一听就一口答应下来,保护姐姐是他义不容辞的责任,还能额外得到一万元,简直就跟白捡的一样,他高兴地拍着胸脯说道:"我有两个兄弟是从小长大的发小,他们都在部队上,这两个小子会点拳脚,跟我关系铁得很,我叫上他们一起到火车站转一转,看谁不长眼!"

没想到曹殊君还挺上道,夏想就大大地夸奖了他一通,喜得他有点忘乎所以。

最后曹殊黧也不得不接受了现实,同意接手设计方案。夏想就直接给文扬打了个电话,告诉他已经找到了合作的设计人员,到时图纸上会署他的名字,明天就会带人和他见上一面。文扬没说什么,直接答应下来。

文扬的想法也简单,只要图纸上有夏想的名字,管他是谁的手笔,在高海那里通过了就万事大吉。

可怜之人的可恨之处

除了曹殊君拿的一万元之外,另外三万元的分配按照夏想的说法是暂时放在曹殊黧手中,由她保存。曹殊黧自然愿意,认为这是夏想对她绝对信任的表现。等曹永国下班回来后,夏想将这件事情向他作了说明,曹永国微一考虑,也就点头同意了,只是再三交代夏想要多注意一些细节。

夏想知道,曹永国为官还算正直,不想给人留下以权谋私的不好形象。夏想并没有明说是市政府秘书长高海的照顾。

第二天正好是周六,曹永国就派车送夏想和曹殊黧去楚风楼交图。楚子高对效果图非常满意,当场就将剩下的一万元交给了夏想。夏想也没客气,收好后又说了几句话,就又和曹殊黧接上曹殊君,赶到了文扬的公司。

文扬见夏想领来的是一个明眸皓齿的美女,顿时眼前一亮,心思就活动起来了。签下了早就拟好的合同之后,文扬将夏想一行人送到外面,见门口停着一辆奥迪,而且奥迪的牌照是百位数。当过干事的文扬自然清楚奥迪车的主人至少也是厅局级干部,再想到夏想和曹殊黧之间的亲密,还有对夏想十分青睐的高海,他不得不压下心中龌龊的想法,在心里狠狠地将夏想痛骂了一顿,真是一个交了天大的狗屎运的小子,怎么好事都让他撞上了?真不公平!

这样一想,心中刚刚为找到巨额投资的喜悦也削减了许多,等夏想一走,他来回在屋里转了半天,越想越生气,越生气越是浑身燥热,终于忍不住给肖佳打了一个电话。

夏想送曹殊黧姐弟回家,到了楼下本来不想再上去,转念一想又上了楼,先向二人交代了一些注意事项,又将图纸上面一些关键的数据画出来,防止出错,最后说道:"殊黧,两天后我就要离开燕市前往坝县了,你记住,图纸的事情一定不能马虎,要用心做好每一个细节。还有,遇到不清楚的地方就给我打电话。对了,我过去以后会换一个当地的号码,到时会通知你。"

曹殊黧和夏想面对面站着,差不多和他同高,小巧的鼻子和迷人的嘴唇,离夏想近在咫尺,身上散发出诱人的体香,亭亭玉立一站,浑身上下流露出绝美的忧伤。

"还有呢?"她微微皱着鼻子,显然对夏想交代的事情不太满意。

夏想摸摸后脑勺,不明白她的意思:"还有什么?后面没有了!"

曹殊君捂着眼睛,推门出去:"受不了了,太肉麻了……"

这一次夏想没有留下来吃饭,他实在不好意思再白吃白喝,而且说一些离别的话题又容易引人伤感。向曹永国郑重其事地道别之后,他就离开了曹家。

曹殊黧没有送出来,夏想走到小区门口,忽然听到楼上有人喊他的名字。回头一看,曹殊黧推开窗户,探出身子向他用力挥手:"夏想,记着啊,过段时间我去坝县看你。"

夏想冲她摆摆手,默默地道了一声再见,就没有再回头,对曹殊黧所说的话也没有特别放到心上。去坝县看他?小丫头灵精古怪的,不定能起了什么心思,她现在虽然放假,也不可能闲着没事前去坝县。

晚上一个人吃饭的时候,忽然接到了肖佳的电话,电话里肖佳泣不成声:"夏想,你、你、你在哪里?快来帮帮我……"

出什么事了?夏想大吃一惊,来不及多问:"你在哪里?我马上过去。"

打车赶到肖佳所在的体苑小区,一路小跑上楼,刚敲开肖佳的房门,就被一具滚烫的躯体扑入怀中,怀中的肖佳仍然哭个不停,抽咽着几乎喘不上气来。

肖佳双手紧紧抱住夏想,仿佛要将他揉进她的身体一样,用力之大,让他甚至喘不过气来。夏想轻轻抱着肖佳,感受着怀中美人的颤抖和伤心,心中的怒火越烧越旺,几乎要将他的理智吞没,让他不顾一切地冲向前去,将欺负肖佳的坏人打得头破血流。

肖佳衣衫不整、披头散发的样子已经说明了一切。

也不知过了多久,肖佳慢慢地平静下来,夏想扶她慢慢地坐到沙发上,又端了一杯水给她,才一字一句地问道:"是文扬?"

肖佳木然地点点头,喝了一口水,慢慢恢复了精神:"他打电话给我,说他要把属于我的那部分钱还给我。我信以为真,就去了公司,结果他趁机想要强暴我,幸好我激烈反抗,才没有让他得逞。这个浑蛋还威胁我,说他认识市公安局的副局长,要是我敢报案,肯定最后不了了之。他还说,他已经准备好了所有材料,只要我告他,他一定会让我坐牢。他将他编书的所有事情都推到了我的身上,要是真的出事的话,他可以推得一干二净……"

夏想听出了问题的所在:"到底文扬编书的时候,你在其中扮演的是什么角色?"

肖佳低下头,不敢看夏想,她身上的牛仔裤沾了不少泥土,上身的衬衫破了几处,露出里面鲜嫩的皮肤。夏想暗暗叹了一口气,可怜之人必有可恨之处,肖佳被文扬威胁,也有咎由自取的成分在内。不过既然让他遇到了,又因为文扬为人过于无耻,他就不能坐视不理。

"当时文扬答应事情之后分我一半,条件是所有经手的手续,都以我的名义办理,他的借口是他是公司副总,不方便出面……我赚钱心切,就答应了。"肖佳不敢直视夏想的眼睛。想不到一向火辣脾气的她,也有如此柔弱的一面。

此时再指责她糊涂和贪财也于事无补,毕竟年轻的时候,谁都犯过错误。肖佳想赚钱没错,错的是她太急功近利,错的是她长得太美,是个正常的男人有她的把柄在手,都会有将她占为己有的念头。怪不得她第二次编书轻车熟路,原来她介入的程度比她以前透露得要深了许多。

估计肖佳也是一时被文扬吓破了胆,借给文扬一个胆子,他也不敢真正拿公开编书的事情来要挟肖佳,因为这件事情经不起推敲,真要追究起来,主管公章的文扬也有负责,何况肖佳只不过刚刚步入社会一年,怎么会认识京城银行内部的人士?文扬肯定知道事情一旦败露,最后倒霉的只能是他,他居然还拿这件事情来威胁肖佳,可见是色急之下,抛出来吓唬肖佳,想让她屈从的幌子。

只不过肖佳第一次编书之后不知收敛,还敢第二次私刻公章编书,可算是胆大包天。要是文扬知道了肖佳私刻公章的事情,凭借他的手段,肖佳肯定难逃他的魔掌,毕竟只凭私刻公章一条,就可以直接定她的罪。

这才是夏想最担心的地方。

"文扬知不知道你第二次编书的事情?"夏想将他的分析说给肖佳听,告诉她不用怕文扬的恐吓,他不敢将他编书的事情公之于众。关键是第二次编书,到时只要文扬不提编书的事情,只提私刻公章,就足够让她在劫难逃。

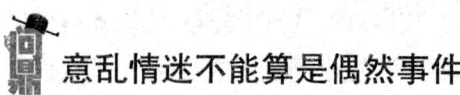
意乱情迷不能算是偶然事件

肖佳也知道夏想是真心关心她,想了一想,摇了摇头,娇艳的脸上满是恐慌和紧张。尽管头发散乱,但零乱之美反而更给人惊心动魄的感觉,美人就是美人,不管什么时候,都各有不同的诱人的味道。如肖佳一般媚到骨子里的女人,色不迷人人自迷,男人都想吃上一口也是正常反应,怪只怪她举手投足之间,无不性感到了极致。

就像现在她坐在夏想身边,惊恐的小脸依然精致如精美瓷器,一双凤眼睁大,流露出无助的神色让人怦然心动。微微张开的红唇,露出几颗洁白的牙齿,再被室里微微昏黄的灯光一打,肖佳就如一个楚楚可怜渴望温暖怀抱的绝境女子。任谁见了都忍不住要在心底发出一声叹息,天生尤物,绝代风姿,世间美好的事物总是让人心生占有的想法。

"这样,文扬的事情你不要担心,我想办法帮你解决。你所做的有三点:一是以后不要再和文扬有任何形式的接触,不见面不打电话,他欠你的钱,暂时不要想了,以后有的是机会让他付出代价。二是尽快将手中的书弄好,赚到钱之后,不许再沾手任何不合法的事情,可以再做其他正当的生意。三是我给你介绍一个人,以后万一有什么难处可以直接找他,他会想办法帮你。"夏想一口气说完,又以一副不容置疑的口气说道,"我说的三点,记下没有?"

肖佳乖乖地点点头,心里慢慢安定下来,觉得只要夏想在她面前,她就有了前所未有的依靠。这种感觉是从什么时候有的呢?她有些记不清楚了。是上次下雨之后被他强行喂下退烧药,还是夜色的百姓河边他的果断出手,又或者是他毫不犹豫地借了她一万块钱?总之一切的种种,越来越让她觉得这个和她同岁的大男孩,似乎比她大了许多岁一样,让她觉得安定安心,可以完完全全信赖。

肖佳本来也是一个烈性的女子,只是猛然被文扬吓昏了头,急急喊夏想过来救急。听夏想一分析,又将以后的事情安排得妥妥当当,心里也就完全恢复了平静。她歉意地一笑,站起身整理了一下身上的衣服说:"有没有吃晚饭?我肚子饿了。"

夏想心中大慰,知道她解开了心结:"正吃到一半,被你叫来了。走,一起再出去吃一点。"

"不了,家里有东西,我做给你吃。"肖佳也不等夏想同不同意,自顾自在走到了卧室,"我换一下衣服,你可以看一会儿电视。"

夏想这才有空打量一下肖佳的房子,是一间一室一厅,大概有三十多平方米,小而温馨,正适合一个人住。房间的布置简单而实用,客厅里只有沙发和电视,旁边的阳台兼作厨房。餐桌上,放着几样日常的蔬菜。

肖佳换了一身睡衣出来,睡衣很短,刚刚盖住大腿,就像一个大号T恤,前后都有卡通人物,让肖佳多了几分可爱和天真。

肖佳手脚麻利地洗菜做饭,夏想坐在沙发上漫无目的地乱按着遥控器,有一种温馨而且暧昧的气氛慢慢在房间中蔓延。

肖佳的大腿笔直如竹洁白如雪,无比诱人,夏想是正常男人,不免心浮气躁起来。他有心想走,又难以拒绝肖佳赤裸裸的诱惑和强烈的暗示。只是心中不时闪过曹殊黧宜喜宜嗔的娇美脸庞,只感觉心中起起落落,七上八下,暗骂自己和其他男人一个德性,缺少足够的抗拒美色的定力。

又犹豫了半天,夏想猛然站起身来:"对不起,肖佳,我还有事……"

"不许走!"肖佳一手拿着铲子,一手拢起一缕头发,"你敢走,我就敢不听你的话。"

夏想微一迟疑,肖佳一双美目中突然涌出泪水:"求求你别走好吗?我怕!"

夏想一下子就心软了,坐回了沙发上,英雄难过美人关,他不是英雄,面对美人的柔情,他更难过关。

说是吃饭,两个人都食不甘味,不时目光对撞一下,倒更让气氛显得无比旖旎。饭后肖佳让夏想去洗澡,夏想正洗到一半的时候,突然一具赤裸的肉体闯了进来,娇艳如花,红润如霞,一下抱住了他。

"抱紧我!"声音绵软无力,一瞬间点燃了夏想心中的热火。

……

一夜辗转承欢,一夜相拥而眠。天亮时,窗外鸟鸣声声,阳光透过窗户照在床上,又是一个艳阳天。

肖佳早早起床给夏想做了早饭,等他上桌之后,笑容里透露着甜蜜和羞涩:"你好狠,也不知道疼惜一下人家。"

夏想嘿嘿一笑:"一回生,两回熟,慢慢就好了。"

一时之间,满室春光。

"要不我陪你上街买几身衣服,听说坝县比这里冷,你衣服不多。"没想到小辣椒肖佳温柔如水,像一个地道的小媳妇。

夏想一伸手又将肖佳揽到怀里,温柔地说道:"不买衣服了,我们今天一天不出门,好不好?"

肖佳初承风雨,还没有完全适应身体上的转变,再加上怕疼的心理,当然不肯:"急什么,第一次都给你了,以后都随便你,让我缓缓好不好,真的很疼。"

体贴的男人总是会体谅女人身体的特殊,夏想点点头,说道:"记住我的话,肖佳,以后做一些正当生意,凭借你的聪明,再加上现在手中的资本,总有一天你会成为千万富翁。"

"不管我手中有多少钱,总有你的一半!我成了你的女人,不求你为我负责,只求你在我被别人欺负的时候,能够出手帮助你的女人,你答应我好吗?"肖佳依偎在夏想怀中,眼泪汪汪的。

"我会的,肖佳,我会尽我最大努力,保护你不受到任何人的伤害!"夏想抱紧怀中的女人,心中流淌着感动和温暖。肖佳对他有依靠有信任,也有浓浓的情谊,不过他能感觉到,她心中始终埋藏着很深的秘密,让他无法走进她的心里。

肖佳悄悄地擦掉眼泪,起来时已经笑靥如花:"上次我说了,赚了钱分你一半。现在差不多可以确定下来,能赚一百六十万,分你八十万,你是现在要钱,还是先放在我这里,等我赚了大钱再要?"

夏想不认为肖佳应该分他一半,他并没有出多少力,肖佳却不肯:"第一,当时我就是找你商量要一起做,已经说好了一人一半,后来我刻了公章,你没有告发我,事实上等于和我同伙。第二,我的启动资金一万元是你的钱,分你一半理所当然。第三,只有分给你一半钱,我才安心,才知道不会在突然有一天被你告发,被你无情地抛弃。第四,我现在是你的女人,按理说一切都是你的,但我只分你一半,因为女人也要坚强独立,也要有自己的事业……"

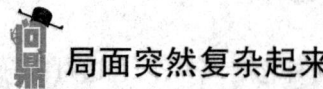

局面突然复杂起来

肖佳的心思夏想能够理解,他也不认为她主动献身是为了以后好要挟他,只是做就做了,再后悔也没有什么用。更何况说起来许多富翁也好成功人士也罢,在一开始的资本积累阶段,都多多少少有一些摆不上明面的东西。原始资本说白了都有见不得阳光的地方,在逐渐走向法制健全的过程中,总有或多或少的阵痛不可避免。

他只是希望肖佳能听他的话,被他掌握在手中,总比她放任欲望,一步步为了赚钱而滑向犯罪的深渊强许多。夏想有信心引导肖佳走向正途,最终成为一位成功的女商人。

中午的时候,夏想接到了李丁山的电话,让他尽快到公司与他会合,他只好放弃了和肖佳缠绵的机会,动身启程。挨不住肖佳的恳求,他拿了五万元钱,剩下的钱都算入股,任由肖佳自由发挥去做生意,赔赚他都认了。

回到公司才发现,楼上李丁山的卧室已经清空,东西也全部搬走,楼下贾合的卧室也清理一空,夏想暗叫惭愧,李丁山搬家他没有赶上,少了一个表现的机会。

"李总,搬东西怎么不叫我一声,我好帮忙收拾一下。"夏想和贾合打了个招呼,就冲李丁山说道。

李丁山脸色不太好,冲夏想点点头:"没什么东西,也不费事,就没叫你……夏想,出了点事情,我们需要即刻启程赶往坝县。"

"现在?"夏想吓了一跳,"什么事这么急?"

李丁山一挥手,仿佛下定了莫大的决心一样:"走,路上说。"

三人下楼,李丁山在前,夏想在后,贾合落后一个身体。以前贾合有意无意不会落在夏想身后,今天这一个微小的细节表明,贾合心里已经起了微妙的变化,知道他在李丁山的心目中,已经排到了夏想的后面。

到了楼下李丁山和文扬握了握手,没有多说,就转身离开了公司,也代表了公司从此完全脱离了李丁山的视线。

贾合开着李丁山的千里马——走私过来的套牌车,驶出小区之后,一路向北开上进京的高速。上了高速公路,李丁山才打破车内沉默的气氛,说道:"一周后就会宣布宋朝度新的任命,调任省委农工部部长,他的省委常委、省委秘书长的位子由钱锦松接任。"

钱锦松?夏想一愣,没明白过来怎么突然之间发生了如此重大的变化!

夏想说服了李丁山出任县委书记,宋朝度也提前一个月转任省委农工部长,而凭空杀出的钱锦松又是谁?

"本来原先定下的是由章程市委书记沈复明接任宋朝度的职务,再由章程市市长胡增周递进为市委书记,结果不知道哪里出了问题,京城突然空降过来一个钱锦松直接接任省委秘书长一职,沈复明的晋级愿望落了空,肯定心中有气,还有胡增周也只能原地踏步,形势对我们大大不利。"

形势大变,出人意料的风云变幻,难道是宋朝度背后的人出手了?不太像。夏想转念想通了李丁山的担心:"沈复明是高成松的人?"既然沈复明是高成松的人,显而易见,胡增周就是宋朝度的人。

李丁山眼中闪过一丝赞许,对夏想的心思剔透深感满意:"不错,按说朝度借机安排我下去当县委书记,虽然他丢了常委,但得了一个县委书记,又借机让胡增周补上了市委书记,也算稍有补偿,而钱锦松突然空降过来,多少有点诡异的感觉。先不提省里的问题,只是我们到了坝县,被沈复明压得死死的,日子不会好过。"

"胡增周身为市长,应该也有向上进步的要求,如果因为沈复明离开他可以上升一步,对宋秘书长会心存感激。但现在形势是他上升无望,而宋秘书长又不再是常委,他是不是还力挺我们也是未知,李总是不是担心万一受到沈复明和胡增周的双重排挤,坝县之行将会寸步难行?"夏想很快调整了思路,知道了李丁山心中更深一层的担忧。

李丁山简直要开口称赞夏想的思维敏捷,反应如此之快,看问题如此之准,几乎就是天生的官场中人,他眯起眼睛,直视坐在副驾驶座上的夏想,问道:"你怎么想这件事情,说说你的看法?"

"我哪里有什么看法,李总,只能是静观其变。不过我相信凭借李总多年在省市官员中间游刃有余的处事能力,不管有没有胡增周的支持,也一定会充分发挥自身的优势,借力打力,借势上势,很快打开局面。"夏想随手免费奉送一记漂亮的马屁,同时也抬高了李丁山的智慧,不让他怀疑自己聪明过头。任何时候都要显出领导的高明,身为属下,既要有自己的见解,又要不动声色地将最高决定权交到领导手上,才是从政之道。

李丁山笑骂:"跟我也耍滑头?少拍马屁!不过你说的借力打力、借势上势很有道理,我着急提前一日赶到章程市,就是想暗中会一会胡增周。"

"省里也不派人送一下李总?"

"我拒绝了,主动提出自己前往章程市报到,省里也就同意了,本来一个县委书记,他们哪里看在眼里?何况朝度马上要下来,人走茶凉。"

"这辆汽车不能直接开到坝县吧?"身为秘书,夏想要替李丁山想到一切可能疏忽的地方。

李丁山笑了:"我就跟贾合打赌说,夏想一定会想到汽车的问题,贾合不服气,说你哪里会想这么多?怎么着小贾,服气不?"

贾合专注地开车,不敢回头,点头笑道:"还是李总眼光毒,夏想你也挺厉害,什么事都能想到。"

"我要是什么事都让李总提醒,我还有什么脸面当李总……不,李书记的秘书。"其实现在李丁山已经是县委书记了,虽然还没有正式上任,但是任命已下,夏想也就改了口。

"汽车我已经过户到了贾合名下,就开到坝县去,当做私人用车。有些事情用公车不方便,容易被人盯上。"李丁山想得也挺长远,微一停顿,又说,"按照规定县处级干部是没有资格配秘书的,到了坝县,你的关系先挂到县委办秘书科,平常跟在我身边就可以了。"

车一过京城,天色就渐渐黑了下来。虽然窗外的景色模糊不清,依稀可见大片大片的原野,还有朦胧的远山,起起伏伏如同伺机觅食的野兽,黑暗而阴森,不过夏想依然可以感受到置身于空旷和荒凉之中的落寞,尽管隔着车窗也能呼吸到车外原野上传来的清凉空气。他知道,即将前往的章程市也如眼前的夜色一样,前景不明,让人看不清方向。

车后的李丁山正闭目养神,或许已经睡着,夏想却没有一点睡意,他的思路就如一条灵活多变的鱼,在京城、省城和章程市的三大旋涡的交汇之处,正努力寻找一处最佳的平衡点……

乱了章程的章程市

章程市位于燕省的最北部,是个老城,交通不发达,经济也不发达,再加上地处位置纬度较高,冬季漫长,农作物出产不多,经济一直在全省倒数第一。胡增周担任市长以来,一直想励精图治,争取在任内有所作为,只是许多事情不是只有决心和毅力就能办到的,革命年代的人定胜天也只是一句口号而已。在一个既没有工业基础,农业又不发达的城市,唯一拿得出手的就是位于章程市北部的天然草原和牧场,用来发展旅游业是最佳的选择。

然而可惜的是,章程市没有四通八达的交通,除了和京城之间有一条高速公路连接之外,普通公路全被各种运输煤炭的卡车占领,堵车堵上几个小时是家常便饭,甚至还有一堵就堵个三五天,绵延上百公里全是卡车的壮观景象也是常见的事情。

铁路也很落后,和京城之间每天只有一趟客车,而且速度慢得出奇,离京城不到两百公里的路程,火车要走上四五个小时。虽然也有高速,但因为要穿山越岭,转弯之处过多导致车速不能过快,比起平原地方的高速一百二十公里的限速,短短两百公里的路段,七十公里的限速就高达一百公里,在别处不到两个小时的路程,在这里至少要四个小时。

没有通天之路,什么雄心壮志都是空想,多少远大理想都会被现实的无奈打击得七零八落。所以就任章程市市长三年以来,胡增周的心情越来越沉重,越来越想离开这里,就算不离开,递进到市委书记的位置,然后再坚持几年,上升一格,彻底离开章程市这个不出政绩的荒凉之地。

本来满怀希望,只等沈复明上升到省委常委、省委秘书长之后,他顺理成章接任市委书记一职,也算对自己几年来在章程市所付出辛苦和心血的回报。只是没想到,在他和沈复明力争之后,终于替宋朝度拿下了坝县县委书记一职,也得到了宋朝度的夸奖,心中的喜悦还没有消退,却听到一个晴天霹雳的消息:从京城空降了一个省委秘书长。

沈复明的位子被人顶替了,又没听到他调任别处的消息,既然沈复明不动,他接任市委书记的事情也成了泡影,胡增周大为恼火,苦心盼了几年,要不是等着接任这个书记职务,他何苦还非要待在这穷山恶水的章程市。

胡增周的恼火反应在具体的事情上,就表现为身边的工作人员挨训的次数增多,甚至堂堂的市政府秘书长也因为一件小事被他训得灰头土脸,很没有面子。好在有一定级别的人都知道胡市长发火的原因,也没人怪他。而没资格知道他发火原因的人,连对他不满的胆量和想法都没有。

比起胡增周的克制的怒火,沈复明的发作就是肆无忌惮的雷霆之怒。只要谁找他汇报工作,只要被他挑到一点错,立马就会被赶出门,回去认识到错误再重新回来。有一个不长眼的区委刘副书记,仗着以前和沈复明有点关系,曾经喝过几次酒,也送过几次礼。当他来找沈复明汇报工作时,被沈复明找碴骂了几句,他觉得莫名其妙,一时没想明白是怎么回事,开口就说:"不对呀,沈书记,上面的汇报材料我是按着您的指示整理的,您怎么会说数据不合理呢?"

沈复明本来一脸不快,被他一说,怒极反笑:"这么说,是我记不清楚自己说过的话!或者说,我的指示精神和党的方针政策有了冲突的地方?"

刘副书记一听坏了,怎么这么傻,哪里能当面指出领导的不对?领导对是领导的,领导不对是下属的,出了任何问题任何失误都是因为下属执行不利,工作不认真造成的,怎么会是领导的指示精神出了差错。他当时吓出了一身冷汗,急忙检讨:"对不起,沈书记,是我工作失误,是我没有记清领导的指示精神,是我工作不细致,态度不认真,执行不到位。"

"你既然知道错了还敢狡辩,还想试图逃避责任?刘副书记,你的原则和党性去了哪里?你的操守和品行又出了什么问题?你们河东区的党群建设在你的领导下,宣传工作和干部考核工作都圆满完成了目标?具体是如何实施如何推行的,要有详细的事例说明,不是你这样空洞的泛泛之谈!"沈复明拍案而起,将材料一下子摔到刘副书记面前,"好好反省一下,再做得不到位的话,我会向常委会提议调整你的工作。"

听到沈复明直接称呼他的职务"刘副书记"时,他就感到不妙。平常沈书记一向是和蔼可亲地称他为小刘,或者稍微严肃一点的场合就叫刘书记,这一次非常直接地叫他"刘副书记",显然沈书记对他的不满达到了顶点。等到最后听到说要调整他的工作,差点吓得他站立不稳瘫软在地上。沈书记在章程市是说一不二的,他说的调整工作恐怕是让他到政协或人大去养老。

"沈书记,我,我,我错了……"在沈复明的积威之下,他连话都说不完整,只能不停地点头哈腰,脸上的笑比哭还要难看。

"出去!"沈复明看也不看他一眼,大声喝道。

党政两套班子的一把手都脾气大得吓人,所有的人都小心翼翼,唯恐撞到枪口上,被一枪打中的感觉可不好受,没人愿意自讨苦吃。幸好市委书记也好,市长也好,都发了一天火就又恢复了正常,不过没人敢掉以轻心,谁也不知道在平静之下掩藏着怎样的风暴。

要说对宋朝度一点意见也没有,胡增周也清楚他做不到如此大度,尽管他也知道其实要埋怨,也埋怨不到宋朝度,毕竟他也是自身难保。但胡增周却有隐隐的猜测,认为宋朝度不可能事先没有听到一点钱锦松要空降的风声,他之所以秘而不宣,就是为了让他完成承诺,让李丁山得以顺利上任坝县县委书记。

不过等他非常憋闷地发了一通火之后,又听说了沈复明的失态,心里就平衡了许多。比起他没有接任市委书记的损失,沈复明没有如愿得到省委常委、省委秘书长一职才是巨大的失落和打击,他甚至可以想象出沈复明脸色铁青、怒不可遏,如同一头咆哮的狮子一样,不由微微露出了一丝笑意。

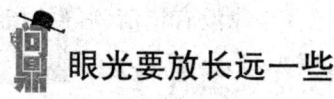
眼光要放长远一些

到底要不要赴李丁山的宴？胡增周接到李丁山电话一个小时后,还没有拿定主意。

虽然他能当上章程市市长,也是因为宋朝度对他比较欣赏,为他说了不少有力的肯定的话,但他和宋朝度的关系还算不上亲密,因为后来有几次他找宋朝度表示忠心,却被他委婉地回绝,让他很是郁闷了一段时间。现在宋朝度失势,他也抱着知恩图报的想法,在和沈复明的几次交锋之后,又在其他地方做了一些让步,才替他拿到了坝县县委书记的位子,也算是回报他的知遇之恩。但是现在,有必要和李丁山走近,让省里的人误认为他还和宋朝度站在一起吗？

宋朝度好像才四十三岁？胡增周猛然打了个激灵,又突然想到沈复明本来是高成松的人,不也是没当上省委秘书长,而被京城来的人替代了？看来,宋朝度的失势或许只是暂时的,他比自己还要小七岁……七年,顺利的话,到五十岁的时候,宋朝度说不定就是一省大员了。做人,目光还是要放长远一些好,就算省里把他当成宋朝度的人又怎么样？钱锦松的事情不也说明,高成松并不能在燕省一手遮天,京城空降钱锦松,看似是京里有意安排人进燕省来平衡局势,谁又敢说燕省中有人不是在和京城一呼一应,故意以退为进示人以弱？

想到得意处,胡增周几乎笑出声来,没想到自己的政治智慧经过这一次变故,一下子变得更善于从复杂的局势中发现蛛丝马迹,进步,巨大的进步。他亮出他特有的洪亮的嗓门,冲外面喊了一声："小牛,进来一下。"

牛欣亮是胡增周的秘书,今年三十一岁,个子不高,人长得挺精神,他敲门进来,恭敬地问道："胡市长,什么事？"

"给李丁山打电话,等他到了章程市后,直接去紫气阁安定苑。"

下午一点多从燕市上的高速,到下午三点就到了京城,然后一路飞驰不停,又开了三个多小时才赶到章程市。车驶入章程市时,正是华灯初上的时候,抬眼望去,大街上的汽车之少。

正值下班时间的章程市,交通状况出人意料的好,下了高速不到一刻钟就赶到了紫气阁。紫气阁位于章程市市郊,偏僻而且安静,类似于一栋庄院,从外面看上去如同民宅,大门紧闭,看不到里面的布置,听不见里面的声音。李丁山的车是外地牌照,所以在门口被人拦住,夏想急忙下车,说是胡市长的客人,对方才马上换了一副笑脸,挥挥手打开了大门。

里面的布置以紫色为主,是一处占地不下十亩的院子,院子东面有一排平房,仿古设计,有门廊立柱,描红画彩,总体以紫色为主,怪不得叫紫气阁,又坐落在东方,取紫气东来之意。

停好车,贾合还要跟来,李丁山沉吟一下,停下脚步说道:"你找服务员安排一个安静的地方,自己吃点东西。"

贾合一愣,然后看了夏想一眼,点了点头,转身走了。夏想没说什么,贾合慢慢也要适应这种转变,他身为秘书在一些场合可以出现,贾合身为司机则不能和市长同席,不合规矩。

夏想迟疑了一下,还是问道:"李书记,我去合适吗?"

"没关系,胡市长肯定也带秘书,在电话里我听牛秘书的意思,他也会陪胡市长一起过来。"

李丁山的步伐坚定,自从接到胡增周的秘书牛欣亮的电话之后,他的心情就好了许多。胡增周同意私下里和他见面,也是一种认可,表明了一种态度,让他安心不少。

安定苑位于东排平房的中间,李丁山进去坐下之后,亲自给牛欣亮打了一个电话,通知一声他们已经到了。二人就先坐下,简单洗漱一下,去去一路的风尘之色,又喝了一会儿水,解解乏。

房间内布置得非常古朴典雅,清一色的仿古家具,古色古香,墙上还挂满了名人字画,虽然是赝品,但也可以看出颇有几分功力。再想到此地的幽静和偏远,夏想豁然开朗,此处即使不是胡增周的私人产业,也和他有密不可分的关系。恐怕不管是紫气阁整体的布局,还是安定苑房间内的布置,都是胡增周风格的体现。

夏想暗笑,胡增周胡市长也是一位附庸风雅的妙人。

半个小时后,胡增周和牛欣亮如约而来。尽管胡增周刻意没有让牛欣亮提前打个电话,尽力表现出随和的一面,不过夏想却想得周到,一直留心细听外面的声音,听到大门一响,就提醒李丁山一声,两个人一前一后来到门口,站到台阶下面迎接胡市长。

胡增周倒没有拿架子,车一停稳就下了车,人未到,爽朗的笑声就扑面而来,他伸出右手,说话声音洪亮而热情:"李书记一路辛苦了,怎么样,感觉章程市的气候还凉爽吧?章程市就有这一点好处,夏天气候宜人,比起燕市可是凉快多了。"

李丁山急忙握住胡增周的手:"给胡市长添麻烦了,我们贸然前来,没耽误胡市长的事情吧?"

胡增周摆摆手:"早就盼着你这员干将来了,鼎鼎大名的国家级报社的大记者,燕省记者站站长,我可是久闻大名,听宋秘书长说你要来坝县,我是举双手欢迎。"

李丁山一路上一直担心胡增周会对他不冷不热,没想到一见面就热情有加,好像故友重逢一样,多少让他有点吃惊。不过他也不是初入官场的愣头青,怎会被对方分不清真假的热情所迷惑,也就顺势说了几句谦虚、客套的话,二人又简单地介绍了一下夏想和牛欣亮,四人中胡增周最先,夏想最后,进了包间。

坐下之后,胡增周也没多问,就自作主张点了菜,说是要一尽地主之谊,让李丁山尝尝章程市的地方特色。胡增周如此安排,既显示出他的强势,又给人一种热切和随和。李丁山自然没有异议,点头附和,又寒暄几句,上了菜之后,李丁山端起酒杯:"借花献佛,我敬胡市长一杯,我先干为敬,胡市长请随意。"

胡增周倒也干脆,一口喝干,夏想伸手想要倒酒,却被牛欣亮制止,他一只手轻轻压住夏想的酒壶,脸上挂着淡淡的笑容,以居高临下的口气说道:"我来,你请坐。"

牛欣亮耐人寻味的态度让夏想心中一动。

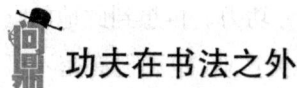
功夫在书法之外

难道牛秘书对他有意见?夏想不明就里,想了想,不认为和他有什么矛盾和冲突,而且又是初次见面。

随后一想也就释然了,每个人都有自己独特的习惯,也许胡市长不喝别人手中倒的酒,他坐回座位,点头一笑,明显看出牛欣亮眼中对他的不屑。也可以理解,市长秘书至少也是科级干部,县委书记按说连配备秘书的资格都没有,就算有,也顶多是股级,甚至没有级别,自然和一放外任就是县局一把手的市长秘书不能相比。

胡增周假装没看见刚才发生的一切,继续和李丁山说一些无关紧要的话题。比如,燕市现在的发展如何了,他在国家级报社时都发过哪些有影响的稿子,从京城过来一路上高速路是否好走,等等。李丁山心中不耐烦,又不好流露出来,只好有问有答地应付着,也不知胡增周扯一些闲篇究竟是什么意思。

对于胡增周的履历,夏想也了解一些,知道他是邻省齐省人,后来考上了燕省大学,大学毕业后就留在燕省,步入了政坛,一步步走到今天,可以说他一直没有离开燕省,算是半个燕省人了。所以听他有意无意总是提及燕市和报社,又联想到今天的紫气苑的格局和布置,他心中有了一点认识。

夏想借起身倒水的机会,一抬头看到墙上一幅字,是柳体的毛笔字,笔力苍劲,颇有几分功力,写的是一首自勉诗:"盛年不重来,一日难再晨。及时宜自勉,岁月不待人。"录自陶渊明的《杂诗》之一,下面没有署名。

他一手拎着水壶,一手端着茶壶,出神地站在这幅字面前,半天没有移动脚步,李丁山责怪说道:"小夏你怎么回事,快给胡市长添水,别发愣呀!"

牛欣亮从一见面就不太喜欢夏想,因为他看得出来李丁山对夏想的器重,远胜过胡增周对他的信任,而且夏想还年轻得过分,二十岁出头的毛头小伙子给县委书记当秘书,当司机都嫌年轻。秘书是做什么工作的,是细心、周到、耐心和能力的综合体,是领导的传声筒,是领导形象的代言人。他这么年轻,懂得什么叫细节之处见功夫,细微之处见水平?至少要学上三五年才能练出充分领悟领导意图的眼力。

牛欣亮二十六岁时才从秘书科被当时的县委书记胡增周选中,当了他的秘书。当时他已经在秘书科待了三年,没有得到任何一个领导赏识,所以他对胡增周的知遇之恩心中怀有深深的感激。后来胡增周升了副市长再到市长,他也一直跟在胡增周身边,级别也由副科提到了正科。只是让他一直心中不安的是,胡市长尽管对他还算不错,不过始终没有把他当成心腹,总有一种淡淡的疏离之感。

虽然他还身兼政府办公室综合科科长一职,不过一心对政府办公室副主任一职心生向往,如果能提当上副主任,再升到半格提到副处,也算没有白跟胡增周一场。让他失望的是,自从他升到科级之后,胡增周似乎已经忘记了他对上进的要求,将他放到了科级的位置上三年,竟然没有要升上半级的动静。

人的心理有时也确实奇怪,就是因为牛欣亮感觉夏想当上县委书记的秘书,比他当时年轻许多,心态就不免有些失去平衡。当夏想傻呆呆地站在一幅字画面前,忘记了一个秘书的责任,只顾不合时宜地入迷地欣赏之时,他终于忍不住笑出声来,起身上前从夏想手中接过水壶,给胡增周和李丁山续上水,以过来人的口吻说道："小夏还年轻，胡市长和李书记别怪他，大家都是这么过来的，年轻需要时间成长。我当年一开始给胡市长当秘书时，也没少犯过错误，多亏胡市长宽宏大量，给了我改正的机会，才让我有了今天一点点的成熟。"

牛欣亮一番话既不动声色地给胡增周戴了高帽，又好像好心地替夏想说话，同时又暗示了他跟了胡增周很长时间。至于胡增周和李丁山如何解读，他当然希望是让胡市长记起他的功劳。

胡增周笑而不语，李丁山一脸怒气，正要开口训斥夏想几句，不料夏想先承认了错误："对不起，李书记，一时走神了。对不起，胡市长，让您见笑了。主要是这几个字写得格外传神，颇有柳体的神韵，虽然没有署名，不过好像是一位书法大家的手笔。"

胡增周饶有兴趣地打量了夏想几眼："小夏也懂书法？说说看，这些字有哪些优点和不足？"

夏想不好意思地笑了笑："我可不敢在胡市长面前卖弄，再说我也只是喜欢书法，只知道一些皮毛，怎么敢在领导面前乱说？"

李丁山一脸狐疑地看了夏想几眼，想说什么又忍住不说，他知道夏想不是惹事添乱的人，也许另有目的。胡增周宽厚地笑，以十分宽容大度的口气说道："李书记，我们都从年轻的时候走过，所以要允许年轻的同志犯一些错误，要宽容爱护他们，对不对？尤其是夏想，刚才不过是愣神，这根本就不叫犯错误，谁还不允许下属在领导面前愣个神不成？要真是这样的话，我们在上面开会的时候，下面有的同志打盹，难道我们还要把他们赶出去？要允许小夏同志说实话，说真话，对不对？"

胡增周的话说得既有官腔，又随意，让李丁山无话可说，只好冲夏想点点头："今天的任务，就是和胡市长见个面，认识一下，请胡市长对我今后的工作多多支持。不过既然是坐到一起说话，说些题外话也没什么。"李丁山的言外之意是想告诉胡增周，他希望听到他的表态。胡增周却好像没有听见一样，又冲夏想说道："来，今天不谈工作，只谈书法，说来听听。"

李丁山努力掩饰自己的失望，低头吃菜。

夏想露出了腼腆羞涩的笑容，回头指着墙上的字说道："陶渊明这首诗是自勉诗，诗言志，由录写此诗就可以看出书写之人勤奋自勉。起笔笔酣墨饱，勾画饱满，极有气势，中间笔锋一转，又写得笔走龙蛇，笔势变为雄健洒脱，最后几笔铁画银勾，给人以力透纸背的淋漓之感。全诗一气呵成，中间没有停顿，就算让当代大书法家见到，也要将它评为上乘之作。"

胡增周听得目瞪口呆,眼中闪过一丝异样的神采,几乎要拍案而起大声叫好,强行压下内心的欣喜,努力表现出一脸的平静,说道:"小夏点评得倒是有模有样,是不是自幼爱好书法?"

胡市长的痒处

夏想谦虚地说道:"胡市长过奖了,我哪里会点评书法?只不过是看到好字有感而发罢了。胡市长好眼力,我确实从小就学习书法,不过字写得不强,倒是见多了许多书法家的名帖,就养成了一个不好的习惯,一见到喜欢的书法就走不动,让胡市长见笑了。"

"过分谦虚就是骄傲了,小夏,年轻人要保持朝气,要敢于开口,要多开口,别怕有失误,只有敢说敢做才会有进步,是不是?"胡增周目光炯炯地看着夏想,脸上浮现出自得的笑容。

夏想看在眼里,心中更加笃定自己的猜测,说道:"我今后一定要在胡市长和李书记的领导下,努力提高自己的工作水平,不辜负领导的期望。"

胡增周假装不高兴地说道:"刚才不是说过了,今天不谈工作,只是聊天,对了小夏,今年多大了?老家是哪里的?学的什么专业?"

胡增周放下市长的身份,如同一个长辈对晚辈的关心一样,问了一大堆无关紧要的问题,甚至还开玩笑似的问他有没有女朋友。李丁山在一旁心中莫名其妙,不知道胡增周到底是个什么意思。而夏想有问必答,十分恭敬地回答了胡增周的每一个问题,两个人之间的关系好像就在一问一答之间拉近了不少。

夏想岂能不清楚胡增周心中所想,所以在感觉到火候差不多的时候,就又不失时机地将话题引到了墙上的字上:"对了胡市长,国内的书法大家我都临摹过他们的作品,对他们的笔迹也能看出一二,这墙上的字已经有了大家的风范,但没有署名,不知道是哪个名家的作品?"

"什么名家,呵呵,书法界的无名小卒罢了。"也不知是喝酒的缘故,还是兴奋过度,胡增周满面红光,说话时眉毛抖动,一脸的神采飞扬,"是我一个多年的老朋友的字,我觉得写得还过得去,马马虎虎,就拿来挂在这里了,用来自勉。说起来挂在这里也有不短时间了,别人顶多说几个好,具体好在哪里,又说不上来,只有小夏你还算有些见解,点评得头头是道。不过依我看,虽然还算中肯,不过还是过了,还是过赞了,呵呵……"

李丁山独饮一杯，低下头，脸上慢慢露出一丝古怪的笑容，心道夏想这个小伙子，真让人不省心呀，不过别说还真是一块好材料。

　　牛欣亮在一旁赔着笑，不过笑容有些僵硬，眼神冷冷地看着夏想，恨不得上前一脚把他踢开，让他离得越远越好。他跟了胡增周四五年了，胡增周从来没有如此谈笑风生和他说过话，从来都是一副公事公办的样子，偶尔开开玩笑，也是在热情之中总透着一股淡淡的刻意保持距离的感觉，哪里像现在和夏想说话，简直就和拉家常一样亲切，不禁让他妒火中烧。

　　牛欣亮的神情夏想尽收眼底，也看出了他的不快。夏想暗暗替牛欣亮惋惜，身为秘书，不是不能有自己的原则，但至少和领导在一起的时候，一切要以领导的喜好行事，就算不明显流露出谄媚和讨好的举动，也要不和上司唱反调才行。牛欣亮的假笑连他都能看得出来，胡增周浸淫官场多年，目光如炬，心里肯定和明镜一样。

　　最后宾主尽欢，分手的时候，胡增周握住李丁山的手说道："市委市政府欢迎李书记来坝县任职，以后有什么困难就提出来，市委市政府会想法解决。明天就到市委报到，和沈书记见个面，然后就由组织部的人陪同到县里，尽快开展工作，将坝县的经济提高到一个新的台阶。"

　　自始至终，胡增周都没有提他的个人身份对李丁山的支持，让李丁山多少有些失望。等胡增周一走，三个人找了一家宾馆住下，没有住在市委市政府的招待所，是担心让沈复明知道他们暗中和胡增周接触。

　　坐在车上，胡增周心中的喜悦还没有消散。有三四年了吧，他领到紫气阁安定苑吃饭的人形形色色也不下上百人，商人也有，高官也有，文化方面的权威人士也有，却没有一个人对挂在墙壁上的字吸引得走不动脚步，让他一直以为自己的字写得太丑，拿不出手。有心取下来，又按捺不住藏在内心深处的让人赏识的心理，让他不得不感慨，身为市长，写得一笔好字，却又不能堂而皇之地署上名字，要是让别人看在他市长的头衔上称赞几句，也不知是不是出自真心，也是一种遗憾。

　　好像闲来无事练练书法，是人大和政协的老人专利，胡增周心中还隐藏着一个小小的私心，不想让别人知道他爱好书法，也是不想有不利的传言流出。但他又是附庸风雅之人，对自己所写的字又十分自信，就想了一个折中的法子，挂在安定苑中，不署名，让别人去猜去暗地里欣赏，看有多少人识货。

　　没想到呀没想到，以前也有人说过几句好话，但都是泛泛而谈，显然没有说到点子上。而夏想，这么年轻的一个小伙子，对他的书法点评得非常中肯，一句有大家风范让他喜不自禁,差点当场将夏想引为知己。一个暗中练习书法十余年的人,再认为书法不过是自娱自乐、陶冶情操的业余活动的同时,也渴望得到别人的认同。想得到别人认同又不能明说,心中就一直痒得难受,突然来了一个年轻得过分的小伙子,几句话就说到了他的痒处,怎能不让他有一种美梦成真的喜悦?胡增周微闭眼睛,十分享受这种突如其来的成就感,不知不觉脸上就流露出心满意足的笑容。

牛欣亮坐在前排,偷偷回头看了一眼胡增周的表情,心中的不满就不由自主说了出来:"胡市长,李书记有投靠您的意思,他倒是挺有诚意,不过他的那个秘书就水平一般了,在领导面前走神了不说,还胡乱点评书法,好像他多有本事一样,简直是一派胡言……"

胡增周猛地睁开双眼,不悦地说了一句:"话多……"然后又对司机说道,"小王,在前面把小牛放下,我还有点别的事情,就让他先回去吧!"

牛欣亮的心一下子就沉到了谷底。

在宾馆的房间内,夏想三人坐下喝茶,李丁山兴致不高,本以为胡增周答应赴宴,就表明了一种态度,哪怕只是含糊地表态,也会让他心安不少。谁想胡增周只是闲聊,一点也不提对他工作上的支持,甚至连宋朝度的名字都没有提,他到底是什么意思?难道忘记了宋朝度的提拔之恩,难道胡增周目光短浅到过河拆桥的地步?

当然在官场上过河拆桥的事情屡见不鲜,但是好歹宋朝度还是省委农工部长,胡增周就一点面子也不给?

李丁山看了看坐在一旁喝茶的夏想,忽然笑了:"小夏,牛秘书好像对你有意见?"

 **关键还是自身要硬**

夏想也看出了胡增周对牛欣亮不远不近的态度,能和胡增周拉近关系,引起了牛欣亮的反感也是没有想到的事情。即使以后牛欣亮有意无意在胡增周面前说他坏话也没办法,总不能为了照顾他的感受而放弃一个绝佳的获得胡增周好感的机会吧?

事分轻重,牛欣亮要不识趣,真要以后在胡增周面前搬弄是非,尽管头疼一些,夏想也不怕他能掀起什么风浪。

"他倒不足为虑,只是胡市长的态度模棱两可,李书记来之前,没有和宋秘书长沟通一下吗?"夏想其实对胡增周的表现并不意外,现在形势并不明朗,他就算是做给宋朝度看,也不会明确表态。现在主动权在他手中,拖上一拖对他有利。一要看李丁山到底有没有能力和手腕,二要看沈复明对李丁山的态度。如果沈复明对李丁山不闻不问,他再出手拉拢,更能让李丁山感激。要是沈复明对李丁山大加打压,他也许会作壁上观,看李丁山背后有没有人大力支持,也看看宋朝度还有多少影响力。当然出于对自身分量和前途的考虑,他恐怕也会在恰当的时候,小心地提点李丁山一下。

其实说起来就是简单的一句话,打铁还要靠自身硬。只要李丁山能力过人,手腕灵活,再有背后有人撑腰,胡增周放下身段主动向他示好也不算什么。

夏想还是微微叹息一声,李丁山其实人是不错,缺点是:一是遇事稍嫌急躁,两次生意的失败就证明了这一点;二是心软,关键时候不够果断。要不凭借他的关系网和人脉,现在应该已经可以升到报社副总的位子了。

"你怎么看今天胡市长的态度?还有,那幅字应该是出自胡市长之手吧?行呀小夏,你刚才那一手挺高明,差点把我也给骗了。你不露痕迹地奉承了胡市长的字,想必他一定非常高兴,对你也有知音之感,说起来这个倒是今天最大的收获。"李丁山想起夏想当时的神态,还是忍不住笑了起来,"我来时问了朝度胡增周是什么立场,朝度说静观其变。"

夏想将他心中所想一股脑地说给李丁山,现在不是藏着掖着的时候,李丁山不能总带着顾虑上任,他也顾不上李丁山会多想,劝道:"李书记不用过于担心胡市长的态度,他不会靠到另一边,因为他以前没有机会,现在形势大变,就更没有机会了。就算宋秘书长降了格,现在人人避之不及,但他年轻,还有时间。所以相对另一边的排挤,即使靠近宋秘书长会给胡市长带来不利的影响,但两害相权取其轻,胡市长除非不想进步,去做中间派,想要进步的话,就必须站队。"见李丁山脸色舒展开来,夏想一副耍赖的样子又说道,"胡市长前来吃饭已经说明了立场,难道人家堂堂的市长还要向一个县委书记说说知心话?李书记,像我这样的小秘书要经常向领导表明坚定不移地跟着领导步伐的立场,人家可是大市长,说一些场面话,也是要保持市长的姿态。"

李丁山开心地笑了:"小滑头,跟我还耍心眼?夏想,我不是从基层做起的书记,你跟我在一起没那么多讲究,我们来坝县只有一个目的,雁过留影,人过留名,携手共进,做出一番成绩出来。"

李丁山一脸坚决,有一股破釜沉舟的气势。

贾合坐在一旁,只是喝茶不说话,不是他不想说,而是一句话也说不出来。李丁山和夏想所说的话,在他听来犹如天方夜谭,他根本就听不明白两个人在讨论什么。一直听到最后他算是明白了一点,李丁山感觉到胡市长不太支持他,有些担心,夏想把事情看得十分透彻,反而劝说李丁山放宽心。

李丁山心情好了起来,夏想却有点小小的担忧,李丁山一点也不强势,他跟着这样一个优柔寡断的县委书记,也不知道是好是坏?转念一想,李丁山要是过于强势的话,在他身边恐怕也没有出头之日。只是如此一来,他必须事事考虑得比李丁山还要周全,还要长远,确保在他羽翼未丰之前,让李丁山走得更稳妥一些。

夏想心中有一个疑问始终挥之不去,依照李丁山的性格和能力,确实更适应在报社发展,为什么宋朝度非要让他从政,难道其中还有更深的考虑或者李丁山还有不为人所知的背景让宋朝度看重?

第二天一上班,李丁山正式到章程市委组织部报到,随后又和沈复明、胡增周见面,走过了正常的程序,市委决定由市委组织部副部长张淑英陪同李丁山前往坝县上任。

章程市委和市政府不分家,在一个大院办公。机关大院有些古老,墙面都有些剥落,不过里面的树木倒是茂盛,郁郁葱葱生长得非常茁壮,都非常粗大,一看就知道有些年头了。夏想和贾合就在一棵粗大的槐树下说话。

"小贾,你也该找个媳妇了吧?要不让李书记帮你在燕市找一个,然后带过来。要不在坝县一待三四年都有可能,你还能等得及?"夏想挑轻松的话题对贾合说。

贾合不好意思地笑了:"不急,不急,着什么急!我现在什么都没有,谁愿意跟我?还是等我攒点钱,起码有了娶媳妇的资本再考虑终身大事。"

"要两手准备,一边谈着恋爱,一边攒着钱,要不等你钱攒够了,好女人都嫁人了……"

"别光说我,得说说你,夏想,你和肖佳之间是不是有点事?"一提别人,贾合就少了腼腆多了兴奋,脸上也露出八卦的神情。

肖佳?想起一夜温情,想起肖佳的温存和温香软玉,夏想心中蓦然升腾起一团火焰,差点让他在贾合面前露怯,幸好关键时刻又恢复了正常:"肖佳很漂亮,和我年纪也差不多,要是有机会,也是挺不错的朋友,可惜的是,我和她接触时间太短了,还没有开始就结束了。"

这话是说给贾合听的,无意中从嘴中说出,却让夏想也吃了一惊,他和肖佳之间,到底有没有感情?究竟有没有结果?两个人在一起能走多远?

恐怕他和肖佳心中都没有底。

不可否认,他对肖佳有一些好感,要说也有一些喜欢,恐怕还是一种对美女的发自天然的喜欢,而和真正的两情相悦相距甚远。最主要的是,夏想始终觉得对肖佳并不了解,在她泼辣、大胆的性格之下,或许还隐藏着某些不为人所知的秘密。就算给他时间,夏想也没有信心能真正走进肖佳的心里。而肖佳之所以给他,恐怕还是因为他在百姓河边救过她,又毫不犹豫地借钱给她,在公章的事情上替她隐瞒,再加上她被文扬逼迫过紧,她的内心深处迫切需要一个可以依赖可以信任的人。

夏想不过是那个在合适的地点、合适的时间出现的人罢了,他可从来不认为他有魅力让女人花痴到不顾一切。

05 坝县派系浮出水面

张部长的热情别有用意

突然之间被坝县这些常委的目光注视,夏想还真的感觉到有一股莫名的压力。不过他也知道,李丁山倒也不是故意拿他当挡箭牌,此举一来可以向所有在场的人表明,夏想是他的亲信,是他可以绝对信任的嫡系;二来也是无奈之举,毕竟他年龄小,没级别,说出什么不妥的话也没有人会挑理。

李丁山从市委办公楼下来,事情和夏想预想得差不多,沈复明和胡增周都是公事公办的样子,表面上客客气气,客套话都说了不少,市委也派出一个组织部副部长陪同李丁山上任,算是表面文章做足。官场上的事情就是如此,官面文章谁也不会让别人挑理,但真要到动真格的时候,才能看出远近亲疏。

坝县离章程市一百二十多公里,没有高速,而且还是山路,稍事休息片刻就在张部长的陪同下,动身启程。张淑英张部长今年三十六岁,穿一身得体的职业套装,显得端庄大方,五官还算端正,只是人长得有些高大,尤其是骨架很大,握手的时候,夏想感觉到她的手不比他的手小多少,而且还硬硬的有些硌人。

尽管张淑英风韵犹在,身体丰满,但像男人一样的宽大骨骼让人望而生畏,也让她失去了不少女性的柔美。女人不一定非要长得小巧玲珑才好,但一定不能长得人高马大,任何一个男人都对抱着一个宽广的躯体入睡没有丝毫兴趣。

张部长倒没有一般组织干部惜字如金的习惯,一路上滔滔不绝地说着话,不时地介绍沿途风光,还饶有兴趣地问起夏想的年龄以及婚姻状况,甚至还开玩笑地说要给他介绍女朋友。夏想忙不迭客套几句,应付过去。张部长以为夏想还是毛头小男生,用手背掩住嘴,哧哧地笑:"小夏太腼腆了,你这样子怎么能追到女孩子?坝县虽然偏远,也不富裕,不过那个地方倒是奇怪得很,偏偏就出美女……"

坝县出美女夏想早就领教过了,因为杨贝就是坝县人。一想到杨贝,他就心中百感交集,本来以为人生从此不再重逢,没想到偏偏又不远千里来到坝县工作,难道今生还能见到杨贝?

张部长以手掩嘴的笑让夏想一阵发冷,急忙别过头去,看向窗外。

出了章程市不久,外面的景色就由大片的农田变为连绵的群山。山随路转,山路弯弯,只见群山环绕之间,不时会有一两个村庄掩映其中。正是夏季树木丰盛的时候,偶尔有一两条小河随着山路蜿蜒,也颇有青山绿水的优美,与传闻中的穷山恶水并不相符,出乎夏想的意料。

车行一个小时之后,地势陡然升高,群山消失不见,入目之处,是一眼望不到边的草原。坝县因为地处坝上草原而得名,所辖区域一半山区一半草原,而草原地带称为坝上,县城古宁堡就位于草原和山区的交汇之处。

此时正是水草最丰茂的时候,蓝天白云、绿草如茵、树木森然,果然是难得一见的美景。阵阵清凉的山风吹来,车内甚至不用开空调,感觉遍体生爽,气温宜人,不过二十度左右。大自然的凉爽比起空调的冰凉强百倍,夏想心情顿时舒畅起来,光是眼前的景色和宜人的气候,坝县给他的第一印象还算不错。

张部长好像看出了夏想一脸陶醉的神色,也不知是故意打击他们,还是另有所指:"坝县也就是这个时候最美,最令人留恋,一过秋季,就是长达五个月的冬季,到时一片枯草,山上也光秃秃的,除了石头还是石头,最冷的时候气温有零下三十度,冻得人都不想出门,整个县城大街上都找不到几个人。"

李丁山听出了弦外之音:"张部长对坝县这么了解,难道是坝县人?"

"就是……"张部长拉长了声调,"一直在坝县待到十八岁,后来考上大学才离开了坝县。我还算幸运的,分配到了章程市,我有个侄女也是大学毕业,结果就分到了坝县县委宣传部……对了小夏,我侄女叫张信颖,人长得可漂亮了,今年二十三岁,还没有对象,你要不要考虑一下?"

夏想忙摆摆手:"张部长可别再拿我开玩笑了,我是老实孩子,见了女孩子就脸红。"既然张淑英喜欢说笑,他也就顺水推舟装个羞涩也没有什么。张淑英身为市委组织部的副部长,话挺多,不太像一般的组织部的干部喜欢保持沉默以增加神秘感。但夏想看得出来她也不是一个简单的角色,说的不少,但没有一句涉及干部任命和组织问题,看似和他开玩笑说是介绍女朋友,其实是含蓄地告诉李丁山,她有一个侄女在县委宣传部工作。

李丁山笑笑没有说话,不过还是轻微地点了一下头,意思是他知道了。

张淑英满意地笑了,却扭头对夏想说道:"小夏你别跑,我一定要介绍你和信颖认识一下。"

夏想不免头大,不是因为如何推脱张信颖,而是觉得张淑英有些过头了。组织部的官员见官大一级没错,但李丁山好歹也是县委书记,一县的一把手,又是省里直接下来的,而且他到坝县上任是走的胡增周的路子,恐怕在章程市委里面,无人不知,她还要真真假假以给他介绍女朋友为名,非要让李丁山也见一见张信颖,难道还想让李书记亲口给她一个承诺提拔张信颖不成?

就算是市委常委、组织部长王肖敏亲自下来,想要李丁山照顾他在坝县的朋友,也不会表现得这么热烈这么肆无忌惮吧?

莫非是?夏想猛然一惊,张淑英是沈复明的人?她的举动看似热络,打着自己的主意,实际上还是在试探李丁山的态度?

见李丁山有些为难的样子,夏想不再犹豫,赶紧应承了下来说道:"既然张部长这么看得起我,我就恭敬不如从命。不过丑话可说到前头,万一你们家侄女看不上我,可得含蓄地说出来,别太伤我的自尊了,要不以后就不敢再找女朋友了。"

张淑英假装不快地说道:"这是什么话,小夏,你这么一个年轻有为的帅小伙,我敢保证信颖一定喜欢。我倒还怕你看不上我们家侄女,你这大城市来的小伙子,眼光太高了,是不是,李书记?"

李丁山何尝不知道张淑英话中的暗示?

他初到坝县,对县里的情况全然不知,几个副书记和几个副县长,以及县长石堡垒,包括剩下的几个常委,到底都和市里哪一个头头有关系,谁和谁不和,谁又和谁联手,他一概不知,怎么可能轻易许诺。更不可能一上任就去见一个市委组织部副部长的侄女,传了出去就是一个笑话。

再说,张信颖有张淑英这个组织部副部长的姑姑,如果在宣传部还得不到重用,本身就说明了许多问题。有时许多看似不起眼的人就会牵扯到方方面面的关系,牵一发而动全身,李丁山不是没有政治智慧的人,他一听夏想主动揽过事情,也就顺水推舟说道:"张部长,年轻人的事情,还是要靠他们自己解决。再说关于小夏的私人问题,我一向是持不管不问的态度,让他自己去拿主意。对了张部长,今天到了坝县天色就不早了,晚上我安排一下,您明天再回市里吧?"

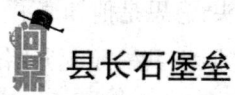 **县长石堡垒**

见李丁山转移话题,张淑英脸上没有丝毫的不快之色,稍微整理了一下起皱的衣服,又翘起兰花指拢了一下额前的头发:"好久没有回来了,我也很想念故乡的山水,就住一晚上也行。"

夏想暗想,张部长果然在热情的外表下,有一颗深藏不露的心。

十一点多的时候,距离县城还有五公里,前面就看到停了一排汽车,有七八辆,有二三十人站在路边,还有一个大大的条幅高高举起:"热烈欢迎李书记!"见到这个场面,张淑英扫了两眼,淡淡地说道:"县里的四套班子的人员全部到齐了,仪式还算隆重。"

李丁山脸色平静,看不出来他对隆重的欢迎仪式有什么看法。张淑英又不经意看了夏想一眼,见他也是视若无睹的样子,心里不禁暗想,李丁山没有从政的经历,但他的关系一直在团省委,早就是团省委的处级干部,对一些欢迎场面见怪不怪也是正常。夏想年纪轻轻,从他的履历来看没有官场经历,怎么也是一副波澜不惊的模样,让她不免多了一些猜想。

原本以为李丁山不好对付,没想到看上去这个年轻人也不好糊弄,张淑英想起临来时沈复明的交代,不由微微地皱了一下眉头。

坝县县委副书记、县长石堡垒今年四十八岁,黑黑的脸庞,高壮的身材,和李丁山的儒雅气质一比,就如武夫和书生,形成鲜明的对比。石堡垒嗓音浑厚,向前一步握住张淑英的手,脸上露出谦卑的笑容:"欢迎张部长到坝县视察工作。"

然后又急忙向前双手紧握李丁山的手,十分热情地说道:"李书记,可把您盼来了,自从老书记病退之后,坝县县委县政府一直没有主心骨,您一到,我们的心可算踏实了。李书记,您可要尽快把担子挑起来,给我们当指路明灯。"

李丁山感受到石堡垒的热情,心里却不起丝毫波澜。石堡垒今年四十八岁了,比他整整大了八岁,上任县委书记病退之后,石堡垒本来最有希望接任书记,上升一步,没想到他横空出世,空降当了书记,石堡垒要是对他真的欢迎才叫怪呢!估计对他恨得牙根痒痒,痛恨他挡住了自己的前途。四十八岁的县长怎么和四十岁的书记比,欺老不欺少,这个县长在这么年轻的书记面前,恐怕当得十分没滋没味了。

不过李丁山也不敢掉以轻心，万一石堡垒认为升迁无望，孤注一掷处处和他作对，暗中使坏，拼了干一届就去养老，非要给他制造一些麻烦出来，也会让他非常头疼。所以两个人的关系还必须保持一个合理的忍让。

李丁山身为一把手，也不敢在年龄大上那么多的石堡垒面前托大，忙道："石县长辛苦了，我初来乍到，许多情况还不了解，到时还要多听听你的意见，可要好好给我介绍一下坝县的具体情况，我可是准备好了洗耳恭听。"

石堡垒的双手骨节很大，非常有力，他微微欠了欠身子，笑容一收："既然李书记发话了，我一定知无不言，言无不尽。"

接下来就不过是走走过场，这么短时间内，也不可能认全所有的人。县委十一名常委，除了一名副书记借病没有到场之外，其他人全部到齐，另外还包括人大主任和政协主席，总之充分显示了坝县全体人民对李丁山李书记的隆重欢迎。每个人脸上都洋溢着热切的笑容，甚至一些级别不够站在前面，在一旁维持秩序的工作人员，只要李书记眼光看过去，脸上也都是带着谦卑的微笑。

至少表面上的安定团结还是让人十分满意的，李丁山也很满意很赞赏地笑，不停地向众人挥手说辛苦。在这种场合，大家就是互给面子，该说的好话一定要说，该给的笑脸一定要给，谁要是有什么意见非要在这样的场面上提出来，谁就是政治幼稚的表现。

夏想在一旁特意观察众人的反应，除了县长石堡垒和常务副县长刘世轩以及组织部长黄鹏飞三人之外，其他人的笑容都透露着一股讨好的味道。当然也不能就凭此说明什么问题，只是让他有意无意地多看了几人几眼。

因为张淑英一路上过分的热情，夏想在暗中留意众人时，对她也没少照顾，尤其注意到她和宣传部长杜双林握手，不像和别的县委常委握手时要寒暄几句，而是双手微微一沾，就分开了。尽管杜双林笑了一下，不过笑容一闪而过，明显可以看出敷衍的意思，再联想到一路上她多次提到她在县委宣传部工作的侄女，就不由让人浮想联翩。

接风宴会安排在县委招待所，也是坝县最好的饭店。自始至终，李丁山一副悉听尊便、客随主便的态度，怎么安排怎么来，不提反对意见，也不提指导意见，让精心安排这一切的石堡垒心中无比郁闷，摸不清李丁山到底是个什么态度。

县委招待所的陈旧出乎夏想的想象，墙皮剥落，大门露洞，房顶上挂着吊扇脏得不成样子，摇摇晃晃，似乎一转就会掉下来砸到脑袋。餐桌和椅子也旧得不像样,餐桌还好,盖了一层餐布,椅子都是硬板,而且都带着伤,没有一个完好如初的。

李丁山皱了皱眉,县里再穷也不至于连几把椅子也买不起,刚才在路上大车小车的也有好几辆,接风的时候却来了这么一出,装穷给谁看?又是什么意思?

石堡垒一见也是脸色一变,骂了一声:"崔中强那个熊货怎么回事?快让他过来见我。"

崔中强是政府办公室主任。

李丁山摆摆手:"算了,现在不是追究责任的时候。今天要是只有我一个人来,简单一些简陋一些都没有什么,毕竟都是坝县内部的事情,可以关起门来解决。但是今天主要是欢迎张部长前来坝县指导工作,要是太随意了,显示不出来我们坝县对上级领导的重视。不过好在张部长也是坝县人,也能体谅坝县的经济状况,而且张部长也很随和,一路上也一直特意交代不要铺张,是不是,张部长?"

张淑英也知道恐怕是坝县两套班子内部人员的问题,虽然对李丁山抬她出来说事有些不满,不过倒也说得合情合理,她也就顺水推舟说道:"我只是代表市委来送李书记上任,可没有什么工作要视察,所以还是要以李书记为主。既然李书记说了,大家就别站了,入座,入座。"

张淑英上座,李丁山主陪,石堡垒副陪,其他县委常委按照排名入座,谁也不会乱了秩序。夏想当然没有资格入席,他先是在一旁忙碌了一会儿,然后就站到一边,和刚才一直在石堡垒身边转来转去明显是他的秘书的一个年轻人站在一起,等候在边上。

年轻人戴着眼镜,瘦弱的样子,看上去比他更像一个学生。夏想冲他点头一笑,他也点了一下头,主动伸出手来:"谢仲志,石县长的秘书。"

如意算盘

其实按照正式说法,县委书记和县长的秘书还没有资格称为秘书,应该叫通信员才对,但大家都约定俗成,就高不就低,所以也就一直称呼秘书。夏想握住谢仲志的手,感觉他的手有些老茧,像是干农活的人的手,不由心中惊奇,看他厚厚的眼片眼镜度数不小,应该不是农民。

"夏想,李书记的秘书。"夏想只说了一句不再多说,在这种场合,他要是和谢仲志在一旁窃窃私语,不但失礼,而且是对在座领导的不尊重。

谢仲志好像没有意识到这一点,仍然小声地说道:"夏秘书以前没来过坝县吧?坝县的情况也许你还不太了解,许多地方的贫困是城市里的人无法想象的……"

夏想心想这个谢仲志是怎么当的秘书,不在一旁随时等着领导吩咐,反而趁机聊起天来,就算要介绍坝县的情况也不必急在一时。他刚想做一个噤声的手势,却听到石堡垒喊了一声:"小谢,你陪夏秘书去隔壁房间吃饭去吧,这里有服务员就行了……"

"别,还是让小夏和小谢留下,让服务员出去。"张淑英坐在主座,今天以她为主,她打断石堡垒的话,扭头去问李丁山,"李书记你说呢,是不是让小夏他们留下,也好和各位在座的领导熟悉一下,方便以后开展工作?"

张淑英都这么说了,李丁山还能说什么,只好笑着点头同意。夏想却心中感觉不好,张淑英要他留下,绝对是另有所图。

果然酒过三巡之后,张淑英突然语重心长地说道:"现在越来越多的大学生走进了党政机关工作,这是好事,是好现象。他们年轻,有朝气,有魅力,有学识,是我党坚强的后备力量,也是以后要走向重要工作岗位的接班人。像小夏,今年才二十三岁,就成了李书记的秘书,难道我们因为小夏年轻就认为他能力不足,就不能担当重任?当然不是,一路上我和小夏同志交流,感觉他思路开阔,思想活跃,而且他在大学期间就入了党,这样的好苗子,组织上怎么能不好好培养?回去后我会向市委组织部建议,将夏想同志列入重点干部培养对象。"

夏想顿时觉得头大如斗,这个女人没完没了,还真拿他当了幌子。她哪里是夸他,分明是把高高抬起,轻轻放下,只不过是用来抛砖引玉的由头罢了。

果不其然,张淑英随即将夏想这块砖抛到一边,马上提出她想要引出的美玉,似笑非笑地问县委宣传部长杜双林:"杜部长,听说你们宣传部也有一名年轻能干的大学生,她今天来了没有?正好可以给大家引荐一下,也和小夏、小谢认识认识,年轻人在一起可以互相促进进步。"

杜双林的脸色顿时阴沉得如同阴云密布的天空。

有那么短短的一分钟,时间好像凝固一样,所有的人都一言不发,有人低头看地面,有人端着酒杯转圈玩,好像手中的酒杯是稀世珍宝一样。石堡垒则抬头看房顶的吊扇,也不知道脏乎乎的吊扇有什么好欣赏的。李丁山从身上翻出一盒烟,从里面抽出一根,想了想又放回去了,看似漫不经心地看了夏想一眼。

153

夏想目光平视，脸上挂着谦逊的笑容，但目光中的笃定让李丁山放心不少。

夏想自然清楚张淑英对杜双林肯定有着强烈的不满，但杜双林身为县委常委、宣传部长，也不是她一个组织副部长想敲打就敲打的，能当上县委常委，市委常委里面至少有人撑腰。但官场上的事情是面子上过得去就成，张淑英今天当众向杜双林叫板，逼他下不来台，两个人之间的矛盾看来不是一般的深。

耐人寻味的是，在场的坝县的十名常委，没有一个人帮张淑英说话，好像都站在了中立的立场，但组织部的人见官大一级，张淑英也是副处级干部，没人帮她说话就已经说明了问题。对于张淑英总是借他的名义来和别人对抗，又打着介绍女朋友的不纯目的，特意让李丁山知道她有一个侄女在县委宣传部，夏想就对她失去了所有的好感。

想让她的侄女受到重用没有错，但将他当成软泥来捏就做得过头了，又在县委常委聚齐的重要场合，再借他的名义提她的侄女，就是大错特错了。

夏想表面上不动声色，其实在内心深处，认为将张淑英是不可信任并且需要防范的人。

杜双林四十五岁左右，戴着黑边眼镜，文质彬彬像一个学者。现在被张淑英逼到了墙角，脸色黑得吓人，他双手紧握，好像承受了巨大的压力，大约过了半分钟，才开口说道："张部长倒是消息灵通，只是不知道您说的大学生是哪一位？是男是女？叫什么名字？近一年来，宣传部来了三名大学生，他们现在都在重要的工作岗位上人尽其才。"

张淑英被杜双林阴阳怪气的回答气得脸色红了几下，又想到周围在座的都是坝县的主要领导，只好压了压火气，也不阴不阳地说道："别人我倒没有听过，倒是听说过张信颖毕业于燕大中文系，很有才华……"

杜双林的怒火也不可遏制地暴发了："张部长，张信颖好像是你的侄女吧？诸位领导都在这里，你特意提她的名字，是不是别有目的？"

张淑英针锋相对："举贤不避亲！倒是你杜部长，好好的一个中文系的大学生被你安排去做管理档案、收发信件的工作，是不是有故意打击报复的成分在内？"

杜双林拍案而起："张副部长说话请注意一下分寸，身为上级领导，看问题要实事求是，不要被亲情蒙蔽了目光。我杜双林教书育人十几年，当过老师做过校长，现在当这个县委宣传部长，只是为了不辜负党委的信任，不是为了巴结领导升官发财，更不会任人唯亲。"

"杜部长,身为领导干部,当着这么多人的面拍桌子,像什么话?坐下!有事情坐下说,有理不在声高,更不在站得高,是不是?"李丁山不得不开口说话,再不说话,他身为县委书记的权威将荡然无存。

杜双林脸上一红,一屁股坐了回去:"对不起,李书记,我刚才有点激动,拍桌子是不对,我承认错误,向大家道歉。"

张淑英被杜双林当众反驳,没了面子,李丁山开口说了杜双林,但杜双林只说向大家道歉,根本就没有提她,显然还是将她晾到一边,理也不理,她更觉得咽不下这口气,就又不依不饶地说道:"杜部长,张信颖是我侄女不假,但她也是燕大中文系的高才生,你让她管理档案,收发信件,是不是有点大材小用,不把大学生人才当一回事吗?"

 热情过度的县委办主任

夏想暗暗摇头,张淑英这个女人不按规矩出牌不说,还蛮不讲理,仗着她是市委组织部副部长,就能对县委宣传部的事情横插一手,真当李丁山这个县委书记是摆设不成?再说张信颖又是她的侄女,她这样赤裸裸地为她的事情公开放到这样的场合摆出来,分明不给整个坝县县委县政府面子。这样一个没有政治智慧的女人,怎么就能混到市委组织部副部长的位子?

李丁山也实在看不过去,突然就插了一句:"小夏,你要不要和张信颖认识一下?一路上张部长不是总说要给你介绍女朋友来着。"

一句话就将所有人的注意力转移到了夏想身上。

突然之间被坝县这些常委的目光注视,夏想还真的感觉到有一股莫名的压力。不过他也知道,李丁山倒也不是故意拿他当挡箭牌,此举一来可以向所有在场的人表明,夏想是他的亲信,是他可以绝对信任的嫡系;二来也是无奈之举,毕竟他年龄小,没级别,说出什么不妥的话也没有人会挑理。

夏想也明白李丁山的为难之处,张淑英是过分了一些,李丁山初来坝县,在弄清事情的来龙去脉之前,在站稳脚跟之前,是不会做出选择的。张淑英的夸张举动也许是她的性格使然,也许是别有用心拖他下水,他不得不防。他既不能完全旁观,又不能表态,就只好让自己出面挡上一挡,也是以退为进。

况且张淑英一开始就打着夏想的名义,由夏想出面也算名正言顺。

谁也没有想到,今天的尴尬场面想要化解,要落到一个二十多岁的年轻人身上。大家都是为官多年见惯了风雨的人,对刚才的场合也是各怀心思,现在见夏想被李丁山抛了出来,都又有了异样的想法。

夏想微微欠了欠身子,摆正了态度,语气恭谨而谦卑:"首先感谢张部长和李书记对我个人问题的关心,其次也感谢在座的各位领导在百忙之中,还要抽空听取我对个人感情问题的看法。最后我想说的是,我还年轻,虽然身体上成熟了,但思想上还不成熟,再加上我为人比较内向,一向不讨女孩子喜欢,所以我想等我思想上再成熟一些,性格上再胆大一些,再考虑个人的感情问题也不迟。其实也不怕各位领导笑话,我对自己没有信心,怕张部长给我介绍女朋友,结果人家看不上我,那多没面子。"

夏想的回答既严肃又活泼,在恭敬中又有轻松的感觉,石堡垒首先笑了起来:"李书记,夏想这个小伙子有才,说话很风趣,哈哈……不过我还是要批评你一句,小夏,不能只知道工作,个人问题也要适当地考虑考虑,对不?要不好女孩都被别人抢走了,后悔可就来不及了。"

众人一起笑了起来。

李丁山对夏想的回答十分满意,只要化解了尴尬的气氛,就是他想要的效果,他转身问张淑英:"张部长中午就休息一下,下午要是没别的事,可以为小夏引见一下张信颖,至于他们两个人是不是有进展,那就是他们自己的事情了,是不是?年轻人,我们只能为他们做出第一步,以后的路是不是能走好走远,还是要靠他们自己。"

李丁山的暗示很明显,就是告诉张淑英,张信颖的事情已经给了她台阶下,最好到此为止。张淑英没有得到想要的结果,虽不情愿也没有办法,眼神不经意飘向坐在对面的坝县组织部长黄鹏飞,见他如老僧入定一般,眼观鼻,鼻观口,无动于衷,不由心中暗骂一句:老滑头。

宴会一结束,大家按照次序出门,县委常委、县委办公室主任吴英杰故意落在最后,和夏想并肩走在一起。吴英杰三十五岁左右,圆脸,微胖,笑眯眯的样子让人感觉非常亲切。他不知道是人来熟还是有意显示亲热,拍了拍夏想的肩膀说道:"小夏,第一次来坝县吧?生活上有什么困难尽管开口,要把县委当成自己的家一样,我就是管家,有什么需要跟我说,不能解决就让李书记批评我。"

县委办主任虽然在常委里面排名比较靠后,但因为工作关系和县委书记接触频繁,可以说是县委里非常关键的位置。要么受到书记的信任受到重用,要么不被书记认可,就会受到冷落和排挤,所以他有意接近夏想,想给李丁山留下好印象也是再正常不过。

夏想不失恭敬地答道："多谢吴主任的关心,我倒没什么要求,李书记也没有特别的交代,等下我再详细问问李书记的意见,向他转达吴主任的意思。"

吴英杰脸上的笑容始终没有消失过,眼睛眯成了一条线,心中对夏想的回答非常满意,觉得这个小伙子还不错,领悟能力强,一点就透,怪不得李丁山会将他带在身边。他再想起在酒桌上的一出,心里就更加坚定别看眼前的小伙子年纪不大,但办事沉稳,说话极有分寸,有李丁山的赏识,以后的坝县绝对有他一席之地。

"李书记安排在县委大院后面的常委楼,小夏你住在常委楼后面的三号楼三单元三○一室,这是钥匙,里面已经收拾好了,要是还有要求尽管提,别客气。"吴英杰将一把钥匙交到夏想手中,没有提李丁山的钥匙,肯定是他要亲自去表现。

夏想接过钥匙,也没多想,随口问了一句:"单身宿舍?"

吴英杰笑着没接话,"嗯"了一声,用手一指远处:"有人找我,我先走一步。"

中午的时候,贾合开着车悄悄来到坝县。他没有和夏想一起坐市委的车前来,而是从章程市独自开车过来,就是为了掩人耳目。他在县城找了一处住宅楼租好了房子住下,将车停好,就来县委找夏想。

中午李丁山特意让他接应贾合,所以就没让他陪同。他领着贾合前往住处,来到三号楼楼下一看,就觉得不对,小楼不大,并不起眼,但夏想是建筑专业毕业的,一眼就可以看出这种建筑结构复杂,里面往往别有洞天。

打开房门一开,眼前的房间布置得如此舒适先不说,单是足足有九十平方米的面积,就让他目瞪口呆。

再看里面的家具也是一应俱全,虽然家具还不算豪华,但只看做工和外观也知道至少是中档水准,更不用提电视、冰箱、空调,甚至厨具都配备齐全,净身进门就可以非常舒适地住下。

两室一厅,宽大的阳台,还有崭新的床上用品,夏想暗暗摇头,他还以为是一间单身宿舍,没想到吴英杰热情过度,给了他一间超高规格的住处,不由得让他感叹权力的巨大魔力。他只是一个没有任何级别的秘书,这样的房子就算是让县长来住,也是超标。也不知道这么贫穷的坝县,怎么会有钱盖这么豪华的房子?真是奢侈。

不对,吴英杰就算向李丁山示好,也用不着这么卖力,送这么一套好房子给他一个小秘书住?夏想直觉感觉事情恐怕没有他想的那么简单。

夏日午后，绿裙女孩

贾合一见之下大喜过望，啧啧嘴巴说道："还是当官好，小夏，你瞧瞧连你住的地方都这么豪华，李书记的房间不定装修成什么样，你一个人住这么大的房子纯属浪费，反正两间卧室，我也来凑凑热闹，怎么样？"

说话间，就要推开卧室门进去。

"等等贾合……"夏想冷静下来，上前一步关住卧室的门，"走，去你在外面租的房子住，这房子我们可不能住。好的时候一切都好，要万一有什么事情，我身为李书记秘书住在这里，会让人污蔑李书记以权谋私。"

贾合一愣，低头一想也是，搓着手笑了笑："我可没想那么多，还是你想得周全，现在李书记是县委书记了，和以前不一样了，要注意的地方也多。夏想，以后可要记得多提醒我什么地方该注意什么时候该小心，别因为我们的原因让李书记被人攻击。"

夏想和贾合退出了房间，房间内的东西和布置保持了原封未动。本来他想将钥匙退回给吴英杰，转念一想又随身放好，或许以后别有用处也说不定。

贾合办事还算稳妥，租的房子是水利局的家属院。房子是两室一厅，不过只有六十多平方米，房租每月八十元。

小区整体环境比较肃静，唯一的缺点是绿化较少，显得空荡荡的。因为位于高寒地带的原因，房间的窗户都是双层玻璃，外墙也比燕市的房子厚了不少。夏想对房子很满意，里面的东西不多，简单但实用，最主要的是离县委近，步行也就是几分钟的路程。

两个人又到外面的移动营业厅办理了两张手机卡，夏想是为自己办理，贾合还没有手机，他是为李丁山办理的号码，不过登记的是他的名字。夏想知道李丁山的这个号码是绝对的私人号码，不会有几个人知道，知道的人都是他绝对信任的人。

因为人少的缘故，站在街道上，就有一种异常的寂静感觉。天空蓝得出奇，是在大都市无法见到的湛蓝，远处隐约可见远山如黛，草原如碧，再有艳阳高照，身上却没有燥热之感，反而格外清爽，令人心旷神怡。

难得有如此惬意时刻，夏想眯着眼睛正要享受一下清新的阳光，忽然听到身后传来清脆的车铃声。

就在这样一个有些轻松有些微微沉醉的夏日午后,夏想被车铃声惊醒,不经意回头一看,只见由远及近走来一个娉娉袅娜的女孩。她身穿淡绿连衣裙,脖子上挂着一个红绳,红绳下端伸到了衣领里面,不知道系的是什么饰物,腰间有一条巴掌宽的皮带,将小蛮腰收得紧紧的,也因此显得上身挺拔,臀部高耸。她骑着一辆粉色的女士自行车,不停地拨动车铃,犹如一串串银铃般的笑声。

好美的女孩,夏想暗自赞叹一声,坝县出美女,果然不假,眼前的女孩粉车绿裙,再加上清丽的容貌,就如一朵不加修饰的山野小花,有清新自然之美。只是大街上行人稀少,没有人挡她的去路,她不停地拨弄车铃做什么?

夏想微一愣神,目光正迎上绿裙女孩好奇的注视,他出于礼貌微微点头一笑,却见女孩突然脸色一变,目光中全是不屑之色,冷冷地说道:"看什么看,臭流氓,大色狼!"

夏想哭笑不得,本想反驳几句,却又觉得实在没必要和她争论什么。

贾合在一旁幸灾乐祸地笑。

夏想一拉他的胳膊:"别笑了,时间不早了,回县委。"

二人转身要走,没想到绿裙女孩轻巧地跳下自行车,将车子横在夏想面前:"想走,没那么容易?向我赔礼道歉才行。"

夏想觉得好笑,饶有兴趣看着她:"道什么歉?我怎么你了?"

"你看我了,目光非常不纯洁,有肮脏的想法,就等于侮辱我了,所以你必须向我道歉。"绿裙子小脸微微扬起,鼻尖上隐隐有汗珠浸出,在阳光的照射下,可见细细的绒毛,小巧的嘴唇紧紧地抿着,仿佛受了多大委屈一样。不过她眼神中的傲慢和高高在上的神态,让人看了很不舒服。

夏想见时间真的不早了,担心李丁山他们已经休息好了,身边需要有人在,哪里还有心情和她纠缠不清?说道:"虽然你长得还算可以,但还不算是看上一眼就能让人有想法的美女,所以你也不必过于自恋。我有没有肮脏的想法我心里清楚,看你一眼也不过是因为你的车铃乱响个不停,再者我的目光很纯洁,没有看你任何女性特征的地方……好了,解释完毕,我还有事,请让一让,不要挡路。"

"你个臭浑蛋,敢不承认?"绿裙子气得满脸通红,一副凶巴巴的表情,咬牙切齿地说道,"你在哪个单位上班?我去找你的领导,让他好好罚你,让你知道知道我的厉害!"

"原来你还有些背景?"夏想听她嚣张的口气,不由来了兴趣。

"那当然,我的背景要是说出来非得吓死你不可!现在赶紧给我赔礼道歉还来得及,否则的话,哼,就算不开除你公职,少说也要让你坐坐冷板凳。"绿裙子有意昂首挺胸,为了显得她比别人高上一等,不料落在夏想眼中,却好像是在故意炫耀她丰满的胸部一样。

贾合看不下去了,上前正要说她几句,却被夏想挡住。夏想用脚踢飞路边的一个小石子,摇摇头说道:"仗势欺人不是我们的风格,我们是好人,有话就要好好说。"

贾合也不多说,点点头退了回去。他也不清楚从什么时候起,夏想说话他就会毫不犹豫地听从,就好像只要夏想决定的事情,就一定不会出错,或许是夏想总是一副胸有成竹的样子给他信赖的感觉,又或许因为他也渐渐接受了夏想才是李丁山现在最器重的人。

夏想没想那么多,他只是纳闷这么一个女孩,模样挺不错,看上去也很清纯,怎么就会有一股戾气,自恋过度不说,还过分乖张,张狂得不像话。在小小的坝县,局长千金也只是科级干部的女儿,比起曹殊黧的局长千金身份,差了可不是一点半点。

"我一没有对你非礼,二和你没有冲突,是你非要拦住我的路不让我走。我现在郑重其事地告诉你,请你让开,否则我就不客气了。"夏想想到曹殊黧,忽然间兴趣索然,觉得绿裙子实在无味。

节外生枝

"你对我无礼了还敢嚣张?我就不让开,看你能把我怎么样?"绿裙子也不知道哪里来的无赖勇气,用力将车子向前一推,车子就势倒下,咣当一声,差点砸着夏想。

夏想无名火起,抬腿一脚将自行车踢到一边,对贾合说道:"不和她这个无理取闹的女人一般见识,简直就是不可理喻。"

"你才不可理喻,你是臭流氓,大浑蛋,你站住……"绿裙子在身后声嘶力竭地大喊,夏想却头也不回径自走了。

刚刚走到马路对面,突然一辆尼桑蓝鸟从身后飞似的闪到身前,一个紧急刹车停下,夏想和贾合收势不住,差点撞在车上,顿时火起。

从车上下了一个虎背熊腰的男人,二十五六岁,穿着一件衬衣,光着头,一脸横肉，骂骂咧咧地来到夏想面前："怎么着哥们儿，欺负了人拍拍屁股就想走，哪有这样的好事？今天我做个中间人，你给这位美女鞠躬认错，这事就算过去了。要是不同意的话，我就陪你们两个玩一玩，让你们知道，坝县人不是好欺负的。"

说话的工夫，绿裙子也从后面追了上来，她来到夏想面前，狠狠地瞪着眼睛，怒气冲冲地说道："想跑？在坝县还能让你跑掉，我岂不是很丢面子？"

贾合看出了门道："你们合伙欺负我们外地人？"

光头壮汉摇摇头，精明的三角眼眨了几眨："我只是路见不平，拔刀相助，我和张妹妹并没有约好非要欺负你们，不过事有凑巧，谁让我正好赶上了，是不是，我的张妹妹？"

"一边儿去，谁是你的张妹妹，别以为你帮了我，我就会领你的情。刘河，你愿意多管闲事是你自己愿意，跟我没有半点关系，别想趁机接近我。"绿裙子还真是一个不一般的人，说话就和吃了枪药一样，开口就冒着火气。

光头壮汉也不生气，嬉皮笑脸的样子一看就是被绿裙子骂习惯了，他用手指指夏想和贾合，讨好地笑道："张妹妹说句话，怎么收拾他们？我免费替你修理他们，总可以了吧？"

"不稀罕你！"绿裙子白了他一眼，又看向夏想，"我就要你向我赔礼道歉，说一句'对不起'就可以了。我劝你还是听话，乖乖地道个歉，否则万一被刘河暴打一顿，可不关我的事。"

夏想实在是不愿意和光头壮汉以及绿裙子两个人再纠缠下去，赢了没意思，输了更丢份。所以他不冷不热地说道："我建议你们赶快让开，真要耽误了我们的事情，追究起来责任，你们也承担不起。"

"好小子，好大的口气，在坝县这个一亩三分地，还没有人敢把我刘河怎么样。"刘河觉得在绿裙子面前丢了面子，顿时火冒三丈，抬腿就踢了过去。

贾合并不知道夏想也会几下拳脚，他是当兵出身，也练过几年功夫，一般打架还真不怕，他双手伸开将夏想拦在身后，也抬脚就踢，却后发先至，一脚正踢在光头壮汉的膝盖上。光头痛得大叫一声，立刻大叫起来："打人了，外地人打人了，张妹妹，快报警，让二子把他们全关起来。"

绿裙子很不屑地瞪了刘河一眼，俏脸上闪过一丝紧张，急忙拿出手机报警，挂了电话之后，一脸古怪的表情说道："警察都不在，都到县委维护秩序去了……刘河，你要是草包就赶紧走，我就不信，他们还真敢在光天化日之下行凶！"

绿裙子叉着腰又站到夏想面前:"不道歉别想走。"

夏想气得有些发狂,这女人是什么人呀,怎么还没完没了了?别说她是美女,就是一个丑女,也不能动手打女人,打不得骂不得,还真拿她没办法了?他见刘河在一旁拿出手机,鬼鬼祟祟地打电话,一看就知道在找狐朋狗友,心里更加烦躁,真要等他们人到了,难道还要和他们大打出手?

"贾合,我对付刘河,你对付绿裙子,甩掉他们。"夏想低低的声音说道,也不顾贾合是不是怜香惜玉,反正他向前一冲,转眼就绕过绿裙子,来到光头面前。

光头也不含糊,伸手就来抓夏想,被夏想一翻手就抓住他的手腕,顺势一翻,光头吃疼不住,身子就弯了下去。夏想也不客气,照他屁股上就是一脚,然后就飞快地逃离了现场。

跑了几步,一回头,贾合正一脸贼笑跟在身后,夏想问道:"野蛮女人没拦你?"

贾合嘿嘿一笑:"你一出手收拾光头,她就吓傻了,站着一动不动。也幸亏她没有拦我,真要拦我的话,我就直接撞过去,反正不吃亏。"

夏想伸出大拇指:"没看出来,贾合,你的思想一点也不纯洁,也难怪,确实也该找一个女朋友了。"

好在两个人气喘吁吁地跑到县委大院的时候,李丁山已经在吴英杰的陪同下看完了住处,见到夏想,他招手让夏想过来:"张部长刚才还问你在哪里,说是要介绍张信颖给你认识。"

真要认识?夏想想起张淑英半老徐娘的媚态和她在酒桌上没完没了的闹腾,就心中一阵厌烦,连带对张信颖也提不起半点兴趣。不过李丁山半开玩笑地说了一句话:"小夏,就委屈一下,政治联姻,面子是互相给的,人家非要倒贴侄女给你,就算你不要,也要做做样子见一见才好。万一见了感觉还可以,你不是还没有女朋友,谈一谈又何妨?以后就算不成,你也不吃亏,是不是?"

夏想一脸无奈:"李书记,男人的色相也不能随便牺牲。"

李丁山哈哈大笑,又和夏想、贾合说了几句话,就又被人叫走。临走前还特意交代夏想,让他去找张部长,要把和张信颖见面当成一项政治任务来完成。夏想理解李丁山的心思,张淑英拿提拔张信颖来试探他,他就拿夏想去试探她,总之双方刚接触,现在还处在摸索对方底线的阶段,谁也不会先亮出底牌。张信颖是张淑英的软肋,或者是她的烟幕弹,而夏想则是李丁山的代言人,代表的是李丁山可进可退的态度。

张淑英当面和杜双林闹僵,绝不是无的放矢,两人之间或许早有宿怨,但放到给李丁山的接风宴上吵架,就不得不令人深思了。不过让夏想感兴趣的是,坝县常委之中,肯定有张淑英的人,但此人在酒桌上没有替她说话,造成了她一个人孤掌难鸣的情况,不知是有意还是无意,又或许是暗中向李丁山示好?

也许另有不为人所知的原因?

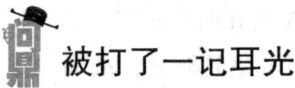被打了一记耳光

贾合听从李丁山的安排,到司机班去报到,夏想就一个人硬着头皮准备上楼去找张淑英。

夏想刚走两步,就听见后面传来嚷嚷的声音:"就是他,就是那个小子,你们两个人快抓住他,别让他跑了。"身后不远处,光头领着两个警察,正追了上来。

还敢在县委大院抓人,胆子不小,夏想一抬头,猛然发现不知何时前面出现了绿裙子,正一脸得意洋洋地伸开双手拦住他的去路。

后有追兵,前有拦路,夏想无奈地摇摇头,刚来坝县,怎么就遇到野蛮女孩绿裙子和地头蛇光头?他不慌不忙地站住,冲绿裙子笑了笑:"你这个姿势很不雅观,别人会以为你想非礼我。"

绿裙子俏脸一红,"呸"了一口:"臭流氓,还说你没有肮脏的想法,刚才的话已经充分暴露了你的色狼本质。"

夏想还是不以为然地说:"我只是说说而已,你却做出要投怀送抱的动作,你说谁更色?"

绿裙子如同呛了一口水一样,脸憋得通红,半天说不出一句话,突然"哇"的一声哭起来:"臭流氓,死坏蛋,我要打死你!"上前抬腿就要踢夏想。

他一闪身向后一退,轻易地躲过了绿裙子的一踢,却感觉两个胳膊在背后被人给架住了。

"嘿,小子,还想跑?再跑个试试?先把他关到派出所里,等我这边忙完了,再过去好好会会他。胆子挺大,敢惹我的张妹妹,等下有你好果子吃。"光头刘河颐指气使地对架住夏想的两个警察说道。

绿裙子咬着牙,瞪着怨恨的眼睛:"先等一下,让我打他一个耳光再说!敢

对我出言不逊,也不问问我是谁？整个坝县都没有人敢惹我,一个外地人还嚣张得不行,不知天高地厚。"

夏想被两个警察架得死死的,想要躲也动不了:"你的手要是落下来,我会让你后悔一辈子。"

在县委大院被人当众打耳光,他代表的是李丁山,传了出去,他丢人事小,李丁山面上无光,肯定会大发雷霆,迁怒于绿裙子身后之人。夏想倒不是怕李丁山和坝县的本土势力冲突,他就任县委书记,想要大刀阔斧地干出一番成绩,势必要和根深蒂固的本地势力产生矛盾,只是现在时机不对。有时候斗争并不一定非要有刀光剑影,背后看不见的地方,才是真正厮杀的战场。

话一出口夏想就后悔了,绿裙子是个天不怕地不怕的性格,目空一切的人都是吃软不吃硬的驴脾气,果然,话音刚落,绿裙子抡圆了胳膊就朝夏想的脸上打去:"打死你活该,叫你口出狂言！"

"住手！"突然一个声音从旁边响起,一个人影跳出来伸手去挡绿裙子的手,不料脚没站稳,没有挡住,却一把推在夏想身上,力气之大,让夏想和身边的两名警察都不由自主地向后退了一步,正好让绿裙子的手落了空。

夏想侥幸躲了过去,但绿裙子的手没有停住,"啪"的一声,正好打在来人的脑袋上。

绿裙子还没有反应过来,旁边的刘河看清了来人是谁,吓得一缩脖子,嚣张气焰一收,腆着脸叫了一声:"杜部长！"

挨了绿裙子一巴掌的正是宣传部长杜双林。

杜双林正在远处和李丁山说话,无意看到夏想被两个警察架住,顿时吓了一跳,开什么玩笑,县委书记第一天上任,秘书就被警察抓了,公安局长王冠清还想不想干了？他想也没想,急忙跑过来解围,突然横生变故,有人要打夏想,更是让他心惊肉跳,在县委大院打书记秘书,这不是当众打李书记耳光吗？他虽然是宣传部长,安全方面不归他管,但他是坝县人,算是本土势力,历来坝县的县委书记和本土势力都是冲突不断,他一向是居中调和的态度。真要是书记秘书被本地人打了,这个据说有点来头的县委书记大怒之下,趁机拿下几个本地官员也有了充足的理由。

待杜双林看清正要打人的人是谁时,更是气得火冒三丈,当时顾不上许多,就冲了过来,情急之下也不顾身份,出手阻拦。

万万没有想到的是,他意外失手,头上却被打了个正着。

绿裙子也没有想到会出现这种意外,打的又是杜双林,心里也有些害怕:

"杜,杜部长,不好意思,怎么是你? 我不是故意打你的头,真的,我是想打这个臭流氓的。"

杜双林本来还强压怒火,因为他注意到李丁山、张淑英以及县委其他常委一行,刚才没有注意到发生的一切,现在却注意到了这边的异常,都纷纷投来了好奇的目光。他也不想非要和张信颖现在说个清楚,毕竟还事关夏想,就想先息事宁人,事后再算账不迟,不料一听她开口就说夏想是臭流氓,再也忍不住心中火气,脱口而出:"张信颖,你知道你在做什么吗? 你知道你打的是谁吗? 你不好好在宣传部上班,跑大院里做什么? 谁允许你擅离岗位的?"

县委宣传部也在县委大院里面办公,不过在县委大楼的后面。

张信颖? 夏想心中冷笑,原来眼前这位就是张部长口中的才女张信颖,她的宝贝侄女,燕大中文系的高才生! 也不知道是如何娇惯成这么一副千金小姐的脾气。

两个警察见势头不对,已经悄悄地松开了夏想的胳膊。夏想回过头看了看两个人,见他们都是三十岁不到的年纪,长得也比较普通,就问:"你们身为警察,不问青红皂白就抓人,还架着我故意让人打,是不是做得有点过分?"

"刘总说你是坏人,你就是坏人。刘总的话,我们不敢不听。"左边的警察态度有点松动,但还是有恃无恐地说道。

"刘总? 就是他?"夏想一指刘河,"他又是谁?"

"他你都不知道,还敢在坝县耍横?"这个警察显然眼力不够,还没有看清眼前形势,"他是我们副县长的公子,向来在坝县说一不二……"

夏想摆摆手,不想听他继续吹嘘下去,因为他已经看到,李丁山一行人已经走了过来……

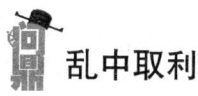 乱中取利

刘河没想到事情会闹成这样。

他见杜双林认识夏想,想到他爸早就对他说过,新上任的县委书记李丁山会带一个秘书和司机过来,这么说来,眼前这人不是秘书就是司机了。不管是谁,和县委书记的亲信发生直接冲突不是明智之举,他不免有些暗暗后悔一时冲动,又想他爸再三交代,新任县委书记上任之后,让他先收敛一点。刘世轩的意思刘河也明白,许多事情能暗地里进行就不要摆到明面上来,能不产生冲突

就不产生冲突,并不一定谁官大就一定谁说了算。

积威之下,张信颖还是有点怕杜双林,不过她一眼看到张淑英正朝这边走来,心中的一点惧意也消失不见,理直气壮地说道:"他能是谁?就是一个喜欢在大街上看美女的小流氓,我路过时他不怀好意地看了我几眼,让他道歉他还不肯……杜部长,我是过来看我姑姑的,市委组织部副部长下来视察,我这个当侄女的过来看看她,不算什么过错吧?刚才我在单位没有见到你,现在见到了,向你请个假,这总行了吧?"

张信颖无所谓的态度彻底激怒了杜双林,本来中午在酒桌上已经和张淑英闹得非常不愉快,现在张信颖又抬出张淑英来压他,他哪里还咽得下这口气?正好又涉及夏想在内,他冷冷地说道:"张信颖,你上班时间擅离岗位,情节非常严重,我现在命令你停职反省,回去写一份检查给我。"

张信颖见杜双林当着这么多人一点也不给她留情面,又气又急,正好张淑英来到了近前,她十分气愤地大声说道:"杜部长,我不服,不就是刚才我不小心打了你脑袋一下,你这是公报私仇,以权谋私!你早就看我不顺眼,故意给我冷板凳坐,正好我姑姑来了,咱们要好好讲讲理。"

夏想几乎要大笑出来,张信颖还真是一个活宝,仗着有张淑英撑腰也不能和顶头上司对着干,县官还不如现管,官场上讲究的是互相抬举,不是当面拆台。

果然杜双林脸色铁青,几乎是一字一句地说道:"只要你在宣传部一天,就得听我的话。有本事的话,调到市里去。"

这话算是说得没有回旋余地了,也正好触到了张信颖的痛处,她一脸委屈的样子上前拉住张淑英的胳膊,不满地说道:"姑姑你听听这叫什么话?杜部长分明是故意打压我,还要偏袒那个小流氓,姑姑你一定要帮我主持公道,要不这宣传部没法待了。"

李丁山笑吟吟地说:"小流氓?我倒要听听,我的秘书怎么就成小流氓了?"

张淑英心中一紧,李丁山终于出手了!看来惹着了夏想,就动了他的软肋。

李丁山又看了两个警察一眼,面无表情地问道:"你们两个叫什么名字?"

两个警察不认识李丁山,见县里的头头脑脑都围着李丁山,不由都惊吓出了一身冷汗。公安局长见了县委书记还得小心翼翼的,他们不过是最底层的普通警察,平常想见副局长都难,想见县委书记更是别想。

"我叫陈海申,他叫刘迎军……"年纪稍大一些的警察局促不安地答道。

李丁山不再理他们,又问刘河:"你又是谁?是哪个部门的?"

刘河现在也猜到了眼前这位就是新上任的县委书记,心里也有些害怕。尤其是李丁山虽然脸色平静,但淡淡的口气中总是流露出一股居高临下的质问,让他一向的自信再难保持,结结巴巴地答道:"我叫刘河,在水利局工作……"

"水利局的办公室好像没在县委大院吧?现在是上班时间,你不在单位上班,跑县委大院有何贵干?"李丁山打断他的话,毫不留情地问道。

刘河一时语塞,眼光躲闪,不敢看李丁山的眼睛。虽然他心里不服,不过想起刘世轩的交代,还是不敢流露出来。张淑英听出李丁山口气中的不善,急忙出来打圆场:"李书记有所不知,刘河的爸爸是刘世轩。"

县委常委、常务副县长刘世轩?李丁山回头看了刘世轩一眼,见他昂着头,仿佛一切都跟他无关一样,也没有出来说话的意思。他心里明白了几分,强势的副县长,当地派的领头人物。

"误会,都是误会,对不起李书记,我和这位小兄弟……不,夏秘书刚才有点误会。现在事情已经过去了,没事了,有什么不对的地方,我私下里向夏秘书赔罪。夏秘书,你说呢?"刘河心中还是有些震惊,夏想看样子比他还年轻几岁,竟然是县委书记的秘书。不过他还算有点眼色,见形势不妙,真要当场惹急了县委书记可不是什么好事。虽然他一向认为他老爸刘世轩在坝县的势力根深蒂固,无人可以动摇,但书记的面子不能不给,场面上总是退让三分。

刘河想息事宁人,夏想却不同意,事情闹到现在,正是可以乱中取利的时候,想要及时全身而退岂不是太便宜他了?他正要加上一把火,好让该跳出来的人都现出原形,但还没开口,就听到张信颖非常不满地说道:"不能就这么算了,姑姑,他是个小流氓,欺负了我,不能就这么放过他?就算他是李书记的什么秘书也不用怕他,姑姑你是市委的领导,替我说一句公道话。"

夏想忽然觉得张信颖无比可爱,本来张淑英就是一个不按常理出牌的人,没想到她的宝贝侄女更甚于她,简直就是无理取闹的极品。要是她像刘河一样及时退后一步,张淑英再在一旁帮衬几句话,李丁山也只好作罢,不可能再抓住不放,只是这样的话,就达不到夏想想要的效果了。

李丁山脸上还保持着三分笑意:"张信颖是吧?我是李丁山,说说看,我的秘书夏想怎么欺负你了,我替你主持公道。"

要是李丁山脸色阴沉,说话十分严厉还好一些,现在他脸上带着若无其事的笑,又揪住事情不放,就让张淑英不得不高看李丁山一眼。一个人要是喜怒不形于色,让人琢磨不透他内心的真实想法,就很难让人发现他的弱点并加以利用。她原以为李丁山没有在基层从政的经历,也许会很容易被人牵着鼻子走,没想到他倒是沉得住气,不由让她多了几分小心。

"信颖,在这么多领导面前,别瞎胡闹,这里哪有你说话的份儿,老实地跟在我身后,不许再说一句话,知道不?"张淑英知道张信颖口不择言,见李丁山颇有刨根问底的意思,也担心到了最后反而落了她的不是。不知为什么,她总是觉得在一旁一直不叫冤不叫屈冷眼旁观的夏想,看似清澈无害的目光,总能给人看透内心的感觉。

"可是……"张信颖还想多说,却被张淑英拉了一把,张淑英用严厉的目光制止她再说下去。

"年轻人在外面遇到,起了冲突也在所难免,李书记,我看这事就算了吧,他们自己的事情,让他们自己解决,是不是?我让刘河好好向夏秘书赔罪,好好摆上一席,给夏秘书接风压惊……听到没有,刘河?"

常务副县长刘世轩一开口说话,就是息事宁人的态度。

 拙劣的手段也有高明之处

刘世轩五十岁上下,又黑又瘦。最引人注意的是他的眼睛,虽然不大,但总是给人很阴沉的感觉,看人的时候总是眯着眼睛,让人看不清他目光中隐藏的真实想法。

"刘县长说得对,我也赞成让他们私下里解决,毕竟是一件小事,用不着李书记亲力亲为。年轻人年轻气盛,又都有点个性,不打不相识,是不是?"第二个出来说话的是组织部长黄鹏飞。

李丁山不置可否,只是冲刘世轩和黄鹏飞微微点头。

"我检讨,我的工作没做好,李书记,您批评我吧!"副县长兼公安局长王冠清从后面挤到前面,迫不及待地说道,"那两个警察我一定严肃处理他们,请李书记放心。另外,我回去之后就会在局里开展一次警示教育,让全体警察充分意识到他们是人民警察,危机就是命令,不能随便听从个别人的话,胡乱抓人。"

这话另有所指,夏想偷眼一看,刘河一脸尴尬地扭过头去,刘世轩还是眼睛微眯,脸上神情不变。王冠清故意来这么一句,是不是有意让刘世轩难堪?

"不过坝县也有实际困难,您刚来不太清楚,李书记,另外夏秘书的事件也有很大的偶然性。毕竟是在县委大院,他们身为警察有维护秩序的责任,再加上并不认识夏秘书,发生了一点小摩擦也不能算他们失职……"夏想没想到王冠清接下来又说了这么一番话,让他微微惊愕的同时,不由目光又在他的脸上多停留了几秒。

本质上王冠清还是高高举起轻轻放下,也是大事化小小事化了的态度,恐怕也是张淑英的人。一个常务副县长,一个组织部长,一个公安局长,行政、人事和治安一网打尽,小小的一件事引出了各方人物,好大的一个下马威。

李丁山来到坝县,还真是单枪匹马入虎穴,三面环敌,还不包括躲在背后随时窃取胜利果实的小人。夏想在替李丁山担心的同时,心中还是有一丝庆幸,也多亏了这个张信颖,要不是她闹个没完,还真没办法在短时间内看清各人的心思。

李丁山再不情愿,再是一把手,在这么多人明里暗里的劝说下,也不可能再拿着这件小事大做文章,只好看了夏想一眼,一挥手说道:"下午还有一个常委会,马上到时间了,大家先准备一下……夏想,要注意做好和当地人民的团结,不要觉得自己年轻就可以犯错误而不被追究责任。另外以后遇到事情不要急躁,要多想一想,多冷静一下,来日方长。"

"来日方长"的说法带有强烈的不满和暗示,张淑英听得出来,刘世轩和王冠清自然也知道李丁山的怒意,夏想更是明白李丁山以退为进的无奈之举。他端正态度,恭谨而不失大度地说道:"多谢李书记的关心和批评,多谢各位领导百忙之中,还要关心我们年轻人之间因为意气用事而产生的小小冲突,在此我仅代表我个人对各位领导表示衷心的感谢,同时我觉得有必要将我和张信颖、刘河之间产生冲突的原因和经过向各位领导汇报一下。"

夏想三言两语就将事情的来龙去脉说得一清二楚,又补充说道:"刘河也是路过帮忙,他当时并不了解事情真相……"

谁也没想到夏想突然为刘河开脱,倒让刘世轩将眼睛睁大了一些,若有所思地看了夏想一眼。

"照你这么说,是我不对,是我无理取闹了?"张信颖受不了夏想轻描淡写地叙述事情经过,根本没有一点认识到错误的觉悟,又将刘河推到一边,合着整个事情全是因她而起,她才是麻烦的制造者,"我不管你是谁,你就得向我道歉。"

张淑英虽然微微一惊,为夏想向刘河示好感到意外,不过心中却非常不以为然,就凭一句话就想让刘河和刘世轩对你产生好感,到底是年轻,想得太天真了。

李丁山心里对夏想的做法也认为没有必要，这样的分化拉拢太直白太拙劣了，明眼人一眼就可以看出来，而且不会起到任何作用。

　　不过谁也没有猜到，夏想的本意并不是要拉拢刘河，而是要让张信颖主动跳出来。

　　"我是应该道歉，不过不是向你，而是要向杜部长道歉。"夏想转过身，冲杜双林鞠了一躬，一脸歉意地说道，"杜部长刚才为了救我，头上挨了张信颖一巴掌，因为我而让杜部长受了委屈，我心里过意不去，等一下杜部长不忙的时候，我会陪您到医院检查一下，看看有没有受伤……"

　　杜双林被一个手下的小女孩打了一巴掌，本来就憋着一口气，只不过刚才李丁山、张淑英和一干县委常委都围了过来。然后又是李丁山和张淑英明争暗斗，他心里不痛快，却也不敢贸然插话，而且刚才打他的那一巴掌，因为角度的问题，可能李丁山等人都没有看清，他又不好意思当众说出，怕人笑话。只是想到自己以前当老师当校长时无比受人尊敬，现在当了宣传部长，却被一个小丫头片子敲了脑壳，心中又屈辱又难过，他一生桃李满天下，所有学生见到他都恭敬地叫一声"老师"，何曾受过这种待遇？而且张信颖还是毫不在乎的样子，好像打了他也是理所应当一样，别说道歉，连一点歉意都没有。

　　刚才周围的人心态各异，言语交锋，杜双林却觉得满目凄凉，没有一人关心他受到的不公和屈辱。心中正气愤难消无处发泄时，忽然听到夏想真诚的道歉，还当着所有人的面向他鞠躬赔礼，杜双林就如同受了委屈的学生突然得到老师的安慰一样，激动地一把握住夏想的手，连声音都有点颤抖："小夏，夏秘书，不怪你，你没有错，本来你也是受害者……事情我都看在眼里，你处理事情有理有据，没有一点过错，要是再有人欺负你，我还会冲过来替你解围。"

　　"什么？"李丁山露出难以置信的神色，"杜部长被人打了？"

　　"到底怎么回事？信颖，你怎么可以动手打杜部长，太过分了，快向杜部长道歉。"一个小小的干事动手打了县委常委、宣传部长，就算是一时失手，也几乎是不可原谅的过错。张淑英再自以为是市委领导，也必须做出姿态，否则真要传到市委，她也面上无光，说不定还会被人攻击。

　　事到如今张信颖居然还认不清形势，还要认死理："我又不是故意的，我正要打夏想，他就突然冲了过来，等于是他自己撞到我的手上的……"

　　"先是想打夏秘书，结果打到了杜部长，小张同志还真了不起，谁都敢打。看来我以后见到你也要靠边站，省得不小心也被你打着。"吴英杰一直在一旁冷眼旁观，突然就抛出一个重磅炸弹。

"你又没惹我,又没耍流氓,我为什么要打你?"张信颖听不出来吴英杰的冷嘲热讽,还一脸不解地问道。

人群之中传来一阵讥笑,中立派们也被张信颖这个极品活宝逗乐了,都忍不住笑出声来。

坝县的三个派系

嘲笑声像一把尖刀直刺入张淑英的心脏,她现在才明白刚才夏想的手段。先将刘河摘了出去,省得刘家父子反弹,等于将她和张信颖彻底孤立起来。接下来以高姿态向杜双林示好才是他的真正目的,以道歉之名将张信颖的丑事公之于众。然后让张信颖自暴其丑,既让张信颖名声扫地,又扫了她的面子,真是一石二鸟的好计。

再想到刚才在李丁山的逼迫之下,接连跳出来帮她说话的三个人,才明白李丁山和夏想刚才一明一暗,杀招不断。李丁山引出的三个帮她说话的人,看似是她技高一筹,却在最后被夏想轻轻一拨,成功地利用杜双林被打一事,不但挽回了局面,还连带不轻不重地给了刚才三个人难堪。

张淑英又羞又怒,扬手打了张信颖一个耳光:"闭嘴!这里没有你说话的份,立刻回家给我反省去。"

"姑姑……"张信颖万万没想到张淑英会当众打她耳光,在她看来,没有子女的姑姑一向疼爱她如亲生女儿,骂她一句都不舍得,更别说动她一根手指,不想今天当着这么多人的面,狠狠打在她的脸上,她只觉得羞辱、难堪、无地自容,捂着脸放声大哭。

"还不快滚!"张淑英余怒未消。

县委会议如期举行,会上张淑英代表市委组织部宣布了李丁山的任命,李丁山正式接任坝县县委书记一职。按照惯例,她少不了再高调地来一番讲话,只是刚刚发生了张信颖事件,她心情全无,只是简单说了几句,就将话筒交给了李丁山。

李丁山也没有多说,只是照例说了一番套话,他感谢市委市政府的信任,一定不会辜负市委市政府的重托,等等。会议很快结束,张淑英心中有事,谢绝了李丁山的挽留,说是要返回章程市。不过大家都知道,她肯定是要私下里看望张信颖,众人的目光各有不同,有的事不关己,有的幸灾乐祸,也有的忧心忡忡。

耐人寻味的是，平常关系一般的吴英杰和杜双林现在却凑在一起，不时说笑几句。再看坐在正中的一脸淡定的李丁山，再想到刚才在外面他和夏想天衣无缝的配合，不管是不是愿意承认，大家都心里清楚，坝县将会迎来一个全新的局面，一些力量将会重新组合，或许用不了多久，就会因为各个力量的碰撞而产生巨大的冲突。

还有一点，所有人都记住了夏想的名字，一个年轻得不像话的县委书记秘书，尽管他现在还没有任何级别，但在所有县委常委的眼中，夏想是一个让人绝对不容忽视的人。

几天后，李丁山已经完全适应了县委书记的身份，夏想也作为他的贴身秘书，为他整理文件、安排日程等，也理顺了手中的工作。贾合平常就在司机班上班，作为县委书记的专职司机，开坝县一号车的他受到司机班全体司机的尊敬，只要一上班，就有人殷勤地倒水递烟，让他的自尊心得到了极大的满足。

除非李丁山出行，县委其他领导都不敢劳动贾合。而李丁山刚刚上任事务繁忙，整天忙着熟悉县委的一大摊子事儿，又要接见许多汇报工作的县局头头，忙得不可开交，根本没有工夫出去。贾合倒成了三个人中最悠闲的一个。

不过他的好日子没过几天，就被夏想指使到离县城二十公里外的贾寨乡调研，实地查看当地的庄稼种植情况。贾合本来就是在农村长大的，对于农民种庄稼的事情还算熟悉，很快就弄清了情况，回来给夏想一说，果然和夏想猜测得相差不多。

夏想心中就有了主意，决定等时机成熟时，再向李丁山汇报。

吴英杰和杜双林的靠拢在意料之内，在交谈中吴英杰有意无意地交了底，原来他是胡增周的人。在得到了李丁山的信任之后，吴英杰将坝县的情况简单罗列了一下：十一名常委一共分三派，以常务副县长刘世轩为首的本地派，包括组织部长黄鹏飞和副县长兼公安局长王冠清。虽然王冠清不是常委成员，但他担任公安局长多年，几乎所有派出所所长都是他一手提拔的。刘世轩、黄鹏飞和王冠清都和张淑英来往密切，虽然说是本地派，但并非他们都是坝县人，而是指他们在坝县扎根多年，有这样那样盘根错节的关系。

如果说本地派都是本地人，那么中间派就是一个混合派系，既有本地人，又有外地人，以副书记郑谦为首，包括政法委书记王全有、武装部长郭亮和宣传部长杜双林。中间派严格来说并不是抱团，只不过他们既不帮本地派，又不得罪外来派，只顾自己埋头发展。和外来派最大的区别在于低调，中间派并不培植自己的势力。

最后的一派就是外来派了,包括县委办主任吴英杰、副县长赵建苏和纪委书记杨帆。外来派都是外地人在坝县工作,来自外县或者由章程市直接下派,共同特点是进取心强,既想做出实事,又想造福一方,将政绩和升职挂钩。外来派因为要实现抱负,必须要用可用的人,就不可避免地与本地派产生矛盾。

李丁山知道吴英杰也算交代了一些实情,上述情况三天前在他和夏想深谈时,已经基本上得出这些结论。而且将常委中的一些人加以分类,和吴英杰所说的相差无几,只不过没有吴英杰亲身体会得出的结论真实可信。

但正是因为猜测也能推断出八九不离十的结果,而且在和李丁山谈话的过程中,夏想思路清晰,条理清楚,将所有常委的名字和长相记得丝毫不差,还能根据他们的说话语气和这些天前来汇报工作的次数,做出了一个简单的推论。并且他还详细地分析了谁该拉拢,谁该冷落,谁该保持距离,谁必须打压,让李丁山不得不感叹,夏想简直天生就是做官的料,就像他在对付张淑英和张信颖时,既懂得造势又知道借势,而且事先还将刘河摘出,正是各个击破之计,真是老辣过人的手段。

李丁山越想越觉得他很幸运,有夏想在身边帮他,比起只会施展一些粗劣手段的文扬不知强了多少倍。想到文扬,他又想起和夏想交谈时,说到文扬居然拉来了风险资金,他也颇感惊讶,不过惊讶过后也并没有多想,毕竟他已经决定从政,公司以后是好是坏与他都再也没有关系,他也不会非要恶意地想让公司衰败下去才好。

李丁山本质来讲还算是个大度的人,尽管有时有些不够强硬。

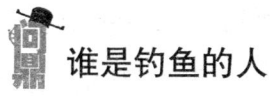 **谁是钓鱼的人**

李丁山和夏想都不知道的是,文扬之所以能够主动得到风险资金的投资,是因为宋朝度的关系。宋朝度在暗中将风险资金介绍过来的时候,又通过某种隐晦的方式,帮助高建远和文扬之间建立了联系,等于免费奉送了高建远一份大礼。因为就以高建远见便宜就要插上一手的性格,在得知液晶大屏幕项目有利可图时,不去索要一些股份,他就不是高成松的儿子了。

有时候天上掉馅饼的好事的背后,也许会隐藏着一个巨大的旋涡。表面上看馅饼香喷喷非常诱人,卖相也好,也许口感也是一流,但无人知道馅饼的肉馅之中,是不是掺杂着很难被检测出来的慢性毒药。

官场之上,能够坐到宋朝度这个位子,都不是简单人物,谁也不甘心束手就擒。只不过有人反应激烈一些,有人做事隐蔽一些,还有人喜欢静静地躲在背后,放长线,钓大鱼。

对于吴英杰的投靠,李丁山是持听其言观其行的态度,和夏想的看法一致。要是吴英杰提前几天表示依附,早早说出坝县的人际关系,而不是等他们得出分析结论之后再来,肯定会在李丁山心目中的分量大增。现在才来,在李丁山心中已经有了事后诸葛的鸡肋之感,认为吴英杰犹豫不定,观望了一段时间才下定决心。

不过夏想却并不这么认为,因为在他看来,吴英杰倒不是不想第一时间前来表明态度,而是吴英杰也有意端端架子,不想让人觉得他过于急功近利,也想选择一个合适的机会,等李丁山一筹莫展之时再乘机出现,会有事半功倍的效果。只是他没有想到的是,夏想早就将坝县的人际关系看出了七七八八,当然这也不能怪吴英杰,他也不会想到夏想是怎样的一个怪才级的人物。

也并非全是出自夏想的凭空猜测,其中也和他几天来,以看望杜双林伤势的名义为由,和杜双林接触较多有关。尽管杜双林话不多,有时也只是点到为止,但以夏想的聪明,也是一点就通。夏想也知道杜双林身为本地人,就算和刘世轩走得不近,也不可能和李丁山走得太近,毕竟他是土生土长的坝县人,而且年纪也大了,估计也绝了升职再到外地为官的心思。所以他也不能和本地的官员关系太僵,正是因此,也要和李丁山保持一个微妙的距离。

李丁山也不想初来坝县,就大动干戈,调整人事打压异己,不听话的人也要看情况再说,贸然硬干是莽撞的行为,而且他也没有打算将坝县经营成铁板一块,不说沈复明身为市委书记不会同意,就是胡增周也不会容忍他这么干。为官者的大忌就是试图将治下变成自家的后花园,顺我者昌逆我者亡,毕竟铁打的官衙流水的官,越是将一个地方经营得水泼不进,等他调走之后,反弹越厉害,后遗症越多,有时反而后患无穷。

当然李丁山也有自己的政治抱负,肯定要推行他的执政理念。到时真要遇到巨大的阻力,触动了一些人的利益,而引起他们的阻挠的话,他肯定也不会妥协,肯定也会动手,不过不是现在,而是要徐徐图之。用夏想的话来说就是,分化一个,打击一个,不让他们有抱团的机会。

夏想一直遵守着一个秘书的本分,在一旁听吴英杰向李丁山汇报,却不开口说话。李丁山不是浸淫官场多年的官员,自有他的行事方式,心中也是觉得夏想什么都好，就是过于谨小慎微了些，在他面前也是不经允许不会主动发表意见。在他说过夏想几次之后，他依然不改变，李丁山只好无奈地作罢。

李丁山借夏想倒茶的机会，站起身来，伸手遥遥递给吴英杰一支烟。吴英杰急忙起身，一脸受宠若惊的样子捧在手里，脸上笑开了花："沾沾李书记的光，吸吸好烟。"

看到李丁山向他使来了眼色，夏想知道他想让自己问吴英杰一些问题，李丁山不是不方便说，也是想借他之口考验一下吴英杰。他心领神会地笑了笑，又给吴英杰继了水，笑道："吴主任是不是故意考考我的记性，刚才说是十一名常委，除了李书记之外，还剩下十名，您好像只说了九个，人数是十人，但有一人不是常委，对，是王冠清局长，所以好像还漏了一人？"

吴英杰脸上闪过一丝尴尬，随即又恍然大悟地说道："对，忘了石县长了……"

石堡垒如此重要的人物，你怎么会忘记？夏想也不点破，将茶杯端起："吴主任，请喝茶……石县长老成持重，看上去就让感觉值得信赖。"

吴英杰手一抖，差点没接住茶杯。

要说所有的常委之中，最让夏想看不清楚的人，就是石堡垒了。

石堡垒在上一次的冲突之中，自始至终没有表态，以一副旁观者的姿态冷眼旁观，不动声色的样子让人猜不透他的真实想法。再后来他也和李丁山有过几次接触，说是汇报工作，就完全是汇报工作的态度，不卑不亢，既没有刻意讨好李丁山，又没有摆出一副各自为政、各管一摊、党政分开的姿态。

06 处处暗流

如何将优势最大化

"其实要想得到确切的消息也不太难,李书记在京城关系广,如果在京城的旅游局、交通局中有熟人,就可以打听出来有没有相关项目的立项。"

夏想抛出这句话,就是为了体现李丁山背景关系的复杂,这也是人脉广的好处。换了普通的县委书记,怎么可能能将手伸京城中去?

李丁山听了之后,脸上就露出了会心的笑容。

按说石堡垒不远不近的态度也算正常,挑不出任何问题。但问题就是他表现得太镇定了,一点也没有因为李丁山的到来而表现出哪怕一点点的异常,比如,和哪几个常委走得近一些,主动向李丁山示好或者示威,暗中制造一些小麻烦来试探李丁山的反应,等等。这些统统没有,他就像没事儿人一样,正常上下班,该汇报的汇报,不该汇报的绝对不来打扰,平静得就像一潭死水。

一般能有这种举动,能够做到不动如山的人,要么心胸宽广,想开了一切;要么心机深沉,伺机而动,等待最佳时机。夏想宁愿相信是后者,他不想因为轻视石堡垒而在关键时候,被他一击毙命。

吴英杰落下石堡垒没说,夏想知道以他的精明绝对不是忘了,而是有意隐瞒。究竟有什么好隐瞒的?除非是吴英杰以前和石堡垒走得比较近。

县委办主任和县长关系密切也不足为奇,政治上的团结,从来就不分党政。

谁也不能禁止吴英杰以前和石堡垒关系好不是?也不能因为县委办主任

以前和县长关系密切,就被书记排斥。夏想对于吴英杰及时向李丁山靠近没有想法,人向高处走总是没错,况且李丁山也并不想和吴英杰绑得过紧,只是他对吴英杰故意隐瞒石堡垒的小小伎俩颇感兴趣,想从他嘴中得出一些有用的东西。

吴英杰拿稳了茶杯,有些心虚地看了李丁山一眼,发现李丁山似乎没有发现他的失态,正站在窗户处向外观望。他定了定神,轻轻抿了一小口茶,还不忘向夏想点头谢意,站起来说道:"石县长很能干,也有魅力。我和他接触不多,对他的了解也很少,只知道他是章程市人,早先一直在章程市的老书记身边当秘书,后来从副乡长干起,一步步走到今天,担任坝县县长已经两年多了……"

吴英杰只字未提他和石堡垒的关系,多少让夏想有些失望。

"坝县太穷了……"李丁山没有兴趣再谈吴英杰的事情,如何改变坝县的贫穷现状才是他最迫切需要关心的问题,"不亲自实地看一看,不知道天底下还有这么穷的地方。这里交通不发达,物产也少,由于寒冷,农业也不发达。说是要发展旅游业,先不说能不能拉来投资,就算有人肯投资,也得有人前来旅游不是? 路不好走,哪里还有游玩的心情?"

李丁山熟悉了坝县的现状之后,又完全进入了县委书记的角色之中,才知道除了人事上的倾轧之外,还有发展经济造福一方的现实困难。

坝县说起来离章程市一百多公里,章程市离京城也有一百多公里,但实际上坝县离京城的直线距离也只有一百三十多公里。当然,交通问题不是简单地依靠地图上的直线距离,画一条直线就可以解决的。

京城和坝县之间的群山,属于太行山脉的一部分,名叫三山。夏想知道坝县和京城之间,有一条位于崇山峻岭之间的山路,因为山路弯弯,而且又狭窄,再加上极少有人从京城直接前往坝县,所以知道这条路的人不多。一直以来,这条小路隐藏在群山之间,成为连接大山之中各处山村的交通要道。

"夏天的坝县清爽怡人,可以大力宣传草原游、避暑游。冬季的坝县冰天雪地,可以非常方便地建造成天然的滑雪场,一样可以吸引大量的京城游客。坝县离京城并不遥远,并不一定非要将目光紧盯章程市,非要从章程市绕远去京城。我们可以充分利用自身的优势,天然的资源就是无尽的财富,只要路一通,只需要付出极小的代价,就可以获得丰厚的回报。"

"夏想你大学毕业后一直待在燕市吧?"李丁山听了夏想所说的话,久久无语,突然开口问了一句题外之话。

"是的。"夏想可以猜测到李丁山心中的震惊和不解。

"那你刚才所说坝县的旅游资源也好,京城到坝县之间的山路也好,这些事情你都是从哪里知道的?"李丁山毫不掩饰他脸上的疑惑。

"在知道要和李书记来坝县之前,我专门上网查了不少关于坝县的资料。"

李丁山的冰山一角

"其实要想得到确切的消息也不太难,李书记在京城关系广,如果在京城的旅游局、交通局中有熟人,就可以打听出来有没有相关项目的立项。"

夏想抛出这句话,就是为了体现李丁山背景关系的复杂,这也是人脉广的好处。换了普通的县委书记,怎么可能能将手伸京城中去?

李丁山听了之后,脸上就露出了会心的笑容。

"夏想,在我身边当秘书,还是委屈了你。说真的,上次高海还想把你调到他的身边,我没有答应,是不是有点霸道了?"李丁山倒没有试探夏想的意思,他说这话完全出自真心。

李丁山的为人夏想自认还算了解,他真心实意帮助李丁山,一是看重他的人脉和关系网,二是要借他的势从此走向仕途,三是李丁山是一个重感情值得深交的朋友。尽管他也有心软和优柔寡断的缺点,但人无完人,在夏想眼中,李丁山对他的绝对信任,是他可以在他身边大展手脚的最重要的前提。而且只要是李丁山认可的人,他一向持容忍和宽容的态度,贾合在他身边五六年,一直对他忠心耿耿就可见一斑。

高海的位置虽好,但高海未必如李丁山一样对他百分之百的信任,而且他和高海之间也没有一种同舟共济的感觉。所以李丁山提出这个问题,夏想根本就不用考虑,说道:"李书记多虑了,从开始劝您从政,就打算和您一起下到县里,不管条件好坏,只要您不嫌弃,我就会在您身边,为您出谋划策,尽自己所能。高秘书长对我的赏识只是看重我当时灵光一闪的想法,但真要长久相处,还是人与人之间同舟共济的感觉来得真实。"

李丁山明显愣了一下,随后又笑了:"小夏,我还真没有看错你。也是,我们一起来到坝县,你说的好,就是同舟共济。既然如此,有些事情你知道了,比不知道要好……"他起身轻轻关上办公室的门,然后又示意夏想坐下,说道,"你知道宋朝度为什么要花大力气运作,非要让我从政,来当一个县委书记?"

夏想想的是宋朝度是为自己考虑后路,他看重的是李丁山在京城的人脉和在媒体圈中的影响,却没有想到还有更深层次的原因。

"恐怕你也知道我的婚姻出了问题……我的前妻一直希望我从政,希望我能当上省部级高官,可惜当年我的志向却是要当无冕之王的记者,为此没少和她争吵。随着我的年纪越来越大,她想让我从政的心思却越来越强烈,好像我不当高官就配不上她一样,结果在几年前,我们的婚姻到了头。"李丁山大口大口地抽烟,可以看出他的心绪非常不平。这也是他第一次向夏想吐露心声。

向一个比他小近二十岁的年轻人说心里话,他心中多少有些别扭,不过不说又不足以让夏想知道事情的始末,所以只有借升腾的烟雾来掩饰一下。

夏想也知道李丁山说出这番话很不容易,婚姻问题可能一直是他心中的痛,所以他一直隐藏得很深。今天能当着他的面亲口说出,也是对他完全信赖的表现。他沉默地坐在一旁,看到李丁山脸上隐隐流露出痛苦的神色,心里也微微有点酸痛,因为杨贝的背叛深深刺激了他。

难道每个男人的心里,都有一个令他伤心的女人?

"其实我能走到今天,全靠她的父亲在背后支持。她的父亲是前燕省书记,虽然我和她结婚时,她的父亲已经退了下来,不过他老人家为人高风亮节,不仅在燕省德高望重,就是在京城也有许多高官受过他的恩惠,所以他老人家的影响甚广。我进入国家级报社,出任记者站站长,明里暗里都得益于他老人家的面子。虽然我和他女儿离了婚,但他老人家对我还是一如既往,只要我开口,他肯定会尽他所能帮我。"

李丁山笑了一笑,目光中闪动的光彩有感激,有回忆,也有感动,"宋朝度知道只要我一入仕途,就算我不开口,我的前妻知道了,也会主动找我。她不是不爱我,而是怨恨我不听她的话。我当初和她的根本分歧就在于是不是从政,既然现在我改变了主意,在她看来,我和她之间的隔阂就没有了,她也放不下以前的感情。再说老头子知道了之后,也会趁他影响力还在,为我暗中做一些铺垫……小夏,你现在知道了宋朝度的真实意图了吧?"

夏想震惊得说不出话来。

他原先也不是没有猜测过李丁山是不是还另有背景,却不知道原来问题的症结在他的前妻身上。夏想不知道是该替李丁山无奈,还是该替自己庆幸,这一次紧跟李丁山,原先只看到他背后的媒体关系,却没有想到李丁山本身也有惊人的背景。

只是他不敢肯定,一个退下来的省级高官,又不是国家级领导人,而且听李丁山的口气已经退下来好多年了,还有没有影响力尚在两可之中。

怪不得宋朝度一直竭力推动李丁山从政,却原来在于李丁山的背景,也有势可借。他借机将他和李丁山绑在一起,只要李丁山从政,不但李丁山的前妻会感激他,李丁山的仕途也会和他息息相关,到时李丁山的老丈人只要出手帮李丁山,就等于间接帮了他。

宋朝度果然是深谋远虑之人,夏想想通此节,不由对宋朝度的佩服又加深了一分。不过要是让李丁山知道液晶大屏幕的风险资金也有宋朝度的影子,不知道他会惊愕到什么程度。

夏想暗暗下定决心,一定要用心做好秘书的本职工作,为李丁山成功升迁打好每一步的基础。不仅是为了他将来的仕途能够走得更长久一些,也为了李丁山对他的一份沉甸甸的信任。

"我告诉你这些就是想提醒你一下,宋朝度和我是同学不假,他对我一向照顾也是出自真心,但是官场上的事情都是互相借势,要是你无势可借,又不能给对方带来切实的利益,照顾一两次也许可以,再以后还是要靠自己的努力。"李丁山也不知道自己为什么就动了心思,突然之间就将许多私密的事情和盘托出。难道仅仅是因为眼前的年轻人真心实意地帮助自己?还是因为他年纪轻轻就有锐利的眼光和惊人的布局能力?

或许都是,或者都不是,只是他需要一个值得信任的人说说他心中的所想罢了。

夏想心里清楚,李丁山身后庞大的关系网和人脉,在他眼前刚刚展现出来的,也许只是冰山一角。

实地考察

夏想只有沉默地点头,李丁山向他说出隐秘的事情,证明他在他心目中已经是可以绝对信任的人,再加上他又可以帮他出谋划策,应该说,现在李丁山对他的信任和倚重已经超过了贾合。眼下得到了李丁山的绝对信任,也许是时候向他提出曹永国的事情了,夏想心中有了决定。

"李书记,我们来坝县也有一段时间了,一直还没有机会下去看看,正好今天有空,要不到乡里去转一转?出去散散心也好。"夏想见李丁山情绪有点低落,就提议说道。

"好!"李丁山不假思索地就同意了,"早就听说坝县的草原非常漂亮,既然我们要发展旅游业,自己不亲自看上一看,怎么能说服别人?走,叫上贾合,我们一起去。"纸上得来终觉浅,不实地考察一番,总有雾里看花的感觉。

贾合接到夏想的电话,听说李丁山要出门,当即兴冲冲地开出县委一号车,收拾得干干净净来到楼下等候。说起来他亲眼看到夏想迅速和李丁山接近,并且代替了他成为李丁山最信任的人,心里多少有些不平和不满,也感到有点失落。不过他和夏想住在一起,每天晚上夏想都会讲一些县委的事情给他听,一开始他还感点兴趣,后来听到了其中言语交锋和钩心斗角,渐渐就失去了兴趣,等夏想再讲这些事情时,他就岔开话题,说起其他有趣的事情。不是他不想和夏想讨论县委大院的是是非非以及如何发展坝县的经济,而是他根本就听不懂,也不知道那么高深的问题。

贾合的心也就慢慢平复下来了,心中的埋怨一点点消失。如果他有夏想的头脑和眼光,李丁山一定也会重用他信任他,事事和他商量,可惜他没有,这事怪不得夏想,更不怪李书记。再说李书记还是在夏想的劝说下才改变了主意当上了县委书记,换了他,根本就没有这个能力说服李丁山从政。而且他现在在司机班里过得也很舒坦,比起以前在公司时不知好了多少倍,有一帮人天天巴结他,请他吃饭,把他当成中心,他也非常享受这种飘然的感觉。

县委一号车是一辆老款的丰田,车况还算不错,贾合十分灵活地操控着方向盘,一路向北进发。夏想坐在他的旁边,问他一些在司机班上班的情况,他沾沾自喜地将他所受到的优待说了出来,最后还感慨地说道:"等以后李书记当了市委书记、省委书记,我是不是大小也算个官了?"

车速不快,顶多六七十公里,不过这一段路况实在太差,车内晃动得厉害,李丁山冷不防地说道:"小贾,开慢点,没有催你赶路,开那么快干什么?"

李丁山的口气有点生硬,贾合跟了他这么多年,知道他肯定是哪里不满,忙问:"李书记,我是不是哪里做得不对?你直接批评我,你也知道我脑子笨,有时候想不到,也猜不出来。"

李丁山叹了一口气,看了夏想一眼,心想:什么时候贾合能和夏想一样,时刻都能把握好分寸就好了。不过他也知道这是强人所难,不是所有人都有透过现象看本质的悟性。

"平常和别人吃吃喝喝也就算了,记住不许以我的名义做什么违法的事情,更不能收别人的礼,替别人开口求我办事!"要是夏想,李丁山甚至不用点明,只需要暗示一下即可,但对于贾合,必须说得清清楚楚他才明白,才能记在心里。

"我知道了,李书记,我不会给你丢人的。"贾合一口答应,扭头看了夏想一眼。夏想笑笑,拍了拍他的肩膀。有些话不能说得太明,他相信贾合知道他们三个人是同舟共济的关系,任何一个环节出了疏漏,就会有沉船的危险。

二十公里的路程很快就到了,来到了夏想让贾合来过几次的贾寨乡政府所在地——贾寨村。说是乡政府所在地,其实就是一个大村,山路穿村而过,两侧全是低矮的农房,稍好一些的是红砖房,差一些的是蓝砖房,甚至还有土房,街上有三三两两聚在一起的人群,也不知道在说些什么。

一个干瘦的小女孩瞪着一双惊恐的大眼睛,直愣愣地看着夏想他们,眼神之中除了惊慌之外,空洞无物。一条黑毛狗,瘦得皮包骨,夹着尾巴在一堆垃圾中找东西吃,还不时抬头看几眼,有气无力的样子。

再看远处,是起伏不高的小山,山间夹杂着碧绿如玉的草原。现在正是草木丰盛的时候,风一吹,草原如波浪一样起伏,是绿色的海洋,天然的宝藏,只是没有路,宝藏也只能藏在深山无人识。李丁山看到眼前的情形,更加坚定了要为老百姓们做点实事的决心,心里沉甸甸的,像是压了一块石头。

李丁山的心情突然变得迫切起来。

"小姑娘,你叫什么名字?"夏想本来招呼小女孩一声,好问她几句话。不料他话一出口,小女孩就受惊一样转身跑了,还不时回头看上几眼,好像看传说中的大灰狼一样。

小姑娘一跑,就惊动了几个围在一起说话的大人,几个人围了过来。其中一个三十多岁的黄牙男人咧开嘴笑了笑:"观光客?哪个大城市来的?这穷山沟有什么好看的,光长草不长庄稼。"

夏想见李丁山没有开口的意思,就问:"草长得这么高这么壮,可见土地肥沃,应该能长好庄稼才是。"

"呵呵……"

"哈哈……"

几个人一起笑了起来,黄牙说道:"一看就知道你是城里娃,能说出长草就长庄稼的话来,从书本上看来的吧?"黄牙的笑中还有那么一点不屑的味道,"草可比庄稼好活,好长,那玩意儿生命力惊人,不用伺候,自个就能长得高高的,冬天下雪一冻,地面上的一截死掉了,草根还活着,明年春风一吹,就又活了……"

小女孩不知何时又跑了回来,躲在大人背后稚气地念道:"野火烧不尽,春风吹又生。"

黄牙训她:"大人说话,小孩子别捣乱,小丫,打醋去。"

"几位稀客来到我们这穷地方,有什么事?"旁边一个老农模样的人,一边磕着旱烟,一边拿眼睛瞄三个人。

不太明朗的前景

夏想递上一根烟,说道:"就是想看看草原的美景……不过我也纳闷了,能长草的好地,为什么就不能长好庄稼?"

老农看样子有五十多岁,牙都掉了几颗,一笑起来就和掉牙时的小孩子差不多,看上去有点滑稽,不过他说话时的样子却一脸认真:"好烟呀?好烟就抽一根,一般时候也摸不着这么好的烟。小年轻,这草原也没啥美的,就是草多蚊子多,以前还养马,现在不养马了,就成了一片片的草地。不过要是翻过前面那个山头,那里有一个山洼,山洼里的草长得好看,草里面有花,有名的没名的,多得很,和草长在一起,漂亮着呢……"

老农抽了一口烟,美滋滋地打开了话匣子,说个没完,夏想忙打断他的话,怕他越扯越远:"老人家,为什么能长草,不能长庄稼?"

"庄稼能长是能长,不过长不好,而且这地方也不长好庄稼,像小麦、棉花、水稻、玉米,都不长,主要是白天太热,晚上太凉,一般的庄稼种不活,就算能种活也长不好,所以这里就穷得叮当响。"老农好像在说别人的事情一样,一脸陶醉的神情吞云吐雾,腆着脸伸出手,"再给一根烟,行不?"

夏想将手中的半盒烟都塞到他手里:"那这里都种一些什么农作物?"

老农喜不自禁:"都给我?"见夏想点头,一把把烟抢在手里,紧紧攥住,高兴得不得了,"这一盒得好几块吧?发了,回去得藏好,别让二蛋看见了跟我抢……对了,小年轻问我长什么庄稼对不?就长土豆、莜麦还有甜菜,反正没什么值钱的东西,正好一年到头也够吃了,饿不死。"

老农不好意思地露出豁牙:"那啥,小年轻,我去藏烟了,不能陪你聊了……"捂着烟飞快地跑了。

夏想哑然失笑。

黄牙凑了过来,眼馋地说道:"还有烟不?我也挺能说的,好烟孬烟,来一根就成。"

贾合在旁边递过一盒烟,夏想没有把一盒给他,抽出两支:"怎么不种白菜?"

"白菜？"黄牙将两支烟抓在手里，一支点上，一支放在耳朵上，"种那玩意儿干啥？有土豆吃就行了，白菜不好吃。主要是吧，这地方太冷，白菜就得秋天种冬天收才好吃，在别的地方下雪的时候，白菜正好长熟，然后收了就可以存起来过冬，这里不行，白菜还没熟就冻死了……"

"不会提前种上，不到冬天就收了它？"贾合不知道夏想问这些做什么，但他从小在农村长大，知道种白菜的事情。

"不行。"黄牙知道烟是贾合给的，所以对他也是一脸讨好的笑容，"那样种的话能长大，也能熟，不过难吃得很，白菜是菜，不好吃的菜谁种它，又不是粮食？要吃菜的话，还不如种土豆。"

贾合结合他在农村生活的实际情况，上愁地说道："怪不得这么穷，这家伙，没好地，气候不行，农民能有钱才怪？像我们那里，可以种棉花卖钱，还可以种小麦、玉米、大豆、芝麻，种什么长什么，吃菜的话，种韭菜、茄子、西葫芦、葱、白菜，要啥有啥，还可以种苹果树、桃树、杏树，家家每年粮食都吃不完，菜也足够，再靠卖棉花赚点钱，起码比这里好过多了。"

李丁山还不清楚夏想详细地问这些事情做什么，他心里现在只有如何发展旅游，心无旁骛，对夏想刚才的问答并没有往心里去："夏想，我们是不是去山洼里看一看？"

夏想了解李丁山迫切的心思，点点头，问黄牙："去山洼该怎么走？"

黄牙看了看三人开的车，一脸为难地说："车过不去，路不好走，要是人走过去的话，得半天的时间，而且你们城里人怕是走不了那么远的路，得骑马过去。"

夏想倒是会骑马，他扭头去看李丁山和贾合，贾合拍拍胸膛说道："我当兵的时候啥都学过，骑马是小事一桩。"

李丁山也笑："没问题，我以前也骑过马，会骑。"

黄牙高兴地一拍大腿："这就得了，我去牵马，得有人陪你们去，要不迷了路就坏了。这马好说，就当白跑腿了，我跟几位贵客跑一趟，能不能换盒烟抽？"

不一会儿，黄牙牵来四匹马，两黑两红，体型健美，颈较厚，蹄质坚实，眼大有神，耳直立，结构匀称、紧凑，贾合一见不由赞不绝口："好马。这马结实有劲，又能冲又有耐力，综合素质高。"

四人骑马向北行进，黄牙还真姓黄，不过叫黄海，他是土生土长的坝县人，一辈子去过的最远的地方就是县城。夏想介绍他们三个人时，就让黄海分别以小夏、小贾和老李相称，不过黄海倒有眼色，看出来李丁山有点来头，就一口一个"李大哥"。

其实从贾寨村到山洼也并不太远,充其量也就是五六公里的路程,不过几乎全在长可没膝的草丛中行走,说是有路,根本就是无路可走,幸好骑着马,深一脚浅一脚地走得还算不慢。

"小贾还懂马?看不出来还是个行家。"黄海看惯了草原上的景色,不像夏想和李丁山一样,双眼放光,极目四望,不停地指指点点,落在了后面,他和贾合在前面开路,就没话找话。

"谈不上懂,就是以前当兵的时候了解一点。你们这马是杂交的吧?耐力又好,估计劲也大,看样子是既能驮东西又能干农活,是不是?"

"没错,眼光真准。我们这儿的马就是和蒙古马杂交的,比蒙古马劲儿大多了,一个顶俩,又不比蒙古马跑得慢,都是当当的好马。家家户户都养一两匹,用来干活骑着上草原什么的,顶个小吉普……"黄海十分健谈,和贾合聊得十分投机。

草原的景色美不胜收,顶着烈日走在阳光下,也不觉得身上燥热。夏想和李丁山骑马并排而行,天地之间一片空旷,除了马蹄的声音和风吹过时沙沙的声音,安静得惊人。长长的草不时打在腿上和马腹上,别有一番情趣。

"这草原旅游,除了骑马和欣赏草原美景之外,还可以在草少的地方平整一大片空地,建几个蒙古包,再搞一些射箭比赛的项目,应该可以吸引不少人的游兴。除了这些之外,夏想,你还有什么想法?"李丁山本来一直在安静地欣赏四周景色,快要走到山洼的时候,突兀地问了一句。

好一手生财之道

草原游可以游玩的项目有很多,但也是随着经济的不断发展才慢慢涌现出来的。比如说在草原中建造一处巨大的跑马场,里面既可以跑马,又可以射箭、烧烤以及篝火晚会,等等。再有许多蒙古包可以住宿,体验一下草原生活。

再以后,在跑马场周围就可以建造一些农家小院,提供农家乐美食,接待各地游客,逐渐地发展成好玩、好吃、好乐以及放松心情的度假村性质的草原游。不过现阶段最现实的还是以草原美景为由头,大力鼓吹走近草原、亲近自然的生态游为好,其他的后续项目,会随着游客的增多,慢慢地自行发展起来,要是一步到位,就有可能带来拔苗助长的不良后果。

李丁山的心情有点迫切呀。真要在坝县做出一番成绩,没有两三年是不可能见到成效的,夏想心中有些感慨,李丁山的缺点和优点同样突出,遇事容易急躁,凡事爱操之过急。

"李书记,草原太大了,不一定所有的景色都能收入眼底,要想一日赏尽草原美景是不可能的,我们现在是走马观花。但游客来了,不是人人都敢骑马,大部分人来草原游玩,还是图个新奇,图个热闹。所以我觉得一开始就先建一个草原度假村,等以后游客多了起来,名气响了起来,其他商人见有利可图,不用我们主动去找投资,投资也会主动找上门。"

夏想的意思很简单,就是在开始时,把有限的精力和资金用到一处,树立一个样板。只要见了效益,以后再发展新的度假村就会事半功倍,远胜过在困难时期找投资。

李丁山点点头,没说话,心里却赞叹不已,夏想真不简单,看问题比他还要长远一些,而且总是一副胸有成竹的样子,不急不躁,真不知道他的脑子是怎么长的。

前面是一处山坡,骑上山坡,顿时觉得眼前豁然开朗,犹如一大片五颜六色的地毯掩饰在山坳之间,入眼之处,是鲜花和绿草的海洋。无数不知名的小花迎风怒放,夹杂在绿草之中,草绿花艳,五彩缤纷,令人目不暇接,好一片美不胜收的如画风景。

李丁山高兴地说道:"这么好的地方不开发成旅游胜地,简直就是暴殄天物。小夏,我们今天算是来对了,不虚此行,不虚此行呀,哈哈……"

夏想也被眼前的美景所震撼,睁大了眼睛,半晌才说:"真美,真漂亮,用言语无法形容。可惜这么漂亮的风景一直藏在深山人未识,不但是坝县人民的遗憾,也是全国旅游爱好者的一大损失呀!"

黄海听出了点味道,脸上露出胆怯的神情:"你们是县里的官儿?"

"不是,我们是记者,想写一篇关于草原风景的报道。"夏想随口编了个谎话,不过他看出黄海神色不对,又问,"怎么了,难道县里的官儿还常来乡里?"

"不常来,要是常来就坏了,非得让他们折腾死不可。"黄海愤愤不平地说道,忽然又一脸紧张地问,"你们真是记者?可不要报道我说的话,要不我就没好日子过了。"

"怎么回事,说来听听,我们替你保密。"李丁山动了心思。

黄海还故作神秘地四下张望几下,夏想扔给他一支烟,几个人都下了马,站在花草之中。

"行了,别装了,这里就我们四个人,你看什么看?"夏想取笑黄海,在他肩膀上打了一拳。

黄海还就吃这一套,一脸谄笑地点上烟,点头哈腰地说道:"我就是一个老百姓,要是说了别人什么坏话,传到了人家耳朵中,我哪里还有活路?小心行得万年船,是不是……"

听他还要故弄玄虚,夏想伸手去抢他的烟:"不想抽烟了吧?再啰唆,一会儿没烟给你了。"

黄海立马老实了:"嘿嘿,别呀,我说,我现在就说。其实也不是什么官儿常来我们这里,是官儿的儿子常来,他一般一个星期来上一次,一来就要我们给他干活……"

"是谁?让你们干什么活儿?"李丁山一脸不解。

黄海又犯了老毛病,支吾着不说,夏想知道和他这样的人打交道,就得连哄带吓,就眼睛一瞪:"利索点,给你两盒烟,再不说,一盒也没有了。"

黄海嘿嘿笑了:"刘县长的儿子刘河,他每次过来都要我们给他到草原上打兔子吃,当然也不白打,给支烟抽抽什么的。这是小事,农闲的时候大家都自己打兔子吃,都有多余的。刘河,我们都叫他刘总,就是让我们跑山沟里帮他挖口蘑和蕨菜比较烦人,那东西都长在不好找的地方,东西又小,又不好挖,可累人了。"

口蘑和蕨菜可是好东西,在京城和燕市,都是高档菜,价格不菲。尤其是野生白口蘑的营养价值达到野生食品的顶峰,被外国专家推荐为十大健康食品之一。而蕨菜又称长寿菜,它是野生植物,素有"山菜之王"的美称,营养丰富,口感一流。

"又是刘河?"夏想心中一动。

"他让你们替他挖口蘑和蕨菜,给钱不?"夏想猜到了刘河的用心。

"给什么钱?人家可是副县长的儿子,而且还是最高的副县长,听人说,说话比正县长还管用,全县没人敢不听刘县长的话。大家都说,不管是县委书记还是县长,都不是坝县最大的官,坝县最大的官其实是刘世轩。"黄海有了可得两盒烟的保证,肆无忌惮地说了起来。

李丁山脸色不太好看,换谁作为县里的一把手,听到下面的老百姓说县里最大的官是一名副县长,心里多少也会有点不舒服。他可是县委书记,是名正言顺的全县最大的官。

夏想想的却不是名义上的谁大谁小之争,而是另一个发展经济的思路:"你们这里口蘑和蕨菜的产量多不多?"

"多得很,漫山遍野都是。"黄海用手向东方一指,远处除了草还是草,看不出任何不同之处,"一直向东,走上十多里路,就有一个山沟,里面的口蘑和蕨菜有很多,挖不完。不过就是地儿太远,又不好挖,没人愿意干。这东西是不难吃,不过就是一个菜,又不能当饭吃,没什么人当一回事儿,也不知道刘总是图个啥?有人问他是不是卖钱,他还说不是,说他就好这一口。净瞎掰,他一个星期能收两三百斤,别说他一个人,他一家人撑死也吃不完。"

几百斤口蘑和蕨菜,又是纯天然的,即使卖到章程市,每斤也要十到十五元,要卖到京城,每斤就得二十元以上。刘河没有成本,至少能获利几千元,每周几千元,一个月下来就有上万元,好一手空手套白狼的生财之道。

 **牵一发而动全身**

利用信息的不对称,又利用村民对权力的畏惧,仗着他老子是副县长,刘河干的竟然是无本买卖。只可惜苦了这些连烟都几乎抽不起的贫困百姓,让他们充当刘河的免费劳动力。

夏想想起村中那个面容枯黄、眼神无助的小女孩,又想起老农得到一盒烟之后如获至宝的模样,心中不免有些愤怒。刘河也是坝县人,为富不仁到了连父老乡亲都不放过的地步,让他无比愤恨刘河的贪婪。

上一次县委大院的事情过后,刘河倒也主动找过他一次,说是请他吃饭,被他委婉拒绝了。当时他也确实有事,并非刻意推脱。之后刘河也就没有出现过,估计也是没有把他这个小小的秘书放在眼里,认为他出面请他一次,不管他去不去,就已经给足了他面子。

至于张信颖,夏想再也没有听到她的消息,也懒得去问杜双林。在他看来,张信颖幼稚得如同一个不懂事的孩子,娇纵得好像她就是公主一样,也不想想要是她姑姑张淑英在坝县真有足够的影响力,为什么不将她调离宣传部,甚至直接将她调到章程市?既然都没有从宣传部调到县里其他部门,其中的原因就有点耐人寻味了。

不过说起来还真要感谢刘河的眼光,因为他的原因,夏想立刻想到一个可以短时间为老百姓带来好处的项目,他假装漫不经心地说道:"口蘑和蕨菜对我们城里人来说，很少见，也想弄一些尝尝，我给你十块钱，你能帮我挖多少？"

"真给我十块钱？"黄海双眼放光，好像狼见了兔子一样，"不带骗人的，十块钱可是大数，先拿出来看看。"

夏想不忍再取笑他，连十元钱也当成大钱的人，怪不得会为了一盒烟而带上几匹马来陪人，他拿出十元钱一把塞到黄海手中："钱先给你。"

黄海看了看手中的钱真是十元，摸了又摸，急忙装起来，唯恐夏想反悔："你想要多少我给你挖多少！"

回到贾寨村的时候，时候还早，李丁山就想在村中四处转转，等黄海回来。黄海一个人快马加鞭去挖野菜，夏想也没有过多解释，李丁山还真以为他一时嘴馋，想要尝鲜，也没多想其他。他心中气愤的是，刘世轩竟然纵容刘河为害乡里，让老百姓给他当免费劳力。

只不过这件事情可大可小，刘河真要一口咬定他和乡亲们关系好，是人情来往，乡亲们是自愿帮他挖野菜。到时他再买通几个村民统一口径，李丁山也拿他没有办法，这就是本地派官员的最大优势，可以充分利用他们和本地乡亲的熟悉关系。

李丁山没有想到的是，夏想已经想好了整治刘河的计策。

对于整个坝县的形势，李丁山在和夏想几次商议之后，他也算看得比较透彻。先不提强势的本地派代表刘世轩如何躲在背后，准备随时出手，就是态度不明的石堡垒就已经足够让他头疼了，更不用提只求自保的中间派，即使是力求上进的外地派，也是对坝县的现状束手无策，拿不出一个可行的可以改变贫穷面貌的好办法。可以说，坝县是一盘散沙，表面上的和谐掩饰不了内部四分五裂的真相。而且让人担忧的是，真要是推行旅游发展大计，他根本不知道会遇到什么样的阻力。

只是当他在村中转了几转，发现除了沿路两侧可见砖房之外，村里到处是低矮的土坯房后，李丁山背着手，眉头紧锁，心中始终有一个声音在响：为官一任，造福一方，只要能改变这里的贫穷和落后，哪怕让他用一些非常手段也在所不惜。

夏想并不知道李丁山的急躁性格竟然让他有了破釜沉舟的决心，要是他知道，他肯定会劝李丁山改变主意。官场也好，商场也好，最要不得的就是在没有绝对把握时，背水一战，尤其是对想做出一番作为的人来说。有时候必须选择一种表面的妥协，采取迂回之计，看似退让，其实以退为进，而不是硬碰硬最后落个两败俱伤。

夏想三人等了将近一个小时,也没有等来黄海,眼见天近正午,就到贾寨村唯一的一家乡村饭店吃饭。饭店虽然简陋,不过收拾得还算干净。几个人要了一锅炖兔子肉,一盘山野菜,一碟蚕豆。

饭菜品相不好,不过用柴火炖出来的肉,与城里用燃气炖肉的味道截然不同。前者更香更嫩,山野菜和蚕豆味道也不错,让夏想几个人吃了大呼过瘾。贾合一个人就吃掉多半只兔子,后来又要了一只才算够吃。李丁山也是胃口大开,吃得津津有味。

炖肉之中就放着口蘑,李丁山吃了几口,赞道:"味道是不错,比起燕市的好吃多了。这东西不便宜,原来是因为不好采摘。"

夏想没有将他的下一步想法告诉李丁山,是因为不想让他分心,让他先安心做好旅游度假村的事情,其他事情要一步步来,贪多反而误事。他见李丁山脸上不快,以为他还在担心刘河的事情,说道:"其实像刘河这种人,什么地方都有,只不过在坝县表现得更过分一些罢了。因为这里民风纯朴,他软硬兼施,骗老百姓为他免费出力确实有些不地道。这事倒也不必非要和他计较,只要度假村的事情成功,附近的百姓慢慢眼界宽了,知道了干活能赚钱之后,他再想随便压榨就不可能了……李书记,最近燕市有什么消息没有?"

有了新号码之后,夏想也给冯旭光打过一次电话,知道他的超市大体上已经竣工,正在紧张地装修之中,差不多再有一个月就可以正式开张营业,除此之外,一切正常。

在他的设想之中,高建远要是能在三个月之内浮出水面,插足佳家超市,便能让他顺利地进行下一步计划,要是不在预定时间内出现,以前所有精心设计的策略恐怕会付之东流。

高海为人具体如何,夏想还不敢轻易下结论,不过从两次帮他的细节来看,也是闻弦歌而知雅意之人,而且他既然和李丁山关系较好,自然有他的可交之处,值得一帮。

杜村事件和南方一建

"目前倒没有什么特别的事情,高海还在全力协助陈风推行城中村的改造,呵!他现在深得陈风的重用,陈市长许多事情都找他商议,问他意见,不过好像城中村改造遇到了难题……对了,高海还问起你,说要是你回燕市,一定要见他一面。"

夏想有高海的电话号码,来坝县之前也给他打过电话,对他的照顾表示了感谢,也将设计图纸的事情告诉了李丁山。李丁山是乐观其成的态度,心里也没有什么想法,他也知道高海为什么要对夏想高看一眼,就是因为上一次夏想在酒桌上的"酒后戏言"。

城中村的改造遇到了难题。

杜村中有二十多个年轻力壮的小伙子,手持菜刀、铁锹,站成人墙,就是不让推土机过去。陈风带领上百名警察,身着便衣,假装成围观的群众,他以市长之尊只身来到人墙面前,动之以情晓之以理。面对明晃晃的菜刀和铁锹,他没有表现出一点畏惧和退缩,镇静自若地和领头人谈判,结果对方就是死不让步,非要在原有的补偿基础上再加三倍,否则宁死不让。

陈风一连和对方谈了两个小时,对方就是不改口。陈风最后拍拍对方的肩膀说道:"小伙子,我对你已经是仁至义尽了,接下来就别怪我不客气了。"在和对方谈判的过程中,一百多名警察已经完成了对他们的包围。陈风转身一走,警察就一哄而上,将二十多人全部控制住。

事情到此并没有结束,要推倒的房屋中还有一个七十多岁的老头,他大声嚷嚷着,说是谁推倒他的房屋,谁就是杀人凶手,他就是死也要死在老屋里,绝对不迈出门口一步。陈风大步走进屋里,先聊了一些家常让老人放松警惕,然后对他说:"我是市长,老人家,你说说看,要是这片房子不推倒,该怎么样保留才好?"

老人信以为真,以为陈风身为市长,一言九鼎,真的改变了主意要保留老宅,他正有一肚子话要说,就跟随陈风来到院中,对周围的一片房屋指指点点,说出了自己的看法。陈风一边听一边煞有介事地拿出本子记录,他陪老人越走越远,等离开房屋几百米远后,冲身后一挥手:"拆!"

老人又气又急,大骂陈风身为市长说话也像放屁,陈风始终骂不还口,还伸出手让老人打,"老人家,城市的发展必须要有一部分人做出牺牲,也必须有人出来当罪人,被人指着后背骂祖宗十八代。如果在我的能力范围之内,能为燕市的发展做出一点事情,就算被人骂被人打也值了,就算当罪人,我也认了。"

这件事情在燕市流传甚广,不但没人指责陈风霸道蛮横,反而显得他真实可爱,不再是一个高高在上的官僚形象,成了一个有血有肉的人,拉近了他和普通市民之间的距离。几乎所有的人提起陈风的名字时,都不由自主地伸出拇指赞道:"咱们陈市长真是好样的,是个爷们儿。"

不过杜村事件是个隐患,后来陈风也被政敌攻击,说他是野蛮市长、暴力市长、骗子市长,等等,总之将他批驳得一无是处。其实燕市人民都清楚,城中村问题是老大难,阻碍了城市的发展。大部分城中村被包围在高楼大厦之间,设施陈旧,有些甚至排水和排污都没有,一下雨就臭气冲天,严重影响燕市的形象。而且还造成许多丁字路、断头路,甚至有些城中村私自在穿村而过的道路上设立收费点,建立城中村的王国。城中村存在的弊端太多,必须改造,否则还会有严重的治安问题。

这二十多个年轻人之所以气势汹汹地敢和市长公开叫板,是因为有人在幕后指使,指使者就是南方一建。

南方一建是省委书记高成松的老婆景晓影的御用建筑公司。

提起南方一建,燕市乃至燕省所有的建筑公司,不管大小,对它都是咬牙切齿,恨之入骨。

南方一建开始时本来是一家名不见经传的小建筑公司,因为没有实力,在南方当地混不下去,后来不知道托了谁的关系,认识了景晓影。结果得了好处的景晓影就利用手中的权力,几乎将燕市所有的政府投资的工程全部交给南方一建施工。后来又发展到整个燕省,最后导致燕省大小百余家建筑公司倒闭破产或者被收购,就是夏想最初分配到的省三建也被南方一建挤垮。

"什么难题?"夏想想了一想,还是忍不住开口问了出来。

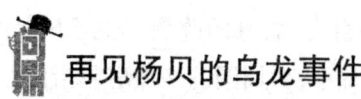
再见杨贝的乌龙事件

"不清楚,具体没说。"李丁山有些奇怪地看了夏想一眼,心道燕市的事情远在天边,你操的什么心?

"李书记,你方便的话给高秘书长打个电话,问问他具体遇到了什么难题?要是再和上一次北大街改造相似的例子,我或许还有新的思路……"夏想尽量说得含蓄一些,上一次的事情李丁山也知道具体的始末。

"也对,怪不得当时高海主动提了一提他工作上的事情,原来在这里打着埋伏,我这就问问他,小夏你学的是建筑专业,对于规划方面倒是触类旁通。"李丁山没有多想,拿出手机就打电话,却发现没有信号,只好无奈地一笑。

夏想拿出他的手机，发现也没有信号，看来是通信的基站在贫困山区的覆盖范围不广。他站起身，心想怎么黄海还没有回来，向李丁山点了一下头，掀开门帘准备到外面透一透气，正低头将手机装到兜里，也没留神脚下，被门口的门槛绊了一下。

夏想猛然向前一冲，只听"咚"的一声，他和一个人撞了个头对头。虽然力度不大，不过头与头相碰还是挺疼，他疼得吸了一口凉气，就见对方"哎哟"一声双手捂头，眼中含满泪水，睁着大大的眼睛，似委屈，似惊讶，又似见到了世界上最难以置信的事情，怔怔地看着他……

夏想揉揉头，还没站稳身子，就觉得眼冒金星，好像无数火花在眼前闪动，又如同往事的烟花一时间全部绽放，在他眼前呈现出一幅至美至纯又令人不可思议的画面。眼前的女孩身穿淡紫色上衣，天蓝色牛仔裤，头上随意束了一个马尾辫，既有学生的清纯和亮丽，又有脱离了学生稚气的成熟之美。她的圆脸俏皮而生动，像月牙一样的眼睛格外迷人，尤其是她的嘴角总是微微翘起，很有一种顽皮可爱的味道。

杨贝……夏想从心底深处发出一声呻吟般的呼唤，真是杨贝，竟然会在这里与她相逢，而且还是以这种古怪而可笑的方式见面。他甚至还没有来得及真的张口叫出她的名字，就听到身旁传来一声怒吼："瞎了你的狗眼，敢撞我的女朋友，不想活了是不是？"

夏想毕竟是有点身手的人，感觉不对，下意识地向后面一跳，勉强躲过了头上的一拳，却没躲过对方踢来了的一脚，"扑通"一声坐在地上。

对方不肯善罢甘休，还要上前动手，冷不防贾合从屋里跳了出来，一脚就踹在他的后背上，将他踢了个狗啃泥。

夏想虽然挨了一脚，却丝毫感觉不到痛。他原本以为，坝县之大，就算杨贝身在其中，想要和她相遇，也和大海捞针一样，几乎是不可能的事情。他虽然也有杨贝的电话，却一直忍着没打，也不知道是逃避还是不愿意面对过去的往事。

他坐在地上，想站却没有站起来，心思恍惚，心里升起一种沧桑之感。

杨贝也已经忘记了疼痛，呆呆地站立原地，不敢相信地盯着坐在地上的夏想，脸上的神情迷茫之中又有苦涩："夏想，怎么是你？真的是你？"

"夏想？就是你上大学时搞的对象？贝贝，到底怎么回事，他怎么追到这里来了，妈妈不是告诉你了，和他分手，坚决和他分手，不许再和他有一丁点关系。"一个胖胖的女人突然出现在面前，她个子不高，腰宽背厚，满脸是肉，尤其是一双不大的三角眼斜着看人,眼神里全是轻蔑,"一个穷小子有什么好的,留在燕市就了不起了?还不一样是个小人物。"

她来到夏想面前,不屑地"哼"了一声:"夏想,你怎么还不死心,大老远地追到坝县,也真是有心了。不过你别想拐跑我的闺女,实话告诉你,我女儿要嫁也嫁给高官子弟。你长得还算说得过去,不过男人长得好看没用,有钱有权才行。最好尽快滚出坝县,否则的话……"

她眼睛一瞥,才看到倒在地上的人。也许是贾合用力过大,被踹的人趴在地上半天没有起来。胖脸女人一见,顿时惊叫起来:"谁下的毒手?谁敢打刘河?谁不要命了敢打县长的儿子?"

又回头一看一脸惊讶的杨贝,她突然大叫一声:"贝贝,你还傻站着干什么?还不快扶刘河起来?有人打你男朋友,你不帮忙替他打回去,总得知道到外面叫人来帮忙不是?快去叫人。"

她将刘河从地上扶起来,双手叉腰又来到夏想面前,一脸神气地说道:"你知道他是谁?你知道我是谁?告诉你臭小子,他是刘县长的儿子,我是文化局的局长,今天的事情别想有完,你等着,一会儿就会来人收拾你……"

每个人都有底线

刘河站起来,一只手扶着腰,脸色阴沉,眼神不善地盯着夏想:"夏想,你和我还真是不是冤家不聚头,没想到……没想到杨贝以前的男朋友竟然是你……这么说来,你和我之间是永远没有可能成为好朋友了?"

杨贝看看她妈妈,又看看夏想,突然眼泪涌了出来:"夏想,你这又是何必呢?何必非要来坝县找我?"

夏想心潮翻滚,强压下冲动的心思,理也没理刘河,说道:"你错了,杨贝,我来坝县不是专门找你的,我是来工作的。"

"工作?真是笑话,在燕市混不下去了,居然会跑到坝县来工作。坝县虽然穷,也不缺你这样没用的人来工作。你说说你在哪个局上班,我找你们局长去,让他开除你。"杨贝母亲气势汹汹地说道。

"伯母,您刚才好像说您是文化局的局长,应该管不到别的局吧?"夏想突然一脸微笑,彬彬有礼地问道。

杨贝的母亲先是一愣,随即又道:"我是管不着,可是刘河的爸爸管得着,他爸爸是县长。"

"好像是副县长吧？我听说县长姓石，不姓刘。"夏想看了刘河一眼，见他一副无所谓的样子，脸上还有恨恨的神色，心中知道和他之间已经是水火不相容了。更何况，他居然会是杨贝的男朋友，让他心中说不出来是悲凉还是厌恶。他又看了杨贝一眼，见她双眼含泪，手足无措地站在一旁，楚楚可怜，心中想起以前对她的柔情，以及她对他的温存。现在心中却始终提不起丝毫心疼和怜悯，只留下冷漠和漠视。

"副县长怎么了？副县长照样可以让县长也让着三分，还有县委书记也不敢拿刘县长怎么样！你是外地人，怎么知道坝县真正的当家人是谁？告诉你，是刘县长，刘县长在坝县才是说一不二的土皇帝。"

"今天我已经是第二次听到这样的话了，看来，我这个县委书记只是徒有虚名了。"李丁山从屋里出来，一脸不快，意味深长地看着刘河说道。

刘河今天从县城接上杨贝和她的母亲牛红妹，来贾寨村办点事情，随便带她们来尝尝鲜，吃吃乡下的炖锅菜。他直接将车停在了饭店门口，也就没有看到李丁山他们停在远处路边的车。刘河知道村中谁家藏着山鸡和野兔，谁家有上好的口蘑和蕨菜，就让杨贝和朱红妹先到饭店等他，他去农户家打个秋风。

自从上次他出面邀请夏想吃饭未果之后，他也心中颇不以为然，丝毫没有把夏想放在眼里，就连李丁山也不被他当成威胁。刘世轩虽然叮嘱他，最近行事要小心一些，多少要给李丁山一些面子，毕竟表面上他是县委书记，是名正言顺的一把手。但非常熟悉爸爸口气的刘河怎么会听不出来刘世轩语气中的轻视，也是，接连两三任县委书记来了又走，走了又来，他刘世轩一直稳坐常务副县长的位置不动。没升到县长是因为他是本地人，原则上不能担任当地的党政一把手，但副县长的位子丝毫不影响他作为坝县本地派领军人物，一直屹立不倒的事实。

他是副县长不假，但不管是县委还是县政府，都有听从他的人，更不用提这么多年来安插到各级乡镇以及县局的人，他们也都陆续当上了副手和一把手。可以说，整个坝县都和他有着千丝万缕的关系，别说一个小小的县委书记，就是市委书记亲自下来，也不可能立即改变坝县的现状。就算将他免职，他相信自己多年来精心培育的手下在关键时刻，肯定会和他站在一起。如此庞大的一股力量，不需要摆到明面上来震慑李丁山，只需要在关键时刻让他感受一下不大不小的阻力，就会让他知难而退。

坝县是他刘世轩的坝县，别人来了只要不危及他的利益，大家就相安无事，想待上几年然后升官走的，他可以表面上配合一下。想要做出一点政绩工程的，只要对他有利，他也可以帮上一帮。但他的底线是，不可触及他的核心——刘河。

刘世轩只有刘河一个儿子，他所做的一切都是为了刘河，曾经有一个到外县去当县长的机会他都没有动心。就是因为他已经不想再在仕途上有所发展，只想趁他在位的时候，为刘河铺好路，让他赚够钱。刘世轩很清楚坝县的优势，穷是穷，但也有宝藏，口蘑和蕨菜就可以卖大钱。不过他也知道现在只是打一个时间差，利用信息的不对称性赚钱，所以他不让刘河一次挖太大量，容易引起猜疑，每周一次，每次只要一百斤，细水长流。在他看来，只要他在位一天，就可以保证刘河的无本生意继续一天。

除了无本经营口蘑和蕨菜之外，刘河还在县城开着饭店和歌厅，几年来，赚的钱少说也有上百万。刘世轩打算等他退休之后，全家就搬到章程市享福，反正赚的钱也足够花了，再做一些正当生意，安度晚年。

只是他没有想到的是，刘河毕竟年轻，哪里耐得住眼睁睁看着扔着遍地的钱不捡？他背着刘世轩每次都要让人挖到两三百斤才罢休，又没有听刘世轩的劝告。不但一分钱不给村民，连烟也懒得分上一分，他觉得这些村民都没有脑子，只要一听是县长让他们挖口蘑和蕨菜，肯定没命地卖力，只要他许上几句空口承诺就可以了。

人天生就会追求利益，不管是高高在上的权贵，还是在刘河眼中没有脑子的村民，只不过追求的手段和过程不一样而已，刘河不知不觉中已经给自己埋下了隐患。

"李书记……"当着未来丈母娘和女朋友的面，刘河本来想显得硬气一点，但县委书记四个字好像有魔力一样，自然而然就带着压迫人的威严。他再觉得自己了不起，觉得自己有个一手遮天的爸爸，毕竟坝县名义上的一把手是李丁山。如果真要常务副县长和县委书记狭路相逢，就算他再根深蒂固，县委书记的权威发作起来，也足够让他举步维艰，从里到外难受。所以刘河还是谨记刘世轩的再三叮嘱，在双方露出底牌之前，必须对李丁山恭恭敬敬。

"您怎么在这里？幸会，幸会。"

李丁山护短，夏想又是他最器重的人，见夏想坐在地上，心中的火就再也压制不住了："幸会？幸会就是你动手打我秘书的借口？我没记错的话，这是你第二次对夏想动手了。刘河，你是不是真觉得我这个县委书记好说话，不记仇？"

冲突和隐患

李丁山是没有从基层干起的从政经历，但他也是从小记者到国家级报社的中层干部，接触的人形形色色，比起刘河乃至刘世轩都强了太多。下至村民，上至省委书记，甚至国家领导人，他都打过交道，心软也只是对他熟悉的人宽容，手腕不够硬也是没有触及他的底线。现在见夏想受屈，他的威势就不可遏制地发作出来了。

牛红妹还没有弄清眼前的形势，在她看来，只要跟紧了刘家这棵参天大树，在坝县的地面上，谁也动不了她一根毫毛。她听到刘河叫李丁山为李书记，以为是哪个乡的党委书记，又见李丁山盛气凌人，就无比气势地指着李丁山说道："你是哪个乡的书记，怎么和刘河说话呢？你到底知不知道他是谁，知不知道我是谁？"

杨贝实在不愿意看到她母亲气盛的样子，但她又非常惧怕母亲，不敢多说，只好轻轻拉了拉牛红妹的衣袖："妈，别闹了，多丢人……"

"丢人？你还知道丢人？人家都追到坝县了，你不是说和他断了来往了吗，怎么他还能找到你？"牛红妹得理不饶人，冲着杨贝又是一顿咆哮。

"够了！"李丁山非常厌恶地挥了挥手，问牛红妹："你是文化局的局长？"

"没错，我就是……他是刘县长的儿子，你惹得起吗？"牛红妹想以居高临下的口气和李丁山说话，却发现她比李丁山矮了太多，而且自始至终被他不怒自威的气势压着，心里就十分不快。

"伯母，别说了！"刘河唯恐牛红妹再说出什么难听的话来，他也不敢当面和李丁山闹得太僵，急忙出来打圆场，"李书记，我来介绍一下，这位是牛红妹，文化局的副局长。牛局长，这位是县委的李书记。"

刘河以官职相称，让牛红妹一下子没反应过来，等听到最后说是县委的李书记，她再没脑子也明白县委只能有一位李书记，也就是说眼前的人是堂堂的县委书记，可不是什么乡党委书记。当面冲撞了县委书记，牛红妹一瞬间脑子有点迟钝，随后又快速运转起来，刚才他说夏想是他的秘书，这么说，夏想当上了县委书记的秘书，成为县委书记的跟前红人？

牛红妹表情僵了一僵，转眼又鲜活起来，堆起了满脸笑容："李书记，原来您就是新上任的李书记。您说这事闹得，我真是有眼无珠，有眼不识泰山……"

她背后有刘世轩的支持是不假,但人在官场谁不知道书记的重要性,人事大权在握,真要想摘了她文化局副局长的官帽,刘世轩想拦也拦不住。

李丁山没理牛红妹,扔下一句:"文化局的干部不是都挺有文化的吗?"就来到夏想身边,伸手去扶夏想,"要不要紧,小夏?你放心,上次我说过,来日方长,今天我还是这句话。"

县委书记亲自去扶一个秘书?任谁都能看出来夏想在李丁山心目中的地位,刘河知道一点内情,还没有多大惊讶,牛红妹却张大了嘴巴,脸涨得通红,好像吃了什么不消化的东西噎着了一样,喉咙中发出呼呼的声音,说不出来一句话。也不知道是因为李丁山的讽刺,还是因为夏想能够劳县委书记大驾亲自伸手相扶而震惊。

刘河再次听到李丁山强烈的暗示和不满,心中不以为然地想:你李丁山就是天,就是龙,来到坝县这一亩三分地,也翻不了天也伸不开腿,只能憋屈地老实待着,否则到时收不了场,别说想捞上政绩走人,能不能干满一届还要两说。

牛红妹知道她说错了话,给新任县委书记留下了非常不好的印象,心中急得上火,又见刘河在一旁虽然表面上恭敬,不过眼神飘来飘去,显然是在和李丁山置气。她知道刘河可以仗着刘世轩不把县委书记放在眼里,但她只是一个小小的文化局副局长,很容易就被当成棋子给牺牲掉,眼见刘河不出面替她说句好话,又想起刚才对夏想嚣张的态度,她心里更是如同被一只猫抓来抓去,难受得要死。

夏想是李书记的秘书,看样子李书记对他又无比器重,要是他时不时在李书记旁边说她的坏话,别说想提正,干得长不长还得两说。县委书记是动不了常务副县长,要想动她一个副科级干部,不过是几句话的事情。

当着刘河的面,她抹不下面子去求夏想,急忙转身对杨贝说道:"贝贝,夏想是你同学,同学来了怎么不招呼一声?大老远来到坝县,怎么着也是客人,有时间请夏想到家中坐坐,认认门……"

"伯母,你这是什么意思?是不是想再重新撮合他们?见过势利的人,没见过你这样翻脸就不认人的。"刘河态度傲慢地看了牛红妹一眼,又冲杨贝说道,"贝贝,跟我走。"

乡村饭店就是一间简陋的平房,房前的院子也不大,有几棵高大的杨树枝繁叶茂,风一吹树叶哗哗作响,阳光透过树叶洒落在地上,到处是斑驳的影子。

夏想站在李丁山和贾合中间,目光淡淡而清澈地看着杨贝,看着那个他昔日深爱的女子。她踌躇不前,犹豫不决地看看刘河,又看看牛红妹,唯独没有看他一眼,他的心渐渐沉到了谷底。

杨贝真是一个爱慕虚荣的女子,如果有其他的原因导致她毅然分手,夏想不会怪她,也不会埋怨她,或许还会彻底原谅她,同时也会解开心结。但如果是因为她贪恋刘河的权势,他也不会怪罪她,每个人都有自己追求幸福的方式,只不过他会将她从心底完全抹去。

贾合见夏想不动声色,以为他怕了刘河,向前一步,大声说道:"不许走,把事情说清楚,别想不明不白地随便打人。"

刘河冷冷一笑,冲外面喊了一声:"都进来一下,给贾大哥瞧瞧阵势。"话刚说完,从外面进来四个壮汉,个个身强体壮,依次站在刘河身后。

李丁山终于再难保持儒雅风度,气得脸色阴沉如水:"刘河,你还想对我们动粗?我告诉你,只要你敢动我们一下,后果非常严重。"

夏想见此情形,向前一步,和贾合一左一右将李丁山挡在身后,刘河真敢不顾一切对县委书记动粗,除非他得了失心疯或者不想活了。

牛红妹吓得脸色惨白,哆嗦着说不出话来。刘河和县委书记摆开要大打出手的场面,他是不是疯了?真要是打了县委书记,坝县非得来一场地震不可。不但刘世轩会受到牵连,公安局长直接就会被就地免职,还有她这个小小的文化局副局长,肯定会被殃及池鱼。

杨贝紧咬嘴唇,双眼含泪,眼见就要哭出声来,却还是不说出夏想想听的话。

 **闹剧之外的收获**

刘河直直地盯了杨贝片刻,又用冒火的目光看了夏想几眼,突然一挥手冲身后的人说道:"李书记在这里,你们几个还傻愣着干什么,赶快表示一下。"

身后四人一起弯腰,齐声喝道:"李书记好!"

夏想差点忍不住大笑,刘河学什么不好,非要学黑社会。他心中仅有的一点担心也全部消失了,冲刘河挥挥手说道:"刘河,戏也演足了,面子也有了,你可以离开了……"又看了杨贝一眼,"把无关的人都带走,别妨碍我们吃饭的心情。"

杨贝见夏想突然换了一副无所谓的样子,本来迟疑的脚步更加踌躇不前,她看看刘河,又看看夏想,眼中的泪水终于不争气地流了下来:"夏想,对不起……"

"你能过得幸福,对得起自己就可以了。我们没有相遇之前是陌生人,结束之后,也就重新再做回陌生人吧!今天的相遇是个误会,既然是误会,现在说清楚了,一切就这么过去最好了……"杨贝迟迟一句解释也没有,她有这样一个势利的母亲,又找了刘河这样一个男朋友,夏想突然之间意兴阑珊,连指责她的心思都提不起来。不管错在不在于她,她现在连面对的勇气都没有,他再抓住过去不放还有什么意思,不如放手。

阳光斑驳地洒在夏想的脸上,让他的神情显得落寞而决绝,还有一股淡淡的萧索……

刘河、牛红妹和杨贝走了许久,李丁山还是脸色不善,背着手在院中转来转去。贾合最没有心思,不一会儿就追问夏想有关杨贝的事情。夏想不肯告诉他,他就死缠着不放。

又等了一会儿,见李丁山慢慢平息了怒气,夏想才凑过来,嘿嘿一笑说道:"李书记,我们才来坝县几天,人家可是待了好多年了。再说,刚才人家不是叫了几个人一起向我们问好了吗?"

李丁山忍俊不禁,笑骂:"我知道你想说什么,别跟我遮遮掩掩的,我以前是记者,一直搞文字工作,还不知道你想劝我不急着和他们对抗。有什么话你就明说,真不明白你怎么回事,坝县还藏着一个女朋友,也不早说。现在还被刘河抢走了,真够窝囊的。"

夏想没心没肺地摇头叹息:"天要下雨,女朋友要跑,谁管得了。这世界上有些事情可以经过努力就能做到,有些事情再费心也没有办法,比如女人心。我和她大学同学四年,谈了两年恋爱,毕业后半年就分手了,现在她跟了县长公子,等于攀了高枝,得了幸福,我总不能死缠烂打,非要人家跟我这个穷小子过穷日子不是?"

虽话这么说,但夏想心中还是隐隐作痛,自始至终,杨贝没有要向他解释的意思。难道以前她信誓旦旦的甜言蜜语都是骗人的谎言不成?以前总见男人负心,其实女人绝情时不比男人差上多少。

李丁山看出夏想有点失落,知道年轻人对待感情的事情,一时想不开也可以理解,就开玩笑地说道:"别想了,事情都过去了。听我说小夏,燕市我认识许多有钱有势的人,有不少是有女儿的,和你年纪差不多的也有一些,到时看哪个合适,给你介绍一个,不比坝县的这个强?移情别恋的女人不要也罢,也没什么好留恋的。"

说话间,黄海总算气喘吁吁地回来了,原来他弄了满满一袋子口蘑和蕨菜,人累得脸色惨白,差点虚脱,上气不接下气地说:"别嫌少,实在挖不动了,累死我了……能值十块了吧?"

夏想说不出话来,不知是该感慨他的纯朴和认真,还是该心酸他为了十元钱的卖力付出。他急忙一把接过麻袋,沉甸甸的足有百十斤,差点没有接稳,多亏贾合在旁边帮了一下手才拿住。夏想拍拍黄海的肩膀,从身上翻出二十元塞到他的手中:"谢谢你,老兄,辛苦了。"

黄海捧着钱,一时间没明白怎么回事,连喘了几口粗气才醒过悟来,急忙脸红脖子粗地要把钱还给夏想:"说好了十块就十块,又给二十块算个什么事?我挖得少,不够三十块钱的,这不行,太多了。"也不清楚黄海是按什么算的账,难道说在他眼中一麻袋口蘑和蕨菜就值十块钱?

夏想也没跟他客气,使劲一拍他的手:"给你就拿上,以后我还找你干活,这下行了吧?我说黄海,村民都不知道刘河让他们挖口蘑和蕨菜做什么用吗?"

"知道,多少知道一点,卖钱呗!"黄海收了钱,对夏想客气得不得了,差不多点头哈腰地回答,笑得满脸开花。

"那你们就免费替他出工出力?"

"也不完全是,刘河也给点钱,不过让村干部分了,到不了我们手中。还有只要出力挖了野菜的人家,收提留税的时候,村里都减免一部分,也算是给了点补偿。咋说呢,大家都知道人家拿去卖钱,不过咱们没这个本事,也不知道卖到哪里去。所以就这一身力气,闲着也是闲着……"也许是那二十元钱起的作用,黄海的话特别多,让一旁听着的李丁山对刘世轩父子的印象差到了极点。

夏想倒不是不想多给黄海一点钱,但授人以鱼不如授人以渔,所谓救急不救穷。要想从根本上改变他们的贫穷,需要做的事情很多,而不是靠施舍。施舍带来的后果只能让他们产生懒惰的想法,不费力气得到的金钱可以让一个老实巴交的农民转眼变成狡黠、贪婪的小人。

其实如果真要完善好激励制度,制定一个人人遵守的规则,将农民的热情激发出来,还是可以迸发出极大的生产力。夏想心中的想法渐渐成型,回去的路上,李丁山见夏想一脸深思的样子,忍不住问他:"小夏,又有什么点子藏着不说,是不是在打口蘑和蕨菜的主意?"

就是要浑水摸鱼

夏想忽然之间想明白了,他一直念念不忘的只是旧情,只是昔日杨贝对他的好。正是因为一直念着她的好、念着她的温存,却忽略了太多东西。比如说杨贝的忘情或许并没有别的原因,只是她疲惫了,她回到坝县温暖的家中,不想再和他到燕市受奔波流浪之苦,她向往安逸的生活,追求一种触手可及的幸福,而不是他空空的许诺。

选择在燕市受苦受累和她爱的人在一起,还是选择在坝县不受风吹日晒之苦,和爱她的人在一起?杨贝最后选择的是后者……

李丁山冷不防一问,打断了夏想的思绪,他笑一笑,还是没有把心中的计划全部说出来。倒也不是要故意瞒着李丁山,而是在事情没有把握时不想透露过多的信息,以免让他分心。夏想说道:"李书记,我只是有了一个初步的想法,离实施还有很长的路要走,等基本上有了眉目,我再给您汇报也不迟。现在坝县的情况很复杂,李书记就不必为这些小事分心了,小事还是交给我来办为好。"

李丁山呵呵一笑:"也好,眼下坝县看起来风平浪静,其实处处都是暗流,只等一个合适的机会就会全面暴发出来。我们还是有点势单力薄,我决定了,小夏,尽快把你提到副科级,不过需要一个恰当的时机。"

夏想点点头,他是县委书记的秘书不假,但一没级别二没实权,行事多有不便。刚来坝县不久就提副科,虽然有点操之过急,不过要是运作得当,也能让人挑不出过错。其实他心中已经有了初步的打算,准备配合李丁山以提他副科为契机,好好搅动一下坝县的政局。

平静的时候,泥沙都沉在水底让人分辨不清。一旦将水搅浑,虽然泥沙俱下让人更加难辨好坏,不过也有一个最大的好处——浑水摸鱼。

李丁山倒没有忘记再给高海打电话,快到县城的时候,一收到信号,他就和高海通上了电话。不过没说几句,高海似乎很忙,只说让夏想一有机会回燕市,就立即前去找他。

"对了李书记,刘河的事情我们采用迂回之计,用钝刀子割肉的方法对付他。发展草原旅游度假村,需要您拿到常委会上讨论,看看各人的反应情况再说。至于那个文化局的副局长,就先不用理她,不过是个无足轻重的小人物,犯不着为她打乱我们的计划。"夏想想到杨贝哀怨的眼神,虽然他无比厌恶牛红妹的势利和不可一世的态度,但也不忍心看到因为牛红妹丢掉官帽而让杨贝伤心。他一向埋怨李丁山心软,没想到事到临头,才发现原来自己也有犹豫的一面。

夏想不是血气方刚的愣头青小伙子,虽然有和杨贝以前的感情因素在内,但绝对不会影响到他的判断。对于刘河本来就是要重点打击的对象,因为杨贝的出现,也许会让他更多了一些心狠手辣的意味。

同时夏想也想让牛红妹成天提心吊胆,时时刻刻担心会被免职,惶恐不可终日。对于有些人来讲,一棍子打死虽然痛快,但绝对没有让她天天患得患失,时刻生活在恐慌之中更加让人感到解气。

李丁山笑笑没有说话,他不是睚眦必报之人,但也不是对于敢于挑战他权威的人没有一点想法。牛红妹不过是一个无足轻重的副局长,之所以气势逼人到处嚣张,就是因为她自认有刘世轩这样一个大靠山?刘世轩,他微微皱起了眉头,想起这些日子以来刘世轩的表现虽然倨傲了一点,但大体还说得过去,守规矩,不随便说话,总是一副稳如泰山的样子。

刘世轩不好对付,李丁山心思翻转,将几个常委的态度在脑中过了一遍,又联想到张淑英大闹接风宴的事情,心中隐隐觉得抓住了点什么,却又不得要领。

既然高海没有点明城中村的改造到底是哪里出了问题,估计也不是很严重的问题。下午李丁山联系他在京城的关系,开始查证三山度假村的事情,他就躲在外面给冯旭光打了一个电话。

冯旭光的兴致很高,对夏想给他打来电话显得非常兴奋,滔滔不绝地说了一通他的超市现状,已经提前装修完毕,工作人员已经全部就位,正在培训,超市的招商工作也获得了巨大的成功,不少知名厂家主动加盟,远远超过预期。

夏想可以理解冯旭光的喜悦,作为燕市第一家超大型超市,既是机遇又是挑战,成功的话,就会抢占先机。失败的话,就会一败涂地。幸运的是,冯旭光的眼光还算不错,走出了非常坚实的第一步。

接下来的消息让夏想大吃一惊的同时,不免又欣喜若狂。

出于保护肖佳的目的,夏想将肖佳介绍给了冯旭光认识,并委托他保护肖佳不受人欺负。冯旭光问也没问他和肖佳的关系,就一口答应下来。夏想没想到的是,肖佳经他介绍认识冯旭光之后,她对冯旭光的超市非常感兴趣,有意做一些厂家的代理商,居中协调商品进入超市的中间环节。有些厂家因为种种原因无法直接和超市的管理层接触,又或者他们在燕省本来就有代理商,不好再出面直接和超市协商,而代理商又因为各自利益诉求的不同,会拒绝和超市合作。肖佳就钻了中间的空子,居中协商,竟然成了总代理下面的一级代理,直接供货给佳家超市,从中赚取差价。

冯旭光对这样的事情自然是乐见其成。他的超市足够大,虽然招商很成功,但作为超市,商品越全才越有规模越有影响,所以对肖佳的经商才能和敏锐的眼光也是赞不绝口。更让他对肖佳高看一眼的是,肖佳还指出了他超市的不足之处,就是蔬菜区过小,水果区的位置也不好。

肖佳的看法是,以后超市发展起来,不少老人和家庭主妇都愿意来超市买菜买水果,顺便再买些其他东西。因为就算超市的蔬菜和水果不比外面便宜,但许多人都相信超市的公平秤称得准,比外面的小摊上分量足,如此一来也很划算。当然,其中还有一个习惯的问题,来超市都是图方便、图便宜、图省事,既然是采购,东西越多越好,或许许多人会因为买菜而来超市,结果看到别的东西心动了,就顺手多花了钱。

冯旭光听了肖佳的分析,顿时大为惊讶。仔细一想,更加佩服肖佳,当时就想留她当超市的副总,却被肖佳委婉拒绝了。

07 第一次过招

肖佳的商业头脑

李丁山终于流露出要提拔夏想的想法了,杜双林心中的念头一闪而过,却还是纳闷,要想提拔夏想,也应该向组织部长黄鹏飞暗示才是,怎么会点他的名?难道李书记因为上次和张淑英吵架的事件,再有和张信颖的冲突,而把他当成了自己人?

杜双林心中一瞬间转了九曲十八弯。

没过多久冯旭光才知道,当肖佳发现离佳家超市一公里之外的蔬菜批发市场之后,竟然产生了要做蔬菜批发生意的念头。让他大感不解的同时,又不得不赞叹,别看肖佳年纪不大,又是女孩,却是一个极具商业头脑的人物。不过他佩服归佩服,却对她打算从事蔬菜批发生意不以为然,认为蔬菜批发虽然走量大,但利润太低,而且容易受气温和运输等其他客观因素影响,很容易赔钱。

冯旭光不想看到肖佳一意孤行,要是肖佳能帮他打理超市,绝对是一个不可多得的人才。所以夏想一打来电话他就迫不及待地说道:"老弟呀,快劝劝肖佳,我估计她听你的话。可别让她做什么蔬菜批发生意了,不保险,容易赔个倾家荡产……你让她帮我,以后超市发展壮大了,我开连锁店,让她负责一家分店没有问题,待遇也不会低,甚至还可以得到股份激励……"

夏想却为肖佳眼光毒辣,一眼看中蔬菜批发生意而暗暗叫好。

随着经济的发展,随着燕市越来越放宽户口管制,涌入燕市的大学毕业生和农民工越来越多,城市的扩容带来的一个最显著的影响就是房地产的快速升温。与房地产的引人注目不同的是,许多人没有注意到的蔬菜市场,也随之迅猛发展起来,形成了一个巨大的产业链。

尽管蔬菜批发也有不利因素,但机遇总是伴随着风险,有风险的地方,往往才有莫大的机遇。从内心深处,夏想是支持肖佳做蔬菜批发生意的,而且他还有更深的考虑在内。

"老哥,肖佳的事情就随她去,让她放手去干,成与不成全看个人造化。我倒是有一件事情要和你商量,看你有没有兴趣来坝县做一笔生意?"夏想轻飘飘地将肖佳的事情放到一边,抛出了一个诱人的馅饼。

"既然是老弟说的生意,老哥我当然有兴趣。不过现在正是超市发展的关键时刻,我抽不出大量的人力物力去做别的事情,先说来听听,到底是个什么情况?"冯旭光也不和夏想打埋伏,直截了当地说道。

"资金投入不会太多,人力也不需要太多,而且这个生意还和你的超市息息相关,要是做得好,可以一举两得。"想要让冯旭光动心,就必须抛出足够多的诱饵,夏想的声音极具诱惑力。

冯旭光嘿嘿地笑了几声,才说:"老弟,我们认识时间不长,但彼此间的合作还是非常愉快的,而且相互之间的信任也不用绕弯子,你就直说让我做什么吧!要是去坝县帮李书记出力,做一些政绩工程,我没有二话,但现在能力有限……"

冯旭光实话实说反而更让夏想觉得他为人可靠,人与人之间有时候需要遮掩,有时候却需要真诚,真真假假之间才更显得真实可信。他也有理由相信他肯定能说服冯旭光,因为他的提议符合冯旭光一贯的商业策略。

"有没有兴趣做一个自有品牌的商品?"夏想终于说出了他的想法,他可以感觉到另一端的冯旭光呼吸顿时急促起来,就继续说道,"比如说以佳家超市的商标,生产一些商品,面粉也好,袋装食品也行,哪怕只是找别的厂家代工,只是换了一个印有佳家超市自有品牌的外包装。一来可以多赚一些利润,二来也可以变相提升佳家超市的品牌价值……"

冯旭光的声音突然提高了八度:"好你个老弟,简直说到我的心坎里去了,真有你的,我服你了,说的和我想的一模一样,不,比我想的还要详细许多。你等着,几天后,坝县见……"

没看出来冯旭光也有急性子的时候,放下电话,夏想摇头笑笑,暗中小小地得意了一把。

应该说,现在的冯旭光或许脑中已经有了初步的轮廓,但还没有完全成形,被夏想突然点破,怎么能不喜出望外?所以匆匆主动提出前来坝县也在情理之中。本来夏想还想提醒一下冯旭光让他随身多带几个人,万一遇到紧急情况也好脱身,不过想了想也就没有再打电话提醒他。

挂断冯旭光电话后,夏想本来想给肖佳打个电话,想了想又没有打。自从来到坝县之后,他和肖佳通过三次电话,第一次是关于介绍她和冯旭光认识的事情;第二次是肖佳说她的编书工程已经进入收尾阶段;第三次通电话的时候,肖佳先是说了一大通没用的废话,最后才气呼呼地指责夏想,这么长时间没有说一句温柔的话,也没有说想她。

应该说,第三次电话才符合肖佳的性格,才是她本色一面的真情流露。夏想本想压低声音,悄声地说几句柔情的话语,肖佳却笑嘻嘻地说:"别勉强,我没有赖着你的意思,只是目前阶段还觉得你是最适合我的人,虽然你并不觉得我一定最适合你,不过没办法,我是自愿献身的,知道你一定不会珍惜。放心好了,什么时候你厌烦我了,我会转身离去,不会有丝毫犹豫。"

当时电话结束了好久,夏想都愣愣的没有缓过神来。肖佳太要强了,也太有主见了,编书的事情如此,感情上的事情也是如此,拿她没有一点办法。

李丁山的政治智慧

下午开会的时候,李丁山含蓄地对文化局的工作提出了批评,说是坝县县城的居民生活单调,没有什么文化娱乐活动。一到天黑大街上就空无一人,不利于坝县的经济发展,不利于提高人民群众的物质文化生活水平,需要相关部门反省一下,努力提高工作质量,不要整天无所事事,如果不能完成党和政府交给的任务,不如主动辞职。

他又毫不留情地批评了坝县的治安环境实在太差,他们一行三人下去视察,竟然被几个地皮流氓给威胁了一顿,这样的治安环境如何能引来投资,如何能让客商放心地来坝县发展?李丁山最后以十分严厉的口气说道:"我建议所有涉及的个人和单位都好好反思一下,现在大学生对下乡工作的积极性很高,一些思想僵化的老同志不能适应时代的发展,就不如主动让贤,让大学生勇挑重担……你说呢,杜部长?"

让所有人没有想到的是,李丁山最后突然点名问了杜双林一句。

杜双林正琢磨着李丁山为什么单挑文化方面的问题发难,虽然指名道姓说的是文化局,但他身为主管意识形态的宣传部长,也是难辞其咎。正当他打算主动开口承担一下责任时,不想李丁山劈头盖脸地问了他一句,让他一下子没有反应过来。

忽然他脑中灵光一闪,想到李书记前面批评文化局的事情或许只是一个引子,重点却落在对公安局的不满上面,但重中之重还是最后一句话:让大学生勇挑重担。这个大学生指的可不是张信颖,而是夏想。

李丁山终于流露出要提拔夏想的想法了,杜双林心中的念头一闪而过,却还是纳闷。要想提拔夏想,也应该向组织部长黄鹏飞暗示才是,怎么会点他的名?难道李书记因为上次和张淑英吵架的事件,再有和张信颖的冲突,而把他当成了自己人?

杜双林心中一瞬间转了九曲十八弯。

作为中间派坚定的拥护者,杜双林在对待李丁山的态度上,和对待前任县委书记上没有什么两样。虽然说夏想在上次张信颖事件上帮了他一个忙,感激归感激,政治归政治,两码事。他的态度还是两边不得罪,两边都合作,两边要是有了冲突,他置身事外,互不相帮。而且他也认为李丁山来坝县不过是走走过场,也许用不了多久就会调走。平心而论,从内心深处他也不认为出身媒体的李丁山能在坝县做出多大作为,更不看好他的政治智慧。

杜双林甚至还觉得说不定用不了多久,李丁山就会被刘世轩搞得灰头土脸,全面溃败。

私下里,他也和副书记郑谦、纪委书记杨帆以及武装部长郭亮交流过,几个人一致认为没有多少从政经验的李丁山,肯定斗不过老奸巨猾的刘世轩,更何况两个人中间还有一个态度不明的石堡垒。石堡垒自从担任县长以来,一开始也确实有大干一场的心思,不过在和刘世轩的几次矛盾中落了下风之后,就变得退缩起来。再加上这一次李丁山空降下来当县委书记,让石堡垒的书记梦破灭。自此之后,他就如同变了一个人一样,沉默寡言,以前的雄心壮志好像消磨殆尽,再也提不起半分精神。

当然杜双林等人也不会完全相信石堡垒真的是偃旗息鼓,甘心夹在李丁山和刘世轩之间,做一个孤立的摆设县长。石堡垒或许只是打个盹,却睁着一只眼睛暗中注视着李丁山和刘世轩之间何时会发生碰撞。打盹的老虎也是老虎呀!真要发起威来,也是一股不容忽视的力量。

杜双林一愣神,周围的人都直着眼睛看着他,一向喜欢眯着眼睛看人的刘世轩也意外地睁开了眼睛,意味深长地看着他,仿佛眼神复杂,仿佛在寻思什么。石堡垒还是一脸平静地目视前方,目光却有意无意地飘向公安局长王冠清。

今天的会议虽然是常委会,但因为公安局长的特殊性,王冠清被要求列席旁听。

王冠清正襟危坐,脸色微微有些激动,看来对李书记刚才的点名批评有点不安。

吴英杰却是一脸诧异,偷偷打量了李丁山好几眼,试图从李丁山的脸上瞧出些什么,却一无所获。要是李丁山事先向他透露一些什么,为他摇旗呐喊自然会不遗余力,可是李丁山却打了一个突然袭击,让他摸不着头脑的同时,又有一种被抛弃的感觉。

吴英杰算是明白了,李丁山原来并没有完全接纳他。他想起了前几天和胡增周通电话时,胡增周好像不经意地问了夏想一句,让他半天琢磨不过味儿,到底胡市长是个什么意思,专门提起李丁山身边的秘书做什么?现在有了李丁山的突然一问,吴英杰恍然大悟,自作聪明地认为抓住了问题的关键之处,胡市长是在暗示他,在李丁山要提拔夏想的时候,让他在一旁随声附和。

吴英杰哪里知道,胡增周不过是和人到紫气阁安定苑吃饭时,被其中一个没有眼色的人贬低了几句墙上的字画,心中有气没处发,才想到夏想的。他心中对夏想的印象就越加良好,就特意提了一句。

坐在旁边的黄鹏飞轻轻拉了一下杜双林的胳膊,杜双林惊醒过来,见众人都在注视着他,不由尴尬地一笑:"李书记说得对,现在确实有不少年轻的大学生充实到了干部队伍,我们应该大胆地提拔年轻干部,让他们挑起重担,我觉得张信颖同志一向表现不错,决定向组织部建议对张信颖同志进行考核,提她到副科级。"

"哐当"一声,正在百无聊赖地摆弄一支铅笔的武装部长郭亮,震惊地将手中铅笔掉在了桌子上。纪委书记杨帆也是一脸惊讶地看向杜双林,心想老杜没事吧,发什么毛病?好好的怎么想起来提拔张信颖那个疯丫头,还嫌她不够闹腾?

黄鹏飞也是吃惊地张大了嘴巴,一脸不可思议的神情,就连一向不动声色的石堡垒也是微微动容,不解地看了杜双林几眼,又看了李丁山一眼。刘世轩阴沉的目光从每一个人脸上扫过,最后还是落在李丁山脸上,却见李丁山面带微笑,似乎很满意杜双林的回答。

副县长赵建苏和政法委书记王全有也是面面相觑,不明白杜双林到底是唱的哪一出。

李丁山就干部的任用问题不直接问黄鹏飞,而是点名问杜双林,这个举动已经够耐人寻味了。不料他接下来又说了一句让所有人都摸不着头脑的话："刘县长,文化局的副局长牛红妹你认识?"

刚刚还说到要提拔年轻大学生,不问组织部长却问宣传部长,已经让大家不明白李书记到底是个什么意思。不料等杜部长回答之后,李书记没有接话不说,转眼又问刘县长别的问题,这几个问题之间跳跃太大,一下子让众人无所适应。

刘世轩却一下子变得紧张起来。

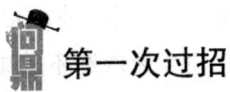

第一次过招

刘河和李丁山之间在贾寨村的冲突,刘世轩已经知道,刘河第一时间就告诉他了。他虽然当面没有说什么,不过心中却对牛红妹打着他的名义仗势欺人非常不满。他一向喜欢低调做事,闷声发大财,牛红妹张扬的性格让他很是厌烦,但因为刘河就是不听他的劝告,非要和杨贝在一起,让他也是左右为难。

虽然刘世轩并不喜欢杨贝,觉得她性子太软,没有主见,但他又太宠刘河,拗不过刘河的再三恳求,就默认了他和杨贝的事情。不过牛红妹自从认为攀了刘县长的高枝之后,就连走路都气势了三分,和谁说话也是一副居高临下的口气,让刘世轩心里极度不爽,对牛红妹也就提防了三分。所以今天刘河和牛红妹回来之后,说起和李丁山之间的矛盾,他当时就火冒三丈,狠狠训了刘河几句,也没有让牛红妹进办公室。

刘世轩是个很要面子的人,他不想让李丁山因为牛红妹的事情将他看扁,将浅薄的牛红妹当成是他的人,是对他的侮辱和轻视。在下午的会议中,本来他的思路就一直被李丁山牵来牵去,还没有弄清李丁山的真实意图之时,突然被当众问了一句,心中不由暗暗骂了牛红妹一句"蠢货"。

"认识,但不太熟悉,李书记怎么问起她来了?"刘世轩到底老成,很快又恢复了平静。

李丁山将问题高高举起,却又轻描淡写地放到了一边:"没什么,就是今天上午我和她偶遇,她的说话方式让我很是感慨,怎么文化局的干部好像文化层次不太高?看来以后有必要加强干部的自身素质修养。你说呢,刘县长?"

别人听不出话里话外的含义,刘世轩却是心知肚明,被李丁山暗中讽刺,虽然说的是牛红妹,但他也觉得面上无光,心中少不了又将牛红妹痛骂几句。

他刚要开口说上几句，李丁山却扭过头去问吴英杰："吴主任对于干部的任用和提拔，有什么看法没有？"

众人心里又是一阵打鼓，今天李书记是怎么了，东一下西一下，不按常理出牌也就算了，怎么好像话里话外都透露着玄机，让别人都琢磨不透。

琢磨不透就对了，领导的艺术就是要让别人猜不透心思。不过李丁山的真实意图并不是故弄玄虚，而是另有所指。

吴英杰一点就透，目光从黄鹏飞的脸上飘过，缓慢地说道："考查干部和任用干部是组织部的事情，不过既然李书记点名了，我就抛砖引玉地说上几句，希望黄部长不要有想法。"

黄鹏飞已经够尴尬了，李丁山摆明是不给他面子，是对他强烈不满的表现。可是问题是他不明白自己到底哪里得罪了县委书记，心中格外恼火，吴英杰说话的腔调又有点阴阳怪气，他的火一下子就点燃了："吴主任说的哪里话，李书记是一把手，是班长，班长点名，我们就应该畅所欲言嘛！"

吴英杰也不理黄鹏飞的牢骚，向李丁山点点头，才向众人说道："李书记提出大力提拔大学生干部的说法，非常符合干部年轻化的一贯政策，我坚决支持……"他的套话说得冠冕堂皇，比李丁山还能大而广之，领悟领导意图的水平一流，李丁山的一句话，被他发挥成了洋洋洒洒的长篇大论，只听得众人哈欠连天，连李丁山也面露不悦之色。

好在吴英杰及时收了嘴，话题一转才又落到正题上："杜部长所提的张信颖同志，我也从侧面了解过，她是个工作认真、作风正派的同志，也是坝县机关之中为数不多的优秀大学生之一。当然，其他优秀的大学生还有很多，比如说县委的夏想同志，我觉得他就是一个各方面综合素质都很高的年轻人，正好我们县委办公室秘书科还缺一个副科长，我向组织部提议考核夏想同志……"

石堡垒尽管早有心理准备，知道李丁山早晚会提拔夏想，领导身边的秘书升职快成了惯例，大家对此也是睁一只眼闭一只眼。再说谁都愿意提拔自己最信任的人，他石堡垒也不能免俗，因此他倒没有指责李丁山的意思，只是没想到会来得如此之快。

这才来几天，李丁山就想把夏想提到副科长的位置，虽然秘书科副科长并不算真正的副科级，是股级，但先占好位置再提级别，还不是顺理成章的事情？石堡垒惊讶的不是李丁山的操之过急，而是等他醒悟过来李丁山刚才看似没有目的地乱说一气，实际上最后的重点是为了提拔夏想打埋伏，手段之高，心思之妙，不得不让他大吃一惊。

李丁山不是没有从政经历吗,怎么会有这么高明的手法?先是敲打了公安局长,又点名批评了牛红妹。牛红妹和刘世轩的关系石堡垒自然清楚,而公安局长又是刘世轩的人,李丁山的言外之意就是让刘世轩最好不要提出反对意见,否则有账要算,然后又借杜双林之口先提出张信颖,张信颖可是张淑英的侄女,而张淑英和刘世轩的关系非同一般,等于又将夏想的提拔和张信颖绑在了一起。

"高,实在是高。"石堡垒心中闪过一道寒意,李丁山不好对付,都说文人有书生意气,怎么他做事滴水不漏,一点也不意气用事。

石堡垒心中暗暗叹息,身子微微弯着坐在椅子上,更让他这个坝县的二号人物显得一点也不显眼。只是让他百思不得其解的是,杜双林为什么会出人意料地说要提拔张信颖,他和张信颖之间的矛盾也不是一天两天了。要不是他死死压着,张信颖也不会落到现在这个地步,他怎么就突然转了性子,真有那么宽容大度?还有,他为什么要顺着李丁山的想法说,什么时候杜双林和李丁山走到了一起?

不但石堡垒心中不解,在场所有的人都不明白杜双林怎么就想到了张信颖,难道他和李丁山达到了某种幕后交易?

刘世轩有点坐不住了,刚才说话时,李丁山有意也好无意也罢,闪了他一下,让他觉得面上无光。但李丁山就人事问题问杜双林问吴英杰,就是不问黄鹏飞,让他心中极度郁闷,知道李丁山是故意让他难堪,谁都知道他和黄鹏飞走得近,李丁山对黄鹏飞表现出毫不掩饰的不信任,让他怒火渐升。对李丁山拿牛红妹来作为交换条件,想要让他同意提拔夏想,他心中更是冷冷一笑。

刘世轩对牛红妹本来就没有好感,决定宁可牺牲牛红妹,也不能让夏想上位。至于李丁山又将张信颖作为捆绑条件,他到时再向张淑英好好解释,缓上一缓。既然杜双林公开提出要组织部考核张信颖,到时张淑英在上面施压,黄鹏飞再加一把力,再让副书记郑谦说上几句话,李丁山还敢搞一言堂,不尊重大多数人的意见,还敢压着不放?

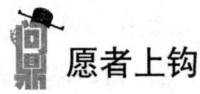 愿者上钩

李丁山你自作聪明,我就让你聪明反被聪明误,到时张信颖如愿以偿升职,夏想什么都得不到,让你看清形势,坝县到底是谁说了算。刘世轩斜着眼睛

看了黄鹏飞一眼,两个人微不可察地点了点头。

刘世轩虽然气愤之余,对李丁山故意和杜双林一问一答心中生疑,却没有想得太多,以为杜双林见势头不妙,又向本地派摇摆过来,想卖张淑英一个好。

吴英杰说完,意气风发地看了黄鹏飞一眼,心中闪过一个念头,县委书记管人事,要是组织部长不是一条心,李丁山肯定会有想法。真要是做一下调整的话,他这个办公室主任要是换到组织部长的位子,组织部位高权重,可比现在的位置好了不少。

副书记郑谦分管组织部,对李丁山搞突然袭击也是心生不满。虽然他对黄鹏飞一向不怎么听他的话感到头疼,但也觉得被李丁山问东问西,跳过组织部不说,也丝毫没将他这个副书记放在眼中。他无意中又瞥见刘世轩和黄鹏飞暗地里沟通,心中更是火起,举手发言:"李书记,我作为分管组织部的副书记,为什么有干部调整方面的议题,没有事先和我沟通一下?"

李丁山好像正等郑谦这一问,呵呵一笑说道:"是我失误了,郑书记的意见提得非常及时,干部提拔和调整是大事,以后凡是涉及干部的问题,先由我和郑书记、黄部长提前沟通一下,达成共识之后再拿到常委会上讨论。刚才我说的要提拔大学生干部的话,只不过是随口说说……"

不但郑谦愣在当场,刘世轩更是睁大了眼睛看着李丁山,仿佛不明白他究竟打的是什么如意算盘。明明是想提拔夏想,借机将张信颖捆绑在一起以争取得到他的支持,他也正做好准备对李丁山反戈一击,不想李丁山根本不给他反击的机会,直接就偃旗息鼓了。

李丁山绕了一大圈又回到了起点,他到底想要做什么?

所有的人都没有想到的是,李丁山声东击西的计策,是和夏想一起商量出来的。应该说,大部分是夏想的想法。按照当初夏想和李丁山二人的本意,本来只是想敲山震虎,借敲打王冠清的名义暗指刘世轩,毕竟也在贾寨村受过气了,不向他们寻找一下平衡,还真以为县委书记是一个摆设不成?

至于后来李丁山突然问杜双林重用大学生干部,纯属心血来潮,想试探一下众人的反应。却万万没有想到杜双林还真是一个妙人,竟然将张信颖抬了出来,让他大感意外的同时,又暗暗称赞杜双林虽然看似耿直,敢当面和张淑英顶撞,其实也有政治智慧和手段。

不过李丁山也有些想不明白,杜双林为什么会大度到突然提出要提拔张信颖?不解归不解,本来和夏想已经商量好要过一段时间再将他提上一格。但眼下有这么一个大好的机会岂能错过?他就顺水推舟,再抬出牛红妹来试探刘世轩,又借吴英杰之口抬出夏想,给所有人造成一个他一心非要提拔夏想的错觉,末了却又轻描淡写地收回先前所说,目的只有一个:抛出诱饵,愿者上钩。

当所有的人都以为他心急的时候,他又一点也不焦急地稳坐钓鱼台,接下来就该别人心焦了。李丁山看了一眼在一旁充当记录员的夏想,眼神交流了一下。

作为县委书记的秘书,夏想担当了会议记录员,没有发言权和建议权,更没有表决权。但至少参与了旁听,了解到了每一个人的动向,以便做到心中有数。

连李丁山都没有猜到的是,杜双林突然说出张信颖的名字,是受了夏想的暗示。

夏想没有资格坐在第一排,他一直在后排就座,手中拿着黑皮笔记本记录。李丁山问杜双林的时候,杜双林发愣了片刻,夏想借给杜双林倒水的机会,有意无意地将手中的笔记本打开放在他的面前,上面有他用粗笔写的张信颖的名字。本来不该夏想负责倒水,但他主动示好也没人说什么,杜双林却一眼看到了上面的名字,粗粗的黑体带有非常强烈的暗示。

夏想心里也没底,只是将机会抛到了杜双林面前,是不是能把握住全看他自己了。结果还是让他非常满意,杜双林一点就透,叫出了张信颖的名字。

散会之后,众人心思各异地走出会议室,吴英杰最后一个出来。他等所有人都走光之后,让人将会议室收拾干净,才悄悄来到李丁山的办公室,敲开了外间的门。

夏想正在整理文件,见是吴英杰,丝毫不觉意外,说道:"吴主任,很抱歉,李书记有点不大舒服,正在里面休息,没有要紧的事儿,晚点再说。"

吴英杰笑得很随意的样子:"小夏,晚上有事不?没事儿的话,我们一起喝一杯,我请客,怎么着我也比你早来坝县两年,算是半个主人……略尽地主之谊。"

夏想知道吴英杰迫切的心思,因为他选择了靠近李丁山,但李丁山对他一直不冷不热,让他心里没底,今天特意来请他吃饭,就是有进一步拉近关系的意思。其实走到哪里都有吴英杰这样的人要表示靠拢,虽说用或不用也是两可之间,但现在无人可用之时,暂时为己所用也无不可。

李丁山不出面,由他出面和吴英杰周旋,反而更让吴英杰时刻多加小心,为更进一层而加倍努力,也是好事,夏想就将文件放好,笑道:"吴主任请客,我怎么敢不听从领导的吩咐?领导说去哪儿,我一定准时到。"

等吴英杰走后，夏想将自己的想法和李丁山一交流，李丁山也持赞成态度。他刚才躲在办公室打电话，联系了京城方面的朋友，朋友说是隐约听说过有开发三山度假村的事情，不过没太注意，回头再给他详细打听一下。夏想听了，也知道有些事情急不来，就转移话题了，问道："李书记，你觉得张信颖听到风声后，会有什么反应？"

今天会议上李丁山公开表态要提拔大学生干部，杜双林也是郑重其事地推荐了张信颖，用不了半个小时，就会传到张信颖的耳朵中，然后张淑英就会在第一时间得知。以张信颖的性格，如果杜双林突然没了下文，她不急得团团转才怪。

迈出第一步

对杜双林来讲，有一个能折磨张信颖让她发狂的机会他岂能放过？在得到李丁山的授意之前，他能主动提拔张信颖的话，是没有政治智慧的表现，再说头上那一巴掌岂能白挨了？当然，这也是夏想私下里和杜双林沟通的结果。夏想算是算准了杜双林的性格，教师出身，有风骨，至少表面上会把事情处理得让人挑不出理，私下里的手段也有，却不敢做得太过。所以他清楚，要是让杜双林和李丁山站在一起，公开对抗刘世轩等人，绝对没门。但要是李丁山出头，让杜双林能当好人的同时，又可以暗中阴张信颖一把，也能恶心恶心张淑英，还能让刘世轩有苦说不出，他半推半就的也会答应下来了。

夏想正是拿张信颖这个刺头，将杜双林吃得死死的。至于杜双林和张淑英之间到底还有其他什么恩怨，也不急于一时非要了解清楚，反正他还有足够的时间将每个人摸得透彻。

晚饭时，他和吴英杰酒足饭饱之后，夏想抢先付了账。吴英杰好歹也是常委、县委办主任，主动请他吃饭就是放低了姿态，他再让人家付款，尾巴就翘得太高了。态度问题不容闪失，只要关键时候吴英杰肯出力，小小的一顿饭钱又算得了什么？况且吴英杰的热情也让夏想感慨，身为县委常委能如此放下身段也不简单，也是一个人才呀！

两天后，没等来京城的消息，也没有听到张信颖找杜双林闹事，却等到了冯旭光的来访。让夏想大感意外的是，冯旭光不是只身前来，同行的人居然是肖佳！

与上一次相见时相比,肖佳消瘦了一些,下巴尖尖的,再加上她双眼风情万种,身段妩媚动人,当前一站,就让人不由自主心生怜惜之感。

冯旭光来得之快倒没有让夏想有多少惊讶,他是一个想干就干的人,干脆爽快,不过却没有想到肖佳会和他一同前来。肖佳笑吟吟地从冯旭光的车里下来,向他挥动着右手,右腕上系着一个红绳,红绳上还有一只小巧的银铃。手一动,银铃叮咚作响,一瞬间夏想竟然有些失神,恍惚之间,以为眼前的一切都是一个不真实的梦境。

肖佳突如其来活生生地站在他的面前,蓦然想起以前的种种往事,夏想迟疑地问道:"你怎么来了?"

肖佳俏生生的脸蛋因为不适应海拔高度的原因,有两片绯红,娇若红霞,双眼如烟如雾,直直地凝视夏想。有那么一刹那,夏想感觉他身不由己地被肖佳的目光淹没,仿佛坠入一片云雾之中,再也无法脱身。

"看你傻呆的样子,也不知道是因为见到了冯总惊喜,还是见到了我太意外,怕我搅了你和冯总的好事?"肖佳见夏想没有她意料中的惊喜,就有意呛他一下,枉她对他日思夜想,他却对她不但电话很少,而且似乎从来没有柔情蜜意地说过动听的情话。

夏想见冯旭光一脸促狭的笑容站在一边,对他挤眉弄眼,让他多少有点尴尬。上次他向冯旭光介绍肖佳时,只说是以前的同事,没说有更深的关系,刚才的情景落在冯旭光的眼中,不言而喻,谁都能看出来肖佳对夏想的不满是一种思念和撒娇。

"怎么没提前通知我一声就突然杀到了,想来个突然袭击?老哥你也真是的,要带肖佳来总要先告诉我一声,好让我事先理个发洗个澡什么的,要不这形象出来见人,就太丢份了。"夏想不想在外人面前表现出和肖佳的亲密来,他只好拿冯旭光调侃。

冯旭光咳嗽一声,"砰"的一声关上奥迪车的车门,抽出一支烟点上:"临时决定,我要动身时肖佳才突然决定要来,还特意叮嘱我不要透露口风。肖佳厉害得很,我都怕她,哪敢不听她的话?不过说真的,夏想,肖佳不帮我的忙真是佳家超市巨大的损失,一路上她给我提了许多建议,精彩,精彩绝伦,我还是第一次佩服一个女人,不,是女孩,比我小十几岁的小女孩,简直太有头脑了……"

冯旭光说话不出三句,就又扯到了生意上,他对肖佳不肯加盟佳家超市始终耿耿于怀,总是不忘劝她改变主意。

"夏想,要不你劝劝她,让她加入佳家超市,我送她百分之一的股份。"冯旭光一边说,一边冲夏想坏笑,又扭过头去,察看肖佳的反应。

肖佳眼睛一飞,娇滴滴地说道:"好呀冯总,要不我去给你当助理,天天陪在你身边,在嫂子眼皮底下晃来晃去,你愿意不?"

冯旭光也吃不消肖佳的媚态,打了一个寒战:"助理就算了,让我老婆见我有这样一个助理,非得杀了我不可。你不愿意来佳家超市就算了,省得你到我们公司,害得我们公司的小伙子们成天魂不守舍,怎么开展工作?"又走过去亲热地抱住夏想的肩膀,"走,吃饭去,饿死了,边吃边聊,让我听听你的奇思妙想。"

坝县县城不大,像样的酒店没几家,夏想就坐在奥迪车内,指挥着冯旭光开到他上一次和吴英杰吃饭的酒家,名字叫落英苑。夏想就发现章程市也好,坝县也好,虽然不富,但别有一番异样的情调,就连酒店的名字都起得挺雅致。开始他在章程市和胡增周吃饭时,去的地方叫紫气阁安定苑,他还以为是胡增周附庸风雅自己起的。来到坝县之后他才发现,原来坝县所有的酒店也好,哪怕是一些销售日用品的商店,都会起一个好听的带点诗意的名字。

一方水土养一方人,此言不假。

"老哥,你什么时候买了一辆奥迪,不是资金紧张吗?"夏想闻着车内四处弥漫的新车味,见冯旭光十分熟练地操控着方向盘,忽然想起他以前的车好像是一辆桑塔纳。

"借的!"冯旭光也不瞒夏想,将车顺入停车位停好,熄火,"现在不是买好车的时候,有闲钱还不如用来投资,买哪门子奥迪,找一个朋友借的,我那个破车开长途不行,太累人。再说开奥迪来你这里谈生意,也拿得出手,可以充充门面。"

先生请自重

肖佳也下了车,可能觉得牛仔裤有些皱,就弯下腰抚平裤腿,却露出了后腰上一截白生生的嫩肉。见冯旭光先一步走进酒店,知道是有意给他留下空间,就上前一步抓住肖佳的小手,轻声问道:"给我来个意外,是不是想我了?"

肖佳直起腰,一把甩开夏想的手:"别得意了,谁想你,美得你!我是来谈生意的,在商言商,夏先生,请自重。"

夏想哑然失笑:"好像话里话外透露着一股火药味,你做军火生意?"

肖佳紧绷的脸再也忍不住了，"扑哧"笑了，如雪后初晴，光芒夺面而来，她眼波流转，嗔怪说道："我来确实有正事要谈，当然在谈正事之外，兼顾看望一下以前的同事，也不算什么，对不对？就怕别人会有别的想法，胡思乱想认为我是自投罗网，我可就有理也说不清了。别怪我事先没有声明，夏想，我主要是对你提出的超市自有品牌感兴趣，对于其他的事情，比如说你本人，兴趣不大。"

夏想点头，一本正经地说道："我谨代表坝县人民欢迎肖女士前来坝县考察投资，请先入座，让我略尽地主之谊。"

肖佳一脸矜持地点点头："最起码态度不错，第一印象合格。"

三个人在落英苑要了一个雅间，条件虽然一般，桌椅也有些陈旧，餐具卫生状况也很一般，不过也没人挑剔。冯旭光大大咧咧地坐下，也不客气，自作主张地随便点了几个菜，说道："你们就不用点了吧？我是老大哥，就替你们做主了。"

夏想却叫过服务员，又小声吩咐了几句。三个人要了几瓶当地啤酒，就着小菜，先喝了几杯。

冯旭光一口饮尽杯中酒，瞥了肖佳一眼："肖佳，我是来谈生意的，你是来发现商机的，我们三个人在一起的时候，只谈正事，不谈邪事，好不好？"

肖佳当然明白冯旭光暗中所指，毫不客气地说道："冯总的意思是说，让我识趣点，吃饱喝足之后就一边待着去，好给你们两个单身男人留出空间，方便你们出去鬼混？也是，燕市的莺莺燕燕太脂粉气了，而坝县这样山清水秀的地方，肯定有山间野味，另有一番情调。大鱼大肉吃惯了，想尝尝清新的野菜，对不？"

正好服务员进来上菜，听到肖佳的最后一句，接过话说："你们点的野菜马上就来，客人请不要着急。"

服务员一走，冯旭光笑得差点趴桌子底下去，夏想强忍着不笑，指着桌子上的凉菜说道："坝县人不爱吃辣椒，怎么刚才肖佳好像吃了一个大大的红辣椒一样？"

"嫌我说话不好听是不是？"肖佳赌气似的又喝了一杯啤酒，"不好听就别听，谁还不知道你们男人的花花肠子，你们爱怎么着是你们的事，别让我看到就行，眼不见心不烦。"

夏想冲冯旭光古怪地笑道："冯总，还敢不敢让她加盟佳家超市？这火辣脾气，不定什么时候就呛你一口，又辣又麻，让你半天缓不过劲儿。"

冯旭光收敛笑容，无奈一笑："自从你介绍肖佳给我认识之后，我早就已经身受其害了，还好我已经百炼成钢，现在总算适应了她的突然发作，不怕骂不怕呛不怕难听话，就当没听见算了。"

肖佳忽然又娇态毕露，柔声细语地说道："冯总，要不我给你当小秘好不好，钱不要太多，一个月一万五就可以了。"

冯旭光顿时一脸紧张："别，姑奶奶，我宁肯以后让你负责一家分店，一个月给你两万，只要你离我远点就好。"

"那你呢，夏想？觉得我怎么样？"肖佳又将目标对准了夏想。

"我倒是有点动心……"夏想笑嘻嘻地说道，目光清澈得如一汪泉水，"就是没钱，一个月一万五太高，我不过是一个小小的秘书，一个月一百五十都出不起。"

肖佳心中莫名地一疼，这是怎样的一个男人，让她日思夜想，难以割舍又不能长相厮守！尽管她很想乘胜追击，而且她也相信，凭借她的柔情和付出，夏想最后肯定会许她一个承诺，给她一个正式的名分。只是她不能这么做，她从开始时的好感，到后来的喜欢，再到如今的深陷其中，一步步被这个男人所吸引所折服，何尝又不想将他永远留在身边？女人比男人更愿意天长地久，只是她不愿意如此自私地只顾自己的感受，不考虑夏想的前途，非要不顾一切和他在一起。

肖佳再看到夏想清澈的目光，既有一丝真诚，又有一股成熟的味道，将年轻和阅历完美地结合在一起，没有了年轻的浮躁和轻浮，却多了成熟男人的稳重和深沉。更主要的是，他还没有中年男人的世故和赤裸裸的欲望流露，肖佳差点心疼得流下眼泪。比起文扬的贪婪成性和色急的丑态，夏想对她既有礼貌，又放心地将他应得的钱存放在她的手中，这样的男人，几乎就是唯一幸存的极品男人。

肖佳深吸一口气，压下心中不切实际的想法，脸上恢复了妩媚之姿："就凭你们两个男人，没有一个能让我动心，算了，不和你们胡闹了，说吧夏想，将你的想法和盘托出，最好让我们都眼前一亮，不虚此行才好。"

冯旭光猜到夏想和肖佳之间关系挺近，不过究竟到了什么程度，他也不敢肯定。见肖佳突然转移了话题，脸色正常，还看不出什么异常，不由一脸狐疑地看了夏想几眼，见夏想也是一脸平静，很认真地点头，冯旭光心里就更加嘀咕，难道看错了，难道夏想和肖佳没有谈恋爱？

冯旭光又想起夏想和曹殊黧在一起亲密的姿态，将曹殊黧和肖佳对比一下,心中明白了不少,曹殊黧大方端庄,漂亮是漂亮,但不妖。肖佳尽管更有风情,不过太媚了,男人娶她回家,多半爱生猜疑,还是曹殊黧比较旺夫。

他自以为是地下了结论。

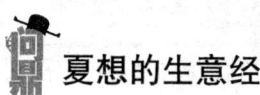
夏想的生意经

正好服务员上了一盘口蘑炒肉和一盘凉拌蕨菜,刚放到桌上冯旭光就叫了起来:"我没要这两个菜,上错了吧?"

夏想挥挥手让一脸愕然的服务员退下:"我要的,生意来了……"招呼冯旭光和肖佳两个人吃菜,"快吃呀,别愣着,尝尝鲜,真正的山间野味。"

肖佳白了夏想一眼,以为他故意打趣她,夏想假装没看见,见冯旭光还是迟迟不肯落筷,笑道:"我要谈的生意就是面前的两盘菜,先尝尝味道如何,然后才好继续谈下去。"

当二人吃过几口之后,都赞不绝口地连说好吃。尤其是冯旭光,三下两下就吃掉了大半盘口蘑炒肉,凉拌蕨菜更是几乎让他一个人吃光了。

很没形象地抹抹嘴,冯旭光嘿嘿一笑:"路上没吃饭,饿了点,好了,我吃好了,好吃。说说看,难道你也和肖佳想的一样,卖菜?"

冯旭光也算说到了点上,夏想的想法确实是卖菜,不过是要经过加工和包装的成品菜。

坝县山中产口蘑和蕨菜,若能加以充分利用,是一笔巨大的财富。运作得当的话,不但可以让冯旭光赚上一笔,也可以带动农民致富。现在却被刘河一手掌握,让他吃了独食不说,还让老百姓得不到半点好处。

夏想的想法是让冯旭光出资成立一家食品加工厂,先以承包荒山的名义买下出产口蘑和蕨菜的荒山,然后将出产口蘑和蕨菜的地点划分区域。在不破坏原生态的情况下,组织村民进行采摘,在山间适合种植口蘑和蕨菜的地方进行人工修整,在保留天然口蘑和蕨菜的同时,逐步推广人工种植,确保源源不断的货源。将收来的口蘑和蕨菜进行风干加工,加上外包装,打上商标,可以直供佳家超市专营。

夏想粗略估算了一下,由于坝县有大片大片的草原和荒山,在村边建造一座食品加工厂,地皮的花费几乎可以忽略不计,相关优惠政策自然不用担心,县里会有扶植的条文出台,基建费用应该十几万元就可以下来。至于食品加工的设备，他还没有来得及研究，估计也不会太高，因为也不是深加工，只是简单处理，方便运输和储存即可，应该不用买太昂贵的设备。

冯旭光心中震惊，他为夏想在经商方面也有如此独到的见解和眼光而感到震撼。虽然以前也曾得益于他的金点子而预先收取了不少厂家的保证金，渡过了佳家超市的第一个难关，不过当时他只是认为夏想不过是突发奇想，没想到，原来他还真有经商方面的天赋。

他看看夏想，再看看肖佳，忽然生出一种廉颇老矣的感慨，眼前的一男一女，年轻得过分，又聪明得不像话，让他对自己经商方面的自信有了一丝怀疑和自嘲。他浸淫商界数年，夏想和肖佳不过大学毕业才一年，他们凭什么？

不服归不服，冯旭光还是为可以结交两个如此优秀的朋友而感到由衷的高兴。有一句话说得好，看一个人的素质，就要看他身边的朋友。

沉吟片刻，冯旭光又尝了几口口蘑和蕨菜，嘿嘿笑了："味道是不错，光是燕市的饭店用量就不会小，只是坝县有这么好的资源，为什么没有人发现？"

不是没有人发现，是没有人敢虎口夺食罢了，而且坝县交通不便，信息闭塞，再加上刘世轩父子又刻意隐瞒，天然的宝贵资源才没有被外人发现，也让夏想捡到了宝。夏想毫不隐瞒刘世轩父子在坝县的势力，以及刘河所采用的非常手段，他特意提醒冯旭光："有李书记的大力支持，你在坝县开办工厂，政策上的倾斜和照顾没有问题。但有一点，刘世轩父子肯定大为不满，他们明着不会捣乱，暗中也会捣鬼，老哥，不知道你是不是应付得来？"

冯旭光"嗤"的一声，不屑地笑了笑："你老哥当年是团省委的人，辞职下海后折腾了好几年，才攒了点钱。说实话老弟，前几年折腾得很猛，形形色色的什么人没有见过？他敢来我就敢应战，鬼有鬼道，人有人招，他要装神弄鬼，我就给他来个鬼神全灭。"顿了一顿，他又不解地看着夏想，问道，"老弟，你全心全意为我出谋划策，说说看，有什么要求？或者说，你想得到什么好处？"

夏想毫不躲避冯旭光带有明显质疑的目光，笑得很坦诚："两个原因：一是为李书记做些事情，你来建厂投资算是李书记的政绩，同时又为村民带来好处；二是为了让老哥产业多样化，迈出向集团发展的第一步。"

"说来说去，怎么你好像没有一点好处可得？"冯旭光半开玩笑半是不信。

"我和李书记是同舟共济，和老哥是铁哥们儿，李书记升了官，老哥发了财，李书记是个念旧的人，对待身边的人最宽厚。至于老哥要是忍心事成之后把我踢到一边，不觉得良心上不安，我也就无话可说，自认倒霉。"夏想半是调侃半是试探。

冯旭光呼地站起,端起满满一杯啤酒:"男人说话不拖泥带水,喝干了这杯酒,就是同患难共富贵的好兄弟!"

肖佳有什么目的

肖佳目光闪动,脸上洋溢着异样的光彩,端着酒杯也站了起来,夏想温和地看了她一眼:"肖佳,你觉得我的想法是不是可行?"

"我要做冯总的代理,把口蘑和蕨菜打入京城市场!"肖佳一口喝干杯中酒,意气风发。

此话一出,连夏想都微微感到震惊,肖佳真是一个绝顶聪明的女子,一眼就看到了最亮点的地方。只要等山路一通,坝县离京城的距离就会由原来的千山万水变成咫尺之遥,只要她能打开京城的市场,食品加工厂出产的全部口蘑和蕨菜,面对庞大的京城市场,也会供不应求。

有远见面卓识,再有先人一步的动作,许多富豪因此而诞生。

饭后,夏想带领冯旭光和肖佳一起去见了李丁山。冯旭光来之前,夏想已经向李丁山透露了他的打算,李丁山自然没有异议,说是县里一定大力支持。这也是两个人早就商量好拿刘世轩开刀的第一步,李丁山在上面表态支持,让夏想着手去做,以发展坝县经济的名义引进投资,就算刘世轩及其支持者强烈不满,也不敢公开反对,而且也有理由相信,石堡垒至少会持赞成态度。

身为县长,坝县的经济要是迈上新的台阶,他也有一份政绩在内。

李丁山和冯旭光是初次见面,同为燕市人,也没有太多的客套和寒暄。再有冯旭光善于察言观色,谈吐又有风趣,和李丁山倒也是一见如故,谈得十分投机。李丁山也没有说太多的官场套话,直截了当地说道:"冯总要来坝县投资建厂,一句话,选址和优惠政策都没问题,我可以保证政策上最有力的支持,但其他方面还要靠你自己解决。"

冯旭光也明白李丁山的言外之意,坝县穷,不缺低廉的劳动力,不缺地皮,就是缺钱,要从银行贷款恐怕有一定的困难。他也暗中估算了一下,在坝县开办一家工厂确实也如夏想所说,花费不了多少,几十万元的资金,他压缩一下开支,再想想办法,应该不成问题。

"资金问题我会自己解决,请李书记放心,只是最大的担忧就是交通……"夏想也向他说明了三山度假村的开发带来的巨大好处,不过在得到确切的消息之前,冯旭光说不担心那是自欺欺人。食品厂建在坝县确实优势很大,但要是没有夏想所说的一条直通京城的路,所有的努力只能是空想。从坝县绕道到章程市,再从章程市到京城,再从京城到燕市,太远了,运输费用也会高得令人咂舌。

李丁山如实相告:"京城的朋友正在四处打听消息,一有消息我就会第一时间知道,也就是这两三天的事情,反正冯总好不容易来坝县一趟,肯定要四处走走,实地考察考察,就让夏想陪你们到处转一转,正好也等等京城那边的消息……"

肖佳在公司的时候就和李丁山不太熟,接触不多,她的突然出现也让李丁山颇感吃惊。不过介绍的时候,夏想说她是冯旭光的助理,他也就没有多问。不过李丁山暗中观察了一下,发现夏想一脸坦然,肖佳也是落落大方,没有丝毫的局促和尴尬,也就释然了。现在肖佳也算客商,立场不同,身份不同,表面上还是要客客气气的。

李丁山不时投来狐疑的目光让夏想无奈地苦笑,肖佳非要见李丁山一面,他也不能非要阻拦。只是他不太明白,肖佳主动前来坝县,肯定有什么目的。她到底想要做什么?不会仅仅是要和他见上一面这么简单吧?

他明白,李丁山是担心他受不了肖佳的诱惑,而和她发生一些什么。问题是,事情已经发生过了……他只有冲李丁山悄悄点了点头,意思是他自有分寸。

在京城那边还没有传来确切的消息时,李丁山不想让县委县政府的其他人知道发展旅游度假村和食品厂的计划,万一因为三山度假村事情有变,影响了山路的修通,度假村和食品厂就成了一个笑话,会让他在县里威信扫地。

坝县县委招待所离县委大院有一段距离,三个人开车过去,夏想以县委办公室的名义要了两个房间,服务员见过夏想,甚至没有要冯旭光和肖佳的身份证,只让夏想签了字了事。

肖佳心情愉快,从炎热的燕市来到凉爽的坝县,又是如此的宁静和美,让她有点流连忘返,不过还不忘打趣夏想:"行,不愧为县委书记的大秘书,一朝权在手,就把令来行——住宿都不用花钱,我就当来这里休假算了,住个十天半个月也好。"

夏想就笑:"恐怕小地方的山野风情,留不住大都市来的美女,当休假还成,真要让你长期在这里工作生活,就会感到单调和厌烦了……行了,别感慨了,我们现在去草原上看一看,实地考察。"

扭头又对冯旭光说道:"可惜老哥你开的是奥迪,要是开一辆越野车来,就可以一路开进草原深处,现在想要去看看口蘑和蕨菜生长的地方,我们得骑马过去。"

"骑马我没问题,就怕肖佳不会骑,要不肖佳你自己在房间里休息,别跑东跑西了。"冯旭光也不知道出于什么考虑,居然提出让肖佳留下。

肖佳自然不肯:"休想,谁说我不会骑马,我小时候就会骑驴了,小瞧人!冯总,你是别有心思,想把我支开,单独和夏想谈别的生意,对不?"

冯旭光摆摆手,摇头一笑:"算我没说,不识好人心,到时受不了骑马的苦,别怪我没有事先提醒你。"

将车停在贾寨村一处开阔地,夏想不费什么力气就又找到了黄海,让他牵来四匹马,由他前头带路前往滚龙沟。当地人口中所说的生长口蘑和蕨菜的山沟,滚龙沟比上次去的花海原远了不少——花海原是夏想起的名字,当地人就叫花甸了。

黄海兴致勃勃,围着夏想转个不停,脸上的笑容比阳光还灿烂,看得冯旭光心中直没底。冯旭光把夏想拉到一边小声问:"你雇他花了多少钱,看他乐成那样,四匹马加一个人,会不会很贵?"

只适合做商业伙伴

夏想用手一指一望无际的草原:"你想在这一片广阔的天地之间,任意一块地方建造厂房都可以,雇用廉价的劳动力也是非常方便。四匹马加一个人,本来只用给两盒烟就可以,不过要是你给他二十元,他就会更加卖力。"

冯旭光张大了嘴巴:"果然是善良的老百姓,好说话,好干活。"

肖佳从后面打马过来,超过二人,挑衅地笑道:"谁敢说我不会骑马,有本事追上来看看。"一扬缰绳,催动马儿一溜儿小跑,片刻跑得只剩下一个黑点,在茫茫天地之间,显得格外轻灵和美妙。

肖佳穿着紧身牛仔裤,脚上一双白色旅游鞋,外套脱下来系在腰间,头上还戴了一顶用草编织的遮阳帽,俏丽动人,如一只出笼的黄鹂鸟,双腿夹紧马腹,屁股微微翘起,骑马蹲裆式的姿势非常标准。她闪身而过时的回眸一笑,让夏想战意高涨,猛然一提马缰,冲冯旭光喊了一声:"我先追,你断后……驾!"

冯旭光笑骂一句:"你们两个人打情骂俏,关我什么事?还断后,你以为是打仗呀？"

苍茫的草原之上，浩荡的天地之间，两匹马一前一后飞奔，越来越接近，不时传来一阵阵清脆悦耳的笑声。

冯旭光摇摇头，动了动颠得生疼的屁股，对身旁的黄海说道："小黄，我们慢慢走，不急，让他们放风去。"

黄海讨好地一笑："也不算远，慢慢走半个多钟头也能走到……冯总是做大生意的人，坐惯了汽车，哪里还受得了骑马的苦？"

冯旭光三教九流的人物见多了，不多时就和黄海聊得十分投机，通过黄海之口，将当地情况摸得一清二楚，心中就更加断定了夏想所说的食品加工厂是不二选择。不过心中也对刘世轩父子的反扑隐隐担心，他们此举是虎口夺食，完全断绝了刘河的财路，刘世轩父子不急才怪。

不过想想也顾不了那么多了，在商言商，有利可图的事情，早晚会被打破垄断，既然让他赶上了，就让他来做第一人也好。

夏想没有想到肖佳马骑得这么好，似乎她身上有许多他所不知道的秘密，比如，肖佳是哪里的人，家里有些什么人，是哪所大学毕业的，等等。他只知道她叫肖佳，和他是同事，尽管两个人已经突破了男女界限，不过在夏想眼中，肖佳还是和以前一样陌生。

和肖佳并排奔跑在茫茫草原之上，不辨东西南北，只听到耳边风声呼呼直响，一些不安分的长草打在腿上，虽然不疼，也有一些麻麻的感觉。

夏想和肖佳下了马，二人都累得气喘吁吁，尤其是肖佳，脸上浸了一层细细的汗珠，显得俏脸比以往更加粉嫩动人。肖佳摘下帽子，将束起的头发散开，任由轻风吹拂秀发纷飞，十分认真地问夏想："坝县除了口蘑和蕨菜之外，还有其他的资源没有？既然你在这里，只要路一通，坝县的优势就会彰显，我也要抓住眼前的机会，大干一场。"

夏想顺着肖佳的话说道："资源和优势还有不少，我也正在努力发掘，目前主要精力还是要投入到食品厂上面……怎么，你又有了什么新的思路？"

肖佳将手放前额前，向远处观望："坝县有这么好的天然草原，不发展旅游就太可惜了。如果真和你说的一样，可以借助三山度假村开发的东风，打通一条通向京城的路，坝县的旅游市场大有可为。天蓝草绿，风景如画，要是在草原之上也开发出度假村，相信一到夏天，京城的许多有钱人都愿意来这里避暑，真是让人流连忘返……"

肖佳确实有着超乎常人的商业头脑，精明过人，不过女人太精明了也非好事。夏想心中五味杂陈,不知道是该为她的眼光毒辣而心生赞叹,还是为她时刻流露女强人的一面而暗暗悲哀,或许肖佳真的只适合做一个商业伙伴。

冯旭光和黄海来到之后,四人一起牵马入林,不多时来到一片长满口蘑的空旷地,价值不菲的口蘑就如平常的杂草一样,到处都是。冯旭光双眼放光,看了夏想一眼,要不是黄海在场,他忍不住就会欢呼起来。

简直就是遍地黄金!

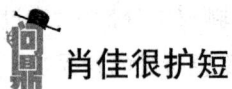
肖佳很护短

一行几人又跟着黄海看了生长在阴暗潮湿之处的蕨菜,就跟遍地都是野草一样,散乱在各处,数量之多远超夏想的想象,冯旭光更是强压心中的狂喜,不停地朝夏想点头,暗中竖大拇指。只要花上十几万建造好工厂,再雇用村民前来开挖,几乎再也不需要其他费用,满地的口蘑和蕨菜,就和扔了一地的钱没两样。

当然最关键的前提是,道路必须畅通,否则一切都是空谈。

肖佳虽然也对口蘑和蕨菜有些兴趣,但显然不如冯旭光狂热,只是跟在后面,不发一言。她偶尔跳到路边采摘一朵小花,拿在手中转个不停,若有所思的神情,也不知在寻思什么。

高兴之余,除了将车上的几盒烟都送给了黄海之外,冯旭光还额外给了他五十元钱,把黄海乐得直想拉住冯旭光不让他走。最后好说歹说,才算谢绝了黄海要请他们去家里吃饭的请求,冯旭光也没有心思留在贾寨村吃野味,直接开车回到了县委招待所,和夏想、肖佳一起关门商议食品厂的事情。

"名字我都想好了,就叫旭光食品厂,初步打算投资二十万,设备费用另算……"冯旭光兴致颇高,不时站起坐下,坐下又站起,还兴奋地走来走去,"太好了老弟,你真是我的福星,自从认识你之后,我的路子走起来特别顺,而且还有接连不断的好事,你给我交个底,三山度假村的事,有几分可信?"

肖佳不满地白了冯旭光一眼:"堂堂的冯总,怎么这么沉不住气?转来转去,你不觉得累吗?"

冯旭光也不知道被肖佳呛过多少次,讪讪一笑,也不反驳,一屁股坐回到床上,一双眼睛眨也不眨地看着夏想。

夏想现在也不敢百分之百打包票:"可信度很高,但在动工之前,就算立了项,谁又敢说不会节外生枝?李书记也正在千方百计打听,我们静候佳音就可以了。我说老哥,你好歹也经商多年,怎么遇到事情还这么急躁?"

冯旭光先被肖佳抢白,又被夏想埋怨,也不生气,嘿嘿干笑几声,喝了一口水:"我这不是第一次发现在超市之外,还有其他实业可以赚钱,当然高兴了。我原本只想守着一个超市,也足够我吃吃喝喝了,没想到超市还没有完全建好,野心倒是越来越大。老弟,我是不是受你的影响,被你带坏了?"

肖佳将水杯猛地放到桌子上,一脸不快:"冯总,你怎么说话的,什么叫夏想带坏你了?我觉得反而是你这样的中年坏男人,才容易带坏夏想这样纯洁的小男生。再说夏想人又聪明,又处处为你着想,你还说他坏话,你到底有没有良心?"

肖佳的话就如朝天椒一样,一听呛人嘴,二听呛人肺。冯旭光经商多年,早已习惯了被人捧着端着,被肖佳毫不留情当面指责,句句诛心,饶是他认为已经习惯了肖佳的火辣脾气,当着夏想的面,一下子也觉得面上无光,不由脸色一变。

夏想明知肖佳护短是为了维护他,不过也要看是针对谁,心中也有些愠怒,冲她不快地说道:"肖佳,以后注意你的说话方式,我和冯总了解你,不会怪罪你,要是别人被你噎上几句,谁还会让着你不成?别人可没有冯总那么大度,有容人之量。"

肖佳还想还嘴,夏想用手向外一指:"到外面冷静一下!"目光虽然温和,却有一股不容置疑的坚决。向来不服人不低头的她不知为何心中一跳,轻轻应了一声,一句话也不反驳,蹑手蹑脚地推门出去,临出门时,还回头俏皮地笑了一笑。

冯旭光惊得目瞪口呆,刚才情急之下有点失态,已经平息了心中的怒意,还暗中嘲笑自己居然会被一个小丫头激怒。没想到一向得理不让人、事事不肯吃亏的肖佳,在夏想面前乖巧得像个小女生,不由得让他大跌眼镜。

不过夏想没有给他继续追问此事的机会,就直接和他谈起了具体操作事宜。二人进入状态之后,经过认真地核算,认定最终投资金额应该在一百万左右,首先要承包滚龙沟一带的荒山,要想保证足够的出产供应,一千亩荒山是不能少的,而且还要考虑到以后的轮休和开辟人工种植的合适地点,等等。一千亩荒山的承包费用,按每亩每年十元钱计算,承包期二十年来算,需要二十万资金。夏想建议,二十万元的承包金最好一次性付给县里,以显示出资方的诚意。

对此冯旭光并没有异议,他也知道李丁山需要政绩,需要拿出实在的成绩来说服别人。而且在他看来,每亩荒山每年十元钱,确实价格足够低廉,和里面蕴含的巨大商业价值相比不成比例。

其他费用包括建造厂房和购买设备,估计也能控制在五十万之内,再加上其他不可预计的支出,短期内一百万的流动资金就足够保证食品厂制造出成品。夏想让冯旭光直接向县里做出投资不低于两百万元的承诺,不过两百万资金不是一次性到位,前期的一百万资金完成所有的项目之后,只要产量和销售上去了,自然就可以借鸡生蛋,后期资金问题也就迎刃而解了。

多报出一百万元,等于李丁山的政绩增加一倍,县里对冯旭光的重视程度也会相应提高。

二人一直谈到夜色四合,冯旭光跺跺脚搓搓手,脸上的笑意收不住:"不虚此行,不虚此行,没说的,老弟,你的眼光超级准,超级远,老哥以后还要多向你请教。走,今天晚上我请吃饭,好好喝一顿。"

二人下楼来到院中,见肖佳一个人在清冷的月色下,百无聊赖地转来转去,还不时地用脚踢着石子。月光下,可见她脸上带有一丝不快,本来妩媚动人的脸庞被月光一照,犹如镀了一层光晕一般,和脸上的粉面带霜相映成趣,别有惊心动魄之美。

所谓月下看美人,美上加美,果不其然。

冯旭光悄声对夏想说:"老弟,别说我没提醒你,肖佳是漂亮,不过人太媚,脑子太聪明,一般男人收服不了她。就算你现在治得了她,难免以后不会反弹,漂亮又聪明的女人最好别惹,真要娶回了家,费心费力,基本上一辈子就被牵绊住了。"

冯旭光语重心长,一副循循善诱的长辈风范,看了一眼月光下的肖佳,又急忙躲开目光,好像多看一眼肖佳就犯了多大的错一样。

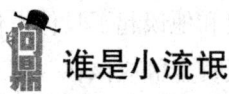
谁是小流氓

夏想笑笑,没有说话,他心中对肖佳不是没有执念,只是他也越来越感觉到,有时候保持一个恰当的距离,反而让两个人更好相处。肖佳性子太要强,而他看似绵软,其实是绵里藏针,两个人在一起真要到发生矛盾的时候,最后说不定会是一个两败俱伤的结局。

三个人随便吃了晚饭,饭后肖佳提议散散步,冯旭光犹豫片刻,将夏想拉到一边,又叮嘱几句。无非是他前途无量,犯不着因为肖佳而让仕途受阻,希望他三思而后行。

冯旭光能够当面说出这些话,夏想还是暗暗感激,冯旭光是真将他当成了知心朋友,当成了以后经商过程中不可或缺的伙伴,所以才对他如此关心,唯恐他一步走错而误了大事。夏想原地转了一圈,用手轻轻拨弄旁边的一株常青藤:"老哥,我知道你担心的是什么,我也承认,肖佳的漂亮确实是个正常的男人都无法抵挡,不过不管做什么事我都自有分寸,不会因小失大。"

冯旭光放心了:"哈哈……好说,那我就回去歇息了,开了一天车,乏了。"

入夜的坝县气温下降很快,才八月,就已经有了微微凉意。

肖佳不知何时换了一身打扮,轻纱连衣裙,不但合体还很衬她白洁的皮肤,在月色之下漫步,犹如凌波仙子。轻纱拂动,掠过夏想的胳膊,他伸手抓住肖佳滑嫩的小手,放在手心,轻声说道:"真的不是特意来坝县看我的?"

肖佳双眼之中亮晶晶的光彩犹如天上的明月,她一只手任由夏想抓着,另一只手托着下巴,优美的脖颈长而秀气,隐约可见的锁骨性感迷人。不过脸上却没有惹人心动的情思,反而是若有所思的神情:"夏想,你说我是做蔬菜批发好,还是来坝县投资度假村好?蔬菜批发前景不错,不过三山度假村一旦开发,坝县的旅游资源就会立刻显示出巨大的魅力,也会爆发出不可估量的商业价值。只是度假村投资太大,我手中没有那么多的资金,要不我还真想试一试……"

"度假村真要实施起来,阻力会很大,一时半会儿不会有太大的进展,需要从长计议……"夏想注意到肖佳一谈起生意就会格外入神,整个人都会焕发一种迷人的光彩,全部心神都沉入其中,脸上呈现出少见的果断。都说深思的男人让女人沉醉,原来沉思中的女人也同样让男人心迷,"你也不适合来坝县投资度假村,而且我也不允许你插手这件事情……"

对于度假村一事,夏想另有打算,冯旭光不是最佳投资人选,肖佳更不是,因为度假村一旦由李丁山提到明面上,必定触动各方利益,到时风起云涌,不一定会出现什么样的不利因素,冯旭光和肖佳都不适合搅入浑水。

度假村要是操作得当,不但能给坝县人民带来切实的好处,还能给李丁山的仕途写上浓重的一笔。当然,也不可避免地会带来坝县政坛的动荡,或许会重新洗牌也说不定。

"为什么不让我赚钱?"肖佳不满地嘀咕,仰起小脸,眉目之中明显流露出不满的情绪,"你是我什么人,敢以命令的口气不允许我插手?我偏要插手,你能拿我怎么样?"

女人还是撒娇和柔美才动人,肖佳一收脸上的沉思,顿时一片春光明媚,仿佛一下就驱散了周围的黑暗。夏想笑了笑,用力抱了抱她的肩膀:"这件事情很复杂,暂时也不能说得太多,听我说,你在燕市做蔬菜批发生意就非常好,以后肯定可以大赚一笔。还有,我建议你尽快着手此事,打通各个环节,在最短的时间内进入燕市的蔬菜市场。等你有了一定的经济实力,再转战京城,说不定,我还会在坝县给你一个大大的惊喜。"

"可以告诉我是什么惊喜吗?"肖佳被夏想脸上的自信和刚毅打动,不知道他又在策划什么大手笔,总之他总能给人惊喜,而且每次都设想得十分周到,让她心生折服。

"还是暂时保密为好。"夏想半开玩笑地说道,有些事情不能过早透露,即使是对肖佳也一样,言多必失,有些秘密还是只有他自己知道为好,"不过我对你看好蔬菜批发的前景十分赞赏,小姑娘眼光不错,值得表扬。"

"不说拉倒,谁稀罕听你骗人。"肖佳明是责怪,其实眼中一点埋怨的意思都没有,脸上也有浅浅的笑意,"什么小姑娘,真难听,我可不是未经世事的小姑娘……你是不是在坝县又骗了谁家的小姑娘了,一时嘴快就说漏了嘴,对不对?快老实交代!"

女人要是不对男人吃醋只能说明两点,一是她不在意他,二是她心中有别人,和他只是逢场作戏。肖佳的话中有浓浓的酸意,半是调笑半是质问,夏想就含蓄地笑:"这个问题不太好说,因为我一向对自己的魅力没有专门做过测试,而且我对骗小姑娘也没有精心研究,技术上不太成熟,要说是被小姑娘骗还大有可能。"

"谁会看上你?有点黑有点瘦,又不帅,长得吧,虽然还算有点精神……"肖佳恢复女儿家的娇媚之态,笑嘻嘻地用力推了夏想一把,离他几米之远,假装上下打量他。

夏想站好,摆出一个姿势,特意让肖佳欣赏。肖佳用挑剔的目光好像在对一件衣服品头论足,让夏想心中直发毛,笑道:"看够没有?我健美的身材穿着衣服看的话,不太容易发现内在的优点。"

肖佳当然知道夏想的暗示,脸一红,笑骂:"小流氓!"

肖佳的声音不大,不想她的话音刚落,突然从旁边响起一个十分响亮的声音,一个人从夜色之中走出来,一身白色的连衣裙,披头散发,手中还拎着一个小竹篮,"怎么是你,小流氓,你又在调戏谁家的女孩子?哼!色狼就是色狼,改不了流氓本性,我果然没有看错你。"

两美相遇,智者胜

夏想吓了一跳,肖佳更是"啊"了一声,一下子跳到夏想怀中,心惊肉跳地叫道:"女鬼!"

白衣裙被两个人的过激反应也吓得不轻,退后一步,用手抚胸,连拍数下,才长出一口气说道:"拜托,一个大美女非让你们说成女鬼,有点眼光好不好?也难怪你会被小流氓骗,和小流氓在一起,估计你也不是什么好人。"

张信颖手中拎的竹篮中有毛巾、香皂还有洗发水,再看她头发湿漉漉的还在滴水,脸上没有化妆,虽然比不上曹殊黧的美丽和肖佳的妩媚,却自有一股清新的秀丽之气,嘴唇微微撅着,下巴微微昂着,用轻蔑的眼神看着夏想。

肖佳躲在夏想身后,又正好在一处阴影之中,张信颖没有看清她的模样,就冲夏想点点头:"小流氓,我问你话呢,怎么不回答?"

夏想感觉胳膊内侧的肉猛地一疼,是被尖锐的指甲尖拧了一把,疼得他直咧嘴,说话就有点漏风:"张信颖,你,你好……洗澡去了?"

冷不防被夏想亲热的口气问,张信颖没反应过来,下意识地答道:"是呀,刚刚舒舒服服地洗了一个澡……呀,你怎么知道?"

夏想用手一指她的头发,又指了指她的右手。张信颖的右手一直放在胸口处没有拿下来,尽管路灯昏黄,她的胸部轮廓依然清晰可见。

张信颖明白过来,顿时又羞又急,面红耳赤地啐了夏想一口:"臭流氓,大浑蛋,大色狼……"

夏想无奈地摇了摇头,他只不过是提醒她防止走光,却被她反应过度再一次贴上大大小小的坏人标签,难道他真有这么坏?正要小声问问肖佳,却感觉胳膊内侧的同一位置在一秒之内传来两次剧疼,同时一个威胁的声音响起:"都被人当面骂成流氓了,说吧,是不是骗了人家小姑娘?臭男人没一个好东西。"

为什么女人都不讲道理?夏想正要解释两句,突然对面的张信颖恼羞成怒地冲了过来,扬手就打……

肖佳现在就认为张信颖和夏想之间肯定发生了什么,所以张信颖才会一见夏想就骂他小流氓,而且话没说两句,又要动手打人。打是亲骂是爱,肖佳心里吃醋的同时,又怎么能容忍张信颖当着她的面打夏想?她一伸手就抓住了张信颖的手腕,冷冷地说道:"想要打夏想,得问问我同意不同意!"

张信颖知道夏想身旁是一个女孩,不过一直躲在阴影之处看不清楚。等她闪身出现,张信颖顿时觉得眼前一亮,犹如拨云见日一般,一张如花似玉的娇美面容出现在眼前,让一直以来以美女自居的她也不由自主为之一愣,屏住了呼吸。

肖佳太美了,美得娇艳,美得夺目,美得让她自惭形秽。

"你是夏想的女朋友?"男人遇到美女容易失去自信,女人也是一样,张信颖一下子气势全消,期期艾艾地说道,"我,我不是诚心要打他,实在是他太讨厌了,还爱耍流氓。你要是他的女朋友,可得好好管管他,看紧了。"

夏想差点掩面而逃,张信颖毁人清白的本事一流,三言两语就把他一个流氓无赖形象树立起来了,好像他真是无恶不作的小混混一样。

"张信颖,你不要信口开河好不好?我什么时候不老实了?"夏想迫不及待地想要解释几句。

肖佳将他拉到一边,露出一丝古怪的笑容说道:"现在没你什么事了,你只需要老老实实地待在旁边,闭紧嘴巴就可以了。"又回头嫣然一笑,伸手将张信颖拉到一边,小声说道:"他做了什么坏事,你尽管一五一十地告诉我,我会好好收拾他的。"

张信颖将信将疑地看了肖佳一眼,有点怀疑肖佳为什么会向着她说话,想了一想,还是招架不住肖佳真诚的笑容,把她和夏想之间的矛盾和盘托出,最后还强调说:"他的眼睛总是色眯眯地看人,眼神不正的人,心术就不正,你可要把他看好了,别一不小心他就跟着别的女人跑了。"

肖佳强忍住笑,向夏想招招手,对张信颖说道:"我不是他的女朋友,只是他的普通朋友……"

夏想正好听到最后一句话,见肖佳眼神中戏谑的神色,知道她有心捉弄张信颖,想想也是,依肖佳的脾气,能容忍张信颖这样胡搅蛮缠的人才怪。

"你这么漂亮,肯定是看不上他吧?也是,他长得有点黑,一点也不好看,个子连一米八都没有……"张信颖时刻不忘打击夏想几句。

"你猜错了。"夏想冲肖佳眨眨眼,却是和张信颖说话,"是我没看上她。"

"骗人,吹牛,自吹自擂!"张信颖自然不会相信。

肖佳叹了一口气,一副幽怨的表情:"他说得没错,是他看不上我。他身边美女如云,至少有三个大美女围在他身边,个个比我漂亮百倍,我在他眼中,确实不值得一提。"

明明知道肖佳是在假装,夏想还是被她真假难辨的口气迷惑了,不由心中一荡,忽然之间感觉肖佳好像有点假戏真做。

张信颖张大了嘴巴:"不会吧?就他一个黑不溜秋的穷小子,还会有比你还漂亮的美女喜欢他?别开玩笑了。"

肖佳忽然语气一变,一句火辣辣呛人的话脱口而出:"连我他都看不上,他还会看上你?你是不是太自作多情了?别人看你一眼,你就骂别人是流氓,要是你没有希望被别人耍流氓的想法,怎么会连别人看你一眼也当成耍流氓?你要不是心理变态,就是太自恋了,建议你找个镜子照照,像你这种姿色的所谓美女,到处都是,别说见惯了美女的夏想不会对你有想法,一般男人见了你,顶多只会看上一眼,就不会再看第二眼了。"

世界上有两种花痴

肖佳的话如天降大雨,瞬间将张信颖浇了个透心凉。她脸涨得通红,双眼里全是泪水,身子颤抖半天,用手指着肖佳:"你,你,你……"半天说不出一句完整的话。

夏想搓搓手,肖佳真厉害,快语如珠,就如一把夺命的匕首,直中张信颖的要害。张信颖虽然蛮横,哪里有肖佳能说会道?支吾半天,突然"哇"的一声放声大哭:"你们两个人都是流氓,一个男流氓,一个女流氓,一对流氓……"

张信颖转身就跑,竹篮中的东西掉了一地也顾不上捡,转眼间跑得无影无踪。

肖佳好好替夏想出了一口气,夏想为了表示他内心的感激,非要彻夜陪她片刻不离,却被肖佳婉拒。她的理由很充分,她不想让冯旭光知道之后会有别的想法,更不想让李丁山对夏想心生不满。

肖佳清楚,李丁山对她没有好印象,不冷不热像对待一个陌生人一样。以她的聪明,怎么会猜不出李丁山心中的顾忌?他肯定不愿意夏想和她有什么纠葛。

夏想虽然很想和肖佳一夜缠绵,但他也知道肖佳确实为他着想,而且也清楚真要和肖佳过夜,李丁山嘴上不说,心中也会留下芥蒂。

果然他一回到和贾合合住的住处，贾合就一脸惊喜地笑道："肖佳是不是特意找你来了？我还以为你晚上不回来了，没想到意志还挺坚定。"

第二天夏想又向李丁山请假，以带领冯旭光和肖佳选择工厂地址的名义，准备再到贾寨村一游。这一次目的明确，就是要选择一个合适的地点，一旦有了三山度假村的确切消息，就会正式向县里提出承包荒山，然后就动工建厂。

冯旭光是下定了决心要上食品厂项目，又劝说肖佳也助他一臂之力。肖佳只是笑着摇头，不接冯旭光的话。

初步选定在贾寨村和滚龙沟中间建厂，离贾寨村两公里，离滚龙沟就远了一些，大概五公里。如果再离滚龙沟近一些，就过于荒凉，也不方便运输，只好折中在中间。

看好地点，到了中午就在贾寨村的乡村饭店吃了野味。黄海跑前跑后无比殷勤，冯旭光对他印象非常好，准备工厂建好后，第一个招他入厂当保安队长。要在当地建厂，必须和周围的村民搞好关系。

本来夏想还想邀请二人到花海原一游，不料冯旭光和肖佳异口同声表示不感兴趣，让他颇为郁闷。冯旭光一个大老爷们不喜欢花花草草还情有可原，肖佳身为美女却没有热爱自然的觉悟，除了谈生意之外，对其他事情都是兴趣全无，让他心中感叹，女人哪怕是美女，如果真要成了女强人，也是相当无趣的事情。

吃过午饭又开车在坝县四处转了转，二人的话题始终不离生意。肖佳对食品加工厂不感兴趣，却冲夏想要了坝县的相关资料，看了一遍又一遍，寻找合适的商机。夏想见到肖佳沉迷的样子有些好笑，只好忍着，又不能提前告诉她打算，只好由她去，让她费费脑筋也好。

见二人都是意兴阑珊，夏想提议不如回县城等京城的消息。刚回到县委招待所，一下车，就遇到了一个没有想到的熟人——市委组织部副部长张淑英。

张淑英不是一个人在此，在她旁边陪她说话的，不是张信颖又能是谁？夏想很不愿意见到张信颖，不过既然遇到了又没有办法躲过，只好硬着头皮上前说话。

"张部长，您好，怎么又来坝县视察工作了？没能到城外去接张部长，失礼，失礼……"夏想嘴上说得客气，心里明白张淑英这一次肯定不是公事，因为县里没有接到通知。

张淑英正侧着身子和张信颖说话，听到身后有人叫她，回头一看，脸色顿时舒展开来，绽放出无比亲热的笑容："小夏呀，这么巧？别跟我这么客气，我不是来视察工作的,是来探亲,来草原上走一走,转一转。你也知道,在城市里待久了,满眼都是灰色,都麻木了……"她的话多得让夏想直想皱眉,幸好她又注意到了他身后的冯旭光和肖佳,愣了一下,又问,"这两位是……"

与张信颖初见肖佳时的惊艳不同,张淑英虽然也被肖佳的明艳震惊,不过目光只是在她脸上停留一秒不到,就又转移到了冯旭光身上。冯旭光又高又胖,属于人高马大的类型,一见之下,张淑英的目光就热烈起来,紧盯着冯旭光不放。

张信颖白了夏想一眼,下意识地一捂胸口,还好给他留了点面子,只是低低的声音骂了一句:"小流氓,臭色狼!"

世界上有两种花痴,一种是极度渴望男人,见到男人就要倒贴,就主动投怀送抱的花痴;一种是极度自恋,自以为是天下第一美女,男人只要看她一眼,就好像对她有不良企图,其实不过是她自欺欺人,是她一厢情愿的幻想罢了。

显然,张信颖属于后一种花痴。

不过说实话,张信颖虽然不如肖佳惊艳,长得还算耐看,五官小巧而迷人,身材各处都十分协调,比例得当,让人挑不出毛病。她穿着一件长袖长裙,上面印着大红的花朵,猛一看,还以为是少数民族的美少女。

美人带刺不怕,就怕美人是刺头儿,生瓜,夏想才懒得理她,转身热情地给张淑英介绍冯旭光和肖佳。他只是说二人是他在燕市的朋友,前来坝县游玩。冯旭光和肖佳自然心领神会,也就附和着夏想说了一些客套的场面话。

张淑英的眼光却不停地在冯旭光身上扫来扫去。

↗ 08 牢牢抓住主动权

 冯旭光也有省长背景

虽然夏想也多方猜测张淑英对坝县的影响到底有多大，刘世轩等人和她的关系到底有多近，她在市委组织部说话到底管不管用，但种种迹象表明，一开始他将张淑英当成沈复明派来试探李丁山的人，也许还真是高估了她的水平。现在想想，沈复明说不定派张淑英这样一个护短又任人唯亲的人前来坝县，就是为了给李丁山添乱，让她来恶心人。

夏想看得出张淑英对冯旭光大感兴趣，她不好意思直接问东问西，却旁敲侧击想从他嘴中知道冯旭光的更多情况，让夏想哭笑不得的同时，只好直接将冯旭光推出来当挡箭牌："旭光，张部长虽然身为市委干部，不过没有一点架子，非常平易近人……张部长又是坝县人，多年为官，对坝县和章程市的风土人情非常了解，你不是想知道坝县什么地方好玩吗？问张部长就算找对人了。"

听了夏想另有所指的话，被张淑英热切的目光盯得心里发毛的冯旭光心里苦笑，暗骂夏想不地道，将他推给这样一个半老徐娘，脸上却露出惶恐加亲切的笑容，搓着手跺着脚："你看，我都手足无措了，还没有见过这么高级别的领导……张部长，很荣幸认识您。"

夏想对冯旭光的表现非常满意，他可没有不良企图。不过是以为张淑英对冯旭光的高大身材有偏爱，或许他可以从她嘴里再套出一些话来。

不料张淑英却没有和夏想所想的一样，她上下打量冯旭光几眼，问道："冯总认识不认识马省长？"

冯旭光一愣，摇摇头："张部长是我见过的最大的官，马省长是省级干部，我可高攀不起。"

张淑英一脸狐疑地又看了冯旭光几眼，看得他心里只发毛。过了片刻，她又笑着点点头："像，挺像，你长得和马省长挺像，我以为你是他的什么亲戚？不认识就算了，当我没说。"

她对冯旭光失去了兴趣，就转过身来，向夏想招招手："夏秘书，过来一下。"又冲张信颖微微一点头，"小颖也过来。"

马省长是省政府的马万正副省长，排名仅次于常务副省长范睿桓，而且年富力强，应该大有前途。听张淑英这么一说，夏想忽然之间也觉得冯旭光和马万正真有点像，具体哪里像，又说不上来。毕竟他只是在电视上见过马万正的样子，电视上的人都有些失真。

没听冯旭光说过他有什么后台和背景，看他脸上的表情不像是假装，估计是张淑英多心。夏想想了一想，也就没有再放在心上。

夏想跟在张淑英和张信颖身后，走到一棵白杨树下，离冯旭光和肖佳有十米远，阳光比较刺眼，张淑英微微眯着眼睛，让她笑起来显得很和蔼："小夏……我还是叫你小夏吧，显得亲切，是不是？对了小夏，你和李书记来了这么久，是不是已经适应了坝县的水土？坝县的水有点硬，好多人来了多少有点水土不服……"

对张淑英的热情，夏想可不认为她是真的关心他和李丁山的生活，他向右边站开一点，离张信颖远了一步，正好站在树荫下面："多谢张部长关心，对坝县的水土没有感到不适应，而且坝县人民热情好客，李书记和我已经把坝县当成了第二故乡。"

张信颖小眼一翻，白了夏想一眼："虚伪！"

好男不和女斗，夏想才不会没有素质到和她斗嘴，理也不理她，一本正经地说道："张部长有什么事情要我去做，尽管吩咐，我一定圆满完成任务。"

"李书记果然是省会来的干部，政治水平就是高，非常注重干部队伍的素质建设，对干部队伍的年轻化的看法非常符合社会的要求……"张淑英见夏想直接点明，也就不再绕弯子，不过还是说了一大通没用的话，才话题一转点明了主题，"我在市委组织部也多次强调，要勇于让年轻的大学生充实到干部队伍中，要敢于给他们压担子，让他们到基层锻炼，将他们培养成党的后备力量……你和小颖是坝县大学生干部的两个优秀典型，我呢，就举贤不避亲，认为李书记应该多给你们挑起重担的机会。"

反应还不算慢,几天工夫,张淑英就在章程市坐不住了,主动跑到坝县来打听详情,看来,他和李丁山的计策生效了。

上次常委会上,李丁山提了一提提拔张信颖的事情,吴英杰非常识趣地也提到了夏想,结果李丁山高高举起,最后又轻轻放下,以后再也没提过这事。不过风声还是传到了张信颖耳中,她找了杜双林两次,结果都被敷衍过去,说要研究研究。张信颖可不是有耐性的人,转身就告诉了张淑英。

虽然夏想也多方猜测张淑英对坝县的影响到底有多大,刘世轩等人和她的关系到底有多近,她在市委组织部说话到底管不管用,但种种迹象表明,一开始他将张淑英当成沈复明派来试探李丁山的人,也许还真是高估了她的水平。现在想想,沈复明说不定派张淑英这样一个护短又任人唯亲的人前来坝县,就是为了给李丁山添乱,让她来恶心人。

别的不说,单说刘世轩真要是和张淑英一条心,组织部长黄鹏飞又和刘世轩一条战线,再有副书记郑谦是中间派,如果刘世轩联合黄鹏飞非要提一个副科级干部,郑谦估计也不会强压住不放。而且在李丁山上任之前突击把张信颖提上半格,杜双林就算再不喜欢张信颖,可能也会顶不住压力,放手不管。但一直拖到今天,张信颖还是被杜双林压得死死的,这就已经说明了问题。

杜双林能做到宣传部长的位置,就算有点耿直的脾气,也不是蛮干的人,他敢和张淑英公然对抗,肯定背后也有所依仗,应该也是清楚张淑英在市委组织部里面,说话可能没那么管用。组织部管的是官帽子,是干部考核,杜双林再对张信颖有意见,也不会为一个小角色因小失大。就算他不想再进一步,但为官之人都会考虑下台之后的事情,谁都想在退休的时候,能够在待遇上有所提高。要是张淑英真有背景,真能在市委书记或者组织部长面前说上话,杜双林也不会拿他自己退休后的幸福生活,和张信颖硬拼到底。

说到底,还是张淑英对刘世轩等人的影响力不够,或者说他们之间有什么矛盾存在,也不是铁板一块,还有问题没有完全解决。

比起张淑英的胡乱出招,刘世轩的沉稳才更让夏想担心。刘世轩势力庞大,在坝县有着无与伦比的影响力,逼得中间派默不做声,让外来派也忌惮三分,他才是李丁山最强硬的对手。

牢牢抓住主动权

当然夏想也不会忘了一直让人琢磨不透的石堡垒。作为县长,石堡垒的表现过于低调了一些,他不是坝县人,是邻县北部县人。严格上讲,他也不能算是外来派,北部县和坝县不但接壤,而且以前本来就是一个县,后来才分治成两个县,两个县城离得又近,不过五十公里。说起来两县人民关系密切如同一县,也互相走动亲戚,这也是他和黄海交谈中得知的情况,有理由相信,石堡垒在坝县也不是没有根底,毕竟他在坝县当了两年多的县长。

只是他一直隐忍不发,究竟是想收取渔翁之利,还是另有谋算?夏想可不想在李丁山好不容易对付了刘世轩,将坝县的主动权抓到手中之后,石堡垒突然跳出来窃取了胜利果实,让他们空欢喜一场。

躲在背后不声张的人,才是最可怕最应该提防的人。

眼下张淑英一听到消息就急忙从章程市赶来,打着回家探亲的名义,急不可耐地要为张信颖的提拔抛头露面。由此看来,她还真不是一个懂得含蓄的组织部的干部。

"事关我个人的问题,我还是回避一下好。"夏想笑眯眯地说道,态度是说不出来的好,不过语气却又是让张淑英捉摸不透的坚定,好像他根本就不在乎他的前程,"李书记是坝县的县委书记,要对全县人民负责,他提出的干部问题,肯定有他的全面考虑,我身为他的秘书,只管做好本职工作就行了。"

张信颖在一旁见夏想淡淡的态度,一点也不着急,再也忍不住了,于是插话说道:"夏想,李书记到底是什么意思吗?明明说得挺好,一转眼又没了下文,这不是害人吗?堂堂的县委书记,怎么能说话不算话?你问问他,什么时候提我到副科?就这点小事还非得让我姑姑回来一趟,真是的。"

张信颖还真把她市委组织部副部长的姑姑当成天大的人物了,市委组织部是管着干部考核不假,但还没有权力干涉下一级党委的一把手。就算市委书记沈复明来视察工作,也只能在大方向上发表意见,不可能就具体事务的安排事事过问,否则还要县委书记做什么?还要县一级的常委做什么?

尤其是张淑英是副部长,在组织部说话有多大分量还不好说,就被张信颖拿着鸡毛当令箭,还想要压李丁山一头?真是傻得可以。夏想心中冷笑,就不冷不热地说道:"既然是小事,张部长给李书记打个电话就行了,领导之间沟通一下才好,我也说不上什么话。再说不管大事小事,既然涉及我们本人,还是要适当回避一下,这是原则问题,张部长是组织部部长,不也是没有直接去找李书记吗?还是张部长觉悟高。"

张淑英没想到夏想看上去软绵绵的没有性子,说话却十分犀利,让她有点吃惊,况且刚才张信颖说话又不经大脑,不免有点尴尬:"小夏别误会,我来坝县就是探亲,就是来走一走,看一看,不谈公事,对于坝县县委在干部任用方面的举动,不发表个人意见……"

夏想也没有料到张淑英会及时撤退,他还以为她会纠缠个没完,非要让他向李丁山传话,知道退让就是好事。他看了张信颖一眼,见她脸憋得通红,想说话却被张淑英用眼神制止了,知道张信颖肯定心有不甘,就又故作神秘地说道:"其实李书记也不是不想大胆启用大学生干部,就是担心反对的声音太大,所以只好先放一放。"

"县委书记是一把手,他决定的事情,谁敢反对?"张信颖总算冒出一句有点水平的话,不过还是一副非常气愤的样子,好像李丁山不提拔她,就是天大的不对。

"县委书记也不能搞一言堂是不是?"夏想就笑,却问张淑英,"就像在市委组织部,要是王部长说一不二,不容许别的部长发出不同的声音,张部长也会不满,会向上级领导反映问题。李书记也要尊重别的常委的意见,要民主不要专断。"

夏想所说的王部长,自然是市委组织部的一把手王肖敏。

张淑英站在树下,阳光透过树叶落在她的脸上,形成了斑驳的影子,晃来晃去看不清楚她脸上的表情,不过夏想仍然可以看清她眼神中的一丝慌乱。提到王部长她慌乱什么?非要恶意猜想的话,夏想相信张淑英在王肖敏面前肯定没有底气。

张淑英勉强笑了一笑:"夏秘书说得是,一把手也不能独断专行,也要听从多数人的意见。"

张信颖不知道想到了什么,冷不丁冒出一句:"夏想,你长得黑不溜秋的,真难看。"

"难看点也是好事,要不成天有美女找我,我可受不了。再说一个男人要长得好看有什么用,难道要当小白脸?"夏想也不生气,脸上还挂着若有若无的笑容,以十分真诚的口气问道,"张信颖,你是不是觉得自己长得真的很漂亮?"

张信颖倒也老实,听话地点了点头:"肯定的,本小姐就是坝县第一美女,比起杨贝漂亮多了。"

杨贝?夏想眼前又闪过杨贝毅然决然地跟刘河离开时的情景,心中一冷,抛开她势利的母亲不说,只凭她跟了刘河这样的人,就再也不值得他珍惜以前的感情。

相比之下,张信颖虽然总冒傻气,但心思单纯,却又比杨贝好了不少。他抬头看了张信颖一眼,见她仰着脸,神色骄傲而自满,眼中闪烁着自信的光彩,也不知道是该笑她自恋,还是该羡慕她有一颗纯真之心。

"朋友还在等我……"夏想觉得再谈下去已经没有必要,反正他已经说明了,就看张淑英如何和刘世轩谈条件,只要刘世轩和黄鹏飞主动出面提出提拔张信颖,主动权就掌握在了李丁山手中,他笑着冲张淑英点点头,"对不起,张部长,失陪了。"

张淑英点点头,忽然又想起了什么,迟疑地问道:"夏秘书和胡市长也认识?"

事情背后的手

上一次送李丁山前来坝县上任,回去后张淑英向沈复明汇报工作时,正好在楼道里撞见胡增周。一向和她关系一般的胡市长突然停下脚步,好奇地问了一句:"张部长,李书记的秘书夏想你见到没有?"

张淑英当时就愣住了,要是胡市长开口问李书记如何也说得过去,却猛然问起夏想,着实让她吃惊不小。再加上她平常和胡市长交往不多,只能算是点头之交,突然被他笑吟吟地问话,竟然一时没反应过来,愣在当场。

好在胡增周随口一问,见张淑英发愣,笑了笑就转身走了,也没等她回答。

事后张淑英也就忘了此事,昨天她找王肖敏请假时,在王肖敏的办公室又巧遇了胡增周。市长和组织部长在一起谈话,本身就有点怪异,更怪异的是,在胡增周听到张淑英要回坝县探亲时,又笑着说了一句:"夏想也在坝县,张部长上次去,应该见过他吧?"

张淑英又一次当场愣住,脑子一时转不过弯来,实在想不明白为什么高高在上的胡市长,会一而再再而三地问起一个县委书记身边的小秘书?张淑英要是没有一点政治头脑,她也不可能当上市委组织部副部长。正想含蓄地请示胡市长有什么指示时,胡增周摆了摆手,又说:"没事,我就是随口一问,没什么事。"笑呵呵地走了。

领导口中无小事,越说没事越是有事,张淑英就犯了迷糊。虽说胡市长不是她的直接领导,平常和她也没有什么接触,但市长毕竟是二把手,在常委会中的发言分量很重,而且说不定什么时候就成了一把手,成了她的直接领导。

张淑英本想问王肖敏几句,想从他嘴中打探一点口风,却被他冷冷的眼神看了一眼,一句"还有事没有"给打发了出来,让她暗骂王肖敏装腔作势,不过是一个组织部长,架子拿得比市长还大,有什么了不起。

王肖敏长得白白净净,今年四十三岁,尽管年纪不小了,不过相貌文净,依稀可见当年的帅哥模样,要是再年轻二十岁,还真是一个不折不扣的小白脸。只是他经常脸色阴沉,很少有笑脸,比起纪委书记冷佐还要冷上三分。

来到坝县之后,张淑英和张信颖详细谈了谈最近的局势,觉得她直接去找李丁山影响不好,而且李丁山未必会买她面子,反而落不了好,弄不好还惹人反感,思来想去还是认为从夏想身上打开突破口最好。所以她再三告诫张信颖,一定不要再惹是生非,管好她的嘴,就算和夏想成不了好朋友,也不要成为对头。张信颖能听进去多少,张淑英心里一点也没有底。她了解她这个侄女,骄傲自满,自以为是,目中无人,可以说毛病一大堆,优点没几个。但她就是宠爱张信颖,或许是她自己没有孩子的缘故,对她特别亲,又特别放纵她,为了她的事,她没少四处求人。

今天一遇到夏想,她就借机拉近关系,打听消息。谁知夏想滴水不漏,不过最后还是隐隐透露出事情卡在了什么环节,让她心中暗想,难道夏想的暗示是,只要她说通了刘世轩和黄鹏飞,再让郑谦点头,事情就能办成?

刘世轩和黄鹏飞好说,和她算是统一战线,郑谦多少有点难度,不过也应该没有太大的问题,毕竟只是一个副科级干部的提拔,又不妨碍他的事情,他没有必要非要反对?再说了,就算他明确提出反对意见,虽然他也是主管组织部的副书记,但下有组织部长点头,上有一把手同意,夹在中间,他也要考虑考虑后果。

张淑英想通了其中的环节,心情开朗了许多,见夏想要走,才又突然想起胡市长两次问起夏想的事情,就忍不住开口问了一句,想从夏想口中听到点有用的消息,也好让她心中有数。

不弄明白胡市长和夏想之间的关系,会让她有束手束脚的感觉,感觉不太好受。

夏想已经走到了树荫之外,被阳光一刺,眼睛微微眯着,一脸惊讶地答道:"胡市长?张部长说笑了,我倒是想认识胡市长,可是胡市长未必会在意我这个无名小卒。"

夏想说完,又笑了一下,转身走了,留下张淑英想了半天,才明白其实夏想说来说去,既没有明确回答他到底认识不认识胡市长,更没有说清楚他和胡市长之间有没有关系,完全是一个模棱两可的回答。

还真是一个不好对付的小伙子,张淑英暗想,李丁山是文人当官,原本以为会有书生意气,不想也颇有一些手段。更让人不解的是,他身边的秘书年轻得不像话,但说话办事却又成熟得过分,完全不像一个二十多岁的年轻人应有的稳重,甚至还让她有点捉摸不透。

想了一想,张淑英转身对愣神的张信颖说道:"小颖,走,跟我去见见刘县长。"

张信颖一脸不情愿:"我不去,他家刘河很讨厌,明明和杨贝谈恋爱,还说要追求我。长得那么丑还想脚踏两只船,呸,他怎么不去死?"

张淑英大感头疼,张信颖还真是处处扎刺,一点儿也不让她省心。

下午抽了个空,夏想到办公室向李丁山汇报了一下张淑英来坝县活动的事情,李丁山听后开心地笑了:"刘世轩就要作难了,要是他同意提一提张信颖,必须连你也一起提上来,他又想把你压下,只提张信颖,张淑英肯定不干,因为她知道这样一来,在我这里不会通过……猜猜看,他们之间会不会因此产生矛盾?"

"矛盾肯定会有,刘世轩以前说不定就一直拿张信颖的事情拿捏张淑英,所以才拖到现在。不过我估计他们之间最终会达到妥协,因为张淑英会大力促成此事,不仅是因为事关张信颖的切身利益,还有胡市长的因素在内。"张淑英问出他是不是认识胡市长的话,夏想虽然不知道具体发生了什么事,但也可以多少猜到一点,肯定是胡增周向张淑英说过什么,否则她绝对不会知道胡增周和他认识。

胡增周倒也有趣,也不知出于什么想法,有意也好无意也好,替他和李丁山的计划,暗中推波助澜了一把。

煎熬的等待

京城方面还没有消息,李丁山也有些着急。夏想又将冯旭光已经决定投资食品厂的事情一说,更让李丁山如坐针毡。食品厂和发展旅游大计,乃至整个坝县的经济发展,都取决于三山度假村的开发,不急才怪。毕竟要是三山度假村的消息不真,哪怕是消息属实但是延期开发,都将对坝县的前景带来巨大的影响。

坝县的交通状况太差了,差到了让人无可奈何的地步。除非有外力借助,否则要是让坝县自行修建一条通往京城的山路,简直比登天还难,根本就不可能。就凭坝县的经济实力,能修建一条连接到三山度假村的二十公里的山路就已经非常不错了。

等于说,坝县的前途和李丁山所有的政治抱负,全部寄托在夏想不知道从哪里得到的信息。他再相信夏想,再镇静,也不免心中忐忑不安,患得患失,想了一想,还是忍不住又拿起电话,给京城的朋友打了一个电话。

结果还是没有确切的消息,得到的答复是,关键人物出差了,得等他回来听他亲口证实。

只是现在还没有得到确切的消息,也不知道是哪里出了问题,夏想也有点头疼。如果真的情况有变,他的所有设想都会付之流水,想要在坝县大有作为,帮助老百姓脱贫致富就成了一句空谈。李丁山不出政绩倒还好说,只要安稳度过过渡期,有朝一日,只要高成松倒台,他肯定可以升迁。只是既然来了坝县一场,就要为当地的贫困百姓做些力所能及的事情,就算不能让他们过上富裕的日子,至少也要让他们不再为一盒烟发愁。想起黄海的殷勤,夏想总觉得亏欠他什么。

万一事情有变,三山度假村因为某种原因推迟开发,难道食品厂和旅游大计就要搁浅不成?不,夏想忽然下定了决心,如果无法借助三山度假村开发的东风,他就会建议李丁山向章程市和燕省打报告,以开发坝县旅游业为由,争取一笔修路资金,将章程市和坝县之间的公路加宽并且提高等级。先吸引章程市的游客前来旅游度假,就算赚不了钱,也能勉强维持运营,先保证了生存的基础,然后再从长计议也不迟。

晚上和冯旭光、肖佳见面时,夏想又将京城暂时没有消息的事情说了一遍。冯旭光久久无语,突然一拍大腿站了起来:"路不通,我的食品厂也要上马,不就是从章程市多绕几百公里吗?运输多花不了几个钱,我还承担得起。"

夏想诧异地看着冯旭光,不明白为什么他突然之间下了这么大的决心?冯旭光被夏想看得不好意思,又坐了回去,嘿嘿一笑说道:"我是商人不假,不过我也有良心,也有同情心好不好?黄海给我讲了一个故事,我听了触动很大,觉得能在赚钱的同时让许多人的生活有所改善,才是经商之道,才是一个人价值的体现。只为了赚钱而赚钱,其实和吃了睡睡了吃的人没什么两样。"

黄海所在的贾寨村说起来在坝县还算是比较富裕的村子,因为离县城不远,再加上交通方便,村里人基本上都能解决温饱,偶尔还有烟抽有酒喝,比起一些在深山老林中的村子,不知强了多少倍。黄海的小舅子今年三十岁,因为家穷娶不起媳妇,一直单身。他的村子远离县城一百多公里,有二十多公里的山路不通车,要靠步行,说是路,根本就是用人脚硬生生踩出来的巴掌宽的小路,连自行车都不能骑。

小舅子人穷志短,又爱喝酒,又没钱,就买勾兑的散酒喝。有了酒却没有下酒菜,家境稍好一些的,就用一根铁钉沾着盐喝。连盐也不舍得多吃的小舅子,也学着别人拿一根铁钉,喝一口酒,就舔一下铁钉,嘴里还念念有词:"吃一口猪肉下酒,真香!"再喝一口酒,再舔一下铁钉,"再来一块鱼肉,真美!"结果一不小心被铁钉划破了嘴,他还不满地埋怨自己:"叫你馋,叫你急,大鱼大肉要慢慢吃,看,被鱼刺划破了嘴,活该!"

黄海是当笑话讲给冯旭光听的,冯旭光听了却没有笑,心里沉甸甸的。生活的贫穷有时超过想象,谁能想到,苦中作乐说出来容易,真要活生生地发生在眼前,却又是让人痛惜的心酸。

肖佳眼中也有一些亮晶晶的东西在闪动,她坐在桌子边上,双手托着腮,好像一个认真听课的女学生一样,听得入了神。因为被双手挤压的缘故,俏脸微微有些变形,露出了她可爱的另一面。

"夏想,坝县还有什么项目可以开发,我也要来坝县做些事情,贡献自己的一份力量。"肖佳一改平常的妩媚,一脸坚决地说道。

夏想凝视着她那张如花似玉的脸,有一种一往无前的气势流露出来,让他不由感慨,一直以来他都觉得肖佳头脑精明,善于发现商机,却一直忽略了她的年龄,她才二十三岁,和他一样大。不管她是不是为了赚钱有时不择手段,还险些被文扬所害,她都是一个刚刚步入社会的女孩子,社会上的种种手段和人心的险恶,不是一朝一夕所能了解的……

又等了两天,还没有京城方面的消息,冯旭光等不及了,提出要先回燕市准备前期工作,不管三山度假村开不开工,他一个月之内一定要来坝县投资。肖佳也认为没有必要非在坝县坐等,毕竟燕市还有许多事情要做,也要和冯旭光一同返回。

夏想也没有勉强,就送他们离开了。

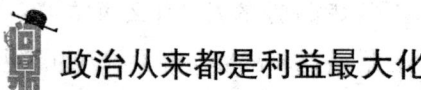 **政治从来都是利益最大化**

肖佳在坝县的几天里,夏想每天都向李丁山汇报行踪,每晚都回去住,没有再和肖佳单独在一起。不是不想,而是他和肖佳都觉得应该避嫌,瓜田李下,不管是让冯旭光看出什么,还是让李丁山对他有意见,都会有得不偿失的后果。有时想想,夏想也觉得他和肖佳冷静得出奇,两个人完全没有小别胜新婚的冲动,除了谈生意,就是分析坝县的前景规划。同时他也对肖佳做出了许诺,在他的第三步计划中,有可以和肖佳合作的项目,当然前提是肖佳要努力做好蔬菜批发生意,先在燕市站稳脚跟,然后进军京城市场。

肖佳正是因为听了夏想描绘的美好远景,心动不已,受到了鼓励的她恨不得一下飞回燕市,开展她的蔬菜批发大业。本来她想做蔬菜批发生意,还被冯旭光别有用心地贬低了一通,让她心中多少有点怀疑蔬菜批发的前景,实际上她来坝县之行就是渴望得到夏想的认可,想听听他的意见。让她惊喜的是,夏想不但赞成她的想法,还给她出了不少点子,都是她忽略的重要细节,让她获益匪浅,心中暗暗惊讶的同时,又对夏想高看了几分。

况且夏想的支持不仅是口头上的,在他的计划里,坝县在三五年内,将要建成一处庞大的蔬菜供应基地,完全可以解决她的后顾之忧,她只需要全力开拓市场打开局面就可以了。以后坝县的蔬菜基地一旦建成,她就可以获得独家经营权,就算到时再打个折扣,又有实力雄厚的京城蔬菜批发商前来分一杯羹,她也可以借助夏想的力量,抢占一分先机。

一想到夏想的计划环环相扣,虽然其中也有许多不确定的因素,但思路缜密,设想得非常周全,他怎么会这么聪明?肖佳心中更坚定了要跟紧夏想步伐的决心。

和夏想预料不差的是,张淑英和刘世轩之间因为张信颖的问题,发生了一些矛盾。

张淑英是想让黄鹏飞以县委组织部的名义,主动报上张信颖和夏想二人,拟提副科级,先做通郑谦的工作,到时再由黄鹏飞提议,书记、副书记和组织部长先开一个见面会,达成一致后,直接提交到常委会上讨论,确保一次通过。但刘世轩却不同意张淑英的提议,他只想提张信颖一人上去,压下夏想,而且他还向张淑英保证能在常委会上通过。

刘世轩清楚,自从刘河和夏想发生矛盾之后,再到后来他又知道刘河喜欢的杨贝竟然是夏想的前女友,他就明白不管是李丁山和他之间,还是刘河和夏想之间,绝对没有握手言和的可能,只能是你死我活的下场。再有刘河成天在他耳边说夏想的坏话,说什么也不能让夏想在他的眼皮底下一步步提升到科级。

李丁山是一把手不假,手中有人事权,但在坝县,他还是有信心在常委会上击败李丁山,牢牢掌握主动权的。在他看来,夏想想要上去也可以,但李丁山必须拿出足够的筹码来交换。关键是,现在的李丁山手中除了一个县委书记的名义之外,没有任何可以和他交换的东西,也就是说,他想要什么都可以得到,不必非要李丁山心甘情愿地点头同意,他有办法让李丁山同意也得同意,不同意也得同意。

换作以前,张淑英也会赞成刘世轩的观点,认为李丁山不足为虑。但现在她却改变了主意,李丁山是不是有什么手腕还不清楚,但夏想绝不能轻视。他说话办事沉稳过人,让久经官场的她也挑不出毛病,而且还让胡市长两次主动问起,这就已经明显地说明了问题。不管夏想和胡市长之间是什么关系,但胡市长的强烈暗示,张淑英不会不明白——他一直在关注着夏想,会随时留意夏想在坝县的工作。市长的目光会盯着一个县委书记身边的小秘书,其中的意味不得不让人寻思一二。

尽管胡市长和沈书记不和在章程市不是什么秘密,张淑英也自认是沈书记的人,自然要和胡市长保持一定的距离。但她只是组织部副部长,不是常委,在重大事情上没有发言权,而且前一段时间风传沈书记要调到省里任职,胡市长要接任书记时,许多人已经暗地里向胡市长表示了靠拢,她当时也动了心思,正犹豫的时候,突然又传出消息说是沈书记和胡市长都是原地不动,把她惊吓出一身冷汗。不过事后想想,她也认为还是适当地和胡市长拉近距离为好,毕竟沈书记年纪大了,升不上去的话,说不定什么时候就去人大和政协了。

正是因为有了来日方长的觉悟,张淑英才对胡市长两次有意无意地问起夏想,格外上心。以前在坝县要运作什么事情,只要刘世轩提出建议,她一般不反对。可是这次不同,这一次无论如何也要将夏想和张信颖绑在一起提拔,不仅要让夏想和李丁山记住她的示好,而且也想通过夏想这件事情,暗中和胡市长的关系再进一步。

"世轩,这一次你就听我的,别再跟我唱反调了,我心里有数,夏想必须得上,他不上,信颖就算上去,也意义不大。"私下里在一起的时候,张淑英直呼刘世轩名字,显得亲近,也是因为二人同为坝县人,认识多年的缘故,"具体原因现在不好说清楚,反正你帮我这一次,我会承你的情。"

张淑英忍了一忍,没有把胡市长对夏想格外在意的事情说出来,她也藏了私心。因为说起来她和刘世轩、黄鹏飞几人算是一个利益集团,但因为刘世轩过于强势,她一直处于弱势,这些年的合作,还是刘世轩得到的实惠最大,她始终非常被动,她迫切想要改变弱势一方的局面。隐隐中,她觉得眼前有一个绝佳的靠近胡市长的机会,中间有一个关键人物,只要他满意了,胡市长也许就会对她高看一眼。

这个人,就是夏想,所以张淑英才会不遗余力地要助夏想上位。

政治,从来都是利益最大化的博弈,张淑英为了追求她自己的最大化的利益,必然会有选择性的倾向。

每个人都有如意算盘

"这个事还是按照我的意思来吧,淑英,你就别操心了。你在市委,对坝县的情况不太了解,我知道该怎么做,这一次一定会让你满意的,放心好了。"刘世轩还是和以前一样的说一不二,根本就是不容置疑的口气,他看了脸色有些潮红的张淑英一眼,心中不免猜疑张淑英为什么对夏想的事情这么上心,难道是她真的要将侄女推给夏想?不会吧,张信颖的傻气谁不知道,夏想怎么会看上她。再说张淑英也没必要这么明显地去巴结李丁山,李丁山能不能坐稳县委书记的宝座还要两说,她不至于这么急巴巴地又送侄女又送人情,到底她打的什么如意算盘?

对于张淑英,刘世轩一向不屑于她的为人,认为她和张信颖一样,一个真傻一个装傻,两个人是一对活宝,既不懂人情世故,又没有政治头脑,鬼知道她怎么就当上了市委组织部副部长!

"还是按照我说的办吧,世轩,这事我比你清楚,站得高所以看得远,是不是?"张淑英心里有气,刘世轩话里的意思显然是暗示,他才是具体主事的人,坝县还是他说了算,她不过是市委组织部副部长,还管不着坝县科级干部的提拔。想起以前刘世轩就在张信颖的事情上推三阻四,用各种理由搪塞她,才一直拖到今天,现在还是拿腔拿调地跟她说话,她也就不再客气,直接说出了心中的不满,又强调了一句,"北部县最近要提拔几名副处级干部,市委组织部正在考核,我正好负责这件事,其中有一个人好像你也认识,叫翟玉辉……"

刘世轩不动声色的脸上终于动容,眼中闪过一丝愠怒,敢要挟老子。什么叫我好像认识,翟玉辉是我表弟你又不是不知道,装什么装!多年养成的冷静让他片刻之间又恢复了平静,勉强挤出一丝笑容:"既然淑英坚持要提夏想,市委领导的意见还是要重视的,我就再慎重考虑一下。"

见刘世轩还是固执己见,跟她打哈哈,张淑英也顿时恼火:"那好,刘县长你可要考虑好了,我也回去好好研究一下,好像翟玉辉的资历不够,在考核上可能得分不高……"

张淑英推门而去,刚一出门,刘世轩一下跳了起来,一脚踢飞地上的暖水瓶,破口大骂:"臭娘们儿,敢和老子讨价还价?看老子以后怎么收拾死你。"翟玉辉是刘世轩大舅的儿子,和他情同手足,在北部县当交通局局长,这一次要提到副处,升上半格,是仕途之中至关重要的一步。张淑英虽然没有权力压下,但从中作梗使点坏还是没有问题的,毕竟她是组织部副部长,在干部考核上还是有发言权的。

刘世轩的办公室在二楼,李丁山的办公室在三楼,所以刘世轩大发雷霆的动静没有传到李丁山的耳中,他正端坐在办公室内,和夏想商议万一三山度假村的事情有了不好的变化,下一步该如何应对。夏想给李丁山的杯子续满水,说道:"冯旭光看中了坝县的资源优势,决定不管通不通山路,他也要来坝县建厂,不过就是以后运输麻烦一些,他的决心挺大,也是因为看到了坝县的贫穷,受到了触动。"

"这么说来他还倒是一个有良心的企业家……其实不管是商人也好官员也好,想要利润和政绩也是人之常情,只要不要忘了经商和做官的根本就行,取之于民,用之于民,没有了黎民百姓,哪里有商人哪里有官员?"李丁山只有在夏想面前,才会流露出他文人气质的一面,"对了,冯旭光是文扬介绍给你认识的,没想到,他却和你成了莫逆之交。"

"也是,文扬当初的本意是想踢我出公司,没想到阴错阳差,我和冯总一见如故,反而成了好朋友,恐怕他现在也是追悔莫及。"夏想笑呵呵地说道,心想也不知道液晶大屏幕项目进行得如何了,从天而降的一千万投资,说是好事,其实也不好消化。

也不知曹殊黧的设计工作进展到哪一步了,来坝县之后,他隔三差五地倒是和曹永国通通电话,不过事不凑巧,每一次都碰到曹殊黧不在家。夏想只是随意问了两句曹殊黧近况,也不好意思问个详细,曹永国也没细说,只说曹殊黧每天都用心设计图纸,从来没见她这么用功过,连曹殊君也跟着她,整天精神十足,不再是懒洋洋的没个正形。

总不能直接问曹永国,曹殊黧为什么不直接给他打电话吧?夏想对曹永国既有感激,又多少有一点畏惧,倒不因为他是厅级干部,而是曹永国审视的目光和质疑的口气,好像夏想要打他女儿主意一样。其实夏想关心的是液晶大屏幕项目的进展,以及燕市的城中村的改造工程。

夏想没有想到的是,在他和李丁山谈论文扬的同时,远在燕市也有人正在谈论他。

楚子高的心情最近十分开朗,随着休闲广场的落成,步行街的人流越来越多,酒楼的生意好得出奇,不但扭亏为盈,而且盈利幅度远超他的预计。照眼下的红火程度来看,前期投入的资金很快就可以赚回来,而且用不了多久,就可以实现他的第一步梦想,开出楚风楼的第一家分店。

楚子高的好心情在接到高海电话的一瞬间,达到了顶峰,因为高海告诉他,陈风陈市长对北大街的改造成功很感兴趣,在百忙之中抽出时间,要来北大街视察!

陈市长要来北大街?楚子高大脑短暂的短路之后,随即哈哈大笑,大失常态,一跳老高,连手机都摔到地上,也顾不上捡,只顾得上原地打转,不停地自言自语:"太好了,陈市长要来视察工作,太好了,要是让陈市长到楚风楼用餐,市内各大媒体一刊登,得顶十几万的广告费……天大的好事!"

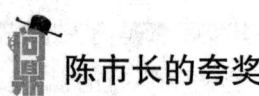

陈市长的夸奖

陈风办事还真是雷厉风行,高海中午打的电话,下午三点一行人就来到了北大街。陈风身边只有高海和秘书陪同,连区里都没有通知,完全是一副随便看看的态势,也没有出动新闻媒体。楚子高作为休闲广场的承建人,也被陈风点名陪同,让楚子高乐得找不到北,对于陈风没有新闻媒体随行采访的遗憾也忘得一干二净,尽心尽力地跟在后面,随时等候陈市长的问话。

陈风四十八岁,没有中年男人常见的肥胖身材,头发不长,长脸大眼,非常干练,尤其是一双眼睛非常有神,看人的时候,眼神格外凌厉,仿佛能看透人心一样。他背着手,大步如飞,在休闲广场上整整转了一圈,然后站在广场的中心,向路对面望去,正好看到百姓河边的一片绿地,三三两两地散落着几条长椅,还点缀着两个小亭,绿意昂然,游人悠闲,和休闲广场正好遥相呼应,呈现和谐之美。

陈风点点头,右手在空中画了一个圆:"老楚,休闲广场建得不错,不但布局合理,在设计上也别具匠心,少见,非常少见,应该不是规划院的手笔吧?规划院的设计一向是太过保守,创新不足,而你这个广场大胆创新,许多地方初看没有道理,非得要亲自走上一走,才能体会到其中的好处,不简单,了不起!"

被陈市长当众夸奖,又直接称呼他为"老楚",楚子高活了四十多岁,今天第一次体会到了眩晕的感觉,只觉得头重脚轻,脚下软绵绵的,如坠云端,幸福得别说找不到北,差点连路也走不稳了。他三步并成两步来到陈风面前,笑得跟见到太阳的向日葵一样:"陈市长真厉害,简直神了,眼光真准,一眼就看出了休闲广场的不凡之处,不瞒您说,休闲广场是我特意找人设计的……"

"是哪里的专家设计的?"陈风饶有兴趣地问道,休闲广场富有乐趣并且实用的设计让他大感好奇,因为城中村的改造他也结识了不少规划方面的专家。不过让他失望的是,所谓的专家都非常保守,思路上墨守成规,在城市改造中提不出什么有价值的意见,多数人甚至还不如他这个外行,让他大为不满。

没想到,一个小小的休闲广场也可以设计得匠心独特,花草相映成趣,休息长廊和景点布置得恰到好处,不亲身走上一走是无法体会到设计的妙处的,让他大喜的同时,不由感叹,谁说燕市没有设计方面的人才?

楚子高趁陈风没注意,悄悄后退了一步,偷偷看了高海一眼,却见高海假装没有看他,目光看向对面的绿地,他心里清楚高海的意思,休闲广场由他出资建设,他请人设计是他的权利,完全是他自己的决定,和高海没有什么关系。

市长夸奖他,高海不揽功,楚子高心里挺感激高海。其实他不清楚高海是不想让陈风多心,不愿意让陈风知道是他介绍夏想为楚子高设计休闲广场的,免得让陈风认为他喜欢胡乱插手。

"不是专家,是一个刚毕业一年的大学生,叫夏想……"楚子高念着夏想的好,主要是也认为夏想肯定大有前途,所以不遗余力地将夏想大大地夸奖了一通,最后还说,"本来对面的空地一直被人乱扔垃圾,差一点成了一个垃圾场,夏想就建议我将土方填过去,再植上草皮种上树,就成了一片休闲绿地……反正不管是休闲广场还是对面的绿地,都是他的主意。"

"才二十三岁,真是年轻有为,小伙子不简单,有头脑有想法,后生可畏。"陈风回头对随行的秘书说道,"有机会让规划院的专家也参观一下,看看一个二十三岁的年轻人的设计,比起他们的水平是高是低?"

陈风的秘书江天急忙拿出小本本记录下来。

让楚子高失望的是,陈风视察完休闲广场之后,就直接上车走了,让他打算邀请陈市长到楚风楼就餐的愿望落空了。他兴奋地想打电话给夏想,告诉他这个好消息,才发现中午接高海电话时由于兴奋过度,手机被摔了一下,竟然摔坏了。而夏想的手机号就存在手机里面,让他大叫晦气,没法第一时间给夏想通报好消息,多好的可以进一步拉近关系的机会就这么错过了。

高海对陈风今天心血来潮前来视察休闲广场,也是十分惊讶。不过惊讶过后,见夏想设计的休闲广场让陈风大加赞赏,不由让他喜出望外。夏想还真不简单,让一向挑剔的陈市长也夸奖了几句。要知道,陈风一向很少夸人,就算称赞一个人,也从来没有这么当众赞不绝口过。

不过高海心里清楚,陈风极力夸奖夏想,甚至还提出要让规划方面的专家来休闲广场参观,不是无的放矢,而是最近他在城中村的改造上,遇到了前所未有的阻力的缘故。

不仅仅是有来自省里的压力,市里规划方面的专家也不让陈风省心。不但在设计上拿不出让他满意的方案,而且在城中村的改造和许多丁字路、断头路的规划上,给出的方案保守而落后,让陈风大为恼火,背地里没少骂他们是老顽固,甚至连燕市没有设计专家这样的气话都说了出来。

因为城中村的改造涉及方方面面的利益,陈风所承受的压力,高海也是心知肚明。燕市大大小小有三十多个城中村,现在已经拆迁了一半左右,许多人都劝陈风缓一缓,任何事情不能一蹴而就,要留点余地。现在改造了一半的城中村,已经是燕市前所未有的局面,可以缓上两年,将拆迁的城中村全部新建之后,再改造剩下的一半城中村也不迟,至少可以用新建的漂亮小区做做榜样,让死守着城中村不放的村民也知道一旦改造成功,他们会得到更大的利益和好处。

陈风却顽固地表示不同意。

燕市政局风云动荡

陈风固执地认为，做事情就要一鼓作气，趁着现在全市改造城中村的东风，一口气拿下所有的城中村，也有利于对燕市的城市建设做出全面而合理的规划。但城中村的改造，越向后遇到的阻力越大——提高出让价格，组织人群对抗拆迁，在政府门前示威，等等。城中村的村民反抗的手段越来越多，让市里原本大力支持陈风的人也不免退缩，甚至连市委书记崔向的态度也不明朗起来。陈风的压力因为崔向由以前的明确支持，改为不表态、不支持、不反对的态度，而陡然增大起来。

如果仅仅是来自市里的压力，只要崔向不提出明确的反对意见，以陈风的强硬个性，他完全可以抗得住。但事情的转折来自一次省里的常委会议，省委书记高成松以前对燕市的城中村改造的态度是乐观其成。但在一次常委会上，他突然发难，指出燕市的城中村改造工程存在许多不尽如人意的地方，暴力执法，野蛮拆迁，暗箱操作，个别领导干部政治觉悟不高，任人唯亲，导致改造后的城中村的建设杂乱无章，没有完全推向市场……据说此言一出，让一向大力支持城中村改造的省长叶石生也大吃一惊。

不但叶石生吃惊不小，在场的所有常委都大为震惊，因为原定的常委会的议题根本不是关于城中村的改造，高书记突然打乱原有的安排，毫不掩饰地直指燕市的市委市政府，究竟何意？

虽然高成松说完之后，再也没有了下文，但原先有半数以上支持城中村改造的省委常委中，最少有两三人又保持了沉默。陈风也是在听到了省委书记的强烈不满之后，顿时感到身上的压力重逾千钧。

如果省市两级领导都不再支持城中村改造，他身为市长势必孤掌难鸣，要是崔向还坚定地和他站在一起还好一些。毕竟崔书记还是省委常委，但一旦崔向保持沉默，哪怕不明确反对，实际上也是表明了不支持的态度。

正是在这种情况下，陈风想不明白高书记的讲话到底有什么暗示，他当然不知道高成松说了半天，其实重点是点明城中村改造之后的建设问题。如果夏想听了高成松的原话，就会立刻想到是南方一建在承接城中村改造工程时，因为资质不够，技术力量不雄厚而被燕市拒之门外。已经和高成松的妻子景晓影搭上关系的南方一建自然大为不满，就找到了景晓影诉苦，景晓影又将话带给了高成松,高成松就来了一出常委会上的突然发难。

陈风最后自以为是地认为是规划方面的专家,所设计的拆迁方案和燕市规划让高书记看不上眼,所以才让高书记在常委会上不点名批评。说实话陈风他自己也对燕市的规划专家非常不满,总觉得他们设计的方案要么保守,要么只考虑美观不考虑实用,总之毛病一大堆,没一个让他感到满意的。正是在这种情况下,他突然想起高海帮他解决了北大街的改造工程,不但没有花费市里一分钱,而且听说还改造得非常成功,步行街得到了市民的一致好评,连晚报也专门刊登了报道,盛赞北大街的休闲广场设计别具一格,令人流连忘返。

陈风临时决定前往北大街视察,正是出于好奇,想亲眼看一看休闲广场到底好在哪里,到底是美观实用还是华而不实?

结果让陈风大感意外的是,休闲广场初看之下,设计上并没出奇之处,但一旦置身其中,才发现处处匠心,就连一条长椅的摆放位置也恰到好处,正好符合行人的行走习惯,当时就让一直愁闷燕市没有设计专家的他大喜过望。虽然后来一问,得知设计者夏想只不过是一名毕业一年的大学生,让他微微有些失望,不过仍然让他心中重新点燃了雄心壮志。只要设计出好的方案,在城中村改造的规划方面多下下工夫,减少冲突和矛盾,减少工程量,所有的问题都会迎刃而解。

只是让他微微感到遗憾的是,自从高海上一次灵光一闪,提出了改造北大街为步行街的高招之后,再也没有为他提出过让人眼前一亮的主意。让他一直头疼的是,他身边还缺少一个技术型助手,其他的副市长,一个比一个保守,一个比一个学院派,根本就不是实干家,不堪大用。

陈风一行人来到火车站广场,看着破旧不堪的火车站,他无奈地叹了一口气,本来按照他的设想,火车站广场也在改造的范围之内,毕竟车站代表着一个城市的形象。但因为城中村的改造牵涉了他的大部分精力,火车站广场又涉及铁路和地方两方面的利益,连崔向也不同意在改造城中村的同时,再启动这么大的一个项目。

"那里是在做什么?"陈风忽然发现在远处,正对着出站口广场一侧,竖立起一个巨大的牌子,有一个人站在梯子上,正在上面涂涂画画。

高海急忙上前一步,微微弯着身子答道:"陈市长,那里就是液晶大屏幕的施工现场,他们第一次设计的效果图不太满意,返回让他们重新做了设计,现在应该正在现场画施工效果图。"

工地现场一般都会竖立起施工效果图,可以一目了然地了解正在施工的建筑物的概况,比如外观和规模,等等。

　　液晶大屏幕项目是高海一手促成的,陈风也清楚此事,听到重新设计了效果图,他又来了兴趣,手一挥说道:"走,过去看看。"

　　陈风行事不喜欢张扬,让其他随行人员留在原地,他只带着高海和秘书前往。所以当几个人来到施工效果图的牌子下面时,上面仍在专心致志绘画的人,根本没有发现下面多了几个人。

　　陈风也不说话,很细心地看上面的人绘图。整幅图基本上已经完工,只剩下几个边角还没有涂色,但已经完全不影响观感效果。陈风看得十分仔细,从整体设计到每一个细节,甚至是色彩的搭配他都一一做了对比,最后得出了结论。

　　"这个设计非常出色,有创新意识,而且思路很超前,不比休闲广场的设计差……"陈风回头问高海,"高秘书长,这个项目是你一手促成的,设计者是谁,你应该知道吧?"

偶遇也是机遇

　　"哎呀!"陈风一说话,上面正在绘图的人才猛然发觉,回头一看下面不知何时站了这么多人,心中就有些惊慌,再加上站的时间过长腿有些发麻,脚下一乱,正好将一边的漆桶踢下了梯子。漆桶从两米高的梯子上落到地上,弹起老高,里面的油漆四处飞溅,陈风离得最近,身上就沾了不少漆点。

　　"对不起,真对不起,是我不小心,我真不是故意的!是你们偷偷摸摸地过来,一点声音也没有,吓了我一跳,我胆小不禁吓,没掉下去就是万幸了……你们是谁呀?"声音清脆动听,仿佛给酷热的天气带来一丝清凉。

　　陈风的秘书江天正要发火,陈风摆摆手制止了他,笑了:"本来就是我们不对,小丫头说得对,真要把你吓得摔下来,我们可赔不起。对不起小姑娘,我刚才只顾看你画的效果图了,一时入神,没有得到你的允许,是我们的错。你没吓着吧?"

　　陈风的注意力全在效果图上面,刚才还真没注意到上面画图的人竟然是一个女孩。看她的样子清清纯纯,长得无比清丽,头发不长,不过十七八岁的模样,和他儿子的年纪相仿,不由就动了爱心,他和颜悦色地说道:"这个效果图是你设计的?你很了不起,不但设计效果一流,效果图也画得非常精美。"

　　女孩穿着灰黑色的牛仔裤,头上戴了顶太阳帽,上身穿一件白色T恤,因为作图的原因,上面沾满了油漆,星星点点反而显得十分可爱。她笑眯眯地就势坐在旁边的凳子上,捶了捶腿说道:"先说说你们是谁,否则我才不告诉你们,这是商业秘密,懂不懂? 拍我的马屁也不管用!"

高海脸色都变了,正要开口告诉她这是堂堂的陈市长,陈风咳嗽了一声,让高海顿时把话咽了回去。陈风一点也不生气,还笑得很和蔼:"还知道保守秘密,挺有职业道德,值得表扬。对了小姑娘,你叫什么名字?"

"开学我就是大二的学生了,还小姑娘? 大叔你的眼神有点差……少套近乎,有什么事情直接说,没事的话就请离开,趁还有时间,我今天就可以完工了。算是被他害惨了,没想到液晶大屏幕项目的设计工程这么复杂,让我忙了半个月还没有忙完,哼,见到他,一定找他算账。"

女孩脸上神情多变,一会儿娇气可爱,一会儿愤愤不平,还鼓起了腮帮子,显然在和某人生气。陈风见多了对他阿谀奉承的人,很少见到一个女孩在他面前本色的一面,想起他早年夭折的女儿要是活着,也差不多和眼前女孩一般年纪,也应该一样漂亮可爱,不由父爱泛滥,态度好得不得了:"小姑娘别生气,你就是大三大四的学生,在我眼中也是小姑娘。我不是坏人,就是想向你请教个问题,想知道这个效果图是不是你画的?"

高海和江天面面相觑,不敢相信一向严肃的铁面市长,会有如此柔情温和的一面,他脸上流露的慈爱,分明是一个父亲对一个女儿的爱怜。

"当然是我画的,没看到我站在这里忙活了半天?"阳光有点刺眼,女孩拿起太阳帽扇风,才有机会仔细打量下面站着的几个人。她目光落在陈风身上,突然一愣,随后眼珠一转又若无其事地笑了,"叔叔你打听这个有什么事? 会不会看我画画怪辛苦的,想奖我一瓶水喝?"

陈风毫不犹豫地点点头:"说对了,叔叔见你顶着烈日辛勤工作,而且年纪又这么小,值得表扬,特意前来给你送水降温来了……"说话时,扭头看了江天一眼。

江天不敢怠慢:"我就去!"马上急匆匆地跑向远处的冷饮摊。

女孩放下画笔,拍拍手从梯子上下来:"看叔叔你一脸慈眉善目像个好人,又送水给我,我再在上面和你说话就是不礼貌了。"她在陈风面前站定,亭亭玉立如一株百合,清新而隽永。

江天买水回来,本想直接递给女孩,陈风伸手接过,主动送向前去:"小姑娘,你叫什么名字?"

女孩接过水,甜甜地说了一声"谢谢",又摇摇手说道:"女孩名字不能随便告诉陌生人。"

　　高海在一旁急得直想跺脚,让市长记住名字是多少人梦寐以求的好事,可是这个女孩却不识趣,真让他气得差点脱口说出陈风的身份。不过见陈风耐心十足地和女孩说话,他也就打消了这个念头。对于领导来讲,什么时候严肃,什么时候温和,身为下属只有旁观的资格,没有提醒的必要。万一一句话说不对让领导好不容易才有的好心情变坏,领导一生气,对你的印象变差,那就是你咎由自取了。

　　江天也是无可奈何地伸伸手,和高海相视一笑,二人都摇摇头,把嘴巴闭得严严的。

　　"不告诉就不告诉……"陈风乐呵呵地像一个宽容大度的长辈,自顾自地也喝了一口水,指了指梯子旁边的几个小椅子,"要不我们坐下说话?"

　　女孩点了一下头,先跑过去用一块抹布将几个小椅子都擦了一遍,然后又依次摆好,陈风就没有一点市长形象地坐了下来,又冲高海和江天招招手,示意他们也坐下。高海和江天可不敢和市长平起平坐,也不好明说,只好将椅子搬开一点,离陈风和女孩有两米远,才勉强坐下。

　　女孩不管这些,她就坐在陈风旁边,一口气喝完一瓶水,将水瓶轻轻地放在杂物桶中,才好奇地问道:"叔叔,你是不是也想请设计师?"

　　"没错,我就是想聘请一个有才华、有眼光、有创新意识的设计师。"陈风目光扫过城市的上空,知道燕市这个新兴的城市,在市政方面有太多不尽如人意的地方。他身为市长,如果在他任上能改变燕市脏、乱、差的环境,也算不负他一腔抱负和从政的理想。

　　"那你可千万不要找我!"女孩笑嘻嘻地连连摆手,"我的设计水平一般,上不了台面,可担当不了重任。"

　　陈风奇怪了:"这个液晶大屏幕的效果图画得很好,设计水平也不一般,在我看来,比休闲广场的设计也不差……小姑娘,你不是怕我骗你,或者担心我不给你设计费用吧?"

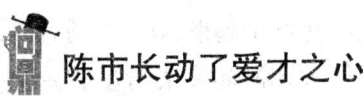
陈市长动了爱才之心

　　女孩还是咯咯地笑:"会画效果图和会设计是两个概念,这个效果图是我画的不假,不过设计师另有他人,不是我,我可不敢居功……"突然醒悟到什么,一下站了起来了,"休闲广场?你说的是北大街的休闲广场?"

陈风点点头,不明白她为什么这么激动。

"叔叔,你可真有眼光,我都佩服你了……"女孩拉长了声调,用手指着上面的效果图说道,"效果图上面有设计者的名字,排在第一位的人,也就是设计休闲广场的人。"

陈风吃惊不小,忽地站起来,凝神一看上面设计者一栏的两个宋体大字,顿时吃了一惊。

非常正规的宋体大字写着一个对陈风来说并不陌生的名字——夏想。

居然又是夏想,刚才他还说液晶屏幕的设计者比休闲广场的设计者要技高一筹,正高兴燕市的设计人才原来都藏身在民间,一天之内让他发现了两个人,却没想到,原来两个人却是同一个人,都是那个叫夏想的年轻人。

陈风哑然失笑。

高海也看清了上面夏想的名字,心想夏想算是入了陈市长的耳朵,印象之深刻,比起许多人费尽心机来讨陈风欢心要强上百倍。不得不说夏想还真幸运,不,也不能说是幸运,还是他有真本事,两处设计都入了市长法眼,给市长留下了良好的印象,正头疼找不到设计人才的陈风不眼前一亮才怪。

可惜的是,夏想非要跑到坝县那个穷乡僻壤的地方去,要是夏想能留在他的身边,再出上几个好点子,陈风一高兴,下一步提他当副市长都不是难事。

高海暗暗惋惜。

与高海的暗中惋惜不同,陈风这一次是真动了爱才之心。他也知道刚才的巧合,可不是手下的人故意设计这样的一出戏给他看,前去休闲广场和前来火车站,都是他一时心血来潮,没有事先安排。就算有人故意设计让他注意到这两处设计,要是设计效果不出众,也不可能让他注意到设计师是谁。可以说,夏想的名字一天之内两次让他听到,并且两次给他惊喜,让他真真正正地动了要和他见上一面的想法。

"曹殊黧,好听的名字,那我就叫你殊黧好不好?"夏想的名字后面还有一个人的名字,陈风自然会猜到就是眼前的小女孩。

"还是被你知道了!"曹殊黧吐了吐舌头,也站了起来,双手背到后面,踮起脚尖,"叔叔,谢谢你的水,不过我还要工作,要不时间就来不及了,就不陪你了,再见!"她的小手飞快地一扬,一转身就爬上了梯子。

陈风若有所思地想了片刻,冲梯子上的曹殊黧摆摆手:"殊黧,你是夏想的同学吗?你知道他现在在哪里吗?"

曹殊黧仰着小脸,装模作样地想了一想:"虽然你好心送了我一瓶水,但我还是不能透露我的隐私,至于夏想现在在哪里,对不起,无可奉告!"

"鬼丫头!"陈风笑骂了一句,忽然又意识到不对,好像他当着高海的面前表现得太没有市长的做派了,就又收起笑容,"好吧,我就不强人所难了,小姑娘,再见了……"

陈风一行人刚走,就从大牌子后面闪出一个人,探头探脑地看了半天,确定陈风走得看不见人影了,才放心地出了一口气:"姐,你怎么能和陈市长这样说话?好歹人家也是燕市的大市长,几百万燕市人民的父母官,同样是厅级,可比老爸的权力大多了。"

曹殊黧不以为然地白了曹殊君一眼:"算你识趣,刚才没露面,否则要你好看……啊,他就是陈市长?我还真没认出来,你也知道,我一向不看本市新闻。"

"别装了,你骗得了别人骗不了我,我还不了解你,你跳跃的眼神已经出卖了你伪装的心灵,你早就知道他是陈市长了,就是假装不认识,是不是?"曹殊君虽然没有穿得向夏想承诺的一样,穿西装打领带,但也是T恤加长裤,不再是歪歪斜斜的样子,看上去还算顺眼。

"真的不是了……"曹殊黧一脸委屈,右脚胡乱地踢着梯子,像是被人欺负了一样,"我一开始真不知道他就是陈市长,后来话说到一半的时候才突然认出来,心想反正前面是真不认识,后面就假不认识也没有什么了。"

"原来如此!"曹殊君做恍然大悟状,"你真聪明,姐,就装不认识他是谁,怕什么?真要一开始就认出了他,叫他一声陈市长,说话就没那么随便了,多别扭。我们家已经有一个官僚了,谁还愿意再面对面和另一个官僚对话,对不对?"

等了一会儿,却听不到曹殊黧答话,曹殊君抬头一看,见她正拿着画笔,一笔一画地描夏想的名字,不由垂头丧气地说道:"得了,不妨碍你春心萌动了,我找个地儿凉快去,画完了叫我就成。"

也不知曹殊黧听没听见曹殊君的牢骚,她全神贯注的脸上忽然闪现出光彩夺人的笑容:"懒得理你!"也不知她是说曹殊君,还是另有所指。

回到了办公室之后,陈风坐下沉思半响,让江天叫来高海。高海知道陈风找他何事,一进办公室就笑容满面地说道:"陈市长,查出来了,曹殊黧是曹永国的女儿,在建筑学院上大一,嗯,开学后就是大二了。"

"曹永国?"陈风一时没想起来曹永国是谁,高海不失时机地提醒了一句:"省城建局局长。"

陈风眼睛一亮,城建局局长不正是技术型的干部吗?他脑中闪出一个念头,忙道:"高海,快去帮我找一下曹永国的履历。"

高海不明白陈风为什么突然对曹永国产生了兴趣,不过也不敢多问,急忙打电话给市城建局局长,向他要曹永国的资料。不出十分钟,曹永国的履历就摆在了陈风的办公桌上。

果然是从基层一步步干上来的技术型的领导,技术员、项目经理、分公司经理再到总公司经理,最后升到城建局局长,曹永国还真是一个实干家,正是他最欣赏的干部类型。陈风翻来覆去将曹永国的资料看了好几遍,心中的念头越来越强烈,强烈到他几乎忍不住马上拿起电话,打了过去。

"路书记,我是陈风。上次说的关于常务副市长任文病退之后的人选问题,我现在有了一个人选,想见面和您讨论一下……那好,我等您电话。"

官场就是人与人之间的互动

高海在一旁听了眼皮跳了几跳,心慌得差点站不稳。但陈风随后投来和平常没有两样的眼光,顿时让他打消了心中的幻想,他刚刚升了市政府秘书长,不可能再提到副市长,以后就算再升半格,也不可能一步跨到常务副市长的位子。

燕市是省会,副省级城市,常务副市长向来是高配,是市委常委。

陈风正在为他自己的意外收获而欣喜,没有注意到高海的异常,提笔在纸上写了两个字,重重地圈了起来,说道:"你说夏想在坝县当秘书,跟着你的同学李丁山?"

不等高海回答,陈风又接着说:"能不能把夏想调过来,他是个人才,放在坝县浪费了,让他跟着我,可以先到城中村改造领导小组当个助手。"

"有点难度……"高海也不隐瞒,实话实说,"他不想离开李丁山,就想从基层干起。我以前也向丁山透露过这个意思,丁山不同意,关键是,夏想就认准了李丁山。"

"他就这么看好你的老同学?李丁山今年四十岁,想要升到厅级不是没有可能,不过难度也不小,夏想凭什么就认准了他?这个年轻人,有点意思,不,是挺有意思。"陈风说话喜欢直来直去,他伸手又拿起电话,"坝县我不认识人,章程市倒有熟人,我打个电话问问情况。还不信了,燕市出去的大学生,还会拒绝燕市人民的召唤。"

陈风也不避讳高海,直接拨通了电话:"王部长,我是陈风……哈哈,没事就不能给你打电话了?好吧,不和你绕弯子,我向你打听一个人,他在坝县县委工作,叫夏想……"

八月的坝县,天高云淡,比起燕市的酷暑,这里的气候清爽得让夏想沉醉。当然沉醉只是一瞬间的感觉,大部分时间,他都在耐心地等待京城方面传来的消息。一直迟迟没有关于三山度假村的确切消息,他和李丁山都多少有点焦急。

焦急归焦急,正常的工作还要开展。因为上一次他们在贾寨村被刘河威胁一事,李丁山借机展开了整顿治安的活动,让公安局长王冠清忙了个焦头烂额,同时李丁山还趁公安局一名副局长退休之际,通过了由郑谦提出的副局长的人选,算是卖了郑谦一个面子。政治博弈,不一定处处都安插自己人,只需要在关键时刻拉拢一方打压另一方,就可以充分显示出权力的意志,就能慢慢地将主动权掌握在手中。

"没有永远的敌人,只有永远的利益。"这句话放到官场上也同样适用。

奇怪的是,在提拔公安局副局长的事情上,对于这样一个关键的位置,刘世轩没有表态,黄鹏飞身为组织部长,虽然没有明确表示支持,也是举手同意。让李丁山大感不解,不明白为什么刘世轩没有争取一下,提出他自己的人选。

事后新提的副局长赵常勇提着礼物上门感谢李丁山,李丁山也没客气,收下了礼物,最后赵常勇欢天喜地地走了,认为李书记收下礼物就算正式接纳了他,从此就以李书记和郑书记的人自居。

夏想猜测在张信颖的事情上,刘世轩和张淑英之间肯定有了矛盾,张淑英离开坝县时也没有打声招呼,李丁山也就假装不知道她来,现在她走了将近一周了,刘世轩还没有丝毫动静,估计是两人之间还没有谈妥,没有达成妥协。夏想也不在意,既然刘世轩想要和他们比比耐心,那大家就比比看,看谁更有耐心更能稳坐钓鱼台。

对于自己能不能提副科,夏想并不太着急,毕竟他来到坝县的时间还短,如果硬提也不是不可以,但容易落人口实。所以当李丁山说要在半年之内让他一步迈入副科级,他反而劝李丁山不必操之过急,要看准时机再出手,非要强硬提升,弄不好会弄巧成拙,损害自身利益。李丁山也没说什么,显然是默认了夏想的说法,因为夏想已经将如何和张信颖捆绑在一起提拔,要提都提,要不提都不提的利弊都分析得十分清楚,只要拿住了张信颖的事情做文章,不愁张淑英不上心。只要张淑英插手此事,必然要和刘世轩谈条件,成与不成,都会在两人之间造成裂痕。

提拔一个张信颖,顺带再带上夏想,同时又在刘世轩和张淑英之间埋下不和的种子,怎么算都是一笔十分合算的生意。所以他们不用急,急的是张淑英,气的是刘世轩,上火的是张信颖。

不过,杜双林该安慰的还是要安慰,私下里由夏想出面和他有过几次接触。杜双林人老成精,几次交谈之后,夏想才慢慢了解到一向是中间派的他,为什么会有意无意地偏向李丁山,有一次他被杜双林邀请到家中做客,认识了杜双林的老婆冯云,冯云的一句话道破了天机。

"夏秘书,老杜和我都老了,以后就是你们年轻人的天下了。"冯云在县医院工作,虽然是排名靠后管后勤的副院长,不过手中也大小有点权力,面相显老,收拾得倒挺利索,她一边端上水果盘子,一边关心地问,"你父母身体都还好吧?家里还有什么人?"

人与人之间的感情就在东一句西一句的聊家常中一点点培养起来,夏想接过水果盘:"别忙了阿姨,我又不是外人,不用客气……我父母身体还好,家里还有个弟弟。"

冯云叹了一口气,羡慕地说:"都说养儿防老,你父母还好,至少身边还有一个儿子,我们家的臭小子倒好,大学毕业后非要留在燕市,说什么也不回坝县,连章程市也不稀罕,你说这叫什么事!男儿志在四方,可是也要考虑一下父母的感受是不是?老杜说,等他退休了,我们就搬到燕市和儿子一起住,可是燕市不比坝县,哪里那么好生活的?我儿子心比天高,觉得可以凭自己的本事在燕市闯荡,燕市是什么地方?是省会,人才济济,一个大学生太普通了,想要出头太难了。"

"你瞎扯什么?我和夏秘书说点正事,你怎么乱扯一气?快去一边去,别整事,出去买点好菜好酒,我们中午喝一口。"杜双林老脸一红,连轰带推地就把冯云赶了出去。

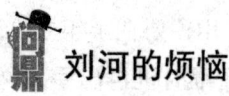

刘河的烦恼

夏想闻弦歌而知雅意,杜双林碍于面子一直不好张口,就借老婆之口说出,到底是教师出身,一些气节还在,估计也是听冯云说得太明显了,脸上就有点挂不住了。夏想装没看见，随口转移了话题，过了一会儿，才又装作突然想起什么，问道："杜部长就一个孩子？"

杜双林的儿子杜同国刚从燕省师范大学中文系毕业，不想回章程市，更不愿意回到坝县，非要留在燕市工作。杜双林不过是一个县委宣传部长，要是在章程市，他还有些关系，在燕市，却是一个认识的人都没有，更没有能力为杜同国安排前程。好在杜同国也算有点能力，硬是凭借真本事通过了燕省晚报的面试，成了一名实习记者。

李丁山听到夏想转述他和杜双林之间的互动，哈哈一笑："别的不敢说，但要说京城和燕省两地的媒体，很少有我不认识的人。燕省晚报的总编和我一起在京城培训过，也算是半个同学，关系还说得过去，我打电话过去问一下……"

几天后，夏想在县委大院门口偶遇杜双林，杜双林神情激动，十分热情地非要请夏想吃饭，夏想见引来众人纷纷侧目，只好答应下来。因为高兴，几杯酒下肚的杜双林就有点高了，话也多了起来。夏想听明白了，杜同国的实习期本来还有两个月，突然就因为一篇新闻稿受到了总编的嘉奖，提前转正，算是正式进入了燕省晚报。

正好刘世轩和黄鹏飞站在县委大楼的门口，目光阴沉地看着夏想和杜双林一前一后走出县委大院，两人对视一眼，都从对方的目光中看到了一丝警惕。黄鹏飞见左右无人，小声地说道："李书记的这个小秘书真有手段，老杜看来已经站队了。"

刘世轩不满地说道："他们翻不了天，郑谦不会和他们站在一起，还有石县长一直不表态，也让李丁山顾忌三分。"

"张信颖的事情怎么办？"黄鹏飞不无忧虑地问道，"张部长打了好几个电话，一直给我施加压力，我都快顶不住了。刘县长，你想想办法？"

"拖，拖着不报！"刘世轩心一横，回头看了三楼一眼，见李丁山的办公室窗户紧闭，冷冷地笑了一下，"李丁山想坐收渔翁之利，我们就和他比比耐心，看谁更沉得住气。张淑英交给我来应付，不信她还敢翻脸！"

黄鹏飞只好苦着脸答应下来，心里却道，张淑英天天给我打电话，又不是打给你。她不敢跟你横，却敢跟我叫板？两边受气的日子不好过呀！不过他又不敢当面说出来，只好无奈地看了刘世轩一眼，不以为然地想，不就是一个副科，李书记真要拿出来讨论，你就算不让常委会通过，李书记以后也有的是办法压你，难道以后非要把矛盾摆到明面上？

刘世轩心情郁闷地回到家，刚一进门就见刘河和杨贝正坐在客厅。刘河气急败坏地说道:"爸,坏事了,夏想这小子太坏了,都欺负到我头上了。"

刘河今天一早到贾寨村找人挖口蘑和蕨菜时,以前因为可以得到一根烟抽的黄海,却磨磨蹭蹭不愿意再去,一点积极性和主动性都没有,让他大为恼火,不得不大方地扔给他两根烟。结果黄海看也没看,将两根烟还给了他,还阴阳怪气地说道:"两根烟就大方了?人家小夏一次就给两盒。"

结果可想而知,警惕性非常高的刘河对黄海威逼利诱,最后黄海架不住刘河两盒好烟的诱惑,一五一十地将夏想等人的举动交代个清清楚楚。虽然黄海并不知道夏想的真实身份,也只知道他姓夏,但刘河不傻,动动脑子就猜出了是夏想带人来是在打口蘑和蕨菜的主意。

尽管夏想一直在黄海面前没有透露过半点口风,也尽量表现得犹如嘴馋的城里人,至少他成功迷惑了黄海,但刘河知道夏想是谁,而且他一直视滚龙沟为自家的后花园,怎么可能让别人染指?更何况别人还是夏想。

刘河在坝县的生意不少,不少舞厅和酒店都有他的股份。不过对他来说,滚龙沟的口蘑和蕨菜虽然赚得不多,但胜在细水长流,是无本生意,稳赚不赔,所以一听到夏想带领两个人亲身前往滚龙沟实地查看,他就知道事情肯定不像夏想对黄海说的那么简单。真要自己吃,哪里用得着费劲去看看产地。吃鸡蛋的人,谁会好奇到想去认识下蛋的母鸡?刘河意识到肯定出了什么问题。

难道是夏想想插手口蘑和蕨菜生意?一想到这一点,就好像夏想要从他手中抢走杨贝一样,刘河就如坐针毡,再也无心在贾寨村待上片刻,火烧火燎地拉着杨贝回家。

刘世轩半天没有说话,他坐在沙发上,随手打开电视机,目光却望向窗外。刘河知道刘世轩想事情的时候,就有爱听电视的习惯,也不打扰他,拉着杨贝在一旁窃窃私语。

过了一会儿,刘世轩伸手关了电视机,看了杨贝一眼,问道:"你怎么没上班?"

杨贝脸一红,局促不安地不敢正视刘世轩的眼睛,正要开口说话,刘河在一旁忙解释道:"爸,杨贝的单位也没什么事儿可做,正好我打算让你帮她调到机关里面,县委或县政府都可以……"

杨贝大学毕业后被分配到坝县粮食局,因为坝县农业不发达,粮食局几乎无事可做。在认识刘河之前,杨贝的母亲牛红妹不过是文化局副局长,能耐有限,只能让杨贝老老实实地待在粮食局熬日子。后来认识了刘河,牛红妹自以为傍上了大树,就天天鼓动杨贝,让她说动刘河,让刘世轩出面帮她安排到政府机关上班。

杨贝一是架不住母亲整天说个没完,二也是觉得刘世轩身为县委常委、常务副县长,安排一个人进机关还不是一句话的事情,也就缠着刘河非要给她换个工作。刘河虽然喜欢杨贝,但他一直觉得杨贝对他还不够真心,就含含糊糊地没有答应。谁知不久前突然出现了夏想,让他知道原来县委书记身边的红人是杨贝的初恋情人,他心里又恨又急,几次想霸王硬上弓把杨贝办了,杨贝却死活不肯,非说要留在结婚的当晚。

刘河将信将疑,心中疑病未去,不过却对杨贝换工作的事情上了心,就准备找个机会对刘世轩说一说。

09 刀光剑影的常委会

谁上当了

低调要么是还没有触及他的底线,要么就是在积蓄力量。钱锦松身为省委常委,必然会慢慢培植自己的势力,才能在燕省站稳脚跟,眼下的低调,也许只是在试探各方的矛盾罢了。不过夏想总觉得宋朝度应该知道一些什么内幕,但他却没有透露给李丁山。

刘世轩自然不太清楚其中的弯弯道道,他正在为李丁山借张淑英的手搅乱局势而恼火,又听到夏想想插手口蘑和蕨菜生意,更是气得火冒三丈。而刘河在关键时刻还想着让他为杨贝安排工作,他要是现在开这个口,不是等于故意向李丁山挖好的陷阱中跳吗?

张信颖的事情他为什么不先开口,就是不想让李丁山掌握主动权。

"你以为县委县政府是我们家开的,说进人就让进人,难道别的常委都是摆设?"刘世轩的话带着火星喷发而出,不满地瞪了刘河一眼,又不悦地对杨贝说道,"不管在哪里工作,都要摆正态度,最起码不迟到不早退,认真的工作态度是做人最基本的要求。"

话说得比较重,杨贝双眼一下就蓄满了泪水,粉脸涨得血红,支支吾吾地说不出话来,最后还是如蚊子一样低低的声音说了一句:"我错了,刘叔叔,我,我,我上班去了。"

她也顾不上和刘河说"再见",推开门,压抑着哭声跑着下楼。

刘河想要追出去,刘世轩厉声说道:"坐下!"

刘河吓得一哆嗦,不情愿地收住了脚步:"爸,你怎么对杨贝这么严厉?她一个女孩子,脸皮薄,你吓着她了。"

刘世轩摇摇头,叹了一口气:"我跟你说过多少次了,我不喜欢杨贝,就是因为她太没有主见,说话办事一点也不大方,小家子气。我就不明白你喜欢她哪一点,她是长得还算漂亮,可是女人光有漂亮是不够的,就算她不能在事业上对你有所帮助,少说也要能替你支撑门面吧?你说说,杨贝这个样子,遇到事情话都说不完整,说走就走,一点礼貌都没有,怎么能当我们刘家的儿媳妇?"

刘河不服气,嘟囔着说道:"你都不知道你有多吓人,别说杨贝,就是我是你的亲生儿子,只要你眼一瞪,我也吓得发抖。自己凶得跟一头老虎一样,还埋怨别人胆小,没见过这样的道理!"

刘世轩被刘河的无赖逗乐了,无可奈何地干笑了几声,才拍拍沙发:"坐下,好好商量一下夏想的事情。"

刘河老老实实地坐在刘世轩身边:"爸,你有什么好办法?"

刘世轩微一沉思,心中已经有了主意,自信地笑了,"你总这样干下去也不是个办法,总有一天会被别人惦记上,正好赶上了夏想想打滚龙沟的主意,我们就是不让他称心如意……你找个可靠的人,注册一家公司,然后向县里提出承包荒山,把滚龙沟划进你们承包的范围之内。我们要把免费的资源合法地拿到自己的手中。"

"还是爸爸厉害,老奸巨猾!"刘河喜笑颜开,高兴地连连点头,"对,只要我们承包了滚龙沟,夏想再想打什么鬼主意,也只能眼巴巴地看着,能看不能吃。"

"胡说什么,这叫技高一筹,怎么说是老奸巨猾?你想骂你爸是不是?臭小子!"刘世轩笑着打了刘河一拳,脸色又渐渐阴了下来,"既然夏想去了滚龙沟查看,李丁山肯定也知道这件事情,看来,必须要在其他事情上做些让步才行,要不他也不会答应……"

"爸,你得想办法不让夏想升上去,要是让他年纪轻轻就成了副科级,那以后还了得?更可气的是,这小子是杨贝的初恋情人,比我抢了先,谁知道他到底和杨贝发展到了哪一步,一想起来就让我恨得牙根痒痒,就想好好地收拾他一顿。"

"急什么?李丁山不是说来日方长吗?他们只要在坝县一天,就得随时提心吊胆地防备我们背后插上一刀!让我好好想一想,想个万全之策,既不让夏想得到副科,我们又能拿到滚龙沟……"

接到一个奇怪的电话的时候,夏想正在和贾合一起吃午饭。两个人各要了一碗油泼面,正吃得满头大汗时,手机响了。夏想手忙脚乱地找了一张纸巾擦手,也没看来电号码,直接接通了。

"想我没有？"一个娇滴滴的声音传来,甜得像糖里加了蜜一样。

夏想嘴里还有一根宽宽的面条,差点被噎住,咳嗽了几声才说清话："你是谁？我是谁？谁想谁？"

正在对面吃面的贾合"扑哧"一声笑了出来,正好一个辣椒卡在了嗓子里,辣得他眼泪都流了出来,急忙起身去找清水清洗,还不忘狠狠挖了夏想一眼,埋怨他不该在吃饭的时候乱讲笑话。

里面的声音又变成了嗲声嗲气："真是的,连我都忘了,真的假的？我可是你刚交的女朋友,怎么可能一转眼就不记得了,是不是女朋友交得太多了,所以认识一个新的就会忘掉一个旧的？"

扯闲篇谁不会,反正也吃饱了,就当帮助消化了,夏想很开心地笑了几声："答对了,你还真是聪明,一猜就中。不过我还是奇怪,你的声音太有特色了,要是你真是我的前前前任女朋友的话,我一定还会有一厘米的印象,可是为什么现在连一毫米的印象都没有？这只能说明一个问题……"

"什么问题？"对方提高了嗓音,夏想一喜,上当了。

"就是你长得太丑了,想接近我结果没有成功,所以说你不能算是我的前前前任女朋友,只能算是无数暗恋我的丑女之一,最伤心的一个。"

"去死！"对方狠狠地挂断了电话。

下午三点的时候,夏想正在整理一份文件,手机又响,一看是一个陌生的手机号,想了一想,还是接听了。

曹殊黧清脆婉转的声音在耳边响起："夏想,你想我没有？我可想死你了……"

夏想吓了一跳,赶紧压低声音说道："殊黧同学,你好,有什么事情需要我帮忙,尽管开口,请不要拐弯抹角。"

"讨厌！你一点儿也不好玩！"曹殊黧抱怨的声音听起来就如泉水叮咚一样好听,"就不能假装一下,或者应付应付我？非要把我想得这么不好,好像我没事就不能给你打电话一样。"

欢迎来坝县做客

有了中午的前车之鉴,夏想不得不多个心眼,他也知道曹殊黧其实是个非常聪明的女孩,真真假假让人不好琢磨,不得不小心应付,要不一不小心就会着了她的道,被她戏弄。

"也好,那你说说,想我什么了?"夏想就顺着曹殊黧的话往下问。

"我想你的地方可多了,比如说我绘图的时候,被数据弄得头疼,就想要是你在身边,我该多轻松呀。再有当我顶着烈日在火车站广场画效果图的时候,就想要是你在的话,这种苦活累活怎么着也不用我亲自动手,是不是?还有呀,当我来到坝县县城找不到路的时候,就想夏想也不出来迎接我一下,非让我一个人在县城里乱转,他一点也不担心我会丢了?"隔着电话,夏想甚至都能想象出曹殊黧扳着手指,一条一条痛斥他的罪状,小脸上洋溢着得意的笑容,鼻子微微皱着,眼睛眯成一弯月牙,可爱而迷人。

"你在坝县?"夏想吃了一惊,不知道小丫头说的到底是不是真话,"没骗我?"

"从你的声音中一点也听不出惊喜,很明显,你一点也不欢迎我来坝县,更没有把我的话当真。"

"什么话?"曹殊黧的思维跳跃过大,夏想被她带动的,有点跟不上她的思路,正要再细问下去,突然脑中灵光一闪,想起最后一次见曹殊黧,向他说过要来坝县看他,当时只当她是一句戏言,难道她真的来了坝县?

"我代表坝县县委县政府热烈欢迎曹同学前来坝县指导工作,下面请曹同学告诉我具体位置,我好派人去接你……"夏想急忙摆正态度,"我当然记得你说过要来坝县看我,不过没想到真的梦想成真了。"

"少打官腔,少来……"曹殊黧的声音明显高兴起来,"算你会说话,算你反应快,限你三分钟之内赶到,我在德远路口。"

德远路口离县委大院步行也就是十分钟路程,夏想向李丁山请假,说是有同学来坝县,他要接待一下。李丁山下午要到乡下视察,反正有吴英杰陪同,不过是走走过场,也就给夏想放了假。

夏想一路小跑赶到德远路口,路口车来车往,哪里有曹殊黧的影子,上当了?夏想举目四望,伸手翻出手机正要拨电话过去,猛然右肩被人拍了一下,他微一迟疑从左边回头,正好与曹殊黧四目相对,二人近在咫尺,鼻尖差点挨住鼻尖。夏想倒没什么,曹殊黧却吓得惊叫一声,跳到一边:"怎么这都骗不到你?我拍你右肩,你为什么不从右边回头?"

夏想以前常用这一手捉弄别人,次数多了,就自然而然有了防范心理,凡事成习惯,习惯成自然,当然不能说真话,就憨厚地笑笑:"我鼻子好使,闻着左边有香气,所以就……"

曹殊黧的俏脸飞快地红了一红,尽管她假装无所谓,不过眼神中喜悦的光彩却瞒不了人:"净胡说,哪里有香气,我怎么闻到不到?"说着,下意识地后退了一步,离夏想又远了半米。

夏想吸吸气,惊讶地"咦"了一声:"又没有了,还真是怪事!好像,好像你一走开就没有香气了,到底怎么回事?"

话不用说得太明,点到即可,曹殊黧青春亮丽的脸上闪耀着动人的光泽,一路上想好的埋怨一瞬间就烟消云散:"算你聪明,算你迎接得还算及时,所以我决定,关于你不给我打电话,不主动过问设计的进展情况,不好好记住我说的话,等等,所犯的无数错误,一笔勾销。下面,请夏同学带路,给我安排一个住处,不对,是我们……"

夏想愣着没动,直直地看着曹殊黧,曹殊黧猛然醒悟过来,面红耳赤:"你胡思乱想什么?想得美,哪有这样的好事便宜你?不许看,不对,不许想,对了,都不许……"紧张和害羞之下,她语无伦次,转身跑到后面一辆桑塔纳车面前,用脚踢了一下门,"快出来,臭丫头,别看笑话了!"

门未开,一阵咯咯的笑声从车里传出来,曹殊黧恼怒地拉开门,从里面拽出来一个红衣女郎。她一身红裙子格外艳丽,皮肤比曹殊黧还白上几分,裙子不长,刚到膝盖,露出的小腿肉感十足,脚上一双黑凉鞋,脚指甲也涂成红色,红与黑的搭配,既漂亮又醒目。

圆脸,大眼睛,尤其是耳朵长得非常好看,耳垂少说也有一指长,衬托得她美丽而富态。红衣女郎热辣如火,和一身黄裙、清丽如芙蓉的曹殊黧一比,简直就是一朵大红大紫的牡丹花。

他缓了缓神,又镇静下来,对来到了面前的曹殊黧和红衣女郎彬彬有礼地说道:"你好,欢迎来到坝县!"

红衣女郎伸出一根手指,捅了捅曹殊黧的细腰:"你口中的大坏蛋、臭夏想不是挺好的吗?人长得精神,虽然没我白,不过还挺耐看,挺有礼貌,分数不算低。"

夏想无奈一笑,心想我一个大男人,和你一个女人比谁长得白,不是傻瓜就是笨蛋。

曹殊黧被红衣女郎说出心事,不愿意了,抬腿就要踢她:"叫你乱说,我什么时候说他了?我才懒得说他,你就编排我坏话吧!亏你还是表姐,一点姐姐的觉悟都没有。"

"黧丫头就是嘴硬!"红衣女郎笑着躲开,主动伸出手来,"你好夏想,我是米萱,是鳌丫头的表姐。"

夏想轻轻一握就松开了手,点点头说道:"我算是殊鳌的同学,欢迎你来坝县做客……"

"我可不是来做客的,我是来陪鳌丫头相亲的……"

米萱话未说完,小腿上就挨了曹殊鳌一脚。曹殊鳌脸儿红扑扑的,非常好看,双眼雾蒙蒙,快要哭了,她恨不得缝上米萱的嘴:"米萱,你再胡说我就和你绝交,我就告诉舅舅你办的坏事……"

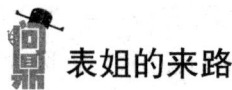 ## 表姐的来路

曹殊鳌的娇羞美艳落在夏想眼中,让他怦然心动。他一直以为她还小,其实想想她也快二十岁了,是个大姑娘了,漂亮大方,心思剔透,正是男人最喜欢的完美女孩。他真的没有一点喜欢她的心思吗?

夏想不忍看到曹殊鳌窘迫,上前解围:"殊鳌是个人见人爱的女孩,我也挺喜欢她,就怕她看不上我。都说我长得有点黑,殊鳌要相亲的话,是不是要找一个白一点的男朋友?"

曹殊鳌放过米萱,听了夏想亦真亦假的话,眼睛转了几转,笑骂了一句:"谁喜欢小白脸男孩,丑死了,黑点才耐看。"

米萱笑得前仰后合:"好了好了,你们两个就不要互相吹捧了,我都脸红了,没想到你们俩脸皮倒厚,跟没事儿人一样,笑死我了。"上前拉住曹殊鳌的小手,放在嘴边吹了吹,"鳌丫头,别跟表姐生气了,表姐不也是为了你好?你看看,一试就试出来了,这个夏想还行,有担待,心也细,知道替你解围,虽然还没有达到我要求的一米八五的条件,不过也算马马虎虎了。你要不要?不要的话我可下手了,比我小上几岁,小男孩,我喜欢……来,夏想,叫姐姐!"

夏想憨厚地笑笑:"表姐好……"

"真乖……"米萱喜笑颜开,伸手要摸夏想的头,夏想还没有躲开,她的手就被曹殊鳌打到一边。

小丫头还挺护短,夏想见曹殊鳌气呼呼地瞪了米萱一眼,样子好像生怕她喜欢的玩具被别人抢走了一样,不由心中好笑,又见米萱笑得很得意,就嘿嘿一笑:"表姐,真是闻名不如见面,没想到我的前前前女友不但不丑,还又漂亮又火辣,真是让人大吃一惊。"

米萱惊讶地张大了嘴巴："啊……你什么时候听出来是我的声音？"

如果说接到第一个奇怪的电话之后，夏想并没有想明白是谁在捉弄他的话，在接到曹殊黧的电话时，他脑中就隐隐约约感到两者之间必有联系。等到后来米萱一说话，虽然和她刻意伪装的声音大不相同，不过他还是听出了给他打电话时的娇滴滴的声音，就是出自米萱的杰作。

夏想和米萱之间的对话，曹殊黧居然不清楚发生了什么事情，结果等夏想一说，她才明白过来，笑着去闹米萱。米萱自然不肯退让，理直气壮地声明她只不过是替她把把关，试探一下夏想。夏想装傻，在一旁只是傻笑，不说话，曹殊黧却自有主张。

"表姐，我希望以后不经过我的同意，不要再发生同样的事情，因为我不想去猜疑别人。不管他是谁，不管他对我如何，我都没有必要躲在背后去试探他……别人的好是求不来的，我能做的只是管好我自己。"

没想到，小丫头能说出这样一番大有哲理的话来，让夏想暗自惭愧。他也没有想到曹殊黧说到做到，真的不远千里跑到坝县。尽管她的理由是前来避暑，和表姐一起看看草原，但他岂能看不出来曹殊黧的小小心思？只是大家都没有点破罢了。

县城的西部有一片郁郁葱葱的小树林，林子不大，树木也是北方常见的杨树一类，都有一米粗细，拔地而起，高有十几米，一看就是有着十几年树龄的老树。

曹殊黧像一只快乐的蝴蝶穿梭在林间的小路上，哼唱着不知名的歌曲，笑得格外开心。米萱和她手拉手，一个活泼一个火辣，给寂静的树林增加了许多生机，惊飞了无数小鸟。夏想跟在她们身后，像个小跟班，无可奈何地冲前面的两人说道："能不能歇息一会儿，大表姐和小表妹？"

米萱是章程市人，家在章程市，她本人经营着一家酒店和两家影楼，算是成功的女商人。不过对于米萱到底是曹殊黧的什么表姐，曹殊黧没有多说，夏想也就没有多问。

"懒虫！"曹殊黧回头嫣然一笑，正好看到不远处有一块干净的石头，就用手一指，"就到石头上休息一会儿也行，你说你，一个大男人，怎么还没我们有力气？"

"拜托！"夏想有气无力地拍了拍身后的背包，"里面有十几瓶水，还有无数没用的东西，重得要死，少说也有二十斤。你们分明是故意折腾人，就走这一点路，非要带这么多东西，成心害我。"

"啊,我真不知道,都是表姐装的东西,我还以为就有几瓶水,都有些什么东西,我看看……"曹殊黧不满地白了米萱一眼,松开她的手,三步两步跑到夏想身边,打开背包忽然惊叫起来,"萱姐,怎么还有泳衣?"

游泳事件背后的阴谋

树林深处,有一个天然的池塘,蓝汪汪的如同一块碧玉。最妙的是,掩映在树林之中,又人迹罕至,不但环境幽美怡人,池塘中的水还非常清澈,几乎可以一眼看到池底。

池塘虽然不大,不过也有数亩大小,足够三人戏水游泳。池塘周围有无数几人粗的大树,算是天然的换衣场所,米萱在背包中翻出一个样式丑陋的男式泳衣,扔给夏想,取笑说道:"男人就别挑剔了,我随便找了一件,能遮羞就可以了。其实你的主要任务是保护我们的安全,还有,我们换衣服的时候离得远一点,别想着偷看……"

夏想拿着大红色的男式泳衣,摇摇头,曹殊黧的聪明之中有包容和忍让,懂得适可而止,而米萱的精明却包含着太多的强迫,总是以一种不容置疑的方式让人接受。尽管他知道米萱也许出自好心,一切的出发点是为了曹殊黧着想,不过还是让他心中不太舒服。

米萱既然能带他们来到这样一个十分隐蔽的池塘,可见她对坝县了如指掌,远比他这个外乡人强了许多,却故意把车停在路口,让他去接。站在曹殊黧的角度来说,可以理解,但她连曹殊黧也隐瞒不说,就有自作主张的嫌疑了。

"萱姐,你还有多少事情瞒着我?我不想让夏想误会。"曹殊黧和米萱躲在一棵大树背后,她双手交叉抓住裙子一角,然后向上一提,裙子就从头上脱下了。

曹殊黧被米萱看得不好意思,三下两下换好泳衣,不满地说道:"萱姐,你听到我的话没有?你背着我给夏想打骚扰电话就算了,明明认识路还故意害他跑一趟,又不和我商量,让他背那么重的包不说,还领我们来这里游泳,到底还有什么阴谋诡计?"

"死丫头,姐姐是帮你的忙,还敢数落姐姐的不是?还没嫁人,胳膊肘就往外拐了?"米萱倒是理直气壮,她换上一身红色泳衣,将脱下的衣服胡乱塞进背包,偷偷探着头向远处看了一眼,笑嘻嘻地说道,"那小子还算听话,一个人跑得远远的,不过我还是不能完全相信他,要是没有我在这里,他肯定会偷看你换衣服,是不是?知道我为什么要带他来这里,还要游泳吗?"

曹殊黧见米萱说得一本正经,也就一脸好奇地摇了摇头。

"看一个人不能只看外表,还要看他的本质,也要看他的身体……"米萱指了指曹殊黧的身体,眼中全是赞赏的目光,"像你这样的完美身材,要是找一个身体有缺陷的男人,该多吃亏呀!所以我带他来游泳,就是让你借机看看他的身体,健美不健美倒不要紧,至少也不能有重大缺陷,是不是?比如说身上有伤疤或是罗圈腿什么的,穿着衣服也看不出来,穿着泳衣可以暴露无遗了。"

曹殊黧面红耳赤:"什么乱七八糟的,你脸皮好厚呀,萱姐,快别说了……"

米萱以一副过来人的口气,语重心长地说道:"为了黧丫头的幸福,姐姐我就当一次坏人吧,不能让悲剧再在你身上重演。谁让你是我最喜欢的表妹呢,别怪表姐多事,好不好?"

曹殊黧被米萱的话感染,也没再说什么,只是轻轻地点了点头。

池水一米以上被阳光晒得温热,一米以下还是有些凉意。人在水中,上身暖洋洋的无比舒适,下身却传来丝丝凉意,让人说不出来是什么滋味,好在来回游了几十米后,肌肉开始放松,也就适应了冰火两重天的感觉。

可以说,夏想的身材无可挑剔,骨骼强壮有力,肌肉匀称,浑身上下没有丝毫赘肉,更没有伤疤或是什么身体上的缺陷,让米萱非常满意,悄悄说给曹殊黧听。要是没有米萱点明,曹殊黧也没有觉得和夏想一起游泳有什么不对的地方,可是一经米萱说明是要暗中观察夏想的身体,她就不敢多看夏想一眼,好像心里藏着什么坏事一样。偶尔不留心眼光扫过夏想的身体,就不由自主地一阵心慌意乱,差点手忙脚乱游不成。

夏想倒没有多想,要是没有米萱在,他倒也不会多想,没有心理负担地和曹殊黧一起戏水,但米萱的目光含义丰富,总是有意无意地从他身上扫过,让他不得不多了几分小心,提防她有什么不安分的想法。

一直等再回到县委招待所,曹殊黧脸上的红润才慢慢消散,才敢大着胆子和夏想说话。夏想也纳闷一向活泼大方的曹殊黧怎么一下子变得拘束起来,他多看她一眼,她就会脸红,不太像她以前的风格。

天色已经向晚,县城渐渐被夜色笼罩。夏想一行三人吃完晚饭后,米萱借故离开,总算给了夏想和曹殊黧单独相处的机会。

从曹殊黧口中得知,液晶大屏幕效果图的设计一直比较顺利,文扬也没有过多地露面,而是派了一个叫张虹的女孩出面,负责联络所有事情。其他更多关于公司资金的情况，以及公司下一步的安排，曹殊翾自然不清楚，只是偶尔在一次谈话中听到，投资方委托一个负责人全权负责公司的运营，这个人的名字叫高建远。

曹局长的家事难断

曹殊翾一画完效果图，得到了市里的认可之后，文扬二话不说，就将设计费用一次性付清。曹殊君得了一万元的报酬，兴冲冲地要买游戏机，却被曹永国没收。剩下的几万元都在曹殊翾手中，曹永国却没有说什么，只是当曹殊翾提出要来章程市时，曹永国却不同意，坚决反对，最后还是王于芬据理力争，曹殊翾的章程市之行才算得以成行。

从曹殊翾红艳可爱的小嘴中不停跳出来的话里，夏想听清了一件事情，原来曹殊翾前来章程市，打的是看望姥爷和姥姥的名义。

夜晚的坝县夜风微凉，曹殊翾穿了一件类似睡衣一样的连体裙，裙子就像一个大背心，没有收腰没有曲线，她穿在身上像个灯笼一样，一走动就飘来荡去，轻薄的料子紧贴在身上，反而更显出曲线来。

曹殊翾显然没有意识到她间接走光的事实，她一只手背在身后，一只手托着腮，非常不满非常痛心地摇头说道："我爸是老顽固，他和我姥爷关系不好，就不许我来章程市。他也不想想，我打着看望姥爷和姥姥的名义来章程市，他还敢坚持反对，真当我妈是空气，当我妈好欺负？"

曹殊翾假装生气的样子很可爱，她的小嘴使劲抿着，鼻子皱着，眼睛努力瞪大，想要表现得凶一些，反而让人觉得就像耍赖的小女孩故意逗人发笑一样。夏想忍住不笑，问道："长辈之间的事情，晚辈最好不要多说，毕竟他们都有自己的立场，作为他们的亲人，不好指责和偏袒任何一方，只好尽可能从中调和，对不对？"

"哎呀，哎呀，我说夏想，你比我大几岁？怎么我听起来好像大了十几岁一样，说话老气横秋的，跟我爸的口气差不多！"曹殊翾的活泼和开朗终于又回来了，她笑嘻嘻地围着夏想转了几转，又伸手挡住眼睛，"几天不见，又成熟了，都不认识你了。"

夏想笑着拿开她挡在眼睛上的手："别闹了，翾丫头，说说米萱，你的红衣表姐是个什么来路？"

曹殊黧忽然脸上一红,甩开夏想的手:"讨厌,谁让你拿我的手?"她想起夏想穿着红色泳裤的滑稽样子,又忍不住取笑他说,"什么红衣表姐,乱起名,真难听。我想起来了,你穿红色泳裤的样子,真丑!"

好在夏想脸皮够厚,红色泳衣当时穿在身上,他就急忙下水,假装不在意。现在曹殊黧旧事重提,又粉脸娇艳,不由让他心里一动,又一伸手捉住了她的小手:"老实交代,你是不是和她合伙捉弄我?"

曹殊黧小手轻轻挣扎了一下,就不再动弹,任由夏想握在手心。她伸出一根手指,点在自己的鼻子上:"我?我没有,我是清白的,都是萱姐她自作主张非要捉弄你……萱姐她,她其实是个好人,就是性子有点倔,不肯饶人,又爱挑剔。不过她最疼我了,我小时候住在姥姥家时,她天天和我一起玩,对我非常照顾,就像我的亲姐姐一样。后来长大了,爸爸和姥爷关系不好了,就回来少了。"

二人在县委招待所中随意散步,手一会儿拉到一起,一会儿又不经意分开,谁也没有在意。夏想也没想到,曹殊黧还挺爱说话,叽叽喳喳说个没完,对他也没有丝毫防范的心理,将曹永国和他岳父之间的恩怨也说了出来。

其实也没有什么大不了的事情,就是曹永国一开始分配到省二建当技术员,跟随施工队来到章程市,认识了王于芬。王于芬当时在章程市技术监督局工作,单位不错,人也长得漂亮,可以说各方面条件都非常好,却偏偏喜欢上了小小的技术员曹永国。本来王于芬的父亲王军洋想让她嫁给当地人,以她的条件,找个在市委市政府工作的小伙子也不在话下,可是王于芬却铁了心要嫁给曹永国。

王军洋自然不答应,想方设法阻止两个人。曹永国也是倔脾气,一怒之下就将王于芬带回了燕市,还差点因此丢了工作。王军洋当时任章程市西桥区区长,多少有点关系,就找了燕市的朋友,想劝王于芬回来。王于芬直接回绝了他,说是不嫁曹永国,就谁也不嫁。

王军洋无奈之下,只好点头同意。他不认为曹永国有多好,一心觉得肯定是曹永国用花言巧语骗了王于芬,她才鬼迷心窍非要嫁给一个没有地位没有前途的技术员。最后曹永国和王于芬结婚时,王军洋虽然也参加了婚礼,不过还是没有给曹永国好脸色看,还声称如果他以后实在混不好,可以把关系调到章程市,他可以利用手中的权力给他安排一个大好前程。

曹永国拒绝了王军洋的好意,花光了所有积蓄将王于芬的关系调到了燕市,不过他没有能力让她进机关,只进了一家效益一般的企业。此后曹永国发奋图强,在没有任何背景的情况下,完全依靠自己的努力,一步步走向了高位。

结婚以后,虽然和王军洋走动不多,不过他们每次回来也算和和气气,至少表面上还过得去,尤其是王军洋退休之后,离开了领导岗位,气势也就弱了许多。再后来曹永国当上了省局的局长,成了正厅级干部,比起从处级退下来的王军洋来说,已经高了一个层次。他们再回去时,王军洋就再也没有了以前的架子了,对曹永国客客气气,态度也亲热起来。

有一年过年时回去,一家人在一起喝酒,王军洋喝多了,就说起了以前的事情。也不知是什么原因,他就开始指责曹永国的不是,说他如何如何不好,哪里做得不对,要是按照他说的去做,别说厅级,就是副省,甚至省部级也不在话下,话里话外透露的意思,当然还是曹永国不如他。

曹永国被王军洋轻视了许多年,当上了局长之后,当然要扬眉吐气一把,不过碍于他是长辈,在他面前还要端他一端,奉承他几句。不想王军洋越说越不像话,竟然说出了如果王于芬留在章程市,肯定能嫁一个当上市委书记的丈夫。省局局长是厅级干部,但远远不如市长和市委书记主政一方,大权在握,说到底,王军洋从骨子里还是认为曹永国没有让他满意。

曹永国也终于动怒了。

当年王军洋的强烈反对,尽管过去了许多年,但随着王军洋的发作,以前的种种屈辱都涌上心头,曹永国当面反驳王军洋,说他一辈子只做到区委书记,就算主政一方,也不过是一个处级干部,级别不高,境界就不高,看不到许多高级别的人才能看到的东西。言外之意就是,退休的处级干部用过去的眼光,教训现任的厅级干部,是非常不合时宜的。

一番话惹怒了王军洋,王军洋拍案而起,下了逐客令。曹永国也不退让,针锋相对,带着全家人当晚就返回了燕市。王于芬夹在中间,左右为难,本想留下,却被盛怒之下的王军洋赶走,让她永远别进家门。

虽然后来又在家人的劝说下,王军洋主动给王于芬打了一个电话,让她回家过年,有事没事经常回来看看,算是间接放下了身段。毕竟是自己的亲生父母,王于芬原谅了王军洋,曹永国却不肯低头,说什么也不再回章程市,连带曹殊黧和曹殊君一提要去看望姥爷和姥姥,他就会大为不快。

家家有本难念的经,即使是高官之家,也有许多不和谐的声音,夏想感慨,忽然想到一个问题:"你还没有回答我,红衣表姐是你什么亲戚?"

"不许再叫红衣表姐,不好听!"曹殊黧不满地说道,见她的手不知何时又被夏想抓住,就用力甩开,"你就叫她萱姐也行,她是我舅舅的女儿。"

"怎么不姓王?"夏想就有些奇怪。

曹殊黧甩开夏想的手后,没说几句话,又非常不自觉地抱住了他的胳膊。

"好像是舅舅和舅妈之间有什么协议,总之我也不清楚了,反正米萱姓的是她妈妈的姓……"县委招待所的院子不小,路灯还算明亮,曹殊黧眼尖,正说话的时候,突然看到远处来人,用手一指说道,"快看,我舅舅来了……"

隔了一个花坛的距离,米萱和一个秃顶男人正朝这边走来,二人神态亲密,显然关系密切。绕过花坛,二人来到夏想和曹殊黧面前,不等别人先开口,秃顶男人先取笑曹殊黧:"黧丫头,又比以前漂亮了,真让舅舅羡慕……没想到你也到了找男朋友的年纪了,时间过得真快呀!"

曹殊黧才意识到原来还抱着夏想的胳膊没有松开,急忙松手,解释道:"舅舅别误会,我就是觉得有点冷,借他的胳膊取取暖,你可别到处乱说。"

"舅舅是爱乱说话的人吗?"秃顶男人笑着回应一句,然后目光又看向夏想,有好奇有审视,还有一丝耐人寻味的味道,"夏秘书,没想到我们之间还可以建立起这么密切的联系,真让我吃惊不小,刚才黧丫头对我说的时候,我还不相信。刚才看到黧丫头的样子,总算是放心了。"

放心,放什么心?难道他的话另有所指?夏想心中也是感叹世事奇妙,眼前的人不是别人,正是县委常委、政法委书记王全有,万万没有想到,他竟然是曹殊黧的舅舅。

王全有是中间派的中坚人物,说起来在夏想的了解中,他其实还是偏向刘世轩多一些,对李丁山多少还有一点排斥。在常委会上,即使不会对李丁山提出反对意见,起码在一些重大问题上,不会明确地支持李丁山,甚至还有可能会支持刘世轩。

谁知他居然是曹殊黧的舅舅,也不知道他刚才说的放心了,是对他和曹殊黧之间的关系放心了,还是暗示别的什么。

夏想只好腆着脸笑:"王书记,幸会,幸会。我和殊黧是校友,正好她来坝县游玩,我也就是尽尽地主之谊,然后晚上就又在一起商量一个项目的设计,不知不觉就商量到了现在,主要是工作太投入了。"

曹殊黧忍不住"扑哧"一声笑了出来:"就是,舅舅,我们正商量燕市火车站广场的一个标志性建筑的设计图,问题很深奥,设计很复杂,说出来你也不懂,所以就不告诉你了。所以你什么都没见过,什么都没有听到,对不对?"

王全有笑骂:"小滑头,还跟舅舅耍心眼,你还差了一点。放心,你告不告诉我,我都不会告诉你爸爸,他那个老顽固,肯定另有想法,我怎么会和他站在一起?"

然后又看了看夏想,说道:"小夏,坝县不比燕市,晚上还是比较凉的,别在外面待太久了,小心着凉了,容易感冒。好了,我就不打扰你们年轻人聊天了,走了,以后有空就上我那里坐坐,也让我听听年轻人的高见,现在的年轻人很有想法,萱丫头说了不少你的事迹,让我非常好奇……"

王全有挥挥手转身走了,温和的笑容让夏想很难将他和在常委会上坐在那里沉稳如山的政法委书记联系在一起。一直以来,他和李丁山认为,也许郑谦在关键问题上会保持中立,而王全有和刘世轩关系虽然不算密切,但也说得过去,说不定会在冲突和对抗中,慢慢靠向刘世轩一边。

明天有必要让李丁山和曹殊黧见个面,将她的身份挑明,至于李丁山会不会联想到曹永国背后的省委常委,会不会再将宋朝度这一条线串联起来,夏想心中没底。不过既然李丁山知道了有曹永国的关系可以借助,想必他也会有所联想。

第二天一早,一上班夏想就向李丁山说出曹殊黧的事情。果然李丁山一听就大感兴趣:"曹永国?我听说过他,是个学者型的局长,自身素质很高,从基层一步步升到高位,基础很扎实,我比较佩服这样的人,有机会可以认识一下。"

在夏想面前,李丁山毫不掩饰他的真实想法,他是觉得曹永国还大有前途,却不知道曹永国正在受到高成松的排挤,举步维艰。不过奇怪的是,曹永国要调任测绘局的事情风传了一段时间,直到现在还没有正式下达任命,听曹殊黧的意思,好像曹永国也不知道具体哪里出了差错。

"我向朝度打听一下内幕。"听了夏想关于曹永国调动的消息,李丁山也是觉得大有蹊跷,就当着夏想的面拨通了宋朝度的电话。

这还是夏想第一次见到李丁山给宋朝度打电话。

"朝度,我是丁山,向你打听一件事情……"李丁山和宋朝度果然关系匪浅,根本不用客套,直接开门见山就将曹永国的事情说出,然后他就沉默下来,静静地听着电话,脸上露出了不解的神情。

"朝度说,省里支持曹永国的是省委常委、宣传部长卢渊源,不过奇怪的是,路书记在一次会议上力挺曹永国,让所有的人都大吃一惊。"李丁山见夏想也是一脸惊讶,知道他也不敢相信,因为路之远路副书记,是省委中排名第三的人物,位置仅次于省委书记高成松和省长叶石生,主管党群,在干部任命上有很大的发言权。

如果路书记真要力挺曹永国,曹永国就算不会高升,至少也能保住城建局局长的位子,不必去测绘局养老。

李丁山接下来的一句话更让夏想目瞪口呆："据说省里有风声,曹永国可能要被任命为燕市的副市长,然后下一步是常委、常务副市长。"

　　夏想震惊得几乎说不出话来,过了半晌才说："太突然了,殊黛也没有和我提起,估计她没有听到什么风声,就是说,曹局长也毫不知情。"

　　李丁山点头："应该是省里正在博弈,不过听朝度的口气,应该八九不离十了。路书记支持的力度很大,卢部长也是不遗余力地表示支持,就高书记暂时没有表态,其他人都持观望态度,暂时还没有人明确反对。"

　　"宋部长有没有别的看法?"宋朝度现在已经是省委农工部部长了,夏想也就改口称他为宋部长,他总觉得这件事情肯定有许多不为人所知的内幕。宋朝度虽然不是常委,但还在省委,人脉还有,肯定知道一些什么,就试探着问了一句。

一系列的连锁反应

　　"他也觉得奇怪,也是隐约听说,这是陈风的提议。朝度说,陈风和曹永国没有来往,应该也不认识,怎么会突然提出让他来当副手,而且还是常务副市长。陈风是路书记的嫡系,要是陈风有意让曹永国和他搭台,一直对陈风非常看重的路书记力挺曹永国,也就说得过去了。"李丁山按着额头,一副沉思的样子,"陈风意外看重曹永国,中间肯定有中间人,也不知道这个关键的人物是谁?"

　　夏想也是低头沉思,他并不知道,其实说起来这一切的变故,全是因为他让曹殊黛参与了液晶大屏幕项目的设计,同时引发了一系列的连锁反应,导致陈风爱屋及乌,才对曹永国大感兴趣。因此,他才是中间的那个关键人物。

　　又想起高建远意外参与了液晶大屏幕项目,夏想心中又是一番猜测,对李丁山说道："李书记,殊黛在设计效果图时,隐约听到,说是高建远作为资方的代表,在公司占据了一定的股份。"

　　李丁山的吃惊毫不掩饰地写在了脸上："高建远?高成松的儿子?真的假的?"

　　夏想重重地点头："我也很惊讶,不过殊黛她并不知道高建远是高成松的儿子,只是无意中听到有人说了一句,正好记了下来。我想,这应该错不了。"

　　李丁山站起身来,绕过办公桌,坐到了夏想对面："事情越来越复杂了,高建远竟然插手了公司的事情,就算高成松忘记了我这个县委书记,因为高建远介入了公司的运营,早晚会从文扬口中提到我,高成松想要不听到我李丁山的名字都难……"他笑了笑,又不以为然地说道,"躲一时不能躲一世,不信高成松还真心胸狭窄到不肯放过我一个小小的县委书记?"

燕市的局势还真可以用风起云涌来形容,变化太快了,让夏想目不暇接,来不及从中发现有用的线索。他知道他最大的缺点就是,从上层得到的消息太少,也不知道李丁山有没有从宋朝度口中打探一些关于钱锦松的消息,京城空降钱锦松过来,到底是什么意思?

他把问题提给李丁山,李丁山摇头:"朝度没有说,他只是说现在还不太清楚,等他有了消息再说。不过据说钱秘书长为人非常低调,在重大问题上从不表态,基本上就是一个中间派人物。"

低调要么是还没有触及他的底线,要么就是在积蓄力量。钱锦松身为省委常委,必然会慢慢培植自己的势力,才能在燕省站稳脚跟,眼下的低调,也许只是在试探各方的矛盾罢了。不过夏想总觉得宋朝度应该知道一些什么内幕,但他却没有透露给李丁山。

中午的时候,李丁山放下县委书记的架子,让夏想邀上曹殊黧一起吃饭。不知何故,米萱没有参加,只有李丁山、夏想和曹殊黧三人。曹殊黧的姥爷以前就是区长,现在她的爸爸又是局长,平常见多了厅处级的官员,见李丁山又没有一般官僚的官腔,又有一股文雅气质,就没有称呼他李书记,而是开口就叫李叔叔。

李丁山笑呵呵地看看夏想,又看看曹殊黧,然后拍了拍夏想肩膀:"小夏,很不错,很好的一个女同学,可不要欺负人家。"又对曹殊黧说道,"殊黧,夏想要是欺负你,告诉李叔叔,让李叔叔批评他。"

李丁山的笑容含义丰富,夏想也不好多说:"李书记,你可有点偏心,一见面就偏向殊黧,我可有意见了。"曹殊黧可以叫李丁山为叔叔,夏想还得恪守本分,不能乱了称呼。

"有意见就保留,谁让殊黧是女孩子,你就不能大方一点?"李丁山心情极好,看向曹殊黧时目光中就多了几分慈爱。

曹殊黧拉开椅子请李丁山坐下:"夏想小心眼,李叔叔偏向我你也有意见?哼,待会儿就和李叔叔一个人说话,偏不理你,看你怎么办?"

李丁山坦然坐下,夏想在其左,曹殊黧在其右。他们分别坐好后,他随意点了几样菜:"我在这里,你们年轻人心思肯定也不在吃饭上,随便吃一点就可以了,殊鬷可不要挑理。想吃什么,以后有时间再让夏想好好陪你。叔叔今天和你见面,就是让你替我给你爸爸带个好,虽然我和曹局长不熟悉,不过有了你和夏想这一层关系,而且曹局长知识渊博,又是我比较敬佩的学者型领导,所以有机会还是要向他当面请教。"

李丁山看得出来曹殊鬷对夏想的依赖,两个人之间一个眼神和一个动作,都十分默契。作为过来人,他当然知道曹殊鬷对夏想的情义,要不她也不会不远千里前来看望夏想,他也就不再顾忌许多。既然曹殊鬷没有叫他李书记,而是直接称呼为李叔叔,可见她也是非常聪明的小丫头,生在高官之家的子女,知道规矩,知道什么时候该称呼什么,叫他叔叔,表明了一种态度,他也就给足了曹殊鬷面子,直接说出了想要结识曹永国的想法。

处级干部想要结识厅级干部,算是高攀,不算丢份,李丁山说得十分坦然。曹殊鬷将菜单递给服务员,曹殊鬷亲自动手帮李丁山摆好餐具,然后对夏想说道:"你自己摆,才不管你。"

夏想知道他充当桥梁的角色已经完成,现在在一旁当观众就可以了,就嘿嘿傻笑。

"其实我爸爸平常也喜欢舞文弄墨,就是水平有限,经常埋怨自己没有文学细胞,这一次回去正好可以向他卖乖,给他介绍一个大记者认识,他肯定会好好夸我一顿,说不定还会有奖赏!"曹殊鬷十分乖巧地给李丁山倒上水,又假装不情愿地帮夏想也倒了一杯,最后才给自己也倒满,这才坐下,"李叔叔我们可说好了,有时间回燕市,一定让夏想带您去我们家,我觉得您和我爸肯定谈得来。"

李丁山喝着茶水,越看曹殊鬷心中越是喜爱,他也见过不少高官的千金,有的高傲如公主,有的傲慢得难以接触,很少有像曹殊鬷一样既可爱又不故意拿捏身份的,言谈举止都十分自然,几句话就说得让他满心欢喜。

既给了他面子,又夸了他有才,还说得好像是她请求他去认识曹局长一样,不动声色地抬了他一把,真是一个冰雪聪明的女孩子。

李丁山向夏想投去了赞许的目光,心想夏想还真是他的福将,不但为他出谋划策,原来暗中还找了一个局长千金当女朋友,不,说不定很快就是市长千金了,这个小伙子,身上不一定还藏着什么惊喜给他,也是不可多得的人才。

李丁山心中大慰。

夏想只是含蓄地笑,李丁山和曹殊鬷之间的对话让他也是十分欣慰,早就领教过了曹殊鬷的机智,今天再次见识一次,还是暗暗称赞她的聪明伶俐。他也清楚,经此一事,他在李丁山的心目之中,会更重上几分。

李丁山高兴之余,就给夏想放了假,让他把陪好曹殊黧当成工作来认真完成。李丁山说得没错,曹殊黧是个女孩子,夏想陪她好像是没有做正事,其实身为领导秘书,陪同局长千金也是一项政治任务,更何况,万一曹永国真要当了燕市的常务副市长,比起城建局局长,权力大了不少,再配上常委的头衔,实际上还是大大地上升了一步。曹殊黧到时身为市长千金,也是李丁山要和曹永国交好的重要桥梁。

夏想提议下午去草原游玩,曹殊黧自然没有意见,米萱也及时出现了,也要跟他们一起去。夏想猜到米萱其实是故意避开李丁山,不愿意以王全有女儿的身份和李丁山接触,避免出现不必要的麻烦。对于米萱的心态,夏想可以理解,所以也就装作不知道。

夏想提议到花海原一游得到了曹殊黧和米萱的一致赞同,米萱行事风风火火,一说要去开车就走。等到了贾寨村,夏想找到黄海,等黄海牵马出来之后,他才意识到面临着一个尴尬的问题,曹殊黧和米萱穿的都是裙子,没法骑马。

米萱见曹殊黧一脸窘迫,很开心地笑了,她钻进车里,过了一会儿出来之后,身上却换成了牛仔裤,原来她早有准备。

曹殊黧眉头微微皱了起来:"要不我不去了,就算萱姐借我一条裤子,可是我不会骑马。"

"我的马都很听话,一点也不凶,老实得很,小姑娘你不要怕,我可以帮你牵着马,肯定没事。"黄海怕生意黄了,急忙讨好地说道。

曹殊黧胆怯地看了看比她不矮多少的马儿,看了夏想一眼,还是摇了摇头。

"黧丫头,我有个办法……"米萱一脸坏笑,抓住缰绳非常利索地翻身上马,"你也不用换裤子了,我也没有带多余的。你就横坐在马上,坐在夏想前面,让他守护着你,又浪漫,又安全,怎么样,好办法吧?还不快谢谢我。"

曹殊黧虽然害羞,不过还是禁不住好玩的心思,最后红着脸横坐在夏想面前,左肩紧紧顶住他的胸膛,屁股挨着他的右腿,让她没来由一阵心慌,不敢看夏想一眼。夏想唯恐她摔下去,左手牵着缰绳,右手揽住她的小腰,在她耳边吹了一口气:"别害羞了,就当我是你的哥哥。哥哥保护妹妹天经地义,是不是?"

曹殊黧的身子随着马的走动来回晃动,吓得双手紧紧抓住夏想的胳膊:"你别发坏,别把我扔下去,好不好?"那个机智多变的小女孩不见了,完全是一副任人宰割的小绵羊形象。

夏想不觉好笑："黧丫头说什么呢,我怎么会扔你下去? 我有那么坏吗?"

"你有,你就有。"曹殊黧故意大声说话,好像声音越大就越能减轻她的恐惧感一样,"再说了我这么白,你这么黑,谁要你当哥哥? 我怕你把我带黑了。"

黄海骑马在前面开路,米萱紧随其后,夏想和曹殊黧共乘一骑,因为她胆小的原因,不敢走快,就信马由缰,慢慢前行,已经落后前面二人一大截。会骑马的人都知道,马其实奔跑起来才平稳,慢走的时候,摇晃得厉害,曹殊黧的身子就一下又一下地撞击夏想的胸膛,让他充分体会了什么叫心如鹿撞。

夏想的胳膊被曹殊黧抓得生疼,知道她确实害怕骑马,就想法转移她的注意力："马是温顺的动物,是人类的好朋友,不会伤害人,不用怕。再说,你也不用这么紧张,上一次在佳家超市的楼上,你抱住我不放的时候,也没见你有一点紧张,更没有脸红,今天怎么这么反常?"

"谁抱你了?尽胡说。"曹殊黧不干了,扭过脸来,假装凶巴巴地说道,"明明是你抱我,我舍身相救,你倒好,不记得我的好,反而诬赖好人,真是一只忘恩负义的小狗。"

"不对,我记得当时明明是你主动投怀送抱的,怎么又成了我去抱你? 再说就算我主动抱你,后来却被你抱得紧紧的,差点没把我勒得岔了气,没想到你力气还挺大,估计我打架也打不过你……"夏想继续胡搅蛮缠。

"你还说?"曹殊黧小脸涨得红红的,好像周围的红花全部飞到了脸上了,"不许再说了,要不,要不我就推你下去,摔你一个屁股墩,摔哭你! 臭夏想,死坏蛋,说人坏话脸皮厚!"

夏想嘿嘿直笑,见曹殊黧慢慢放松下来,不再那么害怕骑马,就不再逗她,将话题引到了曹永国最近的动向上来。

听到夏想得到的惊人消息,曹殊黧也是无比惊讶："爸爸一点也没有透露过说他要当副市长,你从哪里听说的,不会是别有用心的人散播的假消息吧?"

夏想摇头否定了曹殊黧的猜测："不会,是直接从省委里面得到的消息。关键不是消息的真假,而是听说是陈风市长主动提出要让你爸当燕市的副市长,陈市长和你爸之间没有来往吧?"

"我爸不认识陈市长,也从未听他说过他和陈市长有什么关系,陈市长为什么会主动点名要我爸当他的副手,真是怪事。"曹殊黧若有所思地看向前方,愣神片刻,突然说道,"哎呀,忘了告诉你,我在火车站广场见过陈市长。"

从曹殊黧的话中,夏想猜出了大概,也一下豁然开朗,明白了陈风先从休闲广场再到火车站广场,轻装视察的重要原因就是,他在城中村改造上遇到了巨大的阻力。

就算陈风会退让几步,陈风和高成松的矛盾在所难免。夏想知道,南方一建的胃口太大,想要吞并整个燕市乃至燕省的建筑市场,以陈风的性格,绝对不会拱手将燕市的城中村改造以后的基建项目,全部交给南方一建,因为南方一建没有资质,没有技术力量,陈风不允许他们搞转承包那一套。

曹永国要是能当上燕市的市委常委、常务副市长,算是他的政治生命中至关重要的一步,燕市是副省级城市,市委常委也是正厅级,级别没升,但也是一步巨大的跨越。走好了,以后就有可能跨入省部级高官的行列,但以陈风的用意来看,曹永国担任副市长后,肯定主管城建部分,将会不可避免地和高成松正面相遇。

不过只要省里达到了妥协,任命一旦下达,就不是人力所能改变的,而且对曹永国来说,这也是一个非常难得的机会,又绝对不容错过。

虽然说曹永国的命运变化因陈风而起,归根结底还是因为他的出现,间接导致了陈风对曹永国的关注。夏想看了看近在咫尺的曹殊黧,想起曹永国放下局长之尊过问他留在燕市的事情,暗暗下定了决心,不管是为了曹局长的仕途,还是为了曹殊黧的幸福,他一定会想方设法和高成松周旋到底。

惊马事件引发的意外

不多时,曹殊黧渐渐适应了马背,也不再紧张害怕,大着胆子东张西望起来,偶尔一回头,就会冲夏想做个鬼脸,或是轻轻"哼"上一声,白他一眼,一副不满的样子,显然还对刚才夏想的颠倒黑白愤愤不平。夏想笑了笑没有理她,正想叫住前面的黄海,问他一件事情,忽然听到身后传来巨大的轰鸣声。

夏想还没有来得及回头,一辆高大威武的越野车从他身边半米之处,飞驶而过,汽车速度飞快,带动的巨大气流将曹殊黧的裙子吹起,卷到了腰间。曹殊黧惊叫一声,又羞又急,双手去按裙子,却忘了还坐在马背上面,向前一栽,就要掉下马。

夏想眼疾手快,松开缰绳,伸出左手,将曹殊黧一把抱住。情急之下,也没有注意到正好抱在她的胸前,正好阻止她前倾的身子,才让她不至于掉落马下。夏想刚刚稳住,就觉得身下的马一声长嘶,突然就扬蹄狂奔起来,不好,他心中大惊,马惊了。

马一飞跑,曹殊黧顿时吓得"啊"了一声,然后不管不顾地回身死死抱住夏想,紧闭眼睛,身子微微发抖,将头埋入他的怀中,当起了鸵鸟。

夏想小时候在农村长大,也知道惊马很吓人,跑起来没完,还好这匹马身上骑了两个人,又是在草原上,随它跑就是,只要不摔下来就行。他夹紧马腹,左手死死地抱住曹殊黧,右手抓住缰绳,先让马儿奔跑一会儿,然后才能再慢慢引导它停下来。

马儿倒没有乱跑,一直追着前面的汽车跑。稍微稳定下来,夏想才看清刚才擦身而过的霸道汽车是一辆路虎揽胜越野车,车身高大,再加上开起来肆无忌惮的样子,就觉得无比嚣张。车牌是京城的车号,而且还是连号,看样子有点来头。

再有来头也不能横冲直撞,差点撞到他们不说,还把马吓惊了,要不是他稍微会一点骑马的本事,肯定会被摔下马,摔个鼻青脸肿。而且马上毕竟有两个人,曹殊黧又怕骑马,如此一来,指不定吓成什么样子!

夏想心中怒意汹汹,不一会儿感觉身下的马儿脚步放慢,知道它平息下来,就又用力一抖缰绳,催促马儿快跑,去追前面的汽车。

曹殊黧紧紧抱着夏想,觉得马儿虽然跑得飞快,却感觉如履平地,没有什么颠簸,耳边传来呼呼的风声,却是从来没有过的飞驰的感觉。她慢慢睁开眼睛,偷偷向上瞄了一眼,却见夏想目光直视前方,一脸刚毅,嘴唇紧闭,入神的样子不由让她沉迷。她心里暗想,黑就黑点吧,男孩子,长得太白了真不好看,太面了,没有男人味。

一想到男人味,鼻子里立刻就嗅到了一股让人意乱情迷的男人气息,她才注意到自己的姿势有多不雅观,双手紧紧环住夏想的腰,整个脑袋都缩在他的胸前,要不是在马背之上不好转身,说不定她会整个人都紧紧贴上去,就像是主动投怀送抱一样。

曹殊黧一下子脸羞得通红,就想松开紧抱着夏想的手。不料刚刚轻轻一动,就被夏想察觉,他左臂微微一紧,用不容置疑的口气说道:"别动!马跑得太快,危险!"

过了一会儿,曹殊黧又像偷吃了主人东西的小猫咪,轻轻将头离夏想的胸膛远了一点,然后慢慢地歪了过来,偷偷地用眼睛瞥了他一眼,又迅速地收回,心里算是松了一口气。夏想正全神贯注地策马飞奔,肯定没有注意到她的窘态。还好,还好,她心里暗暗庆幸,他没留意到她和他的姿态有多暧昧,要不以后又少不了被他讽刺一番,真是丢死人了。

夏想策马超过米萱和黄海,紧追前面的汽车。米萱和黄海刚才也被呼啸而过的汽车吓了一跳,幸好没有惊吓着马,不过也是心里有气。二人见夏想气愤的神情就知道可能受了惊吓,也打马去追。

十几分钟后,汽车开到了花海原,夏想一行几人也一前一后赶到。夏想翻身下马,又将曹殊黧接了下来,才来到车门面前,敲了敲车窗:"你这人怎么回事儿?刚才把我的马惊了,差点出事!下车,向我们道歉!"

车窗的贴膜颜色很深,看不清楚里面的人长什么样子,只依稀可见是一身牛仔打扮,头上戴着一顶牛仔帽,脚穿皮靴,一副宽大的墨镜遮住了半边脸,鼻子以下还围了一条纱巾。可以说,将整个脸都遮得严严实实,隔了车窗的黑色,猛一看,好像里面的人掩藏在迷雾之中,犹如怪物一样。

夏想也吓了一跳,什么人打扮得这么古怪?大热的天气,非要捂得密不透风,不会有什么毛病吧?

敲了几下车窗,里面的人动也不动,别说有回应,连看都没有扭头看上一眼,不由让他心中来气,他再次敲了几下车窗:"请给我们道歉!"

车窗突然打开,车里的人一扬手扔出一叠钱,厚厚的,足有三千元。一九九八年时的三千元算是一笔不大不小的数目,夏想手里拿着钱,一愣神的工夫,车窗又关上了。

除了黄海之外,曹殊黧和米萱都一脸鄙夷,异口同声地说道:"谁稀罕你的钱!"

黄海差点大喊"我喜欢",不过看了看夏想一脸愤怒的表情,缩了缩脖子,没敢说话。

夏想又敲了两下车窗,"我们是穷人,但还不会稀罕你的钱,我们需要的是你的态度,你必须道歉!"他的语气也加重了几分,心中大为不满。这人也太嚣张了,不下车不说,连话都不说一句,随手扔钱出来,怎么着,几千元就想砸死人?

车窗再次不耐烦地打开,里面的人终于扭过头来,冷冷地说道:"又没有撞到你们,别无理取闹!想要钱,要多少都行。想要道歉,想都别想!"

一说话夏想才听出来原来是个女人,声音年轻而轻灵,只是淡然的口气中有一股拒人于千里之外的冷漠。

夏想将钱扔到车内,也用冷漠的口气说道:"钱再多也买不来诚心,我们就要你道歉,不要你一分钱。"

"我就不道歉,你能把我怎么样?"车里的人说话有些急,吹得脸上的纱巾都飘了起来,她一急之下猛地将纱巾拉了下来,露出一张堪称完美的红润小嘴,圆润无瑕的下巴,"光天化日之下,你还敢动手打我一顿?"

要是夏想还是血气方刚的愣头小伙子,说不定一怒之下真会动手,只是他的心智远比同龄人成熟,也从来没有动手打女人的坏毛病,就突然做了一个出人意料的举动,他用手一指右边:"那边有一只狼!"

车里人下意识扭头一看,夏想乘机拔下了她的车钥匙,嘿嘿一笑说道:"上当了吧?作为对你的小小惩罚,钥匙我先替你保管。如果两个小时内你想通了,要向我们道歉,就提前还你钥匙。要是一直没有想通,对不起,你就只能一个人在这里孤单地待上两个小时了。"

他冲曹殊黧几人招招手,还不忘冲车里人摆摆手说了一声再见,然后伸手牵过马:"走,花海原很大很美,我们可要好好玩一玩……"

曹殊黧经过车窗时,对里面的人说道:"快点想呀,一个人玩多没意思。要是给我们道了歉,还可以和我们一起玩。"

"无耻,浑蛋,骗子!"车里人气急败坏地骂道。

曹殊黧没有还口,吐了吐舌头走了。米萱走过来,拍了拍车门,摇头叹息说道:"道个歉又没有什么损失,再说又确实是你的错,你得承认吧?女人何苦为难自己,对不?大好的时光别浪费了……不理人?不理人就算了,你自己老实地在这里等着,别怪我没提醒你,这里说不定还有色狼。"

"对,草原上就是有狼,你得小心点,别让狼吃了。"黄海还不忘插上一句,故作神秘地说道。

不管几个人如何冷嘲热讽,车里人自始至终头也没抬,看也不看几人一眼,只顾一个人坐着发愣。

夏想摇摇头,真是一个怪人,也不知道为什么这么倔犟,还是自以为高傲得可以俯视一切,不屑于向他们几个小人物低头?不管她,就晾她两个小时,也算出了一口气,让她长长记性也好。

八月初的草原已经有了秋的气息,天高云淡,偶尔还有大雁飞过,让人心旷神怡。曹殊黧和米萱不是没有见过草原,不过到底是女人,女人的天性就是喜爱花花草草,两个人就像两只穿梭于花草之间的花蝴蝶,人美花娇,天地之间到处回荡着她们开心的笑声。

夏想和黄海走在一起,跟在她们身后,随便说着话,心中却盘算着眼见冬天一到,滚龙沟的口蘑和蕨菜将会坏在山沟里,不过冯旭光动作再快也来不及了,短时间内不可能申请承包了滚龙沟,再建好厂房,然后再组织人力开挖,只能等待来年春天了。

一想到大好的东西白白坏掉,夏想就有些心疼。要是换成钱,该让多少村民可以买一件不错的棉衣过冬。

话题不知不觉就转到了滚龙沟,说了几句,黄海突然想起了什么,说道:"刘总前两天过来挖口蘑,我没去,他不知道为什么突然变得好说话了,还送了我两盒烟,我才答应给他干活……"

听到刘河从黄海口中得知他和冯旭光去了滚龙沟的事情,夏想的脸色慢慢沉了下来。他原先不是没有想到会从黄海口中透露出风声,他没有让黄海保守秘密,其实也是知道说了也是白说。只要有足够的好处,黄海才没有忠心不说,何况他和黄海之间只是纯粹的雇佣关系,真要论起远近,黄海肯定宁愿多相信刘河一些。

毕竟刘河是土生土长的坝县人。

只是他没有想到的是,京城那边的消息会拖这么久,在确切的消息传来之前,他也不好强求冯旭光立刻向县里提出申请,要承包滚龙沟。不过眼下既然刘河知道了他有意要插手滚龙沟,肯定会有所防范,估计也会想出合法化的办法。

有竞争是好事,夏想想通了,想要虎口夺食不是那么简单的事情。刘河不提承包滚龙沟还好,一旦提出,就等于将事情摆到了台面上,一些背地里的手段就不好再使出来,从另一个方面来讲,这是好事。

不过回去之后还是要提醒冯旭光一下,尽快着手建厂的事情,同时也要告诉李丁山,得顶住压力,不能让刘河的公司抢先一步,把滚龙沟拿到手里。

曹殊黧和米萱玩得不亦乐乎,等二人闹够的时候,身上沾满了五颜六色的花瓣,和绿色的草汁,身上的衣服算是不能要了,沾上的颜色都洗不掉,而且曹殊黧的裙子还破了一个洞,屁股上面还有两个明显的痕迹,显然是一屁股坐在了草丛上。

米萱的形象还稍好一些,但身上的牛仔裤也被染成了万花筒,上身穿的白衬衣更是惨不忍睹,尤其是胸前湿了一片,有绿有红,也不知道是怎么弄的,惹得黄海偷看了好几眼,却被米萱发现,狠狠瞪了他一眼,吓得他原地一转身,飞快地跑回去牵马去了。

夏想假装没看到米萱胸前的古怪,曹殊黧却伸出双手,她的手中是一堆揉碎的花片,好像一个大染缸一样,什么颜色都有。她挥舞着双手就向夏想袭击过来。夏想躲闪不及,被她双手推在胸口,顿时两个湿手印印在了上衣上。

他终于明白了米萱胸前的两片湿是怎么来的了,不禁心里一阵发寒,小丫头是真不知道还是假装,怎么故意袭击别人胸部?

曹殊黧偷袭得手,咯咯直笑:"就害你,谁让你不好玩!"

"我怎么了我?"夏想一脸不解,"我哪里得罪你了?"

曹殊黧不说话,回头和米萱凑到一起,嘀咕了几句,两个人一起大笑。

夏想无奈地笑了笑,不知道她们背里说了他什么坏话,反正没好事,也就没有自讨没趣开口去问。几个人回到路虎车的前面,发现时间过去了两个小时,车里人还坐在里面一动不动,将帽子盖在脸上,好像还睡着了。

真是一个怪人,夏想伸手敲车窗,扣了她两个小时,也算对她的疯狂举动施加了惩罚,就准备把钥匙还给她。

车里人猛地被惊醒,帽子掉到一边,脸上没戴墨镜,露出了惊世骇俗的美艳容貌。标准的瓜子脸,眼睛大,下巴尖,脸颊自上而下呈现一个十分完美的弧度,有一种令人惊艳的古典之美,只是脸色稍微有点苍白,让她整个人都显得赢弱而无力。不知何故,在夏想见她的第一眼时,心中就无故生起一声叹息,也不知道是惋惜还是感叹。

夏想将钥匙递给她:"希望你以后开车注意一点,万一撞到了人,出了人命,你家里再有权有势也救不了你,而且人命不是钱多就可以买到的。开车要有车德,尊重别人就是尊重你自己。"

她接过钥匙,冷冷地看了夏想一眼:"废话真多。"

米萱的火辣之美在她面前一比,顿时光彩大减,虽然嘴上不说,但她也不得不承认这个女子确实美得出奇,漂亮得惊人,她上前拍拍车门:"京城来的?京城来的就了不起,告诉你,来到坝县,照样能扣下你。天高皇帝远,别以为家里有点臭钱就无法无天……"

曹殊黧一把将米萱拉到身后,又挤到夏想面前,也不知是有意还是无意,正好挡住了夏想的视线,她嘴巴张成大大的圆形,夸张的声调说道:"姐姐,你好漂亮,是不是仙女下凡呀?我告诉你呀,其实我们没有恶意的,就是你开车太快了,把我们的马吓惊了。我胆小,本来就不敢骑马,马一惊,我差点从马上摔下来,要不是夏想抱住我,说不定我就摔得头破血流了……"

说到最后,曹殊黧的声音微微颤抖,脸上流露出惊恐的神色,一脸的楚楚可怜。

一好一坏两个消息

车里人冷漠的表情没有一丝变化,冷冷看了一眼曹殊黧:"不会骑马就不要骑,尤其是不要和那个小毛孩一起骑。他才多大点儿,关键时刻肯定靠不住。"

虽然还是一如既往地冰冷,不过说话声音柔和了许多,也多说了好几句。话一说完,她就发动汽车,关上车窗,大脚油门蹿了出去。

曹殊黧冲夏想做了个鬼脸,夏想就笑:"美人计没有成功,可惜了。"

"别理她,瞧她那不可一世的样子,等下别撞到我手中,要不非要她好看不可。"米萱愤愤不平,对曹殊黧刚才的举动不以为然。

汽车朝前开着几百米又紧急刹住,然后就是一阵刺耳的倒车声,片刻之间路虎就像一头猛虎一样,迅速倒了回来,车窗打开,车里人从里面递出一叠钱给曹殊黧:"给你压惊!不想要,就扔了!"

直到汽车再次走远,曹殊黧才看清手中厚厚的一叠钱,足有五千元。她将钱交到夏想手中,拍了拍身上的土说道:"真是一个怪人,有钱也不能这么大方,真当钱是大风吹来的?夏想,你先帮我保管好,要是能再遇到她就还给她,遇不到的话,那就只能敬谢不敏了。"

夏想也不客气,将钱收好:"黧丫头还真是我的福星,刚来坝县就帮我赚了五千元,要是每天都帮我赚这么多,想不发财都难。"

"臭美吧你,我是我自己的福星,和你没关系,不要乱套近乎!"曹殊黧俏皮地瞪了夏想一眼,心里却想,不但让你赚了钱,一路上还让你占了不少便宜,又不能说,气死人了。

回去的时候,曹殊黧还是和来时一样,侧坐在夏想前面。不过这一次一切风平浪静,夏想也没有机会再抱她,她就老老实实坐着不动,胆子也大了起来,还不时哼唱着一首欢快的歌曲。偶尔看夏想一眼,见他总是一副若有所思的神情,就暗暗笑他心眼小,还放不下刚才的事情。

其实夏想早将刚才的不快抛到了脑后。

还没有回到县城,半路上手机一有信号就接到了李丁山的电话,李丁山告诉了他一个好消息和一个坏消息。好消息是,京城传来了消息,可以确定三山度假山的开发属实,不久就要动工。坏消息却是,贝合商贸公司正式向县政府提出申请承包滚龙沟。

贝合商贸？

不用想夏想就知道,是取杨贝和刘河二人名字谐音而成,如果他没有猜错的话,贝合商贸的法人肯定是杨贝。

没想到,他和杨贝不可避免地站到了对立面,而且还是不可调和的矛盾,必须分出胜负才能罢休。夏想皱起眉头,不由想得出了神。

突然一只温热的小手伸到了他的额头上,好像要抚平皱纹一样,曹殊黧不满的声音传来:"别皱眉,容易起皱纹。你瞧你,想事情的时候,像一个小老头一样。"

米萱在前面开车,曹殊黧本来想坐在前面,最后还是坐在了后面,和夏想并排在一起。她见夏想想得入神,就调皮地伸手去弄他的额头。

夏想笑笑,拿开她的小手:"别闹,大人想事情,小孩子别捣乱。对了,曹局长知道你来坝县吗？"

曹殊黧摇摇头,又点点头:"应该不知道,没对他说,不过他估计能猜到。反正没人说,就装事情没发生过。"

米萱在前面笑:"不怕我告密？"

曹殊黧示威似的向她伸了伸小拳头:"你敢？小心我揭你的短！"

米萱不回头,冲后面扬扬手,表示认输。

回到县城,夏想让二人先去休息,他到县委去见李丁山。一进门,就见李丁山正在倒水,他急忙上前拿过水壶,说道:"李书记,我这个秘书不太称职,总不能及时为领导服务。"

李丁山笑骂:"少跟我来这一套,我不是事事讲究的官僚,再说你又是去办正事,又不是不务正业,没本事的人才天天做倒水扫地的小事。"

如果去谈恋爱也算是正事,夏想差点羞愧难当,不过想想也算是为将来打好基础,不管是为他还是为李丁山,都非常有必要和曹永国拉近关系。况且,米萱又是王全有的女儿。

李丁山接到了京城的电话,已经查明三山度假村确实正式立项,由一家实力雄厚的公司负责开发,具体动工日期还不清楚,但应该就是近期,赶在下雪冰冻之前进山。可以说,三山度假村的事情已经是板上钉,不会再出意外。

"不过,贝合商贸突然提出承包滚龙沟一带的荒山,时机非常敏感,会不会他们也知道了什么风声？"李丁山的担心不无道理,原本他以为三山度假村的开发是绝对机密,只有他和夏想知道,他可以借此在许多事情上占领先机,打对手一个措手不及。但是如果刘世轩也知道了此事,那么可以用来当出其不意的手段的通天山路,就失去了全部意义。

夏想将他今天从黄海嘴中得到的消息说了一遍,李丁山放了心:"原来是这样,刘世轩也挺有头脑,当机立断,看来滚龙沟还真是他的软肋。"李丁山也知道贝合商贸的含义,暗中特意看了看夏想,见他没有特别的反应,心里也就淡定了许多,他还怕夏想一时受不了刺激,会做出过激的事情。

夏想的沉稳让李丁山也不由感叹,想当年他这个年纪时,绝对没有这么镇定。要是他早有夏想的稳重和成熟,再有老丈人的背后支持,宋朝度早早拉他一把,现在到副厅也应该问题不大。

不过话又说回来,现在虽然才是正处,但身边有夏想这样一个助理,以后想要升迁也不会太难。

"李书记是怎么考虑的?"夏想知道承包荒山在坝县史是一件大事,必须拿到常委会讨论。

"刘世轩很聪明,没有直接出面,而是让贝合商贸的人出面,向石县长提出的申请。石县长向我汇报时,没有表态,只是说政府那边先研究一下,具体拿出一个方案出来,再交到常委会上讨论。"李丁山也清楚石堡垒肯定知道贝合商贸的背景,他能主动向李丁山提前汇报,而不是等方案出来再汇报,已经表明了中立的立场。

"真要上了常委会,恐怕形势不太妙……"坝县的县委常委连李丁山在内一共十一人,有些县会有十三人。但坝县穷,基本上下面的乡镇的党委书记没有高配常委的,十一个人也算合理的人数。夏想算了一算,李丁山现在还没有控制常委过半的影响力,"刘世轩一票,黄鹏飞一票,中间派中的几人,我估计会在这件事情上向刘世轩妥协,因为和他们的利益没有冲突,副书记郑谦、武装部长郭亮,再有副县长赵建苏和纪委书记态度不明,刘世轩在常委会上通过的可能性很大。"

他故意落下石堡垒不说,就是要让李丁山分析,留给他最后发表关键意见。

"是呀,最耐人寻味的是石县长的意见,如果石县长明确表示支持贝合商贸,几乎可以肯定百分之百通过。"话一出口李丁山才猛然发觉,平常时候还看不出来,关键时刻原来一直低调的石堡垒,才是掌握坝县平衡的最关键的人。只要他偏向谁,谁就有了掌握常委会的可能。

夏想也想到了这一点,才猛然醒悟,石堡垒要是聪明人,就不会明确表示偏向哪一方,他只需要做好分内的事就可以了。只要他一直居身中间,就可以获得更大的利益。

不过世界上没有不劳而获的好事,他有办法让石堡垒坐不住,不让他稳坐钓鱼台,坐收好处。

想了一想,夏想笑了:"李书记这边,吴英杰算一票,杜部长算一票,还有王书记也可以算上一票,至于石县长,除非他不想上进,否则他早晚会站到我们这一边。"

李丁山大为惊讶:"王书记？王全有？怎么说？"

夏想就将曹殊黧和米萱的关系一说,又点明了米萱和王全有的关系,当然他和王全有的偶遇也一并说了出来。

李丁山大喜过望:"小夏,了不起,你总是给我惊喜,看来,你还真是我的福将。对了,应该说曹殊黧也是你的福星,可要好好把握住机会！曹局长要是下一步进了燕市当上常务副市长,政治前途一片光明,他今年才五十岁吧？干上一届副市长,再升一升,就能到副省了。"

他又想起了刚才夏想话里有话,就问:"石县长为什么要向我们靠拢？"

"李书记是当局者迷,石县长是政府一把手,要是有一份政绩可以在他的履历上写下浓重的一笔,他会选择和谁合作？当然是可以给他带来巨大好处的人,这个人,就是不但在人事方面有重大决策权,而且还掌握着许多重要信息、处处先人一步的李书记。"夏想心里清楚,他再受李丁山的信任和器重,也不能超越秘书的角色,出谋划策可以,但决定权必须交回李丁山手中。

没有人愿意接受手下比自己还高明的事实,再大度的人,也难免会有所想法。

李丁山明白夏想的意思,脸上表现出不悦的神情,不过心里还是感到十分舒服,说道:"以后在我面前有什么说什么,别总说一半话,非要让我下个结论,哪里有这么多讲究？"话说到一半又笑了,"你说的是指可以通到京城的山路吧？说的也是,提前知道山路要通,提前着手准备发展坝县的旅游业,这么一大件利国利民的好事,我拿出来具体交给石县长来做,他会是什么态度？"

话音刚落,外面传来敲门声:"李书记在吗？我是石堡垒,有件事情要向您汇报一下？"

李丁山和夏想两人对视一眼,来得早不如来得巧。

诚心而论,在刘世轩和李丁山对抗的事情上,石堡垒存了私心。

李丁山的空降,让他的县委书记梦破灭,不可能心中没有芥蒂。他今年四十八岁了,在副县长和县长的位子上干了太长的时间,错过了这一次上升的机会,说不定一直到退休都当不上书记。他一直信奉的一句名言是,不想当书记的县长,都不是好县长。所以李丁山一来,他就抱定了一个态度,不对抗不合作,保持距离,坚持中立,适当向刘世轩倾斜。

石堡垒不是不想和李丁山对着干,联合刘世轩等人架空李丁山。不过他没有刘世轩在本地根深蒂固的影响力,又没有李丁山从省城空降的背景,谁都知道省城来的人,背后肯定有省委的人撑腰。再加上他认为与刘世轩的霸道和阴险相比,李丁山身上的文人气质反而更让他觉得可信,所以经过一番深思熟虑后,他决定采取坐山观虎斗的策略,坐等李丁山和刘世轩发生冲突,到时他及时出现当救火员,不管偏向哪一方,肯定都能获取最大的利益。

李丁山想要在坝县有所作为,想要打开局面,必然要在人事和经济上做文章。石堡垒有自知之明,他在坝县没有什么根底,常委中支持他的也就两三人,下面各局的领导更是没人听他的话,他手中又没有人事大权,说实话,真要说到政府这一块谁是老板,名义上他是,实际上还是刘世轩说一不二。

况且,刘世轩不但在政府这边坐大,连组织部长黄鹏飞也对他言听计从。上一任老书记上任以后,想要动一动刘世轩的利益,结果惹怒了刘世轩,几次在常委会上发难,让老书记的提议都无法通过。不管是人事的变动还是政策的推广,无一例外在常委会上被否决,让老书记处处受制,甚至不惜动用了书记的一票否决权,但最后还是被气得大病,提前病退。

一个掌握不了常委会的书记,就失去了一把手的权威。

在这一点上,石堡垒还算比较佩服李丁山的稳妥。来到坝县一个月了,李丁山还没有就重大议题提交常委会表决过,因为一旦出现一把手的提议无法通过的情况,身为一把手的权威将大大降低,书记的光环也会减弱许多。如果没有底气就匆忙把决议上常委会讨论,是政治上不成熟的表现。在这一点上,李丁山的做法让石堡垒十分赞同。李丁山来之前,县委县政府的人一致认为,他没有从政经历,肯定会做出幼稚的举动。现在看来,他们都低估了李丁山的政治智慧。

正是因为李丁山隐忍不发,行事稳妥的风格,多少让石堡垒有些动摇,在想要不要和李丁山联手把刘世轩打压下去?石堡垒心里清楚,和李丁山相比,刘世轩顶多算是一个政客,一个政治上的投机者,远远不能称为政治家。而李丁山既然是空降来坝县,省里肯定有人,来坝县就算不是为了政绩,可能也是走走过场,但不管怎样,他肯定有政治上的抱负,就算只是为了政绩,也有为了坝县的经济发展而出力的动力，不像刘世轩，纯粹只是为了一己之私而占据常务副县长的位置。

刘世轩是市委书记沈复明的人，石堡垒知道这一点，因此他也清楚，就算他和李丁山联手，也只能将刘世轩架空，没有办法把他赶走。

石堡垒已经四十八岁了，说不想再进一步，那是自欺欺人。他算了算，李丁山说不定干上一届就走，三年后他五十一岁，还来得及再干一届书记，如果在任内期间出了政绩，临到最后退休的时候，升不到实职副厅，补偿一个副厅级待遇，以副厅级干部的身份退下来，也是一种荣耀，总比老死在处级上面强上许多。所以说，他不是没有动过试探李丁山的心思，想要和他合作。

石县长的试探

不过让他又难以下定决心的是，他不清楚李丁山的后台有多硬，更不清楚李丁山来到坝县是走过场还是要大展手脚。当然让他更担心的是，万一因为动刘世轩而惹怒了沈复明，沈复明就算顾忌李丁山的背景，拿他没有办法，却有许多办法可以把他挪开。他的后台不够硬，是他一直升不上去的关键因素。

石堡垒宁愿李丁山流露出要大干一场的意思，在他和刘世轩产生重大冲突的时候，他在一旁暗中观察各方的反应。要是刘世轩取得了胜利，他就继续做他的名义县长。如果李丁山占据了上风，他再落井下石乘机搞死垮刘世轩，然后再好好配合李丁山的工作。

还有一点让石堡垒并不完全看好李丁山的是，坝县的地理环境太特殊，几乎就是一个封闭的世界，任你有市里和省里的支持，也不可能改变大环境，愚公移山只是神话。坝县面积是不小，几乎可以顶平原地带四五个县大小，但它被群山环绕，要论直线距离，离京城比离章程市还近。但坝县是燕省的县，京城肯定不会在意坝县的贫穷落后，而章程市也几乎忘记了坝县的存在，省里更是不用提，省里的目光都放在沿海的几个富县，以及中部平原的产粮大县，一般不向北面关注。即使偶尔把目光投向北面，一般也到京城为止，而坝县的位置如果从省城来看，正好在京城以北。

坝县基本上就像一个被抛弃的孩子，爹不疼娘不爱，连姥爷和姥姥都不喜欢，没有工业，农业又不发达，靠什么发展经济？靠什么改变现状？

所以自从李丁山任县委书记以来，石堡垒一直是患得患失的心理，他想赌上一把,和李丁山联手架空刘世轩,也好施展手脚,即使没有耀眼的政绩,至少也可以改变现在坝县不死不活的现状。他心中不是没有政治抱负,也想人过留名,只是处处被人牵制,许多雄心壮志都被现实无情地磨灭了。

刘世轩就是最大的拦路虎,要是李丁山能出手替他解决了麻烦,再放下身段主动和他合作,该有多好!石堡垒也知道坐等天下掉馅饼是异想天开的表现,但他没有强硬的后台,也没有过人的手腕,想要借助别人的力量,有些不切实际的幻想也是再正常不过。

当贝合商贸正式向县政府提交了承包荒山的申请时,他一眼就看出了问题的所在——滚龙沟!刘世轩的儿子刘河利用贾寨村的村民免费为他挖口蘑和蕨菜赚钱,在坝县是人尽皆知的秘密,但由于刘世轩的原因,知道是一回事儿,没人明说就是另外一回事了。石堡垒毕竟来坝县两年多了,谁和谁的关系也是一清二楚,贝合商贸的法人是杨贝,他肯定能看出其中有些门道。要不,好好的闷声发大财的事情不干,非要摆到明面来做,除非刘河坏了脑袋。

刘河脑袋当然没坏,肯定是哪一个地方出了问题,逼得他不得不这么做,难道是李丁山?一直等着李丁山和刘世轩产生冲突的他,突然觉得眼前一亮,认为一个绝好的机会出现在眼前。

不过让石堡垒感到失望的是,当他第一次拿到贝合商贸的申请资料向李丁山汇报时,李丁山不置可否,摆出一副政府的事情由政府做主的姿态,他不好过多干涉。

石堡垒心中腹诽,遇到挑理的书记,表面上说不干涉政府的事务,但重大事情不提前向书记汇报,是把一把手不放到眼中的表现。但要是大事小事都来汇报,遇到不讲理的书记,会埋怨你没有一点担当,身为政府的一把手,没有一点把握全局的魅力和眼光,这是你能力不够的表现。

石堡垒倒不认为李丁山是不讲理的书记,只是他摸不透李丁山不表态的深层意思,难道刘世轩的这个举动不是针对李丁山?难道贝合商贸不是因为李丁山和刘世轩的冲突而特意成立的。

在李丁山这里得不到满意的答案,石堡垒回到办公室,一个人沉思了半响,还是决定给市里打个电话,想旁敲侧击地打探一下李丁山在省里的关系。他知道李丁山能当上县委书记,市长胡增周出力不少。能让胡市长不遗余力地安插李丁山下来,肯定是省里有人发话。别看县委书记才是处级干部,但也是主政一方的官员,牵动到方方面面的关系。

拿起电话,石堡垒对秘书谢仲志说道:"小谢,我打个电话,有人来找的话,让他等一下。"

谢仲志答应了一声,轻轻关上了门,坐到座位上,不知何故突然就想起了夏想。

同样作为秘书,县长的秘书和县委书记的秘书,差距不小,虽然也有不少县局的领导对他笑脸相迎,但比起夏想可以以记录员的身份列席常委会的待遇,差别可谓巨大。常委会上讨论的都是重大问题,县里的所有重大事情和政策的出台,都要经过常委会。夏想尽管没有发言权,没有表决权,但能先人一步知道消息,能近距离观察每个常委的态度,对于以后的从政道路来说,这就是一笔巨大的财富。可以说,起点就比他这个县长秘书高了许多。

可惜,石县长没能如愿以偿当上县委书记,要不他也就跟着水涨船高成了书记秘书。眼见比他还要年轻的夏想春风得意,谢仲志心中多少有点忌妒,觉得夏想抢了本来应该属于他的位置,所以对夏想的态度一直不冷不热。自从上次李丁山的接风宴上有过交谈之后,后来他们也在县委大院里碰到过几次,都只是点头而过,连话也没有多说。

而且对于夏想经常有事外出,不随时在李丁山身边等候领导的传唤,谢仲志认为他作为一个秘书,不太尽职,就不免有些看不起夏想。正当他想得入神的时候,突然听到正在打电话的石堡垒声音一下子提高了许多:"夏想?对对,没错,他是李书记的秘书……调到市委?王部长,到底是怎么回事?要调动夏想也要跟李书记说才对,他又不是我的秘书!"

谢仲志吃惊地张大了嘴巴,要调夏想到市委,我没听错吧?才来县委一个来月,就有市委领导要调他进市里,这样一个没有服务意识的秘书,市委领导怎么会这么高看他?而且没开玩笑吧,李丁山这个县委书记还没有坐稳位子,还没有做出政绩,秘书就被市委领导看上了,这叫什么事儿?

里间的石堡垒放下电话,过了半天都没有想明白到底是怎么一回事儿。明明他打电话给市委组织部部长王肖敏,想要绕着弯子打听一下李丁山的背景,不想话没有说两句,王肖敏却问起夏想,还说市委组织部正好开办一期青年干部培训班,重点培养后备干部,建议坝县县委推荐夏想参加。

石堡垒震惊的同时,不由心中大感不解,王部长怎么会知道一个县委书记的小秘书,而且还用非常热切的口气说话?谁不知道王部长总是一副冷脸,虽然他不是纪委书记,不过许多人都背地里叫他冷面王,就是因为他官威重,不好说话,许多县委书记见了他,也都刻意赔着笑脸,他都很少露出笑容。

放下电话,石堡垒心中不免气闷,夏想是县委书记的秘书,就算他上市委党校培训,也是县委方面推荐,他是政府的一把头,要他开口提出来,是不是显得太明显向李丁山示好?落到别人眼中,他的颜面何存?再说县委的事情,也轮不着他来指手画脚,不是让他左右为难吗?

换了别人,石堡垒肯定会少不了骂上几句,说他不安好心,故意给他设置难题。但对于王肖敏,他却说不出任何不是来,因为王肖敏是他在市委里的最大依靠,也正是因为王肖敏在市里替他说话,他才当上了坝县县长。可以说,他是在王肖敏的一手扶持下才有的今天,所以不管王肖敏说话是什么态度,对他提出什么不合情理的要求,他都不会拒绝。

左思右想一番后,石堡垒决定还是亲自到李丁山办公室去一趟,看能不能问出什么。虽然王部长话里话外的意思好像并不认识李丁山,但保不准他和李丁山也认识,可不能因为一个小小的疏忽导致王部长对他有意见。

正在商议事情的李丁山和夏想对石堡垒的意外来访,大感意外。二人正在猜测他在贝合商贸事情上的态度,正想着如何拉拢他,不成想他上午刚刚汇报过工作,这么快又找了过来,肯定是出了什么变故。

李丁山和夏想对视一眼,二人都在心中打了一个大大的疑问。

夏想推开里间的门,到外间迎接,李丁山站在办公桌前面,也没有坐着不动,算是给石堡垒一个面子。夏想引领石堡垒进来,石堡垒一见李丁山在门口相迎,急忙向前一步,双手握住李丁山伸过来的手:"李书记客气了。"

李丁山笑道:"石县长快请坐……小夏,给石县长倒杯水。"

石堡垒忙推脱说不用,夏想动作麻利地已经端来一杯水,然后识趣地就要向外间走。石堡垒有心叫住夏想,毕竟事情涉及夏想本人,但见李丁山无动于衷,他不好越俎代庖,只好眼睁睁看着夏想走到了门口,终于忍不住叫了一声:"夏秘书等一下,我正好有事找你……"

夏想站住,不明白石堡垒找他何事,一脸微笑等他开口。石堡垒有点不好直接开口,就看着李丁山说道:"李书记,我就自作主张一次,让夏秘书留下,我想听听他的意见!"

李丁山才不会有意见,也没说话,笑着冲夏想点点头。夏想就恭敬地站在一边,脸上露出恭谨的笑容。石堡垒心中暗道,比起自己那个高兴和不高兴都写在脸上的秘书谢仲志,夏想的表现简直无可挑剔。

他犹豫着该怎么开口才不会太突然,想了一想,还是决定先拿贝合商贸的事情说事:"李书记,关于贝合商贸承包荒山的事情,我有一个不太成熟的想法,想和你通报一下……"

夏想心中一动,石县长上午刚刚说过这事,下午再来重提,难道这么快就在选择李丁山和刘世轩的问题上有了决定?

夏想没有猜对,石堡垒并没有下定决心要向李丁山靠拢,就算市委真把夏想调走,也不可能让他轻易地把自身前途和李丁山绑在一起。因为和刘世轩作对,就意味着得罪了所有的坝县本地势力,除非有必胜的把握,否则他没有孤注一掷的勇气。

在还没有摸清李丁山的后台之前,石堡垒还是决定走一步看一步,稳妥为上,一切要以自身利益的最大化为原则。到了他这个年纪,又完全是从基层一步步干到县长,没有自上而下的全局眼光,只有步步为营才是最好的选择,至少在现阶段,他不会向李丁山和刘世轩任何一方表现出明显的偏向。

当然,王肖敏的电话让他心中多少偏向刘世轩的天平,又稍微向李丁山倾斜了一点,基本上摆在二人正中的位置。

"贝合商贸提出承包荒山是好事,县政府会大力支持,不过既然有公司主动提出承包荒山,可见以前在我们看来并没有什么经济价值的荒山,肯定也能赚钱。公司都是商业行为,不赚钱的事情肯定不会做,所以我觉得能不能再多找两家公司,一起提出申请,这样县里才可以从中挑选最有实力的公司。当然,有竞争才有发展,只有一家公司申请的话,我们也不好估量荒山真正的经济价值,县里会吃亏的……"

好一手投石问路,夏想暗暗点头,石堡垒终于还是露出了精明的一面。他这么做表面上是向李丁山示好,因为他心里也清楚贝合商贸是谁的公司,估计他也猜到了贝合商贸的突然出现,是别有用意,暗中还是试探李丁山的反应,恐怕不仅仅是要看看贝合商贸是不是针对李丁山,还要看看李丁山到底有没有背景。

果然,石堡垒面不改色,又继续说道:"李书记从省城过来,见多识广,认识的人也多,看有没有可能从省城找一两家公司来坝县投资,来和贝合商贸公平竞争,说不定原来我们一直忽视的荒山之中,真的有可以挖掘的宝藏……"

李丁山也听明白了石堡垒的意思,先是试探贝合商贸的出现和他有没有关系,又以从省城拉来投资为名,看他有没有背景。总的说来,石堡垒还是观望的态度,不见到他后台的冰山一角,肯定不会有任何表示。

李丁山心中隐隐不快,在官场上,想要左右逢源的人有很多,但最后一般都没有好下场。不过转念一想,石堡垒今天能主动说出多找几家公司来和贝合商贸竞争,表面是想试探他的反应,其实也是示好的表现,至少也表明了他不会偏袒刘世轩的立场。李丁山笑了笑，用手一指夏想："石县长还真说对了，小夏前一段时间从省城找了一个商界的朋友，已经实地考察过了滚龙沟，正准备向县里提出承包的申请……具体情况就由小夏向石县长汇报一下。"

石堡垒心中一惊，李丁山还真是看重夏想，这么大的事情直接推到他的身上，对他的扶持真是不遗余力。他以为李丁山是为了提拔夏想而故意把功劳推到他的身上，却不知道找到投资的人就是夏想本人。

石堡垒也暗暗庆幸这一次算是来对了，果然是李丁山想动刘世轩，竟然想出了先从滚龙沟下手的办法，这是虎口拔牙，刘世轩没有激烈的反应才怪，恐怕还有后手。随后他又想到，李丁山出手在先，难道是早有打算？

夏想先冲李丁山点了点头，才对石堡垒说道："石县长，省城有一家实力雄厚的公司想要承包滚龙沟，然后再在坝县建造一座大型的食品加工厂，总投资数额不小，已经达成了初步意见，具体细节等过一段时间公司的负责人会亲自来坝县，向石县长汇报，并且正式提交申请。本来李书记想让我先做好前期工作，等差不多可以定下来时再向石县长详细说明情况，正好石县长也有意引进招商投资，我就提前汇报一下，不过万一事情最后没有谈成，石县长可不能怪我工作不力呀……"

石堡垒满脸堆笑："怎么会？我感谢夏秘书还来不及，能为坝县拉来投资，是天大的好事，如果事情成了，我会代表县政府向你表示感谢。"

石堡垒担任县长以来，坝县的招商引资工作几乎陷入停顿，两年多的时间内总共不到十万元的投资投到坝县，而且全是靠人情关系来走走过场，资金在坝县转了一圈就又转走了，根本没有产生任何经济效益。如果夏想所说的投资真能落到实处，将是坝县几年来最大的一笔投资，也是唯一的一笔落实的投资。

各方关系潜流汹涌

贝合商贸的不算，因为贝合商贸提出承包荒山的申请，所给的价格之低，让石堡垒有撕掉申请材料的冲动，简直就是想不花钱而将滚龙沟合法地装入刘河的口袋。

真要是有了投资，算起政绩来，李丁山拿大头，他身为县长也至少可以分一小部分，这才是让石堡垒最动心的地方。

只要有政绩可得,一切再按照正常的程序来,刘世轩最后得不到滚龙沟也怨不到他的头上。石堡垒拿定了主意,在李丁山和刘世轩之间,在保持中立的基础上,适当向李丁山倾斜一点,应该说,适当向政绩靠近。贝合商贸拿到了滚龙沟,不过是换汤不换药,不会给坝县和当地百姓带来任何好处。省城的公司来投资就大不一样了,钱多钱少不要紧,关键是坝县也有省城的大公司来投资,光是名声传出来,也会让市里高看一眼。

兴奋之余,石堡垒看向夏想的目光就多了几分亲热:"夏秘书,市委组织部的王部长打电话时,向我问起你,听口气王部长好像想把你调到市里。你是李书记的秘书,我可不敢替你做主,不过王部长既然提了出来,我必须转告你一声。当然,主意还得李书记拿。"

王肖敏？夏想被这个突然的消息震惊了,他看了李丁山一眼,见李丁山也是一脸惊讶,微微摇头,知道他也不认识王肖敏,心中更是纳闷。市里他只见过胡增周胡市长,和王部长面都没有见过,怎么会知道他的名字,还提出要调到他市里,开什么天大的玩笑？

不过他也清楚,石堡垒绝不会和他开这样的玩笑。

石堡垒走后,过了半天,李丁山才自嘲地一笑:"也不知道是我运气太好,还是太不好,好不容易找了一个称心的秘书,总有人惦记着,想要把你调走……小夏,你是怎么想的？"

夏想怎么会知道王肖敏是受陈风所托,借将他调到章程市的理由,再将他调回燕市,不是王肖敏要他,是陈风想要他回燕市。当然跨市调动比较烦琐,王肖敏架不住陈风的再三要求,毕竟他和陈风关系非同一般,就打算先通过石堡垒探探李丁山的口风。在他看来,只要李丁山肯放人,一切好说,夏想肯定同意,在省城城市的市长身边,总比在偏远穷县的县委书记身边强很多,在哪里更有前途,谁都能分得清。

不过王肖敏估计错形势了,就算李丁山同意放人,夏想也不想现在离开坝县,更不想到陈风身边工作,相比起李丁山并不明朗的前途,陈风才更是前途未卜的那个人。还有更重要的一点,他在陈风那里得不到李丁山对他的绝对信任。

"没什么想法,说实话,李书记,这件事情中间或许有误会,也许还有另外的隐情,不管怎样,我都不会离开坝县,不会离开李书记,除非……"夏想耍赖地一笑,"除非李书记嫌弃我了,想把我调走,那就另当别论了。"

李丁山不同意调走夏想,再加他本人也不同意,市里也不会太强人所难非要调他。不过这事发生得有点蹊跷,李丁山猜不到发生了什么,夏想也是百思不得其解,他甚至想到了胡增周,难道是胡市长的意思,委婉地通过王肖敏转达?不应该,别说他没有那么大的魅力,就算胡市长真的是因为上一次事件对他青睐有加,也犯不着非要通过王肖敏,再中间经过石堡垒一道,这样做也太绕弯了。堂堂的一市之长想要调动一个没有级别的县委书记的小秘书,用不着非要这么掩人耳目吧?

恐怕事情的关键还在王肖敏身上,估计他也是受人所托,既然不是胡市长,又能是谁呢?夏想再聪明也想不到,事情还就真是绕来绕去,不过又绕回了燕市,根源在陈风身上。

吃晚饭的时候,他去县委招待所找曹殊黧。敲门进去,发现小丫头很没形象地穿着一件睡衣,没盖被子,直接趴在床上。他急忙咳嗽一声:"黧丫头,你睡没睡着?"

自从听到米萱喊出黧丫头之后,夏想就一直随她叫曹殊黧为黧丫头,显得亲切。

曹殊黧迷迷糊糊睁开眼睛,"啊"的一声大叫,一扬手就扔出一只枕头,正砸在夏想脸上:"坏蛋,色狼!谁让你进来的?你上次偷看我还没有找你算账,你这次又偷看我睡觉,你真是脸皮太厚了!"

夏想只好举手求饶:"刚才明明我敲门,是你同意了我才进来的,你不能不讲理,我又不是故意的!再说你睡觉的姿势太不雅观了,我不小心看了一眼就感觉头疼,其实是我吃亏了才对。"

曹殊黧气得暴跳如雷,翻身下床,拿起被子就把夏想包在里面,然后抡圆了胳膊打在被子上:"打死你,打死你个大坏蛋。回头我就告诉爸爸,你偷看我睡觉。"

夏想被被子包住,除了感觉呼吸不畅之外,曹殊黧的拳头不但没有一点力度,反而就像捶背一样,非常舒服,他一不反抗二不动弹,任由曹殊黧打个不停。

一个人没有敲门就冲了进来,人没到,声音先到:"黧丫头,想好没有,明天去哪里玩?……啊……这么快就上床了?我什么都没有看见,我真的什么都没有看见,千万不要杀人灭口!"

"米萱你又胡说八道,我要杀了你!"曹殊黧放开夏想,追着米萱跑了出去。

夏想露出头,长出一口气,完了,又被误会了,好像他真是故意偷看曹殊黧睡觉一样。

也不知道二人说了些什么,过了一会儿再回来的时候,又是一副有说有笑的模样,不过曹殊黧还是板着脸将夏想轰了出去:"去去去,快出去,我要换衣服!"

夏想腼腆地笑着,又挠挠着头,乖乖地走了出来。刚一出门,就听见里面传来一阵哄笑。他摇摇头,女人不管是大是小还是成熟不成熟,都一样莫名古怪,心思难猜。

晚饭吃的是炖菜锅饼,就是用大铁锅炖上肉和白菜,在铁锅的边上贴上面饼,利用炖菜的热气和铁锅的热力将面饼烤熟,面饼一边松软可口,一边焦脆,再加上炖菜的菜香和肉香浸入了面饼之中,吃起来格外香。

肉可选鸡肉、猪肉和兔肉等,配菜可选白菜、萝卜等,配料有口蘑、蕨菜、香菜,好像是一锅乱炖,其实进锅的次序很有讲究。三个人吃得满头大汗,曹殊黧尤其爱吃面饼烤脆的一面,结果就是夏想只好吃她剩下的剥了皮的面饼,一连吃了好几个,才算让她对偷看事件彻底消了气。

当夏想提议直接回房间,不再在外面散步的时候,米萱圆睁双眼,以一副难以置信的眼神看向夏想,极度怀疑他的用心。夏想急忙解释,摆脱嫌疑:"秋凉,容易感冒,黧丫头要是病了,我没法向曹局长交代。另外晚上我正准备向曹局长打个电话,得让他知道黧丫头在我这里,要是让他以后从别人嘴中知道殊黧来过坝县,肯定会对我有意见。"

夏想的想法是,尽管坝县的工作千头万绪,但和曹局长的关系一定要保持融洽,不能因为曹殊黧的事情而引起误解。李丁山虽然是坝县的县委书记,但归根结底,许多关系的根源都在省城,必须要有自上而下的全局观。

曹殊黧没有说话,米萱却不以为然地撇撇嘴:"年纪不大,心思挺重,不管你们了,我去找我爸了,一年到头都见不了他几次,既然来了,我就当好女儿去了。"

在曹殊黧的房间,夏想拨通了曹永国的电话,曹永国听到是夏想的声音之后,第一句话就问:"黧儿是不是在你身边?"

夏想心想这个电话算是打对了:"黧丫头来坝县玩了,我陪她到处转了转。草原的景色很美,她玩得很开心,不过她还是挺想家的,就催我打电话回去。"

"行了,别跟我打掩护了,黧儿是什么性子我还不知道她?她要想家,早就自己回来了,还用得着你来替她说好话?"曹永国的声音中多少有一丝不满,"不过米萱陪她一起去了,我就放心了。小夏,你打电话过来肯定有别的事情吧,就直接说吧!"

夏想猜测曹永国的不满之中,是对王军洋的怨气多一些,对于曹殊黧前来坝县看他一事,就算有气,也怪不到他的身上,不过他还是语气非常恭敬地说道:"曹局长,李书记听到一个消息,说是有可能要调您到燕市任常务副市长,高配常委……"

话筒中传来粗重的呼吸声和短暂的沉默,过了大概半分钟,才听曹永国声音有些微微颤抖地说道:"宋朝度说的?"

"是的,据说是路书记的提议,还有卢部长也是非常赞成,不过还没有完全达成共识,所以消息可能还没有传出来。"从曹永国的反应中,夏想知道他还没有听到风声,否则也不会如此失态。

"路书记和我不熟,他怎么会想起我?真是怪事……夏想你还听到一些什么,别藏着了,快说出来!"事关切身利益,曹永国的声音不再四平八稳,终于露出了急躁的一面。

夏想看了曹殊黧一眼,见她瞪着一双好奇的大眼睛,安静地坐在一边,眼睛眨呀眨地看着他,恬静得像个小妻子,让他不由好笑。疯起来时不像样,安静的时候又乖得让人难以置信,她真是一个多变的精灵。

曹殊黧见夏想看她,吐了吐粉红的舌头,又冲他做了个噤声的手势。夏想笑笑,继续对电话的那头说道:"听说是陈风陈市长向路书记举荐的您,他在城中村的改造上遇到了许多难题,身边急需一个学者型的助手,正好上一次在火车站广场遇到了黧丫头,可能就是因为这个,他才对从底层做起的曹伯伯大感兴趣……"

要是陈风听到夏想的分析,肯定会满意地拍拍夏想的肩膀,说上一句"答对了",曹永国虽然觉得夏想的理由有点离奇,但他还是压抑不住内心的激动,说道:"这个太突然了,也太意外了,我得好好考虑一下……"

如果省里真要透露出这个意思,夏想可以猜到曹永国根本就不会拒绝,他等这个机会已经很久了,燕市的市委常委、常务副市长的位子可比测绘局局长的位子好多了。

曹永国话未说完,又想起了什么:"让黧儿接电话,我有话问她!"

夏想伸手要将电话递给曹殊黧,曹殊黧摆摆手,嘴巴一动一动却没有发出声音。夏想看明白了,她是在说"我没在",不由笑道:"曹伯伯找你是正事,再说也瞒不过他,别装了,快接电话……"

夏想没有捂住话筒,就是故意让曹永国听到。曹殊黧恼怒似的瞪了他一眼,又冲他挥了挥毫无威胁力的小拳头,才接过电话,不情愿地说道:"爸,我都睡着了,你非要烦我做什么?"

夏想大汗,曹殊黧平常挺聪明一个丫头,怎么关键时候来这么一句?什么叫你都睡着了,你睡觉的时候我要是还在你身边,岂不是说明两人的关系暧昧,曹伯伯要是误会了那还了得?

好在曹永国正在激动之中,曹殊黧也是有口无心,父女二人都没有意识到这句话的深层含义。曹永国让曹殊黧接电话,就是让她再详细说一遍上次在火车站广场偶遇陈风的事情。

曹殊黧不满地白了夏想一眼,似乎是埋怨他不该出卖她,让她非常不耐烦地又将重复过的事情再重新说上一遍,不过不满归不满,她还是十分详细地将当时的情形从头到尾说个清楚,最后又一连强调了好几遍:"爸,这件事情全是因为夏想引起的,跟我可没有什么关系。陈市长先去了休闲广场,才来到火车站广场,就是因为两处设计都让他非常满意,他就问我设计师是谁,我让他看效果图上的设计人名字,很不幸,我的名字也在某人的名字后面,就这样……"

曹永国心里翻腾不停,过了半晌才强行压下心中的震惊,心中的情绪既复杂又感慨,仿佛夏想出现之后,许多事情都有了意外的转机。原本他让曹殊黧和夏想一起设计休闲广场和火车站液晶大屏幕项目,不过是为了让她多参加社会活动,多些实践经验,也和他适当保持良好的关系,看有没有借机认识宋朝度的可能。没想到,收获却远在意料之外,让他暗暗庆幸当初的决定是多么英明。

燕市的常务副市长配上常委正好正厅,和他现在的职别相当,但权力和视野不可同日而语,以后的前途也是一片光明。如果事情真的成了,在退下来之前上升到副省级也不是一件难事,曹永国忽然觉得心情无比舒畅,仿佛一瞬间充满了精力,他的声音也一下提高了许多:"黧儿,反正也是放假,就在坝县多玩几天,当然前提是不能影响夏想的工作,还有,不许捣乱,要听话,听夏想的话,听见没有?"

曹殊黧撅着嘴将手机还给夏想,小声地说了一句:"我爸就是官迷,势利眼,居然让我听你的话,太伤人心了。"

夏想没有理会曹殊黧的搞怪,他又和曹永国聊了几句,在向他保证要照看好曹殊黧之后,又对曹永国说起李丁山有机会要去拜访他,曹永国高兴地说道:"替我转告李书记,我随时欢迎他前来做客,还有小夏,以后多给曹伯伯来电话,有事没事说说工作上的事情也可以,对不?你别让黧儿乱跑,她很调皮,你替我管着她,别让她惹事……"

曹殊黧有时是调皮，但绝对不是一个惹是生非的女孩，夏想嘴上答应着，心里明白曹永国这些话其实是让他表明，他和他家之间的关系，又向前迈进了一大步。

挂断夏想的电话，曹永国心中对宝贝女儿的担心早就放到了一边，犹豫着是不是该给卢渊源打个电话。按说这么大的事情，卢部长居然没有向他透个口风，是不是哪里出了差错？猛然他一拍脑壳，对了，肯定因为是路书记先举荐的他，让卢部长有了别的想法，认为他既然有了路书记的路子，却不告诉他，摆明着不把他放在眼里。

曹永国惊吓出一身冷汗，心里更加感激夏想的消息，急忙给卢部长打电话汇报一下。虽然卢部长附和路书记表示支持自己，但心中对自己肯定不满，他必须把事情向卢部长说明，端正态度，别让他起了疑心才好。

第二天上午夏想本来还想陪曹殊黧转一转，却因为有事没陪成，黄鹏飞突然要求召开常委会，要讨论几项人事变动。

刀光剑影的常委会

李丁山很惊讶的同时也很气愤，因为人事问题是书记的最大权力，黄鹏飞没有事先和他通气，也太不把他这个书记放在眼里。本来任何一个常委都有权就重大问题，要求召开常委会，但必须要书记同意才可以。李丁山本想压下，想了一想又觉得不妥，他倒是想看看，黄鹏飞想要抛出什么议题，刘世轩在常委会上究竟有多少人支持，所以他还是点头同意了。

一般人事的变动，正常程序是组织部长提出，由书记和副书记参加，先开一个小范围的碰头会，达成共识之后，才会提交常委会讨论。而黄鹏飞根本就没有向李丁山提前汇报工作，甚至连一点口风都没有透露，就提出召开常委会，不是对李丁山的无视又是什么？

李丁山要是不生气，才是不正常。

夏想作为记录员，一进入会议室就感觉到气氛有些压抑，刘世轩和黄鹏飞分开坐着，不过二人面对面，可以非常方便地交换眼色。李丁山一言不发地坐到正中的位置，先是扫了众人一眼，然后目光落到黄鹏飞身上，突兀地说了一句："黄部长，关于人事的变动，为什么我这个书记事先没有听到一点消息？按照规定，是不是应该提前向书记汇报一下？"

李丁山的声音不大,却一下子让所有人的目光都集中在黄鹏飞的身上,许多人都是一副恍然大悟的神情,石堡垒本来是一副昏昏欲睡的样子,也一下子惊醒过来,一脸愕然地看向黄鹏飞。

　　黄鹏飞感觉仿佛掉入了水中,四面的压力铺天盖地地冲过来,让他几乎喘不过气来。他在刘世轩的逼迫之下,突然提出了人事变动的议题,本来就是硬着头皮上阵,没想到被李丁山上来就是一句非常严厉的质问,他差点就顶不住压力,就要向刘世轩投去求救的目光。

　　黄鹏飞不是一个性格强势的人,他和刘世轩结盟,一向都是刘世轩打头阵,他在后面摇旗呐喊。这一次刘世轩非要让他冲锋,毕竟是人事问题,由常务副县长提出来不符合规定,在刘世轩的再三劝说下,他才无奈地答应下来。

　　见黄鹏飞要溃败,刘世轩暗骂一句饭桶,举手发言:"黄部长可能是一时疏忽了,再说李书记初来坝县,对许多县局的领导还不太熟悉,今天黄部长的议题涉及的又都是县局的副手,不是关键的人事变动,他也是工作心切,李书记就不要责怪他了……"

　　"李书记,刘县长说得也有道理,黄部长是老同志了,偶尔有一两次错误可以原谅嘛!"武装部长郭亮举手发言。

　　夏想心想不妙,按照吴英杰所说,郭亮是中间派才对,今天也向着刘世轩说话,显然刘世轩是有备而来,今天的事情,看是想要给李丁山一个下马威。

　　李丁山也察觉到了事情的严峻性,不过他还是没有就此放过黄鹏飞:"身为老同志才更应该有党性有原则性,更应该清楚程序怎么走,事情怎么做,对不对?"

　　"李书记是大城市来的人,原则性强一些可以理解,不过坝县的情况特殊,大家平常都随意一点,有时候这种随意就带到了工作当中来,无伤大雅,也算是我们的坝县特色吧?李书记就不要求全责备了,我替黄部长向李书记道个歉。"

　　夏想吃了一惊,说出刚才一番话的竟然是郑谦。

　　郑谦是主管党群的副书记,排名第三,仅在李丁山和石堡垒之后,他在常委会上的发言分量很重,一开口就直接将李丁山推到了整个常委会的对立面,手法很老辣,也很犀利。

　　李丁山没想到郑谦会突然发难,被打了一个措手不及。

　　李丁山心中怒意渐生,不过面对失控的常委会,有再大的火也不能当场发作出来,否则反而显得他好像气急败坏一样,落了下风,也正好让刘世轩的阴谋得逞。

他强忍怒火,眼神有意无意扫了吴英杰一眼,希望吴英杰能跳出来反驳对方几句,也好给他一个台阶,不料吴英杰低着头,假装没有看到他的暗示。李丁山暗骂一句,墙头草,关键时候靠不住,一见对方来势汹汹就退缩,不堪大用。

郑谦主动替黄鹏飞出头,连替他道歉的话都说了出来,李丁山也要有所表示才对,他拿起茶杯,借喝水的掩饰暗暗打量了在场的每一个人,发现所有的人都是目光平视,好像都是一副老神在在的样子,互相之间没有交流也没有暗示,都是老油条老官僚。他知道今天的事情算是给了他一个教训,所谓中间派和本地派的划分不可信,人与人之间只有利益的存在,没有绝对的派系之分。

"既然郑书记都这么说,我再抓住不放就显得小家气了,好吧,黄部长以后多注意就是了,下面就讨论今天的议题……"李丁山只好借着郑谦的话顺水推舟,心中却憋闷得难受,不经意看了夏想一眼,见他一脸淡然,好像没有任何不快一样,心里想不明白到底是他善于假装,还是真不把刚才的事情放在心上。

夏想当然不是无动于衷,心中也是十分震惊,刘世轩高调对付李丁山,到底是为了滚龙沟,还是要向李丁山证明,坝县由他说了算,李丁山别想动他一根手指?不管怎样,今天的局面让他意识到单纯地靠拉来投资分化石堡垒从而掌控常委会,动作还是慢了许多。恐怕会在还没有和石堡垒达成同盟之前,就有可能让刘世轩借机将原先中立的几个常委全部拉过去,到时就算李丁山和石堡垒联手,也拿刘世轩没有办法。

看来有必要再同时施展其他手段,改变一下以退为进的示弱战术,适当地在正面给刘世轩直接冲突,也让他知道李丁山县委书记的权威,不是那么好惹的。

黄鹏飞今天提交常委会讨论的人事变动,都是县局下面一些科室的头头,连副科都算不上,真正涉及副科级的只有两个人,一个是文化局的副局长牛红妹,另一个是财政局的副局长孟云。

牛红妹因为身体原因向局领导提出病退,经局领导批准,牛红妹在担任副局长期间,尽职尽责,是个好同志。现在年龄还没有到就提前退休,风格高尚,特向组织部提出申请,拟对牛红妹同志提到正科级待遇。

财政局的常务副局长张志强到了年龄,副局长孟云能力强,业务水平高,局党委研究后决定拟提为常务副局长,报组织部批准。

夏想一愣,刘世轩好手段,不知道怎么说通了牛红妹的工作,她竟然同意了病退,换来了个正科级待遇,好像不吃亏,其实以她现在的年龄来算,她还是做出了不小的让步。刘世轩果然不简单,意思很明显,上一次你李书记不是说某些文化局的干部素质不高吗?好,就做出姿态给你看看,主动让位,看你还有什么话可说!而且从这件事情上可以看出刘世轩的心狠手辣,李丁山上次不是想拿牛红妹当他的软肋吗?好,现在牛红妹主动退下,就是明白无误地告诉李丁山,他可以翻云覆雨。

牛红妹的事情只是虚晃一枪,夏想心里清楚得很,提孟云当财政局的常务副局长,显然刘世轩是想将财政局的大权掌握在他的手中。

"组织部的初步意见是批准,请李书记和各位常委发表意见……"黄鹏飞说完,心虚地看了李丁山一眼,就闭上嘴巴不再说话,心想他的任务已经完成了,剩下的事情,就看刘世轩了。

李丁山本来越听越火,好一手先斩后奏,这么大的人事变动,他这个当书记的一点也不知道。刘世轩还给他玩了一手暗度陈仓,想借机提拔他的人掌握财政局,真是用心良苦。听到后来,他的怒火反而渐渐下去了,见黄鹏飞紧张的样子,心想刘世轩太强势了,堂堂的组织部长在他的淫威之下,竟然吓成这样。

刚强易折,说一不二的刘世轩能暂时说动中间派帮他,但不一定就能结成牢不可破的同盟,李丁山慢慢又心中安定了许多,虽然怒火不是一下子就可以平息下去,不过不至于失去理智动用书记的一票否决权。书记确实可以在关键问题上强行否决,但这样一来,会给人蛮干的印象,不但将他和整个常委会对立起来,也会让市里大为不满,真要惹得所有常委对他质疑,他的书记也就做到头了。

李丁山没有说话,低头翻看黄鹏飞分发的资料,看了大概几分钟的样子,点头说道:"基本上没有什么问题,黄部长的工作做得还是很细致的,值得表扬……"

刘世轩原以为李丁山就算不大发雷霆,也会大失常态,盛怒之下动用书记的否决权,再经他添油加醋的搅乱局面,肯定会让他给所有常委留下霸道、蛮横的印象。他没想到李丁山不但没有发火,听他口气,好像还会点头同意提议,不由愣了一愣,一时之间没有想明白他到底是什么用意。

"不过,我还有一个小小的问题不明白,想问一下黄部长……"李丁山看向黄鹏飞,目光平和,语气中却有一股审视的意味。

黄鹏飞不由自主地紧张起来:"李书记请讲!"

"这个工商局的节亚杰的履历,好像有点问题,上面写着他是一九七二年出生的,一九九三年在燕省大学任学生会副主席,一九九六年在团省委学校部任干事。这么年轻优秀的人才,怎么一九九七年调回坝县后,才在工商局当了一名普通科员?这是人才的严重浪费,学生时代就担任干部的大学生,来到坝县之后,最少也要重用才对,是不是?"李丁山从资料中抽出一份简历,用手轻轻敲击简历,一脸微笑地说道。

节亚杰是黄鹏飞的外甥,是他姐姐的儿子,本来在乡工商所工作,在他的操作下,调到了县工商局。本来节亚杰不到副科,副科以下的调动和任免一般还不够资格提交常委会,不过为了混淆视听,刘世轩非要让他把普通科员的调动也一起交上来,就是要让李丁山心烦意乱,让他发火,让他失态。

黄鹏飞没想到李丁山一眼看中了节亚杰的简历,难道他知道了节亚杰和他的关系?不能啊,李丁山不是本地人,常委中除了几个当地的知道这一层关系之外,没人知道节亚杰是谁,再说当地的常委也犯不着闲着没事向李丁山汇报谁是他家亲戚吧?

黄鹏飞心里七上八下,不知道该如何回答。刘世轩见状暗骂黄鹏飞没出息,竟然被李丁山吓成这样,就接过话说道:"李书记一向重视大学生干部,我也常听工商局马局长说起节亚杰,说是小伙子年轻有为,是个好苗子,我建议组织部重点考察节亚杰、张信颖和夏想三个年轻的大学生干部,拟提副科。"

刘世轩当然不是真心要提拔夏想,而是正好借此机会,提拔了张信颖,又额外增加一个节亚杰,等于他一下卖了张淑英和黄鹏飞两个人的面子。而且实在是张淑英最后给他施加的压力太大,他也是头疼,正寻找合适的时机,正好眼下李丁山给了他一个绝好的机会。

本来刚才在人事问题上已经打了李丁山一个措手不及,落了他的面子,现在再捆绑了节亚杰,要是提夏想也可以,必须连带节亚杰和张信颖一起提拔上去。等于既给了李丁山台阶下,又强烈地向他暗示,在坝县,不管是政府那一块,还是人事这一块,他刘世轩都有不容置疑的权威。也就是说,只有他先点头,提议才有可能在常委会通过。

当然,另一层含义是,如果李丁山强行压下今天的提议,那么提拔夏想就不要想了。算起来李丁山要为提拔一个夏想,要将财政局常务副局长的位子拱手让出,还要同时提拔张信颖和节亚杰,算是吃了不小的亏。

吴英杰没想到刘世轩敢公布在常委会上挑战李丁山的权威,而且还准备得如此充分,让李丁山没有招架之力。他心惊肉跳地盘算是不是再重新向石堡垒靠拢,原先以为李丁山来到坝县之后,至少也要和刘世轩周旋一二,没想到第一次正面过招就被打得落花流水,让他大失所望。

杜双林开始犹如入定一样,一副双耳不闻身边事的模样,就连李丁山被几人围攻之时,他也没有任何表情。等听到刘世轩说要提拔张信颖时,他眉头猛然跳动一下,不经意抬眼向夏想那边看了过去,却发现夏想埋头正在笔记本上做记录,没有什么反应,只是手中的笔好像点头一样,在纸上连点了三下。

"我也同意刘县长的提议,节亚杰同志我不太了解,不过张信颖和夏想同志都是年轻有为的好同志,符合提副科的条件。"杜双林心领神会,举手发言。

"因为工作关系,节亚杰同志我倒是接触过几次,感觉是个很踏实的年轻人,我也同意刘县长的提议。"郑谦也表了态。

接下来武装部长郭亮、纪委书记杨帆和副县长赵建苏纷纷表态支持,黄鹏飞也举手说了同意。十一人中,已经有七人通过,剩下的四人分别是李丁山、石堡垒、政法委书记王全有、县委办主任吴英杰。但是不管是不是反对,实际上事情已成定局。

吴英杰犹豫了一下,也举手说道:"我也同意。"然后低下头,不再抬头,好像桌子上有宝贝一样。

让谁也没有想到的是,石堡垒笑了笑,把手中的资料一合,扔到桌子上:"我不发表意见!"

一向喜欢随大流的石县长居然出人意料地弃权了。

弃权虽然是无奈的表现,但至少也表明了一种态度,而不是随声附和,让刘世轩微微吃惊。不过他正沉浸在胜利的喜悦之中,也没有深想石堡垒的态度,只当他不过是不喜欢夏想被提拔起来。

王全有微微一笑,身子舒服地向后一靠,很随意地说道:"既然已经通过了,我又对三位同志都不了解,就不发表看法了。"

两个人的态度影响不了大局,最后只剩下李丁山没有表态了,他正了正身子:"这个提议算是通过了,具体事情会后就交给黄部长来做。下面接着讨论关于牛红妹和孟云两位副局长的问题……"

因为刘世轩的突然提议,原本的正题反而不再引人注目,所有人的心思都放到了刚才通过的三个年轻的副科干部身上。牛红妹和孟云的职务变动几分钟就获得了通过,仿佛所有人想也没想就举手同意了。也不知是不是被刘世轩的手段给震惊了,没有人有心思再费周折。

　　一直让黄鹏飞忐忑不安的是,李丁山到底知不知道节亚杰和他的亲戚关系?不过李丁山什么都没说就同意了提拔节亚杰,也算是意外收获,让他大喜过望。他心里想着回去之后如何找姐姐邀功,又想到是刘世轩临时起意才得了一个天大的便宜,对刘世轩的手段就更佩服得五体投地。

10 请君入瓮

挖一个大坑

夏想看出来她骨子里的高傲和表面上的冷漠不是装出来的，是一种与生俱来的高高在上的优越感。要养成这样的气质，不是一夜暴富的暴发户和一步登天的投机者所能拥有的。暴发者和投机者也许不缺钱和权，但缺乏气质和底蕴，恰恰就是气质和底蕴无法用金钱和权力换来，需要的是长时间的耳濡目染，需要的是一个家族的文化熏陶和培养。

可以说这一次常委会，李丁山虽然不算是一无所获，但只得了一个副科的名额，比起刘世轩的大获全胜，看上去败得很惨。最重要的是，这一次常委会标志着刘世轩的意志完全得到了执行，让所有的人都看清了形势，坝县还是刘世轩说了算，石堡垒不行，李丁山也不行。

散会的时候，李丁山坐着没动，准备等所有人出去再动身。纪委书记杨帆故意留在了最后，差不多等所有人都走出的时候，他突然对前面的黄鹏飞说了一句："黄部长，前段时间纪委接到群众举报，说是孟云有经济问题，经过纪委的暗中调查，没有证据表明孟云同志有贪污受贿行为。"

杨帆的声音不大，不过足够让李丁山听得清清楚楚，也看得明明白白。李丁山一愣，还没有想明白杨帆在暗示什么，只见杨帆转身出了会议室，留下黄鹏飞一脸惊讶呆立当场。黄鹏飞脸色变化几次，也没敢回头看李丁山一眼，就转身匆匆走了。

等黄鹏飞将事情对刘世轩一说，刘世轩大获全胜的好心情顿时消失不见,他一扬手将手中的水杯摔到地上,恶狠狠地说道:"杨帆突然来这么一出,是想威胁我,还是想要什么好处?有话不当面说,非要背后阴人,真是个小人!"

黄鹏飞没有接话,心想你背后也阴李丁山,就不允许别人阴你,骂别人小人,其实就是彼此彼此的事情。当然他不过是想想而已,只有耐心地等刘世轩消了气,再想想办法。杨帆虽然只是随口一说,可话是出自纪委书记之口,背后有什么目的就十分耐人寻味了,而且又是在和李丁山斗争的关键时期。他看了看了紧闭的办公室的门,见刘世轩平静了许多,才敢小心翼翼地问道:"没听说杨帆和李丁山有来往呀,他怎么会帮着李丁山说话?"

刘世轩意识到了自己的失态,猛然想起自从李丁山来后,他发火的次数越来越多。这不是好兆头呀,发火易怒就意味着失控,失控是缺乏自信的表现,难道他从心底深处,真的有点害怕李丁山?

刘世轩没有回答黄鹏飞的问题,陷入了沉思之中。

可以说这一次会议结束之后,所有人都在想,坝县的政局似乎因为李丁山的到来而引起的震荡不安,又重新回到以前的轨道之上。坝县的局势并没有因为空降的一个县委书记而有丝毫改变,仍然是刘世轩一人独大,石县长选择沉默和忍让,李书记经过常委会的交锋失败之后,应该也会默认了刘世轩的强势地位吧?

夏想紧跟在李丁山的身后回到办公室,关紧门,见李丁山脸色不好,也就没有说话。夏想先替他倒了一杯水,然后又给自己也倒了一杯,一口喝干,才从资料中抽出节亚杰的简历,又看了几眼,才问:"李书记,节亚杰的简历看不出什么问题,为什么你一下就点出了他的名字?难道看出来什么了?"

李丁山喝了口水,想了想,又抽上了烟,沉默片刻才不满地说道:"吴英杰太没用了,在会上一句话也不敢说,还想投靠我?这样两面三刀的人,谁敢用?"

在当时的情况下,虽然吴英杰提出反对意见也没用,但说出来至少向李丁山表明了态度,他临阵退缩确实让人失望,夏想也对他不抱什么希望,墙头草只可利用,不能当成心腹。可惜的是,李丁山现在在常委会上还没有一个铁杆。

"不过也不是没有收获,至少你的副科级是解决了,参加工作一年多升到副科,不算慢了……张信颖提就提吧,张淑英的面子还是要给的,再说也没有妨碍我们什么,节亚杰是谁我不清楚,但肯定是刘世轩或黄鹏飞的人,想要提他,没门!"李丁山的气没有那么容易消下去,正好有一个到手的好机会不加以利用,岂不是显得他太软弱可欺了?

夏想看不出来节亚杰的简历有问题,是因为他对燕省大学不熟悉。李丁山从夏想手中接过节亚杰的简历,用手弹了弹:"一九九三年在燕省大学任学生会副主席,一九九六年在团省委学校部任干事……一九九三年时,我还担任记者站站长,经常受邀到燕省大学演讲,和燕省大学的校长以及学生处处长十分熟悉,也和学生会的干部接触不少,印象中没有节亚杰这个人。一九九六年时,我刚开办公司,文扬也是当时从团省委调到公司的,团省委我常去,里面的人基本上都认识,也不记得有节亚杰。"

伪造履历?夏想一愣,真有人会这么胆大包天,为了升官敢这么明目张胆地造假。要是提拔了这样一个造假干部,组织部的人是干什么吃的?在提拔任用干部之前,难道不会向学校和相关部门求证一下个人履历的真实性?

"我一眼就看出了问题,所以当时提了出来,没想到刘世轩接过话去,想把节亚杰和张信颖一起提拔,他这么急着表态,可见节亚杰肯定和他有什么关系。刘世轩操纵常委会让我下不来台,还想借机提拔节亚杰,想得倒是挺美,等我查出来节亚杰的简历是假的,看他如何收场。"

李丁山一拍桌子,显然对发生在常委会上的一幕念念不忘,还是被气得不轻。

夏想突然笑了:"李书记,节亚杰是刘县长提出来的优秀干部,又经过组织部严格审核,他一定得顺利成为副科级干部才能显示出刘县长的高明。"

李丁山顿时愣住,想了一想,也笑了:"行呀小夏,你比我坏多了。"

其实夏想的办法也不能叫坏,应该叫以其人之道,还治其人之身。

李丁山当即打电话给燕省大学的学生处处长滕永旺,得到的答复是燕省大学从建校到现在,没有叫节亚杰的当过学生会副主席,甚至连叫节亚杰的学生都没有。随后他又打电话给团省委学校部,得到的也是一样的答复,查无此人!

李丁山心情好了许多:"那我就假装什么都不知道,反正我初来坝县,人生地不熟的,再说审查履历又是组织部的事情,节亚杰同志我又不认识,是不是?"

"是呀,副科级干部的审核不严格,竟然出现伪造履历的情况,组织部部长是非常严重的失职!"夏想绷着脸,假装一脸严肃地答道。

敲门声突然响起,传来了石堡垒的声音:"李书记……"

石堡垒前来是提醒李丁山,让他尽快联系省城的公司提出申请,因为刘世轩又在催他,急于让他对贝合商贸提出的承包荒山的申请给出正式答复。石堡垒的态度已经十分明显是向李丁山暗示,他不愿意看到贝合商贸承包滚龙沟,但如果没有其他公司的竞争,在刘世轩的催促之下,他也只有同意。就算此事提交到常委会讨论,结果大家也很清楚,因为刚才的一幕大家都心知肚明是怎么一回事。

在得到李丁山的肯定的答复之后,石堡垒起身告辞,走到门口好像又想起了什么,自言自语地小声说了一句:"节亚杰的妈妈是政府机关的老同志了,对了,好像叫黄鹏丽……"

李丁山和夏想两人对视一眼,会心地一笑。

夏想当着李丁山的面拨通了冯旭光的电话,电话一接通,就传来嘈杂的声音,冯旭光大声说道:"不好意思老弟,超市今天正式开张,忙死了……食品厂的事情我已经让手下做出方案了,什么,事情紧急?好,没说的,三天之内派人过去。"

常委会结束后,杨帆突然向黄鹏飞说出孟云被人举报的话,夏想当时也听见了,他认为这是杨帆向李丁山示好的表现。但杨帆和李丁山接触不多,在常委会上没有明显的表态,会后突然来这一手,又是出于什么目的?夏想想了一想不得要领,问李丁山,李丁山也想不明白杨帆的用意何在。

接下来夏想又和李丁山商议一番,如何应对刘世轩的强势和手段。二人又将所有常委理顺一遍,认为杨帆既然示好,肯定有拉拢过来的可能。石堡垒只要有政绩分他一半,肯定也会和李丁山站在一起。王全有因为曹殊黧的关系,多少也会偏向李丁山一方,至于能出力多少,夏想心中没底,因为米萱从来不说起她的爸爸,显然是有意为之。武装部长郭亮、副县长赵建苏态度模糊,也是可以争取的对象。吴英杰是墙头草,只要李丁山占据了主动,他肯定还会再靠拢过来。

副书记郑谦如果和刘世轩联手的话,将是李丁山的大敌。最后李丁山决定,由他出面和郑谦接触,看看有没有突破口。夏想则负责招待好曹殊黧和米萱,同时尽快落实冯旭光前来坝县投资的事情。既然和刘世轩的矛盾既然已经表面化,就要和他争斗到底。

李丁山就不相信,食品厂的政绩如果还打动不了石堡垒,那么他随后抛出的草原旅游项目,不信石堡垒不会主动靠拢过来,到时这么一大份政绩,态度不明的副县长赵建苏也会心动了吧?他要是再没有任何表示,还有其他要求进步的不是常委的副县长,一样可以挑起重担。

米萱要出手

对于让孟云当上了财政局的常务副局长,就由他去,常务副局长上面有局长,下面还有一般的副局长,想要拉拢几个有心进步的副局长,对县委书记来说,不是一件太难的事情。让李丁山感到啼笑皆非的是牛红妹的病退,他根本没有拿牛红妹说事的意思,没想到刘世轩倒有壮士断腕的决心,直接让牛红妹病退了。说起来牛红妹牺牲得有点不值了,成了刘世轩向李丁山示威的牺牲品。

夏想正好赶上中午和曹殊黧一起吃饭,米萱一见他的面就惊讶地说:"升官了?成了副科级干部了?怎么好像还和平常一样,没见你有多威风?"

消息倒是传得挺快,夏想笑道:"组织部还没正式发文件,还不算。"

曹殊黧坐在床上,一双小腿荡来荡去:"没意思,还是觉得你以前好,现在成了小官僚,整天钩心斗角,多不好玩。现在提了副科,下一步想升正科,然后副处、正处,是不是?"

"下一步还没考虑好,不过眼前就有一件非常重要的事情要做……"夏想见曹殊黧撅着嘴,粉粉的脸上满是不快,知道她在故意假装,就故意逗她,"坝县正在招商引资,你要不要以投资人的身份,来坝县投资开办公司?"

"你就逗我玩吧?"曹殊黧才不上当,"我还是学生,又不是商人,哪里有钱来投资?再说我才多大,我说我来投资,谁会相信我?反而以为我是骗子呢。"

夏想就笑:"答对了,我就是想让你当骗子,就是想让你在燕市找一家公司,以来坝县投资的名义来坝县考察,然后提出申请荒山,最后再找个理由说是不符合公司的发展前景,然后转身走人就成。"

曹殊黧睁大了眼睛:"为什么呀?为什么要骗人?这不是没事逗人玩吗?"

"夏想精明得很,肯定是想找一家公司来陪标,说吧,你想干什么?"米萱到底经商多年,一眼就看出了夏想的用心。

夏想其实是想再在燕市找一家公司,以明里竞争暗中陪标的方式,来助冯旭光一臂之力,也显得整个过程公正公开,好让刘世轩无话可说。米萱既然不是外人,也没有必要瞒着她,就将冯旭光来建食品厂的事情说了出来。当然,贝合商贸的事情也没有隐瞒,以米萱的聪明,就算猜不到,一问王全有也会一清二楚。

米萱本来和曹殊黧并排坐在一起,一听夏想的设想,"呼"的一声从床上站起,吓了曹殊黧一跳,让小丫头不满地瞪了她几眼。

米萱顾不上理会曹殊黧,着急地说:"我在章程市有一家公司,可以为你陪标……你别多心,我对你生产口蘑和蕨菜的生意不感兴趣,不过我也有条件……"她眼睛转了几转,露出了狡黠的神情,"你得答应我!"

夏想被她看得心里直发毛。米萱的眼睛又细又长,看人的时候喜欢眯着眼睛,给人的感觉总像是挑逗人一样。她和肖佳一样既妩媚又性感,但和肖佳不同的是,她的妩媚总给一种故意为之的感觉。也就是说,肖佳是色不迷人人自迷,而米萱则是有意去引诱你。

夏想在米萱面前只好装嫩,挠头说道:"尽力而为。"

米萱激动之下,伸手要抓夏想的胳膊,夏想还没有来得及躲闪,曹殊黧眼疾手快,一把从背后把她拉住按到床上,还在她胳膊上轻轻拧了一下:"有话说话,别动手动脚的,吓着夏想怎么办?"

米萱乐得前仰后合:"黧丫头吃醋了,放心,我不会跟你抢夏想,他太小了,是个小屁孩。我喜欢成熟的男人,和你的审美观不同。"

曹殊黧"哼"了一声,脸红了一红,没有说话。

"我要你介绍我和冯旭光认识……"米萱刚说喜欢成熟的男人,紧接着就来了一句这个,非常容易让人误解她是对冯旭光有什么想法,不过夏想却没有这么想,他脑子一转就明白了米萱的想法。果然,米萱下一句话就说出了她的真实目的,和他的所料一点不差,"我想和他合作,在章程市开一家佳家超市的连锁店。"

以章程市的经济发展程度,超市要被市民接受,少说也要两年的时间。米萱不但眼光超前,还敢作敢为,是个优秀的女商人。

合作是双赢的好事,夏想一口答应下来,他又详细地为米萱分析了超市的前景,如何铺货,如何招商,如何宣传,等等,全部对她说了出来。米萱听得连连点头,受益匪浅。说到最后,她双眼放光,紧盯着夏想不放,看样子,要不是曹殊黧在一旁,说不定会一个饿虎扑食扑上去,抱着夏想就表示一下内心的激动。

不过米萱还是强压下心中的冲动,转身抱住了曹殊黧,使出最大的劲儿把她抱得紧紧的,说道:"黧丫头你有福了,姐姐忌妒你,知道不? 这个男人是个极品,当官有当官的料,经商有经商的才华。你说这么少见的优秀男人,怎么就让你遇见了? 老天真不公平,我都忍不住要和你抢他了。不过他还是太小了,比我小了好几岁,再说你又是我的好妹妹,我怎么忍心下得了手,唉,麻烦了……"

曹殊黧被她抱得喘不过气来,用力推开她:"表姐你太过分了,夏想还是男孩子你知道不?尽乱说,管好你的嘴。我怎么看你眼神不对,好像一只狼一样?哎呀……"曹殊黧突然笑出声来,"原来还真有女色狼,我还以为一直是一个传说,今天算是大开眼界了!"

"要死呀臭丫头,有你这么骂自家姐姐的吗?真是女生外向,夏想,快管管你家曹殊黧……"

曹殊黧羞得满脸通红,扑上去和米萱闹成一团,夏想在一旁笑着摇头,女人有可爱的时候,就有麻烦的时候……

夏想一行去饭店吃饭的时候,意外遇到了开路虎汽车的路虎女郎。因为他们去得比较晚,路虎女郎显然已经吃完了饭,正从饭店朝外面走,和夏想正面相遇。

路虎女郎戴着一副遮住半个脸的墨镜,还好没有面纱,否则肯定会引起围观。夏想一见她,就想起五千元的事情,一摸身上,没有带那么多现金,就冲她说道:"请告诉我你住在哪里,回头我给你送钱去。"

路虎女郎看了夏想一眼,理也没理他,和他擦肩而过。夏想笑笑,真有个性,也没有再说什么。曹殊黧也是吐吐舌头,无所谓地笑了笑,米萱却气愤不平地说道:"装什么不好,偏偏要装哑巴。"

路虎女郎没听见一样,转身离去,惹得米萱狠狠地冲她的背影瞪了几眼。曹殊黧劝她:"别浪费表情了,没人理你。人家有个性,你不能强迫她和你一样,喜欢调戏男孩子不是?"

"我怎么了?我什么时候调戏夏想了,你说你这个臭丫头,还挺记仇!"米萱被曹殊黧气笑了。

三个人刚刚找到座位坐下,还没有来得及点菜,就听到外面传来一声巨响,紧接着几个人骂了起来:"真嚣张,真撞我的车!"

"外地人还敢在坝县牛气,灭了她!"

"还是一个小妞,长得真漂亮,惹火了哥们儿,扒光了你!"

出事了?夏想还没有起身,米萱一眨眼就跑到了外面,动作之快,让他瞠目结舌。女人天性比男人还好奇,还爱凑热闹,果不其然。

他和曹殊黧也来到外面,见高大的路虎将一辆崭新的日产蓝鸟撞得稀烂。

一问周围的人才知道,路虎女郎的车停在饭店门口,想要走的时候,正好来一辆蓝鸟停在了旁边,挡住了去路,让路虎没法出去。路虎女郎让对方把车挪开,谁知对方不但不肯挪开,还围着路虎看个不停。路虎女郎二话不说,一加油门就倒了出去,直接将对方的车撞开。

真够气势的,夏想心想这里毕竟是县城,县城的人停车时不考虑别人的车如何进出也是常事,毕竟素质还没有达到。又见几个小年轻围着新车痛心的样子,估计也是不知道从哪里搞来的走私车,新车被撞成这样,不心疼才怪!

其中一人看样子是车主,心疼得咧着嘴跺着脚,拍着路虎的车窗大喊:"你给我下来,再不下来我砸车了!我只不过是看看你的车,没见过路虎什么样,又不是要你的人,用得着这么狠吗?可怜我的新车,开了还没三天就让你给毁了,我的新车呀……你下来,你下来!"

好机会不容错过

车主二十岁左右,长得又白又瘦,长头发,穿衣打扮还算新潮,走路喜欢左右摇晃,就是传说中横冲直撞的模样。他叫声极响,使劲拍了几下车窗后,见里面的人没有动静,一伸手就从身后拿出一把弹簧刀,用刀子在车门上划出一道极深的痕迹,嚷嚷道:"再不下车,四个车胎扎没气,玻璃全打碎,人拖走……"

旁边几个跟着起哄:"就是,也不看看是谁的车,也敢撞!"

……

原来是坝县当地的"太子党",怪不得这么牛气冲天。

夏想对路虎女郎谈不上好感,对几个"太子党"更是不以为然,不过如果他们几个动了歪心思想要对路虎女郎施暴,他肯定不会袖手旁观。现在又听到了车主王明是公安局长王冠清的侄子,还有一个模样有点清秀的年轻人是副书记的儿子,副书记姓郑的只有一人,难道他是郑谦的儿子?

好事遇到了就不要错过,他悄悄问旁边的米萱:"相机带来没有?借我用一用。"

米萱一边从包里拿相机,一边揶揄夏想:"你幸灾乐祸也就算了,还想拍下照片欣赏,心理就有点不健康了,小弟弟!"

曹殊黧拉了拉夏想的手,小声说道:"漂亮姐姐虽然傲慢了一点,但也不能被这几个坏人害了,你记录好证据,可要记得帮她一帮,别让她吃了亏。"

夏想拍了拍曹殊黧的头,回敬了米萱一句:"什么叫聪明?这才叫聪明。拍下照片欣赏,亏你想得出来,你的心理比起黧丫头,可是阴暗多了。"

米萱无奈地举手投降:"你们二人一唱一和,我双拳难敌四手,我认输。"

夏想将相机的闪光灯强制关闭,趁人不注意,将混乱的场面拍了下来。

所有人都以为路虎女郎肯定躲在车里不出来,外面有四个气势汹汹的男人围着,她一个女人敢下来才怪!让人难以置信的是,正当王明拿着弹簧刀准备划第二刀的时候,车门猛地推开,一下撞在他的手上,弹簧刀被撞飞,正好落在夏想的脚下。

所有人的目光都被从车上下来的路虎女郎吸引,没有人注意到夏想一脚将脚下的弹簧刀踢到了路边的草丛里。

路虎女郎戴了一个牛仔帽,让她平添了一股男儿气概。她浑身上下都是牛仔打扮,尤其是脚上的一双小马靴格外漂亮,衬托得她的大腿修长而健美,充满野性的力量。她把墨镜摘了下来,一双凤眼晶亮,清澈如泉水,虽然神态之间无比高傲,眼神却清纯如风,不掺杂一丝杂质。她的俏脸不施脂粉,却眉眼如画,精致如同画中人。

她手中拎着一根伸缩警棍,双脚并拢站在车前,冷冷地看着眼前的王明:"不知天高地厚的小屁孩,本来我还想赔偿你的损失,不过你们嘴巴太脏了,不教训教训你们,就不知道什么叫教养!"

王明被她的气势吓得后退一步,一想不对,自己这边有四个人,她只有一个人,还是个女人,怎么会怕她?一伸手才发现手中的弹簧刀不见了,就冲旁边的三个人喊道:"拿家伙过来,她手里有根棍子……"

夏想眼尖,看清楚她手中的伸缩棍是专用的警棍,心想果然有点来头,这一下热闹了,有来头的人碰到了地头蛇,最后看谁更强悍更嚣张了。

旁边的人又递给王明一把弹簧刀,刀长半尺,要是刺入要害部位的话,可以一刀致命。拿刀在手,王明底气十足地说道:"小妞,你把爷爷的新车给撞坏了,还敢在坝县耍横,是不是脑袋进水了?识趣的话,给我磕头赔礼,然后把你的路虎留下,我就放了你。否则的话,嘿嘿,你陪哥几个玩玩也可以,啧啧,这身材还真是极品,真漂亮……"

王明也挺阴险,这边跟路虎女郎说着话,一只手在背后暗打手势,让旁边的人绕到后面去偷袭。路虎女郎眼神平视,正眼都没有看王明一眼,右手紧握伸缩棍,隐隐突起了青筋,反而显得小手白如雪,光如玉。

两个小子绕到后边,一个人拿着一根拳头粗的棍子,一个人手里拿着一把刀子,二人挪到离路虎女郎一米多的距离,猛然大喊一声,向前扑去。

夏想暗暗摇头,还真是不知天高地厚的小子,不知道又是棍子又是刀的,打上去要出人命的。他离得远,来不及出手帮她,不由替她暗中担心,手中的相机却没有停下来,偷偷又拍了好几张。

曹殊黧吓得小脸都白了,惊叫了一声:"注意后面!"

不过还是晚了一步,两个偷袭的小子已经出手了。众人只觉得眼前一花,就听见一阵叮当的声音传来,再定睛一看,只见偷袭的两个小子已经仰面朝天的倒在地上,捂着肚子满地打滚。

身手不错,夏想心中暗暗赞叹,路虎女郎看似没有防备,实际上在两个人刚一动手的时候,她就一回身,用脚踢倒一个,一棍打倒一个。下手之快之狠,让他叹为观止,真是地头蛇遇到了霸王龙,这女人,够狠够硬,下手毫不留情。

一直远远站在一边不敢凑到前面的郑涛,吓得浑身发抖,想跑,又挪不动脚步。他其实非常文弱,胆子也小,不过县城就那么大,又没有什么好玩的,架不住王明又哄又骗,就跟他出来溜他的新车。没想到遇到这种动刀子打架的事情,更没想到遇到一个漂亮得不像话的女人。说是女人有点夸张,说是女孩还差不多,顶多二十岁的样子。她竟然手拎棍子,一转眼就把两个平常打架不要命的小子打趴在地上,哭爹喊娘,郑涛哪里见过这种场面,哆嗦了半天才从身上掏出手机:"爸,打、打架,要出人命了……"

路虎女郎放倒两个小子之后,一转身一个箭步追上见势不妙想要逃跑的王明,一棍打在他的腿上,王明一下子就摔倒在地,痛得哭天喊地:"你个臭娘们儿,真狠,我要杀了你,灭了你……"

夏想趁机又拍了好几张,才发现不知不觉一卷胶卷拍完了,他取出胶卷,喊过曹殊黧:"前面有个邮局,帮我发特快专递到燕市,地址一会儿我电话通知你。"

曹殊黧"啊"了一声:"什么事这么神秘?"

夏想不让她多问,让她快去,她只好听话地一路小跑走了。曹殊黧一走,米萱回过味来:"夏想,你够坏的,是不是想借机搅搅坝县的局势?"

夏想嘿嘿一笑:"无可奉告,除非你告诉我,纪委杨书记和你爸是不是关系很近?"

夏想猜到杨帆和王全有关系密切,就是因为杨帆在常委会结束的时候,突然对黄鹏飞说出的一句话。据他猜测,杨帆和李丁山并没有什么交集,在目前的情况下最有可能暗中帮李丁山一把的是王全有,王全有没有出面而杨帆出面,只有一个可能,就是杨帆和王全有有很好的关系,受他所托。

米萱见曹殊黧不在,胆子大了起来,伸手弹了夏想一个脑蹦:"你的脑子是怎么长的,也太好用了吧?这都能猜到,说对了,杨书记和我爸是战友,他们是多年的老朋友了。"

曹殊黧动作挺快,不一会儿就回来了,将底联交给夏想。夏想看了看上面的收件人是燕省晚报,下面一栏也按照他的要求写的是胶卷,就放了心,夸奖了曹殊黧几句。

路虎女郎打人之后,又重新坐回车内,一副天不怕地不怕的样子。她倒是想发动汽车走人,只是躺在地上的人正好在她的车后,要想过去除非把人碾死。她紧关车门,也不弃车而逃,显然是有恃无恐,不认为有人敢把她怎么样。不过她也不是没有大脑,坐在车里打了一通电话。

围观的人有不少,大家指指点点,没人上前去救人。夏想刚才也看到郑涛打了电话,也就没有多事再打报警电话。果然没过多久,就有两三辆警车呼啸而至,车刚停稳,就见一个人急匆匆跳下车,几步跑到郑涛身边,关切地问道:"怎么回事,小涛?你没事吧?你和谁打架了?"

郑谦现身了,夏想微微眯起了眼睛,意味深长地笑了。

郑涛指着地上的几个人,胆战心惊地说道:"不是我,爸,是王明他们和车里的女人打架……"

郑谦上下打量郑涛几眼,见他一点儿事情也没有,才放下心来,一挥手对身后的警察说:"把车里的人控制起来,将地上的人送医院,再向周围的人取证,了解一下事情的详细经过。"

夏想几人躲在人群后面,郑谦没看见他,他悄悄对曹殊黧和米萱说道:"你们两人先回招待所,这里没你们的事儿了,我有事情要和郑书记谈……"

"谈什么?"米萱翻了翻白眼,"你肯定是趁火打劫,没有好心眼。"

曹殊黧一推米萱:"你别说夏想坏话,他够作难了,在坝县人生地不熟的,开展工作这么困难,当地人总欺负他和李书记,你还说风凉话,有没有良心?"

米萱顿时败了,一脸无奈地被曹殊黧拉走了。

警察将路虎车围住,喝令里面的人下车。路虎女郎十分听话地推开车门下车,面无表情地在车前一站,目光冷漠傲慢,仿佛眼前的人都不存在一样。

警察见局长的侄子竟然是被眼前貌若天仙的美女打得爬不起来,都愣住了,也顾不上耍横,你看看我,我看看你,仿佛见到最不可思议的事情一样。

也确实,一个人打倒三个人,还开了一辆路虎,打倒的人中有局长的侄子,而且打人的还是一个漂亮得过分的美女。说实话,他们还真没有见过能将三个人放倒的美女,所以几名警察短时间内都有点不知所措,没有一个人上前抓人。

郑谦见儿子没有被人打，长出了一口气，不过王明被打得挺惨，心里也挺气愤，又见几名警察站着不动，就不满地问道："怎么不把打人凶手抓住，还傻愣着干什么？"

他转到车前面一看，也不由愣了一愣，一个漂亮的女人打倒了三个人，也太夸张了。再看她的车牌是京城牌照，她又是一脸傲慢，心里就迅速转了几个转，问最近的一个警察："王局长怎么还没来？"

郑谦这是有意摘出去，难道看出什么苗头了？夏想一听郑谦问起王冠清，就知道他动了别的心思，既然他儿子没事，打的是别人的侄子，打人的人又有恃无恐，还开着京城牌照的豪车，估计他也推测对方有点来头，不想万一处理不当，惹上了不该惹的人就得不偿失了。

郑谦这么精明，夏想就更不能放过他了。路虎女郎你不敢惹，你却敢和刘世轩联合对付李书记。他分开人群大步来到警察面前，说道："警察同志，我是目击证人，有话要说。"

几名警察正不知道该如何处理眼前的情况，夏想突然走近，其中一人顿时大怒，向前一推夏想："你是什么人？没有叫你，谁让你随便过来的？去一边去，没人问你不要说话！"

郑谦一回头，心里咯噔一下，怎么是夏想？他脑子转得够快，难道说这是夏想设的局？这么想着，脸上还是勉强笑了一笑："夏秘书，这么巧，你也正好在现场。"

请郑书记入瓮

郑谦定了定神，又对几个警察喝道："这是县委李书记的秘书夏想，以后眼睛睁大一点，认清谁是谁！"

几个警察一听是县委书记跟前的红人，顿时心里一惊，个个赔着笑脸想要道歉，夏想挥挥手："没关系，你们去忙……"和他们一般见识是自降身份，他现在要做的是，和郑谦做一笔交易。

"我来吃饭，正好遇到了这场意外事故，这不，饭没吃成，却从头到尾看清了事情的来龙去脉。"夏想边说边往场外走，郑谦不知道他是什么意思，不由自主就跟着夏想来到一棵大树下，离周围的人三米以外。

郑谦明白过来夏想肯定有话要说，就又看了远处的路虎女郎一眼，问道：

"这个女人是个什么来路,挺能打?夏秘书见多识广,知道她开的车得多少钱?"

夏想清楚郑谦的试探:"我不认识她,只是和她有过一面之缘,不过人家高傲得很,谁说话都不理,其实我和她还算有过小小的冲突……她的车是进口车,一般人买不到,得值两百多万吧!"

郑谦好像牙疼一样吸了一口气:"两百万?什么人呀这是,一辆车顶一栋楼。"这话倒是不假,在坝县县城,要是让夏想设计的话,两百万还真可以建起一栋三单元的住宅楼。

郑谦眼神闪烁,明显有了退缩的意思,谁也不傻,一个开两百万汽车的女子,又有一个打三个的身手,又是京城的牌照,要是没有来头鬼都不信。他回头看了看还在一边发抖的儿子,心里着急,就喊:"小涛,没你什么事瞎站着干什么,上车去。"

随后收回副书记的架子,很和蔼地笑道:"夏秘书,到底是怎么一回事,给我说一说,别人的话会有偏向,夏秘书的话我相信肯定真实公正。"

郑谦先喊郑涛上车,意思是让夏想明白,不管他在这件事情之中扮演了什么样的角色,想要和他谈条件,前提是得把郑涛摘出来。也就是说,事情的经过没有郑涛什么事,郑涛完全是旁观者。

"郑涛自始至终都是旁观者,没有参与打架斗殴。"夏想一开口就先将郑涛放到一边,当然这也是事实,他没有夸大,却让郑谦大为放心。郑谦心想他还真有眼色,可惜是李丁山的人,小伙子有才是有才,站错了队伍就不好办了。

郑谦放心的同时,还不忘惋惜夏想几句,没想到,接下来的一句让他大吃一惊,只见夏想突然一脸严肃地说道:"郑书记,坝县的治安环境太差,公安局长的侄子当街行凶,事态很严重,情节很恶劣,传了出去,不但会让人以为坝县不但穷山恶水,坝县人也是恶徒刁民。"

一棍子打倒一大片,夏想到底想怎么着?郑谦脸色沉了下来,难道他想报复上一次常委上落了李丁山的面子?就这点打架的小事还想小题大做,也太小儿科了吧?他心中不快,副书记的官威就又拿了出来:"夏秘书,身为国家干部,说话要考虑分寸。你是县委秘书,不是普通百姓,怎么能乱讲话?"

夏想才不怕郑谦拿顶大帽子扣他头上,他将刚才发生的事情详细说了一遍,最后补充说道:"郑书记,胡乱停车,阻碍别的汽车通行,是素质低下的表现,再对着别人指指点点,也显得他们没有见识。当然,撞车是不对,不过人家也没有说不赔钱,王明几人就敢在大庭广众之下说出下流的话,而且还敢拿出刀子。万一这个女人是一个前来坝县考察的客商,真要被王明捅上一刀,到时候京城的媒体一报道,整个坝县的形象就全毁了,包括李书记在内,坝县县委县政府,谁脸上有光?再说真要是惹了了不起的人物,有人捅到市里,事情越闹越大的话,在场的四个人,谁也跑不了!"

夏想的意思很明显,就是让郑谦自己琢磨,你不是想让你的儿子摘出去吗?那你得付出代价,否则到时收不了场,可别怪别人。

郑谦觉得受到了夏想的威胁,心里愤愤不平,不过还是强压怒火:"夏秘书有什么想法,说出来大家商量一下。"态度已经软了下来。

夏想的想法当然不能直白地说出来,他笑了笑:"王局长怎么还不来?"

郑谦暗骂,夏想这小子才二十三岁,怎么感觉比李丁山还难对付,等王冠清来了再说,肯定是想看看王冠清如何处理,同时再看看他的态度。他忽然之间醒悟过来,夏想是想挑拨离间,王冠清肯定想严惩凶手,夏想想让他大事化小小事化了,这样一来,他不可避免要和王冠清产生矛盾。王冠清是刘世轩的人,他和王冠清有了矛盾,就等于和刘世轩有了分歧。

归根结底,这还是在李丁山和刘世轩之间选择站队的问题。郑谦心中暗想,这点小事就想拿捏住他,幼稚,夏想你也想得太天真了。

王冠清火烧火燎地赶到时,王明几人已经被警察扶到了车上,正准备送往医院。王冠清一见王明被打成这样,顿时怒不可遏地大骂:"谁这么大胆子,敢把人打成这样,翻了天了?你们干什么吃的,怎么还不把人抓住送局子里?"

一个警察尴尬地向王冠清敬个礼,然后用手向远处一指:"郑书记也在,他没有指示,我们也就没敢动手。"

王冠清不耐烦地挥挥手,转身来到郑谦面前,还没说话就看到和郑谦站在一起的夏想,不明白夏想怎么也在。但他也没多想,直接说道:"郑书记,事情你也看到了,歹徒太嚣张了,一定要严惩,请郑书记指示!"

郑谦看了夏想一眼,见夏想一脸淡笑,一副若无其事的样子,又看了路虎车一眼,突然下定了决心:"先把人带走,记住,一定要文明执法,不能乱来!"

王冠清也知道事情总不能在大街上解决,也没多想,转身要走,夏想张口说道:"王局长,我是目击证人,有义务协助调查,我也跟着一起去局里吧。"

王冠清不知道夏想打的什么主意,他怎么也想不到夏想会帮着路虎女郎说话,还以为夏想是向他示好,就一脸感激地冲他点点头,转身走了。

郑谦毫不掩饰他脸上的不快:"夏秘书,你要是忙的话,就不用再跑一趟了。"

再忙也没有现在的事情重要,夏想毫不退让:"不忙,有时间。再说协助警察办案是每个公民应尽的义务,我也不能例外是不是?"说着,又看了坐在车里的郑涛一眼,"郑涛倒是不用去局里了,没他什么事。"

郑谦心里不以为然地想,能有什么事,就算郑涛去了局里,也不能怎么样!不过能不去就不去,他虽然对夏想卖好的表现非常轻视,还是点了一下头,算是对夏想的好意表示心领了。

路虎女郎十分配合地坐上了警车,却不允许任何一个人碰她一下。县城的警察虽然平常粗暴惯了,但面对路虎女郎傲然不可侵犯的神态,也没敢太过分。王冠清虽然恨得牙根直痒,但夏想非要跟着,他也不好当着夏想的面给一个女人难堪,总的说来,还算文明地护送女郎一路到了公安局。

局长的侄子被打,打人的又是外地人,不用王冠清暗示,警察就认定是女郎行凶伤人,王明几个人都是受害者。不过在照例问她姓名、单位时,女郎一概置之不理,被问得急了,只是冷淡地回了一句:"是他们先动的手,而且还满嘴脏话。本来我可以赔偿他们汽车的损失,但因为他们的无理,现在是互不相欠!"

"互不相欠?"一个警察冷笑,"知道你打的是谁吗?你惹了不该惹的人,要不是看你是个女的,早就被痛打一顿了。识相的话,态度诚恳点,主动赔礼道歉,再好好表示一下,说不定可以少关你几天。"

女郎懒得再理警察,正好手机响了,她接通电话,听到里面传来急促的声音:"请问您是连小姐吗?我是章程市委沈复明……您在坝县没受委屈吧?在公安局,好,让王冠清接电话!"

女郎扫了警察一眼:"王冠清是谁?叫他听电话。"

警察"扑哧"乐了:"你没事吧?谁这么牛气,这么气势叫我们王局长听电话?"

"沈复明!"

"谁是沈复明?哪个单位的?"警察一下子没反应过来。也难怪,在他们眼里,队长是地大,局长是天大,县委书记对他们来说就是可远不可及的存在。章程市市委书记沈复明的大名,就算知道,也不会一听之下就立刻想起沈书记是哪一号人物。

警察继续笑嘻嘻地说道:"你告诉沈复明,让他直接打电话到局长办公室,要是报警的话就打110,要是上户口的话请找户籍科,要是……"

请王局长跳坑

沈复明在电话的另一头听得清清楚楚,他在办公室里,一手拿着电话,一手拿着水杯,好几次想把水杯摔到地上,又怕声音过大被连若菡听到。握着水杯的手因为过于用力,青筋都鼓了起来,心里却把另一头的警察骂了个狗血喷头。

这就是人民警察的素质?别说连若菡会挑理,连他自己听了都觉得害臊,居然还用调侃的语气说话,不认识他沈复明是何许人也不要紧,但也不能一副痞子模样,叽叽歪歪地乱说一通。

等下问问王冠清,那个警察到底是谁,一定要把这种害群之马踢出人民警察的队伍。

王冠清此时正在办公室,一副怒不可遏的样子,强压着要拍桌子的举动:"夏秘书,说话要凭良心,你和那个女人非亲非故,为什么要帮着她说话?"

听到夏想说出是王明几人先动手,而且还差点出了人命。按照夏想的说法,路虎女郎不对在先,但王明等人也是飞扬跋扈,又是刀又是棍子,要不是女郎身手不凡,恐怕现在已经倒在了血泊之中。

王冠清知道王明平常嚣张惯了,在县里横行霸道,经常干一些坏事,他都清楚得很。不过王明是他弟弟唯一的儿子,他又只有一个女儿,所以王冠清的父母特别疼爱王明这个唯一的王家孙子。从小娇生惯养,打不得骂不得,结果长大之后,又因为父母不在身边,他就越来越不像样子。王冠清碍于面子又不好管教,再说他一教训王明,父母就劈头盖脸地骂他,让他左右不是,后来索性也懒得再多说王明一句。

夏想倒不至于说谎骗人,王冠清也知道就凭王明那没脑子的德性,准能干出这种不计后果的蠢事。但眼下王明被打得住了院,那女人却跟没事儿人一样,事情又是发生在坝县的地头上,他心里咽不下这口恶气。虽然不知道夏想主动要来公安局作证,而且说出明显偏向那个女人的话到底是什么意思,他心中还是怒火难消,说话不免就带了几分火气。

王冠清是当兵出身,他是邻县北部县人,从基层干到局长,实际上他一直在北部县和坝县打转,最远就到过章程市,眼界不高,行事风格还是很有地方特色。

郑谦见王冠清有点急躁，而夏想不慌不忙，一副胸有成竹的样子，心里也想不明白夏想掺和进来有什么企图。如果是一个普通人说出王明几人先下手，公安机关完全可以做出不予采纳的结论，但夏想的身份特殊，他是李丁山的秘书，尽管他一再强调只是以一个普通公民的身份来协助调查，话是这么说，但他的背后站着的是县委书记，谁知道他是不是在打埋伏，在故意找事？

考虑的问题一多，郑谦就不免多了几分顾忌，而且他的儿子安然无事，他心中也一直对路虎女郎的身份颇多猜疑，知道她肯定有些来头，就不愿意惹祸上身，但又不好表现得太没担待让王冠清看轻，想了一想，还是开口说道："夏秘书离得远，可能没有看清当时的情形，谁先动手的问题不用急着下结论，可以再多走访几个目击证人，是不是？现在的问题是，王明住院了，那个女的得给个说法，是不是？"

几个人说了半天，都才意识到，还不知道路虎女郎叫什么名字。

都是夏想非要当什么目击证人惹的事，弄得现在一团糟，王冠清现在明白过来，夏想根本不是过来帮他，而是故意捣乱来了。这让他心中窝火，心想一个嘴上没毛的屁大小毛孩，也敢跟老子耍心眼？要是李丁山还好说一点，你不过是一个小小的秘书，就想装什么大瓣蒜？真是吃饱了撑的！

王冠清怕刘世轩，怕李丁山，但他不怕夏想，再加上侄子被打，公安局又被他经营得铁桶一样，也就不客气地说道："夏秘书，我不管你和那个女的有什么关系，但她打人的事是有目共睹，别想耍赖。就凭她打人这一点，我就可以拘留她十五天。"

夏想若无其事地摇摇手："王局长多心了，我和她不认识，顶多算是有一面之缘，而且还起过不大不小的冲突。说实话，她的嚣张我也看不惯，不过我喜欢就事论事，她嚣张在先，王明意图行凶伤人在后，要说责任，一人一半，不能全部推到她的身上……这是我的个人看法，仅供王局长参考，不代表任何组织和别人。"

话虽这么说，王冠清和郑谦却心思各异。王冠清仗着背后有刘世轩撑腰，他知道刘世轩的背后站着市委书记沈复明，他不怕李丁山有能力动他。李丁山前来坝县是通过胡增周，这事坝县上下都知道，胡增周被沈复明压得死死的，所以他一来坝县，在所有人眼中就是一个弱势书记。夏想今天不管是出于何种目的，是李丁山授意也好，是无意中看到也好，他替路虎女郎出头，就是和他作对。

他可以容忍李丁山的指责，却不能容忍夏想公然帮助别人，还想让打人事件不了了之。他端起茶杯喝了一口水,"咚"的一声放到桌子上,闷声说道:"既然是个人看法,我就按正常程序走。夏秘书,还有别的事情没有?"

郑谦一愣,王冠清太没城府了,怎么能直接赶人走?好歹夏想也是县委书记的秘书,他说代表个人就真是代表个人了?他以为夏想必定会生气,正准备在中间打个圆场,别当面闹得太僵,毕竟他的儿子也涉及在内,不料夏想听了却笑眯眯地站了起来。

夏想抬脚要走,回头一看办公桌上的水杯,端起来喝了一口,笑道:"好歹也喝了王局长一口水,就善意地提醒一句,那个女人来头不小,我相信王局长一定会文明执法,依法办事,小心行得万年船。"

郑谦也没有说话,看了王冠清一眼。王冠清怔了一下,随后一脸严肃地点点头:"法律面前人人平等,我是老公安了,这些问题不用夏秘书提醒。"

夏想一点也不尴尬,呵呵一笑,转身要走,刚走到门口,就见一个警察气喘吁吁地跑了进来,来不及敲门,就直接闯进了局长办公室:"王局长,电话,找您的电话!"

王冠清瞪了警察一眼:"什么电话?找我的电话怎么不打到办公室?还有你,赵国栋,慌慌张张的,当着郑书记的面,像什么话!"

赵国栋慌张之下,匆忙向郑谦敬了一个礼,才又一脸紧张地说道:"是连若菡,不是,是沈复明,不对,是沈复明的电话打到了连若菡的手机上,要找您……"

"什么乱七八糟的,话都说不清!"王冠清狠狠瞪了他一眼,"谁是连若菡?哪个沈复明?"

"连若菡就是那个打人的女的,沈复明是……"赵国栋说起来也是当了七八年的老警察了,他心中直叫委屈,当时他没反应过来沈复明是谁,没想到王局长也没明白过来沈复明是哪一尊大神。看来平常还是需要多提高政治觉悟,多看电视,多了解市委领导的动向才行,"沈复明应该是市委沈书记吧,因为他自称是市委沈复明!"

刚才郑谦本来见夏想要走,就假装客气站起来,一见夏想走到门口,就又立刻转身坐回到了椅子,猛然一听沈书记来电话,忽地一声又站了起来:"你没听错,真是沈书记?"

王冠清也是脸色大变:"真的假的?是不是那女人骗你?"紧张之下,他一时思路混乱,连幼稚的话也说了出来。

赵国栋哭丧着脸:"我又不认识沈书记,怎么能听出来他是不是真的,反正他态度挺好,说他是市委沈复明,让您马上过来接听电话。"

王冠清和郑谦两人对视一下,都从对方眼中看到了一丝恐惧。夏想站在门口,突然说了一句:"别愣着了王局长,市委书记的电话,可不能耽误!"

王冠清清醒过来,想起刚才夏想的再三提醒,心里打了个寒战。难道他早就知道那个叫连若菡的女人有这么厉害的后台,那他特意提醒自己,到底是有什么用心?见夏想一副置身事外的态度,他不禁迷惑起来,难道自己想错了,夏想确实是想帮自己一把?

夏想虽然猜到路虎女郎有后台,却没想到她动作挺快,为她出面的居然是沈复明。能指挥动沈复明的人,肯定是省里的头头,由此推测,她确实来历不凡。当然夏想的本意并非是帮连若菡,他有自知之明,连若菡如果需要他一个小小的县委书记秘书出面帮忙,她肯定不会有这样的举动。

夏想看出来她骨子里的高傲和表面上的冷漠不是装出来的,是一种与生俱来的高高在上的优越感。要养成这样的气质,不是一夜暴富的暴发户和一步登天的投机者所能拥有的。暴发者和投机者也许不缺钱和权,但缺乏气质和底蕴,恰恰就是气质和底蕴无法用金钱和权力换来,需要的是长时间的耳濡目染,需要的是一个家族的文化熏陶和培养。

埋下一枚定时炸弹

夏想紧跟在二人身后,来到审讯室,连若菡纹丝未动地坐在椅子上,对夏想几人看也没看一眼。桌子上放着一部小巧的手机,还保持在通话状态。郑谦一见就后悔莫及,怎么他这么多事,非要跟到公安局来做什么,来了公安局,又鬼迷心窍跟着王冠清来审讯室做什么。手机保持在通话状态没有断开,沈书记这么有耐心等一个电话,什么人才能有这么大的面子。

不管是什么人,反正是他郑谦惹不起的人。他看了夏想一眼,想起夏想特意交代他让郑涛回家,又劝他大事化小小事化了,心中就泛起一股苦涩,早听他的话该有多好。现在好了,沈书记的电话打了过来,王冠清万一要找人分担责任,把他推出来,让沈书记迁怒到他的身上,可是没好果子吃了。

三人离连若菡还有几米远,这么远的距离,小声说话不会传到电话的另一端,夏想突然小声地对王冠清说了一句:"对了王局长,郑书记后到的现场,当时发生什么,他也不太清楚,所以……"

所以什么,就看王冠清的领悟能力了。王冠清想也没想地点了点头,神色紧张地看了连若菡一眼,想笑却没有笑出来,就拿起电话接听:"您好沈书记,我是王冠清!"

郑谦差点要握住夏想的手,向他表示一下内心由衷的感谢。什么叫有眼色,什么叫得力的秘书?夏想就是。一个眼神,一个举动,就能猜测到你心中所想,替你把事情办得周全,这样的人才,哪个领导会不喜欢?

夏想却恭谨而不失风度地站在一边,脸上挂着若有若无的笑容。他看了连若菡一眼,见她一副事不关己的模样,心想一个人真要做到不动如山,还是因为自身有足够的依靠,身后要有足够强硬的力量,一是权,二是钱,三是庞大的社会关系网。

王冠清接电话时点头哈腰的样子让夏想感慨,权力的光环太耀眼了,沈复明远在几百里外的章程市,根本看不到王冠清的模样,但王冠清却是一副当面聆听领导教诲的姿态,脸上的笑容谄媚而谦卑。也难怪,县级局的局长和市委书记相比,地位悬殊太大,能接到市委书记亲自打来的电话,是一种荣幸。

可惜的是,平生第一次接到市委书记电话的王冠清,此时却是满头大汗,唯唯诺诺像个做了错事的学生,虽然夏想离得远,听不清说些什么,但从王冠清牙疼一样的回答中,知道肯定没有什么好话。

通话维持了几分钟,最后王冠清忽然挺直了身子说道:"是,沈书记,请您放心,我以党性担保,再说郑书记也清楚事情的来龙去脉,他现在也在旁边,我怎么敢在领导面前说假话?是,是,是……那个警察叫赵国栋,挺会说话?是栋梁之才?沈书记过奖了,他平常也就是腿上勤快一点,不太会说话……"

夏想在一边直想笑,王冠清紧张之下,连沈复明的反话都听不出来,明明是讽刺赵国栋,却让他听成了夸奖,真有他的。他心想正好让王局长误解了沈书记的意思,说不定还会小小的提拔一下赵国栋,以后什么时候沈复明又想起了赵国栋,得知了让他不满的人又被王冠清提拔,不知该作何感想?

夏想才不会好心地去提醒王冠清,就让赵国栋当一枚定时炸弹再好不过了。

郑谦却脸色都变了,刚才夏想明明都暗示王冠清要将他摘出来,别给沈书记留下不好的印象,王冠清倒好,故意把他说出来,不是成心让他难堪吗?

王冠清挂断电话,顾不上理郑谦,急忙赔着笑脸向连若菡道歉:"对不起连小姐,误会,请您来只是说明一下事情真相,现在事情已经查明了,您可以离开了。"

夏想估计连若菡比他还小，王冠清比她大了足足有二十岁，还以"您"相称，让他听了都差点受不了。连若菡还算给王冠清面子，矜持地点点头："撞坏的车我会赔偿，被打的人的医药费我就不出了，算是给他们一个教训。"

起身就走，路过夏想身边的时候，突然停了下来，打量了他一眼："小毛孩，装什么大人！"

夏想笑笑："好像你还没我大吧？"

连若菡没再说话，转身就走，王冠清急忙追出门外："连小姐，车就不用赔了，是他们停车不当，不是您的错！"

"一出是一出，我撞车我赔。他们想伤我，就让他们受伤，很公平。"见王冠清还要再说什么，她脸色一寒，"不要再多说了，否则我会生气的。"

连若菡走了半天，王冠清都没有缓过神来，想不明白为什么这么年轻的一个漂亮女子，就让高高在上的沈书记紧张得要命，甚至要求他把保证她的安全当成一项政治任务来对待。一般领导一强调政治任务，就是暗示要和前途挂钩，王冠清除非不想当公安局长了，只要他还贪恋权势，就必须对沈复明的话言听计从。

至于连若菡说要赔车的话，他只当是人家做做姿态。侄子被打得住院，这口气都得咽下去，更何况是一辆走私车？破财消灾就不错了，能使唤动市委书记的人，她的钱不是钱，是地雷。

王冠清愣神半天，突然醒悟过来郑书记还在，就又急忙回去一看，郑书记和夏想已经不辞而别。王冠清有点纳闷，夏想走了就走了吧，谁会理他，可是郑书记怎么不说一声就走了，是不是自己哪里做得不对，让他生气了？

左思右想没想明白，他就打电话给刘世轩，将事情的始末详细说了一遍。刘世轩也没猜透郑谦是什么意思，就又仔细问了问沈书记电话的内容，王冠清也没隐瞒，就说沈书记反复交代一定要保证连若菡的人身安全，不能让她受半点委屈，也不能惹她生气，总之一切顺着她的心意。

"最后沈书记又说了什么？"刘世轩问了一句。

王冠清自从接到沈复明电话之后，脑子一直晕乎乎，处在轻微的缺氧状态，反应就有点慢。他想了一想，才想起来沈复明最后让他将整个事情写一个详细经过，最好有强有力的证人，以备不时之需。至于到底有什么用，沈书记没说，他当然不敢问。为了让沈书记放心，他最后还抛出了郑谦郑书记也在场的说辞，郑书记也算是个强有力的证人，应该可以让沈书记放心了。

刘世轩半天没有说话，最后叹了一口气说道："老王，你把郑书记给得罪了。郑书记是想把他摘出去,不想给沈书记留下不好的印象,你倒好,非要把他抬出来,他不生你的气才怪。"停了一停,又问,"夏想和郑书记一起走的?他当时真么说,郑书记后到的现场……"

王冠清还没有明白过来:"是,怎么了?"

"怎么了?"刘世轩的声音中满是怒气,"大好局面毁于一旦,老王,你上了夏想的当了!"

王冠清不是一个八面玲珑的官场人,他从一个普通的民警能当上公安局局长,全是因为刘世轩的大力扶持,所以他一直认定只要认准了刘世轩,就一定可以坐稳宝座。他没有那么多弯弯道道,当时夏想随口一说,他一心正琢磨着怎么接沈书记的电话,心里七上八下,哪里还把夏想的话放在心上,就随意应了一句。没想到最后他没过脑子,又把郑谦给说了出来,等于是当面不给郑书记面子,出尔反尔,郑谦生气就对了,不生气才有问题。

听完刘世轩的分析,王冠清沮丧地说道:"都怪我当时糊涂了,没多想。没遇到过这么大的事儿,侄子被打了还得吃哑巴亏,没想到惹了惹不起的人物,沈书记都主动打来电话,我能不赔着万分小心。现在想想,夏想太坏了,故意暗中作梗。我现在去找郑书记,向他解释清楚。"

刘世轩想了一想,还是没让王冠清再去找郑谦:"我给郑书记打电话解释一下,还有,你写材料的时候,尽量把郑书记摘出去。他不想给沈书记留下不好的印象,你得顺着他的心意,要不你在他眼中的印象就差了。以后遇到事情如果夏想在场,避免让他跟得太近。这事也不全怪你,只怪夏想太精明了……"

王冠清急着理清方方面面的事情,一方面要让王明得到最好的治疗,一方面又要写详细材料,还要时刻担心连若菡会不会再来找事,忙得不可开交。不过即使他很忙,也没有忘记找赵国栋,好好地表扬一顿,还暗示下一步准备提他当队长,把赵国栋乐得笑开了花,一口一个局长,叫得无比亲热。

相比之下,沈复明一点也不忙,却急得团团转,在办公室里坐立不安,一直期待着电话响起。

只是电话一直沉默,安静得像是一潭死水。

接到高成松的秘书武沛勇的电话时,沈复明正在开会。本来他正在讨论一个议题,胡增周的态度不够积极,有可能还会提出反对意见,所以他心里就有点不痛快,就把手机交给秘书张健,让他接听。沈复明也清楚他这部手机是私人电话,知道的人不多,一般他都会亲自接听。但今天正要对付胡增周,不好分心,没有多想就交给了张健。

沈复明的秘书张健今年三十岁,圆脸,浓眉,微胖,走路缓慢有力,给人十分稳重的感觉。市委市政府的人都知道,张健深得沈复明信任,早已提到副处级的他本来要被外放到区县,当副书记或副县长,但因为沈复明一时没有找到合适的秘书,张健又暂时留了下来。由此可见沈复明对他的器重和他对沈复明的忠心。

张健拿过电话,看了一眼来电号码,没有接听就又直接还给了沈复明。沈复明看也未看就接听了电话,可见沈复明和张健之间的默契已经到了何等程度。

"沈书记,我是武沛勇。"身为高成松的第一秘,武沛勇是许多市委书记都要巴结的当红人物,所以电话一接通,武沛勇也不客气,更不问他是不是方便说话,直接说道,"连若菡在坝县和几个混混起了冲突,被公安局扣下了。立刻打电话给坝县,别找书记和县长了,直接给公安局局长打,让他务必保证连若菡的人身安全。要是连若菡有任何闪失,局长就地免职,县长记大过处分,书记党内警告,其他涉及的人员,一律查处。还有沈书记,你也就准备到政协休养去吧……"

武沛勇语速极快,根本不给沈复明说话的机会,最后他又说了一句:"别问连若菡是谁,我都不知道,你也不必多想,照办就是了……事情办不妥,等高书记亲自给你打电话的时候,事情就严重了。"

挂断电话,沈复明才发现手心全是汗,再一摸脸,脸上也是湿了一片,手机上面也全是汗水。他惊呆了片刻,挥挥手说道:"散会!"也不理会一脸愕然的市委常委们,大踏步走出了会议室。

沈复明突然离场,众人面面相觑,虽然不知道发生了什么事,但知道一定是大事,否则一向给人沉稳如山的沈书记不会如此失态。胡增周慢条斯理地喝了一口水,笑了笑:"散会,散会了,班长都走了,同学们就可以自由活动了……"

众人都笑了起来。

笑声传到沈复明的耳朵中,要是往常他一定会认为胡增周又在背后说些什么,今天却没有一点感觉,脑子里翻来覆去都是武沛勇没有任何感情色彩的声音。接触过武沛勇的人都知道,身为高成松最信任的秘书,在他眼中只有高成松,其他所有人都不放在眼里。武沛勇为人非常倨傲,盛气凌人。也难怪,武沛勇大学毕业后分配到省委工作,一直不显山不露水,但机遇好,也不知道通过什么门路认识了高成松的第一任秘书卢书怀。当时武沛勇在省委里面只是一名普通的秘书,认识卢书怀后,得知卢书怀有意下海经商,就大力劝说卢书怀弃政从商,并且说他在政界,卢书怀在商界,正好可以相辅相成。

卢书怀听从了武沛勇的劝说,辞职下海,并且向高成松推荐了武沛勇接任他的位置,最后武沛勇如愿以偿当上了高成松的秘书,并且很快取得了高成松的信任。凭借他过人的手段和精明,他在短短时间内就成为燕省炙手可热的新贵。

每个人都有弱点

武沛勇在成为高成松的第一秘之后,眼界越来越高,别说各地的市委书记和市长,就是一般的副省长也没有被他放在眼里。曾经有一次武沛勇有事情找任秘书长的宋朝度,就在办公室打了个电话,让宋朝度上楼找他。宋朝度以为是高成松找他有事,结果上楼一看,是武沛勇有事求他帮忙。堂堂的省委常委、省委秘书长居然被一个秘书指挥,宋朝度心中有气,就没有答应武沛勇的要求。

至于后来是不是武沛勇在高成松面前搬弄是非,说了宋朝度的坏话,才导致宋朝度失势就不得而知,但武沛勇的嚣张和狂妄由此可见一斑。

对这些传闻十分清楚的沈复明,虽然觉得这种说法有些夸大其词,但也是抱着宁肯信其有,不肯信其无的态度。在官场上,宁可得罪君子,也不能得罪小人。他也和武沛勇有过几次接触,感觉他确实年轻气盛。他今年应该才三十岁吧,三十岁的年轻人,又身处这么重要的一个位置,张狂也有本钱呀!

想起武沛勇以前说话,总是底气十足的样子,从来都是一副天塌不下来的自信口气,不想今天以这么严肃的口气跟他说话,而且他还可以听出来,武沛勇的声音中还有那么一丝紧张。能让武沛勇都感到紧张的人,在燕省只有高成松一人,而让高成松也要时刻关注的人,难道是通天之人?

沈复明突然感觉后背上冒出丝丝凉气,这样一个人真要是在坝县出了事,后果恐怕比武沛勇说的还要严重。你刘世轩怎么搞的,不是说坝县都在你的掌握之中,出了这么大的事情,你一点消息也没有,还想不想当你的土皇帝了?

情急之下,沈复明在心里好好将刘世轩骂了一通,然后拿起电话就打给连若菡。武沛勇给了他连若菡的电话号码,声称最好直接打电话给她,只要她满意了,一切好说,她不满意,事情就不好办了。事情是武沛勇亲自交代下来,沈复明不敢怠慢,就没有让秘书去打这个电话,而是亲自打了过去。

连若菡的态度比他想象中要好一些。

通过电话之后,沈复明稍微放松了一下,就等王冠清的汇报。半个小时后,王冠清就又打来电话汇报事情的处理结果,当然是由秘书张健接的电话。很快,张健又接到了刘世轩的电话。沈复明正心烦意乱,没有和刘世轩通话,让张健挡了回去。他急忙给武沛勇打电话汇报一下,事情已经得到圆满解决,武沛勇听了只是"哼"了一声,说:"等我电话吧。"

沈复明就只能无奈而又焦急地等回复,这一等就是一个下午。有几次他心焦得直想骂人,却又强忍下来,差点急得冒火,也没有等来武沛勇的回话。忍了又忍的沈复明不是没有想过主动打电话过去,但一想到关于武沛勇一言不合就给脸色的传闻,还是收回了念头。已经让高书记不满意了,再惹武沛勇不高兴,沈复明担心他这个市委书记就做到了头。

到底那个连若菡是谁,怎么会有这么大的能耐让高书记出面为她解围?沈复明不是没有想过这个问题,不过一想到武沛勇话中的暗示,意思是说他没有资格知道她是谁,也就熄了这个心思。不知道比知道要好,否则真要知道有这一路大神在章程市,他是出面还是不出面?正好留给坝县去头疼吧,不正是李丁山的地界?不是说李丁山神通广大,就看他是个什么态度,如何应对。

一想到李丁山,沈复明就有点上火。胡增周为了李丁山空降到坝县当县委书记,没少和他顶撞,最后虽然是各自退让一步,李丁山当了县委书记,他也安排自己人进了重要部门,但胡增周的强硬态度让他不满。其实他也并不想在李丁山的事情上和胡增周计较太多,坝县是个穷县,在章程市排倒数第一,在全省也是,根本就不出政绩,去坝县当县委书记基本上等于发配。主要是胡增周一副志在必得的姿态让他不满,他是市委书记,是一把手,人事问题上的决策权不容他人插手。

前些日子他也得到了暗示,准备上调到省里任常委、秘书长,结果突然之间从京城空降过来一个秘书长,让他的美梦破灭,沮丧加失望,让他失落了一段时间。这段时间刚刚恢复了精神,准备再好好经营一下章程市的局势,不能让胡增周掌握了主动权,没想到又出了连若菡的事情,让沈复明又惊又怕的同时,心中连叫晦气,怎么流年不利,总没好事。

一直等到晚上下班,电话才见鬼一样刺耳地响了起来。沈复明没像往常一样端一下架子,非要等响过三五声之后再接,而是立刻接起:"我是沈复明!"

"沈书记,我把情况向高书记做了汇报,高书记就说了一句话,暂时先这样,以后再说。"里面传来武沛勇懒洋洋的声音,听到周围人声嘈杂,隐隐还传来唱歌的声音,沈复明明白武沛勇肯定正在娱乐,果然又听武沛勇说道:"正好有个朋友过来,非要请我吃饭,他热情过度,我一高兴就忘了给你打电话,没等着急吧?"

还没着急,都火冒三丈了,沈复明干笑几声:"没事,没事,武秘书你忙,代我向老领导问好。"

挂了电话,沈复明暗骂一句,狗仗人势的东西,一个破秘书,架子这么大,真把自己当成领导了?屁!不过想到武沛勇在娱乐场合给他打电话,他心里明白了什么,琢磨着过节的时候给武大秘书多送点礼物。骂归骂,关系还要好好处,毕竟武沛勇是高书记跟前的第一红人。

比起武沛勇的张狂,还是张健办事稳妥,值得信赖。想起张健,沈复明忽然脑中闪过一道灵光,坝县虽然有刘世轩是他的人,但刘世轩为人城府极深,连他也看不透他有几分真心,而且刘世轩在坝县根深蒂固,许多事情想要瞒他轻而易举。不如把张健放到坝县当副书记,一个副书记,一个副县长,两个人足够制衡李丁山了。

沈复明自然清楚李丁山到坝县是宋朝度的手笔,凭借他的关系,完全可以安排李丁山到一个富县,为什么偏偏选中了穷山恶水的坝县,难道其中还有什么秘密不成?他越想越觉得说不定坝县蕴含着不为人知的秘密,李丁山之所以来坝县,就是为了大捞政绩。既然如此,何不叫张健下去分一杯羹,要是运作得当的话,得了大头也不是不可能。万一坝县没有发展起来,就当张健到艰苦环境锻炼一下,也好在履历上留下一笔。

"张健……"沈复明打定了主意,准备先向张健透个口风。

……

夏想和郑谦一起离开公安局,一路上郑谦没怎么说话,脸色阴沉地想着事情。夏想也没有打扰他,心里在想连若菡的来历,也很震惊她的惊人能耐。这样一个来历不凡大有身份的女子,独身一人来坝县,难道仅仅是为了游玩?

夏想是坐郑谦的车回去的,车到县委大院,夏想见郑谦还是闷闷不乐,就笑道:"郑书记不用担心,当时发生的打架事件,我有证据可以表明郑涛没有动手。万一连若菡再秋后算账,非要追究王明几个人的责任,我可以再出面作证。"

夏想猜测以连若菡的个性,根本都懒得理会王明这样的人渣,回头再找他们算账的事情肯定不会做,她不屑于和他们这些人计较,否则就是自贬身份。

但郑谦关心则乱,又担心因此让沈书记对他印象不好,从而影响前途,所以就患得患失,对王冠清就愈加痛恨起来。

一听夏想的话,郑谦顿时眼睛一亮:"什么证据?夏秘书,你可不要骗我,不要乱讲话!"

郑谦关切的神情落在夏想眼中,他微微一笑,心中更加笃定。每个人都有弱点,每个人都有合作的可能,当然前提是,对方的弱点要掌握在自己手中。

"我可不敢骗郑书记!"夏想一脸严肃地说道,脸上立刻浮现出恭谨的神色,微微弯了弯身子,"郑书记放心好了,万一有什么事情发生的话,我是坚定地站在郑书记一边的。毕竟事实摆在面前,郑涛没有参与打人事件,在场的人都亲眼目睹,他完全就是一个旁观者。现场证据我也有,不过现在不在我手中,过几天就会收到。"

小小细节落在郑谦眼中,让他微微感慨,夏想说话办事很有分寸,尺度把握得非常好,在郑涛的事情上不但处处维护他,还时刻不忘对他表示细微的尊重。郑谦心想,夏想要是我的秘书该有多好!

夏想轻轻摸了摸裤兜里的特快专递收据,正常的话,快件晚上才能装车运出坝县,明天能到章程市,后天估计才能到达燕市。现在可不能太早地透露底牌,否则郑谦也好,王冠清也好,想明白了其中的环节,想要动用权力从邮局截下快件,对他们来说也不是一件难事。

一手明,一手暗

尽管郑谦最后走的时候,仍是将信将疑的态度,夏想也没在意。打架事件在郑谦和王冠清之间已经产生了缝隙,想要再完全修补也没有那么容易。而且郑谦知道他手中有证明郑涛清白的证据,再有针对李丁山的动作,他肯定会有所顾忌。

至于何时让郑谦看到证据,也就是现场照片,夏想自有安排。

见到李丁山,夏想将发生的一系列事情一说,又将快递的底联交给李丁山:"李书记,找一个燕省晚报可靠的人,让他收一下胶卷,然后将照片冲洗出来寄来,将底片保存好,以后说不定会有大用。"

李丁山显然还没有消化夏想带来的惊喜,他将快递底联拿在手中,无意识地看了几眼:"连若菡到底是谁?请动了沈复明打来电话,面子不小。这么有来历有身份的人,怎么可能一个人开一辆好车,在坝县到处乱转?"

李丁山又敲了敲额头,起身推开窗户,透了透新鲜空气:"京城的高层之中,不记得有连姓家族。这个姓不多见,要是有的话,肯定能记住。"

李丁山早年在国家级报社工作,能知道到许多一般人不知道的事情。一些隐藏极深的红色家族,他多少也知道一二。所以他听了夏想推测连若菡来自京城,应该是名门之女后,不由动了脑筋。

想了半天也不得要领,李丁山才将思路回到夏想的计策上来,开心地笑了:"我发现谁要是得罪了你,肯定以后没有好果子吃。这么简单的一件事情,也能被你利用起来,从中离间郑谦和王冠清的关系,真有你的,连我都佩服你了……"

夏想急忙继续保持谦虚谨慎的作风:"李书记别取笑我了,我跟在你身边时间还不长,学到的本事还少。您这么说,是想藏私,是不想把为人处世的道理教给我吧?"

李丁山哈哈一笑:"跟你说过多少遍了,不要跟我耍滑头,打埋伏,我不是乱猜疑的人。对了,承包滚龙沟一事我有一个想法,如果让冯旭光一家公司来和贝合商贸竞争,有点势单力薄,我刚和燕市的一个朋友通了电话,他答应可以来陪标。"

夏想就夸李丁山想得周全,随后假装灵机一动说道:"对了李书记,冯旭光的公司是燕市的,你说如果找一家章程市的公司陪标,会不会显得更好一些?贝合商贸是县级,章程市是高级,冯总代表的是省级,三级公司齐全,更显得庄重。"

"找一家章程市的公司陪标,好是好,可是我不认识章程市的企业。"李丁山也同意夏想的看法,但总不能因为找一家公司的小事,就开口让胡增周帮忙。

"我听殊黧说,米萱在章程市就有公司,我看看能不能说服她前来陪标。如果她能来,不但可以更好地打压贝合商贸,而且米萱站出来的话,知道她的身份的人都会有别的想法。"夏想没把话说死,就是不想让李丁山觉得他提前把一切都安排好了,秘书太能干了不是好事,尽管李丁山没有太重的猜疑心,但还是表现得本分一些为好。

"这一手高明!"李丁山将手中的烟递给夏想一支,"米萱的公司如果帮冯旭光的公司陪标,就会让人认为王全有已经选择了站队。"

夏想忙帮李丁山点上火,李丁山抽了一口烟,又笑道:"其实王全有已经有了选择,杨帆和王全有私交不错,他肯帮着我说话,显然是受了王全有之托。"

夏想微微有些吃惊,不知道李丁山是凭空猜测出来,还是另有渠道得知?他虽然也猜到了杨帆可能是因为王全有的关系而卖了一个面子给李丁山,也向米萱亲口证实了此事,但李丁山是从何而知杨帆和王全有之间的私人关系?

夏想猜不透又不好当面问李丁山,只好当做是有人为了向李丁山表示投诚,暗中向他通报了谁和谁之间有关系。李丁山既然不说,自然就有他的道理,他脾气再好也是领导,总不能事无巨细都告诉自己,没有这个道理。

下午夏想也就没有再出去找曹殊黧,在外间履行秘书的责任。期间组织部副部长安涛前来汇报工作,和李丁山谈了不短时间,最后满脸笑容地走了。临走之时,他还和夏想握了握手,说要抽时间一起吃个便饭。

安涛三十三岁,章程市人,在组织部几名副部长中,排名比较靠后。可能是受到黄鹏飞排挤的原因,李丁山上任以来,他汇报工作的热情十足,表现出了足够的诚意要求进步。夏想和李丁山私下里也沟通过,觉得安涛还算不错,综合素质比较高,就是为人处世有点差,凡事考虑得不够全面,好在他态度够好,又能够善于听取别人意见,用李丁山的话来说,也算可以培养的干部。

夏想清楚,李丁山其实也一直在行动,在坝县也不缺少要求进步的年轻干部,对于一些副手来讲,在看到自己的头头和县委书记不太对路之后,没有一点想法的话,就不是一个合格的副手。

他和李丁山,一手明一手暗,正在一步步地吞食刘世轩的势力范围。

夏想以为安涛只是随口说说,没想到晚上下班的时候,他竟然主动过来邀请。安涛非常热情,夏想也不好推脱,就给曹殊黧打电话,让她们自己去吃饭。曹殊黧倒没说什么,米萱抢过电话问夏想他的坏事办得怎么样了,夏想知道她是问胶卷的事情,笑着打岔过去,没有多说。

安涛自小在章程市长大,一直没有过在县城生活的经历,所以来到坝县任组织部副部长以来,一直不太习惯当地人的办事方式。虽然都是党政干部,但有时脾气急躁,有什么说什么,一点也不含蓄,甚至还有些粗鲁,让他感到痛苦的同时,又十分难以开展工作。

夏想明白安涛是适应不了基层干部的工作方式,他们长年在基层,经常和农民打交道,可不像一直坐在办公室的机关干部那种软绵绵的不阴不阳的作风,而是想到什么说什么,有时也不会绕弯子。所以当城市长大的人遇到有着明显地方特色的干部,总会有那么一点无所适从。

夏想安慰安涛一番,说是其实从基层做起的干部也挺好相处的,该含蓄的时候含蓄,该直接的时候直接,别让他们觉得你太软就成。夏想说的是经验之谈,他小时候在农村长大,十五岁时才全家搬到市里,随后上大学到毕业后留在燕市工作,可以说对农村人和城市人的习惯和做事方式,他有深刻的了解。

借着酒劲,夏想和安涛的谈话非常融洽,最后二人推杯交盏,关系得到了进一步加深。安涛对夏想年纪轻轻就对许多问题有深入的看法赞不绝口,再加李丁山对夏想的信任,在县委大院有目共睹,一心想要进步的他,心里对夏想就存了结交的念头。

第二天夏想找到了米萱和曹殊黧,他让米萱尽快着手准备,最少也要先做出一份承包荒山的计划书出来。米萱不以为然地说道:"坝县离章程市就两个小时,等冯总来了,他肯定有详细的计划,我照抄一份,稍微改动一下就可以了,到时打电话让公司来两个人,办理一下手续就可以了……死心眼,着什么急?冯总怎么还不来?"

正常的话,冯旭光明天也应该到了。在夏想和他通过电话,告诉他事情的严重性后,他决定再亲自来坝县一趟,亲手定下此事才有成就感。夏想见米萱催他,就又拿起手机给冯旭光打了一个电话,得到的答复是,明天一准到。

米萱高兴了:"传说中的冯总,佳家超市的创建者,是不是个子高高,身体健壮,高大威武?"

曹殊黧也不知道在生谁的气,自夏想进来后,一直没正眼瞧,现在又翻了米萱一个白眼:"色狼,女色狼!"

夏想哑然失笑:"怎么了黧丫头,生气了?"

"没生气!"曹殊黧的白眼不要钱一样,又免费送给了夏想一个,然后又扭过头去,"我为什么要生气呀?我好好的,可高兴了。"

夏想知道她闹意见了,就故意不顺着她的话说:"就是,黧丫头端庄大方,宽容大度,怎么会生气?她是永远不会生气的小姑娘。"

"夏想,我恨你,我气你,我不理你!"曹殊黧突然喊了几声,一扬手一个枕头飞了过来,正好打在夏想的脸上。

夏想将枕头取下,一脸无奈的笑容:"我好像没有得罪你吧?我说黧丫头,世界上没有无缘无故的爱和恨,作为受害者,我强烈要求你摆事实讲道理,不能诬赖好人。"说着又看了米萱一眼,"她怎么了这是?早饭没吃好?"

米萱忍着笑,一脸无辜的表情:"事先声明,跟我没关系,真的一点也没有关系。只不过是她遇到了一个人……"

"不许说!"曹殊黧打断了米萱的话,用一根手指指着夏想,"让他自己老实交代,主动承认错误,否则的话,哼哼……"

夏想挠挠头:"我真是很无辜,真的是纳闷……我一没偷二没抢三没调戏小姑娘……"

"还没调戏小姑娘?自己都说漏了嘴!"曹殊黧眼中涌出了泪水,委屈地说道,"你才来坝县几天,就被人家叫成小流氓了,你气死我了!你把燕市人民的脸都丢尽了!"

小意的女子最惹人怜

这个打击面有点太大了,他可代表不了燕市人民,曹殊黧还真给他面子,居然把小流氓的外号上升到了全体燕市人民的高度。夏想心里颤悠悠的,总算摸到了一点头绪:"我明白了,你们和坝县第一美女在一个特定的时刻偶然地相遇了。"

"什么坝县第一美女?充其量只是中等姿色罢了,比起你们家黧丫头,差得不是一点半点!"米萱在一旁幸灾乐祸了半天,忽然想起还有求于夏想,也不好意思再袖手旁观,就出来打圆场,"也就是我们在外面吃饭的时候,正好邻桌坐着两个美女,两个人边说边吃,怎么这么巧,正好说到了你。"

夏想心想张信颖怎么这么阴魂不散,谁来坝县都能遇到她,还真是见鬼了。

其实遇到也正常,坝县县城才多大,像样的饭店又没有几家,吃饭的时候偶遇再正常不过。

事情的经过也不复杂,两个美女,一个长脸,一个圆脸,在这样的小地方一下子遇到两个美女,不惹人注意都不行。米萱和曹殊黧就多加了留心,不料一听之下,长脸美女说她和夏想一起提了副科级,让她一点也高兴不起来,然后又咬牙切齿地说夏想是个小流氓,小色狼,喜欢色眯眯地看她,在他还算有点帅气的外表下,藏着一颗阴暗的浑蛋之心。

"说得还不算夸张,符合她的性格。"夏想脸上笑眯眯的,没有米萱想象中的惊慌失措,他又看了看坐在一边把头扭向窗外的曹殊黧,忍俊不禁,"黧丫头,圆脸美女说我什么坏话没有?"

"不理你!"曹殊黧快速地回头看了夏想一眼,本来想只看一眼就再扭过头去,却见他镇静自若,一点也没有做坏事被揭穿的慌张,就又忘了再转过身去,不由奇怪地说道:"你怎么一点也不诚惶诚恐,还一副若无其事的样子?是脸皮足够厚,还是已经想好了瞎话?"

米萱在一旁惊叫起来:"哎呀,你们两个人别闹了,有事说事,真是的,一个比一个能装,真让人不省心。我替鬻丫头说吧,圆脸美女好像也认识你,她说话柔柔的,声音又低,我们没有听清,好像就是说你其实是一个好人,心眼不坏……"

夏想心底响起一声叹息,他所料不差,和张信颖一起吃饭的,果然是杨贝。

夏想也没什么好隐瞒的,就将他和张信颖之间的是是非非说了一遍。听完之后,米萱打趣曹殊鬻:"他说的是瞎话还是真话?"

曹殊鬻推了米萱一把:"去,一边去,没你的事。"然后又站起身来,原地转了一个圈,自言自语地说道:"管他是瞎话还是真话,关我什么事?今天天气真好,要去哪里玩呢?这是一个难题。"

"你们家鬻丫头真是太调皮了!"米萱感慨地说道,"你们两个人一闹,结果倒好,没人回答我关于冯总的问题了。"

"什么他们家鬻丫头,米萱,我正式警告你,不许胡说八道!"曹殊鬻余怒未消的样子,气势汹汹地冲米萱嚷道,她不知道她假装发怒的时候不但一点也不吓人,还无比可爱,让人一眼就可以看出狡黠的笑意。

夏想就笑:"冯总高大威武,很有男人气概。不过据说有点怕老婆!"

米萱一听顿时泄了气:"怕老婆的男人怎么叫有男人气概?算了,不想了,反正天下的好男人早被抢光了,就连你长得有点黑的也有人要,真是没天理了。"

"夏想不黑,那叫健康色,懂不懂?"曹殊鬻一把拉过夏想的手,转身就走,"走,不理她了,真受不了她整天乱说一气,总爱背后说人坏话。其实饭店里遇到那个张信颖,她说你是小流氓,调戏她,我根本不信,就是萱姐非说要考验考验你,非说你三心二意,肯定对她有意思……她长得一般般,你怎么会看上她呢?是不是夏想?"

知我者,鬻丫头也,夏想急忙点点头表示赞同,不料曹殊鬻接下来一句话差点让他跳起来,"我觉得凭你的眼光,宁肯调戏旁边的圆脸美女,也不会去调戏张信颖,对不对?"

女人的直觉有时还真是准确得吓人,夏想被说中心事,差点心一跳脸一红,不过他还是强作镇静:"开什么玩笑,我是随便调戏别人的人吗?说实话,来坝县之后,我反而被张信颖给调戏了,真是丢人。"

"不过我总觉得圆脸美女说话时的口气不太对,好像她认识你一样。你是不是也认识她,她叫什么名字?"一直来到楼下,曹殊黧还紧紧拉住夏想不放,好像生怕他跑了一样。

夏想被曹殊黧温热的小手牵着,想要躲开也不行,就用另一只手挠挠头,说道:"说实话还是说假话?"

"你看着办!"曹殊黧倒也干脆,仰着小脸,目不转睛地盯着夏想的眼睛。她的眼睛亮晶晶,不掺杂一丝杂质,仿佛一汪清水,清澈见底,让人不忍心有一丁点骗她的心思。

曹殊黧今天穿了一件白色衬衣,脖间系了一个紫色的细绳,绳子一端系着一个十分精致的银锁,非常好看。她下身是一条蓝色布裙,刚刚盖住膝盖,露出粉粉的小腿,让她的青春气息一览无余。

夏想的目光落在她脖间的银锁上,心想以她局长千金的身份,珠宝首饰肯定不缺,为什么偏偏要戴一个并不值钱的银锁?正胡思乱想时,忽然感觉腿上一疼,原来是被曹殊黧不轻不重地踢了一脚。

曹殊黧脸上绯红,松开夏想的手,捂住胸口:"眼都直了,真丢人!你刚才的样子真丑,丑八怪!"

夏想嘿嘿一笑:"我看的是你的银锁,不是别的……你别想歪了。"

"你才想歪了,看了就看了,还不承认,真没担待。"曹殊黧不服气,"别打岔,你还没说到底认识不认识圆脸美女?银锁的事情,看你表现我再决定是不是告诉你。"

米萱也下了楼,不满地说道:"黧丫头,你肯定又在背后说我坏话,是不是?好吧,算我自讨没趣,每次想帮你,每次都被你出卖。你说你怎么就这么外向,人家夏想还没有承诺你什么,你就这么快就主动认输了,你太让我失望了。"

"我不用你帮,你哪里是帮忙?纯粹是没事找事,无事生非!"曹殊黧不理会米萱的冷嘲热讽,"我就是不允许你说夏想坏话,要说他的坏话,也得让我来说。"

米萱被呛得说不出话,张了张嘴,最后还是叹了一口气:"以后我要是生孩子,一定得生一个男孩,要不非得气死不可。"又摇了摇头,"我决定了,你们两个人的事情我以后不再多说一句话,我要是再多管闲事的话,我就是小狗。"

"咯咯……"曹殊黧开心地笑了起来,挽住夏想的胳膊,"听到没有?总想搬弄是非的人终于败了,这下好了,以后没人在我耳边叽叽喳喳总说你坏话了。"

米萱被曹殊黧毫不留情地揭穿,脸不红心不跳,好像做了应该做的事情一样,站在一边看夏想的反应。夏想也知道米萱是为了曹殊黧好,也是怕她太单纯，被人骗。从一个姐姐的角度考虑，米萱的所作所为也无可挑剔，虽然她多少有点恶作剧的心理，还有点添油加醋，所以才在惹得曹殊黧对他生气的同时，也对她大为不满。

夏想可不是冲动的毛头小伙子，才不会被米萱理所应当的态度气到，他憨厚地笑了笑："萱姐应该也是为了你好，你就体谅一下她，好不好，黧丫头？虽然有时也不排除她多少有点忌妒你的心理！"

"她就是忌妒我……"曹殊黧挑衅似的看了米萱一眼，又转过身来看夏想，柔情似水，"这话我爱听，还是你聪明，一下就看穿了萱姐不怀好意的内心。"

米萱受不了了，落荒而逃："狼狈为奸！夫唱妇随！"

米萱一走，曹殊黧又松开了夏想的胳膊，低头去踢脚的小草，好像小草惹她生气一样："圆脸美女是不是你的初恋情人？"

曹殊黧真是一个冰雪聪明的女子，她明明猜到了什么，却偏偏不说，还要假装站在夏想一边，故意气跑米萱，其实就是不想让米萱知道太多事情，怕她多事。她虽然也心里不舒服，不过也就是耍耍赖，发发小孩脾气，谁还能跟小孩过不去呢？所以她撒娇式生气的方式，远比质问和无理取闹高明了太多。

夏想也被她小意委屈的样子打动，上前抓住她的小手，感觉到她轻微挣扎一下，就又不动了，心里就有些柔软有些感动："我没有故意瞒你的意思，只是有些事情过去了，就不想再提。没想到，你和杨贝还挺有缘分，吃饭都能碰到面……"

曹殊黧低着头，轻轻"嗯"了一声："不想说就别说了，我又没有非要问你过去怎么样，就是好奇她到底是一个什么样的女孩？我觉得她确实比张信颖漂亮，也挺温柔可人的，只是不知道为什么，我一见到她，就总觉有一种说不出来的感觉，就好像，就好像……"

她轻轻推了夏想一下："你来说，我不说了！"

夏想点点头，就将他和杨贝之间的故事简单一说。对于杨贝一回到坝县就选择了刘河，他也含蓄地说了出来，倒没有指责杨贝的意思，只是在陈述一个事实，也算是给曹殊黧一个交代。

曹殊黧眼睛睁得大大的，不知道是好奇还是窥视，滴溜溜在夏想脸上转个不停，突然一下又笑了："我知道我对她是什么感觉了，就是听她说话的声音，感觉好软好绵，让人听了直想发困。她是不是平常也说话慢慢的，脾气也是温吞吞的？"

夏想被她的小模小样逗乐了，伸手去揪她的耳朵："行了，别总爱打听这些过去的事情了，说说你今天的计划，想去哪里？我可事先声明，我只能陪你半天,下午还有事,要开会。"

曹殊黧撅起了小嘴:"我就是想不明白,只要两个人在一起高高兴兴,快快乐乐,比什么不好。只要开心了,吃点苦受点累算什么,再说留在燕市多好,总比在一个小县城强多了,真没眼界。"

夏想笑笑没有说话,曹殊黧话是说得不错,但一个人的出身不同,地位不同,就决定了眼界不同。她是局长千金,从小到大一帆风顺,不知道生活有太多不如意的地方。世间爱慕虚荣的女子太多,真正能做到生死相许的,或许只是一个传说。

人生有太多的无奈。当然与许多高傲如天上云彩的高干千金相比,曹殊黧可爱怡人,确实是个不错的女孩。

曹殊黧突然想起了什么,又笑嘻嘻地挽住了夏想的胳膊:"上一次在佳家超市我不是假扮过你的女朋友,好像没有给你丢人吧?要不今天我再假扮一次,让杨贝看看,她的选择是多么的错误!让她后悔死!"

夏想被她一脸的坚决和愤愤不平逗乐了:"万一她一见你,就又后悔了,非要再回来找我,和我重归于好,怎么办?"

"笨蛋!"曹殊黧伸手弹了夏想一下,"好马不吃回头草,她不是好马,难道你也不是?"言外之意是,在有新草可以选择的情况下,再回头吃旧草的人,肯定是傻瓜。

夏想被曹殊黧骂成笨蛋,也不生气,憨笑着去挠头,却被她一把将手拉了下来:"别挠头了,我一看你挠头,就总觉得你在想什么坏主意。"

"这也能看出来?"夏想无语了,只好认输。

他准备带曹殊黧去找米萱,电话响了,居然是郑谦的电话。郑谦的声音听上去很焦急:"夏秘书,你在哪里?我有事找你。"

出了什么事?夏想也是一愣,在他的印象中,郑谦一直都是一副不慌不忙的样子,第一次听到他的声音有点惊慌失措,就说:"我在县委招待所,有事您请讲,郑书记。"

 **连若菡的企图和曹殊黧的聪明**

听了郑谦的叙说,夏想明白了是怎么一回事儿。原来连若菡今天又出面找到公安局,提出对被她撞坏的汽车照价赔偿,王冠清当然不敢要,也没法要。因

为王明开的车是走私车,手续不全。他是公安局局长,真是要追究起来他还要负包庇的责任,别说要钱,恨不得赶快找人把车销毁了才好。可是连若菡性子倔犟,非赔不可,王冠清见这尊大神说不得惹不得,只好哭丧着脸接下了她扔下的十万元。

其实那辆走私蓝鸟弄到手才花了五万多,连若菡给了十万,还算多赚了五万。王冠清心里却不踏实,总觉得好像对方要给他设套,要陷害他一样。

连若菡给了钱之后,却没有走,提出要见一见当时在场的第四个人。她的话说得很明白,当时王明一伙一共是四个人,三个人被她打倒,另一个没有动手,一直在旁边旁观,她要见他一面。至于她有什么目的,她不说,没人敢问。

第四个人就是郑涛,王冠清心里清楚得很,急忙告诉了郑谦。郑谦一听就急了,人家这是要秋后算账,三个人都打住院了,剩下一个也不能放过,不打住院,至少也要打趴在地上。他病急乱投医,想起夏想说他有证据可以证明郑涛清白,就急忙找夏想帮忙。

郑谦有难,夏想不能袖手旁观,有这样的好机会岂能错过?他一口答应下来,挂断电话就对曹殊黧说:"黧丫头,我有事要去公安局一趟,要不你自己去转转?"

曹殊黧不愿意:"我都听到了,你要去见漂亮的汽车姐姐,对不?我也要去,我也想见见她。"

"汽车姐姐?她叫连若菡!"夏想笑笑,觉得曹殊黧去了也没有坏处,万一连若菡不好对付,可以让她出面,美女见美女,总要有几分惺惺相惜才是,"别叫她姐姐,她未必比你大,就是一副装酷的模样罢了。"

连若菡端坐在王冠清的办公室内,一脸云淡风轻,既没有高高在上的傲慢,又没有拒人于千里之外的冷漠,就是给人十分淡然的感觉,淡淡的让人觉得她琢磨不透,又难以靠近。王冠清坐也不是,站也不是,亲自给她端上水,又没话找话,却被她一句话挡了回去:"我等的人什么时候来?"

王冠清就在心里暗骂郑谦,遇到事情就会向后退缩,他电话都打了半个小时了,还不见人影,堂堂的县委副书记就这副熊样,真丢人!不知何故他心中突然冒出一个念头,要是李丁山遇到这事,肯定不会向后退缩,会主动挑起责任。

王冠清吓了一跳,他也不知道自己为什么会突然想到这一点。正当他为自己突如其来的念头惊慌时,突然听到有人敲门,急忙开门一看,夏想脸上挂着淡淡的笑容,出现在门口。

王冠清一愣,脑中又突然跳出一个念头,夏想脸上的笑怎么和连若菡的笑那么相像,简直就是一个模子刻出来的,淡淡的,好像一切都在掌握之中的镇静自若。怪事!夏想还说他和连若菡不认识,说不定事情就是他和她暗中搞出来的。

心里这么想,王冠清对夏想是又恨又怕,急忙迎进屋来。跟着夏想身后的曹殊黧不等王冠清说话,落落大方地冲他点点头,笑道:"王局长好,我是夏想的朋友。"

王冠清也笑着点点头,算是打了招呼,心里却直骂,夏想从哪里找的这么漂亮的女朋友?坝县这个穷地方平常也很少见到美女,今天这是怎么了,美女成群了。

夏想前脚进门,郑谦后脚就到了,不过他没有领郑涛一起来,而是让郑涛在旁边的办公室等着,能不出面就不出面,看情况再说。郑谦一进门就看到夏想也在,心里踏实了许多,就主动笑着和夏想打招呼:"夏秘书来了,辛苦了!"

王冠清惊讶地瞪大了眼睛,郑谦主动向夏想打招呼,赔着笑脸,难道是郑谦和李丁山结成了同盟?不会吧,他不是刚刚才和刘世轩谈好了条件,怎么能转眼就变,做人不能这么朝三暮四吧?

郑谦却不理王冠清,只是随意地看了他一眼,然后就略显恭谨地来到连若菡面前,赔着笑脸说道:"连小姐,上一次打架事件中,有一个人一直在旁边围观,他吓得不轻。再说他也没有动手,你看,是不是就不追究他的责任了?"

郑谦虽然不知道连若菡是什么来头,但能让沈复明急巴巴地打来电话的人,他一个小小的县委副书记绝对惹不起,不得不低声下气地开口求人。

连若菡今天没有穿她那一身火辣的牛仔装,换了一身休闲的衣服,马尾辫没有束上,随意地披散在背后,反而让她增添了不少淑女的味道,再加上她淡淡的表情,幽静的眼神,宛如空谷幽兰。

从她的穿衣打扮以及淡淡的神情上,夏想心中断定她今天过来不是特意找事,估计另有打算。

连若菡抬头看了郑谦一眼:"郑书记,既然你把郑涛都带来了,就让他过来和我见上一面,也没什么,是不是?"

郑谦差点汗流浃背,人家不但连他是谁都打听得一清二楚,连他把郑涛带来都猜到了,果然厉害。事到如今,他也无话可说,只好尴尬地点点头,正要转身出去领郑涛,夏想抢先一步:"我去把郑涛找来,郑书记陪小连说说话。"

小连?郑谦和王冠清面面相觑,夏想是什么意思,对连若菡说话这么随意,是不知道她来头不小,还是和她关系熟悉?

夏想一走,郑谦才注意到曹殊黧,猜到她可能是夏想的女朋友,就热情地说了几句话。曹殊黧应对自如,她见多了厅级甚至副省级的高官,一个县委副书记在她的眼界之内,不算什么人物。和郑谦说了几句,她就借机来到连若菡面前,自顾自地坐在她的对面,双手托腮,就如一个好奇的小女孩一样,目不转睛地盯着连若菡。

连若菡可以对贪恋她美色的男人不屑一顾,可以对别人羡慕的目光不以为然,却对同样是美女的曹殊黧单纯而清澈的目光不能无动于衷。片刻之后,她没好气地说道:"看什么看?半天了,还没看够?"

"姐姐这么漂亮,我怎么能看够?"曹殊黧直接无视连若菡的怒目,仍然很纯真地笑,露出两颗好看的门牙,"以前总有人说我漂亮,现在才知道,和姐姐一比,总觉得我差了一点什么,你说说看,为什么我总觉得你的漂亮之中有一股说不出来的感觉让人沉迷?"

如果一个男人当面夸她,连若菡不但不会理他,还会认为他另有所图,说不定还会举手就打。但现在是一个看上去清丽动人,却又天真无邪的美少女,毫不掩饰她眼中的羡慕,用一种近乎呓语的口气说出她的漂亮和气质,任连若菡再自傲再拒人于千里之外,也不由为之心神一动。她怔了片刻,冲曹殊黧展颜一笑:"小妹妹,其实你也非常漂亮,真的,你的漂亮好像琉璃一样,纯粹而晶莹,就好像一朵从天而降的雪花,有着仙女的纯洁。"

连若菡一笑,如幽兰迎风怒放,又如旭日初升,艳光四照,不但曹殊黧一时惊呆,就连一旁的郑谦和王冠清都不由自主屏住了呼吸!二人都在想,怪不得她一直都是清冷的表情,没有笑脸,原来笑起来这么好看,真要总是笑,那还了得!

曹殊黧捂住了眼睛,摇着头说道:"不看了,不敢看了,再看我都要羡慕死了。连姐姐,你皮肤这么好,用的是什么化妆品?还有,你知不知道草原的风很硬,很容易伤害皮肤,你可要小心了。"

连若菡惊讶地叫了一声,下意识地摸了摸脸:"怪不得这几天我总觉得脸上发痒,原来是被风吹着了。小妹妹,要不是你提醒我,还不知道会被吹成什么样子?对了,你叫什么名字?有没有什么办法可以保护皮肤……"

女人之间永远不缺美容方面的话题,外表冷漠让人难以接近的连若菡一旦和曹殊黧聊起护肤和美容,也和寻常的美女一样,问东问西,格外经心。这让郑谦和王冠清二人在一旁走也不是,留也不是,只好一脸苦笑,在一旁小心地陪着。

郑谦还好说，因为有求于夏想的原因，对曹殊黧倒没有什么想法。王冠清却不同，连若菡是有后台，可是曹殊黧是谁他不知道，认为她不过是普通人家的女孩，也敢坐在公安局局长的办公室，旁若无人地聊一些女性话题，他心里很不自在，就想找个机会敲打曹殊黧几句。

　　本来曹殊黧和连若菡一直说个不停，他没有机会插嘴，主要是他不敢打断二人的对话，怕惹连若菡不高兴。正好曹殊黧的手机响了，她起身到外面去接电话，不一会儿返回办公室时，却被王冠清挡在了门口。

　　"你是夏秘书的女朋友？"王冠清看似无意地站在门口，其实正好将门挡了个严严实实，显然是不想让曹殊黧进去。

　　曹殊黧点点头，眼睛扫了办公室里面一眼，见连若菡面露不耐之色，就说："王局长是从基层做起的干部，政治水平就是高，比起燕市的公安局长也不差。回去后，我要告诉孙叔叔，让他少一点官僚作风，多一点实干精神……哼，我最不喜欢他打官腔的样子，哼哼哈哈的，好像吃东西噎着一样。"

　　一句话就把王冠清后面的话生生噎了回去，他下意识地后退了一步，让开了门口，心里怦怦跳个不停，心想这小丫头是什么来历，说话挺有水平，还暗示她和燕市公安局局长关系非同一般。燕市公安局局长是什么级别，是副厅，他和人家相比，差了太多。听她随意的口气，还敢当面说燕市公安局局长的不是，王冠清再傻也听得明白，曹殊黧是在暗示他，她也是有身份的人。

　　王冠清心中无比懊恼，原本以为曹殊黧看着单纯，好欺负，没想到他的话还没有说出口，就被人顶了回来，真够厉害的。比起连若菡的摆在明面上的高不可攀，曹殊黧骨子里也是一个骄傲的人，不过她性子随和，只要别惹她就成。一旦惹了她，她也会非常聪明地还回来，让你吃个哑巴亏。

　　王冠清悻悻地回到办公室，见曹殊黧又坐回了连若菡对面，和郑谦对视了一下，心想一个是县委副书记，一个是县公安局局长，却在一旁陪着两个不满二十岁的小女孩，说出去会不会非常丢份？

　　曹殊黧将手机放回口袋，摊摊手，无奈地说道："我爸总不放心我，差不多天天打电话，我都是大孩子了，又不是十岁的小孩，哪里有那么多好操心的？连姐姐，你爸是不是也这样呀？"

　　连若菡脸上闪过一丝失落："我爸正好相反，他从来不管我，我一年到头也见不到他一面……不提他，没管正好，我一个人逍遥自在岂不是更好？我好羡慕你有一个关心你的好爸爸……"她的声音低了下去，终于露出柔弱的一面。

曹殊黧想不出来用什么话来安慰她,只好转移了话题:"夏想怎么还不回来?"

连若菡才想起来这里的真正目的,脸色就冷了下来,转头对王冠清说道:"王局长,是不是准备拖到天黑?"

王冠清心里直骂郑谦,又骂夏想不靠谱,找个人怎么找这么久。同时他心里也惊讶连若菡脸色变化之快,和刚才反差之大令人吃惊。刚刚还和曹殊黧谈笑风生,现在突然变了个人一样,冷若冰霜,而且还有一股逼迫人的气势,让他连大气都不敢出。

就算面对县委书记和市委书记,他也从来没有这么紧张过。

郑谦也纳闷夏想怎么还不回来,正打算去看看,夏想和郑涛一前一后推门进来。一进门夏想就先冲郑谦和王冠清点点头,算是打了招呼,然后就领着郑涛来到连若菡面前,说道:"小连别生气,不是故意耽误时间,实在是小涛胆子太小,我劝了他半天,他才敢见你。他一是没见过这么漂亮的美女,二是也没经过这么大的场面,你多担待多体谅。"

要是半个小时前,连若菡对夏想肯定理也不理,不过现在看在曹殊黧的面子,小声"哼"了一声算是回应,然后就看了郑涛一眼,问道:"你上高中没有?看你的样子文质彬彬的,怎么能胡乱跟那些坏人混在一起?"

郑涛神色紧张地回头看了夏想一眼,见夏想冲他点点头,心中笃定了许多,脸上挤了一丝笑容:"连姐姐,我不是故意的,我也不是有心的,我就是被王明拉过去玩,平常我也和他没什么来往,就那天他非要我和他一起去吃饭,没想到就冲撞了你。姐姐你大人有大量,就别和我一般见识了,好不好?你看我这么胆小,你要一生气,我会吓得半死的。要不你别生气了,骂我两句,还不解气的话,就踢我一脚,不过别太用力了,我怕疼。"

"扑哧"一声,一直紧绷着脸的连若菡笑出声来,她挥挥手说道:"别紧张,我没说要罚你。就是看你瘦瘦弱弱的样子和我弟弟挺像,就想教育你几句,别天天和那些不学无术的混混在一起,没有一点好处,最后还会害了自己。你胆小也是好事,总比不知天高地厚无法无天的人好许多。好了,别发抖了,想走就走吧。"

郑涛如遇大赦,低头鞠躬:"谢谢姐姐!"不料弯腰过大,头碰到了桌子上,"咚"的一声。他捂着头,咧着嘴不好意思地笑了,连若菡也被他的滑稽样子逗得掩嘴而笑,一时间,气氛大为缓和。

郑谦知道他的儿子说不出刚才一番话来,现在才明白夏想为什么去了那么长时间,原来是教郑涛如何解围,不由心中暗生感激,向夏想投去了感激的一瞥。

夏想谦虚地一笑,轻轻摆了摆手,不想居功。夏想谨慎端正的态度更让郑谦心生好感,再看看王冠清一脸尴尬地站在旁边,想起刚才连若菡指桑骂槐的话,再联想到王冠清非要把他推出来的险恶居心,就越发觉得王冠清的一张老脸实在可恶。

谁也没有想到,连若菡非要见郑涛一面,就是为了这么一个简单的理由。王冠清和郑谦都以为她是来找回平衡,却只是为了说上几句话,警示郑涛一番,让二人都大惑不解。只有夏想并没有多少吃惊,他虽然不太了解连若菡,但也知道以连若菡的身份,犯不着抓着这点小事不放,她前来找郑涛,肯定有别的想法。以她的性格和身份,做出不合常理的事情再正常不过,夏想才不会大惊小怪。

连若菡起身告辞,没理夏想,只是冲郑谦和王冠清微一点头,又对曹殊黧展颜一笑:"记得给我打电话,我们还有许多话要说。"

曹殊黧拉着连若菡的手,眼睛却看向夏想:"那我找你说话的时候,能不能带上他?"

11 漂亮的反击

该下手时绝不手软

借力打力、借势成事的事情,夏想可以具体去运作,不过真要落到实处,需要动用各方面的力量时,必须还要李丁山出面。李丁山身后庞大的关系网,是他十几年人脉的积累,不是靠耍聪明和动动脑子就能做到的。人脉的积累需要时间,也需要运气,更需要自身有足够的资本。

连若菡走了好久,夏想才感到有那么一点点尴尬。连若菡竟然直接忽视了他,没有回答曹殊黧的问题。还好她们是在外面说话,没有让郑谦和王冠清听到。即使这样,夏想还是觉得有点没面子,曹殊黧却没有一点取笑他的意思,安慰他说:"连姐姐就是面冷心热,想让她接受你,需要一个过程。"

郑谦和王冠清心思各异地下楼,亲自来到楼下送夏想和曹殊黧。王冠清出来相送完全是看郑谦的面子,因为郑书记开了口,他没有拒绝的理由。郑谦一方面感激夏想替他解了围,另一方面也在暗中猜测夏想和连若菡之间的关系。就算夏想和连若菡不太熟,但他的女朋友和连若菡好像有成为好朋友的可能,这是一个不容错过的大好时机,只要和夏想关系良好,因为曹殊黧的原因,就不用担心连若菡有朝一日会再找上门来。郑谦对连若菡乖张的行事风格大为头疼,不知道她究竟有没有真正原谅郑涛。

同时让他放心不下的是,夏想不是说有现场证据,证明郑涛的清白吗?要做好两手准备,一方面是和夏想搞好关系,间接地给连若菡一个好印象,不让她再找郑涛的麻烦;另一方面就是万一连若菡翻脸,有夏想的证据在手,至少也可以在面对沈书记的指责时,也好有个说辞,将罪责都推到王明身上。

想到王明,郑谦回头看了王冠清一眼,见他脸色阴沉,一脸不快,心想要不是你纵容你那不成器的侄子为非作歹,怎么会有今天的事情?王明是咎由自取,郑涛却是受到了牵连。

王冠清虽然不能完全猜透郑谦的心思,但多少也明白一点,就是郑谦对他意见大了。但为了不过分得罪连若菡,为了让沈书记放心,不抬出郑谦也不行,毕竟他的副书记身份比他一个公安局长的身份,更有说服力。刚才郑涛的事情他也清楚,肯定是夏想的主意,更让他琢磨不透,什么时候郑谦和夏想走得这么近了?这么说来,岂不是说明郑谦是铁了心要和李丁山一条战线了?

更让他担心的是,夏想领来的小女朋友,看上去像个大学生,单纯得不行,却三言两语就和连若菡拉近了关系。连若菡是谁他不知道,曹殊黧的背景他也不太关心,他只是知道,只要连若菡一生气,沈书记就会发火。沈书记一发火,他就会遭殃。

郑书记执意要送夏想到楼下,王冠清只好跟着,心里却腹诽郑谦自贬身份,县委副书记要送县委书记的秘书,传了出去多丢份。

到了楼下,郑谦还想再多送几步,被夏想略带恭敬地制止了,夏想知道郑谦放心不下他手中的证据,就从身上拿出底联:"郑书记,当时在现场打架时,我正好手头有一部相机,就将整个过程全部拍了下来。因为我担心坝县的彩色冲印照片技术不过关,就寄给燕省晚报的一个朋友,委托他帮我洗出照片。胶卷是昨天寄出的,今天下午应该就收到了,我下午和他联系一下,让他一洗出来,就给我寄过来……"

郑谦脸色变了数变,心里五味杂陈,说不出来是什么滋味,惊恐、担忧还是震惊?他的目光在夏想笑得很真诚的脸上停留了一秒钟,又迅速移开了目光,心中闪过一丝丝凉意。夏想分明是欲擒故纵,底片寄回到了燕市,到底上面都拍了一些什么,只有他自己清楚。他收到照片之后,就算拿给他看,也只是他特意挑选过的,谁知道他背后还有没有藏着一手,而且还故意寄到燕市的燕省晚报,这是威胁还是暗示?

相比郑谦只是感觉到一阵阵寒意,王冠清突然听到夏想抛出这么大的一枚炸弹,当即被炸得愣在当场,犹如石化一样,睁着眼睛,张着嘴巴,当官十几年来养成的一切尽在掌握的信心,在一瞬间崩溃了。忽然之间他觉得自己是这么地孤苦无助,刘世轩也好沈复明也好,他们在坝县在章程市的权力再大,就算能一手遮天,也够不到燕市,更管不到燕省晚报。夏想太聪明了,也太歹毒了,他把一切事情都计划好了,就是隐瞒不说,现在才拿出快递底联,说他有现场照片,而且还寄到了燕市……

王冠清仿佛一瞬间从盛夏走进严冬,差点冻得浑身发抖。夏想的意思他怎么会不明白,昨天寄出今天才说,就是要打时间差,不给他截留邮件的机会。王冠清阴狠的目光落在夏想的身上,才二十多岁的年轻人,心思之深,思绪之缜密,一点不比他这个老公安差,不动声色间就让他栽了一个大跟头。

"哎呀……"曹殊黧惊叫了一句,不知是提醒夏想,还是要对郑谦和王冠清火上浇油,"夏想你可得事先给你的朋友打个电话,告诉他千万别把你寄去的照片见报,这可是对坝县形象抹黑。现在的燕省晚报正在创建品牌,专门曝光各地的丑陋面,为了提高发行量,他们现在胆子大得很,谁的面子都不给。我爸好歹也是省局干部,上一次他们局出了点事,我爸打电话过去也不管用,晚报非给报道了出来,让我爸生了好几天的气。"

郑谦后退了一步,正好靠在楼前的一棵大树上,才算站稳了身子。王冠清身子晃了几晃,眼前一黑,要不是郑谦伸手拉了他一把,差点就摔个跟头。二人对望一眼,都从对方的目光中看到了苦涩和无奈。

夏想和曹殊黧两个人的岁数加在一起也不过四十来岁,但却是一个比一个聪明。曹殊黧看上去是个单纯的大学生,刚才说的一番话听上去好像是在替郑谦和王冠清着想,其实是明白无误地告诉二人,底片在燕省晚报一天,打架事件就存在着随时见报的可能性。

言外之意很明显,最好多多配合夏想在坝县的工作。

另一层含义是,她也不是好惹的,她爸爸是省局干部,至于具体是什么级别,就留给二人去充分发挥想象力。

夏想挠挠头,样子憨厚而真诚,笑道:"黧丫头倒是提醒了我,看我忘了这事。我一会儿见了李书记就马上向他汇报一下,燕省晚报的总编和他关系非常好,为了坝县的形象,他说什么也得压下来。给坝县抹黑就相当于给李书记的脸上抹黑,李书记会很不高兴的。"

夏想和曹殊黧走了半天,郑谦和王冠清还站在原地不动。一阵风吹过,树叶哗哗作响,郑谦好像才惊醒过来,对王冠清说了一句:"告诉刘县长,他的要求我还要再考虑考虑。"然后也顾不王冠清的失礼,自顾自地扬长而去。

王冠清失魂落魄地回到办公室,他清楚郑谦说的事情是指贝合商贸要承包荒山的事情,郑谦原本答应刘世轩要在常委会上大力支持贝合商贸,现在说要考虑考虑,其实就是明确拒绝的意思。不过现在的他顾不上理会刘世轩的事情,他摸了摸头上的冷汗,从王明想到连若菡,又从连若菡想到曹殊黧,最后想明白了一件事情,所有问题的关键还在夏想身上。夏想就是一把至关重要的钥匙,可以打开所有的锁,可以帮他也可以毁他,当然前提是,看他要站在哪一边。

活了几十岁的王冠清,从来没有像今天这样作难,他心中盘算来盘算去,将李丁山和刘世轩来回比较了不少几十遍,终于下定了决心。

回到县委大院时已经接近中午,夏想被阳光照得微微眯起眼睛,暗中多看了曹殊黧几眼,心中暗暗赞叹她还真是一个既聪明、又懂得说话技巧和分寸的女孩。她刚才的表现,几乎让他大吃一惊。

漂亮的女孩不少,但既漂亮又聪明的女孩就不多了,在身兼漂亮和聪明的同时,又能把握好分寸,不骄不躁,谈吐得体,不让人觉得狂妄,又能含蓄地点明想要表达的意思,这样的女孩能够遇到,就是天大的幸运。夏想伸手一摸曹殊黧的头,笑道:"黧丫头,真聪明,出人意料。"

曹殊黧一摇头,躲开夏想的魔手:"少动手动脚,有什么话就明说,肯定又要让我替你做坏事。"

"哪里是坏事?绝对是好事!"夏想想假装挠头,见曹殊黧紧盯着他的手不放,只好讪讪地放下,"其实就是让你去找连若菡,和她聊聊天,喝喝茶。坝县没茶馆的话,你们就一起吃个饭,反正是美女见美女,惺惺相惜,多亲近亲近没有坏处,对不?"

"我还不知道你的心思?派我去当间谍,打入敌人内部,是不是?"曹殊黧一点就透,她双手背到背后,假模假样地原地转了几圈,"这个问题很严峻,我得好好考虑一下,因为我怀疑你让我接近连姐姐的真实目的,是你被她迷住了,准备去追她,对不对?"

夏想搓搓手:"我倒是想,不过估计没有机会,你没见连若菡对我好像是路人甲一样……"

曹殊黧踮起脚尖,去和夏想比身高:"连姐姐才不会看上你,她喜欢的男孩要比你成熟,比你白……"

夏想受到了打击:"我身上有限的缺点都被你无限放大了,我皮肤不白不黑,正好。年龄虽然不大,但也十分成熟稳重,也是正好……"

"去,自吹自擂,懒得理你!"曹殊黧送了一个白眼给夏想,忽然又笑嘻嘻地说了一句,"我的银锁是别人送我的定情物,想不想知道是谁?"

"想!"

"想什么想?想得美!"曹殊黧冲夏想摆摆手,转身轻快地跑开了,像一只在阳光下穿梭的小鸟,远远的,还能听见她的笑声,"自己去想吧,想死你,气死你!"

上当了?夏想呆立在原地不动,傻笑了一会儿,才上楼去找李丁山。

将今天的事情详细地向李丁山汇报一遍,李丁山沉思片刻,拿起电话就打给燕省晚报的总编丁国炳:"国炳,我是丁山,有个事儿我征求一下你的意见……就是坝县准备过一段时间上马旅游项目,你看看能不能以报社的名义,组织一批旅游业的专家来坝县游玩?到时由县委县政府出面接待,当然,事后让他们造造声势,为坝县提升一下形象……那好,就这么说定了,你先联系人,我这边准备好了,随时和你联系。还有一件事情,你安排一个信得过的人收一个快件,寄件人是坝县县委,里面是胶卷,照片冲洗出来再给我电话,嗯,好,好……"

借力打力、借势成事的事情,夏想可以具体去运作,不过真要落到实处,需要动用各方面的力量时,必须还要李丁山出面。李丁山身后庞大的关系网,是他十几年人脉的积累,不是靠耍聪明和动动脑子就能做到的。人脉的积累需要时间,也需要运气,更需要自身有足够的资本。

放下电话,李丁山说道:"刚才石县长又来催促承包荒山的事情,看来刘世轩心急得很,可是他忘了,心急吃不了热豆腐,既然他急成这样,等冯旭光一到,我们就给他来一盘夹生豆腐尝尝,看他如何下口?"

夏想算了算,石堡垒肯定对冯旭光的公司投赞成票,王全有一票,杨帆一票,杜双林一票,郑谦的一票也应该十拿九稳了,再加上李丁山的一票,十一名常委中,有把握的就有六票,正好过半。看来刘世轩也是感到情况不妙,急于提到常委会上表决,想抢在形势大变之前,将滚龙沟拿到手中再说,可惜的是,他不知道现在已经为时已晚。

李丁山又从抽屉中拿出一份名单,递给夏想:"我将坝县所有副科级、科级干部列了一份名单,重点查了一下他们的学历情况,不查不知道,粗略一看,就发现四五个人有问题,如果细查下去,学历和履历有问题的肯定不在少数。太可耻了,古人做官都是凭真才实学,考中进士才能平步青云,社会发展到了今天,为了升官,竟然有人想出伪造履历给自己脸上贴金,真是滑天下之大稽!"

李丁山气愤难平,猛地一拍桌子:"查,一查到底。凡是涉及的党政干部,一律严查!"

对李丁山的做法夏想十分赞成,伪造履历的干部,连自身都弄虚作假,还能指望他们在领导岗位上做出什么真实的成绩?虽然说这样的干部为数不多,不可能完全杜绝,但既然让李丁山和他遇上了,就必须清理出干部队伍。

"我已经让安涛暗中着手严查此事了。"李丁山恢复了心平气和,自嘲地笑了笑,"四十多岁了,还是容易冲动。不冲动也不行,一个国家的支柱,人民眼中的依赖和靠山,如果全是千疮百孔的豆腐渣,你是学建筑出身,夏想,你说说,国家的大楼能屹立不倒吗?"

李丁山的比喻浅显而深刻,道理人人都懂,但一旦事实摆到面前,却往往没有几个人能够做到。李丁山和刘世轩斗,如果说有掌控全局的私心在内也无可非议,毕竟他是县委一把手。眼下要清查干部队伍,完全就是出于一颗大公无私的心,他是文人,文人意气还是有的,不过在这件事情上,夏想还是坚定地和他站在一起。

"李书记,一定要让安涛保守秘密,这件事情恐怕会引起不少的震荡。"何止不小,绝对是巨大的震荡,到时万一哪个环节出了问题,泄露了消息,如果再很不幸地被哪家铁面的报社报道出来,黄鹏飞别说能坐稳组织部部长宝座,能平安退休就不错了。夏想看了李丁山一眼,见他目光炯炯,流露出一往无前的表情,心中多少有些触动。官员也是人,也有私心杂念,想要官清如水绝对不可能,但在保证大方向的前提下,在一颗为民谋利的公心之下,偶尔有一点借机打压对手的私心,是完全可以理解的。不过现在看李丁山的样子,好像还没有想到趁机将几个重要部门掌握在自己手中的想法。

夏想也不隐瞒,就将他稍微有些阴暗的想法一说。这件事情可大可小,往小里说,是伪造履历的人自己的问题;往大里说,是提拔他们的人在对待干部的任用问题上,没有抱着严谨认真的态度,而是敷衍了事,不严格把关,显然是人浮于事,严重失职的表现。

李丁山一脸严肃,静静地等夏想说完,突然笑出声来:"我刚才就想,要是小夏不能从中发现机遇,以后就很难成长为一个合格的政客,我就故意不说,还好,你还是没有让我失望……"

 **圈套**

夏想做了一个擦汗的动作:"李书记,不能随时随地考验我呀,让我时刻处在紧张之中,会崩溃的。"

李丁山笑骂:"还跟我耍滑头,你还让我说多少遍,跟我有一说一,有二说二,当然,一些个人私事就不用交代了。说到个人私事,你和曹殊黧倒是挺般配的。我跟你说,那个小丫头聪明得很,人也漂亮,还有出身,不管从哪方面来说,都对你今后大有帮助,不能错过。"

"李书记,谈恋爱不是请客吃饭,不但要两个人都有感觉,还有来自家庭的、社会的阻力,我虽然也喜欢殊黧,但和她之间,还有一道巨大的鸿沟。"夏想也没打算瞒着李丁山,他也清楚,尽管现在曹永国对他态度大为改观,但真要让他同意曹殊黧和自己的事情,现在下结论还为时过早。他也能看得出来,曹永国对他和曹殊黧之间的来往,明显存有一丝戒心。

李丁山点点头:"我都替你想过了,曹局长以后一旦真的进了燕市市政府,他的眼界宽广之后,上进之心只会更加强烈。通过你在中间牵线,我和他认识之后,要是他是一个可交的人,我可以再介绍他和朝度认识,相信他会明白我的想法。既然大家都有合作的意向,又有合作的基础,为什么不让关系进一步融洽呢?这个合作的基础,就是你和曹殊黧。曹局长也是聪明人,既然他女儿喜欢你,他还能妨碍自己女儿的幸福?"

夏想虽然在内心深处不愿意承认,他和曹殊黧之间的感情会掺杂许多外界的因素,但没有办法,人不是生活在真空之中,要是他不名一文,曹殊黧再喜欢他,曹永国估计也会想方设法阻拦他们在一起。李丁山说的也是实情,他首先在感情上融入了曹永国的家庭,以一个晚辈的身份得到了曹永国的认可,才慢慢地和曹殊黧越走越近。要是一开始他就是以追求曹殊黧的身份出现,绝对会被拒之门外。

说起来,夏想还是沾了父亲和曹永国弟弟是同事的光。想到父母,夏想心中就又有了一丝愧疚,父母衣食无忧,不缺钱,身边也有弟弟陪同,所欠缺的就是他常回家看看,以及满足他们希望早日看到他成家立业的心愿。

他还记得,父亲第一次领他去曹局长家,见到曹殊黧之后,对她的漂亮和懂事赞不绝口。一出曹局长的家门,他就说个不停,意思是曹局长是有福之人,不但当了大官,还生了这么漂亮的一个女儿,谁要是娶了曹殊黧,那就是天大的福气。最后父亲还调侃地对夏想说道:"你小子有本事也娶一个局长女儿,娶不到省局局长的女儿,娶一个市局哪怕县局的女儿也行!"

一想到父亲一脸羡慕的神情,夏想就不由自主地笑出声来,李丁山见他走神还傻笑,就笑他:"想到什么好事了?"

"没什么……"夏想腆着脸笑,"既然李书记这么卖力撮合我和曹殊黧,那就该给我放假,让我下午去陪她。"

"没问题,批准了。"李丁山笑呵呵地说道,"对曹殊黧我还是比较满意的,比肖佳好太多了。夏想,机会不容错过,人生没有回头路可走,要走好每一步,不能学我……"

说到这里,李丁山脸色一暗,显然又触动了心事,犹豫一下,还是说道:"也不怕告诉你,我前妻联系我了。虽然不是她亲自打来的电话,是老爷子和儿子一起打来的,但话里话外的意思很明显,她想复婚了。我虽然也想儿子,也想有个家,不过一想起她的脾气,心里还是有些退缩……"

他无奈地笑了笑,走过来拍了拍夏想的肩膀:"小夏,听我一句话,一个成功的男人,一定要找一个贤惠的女人。家庭不和,就算你爬到再高的位置,也总是一种人生缺陷。有些女人是可遇不可求的,以我的眼光和标准来看,曹殊黧这小丫头是个不可多得的好女孩,一定要好好珍惜!"

李丁山的语重心长中包含着太多的人生感慨,夏想听了也是心里格外沉重,对于李丁山的婚姻他又不好发表意见,只好沉默地点点头:"李书记也别太为难自己了,一切顺其自然为好。"

中午夏想陪李丁山吃了一顿饭,饭间李丁山没有再提及他的前妻,夏想更不会主动再问。这事还得李丁山自己拿主意,婚姻是两个人的事情,夫妻二人是否和谐,外人不好说三道四,个中滋味,只有当事人才最能体会到。

下午李丁山要视察财政局,他就又放了夏想的假,让他联系冯旭光,把前期工作做好。

夏想来到招待所,刚一敲门,门就开了,米萱上身穿着一个小得不能再小的背心,下身穿了一件短得不能再短的短裤,脸上涂满一层白白的东西,绷着脸,不敢笑,让夏想进来:"总算来了,黧丫头念叨你半天了。你再不来,我都要被她烦死了。"

夏想进来,发现曹殊黧侧着身子躺在床上,身上盖了一层薄被,眼睛闭着,神态安详,小嘴还不时地动上一动,俏脸上浮现一层好看的红润,睡得正香。他一脸狐疑地看向米萱,意思是她在睡觉,怎么还能念叨他?

米萱撇撇嘴:"说梦话!也不知道梦到什么了,一会儿就说你是坏蛋,一会儿又说你是好人,大部分时候含混不清,不知道她说的是什么。我本来也想小睡一会儿,养养颜,结果被她吵得睡不着。我说夏想,黧丫头对你这么好,你以后要是敢欺负她,小心我不饶你。"

夏想坐在一边,看到熟睡中的曹殊黧像个婴儿一样可爱,有一丝甜美,有一份纯真,还有一种让人怦然心动的娇憨之态。静静地看了片刻,他笑了笑,又不忍心吵醒她,就准备到外面走走,毕竟留在房间内,有些不太合适。

一回头,却见米萱从卫生间出来,洗净了脸,素颜朝天,也不知是不是刚做了护肤的原因,她的脸妖娆而生动,妩媚之态和丰姿绰约不亚于肖佳,又有肖佳所不具备的成熟丰满。更让夏想大跌眼镜的是,米萱挺大一个人,洗脸时还跟小孩一样,胸前湿了一大片。

夏想别过头去,不敢多看,一回头,正好看到偷偷睁开眼睛的曹殊黧,心中大呼侥幸,万一刚才在米萱的胸上多停留几秒,让小丫头瞧个正着,等着有好戏看吧。

米萱却大咧咧地浑然不觉,还取笑夏想:"偷看了黧丫头半天了,还没看够?还真是相看两不厌,真够肉麻了,受不了你们了。呀,黧丫头你醒了,醒了就醒了,脸红什么?哎呀,我忘了,你身上没穿衣服,……好了夏想快出去,想占便宜?有我在,没门。"

夏想被轰出门外,听到里面传来一阵吵闹。曹殊黧嘲笑米萱:"还好意思说我?你瞧你,穿成这样也敢放他进来?你是不是暴露狂,非让人看看才舒服?胸前也湿了,哎呀,都被他看到了,你就是成心的是不是?女色狼!"

米萱的声音传来,全是不以为然:"我都不在乎被他看,让他沾了光,我都没说,你说什么?看了就看了,我又没吃亏,你也没损失,是不是?不满意的话,你也让他看看,看他敢不敢瞪大眼睛……哎呀,臭丫头,敢打你姐姐了,看我不收拾你。"

夏想摇摇头,无奈地冲里面喊了一句:"我到楼下等你们。"

一个人来到楼下,无聊地找了一根树枝,在地上画圈,圈蚂蚁玩。忽然觉得眼前一暗,一个人影来到面前,挡住了阳光。他还没抬头就先看到一双近乎完美的肉感小腿,一双运动白袜紧紧裹住小腿,脚上是一双白色的旅游鞋,品牌夏想也认得,是著名的美国品牌,价格不菲。

再抬头一看,依次是圆润的膝盖,修长的大腿,膝盖以上才看到白色的短裙。以夏想的眼光评判,眼前人的皮肤光洁不下于肖佳,健美不亚于曹殊黧,可以说是集二人的优点于一身,既充满青春气息,又不失性感迷人,可以说是天生尤物。

什么女人这么俏丽动人?夏想站起身,才看清上身穿着白色运动衫,挺胸收腹的连若菡,不由笑了:"你的站姿这么标准,是不是当兵出身?"

"小毛孩一个,还在地上画圈圈玩,真丢人!"连若菡虽然有百变女郎的潜质,她这一身打扮还真像一个大学生。不过她脸上却还是云淡风轻的表情,说出来的话更是冷冷的没有一点人情味。

夏想离得近，才看清在她绝世的容颜之上，明显还带有一丝未脱的稚气，心中猜测估计她也不比曹殊黧大，甚至有可能还比曹殊黧小上一两岁，却总是板着脸装冷漠，说话老气横秋地装成熟，就笑她："连妹妹，你应该还没有我大，没有资格叫我小毛孩。"

"年龄上的大小只是表面现象，一个人的心理年龄才决定他是不是真正成熟。"她又瞥了一眼地上的圈圈和蚂蚁，讥笑一声，"我从五岁以后，就再也没玩过类似的低幼游戏。你现在和我五岁时的心理年龄相当，我说你是小毛孩，难道还冤枉你了？"

无聊还无聊出问题来了，在地上画个圈圈，竟然倒退到了五岁的幼儿园水平，夏想心中的郁闷可想而知。他见连若菡板起脸来的小大人模样，就有心逗她一逗："误会，天大的误会。我不是在画圈圈圈蚂蚁，而是在计算一个非常复杂的公式，如果这个公式能够得到答案，就能解决许多深奥的问题，比如说……"

"胡言乱语！"连若菡对夏想的说法嗤之以鼻，"骗小孩的把戏，谁信你，真够无聊的。"

夏想也没理她，自顾自地又蹲了下来，拿起树枝画了三个圈，口中自言自语："如果说大圈套住小圈有无数种可能，那么小圈套住大圈也应该有无数种可能，为什么无法证明小圈可以套住大圈？怪事，真是怪事。"

连若菡本来想走，却见夏想一本正经的样子，好像真的在思索什么深刻的问题，不由又停住了脚步。看了好几眼，也瞧不出个所以然来，只见地上画了大大小小无数个圈圈，不是大圈套小圈，就是小圈和大圈交叉在一起，总之就是杂乱无章。

但夏想就在这些大圈小圈中间，好像指点江山一样，嘴中还念念有词，时而沉思，时而脸上露出兴奋的神情。连若菡本来认为他肯定是在骗人，是在故作深沉，不料听了几句却又来了兴趣，停下了脚步，歪着头，愣愣地看着夏想。

"有人说，一个人的知识面越广，他所面临的未知领域就越大，就好像一个大圈和小圈相比，大圈的外围的面积更大一样。其实不对，大圈和小圈外围的面积是相等的，分不出大小……"夏想声音不小，足够让连若菡听得清清楚楚。

连若菡想了一想，忍不住插嘴："你说错了，大圈外围的面积绝对比小圈外围的大。小毛孩就是小毛孩，懂的东西太少，还不懂装懂，真可怜。"

夏想头也不抬："你才说错了，不信你自己画画看，实践出真知，口说无凭。"

连若菡赌气似的说道:"画就画,让你输得口服心服!"她蹲在夏想对面,从地上捡起一根树枝,画了一大一小两个圈,然后用树枝点着大圈的外面,"自己看,圆圈越大,周长就越长,外面的面积自然就越大,这种浅显的道理都不懂,还装深刻。"

连若菡只顾和夏想较真,却忽略了一个事实,她穿的是短裙,蹲在地上,裙子下摆下坠,春光乍现,夏想不经意间一眼看个正着,犹如惊鸿一瞥,不敢多看,但也让他顿时心跳加快,差点一屁股坐在地上。

春光外泄,却不是每个人都有福享受的,他可不敢被连若菡扣上色狼的大帽子。他急忙稳定一下心神,用树枝指着大圈的外围说道:"大圈虽然大,但它外围的面积是无限宽广,小圈虽然小,外面的面积也是一样。就好像在天空之中,太阳比月亮大,但你能说太阳外面的太空就比月亮外面的太空大了许多吗?"

连若菡惊得目瞪口呆,半天说不出话来,歪着脑袋想了一想,忽然笑了:"虽然听起来像是狡辩,不过也有些道理。不简单,还能说服我,算是比我印象中的你成熟了一点点!"

夏想站起来,因为他已经听到了曹殊黧和米萱下楼的声音,可不敢当着她们两人的面,和连若菡面对面蹲着,姿态太暧昧,而且以米萱唯恐天下不乱的性格,绝对可以猜到他能看到什么!

不料连若菡却完全没有意识到她蹲下的姿势不但不雅观,而且还走光,见夏想站起来,还不依不饶:"别想走,我还没有完全想通,还要和你理论理论。"

"理论可以,但要站起来理论。"夏想已经可以听到米萱的高跟鞋急促地敲打地面的声音。

"为什么要站起来?"连若菡还没有反应过来,蹲在地上不起来,"是不是想和我动手打架?告诉你,你打不过我。"

夏想心里急得不行,见她还是蹲在地上就不起来,虽然双腿紧紧并拢,但他可以清楚地看道,连若菡的大半个丰满臀部都暴露在空气中。一想到米萱见到连若菡的古怪姿势,再看到地上的大圈小圈,不定会怎么发挥想象。听到两人已经下到了一楼,情急之下,就冲楼道中喊了一句:"萱姐,你今天的裙子是不是有点太长了?"

米萱人未露面,声音先传了过来:"说什么呢你?什么眼神,我没穿裙子好不好?黧丫头才穿的裙子。"

米萱不明白夏想为什么突然来了这么一句,蹲在地上的连若菡终于醒悟过来,一下羞得满脸通红,急忙站起来,心乱跳一通。她站在夏想背后,看到他宽厚的后背,清晰的耳郭,还有一头浓密的头发,心想他年纪不大,心思倒是细腻,明明是提醒她注意雅观,却故意去喊别人,从做事方式上来看,好像要比他外表成熟一些。

不过也可能是怕尴尬才急中生智,并不能说明问题,更不能证明他比同龄人成熟。连若菡又暗中看了夏想一眼,脸上恢复了淡然之色。

通天山路

米萱和曹殊黧一前一后下楼,曹殊黧一见连若菡,高兴地向前拉住她的手:"连姐姐,我正想去找你,你就来了,太好了,下午我们一起去游泳,好不好?"

连若菡脸上红润已退,不过耳朵还是红红的,没有消失,她有点心虚地看了夏想一眼,说道:"要是就我们两个人还可以,人再多了,就不去了。"

米萱没有让夏想失望,瞧出了连若菡眼中的躲闪,悄悄地问夏想:"老实交代,你和她怎么了?她怎么有点心虚,好像还有点怕你,你是不是非礼人家了?"

夏想眼皮直跳,急忙辩解:"不要动不动就毁我清白,你怎么总爱编排别人。没看出来人家都对你意见了?只想和黧丫头一起游泳,不愿意理你。"

米萱白了连若菡一眼:"去,我还不愿意理她呢,总是一副天上云彩的模样,她要真是天上的云彩,就别下凡,来人间充什么大头娃娃?不对,我看她看你眼神不对,你们两个人之间绝对有问题,我看看……"

她一把推开夏想,看到地上的大圈加小圈,大惊小怪地叫道:"暗号,绝对是暗号!夏想,你和连若菡是不是……"

"米萱!"曹殊黧跺了跺脚,来到二人面前,一把推开米萱,拉过夏想,说道:"我们三个人一起去游泳,你不是还有事要忙?快去吧,不用管我们了。"其实曹殊黧的意思是,她们不用管米萱了,等于直接把米萱排斥在了三人之外。

米萱苦着脸,摇摇头:"为什么受伤的总是我?不识好人心,黧丫头,你等着,总有你后悔的时候,到时候哭鼻子,别来找我!"

最后还是夏想从中周旋,曹殊黧才勉强同意让米萱同行,米萱还要装作一副不情愿的样子,实际上却亦步亦趋跟得紧紧的,唯恐落在后面。连若菡对她的冷嘲热讽视若无睹,也不多看她一眼,当她不存在,让米萱无比郁闷,又无人诉说,只好冲夏想说个不停。

不一会儿,夏想就开始后悔他当初的决定,本来他是想拉上米萱,顺便和她谈谈陪标的事情。没想到受到了曹殊黧冷落和连若菡轻视的她,把夏想当成了唯一的倾诉对象,认为他是她唯一可以拉拢的联盟,所以不肯放过夏想,将她对曹殊黧的不满和对连若菡的不屑,全部倾诉到夏想的耳中。

夏想痛苦不堪,终于明白女人最可怕之处不是胡搅蛮缠,而是在你耳边滔滔不绝。

曹殊黧说是去游泳,连若菡却不想去,要当着陌生人的面几乎全裸身体,她心中有顾虑,放不开,更何况还有一个陌生的男人。曹殊黧也不勉强,坐上了连若菡的车,让她随便带她们转转就可以。连若菡对米萱不假颜色,对夏想不冷不热,却偏偏对曹殊黧格外友好,对她的话也是不加反驳,点点头,表示同意。

曹殊黧得意地白了夏想一眼,连若菡开车,她坐在副驾驶位置上,把夏想和米萱扔在后座。夏想大感头疼,看了米萱一眼,看她又要张口,忙说:"我有点晕车,先休息一下,到了再叫我。"也不理会米萱的白眼加鄙视,闭目养神了。

夏想只顾躲避米萱的骚扰,本想假装闭眼休息片刻,没想到还真睡了过去。

也不知过了多久,他感到鼻子和耳朵同时发痒,一只手去挠痒痒,却碰到一只软绵绵的小手,他当即伸手一把抓住:"还想跑?敢做坏事,就要有承担随时会被抓住的勇气。"

他以为肯定是曹殊黧在捉弄他,抓住小手就势一拉,想要吓她一吓,不料手上刚一用劲,却被对方反手挣脱,速度之快,力度之大,让他吃惊不小。

睁眼一看,连若菡一脸冰霜地站在车外,冷冷说道:"流氓!"

怎么处处被人当成流氓?夏想无比委屈地说道:"你要清楚刚才是你在挑逗我,我伸手反抗是正当防卫,怎么就是流氓了,你这叫反咬一口!"

连若菡扔掉手中的狗尾巴草,拍拍手上的泥土:"黧丫头让我叫醒你,我懒得喊你,又不愿意碰你,只好拿一根草弄醒你……谁让你睡觉姿态那么难看,东倒西歪的,丑死了!"

夏想纳闷地说:"谁睡觉不是东倒西歪,难道你站着睡觉?告诉你,马能站着睡觉,人不能。"

他从车上下来,四下一望,发现车停在一条山路的旁边,山路一侧是高山,另一侧是悬崖,正好脚下有一处足球场大小的空地。应该是刚刚下过雨,山中的空气格外清新,深呼吸一口新鲜空气,顿时让人觉得心旷神怡。

山路不宽,顶多可以并行两辆汽车。道路两侧长满树木,有核桃树,还有一些枣树和杏树,曹殊黧和米萱在山路的另一侧,你扶着我,我拉着你,正在够树上的核桃。

此时的核桃还没有完全成熟,圆圆的像个鸡蛋一样,外面包了一层厚厚的青色果肉。只有外面青色的果肉烂掉之后,才会露出里面的核桃,也就是市面上见到的核桃。夏想见她们两个人兴高采烈的样子,摇摇头说道:"山里的核桃不好吃,再说外面的青皮又不好去掉,摘了也没有用……米萱也是,挺大的人了,还玩个没够。"

"就是,山不奇水不美,有什么好玩的,大惊小怪。到底是小孩,心性不成熟,见到什么都稀奇,实在是无趣。"难得连若菡也附和夏想说话,她将手放在额前,仿佛是不习惯雨过天晴之后的阳光,微微皱起了眉头……她的鼻子弧线极好,又十分翘挺,从侧面看上去就格外迷人。

可以说她的整个脸型极具古典美,是标准的瓜子脸。几乎完美的脸型再加上精致的五官,即使从侧面望去,也是无可挑剔的美人风姿,尤其是她长长的睫毛不停地眨动,令人目眩神迷。

比起肖佳的色不迷人人自迷,比起曹殊黧的纯真清丽,连若菡的美,就如一件散发着耀眼光芒的精美玉器。美则美矣,却让人生不起亲近之感,犹如远远观望高高在上的天仙美女一般,清清冷冷,和所有人都有一种淡淡的疏离之感。

夏想收回胡思乱想,难得和连若菡有共同语言,就问:"我是叫你若菡好,还是叫你连妹妹?"

"随你便!"连若菡扭过头来,眉眼如画的容颜如月光一般清冷,声音也缥缈得好像从天边传来,"你爱叫什么是你的自由,我回不回答则是我的权利。"

夏想明白了,她的意思是,她想理你就理你,不想理你,你叫破喉咙也没用。算了,何必非要没事去招惹她,闲得慌。他转身朝悬崖边上走去,脚下的泥土有点松软,没走几步,鞋上就沾满了泥。他抬头远望山谷中不停翻腾的云气,见阳光穿透云层,在苍茫的大地上形成一片片明明暗暗的云影,心情突然舒畅起来,忍不住张口吟出杜甫的一首诗:"荡胸生层云,决眦入归鸟……"

连若菡正双眼迷离,仰望天空,听到夏想念出这句诗,突然之间眼泪涌了出来:"会当凌绝顶,一览众山小……说是容易做来难,真要登上了绝顶,虽然可以看到无限风光,看够了之后,还是一个人孤苦,高处不胜寒。"

夏想心想,看不出来,她年纪不大,心思挺深,还是一个有故事的人,可能有什么不堪回首的往事。他本来想问问,又想到她漠然的神情,摇了摇头,不想自讨没趣,还是没有开口。

连若菡却主动来到他的身边,和他并肩而立,眺望远山的云海。静默片刻,连若菡突然问道:"夏想?你的名字挺怪,有什么含义没有?"

"没有!"夏想自嘲地笑笑,"本来起名叫夏翔,出生不久后登记户口时,户籍民警想象力丰富,把名字给写成了夏想。当时也正好是夏天,她又是一个非常年轻的女民警,可能是正在想念谁,夏想——夏天的想念,结果因为她的胡思乱想,我就从飞翔变成了想念,想想也怪可惜的……"

"真会编,肯定是小毛孩子骗人玩的话,谁信?"连若菡嘴上说不信,不过嘴角还是微微露出一丝笑意,"如果,我只是说如果你说的是真事的话,现在那个女民警怎么样了?"

女人的思维真是奇怪,从他的名字联想到了女民警身上,看问题的方式果然和男人大有不同,夏想只好挠挠头:"我当时才出生好不好,怎么会知道她以后的事情?不过据我猜测,她现在应该有一个女儿,年纪和你差不多,估计过得很幸福……"

"我比你大!"连若菡反应倒快,马上意识到是夏想在暗示她比他小,"你要是叫我姐姐的话,说不定我会同意。"

山中气候多变,一阵风吹过,刚刚还是丽日当空,突然之间就不知从哪里涌来一片云彩,遮住了天空。恰好一缕阳光透过云层照在连若菡身上,于是夏想就见到平生从未见过的奇观。他和连若菡近在咫尺,连若菡犹如熠熠生辉的仙女,全身笼罩在明丽的阳光之中,而他身在黑影之中,与她形成鲜明的对比,犹如白天和黑夜,诡异而绝美。

夏想长出了一口气,叹道:"所谓天之骄子也不过如此,你我相距不过一米远,却一明一暗一天一地,像你这样的天生贵人,是永远也体会不到普通百姓的生活有多艰难。所以才会开车横冲直撞,把别人的马吓惊;才会随便撞别人的车,以为钱就可以解决一切。钱要是真能解决一切,你就会没有任何苦恼了,你现在没有苦恼吗?我看未必。"

连若菡愣了愣,脸上又恢复清冷之色:"别想套我的话,我不会告诉你我是谁!还有我就愿意开车横冲直撞,就是愿意把别人的车撞坏,你有什么办法,你能拿我怎样?"她转身就走,头也不回地朝曹殊黧走去。

夏想笑笑,说她是被娇纵宠坏的一代,她也有自己的原则,虽然得理不饶人,但不会无理取闹。说她办事有分寸,有时又任性而为,真是让人难以琢磨。

不一会儿,曹殊黧一行三人嬉笑着回来,连若菡就和曹殊黧有话可说,对米萱的态度甚至还不如对夏想,她自顾自上了车,关紧车门,放起了音乐。

米萱越看连若菡越不喜欢,心中有气,又没人听她埋怨,就一脸不满地瞪了夏想几眼:"刚才你和她离得那么近,说话那么多,是不是有进展了?夏想,别说我没有提醒你,除了黧丫头,世界上你再也找不到这么好的女孩了,连若菡虽然长得还算不差,不过人品就差了许多,你别被她迷惑了。"

曹殊黧这一次没有反驳米萱,笑眯眯地歪着头看着夏想,紧紧咬着嘴唇,眼睛眨呀眨的,就等他说话。夏想知道曹殊黧的小聪明和小心思,就笑着对米萱说:"天下女人最好奇最多疑最碎嘴的优点,全部集中在你一人的身上,也算是奇迹。我想不明白,为什么黧丫头和你同是姐妹,她怎么聪明得像个小精灵,你却事多得像个老太婆?"

备受打击的米萱咧咧嘴,想说什么却没有说出来,摇摇头,一脸伤心欲绝的表情。曹殊黧笑嘻嘻的,很开心的样子,走到夏想面前半米远的地方站住,小脸上闪着异样的光彩:"刚才萱姐说的话,你记住没有?"

小丫头这是在考验他,夏想算是明白了,她和米萱,一个唱红脸,一个唱白脸,其实一唱一和,配合得天衣无缝,就是为了看看他的表现。他是一个正常的男人,也知道曹殊黧的心思,心里没有一点触动那是假的,不过也不想就这么轻易投降,就假装点点头说道:"听明白了,她是怕连若菡对我有非分之想,不用担心,她可能对我没有什么想法,我对她倒是有点想法,以后再慢慢实现。"

曹殊黧没有上当,俯到他的耳边小声说道:"要不要我替你和连姐姐牵针引线,当一次红娘?她现在和我关系最好,最相信我的话,要是我多说你的好话,她肯定会对你的态度大为改观,说不定还真会喜欢上你。"

夏想顿时一脸陶醉的神情:"太好了,谢谢你黧丫头,你要是帮了我这么一个大忙,我肯定要好好请你大吃一顿,怎么样?说吧,你想吃什么好吃的,我现在就开始攒钱,省得到时被你狠狠宰上一刀,没钱付账可就丢人了。"

"好你个大头鬼!"曹殊黧咬牙切齿地说道,抬脚就踢了夏想一脚,"我现在就想宰你一刀,让你知道知道什么叫贪心不足蛇吞象!还想让我给你当媒人,你也真敢想,是不是觉得我好欺负?"

连若菡从车窗里探出头来:"黧丫头,上车了,可能要下雨。"又看了夏想一眼,仿佛不认识他一样,不假颜色地说道,"我警告你别痴心妄想,小心吃了大亏,到时哭都来不及。"

夏想很认真地点点头："多谢提醒，承蒙夸奖，我有自知之明，也了解自己肯定对假清高的女人不感兴趣……"又转身摸了摸曹殊鲎的头，"还是鲎丫头好玩，聪明又可爱。"

"一边去，我不是你的玩具。"曹殊鲎丢下夏想，坐在了副驾驶座上，又冲远处的米萱招招手，"上车，不上车就把你卖到山沟里。"

回去的时候，夏想再也没有睡意。眼前的山路甚至不能称之为路，坑坑洼洼，还到处堆着乱石，要不是连若菡的路虎底盘够高，根本就无法通行。看着宽不过四五米的山路蜿蜒在群山之间，山路之间人迹罕至，他脑中灵光一闪，眼前的山路，可能就是三山度假村开发之后，由京城直通三山度假村的通天山路。

也就是说，他们现在正行走在这条寄托着坝县人民幸福的山路之上。夏想再也按捺不住内心的惊喜，忙问："若菡，这条路是你发现的？你怎么知道这条山路的？"

连若菡正在专心致志地开车，被夏想一问，也不回头，答道："闲着没事就四处开车转转，无意中发现了这条小路，正好试试车的性能……怎么了，你有意见？"

"说话不顶人几句就不能显示你的个性。"夏想暗中腹诽连若菡几句，嘴上却说："路虎性能是不错，不过还没有好到能够翻山越岭，山路这么危险，你开车小心点为好，毕竟一车人的性命都掌握在你手中。"

惊魂一刻

夏想也就没有再说话，仔细观察起两侧的路况。山路崎岖，盘亘在青山绿水之间，犹如一条腾飞的巨龙。只是此时这条巨龙还不成形，不但窄小，还起伏不平，不过已经初步具备了三级公路的基础，只要稍加修整就能投入使用，投资不会太大，时间也不用太久。土基部分，就地取材，将开山剩下的石块粉碎，混合在泥土之中垫在下面即可。

再加上铺设沥青，压平等一系列的程序，动作快的话，明年春天就可以正式投入使用。夏想越想越兴奋，目光越过崇山峻岭，仿佛看到了山路尽头的坝县，已经是一派欣欣向荣的景象。正入神的时候，突然之间一阵刺耳的刹车声响起，没有防备的他猛地向前一扑，头重重地顶在了前位的座位上。

米萱夸张地惊叫了一声:"会不会开车,想吓死人呀!"

曹殊黧坐在前面看得清楚,声音都微微有些颤抖:"路、路、路塌了,夏想,滑坡了,怎么办?"

只有连若菡静静地坐在驾驶位上,面有若思,不下车,也不说话,显然正在思索如何应对。

夏想观察了一下周围环境,开门下车,才看清前面几米外,山路塌陷了一个长约四五米的大沟,生生将山路拦腰斩断。再抬头一看,山坡上还不停地掉下指头大小的石块,落到地上,溅得到处都是。

只能后退了,夏想打定了主意,看样子可能是因为山雨引发了地面下沉,现在头顶上又有山体滑坡的危险,在这里多待一分钟,就意味着有可能随时被乱石埋住。他不敢耽误,来到车前对连若菡说道:"这里危险,不能停留,我来指挥,你来倒车,倒到宽阔的地方,再调头,哪怕绕远,也比困在这里强。"

连若菡看了看左右的地形,不同意夏想的意见:"现在我就可以原地调头,你不懂装懂,别瞎指挥。"

路虎太宽太长,而且车身沉重,稍有不慎压在路边上,就有可能引起塌陷,甚至有掉入悬崖的危险。深知此道理的夏想对连若菡的提议坚决反对:"不行,原地调头太危险,耗费的时间又太长,万一不小心掉进山沟怎么办?"

连若菡脸色一变,一脸的不耐烦:"听你的口气,好像你比我还懂车,比我开车的技术还高?告诉你,我曾经一个人驾车,从京城一直开到西藏,什么样的危险没有见过,什么样的山路没有开过?你一个小毛孩知道什么,见过什么世面,快闪开,车是我的,我说了算!"

夏想无奈,对曹殊黧说道:"下车,黧丫头,车上危险。"

曹殊黧听话地下了车,米萱动作更快,一下车就离得远远的,嘴中嚷嚷说道:"疯子,十足的疯子!一个女孩这么凶,关键时候不听男人的话,谁会要你!"

连若菡先是倒了一把,在车轮离悬崖边上不到五公分的时候,又迅速回轮,向前摆正。可以说,她的技术无可挑剔,确实技术过硬,但有时女人的直觉往往比不过男人的冷静。几把方向盘过后,她悲哀地发现,山路太窄,除非掉到山沟里或是撞到石头上,否则根本不可能原地调头。

连若菡一脸沮丧,却又不肯认输:"汽车撞坏了,要不是上一次撞了一辆蓝鸟,刚才我已经成功了。"

夏想不觉好笑,她可真会狡辩,根本就是风马牛不相及的事情,她也能扯到一起。看来,怨天尤人是女性的天性,天生就会,无师自通运用娴熟。

不过现在没有时间嘲笑她,他让连若菡顺正车轮,准备指挥她倒车。不想连若菡刚刚将车摆正位置,还没有来得及倒上一步,就听到后面传来轰隆隆的一声巨响,紧接着一片尘土飞扬,在几人目瞪口呆的惊讶之中,身后十几米远的地方,又凭空塌陷了一处大洞。

前后都是路面塌陷,连一向镇静的连若菡也不禁脸色大变,一脸惨白地看着夏想,失去了平时的冷静。

曹殊黧也是小脸吓得没有血色,向前拉住夏想的手,身子紧紧贴了过来:"夏想,我怕!"

她毕竟是局长千金,从小一帆风顺,哪里会遇到现在这种前后无路的困境?

米萱怒了:"连若菡,都是你自作聪明地逞能,要是一开始就听夏想的话,也不用现在困在这里。现在好了,你有本事把你的汽车变成直升机,带我们飞回去!哼,你一个女人非要自作主张,真是愚蠢。女人哪有男人遇事理智,你真是不可理喻。"

连若菡被米萱大加指责一通,也不反驳,目光冷冷地抬头一看,大惊失色:"不好,山体滑坡!"

头顶上,许多细碎的沙石滚滚而下,片刻间就落在车上,打得车顶咚咚直响。沙石现在还伤不了人,不过现在只是前兆,几人都清清楚楚地看到,上面有一块巨石摇摇欲坠,落下来只是时间问题。而巨石一旦落下,正是几个人的站立之处,也就是说,几人将会被砸得粉身碎骨。

要么跳下悬崖摔死,要么原地不动被砸死,连若菡没了主意,一脸慌张地看着夏想:"怎么办,怎么办,我从来没有遇到过这么严峻的难题,真的要死了吗?"

曹殊黧将夏想抱得更紧,喃喃如呓语一样说道:"你说我们要是死在一起,是不是以后永远不会分开?能和你在一起,我不怕。"简单几句话,就将少女的心扉表露无余。夏想有些感动,又感到肩上全是沉甸甸的责任,他使劲将曹殊黧抱在怀中,第一次亲了亲她的额头,轻声说道:"有我在,你不会死。"

夏想一伸手打开车门,大喊一声:"黧丫头和米萱快上车,越快越好!不要问为什么,现在没时间解释。"然后又伸手一指一旁惊呆的连若菡,"别站着,听我指挥!立刻找一块长方形的石头,越长越好,一头粗一头细最好,要快……"

连若菡惊醒过来,恍惚地问道:"做什么用?"

"不要问,只管做!"夏想也不客气,上前推了她一把,"你和我一人负责找上一块,是死是活,全在此一举了。"

连若菡被夏想有些粗暴的动作推得差点摔倒,正想发火,却正对上他一脸坚毅的表情和不容置疑的眼神,不由自主心中一怕。一向不服输自以为是惯了的她,今天不知何故竟然败在一个在她看来不过是小毛孩的手中,让她感觉大失颜面。

只是,现在不是计较颜面得失的时候,她顺从地点点头:"我听你的。"

连若菡虽然今天穿的是短裙,不过动作还是非常干净利落,在乱石中跳来跳去,也不顾形象,有几次裙子被风吹起,差点走光她也浑然不觉。春光在前,夏想更是无心欣赏。面临生死抉择,他自小练就的健壮身体起了作用,不多时就找到一块长条形的石头,也正好符合他的要求,一头细一头粗,不过就是有些重。他吃力地将石头搬到山路前方的塌陷的边上,离大坑一米左右。

连若菡也找到了石头,虽然不如夏想找到的理想,但也基本可用。她搬不动,夏想就和她抬了过来,并排放在一起,问道:"看一看是不是和你的车轮一样宽?"

连若菡明白过来夏想要做什么,惊讶地问:"你想飞越这个大坑?这个坑足有五六米远,要专业的车手才行!"

"我就行,你别多问!"夏想决心最后一搏。

二人又比画一番,确定好了位置,就急忙返回车内。连若菡还想和夏想争夺驾驶权,被他不由分说直接推到副驾驶位置上。山坡上的碎石越来越大,这个迹象表明,就算最上面那块巨大的石头不掉下来,他们也有可能会被山石活埋。

现在的情形刻不容缓,容不得连若菡再耍小性子。

"所有人都坐好,系上安全带,不许乱动,不许乱喊,听到没有?"夏想当仁不让地当起了三个女人的主心骨,曹殊黧非常听话地"嗯"了一声,米萱也点点头,系上了安全带,只有连若菡还想说什么,却被夏想一句话呛了回去,"一个人不要在一件事情上犯两次错误,现在一车人的性命在我手上,你不要做所有人的累赘!收起你的个性,现在不是你任性的时候!"

连若菡脸色变了几变,张了张嘴,眼中的倔犟慢慢消失,坐回座位上,一言不发地系上了安全带。

夏想深呼吸几口,稳定一下情绪,眼睛紧盯着前面的两块救命石块。他发动汽车,双手紧握方向盘,感觉到手中全是汗。车上三位如花似玉的美女身家性命系于他一身，一个是他心仪的女子曹殊黧，一个是来历不明的任性连若菡，还有一个是成熟丰满的米萱，不管是哪一个都是一等一的人才，都比他更能牵动许多人的心弦。他必须全力一搏，必须完全冷静下来，一举成功。

因为在生与死之间没有失败的选项，失败就意味着死亡。

他将车向后倒退了十几米，一直退到后面大沟的边上，然后才一脚死死踩住刹车。另一只脚一脚将油门踩到底，然后猛地松开刹车。汽车如猛虎下山一般，四轮驱动的巨大动力发出一声刺耳的轮胎摩擦的声音，汽车飞一般向前冲去。十米、八米、五米、三米……夏想两眼死死盯着两块救命石块，不停地微调着车轮方向，感觉到两个前轮猛然一顿，心中一紧，双手下意识抱紧方向盘，车头抬起，整个车身腾空跃起。

车内没有人敢发出一点声响，好像声音也有重量一样，一旦说出口，就会给汽车增加重量，飞不过身下的夺命沟。曹殊黧双手捂住嘴巴，唯恐自己不小心惊叫出声，目光却紧盯着夏想不放，目光中有柔情，有温情，有决然，还有一丝不甘和不舍。

米萱干脆闭上眼睛，一副听天由命的样子。

连若菡却眼中兴奋莫名，脸上也没有了刚才的惶恐不安，眼神中全是刺激和惊喜，仿佛飞车是一件好玩的小事，而不是一件性命攸关的大事。

还是估计不足，夏想暗中擦了一把冷汗，眼睁睁看着汽车的前轮落到了地面上，而左后轮却落在大洞的边缘，汽车猛然一顿落了地，随即又迅速向左后方倾斜，"啊——"车内一片惊呼。

还好，路虎是四轮驱动，夏想猛踩油门，两个前轮陡然发力，冒出一股青烟，带动沉重的车身一下又向前冲出十几米，最后稳稳当当地停在山路的正中。一切尘埃落定，他大口喘了几口粗气，然后回头伸出手紧紧握住了曹殊黧的手。

曹殊黧眼中泪光闪动，小手也是潮潮的，手心温热，手背冰凉，她用力地点点头："谢谢你，夏想。"

"谢他什么，他也是为了保命，不全是为了救你。"米萱获救之后，不思回报，却立即对夏想进行打击报复。

"我就是要谢谢他，因为他不仅给了我一个活命的机会，更给了我一个实现梦想的机会。我决定了，从此以后，谁也不能阻止我实现自己的梦想，就是爸爸也不行！"曹殊黧脸上流露出从未有过的坚决，她一只手被夏想抓着，另一只手握成拳头，在自己胸前用力一挥。

"什么梦想?说得跟结婚宣誓一样,一点也不感动,还有一点肉麻。"米萱开口就是刺,谁也不放过。

"不告诉你,保密。"曹殊黧又嘻嘻笑了,眼神中闪动的分明全是爱意和憧憬。

连若菡用力靠在座位上,全身虚脱一样,过了半晌才笑了一笑:"夏想,今天的事情,我挺佩服你。"

"救命之恩,说一句佩服就完了,你的佩服可真值钱,我还佩服你!"米萱继续对她冷嘲热讽。

连若菡不理米萱,又对夏想说:"接下来的路程,就麻烦你开回坝县,谢谢!"说完,她将头扭到一侧,微闭双眼,再也不肯多说一句话。

难得连妹妹也开口谢人,夏想笑了笑。本来他就想亲自驾车回去,说实话,他现在也不太相信连若菡还能保持镇静,所以还是由他来开车才安全。

连若菡的睡美人的样子实在令人遐思,夏想看右边后视镜的时候,不小心多看了她一眼。她的脸庞精美得如不食人间烟火的仙子,五官精致得挑不出任何缺陷,让人忌妒上天的偏心和不公。

夏想可不敢多看连若菡,她太美了,美得让人心悸,他现在不能分心,山路还是非常崎岖难走,必须全力以赴。他不知道的是,连若菡其实是在假寐,她微闭着眼睛,留着一丝余光,在偷偷地打量着夏想。

夏想虽然比她大两岁,不过在她看来,男人在三十岁之前,在没有经历过许多事情之前,一直都是长不大的小毛孩,行事毛躁,心智幼稚。比起经历过大风大浪的中年男人,二十多岁的小男孩根本就是没有长成的果实,青涩而冲动,思想简单,基本上还处在低幼阶段。

连若菡对这样的男孩没有一点好感,在她看来,男人只有稳重成熟才有味道。而男人的稳重和成熟又体现在遇事不慌不忙,凡事总是胸有成竹的样子,谈吐风趣而幽默,谈笑间,就决定了许多惊天动地的大事。

未经世事没有见过风雨,不知道天高地厚的小男孩和举手投足都有动人心魄的魅力的成熟男人相比,在她眼中有天壤之别。所以她对夏想这个年纪的男孩没有任何好感,甚至对他们的殷勤还十分反感,觉得他们的讨好浮浅而粗陋。

连若菡对夏想最初的印象,虽然觉得他比同龄人稍微成熟一点,不像其他人一样,见到她的美貌就表现出极大的兴趣,要么想方设法接近她,要么千方百计讨好她。夏想的表现比其他人好了不少,最起码没有那么浮浅和直白,她见到曹殊黧之后也就释然了,原来他有这么一个漂亮的小女朋友,怪不得对她不感兴趣,心中也多少平衡了点。

李丁山的精心安排

对自己相貌自负的女人,虽然对身边众多的追求者感到厌烦,但如果遇忽视她的相貌的男人,心中还是会感到吃味,连若菡也不能例外。女人古怪而复杂的心理,由此可见一斑。

随后发生了撞车事件,连若菡再次和夏想在公安局相遇。在得知他是县委书记的秘书之后,她多少有点吃惊。他年轻而稳重,而且说话办事远比同龄人考虑周到,和郑谦、王冠清站在一起相比,除了看上去年轻了许多之外,气势和稳重上,不比两个久经官场的中年男人差上一分,就不得不让她高看了一分。不过她还是不相信,在坝县这个小小的地方,真有少年老成的人存在。她不是没有遇到过少年老成的人,不过后来的事实都证明,所谓的少年老成,多数都是沉默寡言罢了,而不是真正的遇事不惊。

在连若菡的想象中,世界上总有一个人,不仅会骑白马,而且风度翩翩。不但要和她年龄相仿,还要成熟稳重,胸怀宽广。既有年轻人的朝气,又有中年人的沉稳。这样的人,不敢说举世无双,至少也是世间罕见。

直到夏想指挥若定,用命令的口气让她找石块,再到他驾车腾空而起,安全带领众人脱险之后,连若菡只觉世界仿佛在她眼前打开一道新的大门。一个浑身闪耀着七彩光芒的男人,从门里走出来,十分绅士地向她伸出了一只手……

"醒醒,到了。"

连若菡睁开眼睛,才想起刚才她只是想假睡一会儿,暗中打量夏想,没想到还真睡着了,推醒她的正是夏想。他已经将车停在了县委招待所,又替她打开了车门:"累了?累了就好好休息一下,刚才的事情就当成一次探险经历也很不错。别再多想了,大难不死,必有后福,肯定以后会有好事追着找你。"

"用不着你安慰,我的心理承受能力好得很!"本来想表示一下谢意的连若菡,一见夏想身后紧紧跟随的曹殊黧,忽然心中一跳,就又恢复了清冷的口气。

曹殊黧看看夏想,又看看连若菡,就将夏想拉到一边,小声说道:"连姐姐脾气是不太好,你让着她点,毕竟她是女孩子,是不是?"

夏想也是一身疲惫，毕竟刚才经历的一切，任谁也会感到后怕，身心俱乏。他见连若菡还端着拿着，心中也多少有气："让着就让着，唯女人与小人难养也，此话不假……"

"找打不是？你这么说，不是连我也骂了！"曹殊黧作势欲打，眼中却流露出笑意，"我可是一直很乖的呀，不能一概而论，是不是？"

夏想见天色不早，也就没有再上楼，留下三位美女就回到办公室，正好李丁山还在。李丁山就让他叫上小贾，三个人一起出去吃晚饭。

说起来夏想和李丁山、贾合几乎天天见面，但李丁山和贾合就未必每天都见，除非李丁山用车的时候，否则一般贾合也见不到李丁山。三个人也有一段时间没有在一起吃饭了，夏想知道，李丁山应该是有事情要说。

果然，吃的差不多的时候，李丁山放下筷子，对贾合说道："小贾，你也跟了我好几年了，一直也没有得到什么好处，现在在司机班当司机，待遇也不是太好。不过我会尽快帮你解决一个编制，现在你还算聘用的身份，等有了编制，就是正式的国家干部了。不用太久，半年之内应该问题不大。"

贾合知道李丁山的心意，想说些什么，被李丁山伸手制止，李丁山又笑道："工作问题我帮你解决，不过你的个人问题眼下还不太好解决，要是你能在坝县找到合适的对象，谈谈也可以，大不了以后调动的时候，再想法调走……"

贾合嘿嘿笑了起来："我觉得单身也挺好，主要是女人太复杂了，我弄不明白她们在想些什么，所以她们都不喜欢我，上愁。"

夏想呵呵笑了起来："小贾，你不会是看上了张信颖了吧？"

贾合顿时涨红了脸："哪有这种事情？小夏，你现在是秘书身份，说话要注意影响，不要随意诬赖好人。"

李丁山笑着指了指夏想："你呀你，别开小贾玩笑了，没见小贾脸皮薄，一说到女朋友的事情就脸红脖子粗，难为情得不行。"

贾合摸了摸脖子："我脸红了，但脖子没粗。"

笑过之后，李丁山又郑重其事地对夏想说道："小夏，我觉得以你的能力担任我的秘书，有点屈才了，我决定放你出去，让你到贾寨乡当个副乡长，怎么样？"

"李书记，这个太突然了，我觉得还应该在您身边再锻炼一两年，现在就下到基层，是不是太早了点？"夏想有点猜不透李丁山的心思，今天他的提议来得太意外，让他措手不及，不得不谨慎一点，"是不是李书记觉得我哪里做得不好，准备把我发配出去？"

"别得了便宜又卖乖……"李丁山笑着敲打夏想,"你提了副科级,虽然说当我的秘书也行,不过我经过深思熟虑还是决定把你外放到贾寨乡当副乡长,副科实职,也算手中有权,可以做些实事。同时,我还考虑到其他的方面。"

李丁山对夏想没什么好隐瞒的,在他面前也不讲究什么领导艺术,不会有话说一半藏一半,再让夏想去揣摩。现在他和夏想可以说是既是上下级关系,又是坚定的同盟者,他不仅需要夏想的智慧帮他渡过难关,更需要夏想的能力帮他做出政绩。让夏想出任贾寨乡副乡长一事,他是为以后的大局先做好准备。

因为以后食品厂也好,草原度假村也好,都位于贾寨乡。可以说,如果在贾寨乡没有一个他绝对信任的人可以控制局面,他在县委也难以放心。

夏想经李丁山点醒,也意识到他的良苦用心,毕竟食品厂和草原度假村,都是他投入全部精力并且抱有厚望的项目。能够出政绩是一方面,最主要的是,如果经营得当,几年之后,坝县人民全部解决温饱或许不可能,但让半数以上的人脱贫还是大有希望的。

李丁山放他出任,一来是委以重任,二来也是无奈之举。夏明心里清楚,现在李丁山来坝县的时间太短,还没有可以完全信赖的人。再说草原度假村和食品厂,都出于他的设想,李丁山让他放手去做,也是觉得他有能力完成这两个项目,交给别人,李丁山不放心,他也不想让自己的心血被不懂装懂的官僚给糟蹋了。

夏想也就没有再矫情,点头同意了李丁山的安排:"李书记怎么说,我就怎么做。不过还是觉得给您当秘书好,出了事由您在前面顶着,我可以偷偷懒,真要自己当了副乡长,什么事情都要亲力亲为,想想就头疼。"

"又耍赖是不是?夏想你什么都好,就是爱在我面前不说真话!给领导当秘书是为了什么?可不是为了当一辈子秘书,而是为了早一日走上领导岗位,主政一方。不过说实话,我也不想这么早就放你出去,也有不得已的原因。"李丁山对夏想的态度还是十分受用的,要真是夏想一点也不流露出对他留恋的意思,他心里才不舒服。当然,凭他对夏想的了解,也知道夏想对他绝无二心,他对夏想也是不遗余力地大力扶持,期望他有朝一日大展宏图。

夏想见李丁山的神情有些落寞,心里一惊:"出了什么事,李书记?难道省里又有了大的动向?"

李丁山摇摇头:"不是省里,是市里,是燕市。我听到了消息,陈风有意通过章程市委把你调回燕市。陈风的能量不小,他真要下定了决心调你走,我也没办法。不过还好,他的关系是章程市委组织部的王肖敏,正好王部长有事要去省里开会,据说要离开一个月的时间,趁这个时间差,我把你外放到副乡长的位置,他们再想调动你,就得慎重考虑了。"

李丁山的想法也对,夏想明白了他的安排,要是他只是一个秘书,上面要人的话确实容易调走。但如果他当上了副乡长,再要调动的话,手续和程序就要复杂许多,就会比调走一个秘书慎重多了。李丁山的办法也是没有办法的办法,夏想不明白的是,陈风怎么就知道了他的名字,还非要调他回燕市?他都没有感觉到自己有这么抢手,难道是高海?

"不是高海,是陈风自己的主意!"李丁山也猜出了夏想心中的疑虑,"应该是陈风看中了你设计的休闲广场和液晶大屏幕项目。对了,他和曹殊黧在火车站广场偶遇,一天之内两次见到你设计的项目,在巧合之下两处项目都让他赞不绝口,他对你自然就印象深刻了。还有,曹局长能够被他看中,也是因为曹殊黧的原因,归根结底,你是所有环节中可以将所有人联系起来的最关键的桥梁。"

夏想都不知道他是该庆幸还是该自认倒霉,他只想安稳地在坝县度过两三年的时光。当然遇到陈风这样耿直能干的市长,在力所能及的情况下,他也愿意想方设法帮他一把,前提是躲在暗处,不被高成松记恨。开玩笑,省委书记要是记恨一个县委书记的小秘书,要弄死他还不是跟捏死一只蚂蚁没有两样。

可惜的是,生活总是在不经意的时刻给人惊喜,或者说是惊讶。陈风一天之内两次听到夏想的名字,竟然让被省里压力逼得焦头烂额的陈市长病急乱投医,动用关系想让曹永国当常务副市长也就算了,居然还想把他也拉到身边。夏想哭笑不得,陈风能干是不假,不过他也肯干更敢干,早晚要和高成松发生冲突,他在陈风身边,肯定会被殃及池鱼。

李丁山见夏想沉默不语,问道:"怎么,难道你想到陈市长身边?是不是觉得我做的决定有点霸道,没有征询你的意见?"

夏想惊醒过来,忙抱歉地一笑:"想入神了,李书记别怪。说实话,要是别人不经我同意,就为我安排好了前途,我就算感激他,也会觉得不太舒服,有一种被人摆布的感觉。但您就不同了,从燕市到坝县,我就抱定了一条心,和李书记同进共退。既然当初选择来了坝县,我不做出一番成绩就离开,一是对不起李书记对我的信任和扶持,二来也对不起自己想要大展手脚的决心。再说坝县人这么穷,好不容易盼来了李书记,要是我不帮助李书记为坝县人民做点什么,坝县人民会非常失望的。"

李丁山哈哈大笑:"你现在还是秘书,以后当了副乡长,说话可不能这么油腔滑调了,要注意自身形象。"

夏想腆着脸:"在李书记面前,我是下属,又是晚辈,有什么形象好装的?得给李书记表现出我诚实的一面,省得总让您觉得我不够活泼……"

说笑几句,李丁山心情大好,又想起了一件事情:"我动用京城的关系,暗中打听了一下连若菡,没有人知道她到底是谁,怪事。"

有些家族隐藏得极深,他们的资料属于高度保密级别,打探不到消息也再正常不过。夏想就又将他和曹殊黧、连若菡以及米萱几人去探路的事情一说,其中的惊险遭遇也没有隐瞒,直听得李丁山大惊失色,站起身来,郑重其事地对夏想说道:"小夏,以后不要再做这样危险的事情,太吓人了。你想想看,你们一行四人,都是重要的人物,万一有个闪失,不定会闹出多大的动静,以后别再这样了,记住没有?"

关切之情溢于言表。

夏想心中感到暖暖的,李丁山对他的关怀超过了上级对下级的爱护,完全是一副长辈的姿态。他不想让李丁山过多的担心,就腆腆地笑道:"这不是连若菡的主意嘛!她太任性,又被惯坏了,谁的话也不听,我也拿她没办法。还好,殊黧还算和她谈得来,要不别说和她一起出去转转,就是坐一下她的车,恐怕也不可能。"

李丁山对曹殊黧的印象非常好,好得认为她几乎是完美的程度:"殊黧这个小丫头真不错,可惜我没有和她年纪相仿的儿子,要是有,也想让她当我的儿媳妇。这个小丫头太可爱了,也太讨人喜欢了,小夏,千万不要错过好机会,要抓紧。我敢说,她以后一定是一个贤内助,绝对对你大有帮助。"

李丁山已经是不知多少次提醒夏想,不要错过曹殊黧了,夏想也明白他的想法,同时他也清楚曹殊黧对他的感觉,也能看清她对他的帮助有多大。但他心中总是觉得曹永国对他有防范心理,也隐隐可以猜到,曹永国对曹殊黧期望很大,肯定希望她找一个门当户对的高官权贵子弟。有朝一日,等曹局长变成曹市长之后,他的眼光会更高一层,到时志满意得的曹市长,会不会还对他这个没有出身的穷小子高看一眼,还会不会对他和颜悦色?

夏想心中始终没底。

夏想的忧虑被贾合打断了,他红着脸,一脸扭捏的笑容问道:"小夏,你身边的三个美女中,有一个最成熟最红火的,就是最喜欢穿大红衣服的那个,她是谁?"

夏想来了兴趣,原来贾合暗中看中了米萱,也确实,米萱成熟火辣,最受贾合这种闷骚男的喜欢,他打趣贾合:"她叫米萱,是殊鳏的表姐……眼光不错,她确实比殊鳏和连若菡性感多了,不过她的眼光好像也挺高,小贾,你需要加倍努力呀!"

贾合连连摆手:"没什么,别乱说,我就是随便问一问,就是觉得她挺好看的,不是,挺耐看的。她长得有点像我以前的一个熟人……"

不过夏想再怎么问,贾合也不肯说米萱长得像谁,支支吾吾地转移了话题。李丁山在一旁笑而不语,心中却想夏想不骄不躁,得到了陈风的赏识,一点也没有动心,他心里就越发觉得夏想可靠,值得他大力扶持。如今像这样的年轻人不多了,能够得到燕市市长的赏识,有几个年轻人能坐得住,还愿意留在穷乡僻壤的坝县发展?在县里发展,充其量到处级就到头了,而跟在市长身边,可以说是前途无量。燕市毕竟是省会城市,一旦陈风升格成了市委书记,就是省委常委了,他看中的人,还会没有大好的前景?

不过李丁山也自负地笑了笑,夏想并不知道他背后的关系网到底有深有多广,如果他真要动用他老丈人的关系,也是一股不容忽视的力量。看着夏想年轻而充满朝气的脸庞,他下定了决心,夏想,好好干,跟着我你就放宽心,肯定不会比跟着陈风差,甚至还要好上许多。来日方长,不只是说说而已。

第一步:许之以利

第二天夏想先是忙了一上午,中午的时候接到了冯旭光的电话,他到了坝县。

冯旭光这一次过来,带来两个助手。一个叫胡永超,二十七岁左右,个子高大,看上去很有魅力和冲劲。一个叫郑雪碧,二十五岁左右,长得小巧玲珑,不是很漂亮,但绝对属于第二眼美女的类型,非常耐看。

冯旭光给了夏想一个熊抱,笑呵呵地说道:"以后胡永超和郑雪碧就留在坝县了,还请夏秘书多多关照,希望领导在百忙之中抽出精力对他二人的工作提出宝贵意见。"

夏想毫不客气地给了冯旭光一拳:"少来这套,不要试图用花言巧语腐蚀我党的优秀干部,再说哪里有你这样口惠而实不至的商人?因为你的敷衍态度,我决定了,对你的食品厂吃喝卡都要,全套服务。"

说笑几句,冯旭光就让胡、郑二人去看现场,回来之后再立刻完善资料,其实本意是支开二人。等二人开车离开,他才拉着夏想来到房间,关上房门问道:"跟我透个底,老弟,有几成把握?"

"八成!"夏想知道冯旭光担心滚龙沟被刘河抢走,他既然认定了滚龙沟巨大的经济价值,真要被别人抢先一步才是最大的遗憾,他也就对冯旭光实话实说,"我找了一家章程市的公司陪标,替你壮壮声势,压住贝合商贸。当然这只是前提,最后还得上常委会表决,但有了来自燕市的大型企业到坝县投资,就是吸引了来自省城的投资,至少可以提高坝县的整体形象,会让一些摇摆的常委偏向我们一些。"

"陪标的公司有什么条件没有?"冯旭光经商多年,自然知道没有公司愿意做费力不讨好的事情,陪标可以,但要有适当的报酬才行,他有点担心夏想不懂行情,被人漫天要价,就问道:"要价多少?"

夏想笑了笑,伸出一根手指头。

"十万?太多了,一万还差不多。"冯旭光大摇其头,一副痛心疾首的样子,"你被人骗了,老弟。"

夏想忍不住笑出声来,手指头没有收回,却摇了摇,说道:"不要一分钱。但有一个前提条件,和你有关。"

冯旭光乐了:"不早说,吓我一跳。现在资金正紧张,要处处节省开支,以后别吓我……什么条件,不是把我卖了吧?我恐怕不值多少钱。"

夏想就将米萱开出的条件一说,又强调说道:"米萱可是一个大美女,一听说你的光荣事迹,巴不得急忙跑到燕市去见你。你可得好好谢谢我,既替你省了钱,又给你介绍了美女认识,未来充满了无限可能。"

"不对,我听着怎么好像有点阴谋的味道,老弟,你可别跟我搞什么桃色陷阱。我在你嫂子面前把你夸得跟一朵花似的,她虽然还没有见过你,但对你已经印象深刻,把你当成了四有新人的代表,说只要是我和你做生意,她就完全放心。这不,她的话音刚落,你就给我弄么一出,是不是有点反差太大了?"冯旭光一脸严肃,义正词严地说道。然后冯光旭原地转了一圈,一转身又换了一副面孔,嬉皮笑脸地搓搓手说道:"那个,那个米萱现在在哪里?我找她好好谈一谈,听你说她也有经商头脑,大家可以探讨一下,共同进步嘛。"

夏想笑骂:"假正经!不过我可事先说明,我只负责从中间牵线,至于你和米萱探讨一些什么内容,合作一些什么项目,我不会过问,也不想知道……"

冯旭光笑得很神秘:"滑头,不要胡思乱想好不好?好了,现在说说坝县的局势吧,也好让我心中有数。"

又和冯旭光商讨了一下坝县局势,夏想就把他介绍给了米萱。米萱落落大方地和冯旭光握手,多少还有点矜持的样子让夏想有点不习惯她的反差。

让夏想感到惊讶的是,曹殊黧陪同连若菡去了章程市,说是连若菡要去买一件什么东西。曹殊黧还让米萱转告夏想,她们要是晚上回不来,也不用担心,她对章程市非常熟悉,让夏想安心工作就行了。

曹殊黧倒是和连若菡越走越近,夏想也是乐观其成,他也愿意让她们之间多些了解。连若菡是一张大牌,只要她在一天,就可以平衡坝县局势,就可以让郑谦坚定地站在李丁山这一边,也可以让王冠清束手束脚,猜不透他和连若菡之间到底有没有关系。

有势可借的时候,必须要借助一下,否则就白白浪费了大好时机。

米萱没有顾忌冯旭光在场,直接说出了曹殊黧的原话,冯旭光听后拍了拍夏想的肩膀,语重心长地说道:"老弟,曹殊黧是个好女孩,要好好珍惜,记住没有?你有福了,不过,你也要作难了。"

夏想知道冯旭光话中所指,是在影射肖佳,他笑笑没有接话,让冯旭光和米萱抓紧协调,有可能的话,明天就正式向县里提出申请。

夏想回到办公室,他看见李丁山正在打电话。他刚坐下,就见副县长赵建苏敲门进来,问道:"夏秘书,我来找李书记汇报工作。"

赵建苏年纪不大,三十岁出头的样子,头发梳得一丝不乱,平常都是一脸严肃,不苟言笑。他身为副县长也在常委之列,不过排名比较靠后,开会的时候很少发言。来了这么久,在夏想眼中,他应该才是中间派的代表人物,从不发表任何倾向性的意见。

夏想请他进来,先让他坐在外间,然后到里间向李丁山小声通报了一声,李丁山点点头,示意让赵建苏进来。

李丁山和赵建苏谈了一些什么,夏想没有听到,大约半个小时后,赵建苏匆匆离去,也没有和他打招呼,还是和来时一样,一脸严肃,看不出有什么表情变化。

虽然李丁山没有明说,不过夏想也能猜到,现在有风声传出,渴望政绩不安于现状的人,终于坐不住了。可以说,滚龙沟事件是一个契机,就像一粒石子投入到了坝县这一潭死水之中,激起一圈圈的涟漪,搅动了整个坝县的政局。

中午临下班时,夏想接到了米萱的电话,她已经和冯旭光达成了初步协议,提出要见一见李丁山,如果可能,还想再和石堡垒一起坐坐。夏想明白米萱的意思,身为王全有的女儿,她对坝县局势也有着超乎常人的敏锐目光。

夏想将米萱的提议一说,李丁山想了一想,点头表示了同意,请夏想去楼下通知石堡垒。

夏想还是第一次来到石堡垒的办公室,他敲响办公室的门,轻轻推开,对坐在外面的谢仲志说道:"谢秘书,石县长有空吗?李书记找石县长有事。"

谢仲志推了推鼻子上厚厚的眼镜,目光有些复杂地打量着眼前的年轻人,心中隐隐有些忌妒。同样是秘书,夏想现在已经是副科级,而他担任石堡垒秘书已经两年多了,还没有解决级别问题,而且石堡垒也没有透露过要提拔他的意思。为什么李丁山就对夏想这么器重,夏想也没有什么突出的地方,他凭什么就能这么顺利地升上去?

他的目光盯了夏想几秒钟,才勉强挤出一丝笑容:"夏秘书,请问找石县长有什么事吗?"

夏想心中有些不快,刚刚他已经点明是李书记要找石县长,本来书记找县长,不必非要秘书亲自来请,打个电话也可以,他亲自下来是表示对石堡垒的尊重。谢仲志倒好,不但话多,还有挡驾的意思,他就不快地说道:"谢秘书,李书记有事情要请石县长过去,他正在上面等着,究竟有什么事,李书记没说,我敢问吗?"

夏想的声音有点大,谢仲志被呛得满脸通红。夏想的意思再明白不过,想要知道李书记找石县长有什么事,你还没有资格。

石堡垒听到外面的吵闹,推门出来,正想问怎么回事时,见是夏想,先是一愣,随即笑了:"夏秘书,是不是李书记找我有事?看看,还非让你下来一趟,多麻烦,打个电话不就成了。小谢,以后夏秘书再来,不用通报,直接进来就可以了。"

谢仲志尴尬地点点头,低下头说道:"知道了,石县长。"

当石堡垒听说是要和来自燕市和章程市的两个客商一起吃饭,由李书记和他共同出面作陪,他明显怔了一怔,不敢相信地抬头看了李丁山一眼,眼中闪过热情和激动。他怎会不明白李丁山的意思,很明显是要将政绩分他一部分,对于一心想要更进一步的石堡垒来讲,政绩就是他目前最渴望却又无法得到的最宝贵的东西。

他没有通天的手段,也不认识燕市的客商,甚至在章程市也没有太深的根基,全凭自己多年努力奋斗,太累也太难了。而且在坝县这个穷乡僻壤,不通路,又没有农业,政绩比天上的星星还遥远。

眼下李丁山肯拉他一把,于是将原先对李丁山空降过来顶替了他的位置的怨气,都暂时抛到了脑后。他一下站了起来,几乎有些语无伦次地说道:"好,太好了,好事,大好事。坝县有了李书记,看来真要改变落后的局面了。"

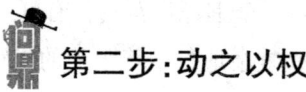
第二步:动之以权

李丁山笑着摆摆手:"石县长说笑了,我一个人怎么能开展工作?还是需要大家通力合作,上下齐心,才有可能为坝县的经济发展做出一点贡献。"

站在办公室门口的谢仲志,看着夏想陪着李书记和石县长下楼,眼中的妒火越烧越旺。李丁山去哪里几乎都带着夏想,而石堡垒别说很少带他出去赴宴,许多时候连打电话都有意地避开他。他是石县长的秘书,却没有感觉到县长的信任和赏识。

谢仲志心中愤愤不平,却忘了一个事实,他是黄鹏飞介绍给石堡垒当秘书的,石堡垒怎么可能对他完全信任?

等几人消失在楼道的转角处,谢仲志想了一想,悄悄地拨通了黄鹏飞的电话:"黄部长,我是谢仲志,刚才石县长和李书记一起出去了,看样子好像去吃饭了……"

黄鹏飞来到刘世轩的办公室时,刘世轩正一个人生闷气。他生气是因为石堡垒对贝合商贸提出的承包荒山的申请,再三推诿,一直拖着不表态。刘世轩为了避免直接去找李丁山,不得不先找郑谦,向他提出要召开常委会讨论。郑谦是副书记,有权向书记提出召开常委会,没想到的是,本来已经开始偏向他的郑谦也推三阻四,不肯答应,让他大为恼火,他心中暗骂郑谦是墙头草,因为一个来历不明的连若菡就怕成这个样子。

刘世轩当然不知道在处理连若菡事件中,夏想所起的重要作用。事后王冠清也只是向他简单地汇报了一下,具体细节也没有多说,因为王冠清还自顾不暇。沈书记开口要一份详细过程的书面材料,不管沈书记是不是随口一说,事后就忘了,他却不能掉以轻心,必须用心完成。这份材料不好写,弄不好,就是他政治生命的终结,同时因为有了得罪郑谦的前车之鉴,他又不敢再将刘世轩牵涉进来,就一个人绞尽脑汁,为如何写好材料发愁。

黄鹏飞将石堡垒和李丁山一起吃饭的事情一说,刘世轩眉头皱了几皱,又不以为然地说道:"李丁山现在在常委会没有几个同盟,石堡垒一向低调,和他吃一顿饭又不是什么大不了的事情,没什么好担心的。石堡垒在市里的后台据说要调走,他还想向李丁山靠拢?除非他以后想当一个傀儡县长,处处受李丁山牵制,否则一把手和二把手不可能和谐共处……"

话虽这么说,黄鹏飞怎么听都觉得刘世轩是在自我安慰。他一直还没有弄清楚上一次杨帆的暗示到底是个什么意思,心里就始终悬着,又不好意思遇事总问刘世轩。今天来向刘世轩报告情况,没想到他一点也没有听进去,黄鹏飞就认为自从李丁山上任以后,刘世轩再也没有了以前的沉稳。

黄鹏飞最近也发现,副部长安涛向李丁山汇报工作的次数突然增多。他非常不满,向安涛暗示了几次,让他收敛一些,不要越过他这个直接领导而越级向书记汇报工作。安涛口头上答应,背地里依然我行我素,他大怒之下想要给安涛难堪,一向软弱可欺的安涛却耿着脖子,说是李书记有工作直接交给他做,如果不信,让黄鹏飞去问李书记。

黄鹏飞想了一想,还是打消了找李丁山理论的想法。书记越过他这个部长直接安排副部长去做专项工作,虽然说有忽视他这个部长的嫌疑,但书记就是书记,安排工作不用向组织部长汇报。黄鹏飞有气说不出,只好忍下,才知道李丁山不好对付,不像上一任书记性子绵软,吃了一次亏之后就不再对抗,只想熬到退休。

李丁山不同,他还年轻,他想要在坝县大展手脚,必须要动一些人。

黄鹏飞的心思就开始活络起来,他敏锐地发现,尽管整个县委大院还和以前一样波澜不惊,但仿佛有一股微不可察的风在悄悄吹动。许多人都在明里暗里向李丁山示好或者靠拢,形势远比当初刘世轩信誓旦旦地声称坝县的天不会变,要来得快了许多。

本来他想在刘世轩这里听到他的信心,哪怕是一句没用的口号也行,但让他失望的是,刘世轩现在一心只顾着运作滚龙沟的事情,对坝县渐渐形成的潜流视而不见,是他老了还是他的政治智慧比不过李丁山?黄鹏飞第一次对刘世轩的能力产生了怀疑,一个滚龙沟就这么重要,重要到可以让他对李丁山和石堡垒一起去吃饭,都持不以为然的态度?

连黄鹏飞都记得清清楚楚,李丁山上任以来,几乎很少和十几名常委中的任何一个,一起公然出去吃饭,私下里的接触他不清楚,至少表面上他没有见过。李丁山今天这么做,肯定是要表达一个强烈的信号,刘世轩怎么可能无动于衷?

黄鹏飞还想再多说几句，刘世轩却冲他摆摆手，说道："鹏飞，贝合商贸承包滚龙沟的事情，我会尽快提交常委讨论。到时你的一票不能丢，我有一票，郑书记可以有一票，郭亮一票，杜双林就不用理他，估计老顽固说不服，石堡垒和赵建苏的票，我负责做做工作，吴英杰是个两面派，我有把握让他投赞成票，剩下的王全有和杨帆，就由你来做工作，怎么样？"

黄鹏飞心想你还真想把整个常委会都掌握在你手中，可能吗？嘴上却说："好，我尽量去做工作，但不一定保证他们一定支持。王全有很滑头，杨帆又从来不说准话，他们两个人不好对付。"

刘世轩点点头，没有多说，又陷入了沉思之中，黄鹏飞暗暗摇头，觉得他有点走火入魔了，心中隐隐有点担心。

李丁山和石堡垒再加上夏想，一行三人来到冯旭光订好的包间内，宾主寒暄过后，分别落座，夏想在末座作陪，向李、石二人介绍了冯旭光和米萱。李丁山当着石堡垒的面，毫不掩饰对夏想的赏识："冯总是燕市的客商，米总是章程市的客商，两位重要的客人都是夏想的朋友，石县长，说起来我这个秘书对坝县的经济发展也是出力不小。"

石堡垒岂能听不出李丁山的言外之意，连连夸奖夏想年轻有为。他可是亲自接过王肖敏的电话，市委常委、组织部长点名要夏想，他要不是年轻有为，坝县就没有人再敢自称年轻有为了。

石堡垒听李丁山点到夏想的经济头脑，就明白了一点什么："对，对，年轻人敢作敢为，又有商界的朋友，李书记，我觉得应该给夏秘书加加担子，让他也替我们分担分担肩膀上的分量。"

米萱面对坝县的一二把手，一点也不怯场，端起一杯酒说道："我敬李书记和石县长一杯。"

李丁山端起杯，一口喝干。石堡垒心中嘀咕，一个客商用不着这么抬她，李书记是不有点太放低姿态了，不过既然李丁山干了杯，他也不好有所保留，也是一饮而尽。

米萱见书记和县长都挺给面子，笑意盈盈地对夏想说道："夏秘书，上一次见面，我爸还夸了你两句，说你有眼光，有手段，居然把殊丫头给哄到手了……"

夏想一脸诚恳地说道："王叔叔太过奖了，我和殊黧是纯洁的友谊关系，主要是曹局长觉得殊黧跟着我可以学学设计方面的知识，所以才肯让殊黧和我接触。王叔叔这么说殊黧，可不是当舅舅的样子呀！"

李丁山知道内情,所以只是笑而不语,石堡垒和冯旭光听得面面相觑,不明白米萱说她的爸爸,夏想为什么说王叔叔?米萱不是姓米,她的爸爸怎么又姓王?

夏想知道米萱故意挑起这个话题,就故意不解释,留给米萱当解答者。米萱暗中瞪了夏想一眼,还是主动解释说道:"不好意思,李书记、石县长,我跟我妈妈的姓,所以你们可能听得有点迷糊。我的表妹曹殊黧是局长千金,也不知道中了什么邪,非要跑来坝县玩,其实我知道她是来看夏想。正好他们二人散步的时候遇到了我爸,我爸就很惊讶,因为我姑父对他的宝贝女儿一向爱如掌上明珠,轻易不让她和男孩接触,没想到居然同意她来坝县,所以我爸才吃惊,才佩服夏想厉害。"

石堡垒总算听明白了一点,就是夏想有一个女朋友是局长千金,至于是什么局长,人家没说,但既然是燕市,最少也是市局,最低也是处级干部。他不由对夏想能够得到王肖敏赏识又多了一分猜测,早就听说王部长要调往燕市,看来是夏想未来的老丈人和王部长认识。

接下来米萱说的一句话,差点让他手中的筷子掉在桌子上,米萱假装才想起一样,轻笑一声:"差点忘了,李书记和石县长应该认识我爸爸,他叫王全有。"

石堡垒看了看李丁山,见他一脸平静没什么反应,心里算是明白过来了,人家是稳坐钓鱼台,早就和王全有达成了共识。王全有的支持就意味着杨帆的支持,再加上一个杜双林,不知不觉中,李丁山在常委中已经稳拿四票,这还是浮出水面让他看到的部分,其他几个常委是什么心思,他也不知道。谁敢肯定在常委会表态时,不会又突然有人跳出来为李丁山摇旗呐喊。

书记的光环太耀眼了,更何况李丁山沉稳有度,办事滴水不漏,打垮刘世轩只是时间问题。

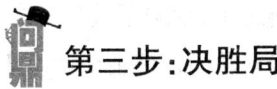
第三步:决胜局

石堡垒也想清楚了一件事情,不管李丁山是有意还是无意,总之今天就是要告诉他,他有手腕也有权力,甚至他的秘书夏想也有后台。他要是合作的话,合则双赢,不合作的话,李丁山也会在政府里面找别的副县长,完全可以将他架空。

"原来米总是王书记的千金,说起来都是一家人了。一家人不说两家话,来来来,为了欢迎米总来坝县投资,为坝县的经济发展做出贡献,我敬米总一杯!"石堡垒主动端杯去敬米萱,米萱也不敢托大,毕竟他是一县之主,就十分爽快地和石堡垒碰了一杯。

石堡垒又敬了冯旭光一杯,他见冯旭光话不多,也就没有多问,毕竟不是他的客商。不过他心里却有一个疑问挥之不去,米萱也要承包滚龙沟,最后到底给她还是给冯旭光?转念一想,见米萱和冯旭光谈笑风生的样子,肯定早就私下里达成了协议,管那么多干什么,李丁山决定的事情,他举手同意就行,最后有好处可得就可以了。

石堡垒又喝了一杯酒,下定了决心。

下午冯旭光和米萱就分别向县政府提出申请,以开发荒山的资源为由,要求承包滚龙沟一带的荒山。接到申请后,石堡垒立即召集刘世轩和赵建苏,以及其他几名副县长,召开了一个临时会议,研究三家公司提出的承包申请。

刘世轩在听到凭空杀出两家公司要求承包滚龙沟,脸色大变,忍了忍没有发作,拿出两家公司的申请资料看了看,说道:"李书记是什么意见?"

事到如今,他再看不出是李丁山和石堡垒联手压他,他就是一个彻头彻尾的傻子了。说话的时候,他紧盯着石堡垒的眼睛,仿佛要从他眼中发现什么似的。石堡垒却不慌不忙,毫不畏惧地迎上他的眼神:"李书记没有表态,只是说先让政府这边研究一下,出一个方案报给他……刘县长的意思是?"

刘世轩恨不得跳出来发泄一顿,没想到,到头来竟然被他一向看不起的石堡垒给耍了一道,怪不得他一直拖着不放,原来留着后手。他努力保持着平静,不想让自己被别人看出失态:"我的意思是,要尽量照顾本地企业,毕竟本地企业扎根于坝县,知根知底,也有为坝县人民谋取福利的感情因素在内。而外来的企业,章程市也好燕市也好,对坝县的情况不是那么了解,也许只是来捞上一笔就走,到时扔下一堆烂摊子,招商引资岂不是成了笑话?"

石堡垒没有急于表态,刘世轩的倾向也在意料之中,他看了其他几名副县长一下,问道:"大家都畅所欲言,有什么说什么,充分发扬积极主动性。坝县穷了这么多年,好不容易有了企业来投资,这是一件大事,必须认真并且慎重地对待。"

几名副县长你看看我,我看看你,都表示要考虑考虑,说是事情来得太突然,还没有来得及详细看看资料,不过他们原则上都认为要首先考虑本地企业。刘世轩见状,心中闪过一丝得意,心想政府这边,虽然他只是常务副县长,不过就是缺个名义罢了,几名副县长还是要看他的眼色行事。

石堡垒又看了看低头看资料的赵建苏,温和地问道:"赵县长怎么看?"

赵建苏慢条斯理地说道:"这事得提交常委会讨论……"

石堡垒暗道,当然要提交常委会讨论了,这不等于没说吗,嘴上却说:"是呀,不过李书记的意见是,提交常委讨论之前,政府这边要拿出一个方案,要有明确的意见。不可能政府这边一点看法也没有,直接就提交到常委会上,那要我们政府班子还有什么用?"

石堡垒此话一出,几个副县长都抬起头来,一脸惊愕地看着他。印象中,一向温和的石县长可从来没有用这种态度说过话,刘世轩更是难以掩饰一脸的惊讶,仿佛不认识一样看着石堡垒。

难道和李丁山吃了一顿饭,底气就这么足了?难道他对李丁山空降过来,抢了他的书记位置,一点怨气也没有,还要和李丁山通力合作?刘世轩心中转了几转,还是不相信石堡垒会转变态度,真的选择了和李丁山结盟,甘愿当李丁山的传声筒。

刘世轩却不会换个角度想一想,县长本来是二把手,遇到强势的书记,听书记的话也不算什么,传出去也不丢份。但县长要是被常务副县长压得死死的,才是憋屈,才叫丢人。

赵建苏一点也不惊讶石堡垒的表现,他还是低着头,一副认真学习的样子:"我的意见是,在尽量向本地企业倾斜的情况下,尽可能地吸引外来资金。坝县的情况大家不是不了解,本地哪里有什么像样的企业?不过万一本地也有资金雄厚的企业,能够在资金和技术力量上方面,力压省城和章程市的企业,我会支持本地企业的。"

刘世轩对赵建苏模棱两可的说法还算满意,他和赵建苏交往不多,一直觉得他不近人情,不好接近。他能有中间并且稍微偏向他的立场,已经让他非常满足了。

最后县政府达成共识,尽可能照顾本地企业,在向常委提交报告时,优先推荐贝合商贸。

结果让刘世轩很满意,他又恢复了一切尽在手中掌握的信心。

这一次石堡垒动作十分迅速,第二天一早就向李丁山提出要求召开常委会,李丁山当即表示同意,下午常委会就如期召开。先由夏想向众人分发了三家公司的资料,然后由石堡垒提出议题,并且表明了县政府的态度。

李丁山翻了翻手中的资料,说道:"坝县有企业来投资,是大好事,石县长的工作做得十分出色，可以说开了坝县招商引资的先河……大家都发表一下看法，政府方面的意见要考虑，但招商引资是大事，所有人都有责任把好关。本地企业要照顾，但也不能寒了外地企业的心，是不是？"

"我同意李书记的意见！"第一个举手发言的是杜双林，他充当了先锋角色，"坝县的贫穷大家都心里有数，本地企业有没有资金还不好说，说不好是空架子。我们提了许多年的口号要发展坝县经济，现在大家应该都很清楚，真要让坝县经展起来，依靠自己的力量是不可能的，必须吸引外来资金。省城和章程市，毕竟都是大城市，不但有充足的资金来源，还能带来先进的管理方法和经营理念，招商引资不是只是吸引资金这么简单，我们想要前进，想要发展，还要有足够的眼界才行，所以我支持旭光食品厂。"

"我支持米氏商贸！"王全有毫不犹豫地支持米萱的公司，他表态的时候，还看了刘世轩一眼。刘世轩却若无其事地翻看三份资料，好像很用心的样子。

"我也支持米氏商贸。"杨帆笑呵呵地举了一下手，随后放下，不再说话，谁也不看，只看手中的茶杯。

武装部长郭亮咳嗽了一声，好像唯恐别人不注意他一样："我觉得还是支持本地的贝合商贸好一些，大城市来的人，我不太放心。"

他的话立刻招来赵建苏的不满："郭部长说话不要带有个人偏向，不能因为自己没有生活在大城市，就对城市的人心生不满……"

郭亮生气地说道："我不是这个意思，赵县长，你不要动不动就上纲上线。"

赵建苏摇摇头："好了，不吵了，开会呢！既然郭部长支持本地企业，对外来企业有偏见，我觉得既然人家不远千里来坝县这个穷地方投资，就是对我们的信任，我们怎么能不表示欢迎呢？我支持旭光食品厂！"

刘世轩的眼珠子差点掉在桌子上，赵建苏给出的理由太牵强了吧，招商引资是大事，不是儿戏，怎么能意气用事？他急忙插话说道："赵县长不要激动，郭部长其实不是对外来企业有偏见，而是对城里人有点看法……"

话一出口刘世轩就后悔了，怎么今天这么冲动，刚才说的是什么话？果然赵建苏面带不悦地说道："那我就更加支持旭光食品厂了，我就是城里人，郭部长难道也对我有什么看法不成？"

众人都大吃一惊，谁也没想到，今天和刘世轩当面顶撞的，居然是副县长赵建苏。心思各异的众人再看到一脸平静的李丁山，都意识到以前太小瞧了空降而来的李书记，他看上去不是雷厉风行的性格，也很少动不动就发火训人，但却有绵里藏针的手腕。

吴英杰心里七上八下，也不知道转了多少个弯。本来他向李丁山靠拢不成，又和刘世轩走得近了一些，事先也答应了今天要支持贝合商贸，没想到常委会才开始，形势就大大的不妙。虽然李丁山还没有占据上风，但现在是三家公司不相上下，到底他还要不要支持刘世轩？

吴英杰并不知道米氏商贸的来历，否则以他的性格，绝对不会再有任何的犹豫转向支持李丁山。

郭亮脾气不好，一听这话一下站了起来，正要反驳几句，李丁山发话了："谁再在常委上吵架，我会请他出去，取消他今天的发言权。"

李丁山虽然不是板着脸说话，但书记的威严还是让所有的人都心中一凛，就连刘世轩也是眼皮不由自主跳了一跳，心想李丁山不是文人吗，不是以前没当过官，怎么这么有官威？

"好了，大家继续发言，先确定下来两家公司，然后再投票决定最后由哪一家公司承包……吴主任，你怎么看？"李丁山突然点名要吴英杰表态，着实让吴英杰吃了一惊。

"对于三家公司我都不太了解，暂时就不表态了。"吴英杰不敢直视李丁山的眼睛，尽管看起来李丁山脸上还挂着似笑非笑的神情，紧张之下，他只好选择了弃权。

李丁山却紧追不放："事关坝县经济发展的大事，我希望在座常委都要表态，都要明确自己的责任。坝县的经济想要腾飞，我一个人努力不行，再加上石县长也不行，需要所有的常委齐心协力，人民赋予的权力，不要动不动就放弃……"

"吴主任一向对经济很有研究，说说你的想法，也让我参考参考。"刘世轩见势头不妙，要是吴英杰弃权，就等于他少了一票，他就是要逼吴英杰表态。

吴英杰也不敢看刘世轩笑里藏刀的表情，琢磨了一下眼下的局势，心想反正又凭空杀出来一家米氏商贸，看样子是和王全有有关系，既然王全有也自立山头，他跟紧刘世轩的步伐也没什么大不了的，就将心一横，说道："凡事要稳妥为上，我支持稳扎稳打的本地企业贝合商贸。"

"我也支持贝合商贸。"刘世轩也随后表态，他就是要制造一个大局在握的假象，让摇摆不停的石堡垒投他关键的一票。

黄鹏飞紧跟着刘世轩表态："我也支持贝合商贸。"

现在贝合商贸已经四票了，石堡垒只要表示了支持，基本上就算大局已定。

刘世轩意味深长地看了郑谦一眼,见郑谦眯着双眼,入定一样,心中就有点着急。郑谦在常委会召开前,态度就有点含糊不明,现在还是如此,让他不免猜测到底是哪里出了问题?

"我也表一下态,我支持旭光食品厂,为什么呢?我要说一下我的理由。"李丁山借喝水的时机,暗中看了夏想一眼,见他正埋头奋笔疾书记录,心想今天的常委会开得比预料中还要成功一点,最起码赵建苏的支持至关重要,他放下水杯,拿起手中的资料,"众所周知,三家公司都提出要承包滚龙沟,是为了什么?当然是为了滚龙沟中生长的口蘑和蕨菜,这两样食品卖到燕市或京城,据说要几十元一斤……"

刘世轩面不改色,好像以前刘河让村民挖的不是值钱的口蘑和蕨菜,而是杂草一样。

李丁山继续说道:"三家公司提出的承包价格都差不多,在坝县目前的经济环境下,还算合理。不过相比之下,旭光食品厂比起米氏商贸和贝合商贸,有着无可比拟的优势。第一,旭光食品厂有自己的销售渠道,本身就有超市,可以将生产出来的口蘑和蕨菜直接面向零售市场,有了销售市场,才能保证食品厂健康稳定地发展。第二,旭光食品厂不仅要承包滚龙沟,还要在当地建厂,同时还要在滚龙沟开展人工种植,实现生产、制造和销售一体化,从根源上保证了货源,又不愁销路,所以从长远来看,旭光食品厂的优势非常巨大……"

李丁山侃侃而谈,脸上的笑容越来越有自信。

人心浮动

"李书记说得太好了,经济发展不能只顾眼前利益,也不能划分本地和外地。人民币不管是燕省制钞厂印制的,还是京城制钞厂印制的,都是响当当的钞票,都一样可以花,是不是?而且李书记分析得入木三分,政治是为经济服务的,再说引进燕市的资金,可以提高坝县的整体形象,我还是欢迎旭光食品厂来坝县投资的。"石堡垒也是侃侃而谈,说话时,还配合着不停挥动的手势,颇有一种指挥若定的气势。

刘世轩的心一下子沉了下去,石堡垒这个老狐狸,关键时刻居然支持李丁山,真没看出来,他还有意气风发的时候。刘世轩目光深沉地看了石堡垒一眼,李丁山有了石堡垒的一票,现在已经四票了。

现在旭光食品厂和贝合商贸势均力敌,米氏商贸被淘汰已成定局,不过郑谦还没表态,他的态度将直接影响到下一轮投票。

郑谦似乎才睡醒一样,直了直腰:"我觉得米氏商贸不错。"

非要投已经出局的米氏商贸一票,郑谦的态度还真让人玩味。

刘世轩信心满满,在接下来的投票中,只要郑谦投他一票,王全有和杨帆估计会弃权,他也是稳操胜券。虽然石堡垒和赵建苏对李丁山的支持大大出乎他的意外,不过他认为还有希望再扳回一局,而且是决胜局。

第二次投票也和大家所预料的一样,李丁山方面的四票没变,刘世轩也有四票支持,只剩下郑谦、王全有和杨帆没有表态。刘世轩紧张得手心出汗,也顾不上许多,频频给郑谦和王全有使眼色。他自认和郑谦、王全有二人还算交情不错,关键时刻,二人肯定会助他一臂之力。

郑谦好像是无意中看了刘世轩一眼,眼中没流露出任何暗示,刘世轩就觉得情况有些不妙,果然郑谦开口就说道:"我又仔细研究了一下旭光食品厂的方案,从生产到销售,非常专业,而且还考虑了对环境的保护,可以说,挑不出任何毛病来,从公平的角度考虑,我觉得,要给旭光食品厂一个机会。"

败了,就这么败了?李丁山五票了,必须要拉拢王全有和杨帆,刘世轩仍不甘心,就像要抓住最后一根救命稻草一样,对王全有和杨帆说道:"王书记和杨书记在坝县工作多年,应该对坝县的企业有着深厚的感情……"

"工作可不能带着个人感情……"王全有笑了笑,十分诚恳地说道,"旭光食品厂的经营理念很先进,有许多值得学习的地方。我觉得米氏商贸输给旭光食品厂不冤枉,如果旭光食品厂来坝县建厂,我是持欢迎态度的。"

"我也支持旭光食品厂。"杨帆看也没看刘世轩一眼,一等王全有说话,就迫不及待地表态支持。

郑谦的脸色也活泛起来,不再是一副昏昏欲睡的模样,"从善如流,既然大家都支持旭光食品厂,我怎么能不尊重大家的意见?"

七比四,李丁山取得了决定性的胜利。

刘世轩面如死灰,常委会已经结束了半天,他还在座位上一动不动,黄鹏飞和郭亮想要拉他离开,他没有理。二人也没有强求,各自离开。

怎么会,怎么可能?刘世轩的信心被击得粉碎,要说王全有和杨帆最后投票给旭光食品厂,他还可以接受的话,郑谦的最后一击,却如一记重锤狠狠地击打在他的心脏之上。他无论如何也不相信,好不容易才和郑谦建立起来的同盟,这么快就土崩瓦解了?

到底是为了什么？刘世轩怎么也想不明白。

与刘世轩受到的沉重打击相比，吴英杰也是神情恍惚，不知道自己是如何离开会议室的。他万万没有想到，李丁山不理会他的主动靠拢，原来是身边不缺少主动投诚的人。什么时候李书记和石县长结成了同盟？什么时候一向自立山头的王全有和杨帆也帮着李书记说话？为什么就连权力欲望极强的郑书记也甘心在旭光食品厂的事情上，在最后关头替李丁山一锤定音？

吴英杰悲哀地发现，突然之间，他被排斥在了一个最新形成的权力圈子之外，他感到了深深的危机感。

夏想对于今天常委会上的风起云涌，感到了一丝异样的兴奋。当他看到刘世轩最后一脸挫败的表情，心中升起一股胜利的喜悦感。这就是权力意志的体现，这就是权力的巨大好处，这就是权力带来的快感。他才知道，怪不得许多人愿意从政，梦想成为位高权重的人物，只因一个人只有权力在手，才能呼风唤雨，才能实现心中的抱负。

晚上夏想找冯旭光的时候，才发现曹殊黧和连若菡风尘仆仆地刚从章程市回来。这两天忙着解决滚龙沟的事情，倒是有点疏忽了曹殊黧，也不知道她一去两天，都做了些什么。

夏想没来得及先找曹殊黧说话，就被冯旭光拉进了房间。房间内米萱、胡永超和郑雪碧都在，人人都是一副喜气洋洋的样子，夏想一进屋，就由冯旭光领头，为他鼓起了掌声。

夏想摆出一副受宠若惊的样子："别，别这样，我会骄傲的。这么一点儿成绩，就对我进行这么隆重的表扬，以后还让不让我再做出巨大的贡献？"

冯旭光不理夏想的打趣，握着他的手说："米萱都告诉我了，说是常委会上刀光剑影，不亚于一场厮杀。老弟，从政这条路不好走，一不小心就是万丈悬崖，要不，你跟我经商得了。"

"挺高尚的一件事情，让夏想一搅和，让冯总一掺和，结果给弄庸俗了。算了，不给夏想庆功了，冯总你也别劝他经商了，你没见他现在如鱼得水，你不想他和别人钩心斗角，他都睡不着觉。"米萱说话永远是一副损你没商量的口气。她今天穿了一件黑色牛仔裤，不过上衣却是一件红衫，让夏想忽然想起贾合的话，忍不住笑了。

米萱注意到夏想的异常，见他眼光在她身上留意了几眼，就故意扭了扭身子，嗲着声音问："漂亮不？"

夏想受不了她的肆无忌惮，将冯旭光拉过来当挡箭牌，"萱姐的美丽，只有冯总特有的眼光才能欣赏。"

　　冯旭光对夏想的无赖一点办法也没有："真受不了你，明明要好好庆祝一下，结果非让你弄成四不像……我怎么了，我的眼光怎么独特了？"

　　"因为你的眼光非常敏锐，有透过现象看本质的独特本领。"夏想的暗示十分直接，米萱岂能不听明白？她若无其事地换了个姿势，坐到一边，随手从桌上拿起瓜子就嗑，"我爸说了，他要见你一面，和你好好谈谈。"

　　什么事？夏想的直觉告诉他王全有找他不是工作上的事情。

　　"去了就知道了，你去不去？"米萱轻蔑地飞了夏想一眼，"瞧你那胆小样，论起辈分，你得叫我爸舅舅。舅舅找你谈话，你敢不去？"

　　王全有以舅舅的身份找他，夏想不免头大，难道他是要替曹殊黧把关？米萱本来就爱插手他和曹殊黧之间的事情，现在倒好，王全有又以舅舅身份找他面谈，这一对父女，好像有点太热衷于他和曹殊黧之间的事情了。

　　不容夏想多想，就被冯旭光拉到一边讨论起下一步的具体运作。胡永超和郑雪碧一脸羡慕地看着夏想，尤其是郑雪碧，目不转睛地盯着夏想不放，问道："夏秘书，听冯总说你非常厉害，不但在官场上如鱼得水，在经商方面也有许多独到的见解。冯总说他的许多点子都是受你的启发，我就不明白了，你比我还年轻，怎么就这么聪明这么有想法？"

　　夏想被郑雪碧羡慕加仰慕的目光看得有些不好意思，就挠头说道："其实都是你们冯总故意抬高我的智商，用来显示他的不凡。想想看，看一个人的身份就看他所交的朋友，冯总越是吹嘘他的朋友有多厉害，就越显得他身份高超……"

　　冯旭光不干了，嚷嚷道："不许在我的属下面前乱说，诋毁我的光辉形象。再说你说的这句话又不对，原话是看一个人的身份，要看他的对手是谁，你又不是我的对手，无法衬托出我的高大不凡。"

　　众人都笑。

　　既然县里通过了决议，接下来圈地建厂，将滚龙沟划为旭光食品厂所有，都是顺理成章的事情，不过眼下即将入秋，在明年开春之前食品厂不会产生效益。冯旭光也不急在一时，他的想法是能够在冬季农闲时，将食品厂建起来，将滚龙沟围起来，再看好设备，培训好工人，等来年春天就开始大干特干。

　　冯旭光的想法还算实际，夏想也没有什么好补充的，只是提醒他一定要注意和村民建立起良好的关系，村民容易被人煽动闹事，别被别有用心的人拖下水就成。

冯旭光当然知道夏想说的是谁,刘世轩父子估计不甘心就此失败,说不定还会背后搞一些小动作,毕竟他们是本地本乡的,占了优势。

不期而遇

冯旭光早年下海经商,一些不光明的手段也用过,现在洗干净了手,但手段还有,所以也认为没有什么好担心的。他就和夏想讨论了一些细节问题,对胡永超和郑雪碧说道:"以后你们二人就留在坝县,全权负责食品厂的施工和滚龙沟的开发,有什么困难和解决不了的难题,就直接找夏秘书。他不帮忙,就给我打电话。"

郑雪碧瞪着好奇的眼睛:"夏秘书,是不是除了工作上的事情,其他的事情就不能找你?"

夏想还没有说话,米萱就替他回答:"要尽量避免和夏秘书单独接触,他个人魅力太大,就算他对你没有意思,也防不住你对他日久生情。男人都是自控能力很差的动物,万一你非要勾引他,他又一时把持不住,出了事情,上对不起天,下对不起地,中间对不起曹殊黧……"

郑雪碧面红耳赤:"米总,你怎么能乱说话!"因为冯旭光对米萱十分友好,郑雪碧虽然生气,却也不敢说出太难听的话。

胡永超却气急败坏地说道:"米总,请你自重,不要拿你自己的道德标准去评价别人。"

夏想摆摆手,笑道:"随她怎么说,难道她一说事情就会发生?米萱其实不是爱搬弄是非,她要的就是语不惊人死不休的效果,你们一认真就上了她的当了,不理她才会让她自讨没趣。"

胡永超脸色才好看了一些,感激地对夏想点点头:"谢谢夏秘书。"

米萱十分不满地说道:"不说话你就难受是不是?拜托,我也是你的表姐好不好,要分清谁远谁近!"

夏想对胡永超和郑雪碧的印象还算不错,不想让米萱再闹个没够,就提出一起出去吃饭,米萱摆摆手说道:"等一下,我看看黧丫头要不要一起去?"

片刻之后米萱一脸不快地回来:"黧丫头说要陪连若菡一起吃饭,让我们不用管她们,哼!连若菡有什么好,黧丫头现在和她情同姐妹,别说我这个表姐,现在连你这个男朋友也不稀罕了!"

让曹姝黛和连若菡处好关系,是夏想的主意,他也没有想到,曹姝黛现在和连若菡关系之密切,远远超过他当初的设想。除了二人都是美女惺惺相惜的原因之外,恐怕也是二人脾气相投。夏想却想不明白,曹姝黛精灵古怪倒也算了,连若菡是清清冷冷的性子,她们怎么就能谈得来?

郑雪碧一脸好奇:"夏秘书,你女朋友是谁?"

"他女朋友叫曹姝黛,是局长千金,是我的表妹,现在还在上大学,比你年轻比你漂亮……"米萱又抢在夏想面前,快语如珠地说道,"雪碧,我不明白你为什么起这样一个名字,可口可乐公司是不是每年都要付你广告费?"

郑雪碧差点没有气哭,眼泪在眼眶里打转:"你这人怎么能这样,我又没招你惹你,你为什么总针对我?"

夏想唯恐米萱再闹,就拍拍胡永超的肩膀:"你和雪碧先去饭店等我们……"

胡永超急忙拉着郑雪碧先一步走了,米萱不以为然地撇撇嘴,想说什么,见夏想和冯旭光都不理她,觉得有点无趣,也只好闭上了嘴巴。

经过夏想的再三告诫,吃饭的时候,米萱总算没有再对郑雪碧冷嘲热讽。不过她一连要了三瓶雪碧,都是一口喝干,然后就挑衅似的瞪上郑雪碧一眼,让郑雪碧哭笑不得,不得不向夏想投来救助的目光。

为了保持良好的吃饭氛围,夏想和冯旭光开了几句玩笑,把话题转移到了超市上面。果然米萱马上提起了兴趣,放弃了对郑雪碧的监视,兴致勃勃地讨论起在章程市开超市的前景来。

米萱虽然有时有点爱搬弄是非,但不可否认她确实也有眼光长远的一面,说起生意来头头是道,就连被她差点气哭的郑雪碧也听得十分入神。只有胡永超在一旁十分不满地低头喝酒,不时地看米萱一眼,眼中还有恨意。

夏想心想,胡永超还是不够成熟,有点使小性子,以后还得多调教才行,要不就凭他的城府,恐怕还真对付不了刘河背地使坏。

米萱已经基本决定要在章程市也开一家超市,本来她想以佳家超市分店的名义,但冯旭光没有同意。理由是佳家超市现在还没有什么名气,万一以后品牌打不响,身为佳家超市的分店,生意必定会大受影响。冯旭光的想法是出于稳妥的考虑,夏想倒是觉得还是以佳家超市分店的名义为好。现在米萱先抢占了先机,不用非等到佳家超市大火之后,再要加盟,费用就高了数倍不止。

"老哥,你要相信自己的眼光,佳家超市不论购物环境,还是规模,在燕市乃至燕省都是一流，无人可比。米萱不过是一颗米粒大的星星，想借你月亮一样的光环，沾点明光。我觉得她提出的加盟佳家超市的方法可行，佳家超市的第一分店，就在章程市诞生吧？"夏想想借机敲定下来，省得以后再出现什么差错。

他相信以米萱的才能，能够将佳家超市的第一家分店打响。有了章程市的成功经验可以借鉴，以后再向外扩张，应该就会顺利一些，或许佳家超市还真可以发展成一家全国性的超大型连锁机构。

夏想的意见冯旭光向来非常重视，因为从他认识夏想以来，迄今为止，夏想出的主意从来没有失败过，而且他也从来不会胡乱发表意见。

冯旭光低头想了一想，既然夏想也认为在章程市开分店有前途，他也就不再勉强。

"米总和夏想关系密切，夏想和我又不是外人，加盟费用就少收一些。不过既然是佳家超市的分店，装修和店面风格必须要统一，你看你什么时候有时间到燕市去一趟，亲自参观一下佳家超市，也好心中有数。"冯旭光也不是不想开分店，而是担心万一燕市的佳家超市以后经营不善，再连累了米萱的分店，大家都是朋友，不太好交代。

见冯旭光同意了，米萱十分高兴地说道："我随时有时间，什么时候冯总回燕市，我就跟你一起回去，怎么样？"

饭后，在回招待所的路上，夏想一行人正好遇到了刘河和杨贝。刘河无精打采的样子，显然也是因为丢掉了滚龙沟而心情不好，一见夏想，几乎双眼冒火。再看到旁边的冯旭光，他心里明白了几分，上前说道："你就是燕市来的旭光食品厂的冯总？"

冯旭光不认识刘河，但他也不是善茬，怎么会看不出来刘河眼中的恶意，不过他犯不着和刘河在大街上冲突，就笑着说道："我是冯旭光，请问你是哪位，有何指教？"

"指教谈不上，不过倒是有一句忠告……"刘河恶狠狠瞪了夏想一眼，又阴森地笑着对冯旭光说，"坝县这个地方，穷山恶水出刁民，地皮是便宜，可是钱也不是那么好赚的！"

冯旭光依然笑容不改，一点也不惊慌："坝县人民还真是热情，大街上就能遇到好心人。为了表示我的感谢，来，抽支烟。"

刘河气得脸色铁青，冷哼了一声："别得意太早了。"

米萱见状又想向前去理论，被夏想拉住，夏想才不会让米萱和刘河做无谓之争。他慢腾腾来到刘河面前,昏黄的灯光下,杨贝躲在刘河身后,低着头不敢看他。

夏想摇摇头,赶走脑中纷乱的想法,说道:"刘河,你的舞厅和饭店生意都还不错,用点心,好好经营,别捡了芝麻丢了西瓜。我有几个章程市的朋友也想来坝县开几家酒楼,到时还想请你给出出主意。"

刘河气得一挽袖子,就要冲上来动手,却被杨贝死死拉住。杨贝也不知道哪里来的勇气,从后面闪出来,一脸坚决地看着夏想,脸上流露出夏想曾经熟悉的忧伤和失望。她浑身颤抖,努力想保持平静,却无济于事,眼中含满泪水,站在夏想面前,孤苦无助地如同走失的小女孩。

早点铺里的商机

终于,杨贝的泪水夺眶而出,她死死地盯着夏想平静的脸庞,咬着牙,一字一句地说道:"夏想,你变了,你变得既冷漠又冷血!我看错你了,以为你是一个宽容大度的人,没想到,你自私自利,报复心极强,非要对刘河赶尽杀绝。我现在才算看明白你,才知道跟你分手是多么理智的选择!我恨你,永远不会原谅你!"

"恨就恨吧,每个人都有爱和恨的权利!但我要明明白白地告诉你,杨贝,我的所作所为并不是针对刘河,也不是针对你,你太高抬你自己了,我并不是因为恨你而和刘河过不去,而是他咎由自取!"

夜风带来了一阵阵秋天的凉意,夏想穿得本来就不多,被风一吹,只觉遍体生寒,内心一片冰凉。他呆呆地望着杨贝和刘河远去的身影,直到两个人的身影消失在茫茫的夜色中,他依然一动不动,脑中一片空白。只觉一切是那么恍惚,好像是一场梦境。

只是做梦吗?

杨贝句句诛心的话犹在耳边,她的绝情,她的指责,她的愤恨,为什么?为什么提出分手的是她,现在理直气壮的又是她?难道她就不明白,刘河在背地里干的都是一些什么勾当?算了,不去想了,夏想心中长叹了一口气,一个女人痴迷起来是没有道理可讲的。

转过身去,夏想才发现冯旭光、米萱以及胡永超、郑雪碧四个人,都安静地站在一边,一言不发地等着。冯旭光见夏想醒悟过来,咧嘴一笑:"老弟,我就说句大实话吧,女人一半的时候是红颜,另一半的时候是祸水,基本上,你遇到祸水的几率比较大……"

"瞎说什么呢,我代表所有女性鄙视你。"米萱不满地顶了冯旭光一句,"女人是红颜的时候,是让男人宠的。就算女人成了祸水,也是男人逼的。"

米萱一打岔,夏想好像大梦初醒一样,忽然笑了:"天气怪冷的,我们就别在大街上出洋相了,走,回去睡觉。睡一觉,天就亮了。"

米萱一反常态地没有再闹:"要不要告诉黧丫头你被人骂了?"

夏想反问:"她刚从章程市回来,挺累的,你想不想让她好好休息?"

米萱翻了个白眼,没说话。

第二天正好是周六,夏想请示了李丁山,说是没什么事,他就打算睡个懒觉。昨天晚上着了点凉,他感觉有点不舒服,刚要躺下,就听到有人敲门。

他迷迷糊糊拉开房门,却发现门外空无一人,在早晨阳光的照耀下,门口的台阶下放着一个方方正正的白盒子,盒子上写着两个字:生活。

谁在捣鬼?夏想左右看看,没有一个人影,再仔细看了看盒子,感觉也不会有什么危险,就禁不住好奇心的驱使,伸手打开了盒子。

盒子里放着一个火辣女郎,身材一流,长发披肩,超短裙,细长腿,虽然比不上进口玩具逼真精致,但也栩栩如生。夏想笑了笑,也没多想,伸手从里面把女郎拿出,突然之间从盒子里面又飞出一只拳头,一拳正打在他的鼻子上。

只是一个简单的弹簧装置,当然力度不会太大,不过猝不及防之下鼻子上中了一拳,还是酸得不行。夏想捂着鼻子,酸得眼泪都快流出来了,喊了一声:"黧丫头,别藏了,我都看到你了。"

还没有看到人,就听见米萱夸张的笑声传来,曹殊黧紧跟在米萱身后,从楼道的拐角处走了出来。她一边走,还一边埋怨米萱:"叫你别上他的当,你偏不听。他根本就没有看到我们,就是骗你主动现身的,你怎么这么好骗?"

"是现身又不是献身,怕什么?"米萱大大咧咧一挥手,"明明是你一大早非看人家,见到了又不想出来,躲什么躲,怕什么怕!有些事情总该正面面对,是不是?"

二人来到夏想面前,米萱见夏想狼狈的样子,笑弯了腰。

曹殊黧穿了一身运动衣,比起米萱的成熟,她的青春气息更是光彩夺目。宽大的运动衣显不出她玲珑的身材,不过由于她的肩膀直挺,很架衣服,再有脸上密布着一层细细的红润,让她整个人都如一朵顶着露水迎着朝阳的清丽荷花,美不胜收。

曹殊黧一脸不快,想忍着不理夏想,没忍住,还是被夏想的窘态给逗乐了,用小手拨开他的手,然后捏了捏他的鼻子,又吹了一口气:"别装了,我已经拿米萱做过试验了,她都没事,你就更没事了。"

米萱大怒:"好你个臭丫头,原来昨天是故意拿我当试验品,我怎么那么傻,居然相信了你的鬼话,认为你真的不是故意的。你想打夏想,又心疼他,为什么不拿你自己做试验?我……你气死我了。"

曹殊黧做了个鬼脸,不服气地说道:"都怪你,谁让你说夏想坏话!也不知道你到底怎么想的,杨贝是不好,但不代表夏想不好,你说话不过大脑,打你鼻子活该。"

米萱气得呼呼直喘,却说不出话来。

说完米萱,曹殊黧又揪了揪夏想的耳朵,俯到他耳边从牙缝中挤出一句话:"臭坏蛋,没眼光,被杨贝骂,活该你吃亏。"

夏想的鼻子本来不算太疼,却被曹殊黧以揉揉的名义捏得生疼,只好投降:"好了,好了,黧丫头,你赢了。"

曹殊黧松开夏想的鼻子,再看他的鼻子被她揉得通红,好像红萝卜一样,又忍不住笑了:"好难看,听说说谎的人鼻子会红,果然是真的。"又跳到一边,假装不知道地问,"我赢什么了?"

米萱很不识趣地站了出来,打断了二人的哑谜:"走,吃早饭去,刚出锅的老豆腐,香喷喷,再放点雪里红,来两根油条,嗯,那叫一个好吃。"

米萱轻车熟路,不一会儿就领着二人来到一处偏僻的小店。小店不大,但收拾得还算干净,店主是一对中年夫妻,待客十分热情。才十几平方米的小店已经坐满了顾客,正好有一桌刚吃完,米萱就动作迅速地占好了座位。

一人一碗老豆腐,两根油条,再外加一小碟咸菜,夏想吃得津津有味。老豆腐酸软可口,油条松脆香嫩,就连看上去十分普通的小咸菜,也是咸酸适宜。他来坝县也有一段时间了,还是第一次吃到这么爽口的早饭。

夏想脑中灵光一闪,忽然想到了一个绝妙的主意,"米萱,你去燕市参观佳家超市的时候,可以向冯总提议,让他在超市的旁边开几家快餐店,绝对赚钱。"

夏想出主意给米萱,让米萱去说服冯旭光,就是想卖米萱一个好。夏想也相信米萱的眼光,别的不敢说,光是他现在吃的老豆腐,真要是包装起来,打造成一个品牌,以连锁店的形式推广,绝对能占领北方市场。

北方人,早餐爱吃油条,喝老豆腐、豆腐脑或者豆浆,是一个不容易改变的习惯。

"快餐店能赚什么钱？一顿饭顶多吃上两三元，能赚多少？又要起早贪黑的，太累人，不划算。"米萱没有深想夏想的提议，直接否决。

一个煎饼果子的流动小摊，每天只卖几个小时，一个月下来，也能维持一家三口的生活！

"你别忘了，这是一家只卖早餐的小店，他们可是两口子一起经营……"曹姝黧本来一直在旁边，静静地听夏想高谈阔论，听到米萱反驳夏想，她忍不住插了一句，"我家门口就有一个卖早点的小摊，也是夫妻二人，每天只卖早点，照样能供孩子上学，维持生活。萱姐，你不要觉得做大生意，就是动不动几十上百万，许多国际化大公司，都是一点点小生意积累起来的。"

米萱没有理会曹姝黧的话，陷入了沉思之中。曹姝黧吐了吐舌头，小声地对夏想说："怎么样，我说的还算有点道理吧。其实我也不太懂，就是觉得做事情要从大处着眼，但要从小处下手，要有规划，心中有全局，但绘图的时候，却要从最小的地方落笔……"

夏想竖起两手的大拇指："真不简单，一点就透，真是一个聪明的小丫头！"

曹姝黧得意地仰起小脸："承认就好，是不是比某人聪明？"

夏想知道她说的是杨贝，于是顾左右而言他，"咸菜没了，要不要再来了一点？"

曹姝黧不干了，伸手去捏他的鼻子，"鼻子不疼了，是不是？"

"你是我见过的最聪明最可爱的女孩，无人可以与你相比！"夏想的语气突然深沉起来，眼神中也闪过一丝落寞，"不是不愿意拿你与她相比，而是我觉得黧丫头不屑于和别人相比，有什么可比的？一比，反而就变得俗气了。"

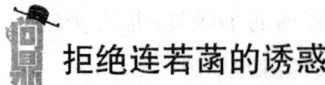
拒绝连若菡的诱惑

曹姝黧笑得眼睛眯成了一条缝，乖巧地"嗯"了一声："不过你被人欺负了，我一定要帮你找回面子。哼，我就不信了，明明是她的男朋友做尽了坏事，反而还指责制止刘河做坏事的人，女人不能无知到这种程度。"

"我决定了……"米萱突然惊叫出声，声音之大，引得周围的人纷纷侧目，她才不管别人惊讶的目光，仍然大声说道："夏想你太厉害了，又给我出了一个金点子，不过还有一些营销和推广的思路，我还没有想明白，你得帮我出一个策划书,不许推脱,我给你股份。"

夏想摇摇头,一脸无奈:"我只负责出点子,具体如何实施,我没这方面的才能,也比不上你们这些奸商。"

"不行!"米萱斩钉截铁地说道,一把拉住曹殊黧的胳膊,威胁说道,"你要是只管拿枪,不管开火的话,我就把你和黧丫头活活拆散,不让你们两个人相亲相爱。"

曹殊黧被米萱毫不遮拦的话,说得面红耳赤,踢了她一脚说道:"别拿我说事,再说我的事情我做主,你说了不算。"意思是,不让米萱利用她威胁夏想。

米萱只好放过曹殊黧,忽然神秘地一笑:"你要是不答应我,我就以身相许,怎么样?"

周围人的目光让夏想如芒在背,不得不佩服米萱的口无遮拦,只好认输:"先离开这里再说,怕了你了。"

回到招待所,经过一番讨价还价,终于谈妥了条件。夏想负责出一套全方位的方案,米萱以百分之十的股份收购,股份暂时挂在曹殊黧名下。结果自然是皆大欢喜,只有曹殊黧有点不情不愿地说道:"夏想本来还有一笔钱在我这里,现在又有股份在我名下,总让人觉得不太放心,好像有什么阴谋一样。"

米萱亲热地抱住曹殊黧的肩膀:"怕什么,肥水不流外人田,我给你股份,总比给他这个外人放心。你就安心享用,就当是他付给你的彩礼,反正是管收不管还。以后他要是做了对不起你的事情,没收。你要是做了对不起他的事情,没收。就算以后谁也没有做对不起谁的事情,还是一样没收。别让男人手中太有钱,钱多了,男人的心思就野了。"

"你的嘴里就没有一句好话,算了,不和你计较了,我要去安慰一下夏想。"曹殊黧来到夏想面前,和他面对面站好,好像专门和他比身高一样,"为了安慰你幼小的受伤的心灵,我决定,带你去爬山,怎么样?"

夏想想想反正也没有什么事,冯旭光交给米萱招待,他点头同意,又对米萱说:"我觉得我和黧丫头一起去就可以了,你可以在房间里休息一下,顺便整理一下思路,想想如何开好超市,如何做好快餐,好不好?"

"不好!"米萱坚决回绝,"我得时刻监视你和黧丫头,孤男寡女,干柴烈火,我怎么能放心?还有,正好一路上我还可以问你一些问题,我可是付费咨询,你有义务解答,不允许提出反对意见。"

正好下楼的时候遇到冯旭光,他要带领胡永超和郑雪碧前往贾寨乡查看地形,再深入村民中摸底,县政府也派了人陪同。夏想就放了心,告别了冯旭光,就和曹殊黧、米萱一起去取车。

刚走到米萱的桑塔纳车前,一阵汽车的轰鸣声传来,连若菡的路虎紧贴着夏想的身后停下,一身精干打扮的连若菡从车里探出头来,难得地主动冲夏想点点头,说道:"上次借了你女朋友两天,今天有空,想去哪里玩,我开车。"

米萱正要开口反对,曹殊黧一声惊叫,二话不说拉开车门就坐在了副驾驶的位置上,然后对一脸无奈的夏想和米萱说道:"不许反对,坐后面去,快点。"

连若菡一边熟练地开车,一边对曹殊黧说话,但所有人都明白,她其实是说给夏想听:"我知道过了花海原,一直向西,大概有十多公里,有一处人迹罕至的山峰,不算特别陡峭,很适合运动。"

曹殊黧不接话,米萱装没听见,夏想只好答话说道:"会不会太危险了?"

连若菡笑了一声,笑声中多少有点轻视的味道:"车上一共四人,只有一个男人,但就是这个唯一的男人问有没有危险,显然很说明问题,现在的男人,都太娇气,没有担当。"

夏想被讥讽一番,也不生气,笑着摇摇头:"小连,我是担心黧丫头和米萱,她们可不能和你比。你一个人敢开车到处乱跑,探险和攀岩对于你来说是家常便饭,对于她们来说,是不可能完成的任务。"

"攀岩是什么?"曹殊黧自小在城里长大,又是女孩,自然对户外运动有些陌生。

米萱长叹一口气:"早知道这么无聊,还不如在房间里睡大觉。闲得慌,爬山有什么好玩的?又累人,又危险。"

连若菡自然直接过滤了她的话,对曹殊黧解释道:"攀岩是一项有些危险的户外运动,就是在悬崖上攀来攀去,胆小和怯懦的人别说能攀上高峰,连试一试的勇气都没有。"

对连若菡的轻视,米萱也是直接选择了忽视。

连若菡的车还是开得飞快,八月的草原,依然是一片绿海。仗着路虎车沉重的车身,连若菡野性的一面暴发出来,驾车在草原上撒欢一样狂奔,不顾长草打得车身咚咚直响,也不管一路上坚硬的草身会给车身留下多少划痕,打出多少小坑。

"开慢点,爱惜一点车,要不坏了没处修。"夏想本是爱车之人,忍不住出言相劝。

连若菡灵巧地开上一处小山坡,在冲到最高处的时候,猛地一加油门,汽车借助山坡的坡度,腾空飞起,落地的时候,颠得几个人东倒西歪。她一点儿也不觉得过分,还是如脱缰野马一样风驰电掣。

"又不是你的车,乱操心。坏了就坏了,只要我高兴就成,汽车坏了可以再买,人心想要高兴,多少钱都买不到。"

连若菡的话虽然牛气冲天,但从她嘴中说出,听起来又是那么的天经地义,一点也听不出故意炫耀的意味。夏想感慨,想要养成一掷千金又不让人觉得有暴发的嫌疑也不容易,并不是仅仅有钱就行,还需要从小到大一点一滴地培养,信心不仅仅来自雄厚的财力,还要拥有庞大的势力和关系网。

连若菡到底是什么来历?

到了连若菡所说的山峰,夏想吓了一跳,笔直的山峰几乎直上直下,非常险峻,想在这里攀岩,还是算了吧,太危险了。

米萱只看了一眼,就回到车里,声称要睡觉,谁也不要吵她。曹殊鬃也微微皱起了眉头:"连姐姐,还是不要上山了吧?太高太险了,再说石头多锋利,万一划破了你的手,多不好。"

连若菡却动作麻利地从后备厢内取出装备,戴上手套,又拿出一套装备,示威似的问夏想:"有没有胆量陪我爬到山顶?"

夏想不吃她的激将法:"我不会攀岩,再说上面风大,容易有闪失,我还是在下面陪着鬃丫头好了。"

"胆小鬼!"连若菡抱怨一句,忽然又说,"殊鬃,你让夏想陪我上去好不好,万一我被风吹跑了,他在上面还可以帮帮我。"

曹殊鬃不忍心拒绝连若菡,夏想又不好意思拒绝曹殊鬃,最后他只好全副武装,在曹殊鬃的再三叮嘱下,陪连若菡攀爬。让连若菡大吃一惊的是,夏想手脚并用,动作迅速,竟然比她还先一步到达山顶。

山顶之上,山风猎猎,连若菡迎风而立,身材一流,相貌精美,表情却是说不出来的清冷。她向山下的曹殊鬃望了望,声音被风吹得有些失真:"我想你也猜到了我的用意,非要让你陪我爬山,就是为了证明我比你强。结果还是你胜了,不过你先别得意,在我眼中,你还是小毛孩。"

夏想哑然失笑:"我不明白你到底是什么意思?我是不是小毛孩对你很重要吗?我成熟不成熟和你又有什么关系?"

"不为什么,就为了证明我心中的一个想法。"连若菡看了夏想几眼,眼中有疑惑有不解,还有一丝迷茫,不过随即她的眼神又跳到一边,看向了远处一望无际的草原,"但愿我是错的,否则我也不知道该怎么办了。"

夏想不知道连若菡为什么要说这些莫名其妙的话,想要问她几句,她转过脸去,一副不再理人的神情。他左思右想也想不明白连若菡到底藏着什么心思,难道是因为上一次在山路中发生的事情让她有挫败的感觉?

关键时候女人不如男人冷静也很正常,她为什么非要这么倔犟?

想了一想也就不想了,反正连若菡就是说一不二的性子,拧得很,也不用非和她计较长短,只要她能和曹殊黧谈得来,又不和他成为敌人就行。说起来他和她之间,也没有成为对手的可能,他现在连成为连若菡对手的资格都没有。

山顶上劲风扑面,寒意逼人,夏想就说:"下去吧,太冷了,别冻感冒了。"

连若菡点点头,先一步向下,突然又抬头说了一句:"你是不是热衷于从政,想当一个大官?我可以帮你介绍一个人认识,只要你获得了他的好感,肯定可以保证你一帆风顺。"

"什么人?"夏想觉得她的思路很奇怪,跳来跳去,让人摸不清动机。

"我家里人,具体是谁你先不用管,我就问你同意不同意?"

想了一想,夏想还是拒绝了她的好意,说:"谢谢,无功不受禄,我不敢吃从天而降的馅饼。"

"当我没说。"连若菡伸出一根手指,冲夏想摇了摇,"自己保护自己,失足的话,没人能救你。"

夏想没有说话,心中想的却是连若菡突然说出这句话,也许是无心之语,也许是另有所指。他不是不相信连若菡背后家族的势力,也不是怀疑她居心不良,而是他心中明白,就算他在连若菡的引荐下,认识了她家族中一个举足轻重的人物,对方也肯帮他说话,给他一个用多长时间到什么级别的承诺,看上去是前景美好诱人无比的天大的好事,其实不然。

他就算能够进入连若菡家族的势力范围之内,也不过是边缘人物,也就是说,是一个可以利用也可以随时丢掉的小卒。在许多庞大的家族中,他们的势力遍布各个领域,如政治领域、经济领域、文化领域,缺一不可,其中有他们的核心人员,也有许多从各地招揽的小人物。小人物有许多和他一样,在底层苦苦挣扎却没有背景没有靠山,突然有一座平常想都不敢想的巍峨高山来到面前,没有人能拒绝可以登上高位的诱惑。

小人物就是小人物,眼界低,境界不够,以为有了靠山以后就可以平步青云,却不知道,不管他是科级还是厅级,甚至以后有可能升到副省,也不过是大家族的马前卒,是整个家族冲锋陷阵的先锋。如果小人物有足够的运气和智慧，能够在一次次斗争中存活下来，那么他也许可以在副省级的高位上退休。如果他运气够差，为人又不够机警，也许在几次利益的冲突中，他就会被毫不留情地牺牲掉，一下跌入万劫不复的深渊。

不是他背后的家族不肯出手救他，而是与救他所付出的代价相比，他的价值还不够。夏想清楚其中的道理，所以他宁可跟在李丁山身边，一步步稳妥地上升，也不愿意成为某个大家族的马前卒，在几大家族的对撞中，被击得粉身碎骨。

从回到车上，一路上到招待所，连若菡没有再说一句话。曹殊黧眼神闪了几闪，却没有开口相问。米萱却一脸狐疑地多看了夏想好几眼，终于还是忍不住问道："你和她在上面说什么了，怎么看上去你们两人有点古怪，是不是有什么不正常的行为？"

政法委书记王全有

"当表姐就得有表姐的样子……"夏想伸手拍了拍前面曹殊黧的胳膊，"和黧丫头相比，你就是学不会沉默是金的聪明。"

曹殊黧听了夏想的话，眼神晶晶闪亮，扭头看了连若菡一眼，抿着嘴，偷偷笑了。

米萱摆了摆手："不和你狡辩，说不过你，以后有什么事情发生，你们别怪我没有事先提醒就好。"

连若菡将几人送到招待所，就和曹殊黧打了个招呼，然后开车呼啸而去。曹殊黧站在夏想右边，轻轻推了推他的胳膊："你不想知道我和她去章程市都做了些什么？"

夏想假装才想起来："你一说倒是提醒了我，快说，怎么一去就两天，有什么大事发生？"

"也没什么了，其实我也不知道她到底要做什么，就是开车拉着我在章程市乱转，她不识路，让我帮她带路。"曹殊黧的眼神飘来飘去，显然心思不在这里，果然她又偷看了米萱一眼，将夏想拉到一边，又小声问道，"她为什么非要拉你上山？"

小丫头再假装大度，也是小女孩，不可能当做什么都没有发生过。从她嘴中不再称呼连若菡为连姐姐就可以看出，她心中还是有点吃味，不太舒服。

夏想揪了揪她的耳朵,笑道:"别乱想,没什么,连若菡背后应该有一个势力庞大的家族,她想给我指一条明路,我没有答应。"

"嗯!"曹殊黧相信了,小脸上洋溢出迷人的光彩,"有时候,一个人不一定一步登天就好,一步一个脚印走过来,虽然慢了一点,不过基础扎实。依我看,就凭你的水平,顶多找一个局长当靠山,真要找一个省长甚至更大的官,你也站不稳脚跟。"

不简单呀,夏想仿佛不认识一样多看了曹殊黧几眼,看得她有点不好意思。她下意识地伸手放在胸前,才想起今天穿的是运动服,胸口很严实,什么都看不到。

夏想注意到了曹殊黧的异常,笑着说道:"设计运动服的人太可恶,一点也没有考虑到女性身体的曲线美,穿上它,什么都看不见。"

曹殊黧大怒:"没看出来,原来你还有这么坏的一面,真是人不可貌相。平常看你挺老实的,现在露出狐狸尾巴了。"

夏想大言不惭:"狐狸本来就一直有尾巴,不存在露不露的问题。没看到,证明你以前是故意忽视了。"

"你……"曹殊黧被气得说不出话来。

中午米萱告诉夏想,她已经安排好了,王全有要和他一起吃饭。不管是以政法委书记的身份,还是以曹殊黧舅舅的身份,夏想都没有理由拒绝。还好,米萱和曹殊黧一起作陪,让他心里踏实了不少。

吃饭的地点在一家十分偏僻的地方,在县城的南部一个不显眼的农家院里面。米萱介绍说,农家院的主人是她爸认识的一个朋友,以前在县城开饭店,后来心思淡了,不开了,不过还在家中招待一些老朋友。

小院虽然不大,但少说也有半亩的样子,院子里面种满了花草和各种果树,一片欣欣向荣的景象。在院子中间还有几株葡萄树,葡萄架郁郁葱葱,用支架架起来,形成了一处天然的阴凉之地。葡萄架下面,就摆放着几张八仙桌和太师椅,桌子上放着粗制的茶壶茶杯,有着浓郁的农家气息。

王全有随意地穿了一件衬衣,大马金刀地坐在一个板凳上,很没有形象地拎着一个茶壶,直接对着茶壶嘴喝茶。在他旁边坐着一个面相苍老的中年男人,穿一身老款的绿军装,头上还戴着军帽,正抽着一根长长的旱烟,一笑,就看到上下四颗门牙都掉了。

"来来,我来介绍一下,夏想,县委书记的秘书。"王全有见夏想等人进来,也没站起来,只是点点头,对军装男人说道。

军装男人也没有起身，冲夏想笑了笑："年轻人，不错，挺年轻。我叫万志泽，来家里了就别客气，坐坐……婆娘，上水了。"

夏想搬了一个板凳坐下，回头一看曹殊黧和米萱坐在了椅子上，离他们远远的，也不走近。一个一身普通打扮的中年妇女一手拎着暖瓶，一手端着托盘从葡萄架后面转出来，先给曹殊黧二人倒了水，又来到夏想身边，要给他添水。

夏想从她手中接过暖瓶："我自己倒就可以了，不用麻烦阿姨了。"

中年妇女笑了笑，也没勉强，放下暖瓶就走了。王全有和万志泽两人对视一笑，又冲夏想说道："小夏，今天我们见面，是以个人身份，我不是政法委书记，你也不是县委书记秘书。"

夏想明白是王全有在点他，他也猜到既然王全有约他来这里见面，就是想在一种轻松随意的气氛中谈一些不那么严肃的话题。其实在他主动接过暖瓶的时候就已经表明，他也没有把自己当成客人，而是以朋友的身份，自己动手倒水喝。

万志泽捶了捶左腿，将茶缸向前一伸："人老了，腿脚不中用了，年轻人，帮我倒点水。"

茶缸是那种老式的搪瓷茶缸，上面掉了不少漆，露出了里面的锈蚀，茶缸里面是厚厚的茶垢，外面还有一圈字，依稀可见是"纪念对越自卫反击战"……夏想站起来，笑眯眯地给万志泽续满水，又问王全有："王叔叔要不要？"

王全有也不客气地递出了杯子，一边看夏想稳稳地倒水，一边问："是不是没有站起来迎你一下，还让你倒水，心里有点意见？"

如果夏想没有猜错的话，王全有和万志泽应该是战友。当兵出身的人，没有太多的弯弯道道，他们二人对他的考验，他一进门就看了出来，虽然有点笨拙，不过正是因为没有太多的花招，反而显得真诚而可爱。

"怎么会！"夏想的态度好得不得了，他倒好水，将暖瓶放到一边，然后又坐回板凳上面，"晚辈哪里有让长辈迎接的道理？再有万叔叔是老军人，为国家流过血上过战场，理应受到所有人的尊敬。"

万志泽眼中闪过一丝光彩，笑得很开心："难得现在还有年轻人知道尊敬军人，我们这一代军人早就被人忘得差不多了。"

夏想不想过多地评论国家对退伍军人的安置政策，他就专门挑他感兴趣的话题说，说起军人之魂，说起当年的战争，说起现在部队上的不良现象，等等，谈得十分投机。

不知不觉三个人谈了半个多小时，直到听到曹殊黧甜甜地叫了一声："舅舅,吃饭了……"

王全有起身,试探着问万志泽:"一起吃?"

万志泽伸手从背后拿过一根拐杖,左腿伸直,挺着身子站了起来:"不了,要是你自己,我们哥俩儿就喝一口,现在你有客人,小夏现在不算客人,但有两个小姑娘在,我就不凑热闹了,让她们不自在。"

王全有也不勉强,摆摆手,和夏想一前一后坐下来。王全有坐正中,夏想坐他对面。曹殊黧在他右侧,米萱在他左侧。

菜香四溢,有小鸡炖口蘑、蒸土豆、老玉米炖排骨,等等,都是用农家的大粗碗盛着,看上去就让人胃口大开。夏想就好奇地问:"万叔叔家的手艺还不错,为什么不再开饭店了?"

王全有叹了一口气:"说来话长……他是伤残军人,按照规定应该享受许多优惠政策,当时他开的饭店生意本来很好,后来遭人忌妒,被人暗中在菜里做了手脚,结果当天卖出的饭菜让许多客人上吐下泻,最后也没有查出来是谁下的手。他心气挺高,又不愿意和小人斗,一气之下就关了饭店,当时我还没有来坝县。我来了之后,就经常带一些朋友来他家里吃,一来二去,他这里就成了私人聚会的场所,也算能让他维持生活……"

夏想想了想:"王叔叔来了之后,也没有查出来是什么人干的?"

"事情都过去那么久了,怎么查得出来?"王全有夹起一截老玉米,放到嘴里,含糊不清地说道,"好吃,老万的手艺还是一流,可惜了,想要吃他亲手做的饭,还得跑这么远。他当年开饭店的地方,现在开了家叫落英苑的饭店,水平就比他差了老远了……"

说者是有意还是无意不要紧,听者却是听明白了其中含义,落英苑是刘河的饭店。当年是谁将万志泽赶跑已经不言而喻,谁是最大的受益者,就是谁。

王全有心里什么都清楚,他什么也不说什么也不做,显然是有所顾忌,现在又假装无意中透露给他,肯定也是另有用意。夏想也不点破,端酒敬了王全有一杯,又招呼曹殊黧和米萱吃东西,热情而殷勤。

曹殊黧和米萱也是饿了,吃得不亦乐乎,曹殊黧还多少保持着一点淑女风范,米萱却是一副狼吞虎咽的样子,没有一点形象。王全有却一脸慈爱地看看米萱,又看看曹殊黧,眼中流露出父辈的疼爱。

等了半天,也不见夏想接话,王全有不由暗骂了一句"小滑头",只好假装刚想起一样,问道:"小夏,你到落英苑吃过饭没有?"

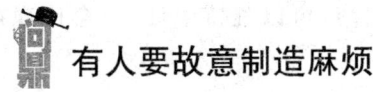
有人要故意制造麻烦

"吃过,吃过好几次,感觉一般般,还勉强可以接受。"夏想抬头回答了一句,然后又低下头,很没样子地认真对付一只鸡翅。

见没有了下文,王全有反而笑了,知道夏想不好对付,心想别看他年纪不大,心眼不少,脑子转得挺快,装得也挺像,好像什么都不明白,其实他心里什么都清楚,就是故意不说。

总不能都装糊涂不点破吧,王全有只好咳嗽一声:"小夏,今天找你来,其实是我有点私事请你帮忙。"

夏想放过手中的鸡翅,擦了擦手,笑了:"王叔叔客气,有什么活儿让我干,吩咐一声就行了,我有劲,干点力气活儿没问题。"

王全有反而被夏想气笑了:"怪不是萱丫头说你心眼多,反应快,我还不信,今日一见还真是大开眼界,就是故意不接我的话……那好,我就有一说一了,你知道落英苑是谁开的饭店吗?"

"知道。"夏想早就猜到王全有事要说,刚才其实也是确实有点饿了,而且饭菜确实味道一流,他想问还没有来得及,打算吃饱再说,没想到王全有沉不住气了,不由让他感慨,有时贪吃也不是一件坏事,他擦擦嘴,"刘河开的,我听说过。王叔叔是不是想让我对付刘河,再帮万叔叔把饭店拿回来,这个主意不是个好主意。"

王全有一愣,好奇地问道:"怎么说?"

夏想也不再绕弯弯:"事情过去太久了,没有证据可以指证刘河。要是再用一些不太光明的手段逼刘河让出饭店,意义也不大,万叔叔再去开,也未必生意好。为了不让万叔叔的手艺被埋没,我另有建议……"

王全有也是在听到米萱说起夏想有商业头脑之后,才萌发了让夏想出主意的想法。不过他倒没有想从刘河手中收回落英苑,因为既不合理也不现实,只是他有意考考夏想的反应,才故意抛出这一个难题,没想到,夏想直截了当地给出了新的思路。

"食品厂建成之后,除了会在当地招工之外,还会从燕市的总部过来一部分管理人员。这些管理人员人数不会太多,但我估计也得有十几人的样子,以后说不定生产规模上去了,人数还会增加。万叔叔可以在食品厂的旁边开一家小饭店,肯定可以吸引他们光顾。用不了多久,说不定当地的村民手中有了闲钱,也会上饭店吃饭,大钱赚不了,但肯定可以维持生计,也会比现在强上不少……"

"我以为是什么好主意,也不怎么样嘛!"王全有摇摇头,不当一回事地笑了笑,"你这个法子太普通了,还不如我在县城中帮他找一处好地段,再开一家饭店。"他听夏想的主意也稀松平常,就不免多少有点失望。

夏想看了看米萱,问道:"还记得上次我们去过的山路不?你说,如果那条山路一直通到京城,突然有一天会修好加宽,会出现什么意料不到的情况?"

米萱的眼睛猛然亮了起来:"能直通京城,你别骗人!如果真能直通京城,坝县的草原就能吸引许多京城游客来游玩,游客一多,坝县的旅游业都能发展起来,到时候……"她激动地一下子站了起来,"怪不得冯旭光把食品厂建在贾寨乡,那里正是通往山路的最近的路口,要是万叔叔在那里开一家饭店,以后京城的游客一多,想不生意红火都难!"

夏想伸手一按:"坐下,别激动,在没有绝对把握之前,事情最好不要向外面透露,要不怎么抢占先机?"

王全有盯着夏想看了有半分钟,用筷子敲了敲桌子:"你小子,太有城府了,说话喜欢藏着掖着,幸亏喜欢你的是鳖丫头,不是萱丫头,否则要是我有你这样一个女婿,非得被你气死不可。"

曹殊鳖不服气地说道:"舅舅说话有点不对,夏想挺好的,他说话我一听就懂,怎么就气人了?你说话可不要带着偏见。"

王全有哈哈大笑:"女生外向,你和你妈一样犟。这下有好戏看了,看你爸那个老顽固怎么被你气得暴跳如雷!"

"我爸才不生气,舅舅你别想看笑话。"曹殊鳖寸步不让,"他和夏想十分谈得来,我们全家人都喜欢他,你想看的好戏不会上演,对不起,让你失望了。"

"臭丫头,怎么跟舅舅说话呢?"王全有笑骂,笑容里掩饰不住得意的神情,"小夏,看看鳖丫头现在就这么向着你,以后还得了?不过我可把丑话说到前头,我这个外甥女可不只是曹永国的掌上明珠,还是她姥爷姥姥的掌上明珠,你要欺负了她,找你麻烦的人可是一大群,你可得小心点。"

说完了万志泽的事情,终于还是说起了他和曹殊鳖的事情,夏想只有憨厚地笑,怎么说他就怎么听,不反驳不应承也不发表意见,反正一脸真诚的笑容也足够显得态度好脾气好了。

饭吃得差不多的时候,几人就又搬到另一棵葡萄架下面喝茶。中午的阳光透过葡萄叶落在桌子上,斑斑点点,风一吹,树影摇动,耳边再听到远处的鸡鸣犬吠,恍惚之间,夏想感觉好像回到了童年时光。

王全有东一句西一句地扯闲篇,说的都是他以前打仗的事情,听得米萱哈欠连天。曹殊黧也是一副无精打采的样子,也难怪,女孩子没几个对战争感兴趣,曹殊黧也不例外。她在地上画了无数个圈圈之后,终于撅起了小嘴:"舅舅,你就别打埋伏了,有事说事,没事的话,就放夏想回去好不好?"

王全有悻悻地瞪了曹殊黧一眼,又埋怨似的看了米萱一眼,意思是,怎么都不帮他说话。曹殊黧做了个鬼脸,米萱装没看见,继续打哈欠,他无奈地叹了一口气:"一个女儿一个外甥女,没有一个帮我一帮,小夏,以后有孩子的话,千万别生女儿,太外向了,养大了也是别人家的。"

夏想知道王全有还有话要说,感觉时机也差不多了,就说:"王叔叔,李书记来坝县不仅仅是做做样子来了,他有抱负,想为坝县人民做点实事。通往京城的山路如果真能如期打通,坝县将会遇到前所未有的机遇,肯定会有许多大的举措出台。"

王全有就是想知道李丁山的真实想法,他点点头:"我也交个底,李书记可以信任我和杨帆,以前我们两个和刘世轩关系大面上过得去,其实也一般。既然现在有了你和殊黧这一层关系,我不帮你也说不过去,而且我还听说你也帮了米萱不少。不管怎么样,以后坝县的重大事情,我和杨帆的票有保证。不过,我和杨帆年纪也大了,面子也薄了,就不站队了……"

王全有的意思夏想明白,他们可以在常委会上支持李丁山,但不会跟李丁山走得太近,也不会和他结成同盟,要保持一种有限合作的疏远关系。至于王全有为什么不愿意和李丁山靠得太近,夏想猜测也许他认为李丁山不会在坝县待得太久,也许另有别的深层考虑也说不定。不过这已经不是他所要考虑的问题了。只要得到了王全有和杨帆的支持,就可以进一步孤立刘世轩,彻底地掌握常委会的主动权。

临走的时候,王全有好像才想起来一样,神秘地对夏想说道:"老杨说,他接到热心群众举报,说是县委书记的秘书夏想利用手中权力,住进了县级干部楼……"说完,他不再看夏想一眼,转身就走。

夏想也好像没听见一样,也不说话,紧跟着曹殊黧和米萱就出了小院。

王全有对夏想的表现还算满意,刚才他是想让夏想明白,刚才的话他没说。夏想转身就走,也就等于告诉他,刚才的话他没听见。

上一次吴英杰送他一把住宅钥匙,他进去看了一眼,根本就没有住下,现在有人旧事重提,看来是想在他的提拔上有意找点麻烦。

热心群众?夏想不由暗暗冷笑,此事只有吴英杰和他知道,既然有人要捅出来,不管是不是吴英杰出面,他都有摆脱不了的干系。吴英杰向李丁山靠拢不成,现在又倒向了刘世轩,胡增周怎么会看上他这么一个目光短浅的投机者?

想起胡增周,夏想心想,忙了这一段儿,他也该和李丁山一起到章程市多向胡市长汇报一下工作了。

至于吴英杰,是该找个时候敲打敲打他了,想做墙头草,如果没有左右逢源的高超手段,就得做好站错队伍迎接罚站的心理准备。

周一一上班,纪委副书记周大福就找到李丁山,含蓄地向他提出有人反映夏想超标住在县级干部楼的问题,并提出因为群众反映的问题比较敏感,涉及李书记本人,所以他想先请示李书记的意见。

李丁山一脸怒容,从抽屉里拿出一把钥匙:"周书记反映的情况很及时,这段时间工作忙,我也忘了这件事情……上一次吴主任给了夏想一把房间钥匙,夏秘书开始以为是单身宿舍,去看了一眼,当时吓得不轻,转身就将钥匙交到了我手里。周书记可以去房间中检查一下,有没有住人,一眼就能看得清楚。"他将钥匙放在桌子上,又说:"吴主任也是,工作怎么这么疏忽,小夏刚来时连级别都没有,怎么能住这么高级的房间?"

打一场漂亮的反击战

李丁山的不满当着周大福的面都发泄出来了,周大福只觉面上无光,无比尴尬。本来他受刘世轩之托,向杨帆反映夏想的问题,杨帆什么也没有说,让他直接找李书记。他还是以为杨帆是持支持的态度,就算不是明面上的支持,也是一种默许,他就壮着胆子来找李丁山了。周大福之所以冒着得罪李丁山的危险,也要让夏想难堪,就是因为得到了刘世轩许诺的好处,而且在他看来,夏想的事情事实清楚,证据确凿,李丁山再护短,也要给一个说法才行。

没想到,事情会是这个样子。

他讪讪地站起来,从桌上拿过钥匙:"具体情况我也不是十分了解,所以才来向李书记汇报一下。既然事实清楚,是个误会,我会向杨书记说明情况……"

李丁山重重地"哼"了一声:"纪委的同志工作认真是好事,但也不要捕风捉影,给其他同志造成不必要的麻烦。本来像这样的小事,你们私下里调查一下就真相大白了,小夏一直和我的司机小贾在外面租房子住,房租还是自己出的。就是因为小夏觉得吴主任安排的房间超标了,他不敢住,又不好意思再找吴主任另外安排房间,所以就自己掏钱租房子住。周书记,这样的好同志你还要调查他住超标房的问题,是不是工作严重失职?"

等满头大汗的周大福走后,李丁山一拍桌子,怒道:"吴英杰还真是个势利小人,两面三刀,看来以后有必要提醒他一下……"

夏想知道李丁山的盛怒一多半是因为自己被人阴了一道,心中也很感激李丁山的维护,就说:"李书记让安部长暗中调查的事情,进行得怎么样了?吴主任的履历不会有问题吧?"

李丁山让组织部副部长安涛暗中调查坝县重点干部的履历,看到底有多少人的履历存在着造假或伪造的问题,现在已经基本上查明,至少有六七名副科以上级别的干部的履历存在着或多或少的问题。不过李丁山还没有听到吴英杰的履历有假,他不解地问:"小夏,你有什么想法?"

"要是李书记打算将所有履历有问题的干部一刀切地拿下,这件事情还是要事先和胡市长汇报一下好。再说,吴主任和胡市长关系不错,也不清楚胡市长是不是非常看重吴主任。"夏想担心的是李丁山动作过大,会引起方方面面巨大的反弹。如果吴英杰的履历没有问题,就不好在拿下其他履历有问题的干部的同时,再给吴英杰难堪,否则就是两面树敌。再有,万一因为吴英杰的问题而惹怒了胡增周,就得不偿失了。

向胡增周汇报调查干部履历的情况,也是探一探他的口风,看他对吴英杰的支持力度到底有多大。

李丁山想了一想,觉得夏想的想法很不错,说道:"我想等调查有了一个初步结果,再找胡市长汇报也不迟。不过不能只向市长汇报,而不向书记汇报,沈书记会对我们有意见的。"

吴英杰本来也是酒后无意中向刘世轩透露,他给夏想安排了一套县级干部住房,酒醒之后就后悔了。他本来是胡增周的人,在刘世轩向他保证要把他介绍给沈书记认识之后,他就怦然心动,竟然借着酒劲,鬼迷心窍就主动说出了夏想拿了一套县级干部住宅的钥匙。

给了夏想钥匙以后,他也注意到夏想根本就没有住在里面,实际上就算去查,也不是个什么事。没想到话一出口,刘世轩就大感兴趣,流露出要让纪委的同志过问一下的意思。吴英杰忍了忍,也没有提醒刘世轩一下,他其实对刘世轩也不太满意,靠向他也是迫不得已的选择。虽然能够经过刘世轩得到沈书记的赏识非常诱人,但他也不是官场小白,知道自己不可能轻易得到沈书记的信任,弄不好反而落个被胡市长嫌弃,被沈书记看不起的下场。

但有机会和沈书记接近也不能错过,吴英杰的心里难免患得患失,既不想失去胡市长的信任,又想进一步得到沈书记的青睐,就像他现在不敢过于得罪李丁山,又想和刘世轩合作,获得最大的好处。

只是刚刚在常委会上发生的一幕,让他心中七上八下,除了对李丁山的手腕更加敬佩之外,心中隐隐有了一丝畏惧。他虽然心中对李丁山不接纳他还有恨意,但对刘世轩最终能否赶走李丁山,心中没有了一点底气。

原本他认为,刘世轩和沈复明关系非同一般,只要沈复明在章程市一天,刘世轩就不会倒。现在看来,李丁山绵里藏针,也不好对付,弄不好,最后还会占据上风。李丁山在市里有胡市长支持,在省里有什么后台虽然不太清楚,但肯定不会没有背景。

官场上的争斗,除了政治智慧之外,拼的就是谁的后台够硬。

从目前看来,刘世轩的政治智慧恐怕比不过李丁山,再万一他的后台没有李丁山硬,岂不是说……吴英杰不知不觉头上又开始冒汗,没留神差点和一个人撞个满怀。

心情不好的他正要开口训上几句,抬头一看是纪委副书记周大福。周大福脸色很差,头上也冒出一层汗珠,看样子也是受到了什么压力。

"周书记,这么慌忙干什么呢?"吴英杰勉强笑了一笑。

周大福刚才也没看清吴英杰,心里已经把他骂成不长眼的狗东西,愣了愣神等看清是吴英杰之后,他更是差点把心中的脏话骂出口。夏想的事情就是他提出来的,结果倒好,自己被人当了枪使,被李书记指桑骂槐骂了一通。他拿了钥匙就去查了房间,结果里面整整齐齐,人没住,蟑螂倒是住了几个,气得他当场骂娘。

没有给夏想使成绊子,又给李书记面上抹黑,他以后的日子还能好过?而且他忽然想明白了一点,就是杨帆看似什么都没有说,其实他是心知肚明,应该说,所有的人都心知肚明,只有他蒙在鼓里,被人玩弄了一把。

面对始作俑者吴英杰,周大福不生气才怪。他没有一点好脸色,将手中的钥匙扔到吴英杰怀里:"吴主任,请收好你的钥匙,不要乱给别人。你给夏想的房间,人家根本没住……我算是在李书记面前当了坏人,以后谁要是再给我下套,我就先把他给抖出来。"

周大福气呼呼地走了,吴英杰一个人呆立在当场,感觉如同从头到脚被人浇了一盆凉水。他也没有想到,刘世轩动作这么快,竟然指使纪委的人去找李丁山当面反映情况,刘世轩这一手真够歹毒的,简直就是把他架到火上烤。

吴英杰脚步迟疑着,想了半天,还是决定去找李丁山探探口风,顺便解释一下房间的问题。他刚上到三楼,就看到夏想在楼道的拐角处打电话。夏想一见他就笑着说:"真巧,吴主任,正好李书记找你有事。"

吴英杰的心顿时提了起来,脸上努力挤出一丝笑容:"夏秘书,李书记找我,有什么事?"

一般向秘书打听领导接见的目的,是常见的事情,谁都想在领导面前表现得好一些,提前知道了领导想问的事情,心中有数,自然更容易留下好印象。秘书的重要性就表现在这方面,夏想没有表现出一点异常,还和往常一样,笑眯眯地说道:"吴主任不用担心,没坏事。"

吴英杰还是不敢掉以轻心,正琢磨着要不要提前向夏想解释一下,夏想已经摆摆手,前头带路向李丁山的办公室走去。

吴英杰忐忑不安地坐在沙发上,李丁山已经打了十几分钟电话,而且看样子,还一时半会儿也打不完。他神情恍惚,不时地偷看李丁山,见他神色如常,稍稍放下心来。

又过了十分钟,李丁山终于打完了电话,他脸上的笑容消失不见,一脸严肃地说道:"吴主任,你的工作严重失职呀。"

吴英杰吓得一激灵,忙不迭地说道:"李书记,是我的错,不过您要听我解释,我能说得清楚……夏秘书的房间我当时本来是想安排给您住的,后来没想到您住在普通楼,钥匙我也就忘了向夏秘书收回。不过夏秘书一直没有入住,我也心里清楚,至于周书记捕风捉影,就与我无关了……"

李丁山静静地等吴英杰说完,忽然笑了:"吴主任,我说你工作失职,不是指这件事情,是说县委办的副主任巫长云。他是个不错的同志,有学历,而且年轻能干,我觉得你应该多给他加加担子,要不什么事情都压在你的身上,你也太累了。我建议,让巫长云把县委办的事情都担起来,吴主任以后多做一些沟通工作,县委办的位置很关键,上通下达,你身上的担子很重……"

吴英杰一身冷汗,心一下子沉到了谷底,李丁山摆明了是要架空他,上通下达,做沟通工作,意思是让他多跑腿,传传话。他心有不甘,忽然想起了胡增周,正要搬出胡增周的关系,不料李丁山挥了挥手,下了逐客令:"这件事情我已经和郑书记以及其他副书记商量过了,原则上达成了一致。当然,如果其他人有反对意见,也可以在常委会上讨论,不过我看没有必要小题大做吧?"

吴英杰失魂落魄地走出李丁山的办公室,不知不觉竟然又来到了刘世轩的办公室,正想敲门进去,却听见里面传来刘世轩骂人的声音:"老王你怎么搞的,怎么这么笨,会把这么重要的证据落在夏想手中。亏你还是老公安,连一个毛头小伙子都斗不过!不要说了,惹了那个什么连若菡,你最近好好收敛一下,还有管好你的那个侄子,别让他再出来惹是生非,真要惹了什么厉害人物,连怎么死的都不知道。"

吴英杰没有心情再找刘世轩商量对策,现在连郑谦都和李丁山统一战线了,刘世轩又是全面溃败,李丁山的反击不但犀利,而且还让人喘不过气来。

几天后,县委组织部下发红头文件,正式确立了夏想、张信颖和节亚杰的副科级别。第二天,李丁山就紧急召开书记办公会,提出要对全县干部进行一次履历检查。由他亲自任小组主任,纪委书记杨帆、宣传部部长杜双林和组织部副部长安涛任副主任,将对全县副科级以上干部进行学历、履历的全面核查,也希望没有涉及的基层干部,如果自己的履历有不实的地方,及时向组织提出更正,否则一经查出,将取消评定职称和提拔的机会。

消息一出,全县一片哗然,尤其是黄鹏飞,不但深刻地体会到被架空的滋味,也意识到了问题的严重性,他中了李丁山的计。节亚杰的履历伪造的事情,他心里有数,李丁山突然大张旗鼓地高调宣布要核查履历,不是针对节亚杰又能是谁。

紧接着,石堡垒又主持召开县政府工作会议,就领会李书记的讲话精神进行深刻学习,号召县政府全体人员,都自查和举报,发现一个,查处一个,绝不姑息,绝不手软。副县长赵建苏是正规大学毕业,自然对伪造学历和履历一事深恶痛绝,也是慷慨陈词。其他几名副县长,除了刘世轩之外,也都明确表示支持,唯恐惹祸上身。刘世轩在开会过程中一言不发,脸色铁青,显然是痛恨到了极点。

李丁山随后将事情向沈复明和胡增周做了汇报,沈复明的意见是,在维护安定团结的前提下,将害群之马从干部队伍中剔除出去。胡增周先是对李丁山锐意进取的精神大大表扬了几句,然后话题一转,说到如今坝县局势焕然一新,李书记功不可没,不过为政一方,还是要以发展经济为大方向,尤其坝县是个穷县,只要经济上有一点亮点,就很容易引起市里重视,等等。总之,胡增周是劝李丁山在政治斗争结束之后,尽快回归到摆脱坝县贫困的正题上。

李丁山自然对胡市长的指示精神表示完全赞同,同时又含蓄地表达了夏想对胡市长的敬仰,还委婉地说出夏想有一个不情之请,想麻烦胡市长向他的朋友索要一幅墨宝。胡增周听了笑了几声,只说他有时间会问一问,还邀请李丁山和夏想有空来章程市。

……

让夏想远远没有想到的是,远离章程市的燕市的政局此时风云激荡,陈风想调他回燕市的心情无比急切,并且提前发出了调令,让他在一个毫无准备的时刻迈上了重回燕市的征程。从此,展现在夏想面前的是一幅更加波澜壮阔的画卷。

燕市,将是夏想大展宏图之地!